国家社会科学基金重大项目《东亚汉诗史（多卷本）》

（项目编号：19ZDA295）

国家社会科学基金青年项目"明清中国与琉球交往

诗歌文献整理研究"（项目编号：20CZW026）

共同支持

# 東亞漢詩論叢

严明　吴留营 —— 主编

第一辑

凤凰出版社

**图书在版编目（ＣＩＰ）数据**

东亚汉诗论丛 ： 第一辑 / 严明，吴留营主编. --
南京 ： 凤凰出版社，2023.11
ISBN 978-7-5506-4016-0

Ⅰ．①东… Ⅱ．①严… ②吴… Ⅲ．①汉诗－诗歌研
究－东亚－国际学术会议－文集 Ⅳ．①I310.072-53

中国国家版本馆CIP数据核字(2023)第195515号

| | |
|---|---|
| 书　　　名 | 东亚汉诗论丛（第一辑） |
| 主　　　编 | 严　明　吴留营 |
| 封 面 题 签 | 曹昇之 |
| 责 任 编 辑 | 吴　琼 |
| 装 帧 设 计 | 陈贵子 |
| 责 任 监 制 | 程明娇 |
| 出 版 发 行 | 凤凰出版社(原江苏古籍出版社) |
| | 发行部电话025-83223462 |
| 出版社地址 | 江苏省南京市中央路165号,邮编:210009 |
| 照　　　排 | 南京凯建文化发展有限公司 |
| 印　　　刷 | 江苏凤凰数码印务有限公司 |
| | 江苏省南京市栖霞区尧新大道399号,邮编:210038 |
| 开　　　本 | 787毫米×1092毫米　1/16 |
| 印　　　张 | 22.5 |
| 字　　　数 | 435千字 |
| 版　　　次 | 2023年11月第1版 |
| 印　　　次 | 2023年11月第1次印刷 |
| 标 准 书 号 | ISBN 978-7-5506-4016-0 |
| 定　　　价 | 148.00元 |

(本书凡印装错误可向承印厂调换,电话:025-57718474)

# 序　言

　　2019年12月,"东亚汉诗史(多卷本)"课题获得国家社会科学基金重大项目资助(项目编号:19ZDA295)。该项目立足东亚汉诗文化圈的历史平台及宏观视角,融合古典诗学与比较诗学的研究方法,构建东亚汉诗史研究的完整学术体系,我们在此基础上编撰多卷本《东亚汉诗史》。

　　古代中国文明长期辐射周边各国,形成东亚历史命运休戚与共的汉字文化圈。

　　东亚各国汉诗创作有着共同的形式规范,但从不同民族文化土壤中培育出来的各国汉诗,还是有着形同神异的诗艺之妙。正是这些丰富的同中之异,表现出东亚各国汉诗的独特魅力。为了总结和推进近年来发展迅速的东亚汉诗研究,本课题组于2022年11月26日在上海师范大学举办了"东亚汉诗史国际学术研讨会"。本次研讨会共收到来自国内各大学、研究机构及日本、韩国、越南的学者论文百余篇,经专家组审议,其中76篇论文入选分论坛汇报环节。由于受到新冠病毒疫情限制,会议分线下线上同步进行,线上同时观看者达1500余人。

　　本次会议的学术交流通畅热烈,呈现出了全面性、立体性和时代性的特点,涉及东亚各国汉诗研究的诸多方面,如文献层面的编纂整理、诗歌文本分析、文人交往活动,以及东亚汉诗理论的建构等,展示出近年来东亚汉诗研究的最新成就。本论丛收入的24篇论文,皆从参会论文中精选修订而出,各有专攻,各臻其妙:或通过分析东亚汉诗史的丰富个案,探索东亚各国对中国诗歌经典接受消化和创新发展的途径;或探索东亚各国汉诗间互相影响、共生联动的关系;或探究东亚各国不同的历史文化背景因素,如何渗透汉诗创作并造就其独特风貌。对东亚各国汉诗富有特色的探讨研究,涉及比较诗学中的外来与本土、模拟和创新、趋同与变异、民族性和普世性等基本诗学范畴,不断探索和建设富有创新价值的东亚汉诗史研究范式。因本书所收论文有的已经发表过,体例上不尽一致,特此说明。

　　东亚汉诗是古代东亚思想、语言、文学、艺术的交融结晶,是逾越千年东亚精神传统的共同代表。珍惜和传承东亚汉诗遗产,对于今日东亚社会的良性发展、东亚国家命运共同体的构建,皆有温故知新、继往开来的重要意义。在目前百年未有之大变局的形势下,方兴未艾的东亚汉诗文研究回应了时代课题,给出了生动而有价值的探索路径。山川虽隔,文心攸同。感谢各位前辈专家的指导,感谢海内外投稿参会者,感谢上海师范大学图书馆、凤凰出版社的支持,让我们同心协力,继续前行。

编者

2023 年 5 月 1 日于上海

# 目　　录

# 汉诗中的杜鹃鸟和红角鸮<sup>*</sup>

郑珉 著　韩东　宗千会 译

**摘要:**本文以禽言体汉诗为中心,对大部分研究者乃至辞典中也会经常混淆的杜鹃鸟与红角鸮这两种鸟及其象征意义,进行了区分与梳理。与杜鹃鸟那种深深浸入在"恨"的情绪中所表达的情感不同,红角鸮被当作是预示着丰年,并代表劳苦大众朴素愿望的一种鸟。虽然这两种鸟类经常被混为一谈,但在诗歌中却以完全相反的形式被吟诵着,这又与禽言体汉诗所具备的文字游戏属性有着密切的关联。本文对朝鲜诗歌中的杜鹃鸟与红角鸮的意象与意义进行了更为明确的区分,彰显其具有与朝鲜民族精神紧密相连的重要文化遗产价值。

**关键词:**杜鹃鸟　红角鸮　朝鲜　禽言体汉诗　鸟意象

## 序　言

无论是过去还是现在,杜鹃鸟和红角鸮都很容易被看作是同一种鸟。本文撰写的目的在于考察韩国(朝鲜)汉诗中有关杜鹃鸟和红角鸮的谈论及其诗意内涵。在古时调中,有这样的诗篇:"隐居于山间,就连杜鹃鸟也感觉到羞愧。它俯瞰着我的住处,咕咕地叫着。啊!怎能不喜欢这种安贫乐道的生活呢!"其中把杜鹃鸟的叫声说成"咕咕",可见诗人明显将这两种鸟混淆为一种鸟了。又如,韩末的镜虚禅师(1849—1912)火化后,弟子满空在所写的偈颂中提道:

> 旧来是非如如客,难德山止劫外歌。
> 驴马烧尽是暮日,不食杜鹃恨鼎小。

这里同样是将杜鹃的啼叫声说成"咕咕"(소쩍)(按:鼎小的汉字音为"솥작",与拟声词

---

\* 本文为国家社科基金重大项目"东亚汉诗史(多卷本)"(项目编号:19ZDA295)阶段性成果。

소쩍的发音类似)了。从外观上来看,从属于杜鹃科与布谷鸟类似的杜鹃鸟和从属于鸱鸮科与猫头鹰类似的红角鸮,绝对是两种不同的鸟。为什么会将这两种鸟混为一谈呢？实际上,直至今日,在大多数的韩国语字典中仍将杜鹃鸟和红角鸮混为一谈①。关于杜鹃鸟的诗意内涵研究,已经有几篇先行成果问世②,只不过这些研究同样是将杜鹃鸟和红角鸮混为一谈。本文将首先对这一问题进行探讨,尤其对禽言体汉诗中形象化的两种鸟的象征意义进行考察,并揭示当前禽言体汉诗研究过程中出现的问题③。

# 一、韩国有没有杜鹃鸟？

在柳袗(1582—1635)的《修岩集》中有《杜鹃说》一文。篇幅较长,现将全文引用如下：

我国无杜鹃,世之所谓杜鹃者,皆伪也非真也。何以言之？ 盖杜鹃鸟之偏受阴气者也。是以其出也,夜而不昼,山栖而不野,在西南而不在东北。洛阳天下之中,犹无杜鹃,况我国在东海之微,去洛阳又万里者哉？ 此其为证一也。且中朝诏使,络绎于我国,凡道途之间,见闻之物,虽一草一虫之微,无不感于思而出于口以形诸文字之间,而独无一言及于所谓杜鹃者。此其为证二也。望帝冤魂,托为杜鹃,漂落远外,苦思乡土,故其啼必道"不如归"。其说虽诞,而其声则固有相近者矣。今此鸟则不然。虽使明汉音者闻之,亦不解其鸷何声也。此其为证三也。余然后知我国之杜鹃,异于中国之杜鹃也。时与人语,辄以是证之,人且习于见闻,不以为然,而反以为怪。噫! 此山鸡之所以为凤于楚也。吾见亦多矣,岂特杜鹃哉! 余既作此说后,有友人来过,语及此事。友人曰："然。向在戊戌年间,遇一明人于永嘉府之民舍,夜语久之,忽有

---

① 在李熙升编撰的《国语大辞典》(民众书林,1986 年)中,就把红角鸮和杜鹃鸟混淆为一种鸟。而在《新韩国语大辞典》(三星出版社,1984 年)中,虽将这两种鸟进行了明确区分,但在解释红角鸮的条目中却说："因有中国古蜀国望帝驾崩后,其魂魄附着于红角鸮身上的传说,因此自古以来该鸟被许多诗人吟诵。由于该鸟嘴的颜色红如鲜血,以前的文人们便说该鸟吐血啼哭直至死亡。一直以来,都认为该鸟的啼叫声与杜鹃鸟相同,实为误传。"这里明显将红角鸮和杜鹃鸟混淆了。在韩文学会编撰的《韩国语大辞典》(1997 年)中,这两种鸟被进行了区分,但在进行同义词解释时,杜鹃鸟和红角鸮却并没有进行区分而是罗列在了一起。"望帝魂"被看作是杜鹃鸟,而"蜀魂鸟"又被看作是红角鸮。

② 柳时煜《韩国诗歌中杜鹃题材诗的特征》,《西江语文》第 1 辑,西江语文学会,1981 年,第 21—44 页;辛恩卿《生成诗学和"杜鹃"的意义论》,《韩国语言文学》第 43 辑,韩国语言文学会,1999 年,第 61—75 页;辛恩卿《"杜鹃"的诗意内涵》,《韩国诗歌研究》第 6 辑,韩国诗歌学会,2000 年,第 47—80 页。

③ 在禽言体汉诗中,鸟作为题材而被吟诵。由于鸟的叫声被音借和训借,从而具有了双重意义,成为有表面陈述和内在陈述,有紧张感和含蓄美的独特形式的汉诗。在历代文集中有近两百首的禽言体汉诗。关于禽言体的样式特征、数据、主题和内容可参考郑珉《禽言体诗研究》,《韩国汉文学研究》第 27 辑,韩国汉文学会,2001 年 6 月。

杜鹃来窗外树,啼甚悲。余问明人曰:'此何鸟也? 此是杜鹃邪?'明人曰:'非也。尔国无杜鹃。'吾以是知子之说信也。"余曰:"噫! 子之得遇明人幸矣。遇明人而又得闻子规,尤幸矣。不然,必此以我为怪为妄,岂知斯说之不诬哉。"呜呼! 禽鸟,一微物也,目之于分者,有羽毛之异;耳之于别者,有声音之殊。而犹且不知,而以伪为真。况不为微物,而又能饰其羽毛,好其声音,务以欺世盗名者哉! 人之惑而信之,且必万倍于杜鹃。而视吾之不以为然,又不但指以为怪为妄而已。呜呼! 今世之为杜鹃多矣。安可更得子之所遇明人者,而布之于国中,使无其实而假其名者,无以遂其奸,而人且不惑于斯邪? 噫!①

以上引文内容可以概括为韩国并无杜鹃鸟,就算有,也是与中国的叫声为"不如归"的杜鹃属不同的鸟种。其依据有三:其一,以典故为依据。宋朝邵康节以象数学而闻名于世,一天他从洛阳的天津桥经过,听到了杜鹃鸟的啼叫声。杜鹃鸟本该在南方啼叫,绝不会出现在洛阳的天津桥上,所以当他听天津桥上的啼叫时,便判断是地气流动,预言天下即将大乱。由此可见,杜鹃鸟分明是在当时中国洛阳也见不到的南方鸟,因此绝不可能在相距万里之遥而更为北方的朝鲜(韩国)遇到②。其二,在众多中国使臣中,没有一个人吟诵过杜鹃鸟。这些使臣对陌生地方的事物十分敏感,他们将看到和听到的内容均以诗歌的形式记录下来,但唯独没有一首诗歌是记录杜鹃鸟的,这可视为是韩国没有杜鹃鸟的一个反证。其三,在韩国听到的杜鹃鸟啼叫声,无论怎么听都与"不如归"的汉语发音相差甚远,并不类似。接着,他还将自己朋友与中国人相见时,中国人也认为朝鲜并无杜鹃鸟的轶事作为补充论据。

通过柳袗的这段文字,可以体会到他在现实生活中遇到名字与实物不相符合时的惊愕。事实上,翻开中国鸟类图鉴,仅杜鹃就介绍有 17 个亚种。其中有分布于中国全境的鸟种,也有不少仅在北方或南方才能见到的鸟种③。

此外,关于中国人来到韩国后,断定韩国人认为的杜鹃鸟叫声其实不是杜鹃鸟的例子,在许钧的《惺叟诗话》中也能找到。许钧在游历关东地区时,认为所谓的杜鹃鸟就是红角鸮。为此,他还询问了来江陵的浙江人王子爵和四川人商邦奇,王子爵与商邦奇都认为

---

　　①　柳袗《杜鹃说》,《修岩集》,《韩国历代文集丛书》第 553 册,景仁文化社,第 196—199 页。
　　②　根据杜鹃鸟的啼哭而预言天下事的例子不在少数。朴趾源的《热河日记·口外异闻》中有"子规"一条,记载元朝至正十九年(1359)居庸关子规啼哭之事,当时的中原地区正因红巾军起义而陷入战乱之中。
　　③　颜重威《中国野鸟图鉴》,台湾翠鸟文化事业有限公司,1996 年,第 182—188 页。亚种之间的啼叫声互不相同。

该鸟不是杜鹃鸟。对此,许钧解释道:"盖诗人托兴言之,虽非其物,用之于诗中。"①总之,在这个例子中,记录了韩国人认为是杜鹃鸟的鸟在中国人看来并不如此,反而在确认之后认为是红角鸮的事实。

又如金镇圭(1658—1726)曾写了两首《夜闻杜鹃》②,其中第二首如下:

> 昼伏应多苦,宵啼独自怜。无心竞莺燕,窜迹避乌鸢。
>
> 炎海飞难度,巴山梦几牵。莫叹乡国远,犹免网罗缠。

他在题目下方标注了如下有趣的注释:"世传杜鹃惧为乌鸢所攫,昼伏夜啼,而古人未尝云此。东国、中华之鹃,抑或有异耶?"③这里他觉得中国所说的杜鹃鸟和韩国所说的杜鹃鸟有可能是不同种类的鸟。实际上,红角鸮仅在夜晚啼叫,而杜鹃鸟的啼叫不分昼夜,因此将红角鸮误认为是杜鹃鸟的可能性很大。

通过这三条记录,可以确定在韩国普遍存在对杜鹃鸟的认知错误。虽然并不是韩国没有杜鹃鸟,但至少通常认为是杜鹃鸟的鸟,实则却为红角鸮或其他鸟种,这也已经得到中国人的两次确认。当然,关于这一点,从提出韩国和中国的杜鹃鸟有可能为不同鸟类的疑问中也能想象得到。

## 二、禽言体汉诗中的杜鹃鸟和红角鸮

本节以禽言体汉诗为中心,考察这些作品中投射出的杜鹃鸟和红角鸮的诗意内涵。有趣的是,杜鹃鸟不仅出现在禽言体汉诗中,而且在一般的汉诗中也很常见。但与之相反,红角鸮是以被混淆为杜鹃鸟的形式出现在禽言体汉诗里,而在其他类型的汉诗中几乎看不到它的身影。

### 1. 杜鹃鸟

明朝李时珍在《本草纲目》中将杜鹃鸟记载如下:

---

① 许钧《惺叟诗话》,洪赞裕译,《诗话丛林》(下),通文馆,1993 年,第 776 页:"余惯游关东,其所谓杜鹃者,即鼎小也之类。浙人王子爵、四川人商邦奇,俱尝来江陵,余问之,二人皆曰非杜鹃也。盖诗人托兴言之,虽非其物,用之于诗中。"

②③ 金镇圭《竹泉集》卷三,《韩国文集丛刊》第 174 册,韩国民族文化推进会编,景仁文化社,1990 年,第 36 页。

杜鹃出蜀中，今南方亦有之。状如雀鹞，而色惨黑，赤口有小冠。春暮即鸣，夜啼达旦，鸣必向北，至夏尤甚，昼夜不止，其声哀切。田家候之，以兴农事。惟食虫蠹，不能为巢，居他巢生子，冬月藏蛰。①

所谓"冬月藏蛰"，即是说杜鹃鸟冬眠，这反映出古代人不知杜鹃是候鸟的肤浅认知。又如，在《禽经注》中曾记载："巂周，一名怨鸟。苦啼啼血不止，夜啼达旦，血渍草木。"②在韩国，相信杜鹃鸟昼夜啼哭而流下的鲜血能让杜鹃花，即金达莱花盛开的故事，也正是源于这一传说普及化的结果。在中国古代文献中，杜鹃鸟的名称可达到数十种。例如，杜鹃、杜宇、子巂、子规、子鹃、巂周、杜魄、蜀魂、蜀鸟、蜀魄、望帝、怨鸟、冤禽、不如归、秭鴂、鹈鴂、鶗鴂、鷤鴂、思归、催归、思归乐、秭归、子归、盘鹃、周燕、田鹃、谢豹、阳雀、仙客等③。在韩国，杜鹃鸟也被称作归蜀道、啼禽、接冬鸟、皇帝鸟等。

在将杜鹃鸟进行文学吟诵的作品中，杜甫的《杜鹃行》很是有名。在韩国，杜鹃鸟则最早出现在《郑瓜亭曲》里④。在韩国的诗歌中，杜鹃鸟与蜀望帝传说相结合被吟诵的情况最为常见。《寰宇记》中有言："望帝让位鳖灵，自逃之后，复位不得，死化为鹃，每春月间，昼夜悲鸣。蜀人闻之曰：'我帝魂也。'"⑤《蜀王本纪》中也有言："蜀人见杜鹃鸣，而悲望帝，其鸣如曰：'不如归。'"⑥此后，杜鹃鸟有了杜魄、蜀魂、蜀鸟、蜀魄、望帝、怨鸟、冤禽等与望帝相关的别名，同时也有了不如归、思归、催归、思归乐、秭归、子归等与"归"相关的多样化名称。

禽言体汉诗中几乎千篇一律地借音"不如归"或"不如归去"，其内容也从来都依托着望帝的传说。金时习、徐居正、金安老、崔奎瑞、崔永年与金允植等朝鲜诗人都留下了这样的作品⑦。我们首先来看一下金时习的作品，他有两篇题目叫做《不如归》的禽言体诗：

①②　转引自周镇《鸟与史料》，台湾省立凤凰谷鸟园，1992 年，第 174 页。
③　周镇《鸟与史料》，第 172—175 页。
④　即指《郑瓜亭曲》中的"因想念君而哭泣，山中的接冬鸟与我相似"一句。但文中提到的"接冬鸟"究竟是杜鹃鸟还是红角鸮，并不是很明确。在李熙升编撰的《国语大辞典》（民众书林，1986 年）和《标准语大辞典》（国立国语研究院，2000 年）中，"接冬鸟"被看作是杜鹃鸟的方言，在《韩国语大辞典》（韩文学会，1997 年）和《新韩国语大辞典》（三星出版社，1984 年）中，被称作是红角鸮的别名。在北朝鲜，红角鸮的学名是"接冬鸟"，这也属于将二者严重混淆的情况。从诗歌寓意层面来看，《郑瓜亭曲》中的"接冬鸟"与杜鹃鸟是相一致的。但在金素月的《接冬鸟》中，它却与红角鸮的寓意相一致。又如金素月的作品《山》："不归不归又不归，山水甲山又不归。由于是游子而该忘怀，却忘却不了十五年的情分。"这是以另一种形式对杜鹃鸟的吟诵。这种混淆的现象可作为一种旁证：人们从过去直至现在都混淆了该鸟的特性。由于"接冬鸟"包含着杜鹃鸟和红角鸮的特点，因此时而被认作是杜鹃鸟，时而被认作是红角鸮。
⑤　转引自周镇《鸟与史料》，第 173 页。除此之外，在中国文献中关于望帝的传说可参照辛恩卿《"杜鹃"的诗意内涵》，第 49 页。注释 2 中有详细说明。
⑥　转引自周镇《鸟与史料》，第 173 页。
⑦　具体作品可参看郑珉《禽言体诗研究》，以下关于原作品的出处，本文中不再一一列举。

> 不如归,归故乡,蜀天空阔云茫茫。
>
> 千峰迭迭不可越,万木重重无处望。
>
> 欲归未归摧心肠,客中虽乐徒增伤。

诗中出现了"蜀天"和"不如归",可判断为并没有移入特殊的感情,而是附会蜀望帝的传说,体现了"欲归未归"的"客中"情怀。

徐居正留下了三首《不如归去》,以下是其中的一首:

> 不如归去,故山迢递春将暮。
>
> 秦云巴树归路迷,翅短却恐无归处。
>
> 不如归去会须归,何人为我缝征衣。

"故山"与"秦云巴树"是用于描写蜀国的习惯性表达方式。这里首先用短短的翅膀无法飞向远处的鸟的形象引发联想,接着,诗人将哭声"不如归去"与其意义相互联系,"征衣"的寓意则揭示的是想要远行却因没有充足的物资而不能成行的处境。

下面一首是金安老的《不如归去》,题目下方标注有"杜鹃声云不如归去":

> 不如归去,海岱漠漠关梁阻。
>
> 春城风起旌旆扬,客路春寒欺败絮。
>
> 三春行乐不如归,望家家在高云处。

这是一首在柳絮烂漫时节春游时,因突如其来的春寒而吟诵"不如归"的诗。这里描绘了一个迫切怀念家中温暖与热炕头的情景,因此诗中的"不如归"只剩下其本来含意,望帝传说的寓意被削弱了。

除此之外,在金时习的另一篇作品中,也有直接将望帝传说去掉,而只强调"不如归"意思的诗句:

> 不如归去好,何处可安归。宦路风涛恶,侯门知识稀。
>
> 为人长戚戚,吊影正依依。莫若甘吾分,林泉不履机。

收回向往"宦路"的心思,而一心向往"林泉"是这首诗的主旨。人世间并没有舒适的安身之处,宦路上只有汹涌的波涛,侯门中并无心腹,所以忧心忡忡。因此,不如果断地回到林泉。"甘吾分",是指不如做一些符合自己身份的事而活得逍遥自在。

崔奎瑞《不如归》中的整体语感也并无太大变化:

> 不如归,不如归。
> 不如归,声正咽。
> 禽鸟满山非族类,月落天空口生血。
> 纵知归去好,山长水阔羽毛毁。
> 不如归,胡不归,尔不见精卫木石填海志。

与之前单纯地引用望帝传说,或借用"不如归"的含义而疏忽了杜鹃鸟存在的诗文相反,该作品将杜鹃鸟的形象全盘展现了出来,是为独特之处。精卫鸟是炎帝的女儿坠入大海淹死之后其魂魄变成的冤禽,口衔木石填海以化解心中之怨恨,因此也常用来比喻被拴在不知在何时才能完成的事上的愚蠢之人。这里诗人将明知徒劳却还不停衔木石填海的精卫鸟,与只叫着"不如归"的杜鹃鸟相比较,以此来谴责杜鹃鸟的不付诸行动。只要有回去的意念,"山长水阔羽毛毁"的考验和困境又怎能克服不了呢?

将杜鹃鸟的哭声与"不如归"或是"不如归去"的意思相联系,并附会到蜀望帝传说的禽言体诗大同小异。在这里,杜鹃鸟的诗中内涵,与辛恩卿所谈论到的"伤心""悲哀""离别""相思""游子的孤独"相关联,是对"生"的悲伤的一种认识。正如柳时煜所谈及的那样,它原型的悲剧性具有"恨"的象征意义[①]。

在韩国,有关端宗的故事是呈现杜鹃鸟的恨与悲伤象征性的典型事例。望帝和端宗均有"被赶走"的君主的共同属性,以及想要回去却又回不去的悲剧性,因此将不如归的感染力作了最大化。端宗被世祖抢走了王位,在宁越郡客栈的正堂写下了《子规诗》,具体如下:

> 月白夜蜀魄啾,含愁情倚楼头。
> 尔啼悲我闻苦,无尔声无我愁。
> 寄语天下劳苦人,慎莫登春三月子规楼。

---

① 辛恩卿《生成诗学和"杜鹃"的意义论》,第 63 页;柳时煜《韩国诗歌中杜鹃题材诗的特征》,第 27—34 页。

这首诗载于历代诸多诗话中而流传下来,从此以后,路过宁越郡的文人墨客们作诗时总是在端宗的故事里增添杜鹃鸟的叫声,这似乎成了一种习俗。下面这一首是曹尚治的和答诗之一,作为端宗的臣子,在世祖篡夺了王位之后他辞官返乡永川,此后再未踏入官场半步。

> 子规啼子规啼,夜月空山何所诉。
>
> 不如归不如归,望里巴岑飞欲度。
>
> 看他众鸟总安巢,独向花枝血漫吐。
>
> 形单影孤貌憔悴,不肯尊崇谁尔顾。
>
> 呜呼! 人间怨恨岂独尔。
>
> 义士忠臣增慷慨,屈指难尽数。

这里端宗的悲惨处境与望帝的怨恨相似,同时还延伸到对"义士忠臣"精神的呼应。在这首诗中,杜鹃鸟的象征性又增添了一层"忠"的含义,而这种含义上的拓展,可从郑叙的《郑瓜亭曲》中找到其根源。杜鹃鸟不仅在汉诗中出现,而且在时调里也频繁地出现,从观念性逐渐上升为习俗化。朴祥(1474—1530)的《闻杜鹃》、申光汉(1484—1555)的《闻杜鹃赋》与朴而章(1540—1622)的《咏杜鹃寄平江赋》等赋作中,这种象征意义得到很好的呈现[1]。

在禽言体汉诗中,杜鹃鸟的啼叫声也有不借音"不如归"或"不如归去"的例子,被叫做"我死也""我欲死"与"死去"等名字的鸟便属于这一范畴。在意义上解释为"我快死了"的杜鹃鸟的啼哭声"死去",在韩语中读为"죽어","죽어"发音发生变化后,自然就变成了"주걱새"。通常情况下,在家禽类中所提到的"주걱"(啼禽)便是指杜鹃鸟了,啼禽也成了杜鹃鸟的别称。由于此鸟的叫声因雌雄而不同,因季节的不同而变化,因此根据听的不同情况,其听到的结果就会有所不同。有些人听起来觉得是"蜀道蜀道",因此把该鸟叫做"归蜀道";有些人听起来是"接冬接冬",因此叫做接冬鸟;又如听起来像"주걱주걱"(死去死去),便又将该鸟叫做啼禽。李睟光在《芝峰类说》中介绍了高敬命的《禽言》,并指出该鸟在诗中被叫做"呼死鸟"[2]。高敬命、金时习、张维、权韠、柳梦寅等也留下了相关作品。

首先,来看一下高敬命的作品:

---

[1]　这些作品可参看林钟旭《韩国文集所载辞赋作品集》,亦乐出版社,2000年。

[2]　李睟光《芝峰类说》卷一二:"此指俗谓呼死鸟也。此鸟每于春时鸣声甚哀楚,盖怨禽也。"第16页。

　　欲死缘何事,知渠悔有生。

　　青林雨新霁,丛树月微明。

　　未死吾人在,空为呜咽声。


　　午夜时分,山林中有鸟发出将要死去的啼叫声。那些用又低又短的低音发出"死去死去"的声音,犹如凄惨回旋的咒语一样。或许是由于诗人有轻生的念头,所以他认为杜鹃鸟是这样啼哭的。但在雨过之后的树林,整个晚上都笼罩着皎洁的月光,失去活着的信念而想要死去的"我",最终却没有死去而又如此这般地活着。最后,作者指责杜鹃鸟不仅不能安抚心情,反而用那"徒有虚名"的呜咽声扰乱别人的心情。

　　下一首是张维的作品:


　　我死也,何为者。

　　声声凄断叫复止,问是怕死还欲死?

　　幽林深树好栖迟,雌雄饮啄飞相随。

　　笼中翡翠应羡尔,尔生可乐何死为。


杜鹃鸟的声声啼叫,叫人心如刀绞,诗人问鸟这是"怕死"呢,还是"欲死"呢?杜鹃鸟不仅有自己的另一半,还有一个安乐窝,这是就连在鸟笼中吃着投喂的饲料,尽享主人宠爱的翠鸟都十分羡慕的自由。只要下定决心就能尽情地享受生活,为什么总是说要死去呢?

　　接下来是柳梦寅的《死去鸟》:


　　死去鸟,鸣死去。

　　人间有何苦,长日号号我死去。

　　尧舜死周孔死,孟贲夏育归何所。

　　汉不见黄初平,晋不闻安期生。

　　昨遇人魂称洞宾,

　　云我死去不知几千春,所以死去死去做仙人。


柳梦寅的诗中彰显着他的才气,依然是以该鸟成天嚷着要去死而开篇。是的,在这世界上尧舜、周公与孔子均已离世,光凭天下壮士孟贲和夏育的力量是不可能阻止死亡的。晋国的神仙黄初平习得仙道而活了数百年,但在汉朝早已不见他的踪影;同样在秦朝活了千年的神仙安期生在晋国时也仅仅只留下了名字。但是在昨夜的梦里不是梦见了说自己是已经死了几千年的吕洞宾吗？如果是这样,那么死去之后成为神仙才是获得永生了吗？所以,这只鸟是想快些死去化作神仙而不停地叫着"死去死去"而啼哭吗？

综上所述,在禽言体汉诗中,杜鹃鸟被读作"不如归"或者"不如归去",通过假托蜀望帝的传说故事,而作为象征悲剧性的"恨"的对象被吟诵。同时,诗人们抑或夸张地将杜鹃鸟的啼叫声听成"死去",从而被戏剧化为因生活充满辛酸而宁愿去死的悲鸣。从生活的困苦层面来看,这二者是一脉相通的,但事实上却很难找到贯穿二者的共同点,这是由禽言体汉诗所具有的语言上的特性所导致的。因此,在一般的汉诗中,杜鹃鸟被不断重复着"不如归"的恨的象征意义,却找不到啼禽以"我欲死"的意义展开铺叙的诗篇。

## 2. 红角鸮

红角鸮,鸱鸮科鸟类,其身形酷似猫头鹰,耳上有翎,体形偏小。它是一种夜行性鸟,昼间在林间休眠,夜晚开始进行活动,在中国多称为角鸮或红角鸮。大体上,在中国通常将鸱鸮科的鸟类理解为夭鸟,或是祸鸟、怪鸟、恶鸟,认为其会带来灾祸。《禽经》有言:"怪鹏,一名鸺鹠。江东呼之为怪鸟,闻之多祸,人恶之,掩塞耳矣。"① 又有言:"枭,在巢母脯之,羽翼成,啄母目翔去也。"② 因此,红角鸮亦被称为不孝鸟。在《诗经·豳风·鸱鸮》中,也将这种鸟吟诵为捕食其他鸟类幼鸟的不幸之鸟③。在鸱鸮科的鸟类中,有鸱鸮、猫头鹰、角鸮等数十个亚种,其身形大小以及鸣叫声音虽各有不同,但在古文献当中经常被混淆,因此很难做到明确区分。

真正使韩国人喜欢并接受红角鸮的,是源于无法直接观察这种夜行性鸟类,而笼统地将红角鸮的鸣叫与杜鹃鸟相混淆的结果。实际上,两种鸟类的鸣叫声是完全不同的,但也有因为同属一个种类而感觉相似的情况。韩国人有着将红角鸮"咕咕"(소쩍)的叫声与一年收成的吉凶联系在一起的朴素认识,同时也有着红角鸮是被公婆折磨饿死的儿媳的还魂鸟一类的民间传说④。当红角鸮在夜间的天地之间响彻凄然鸣叫之时,便让人想起了其中蕴含的种种故事。因此,与中国的情况不同,红角鸮受到了韩国人的喜爱。而且即便是同属鸱鸮科,在午夜之中听起来,它也与阴冷且一听就让人寒毛倒竖的猫头鹰叫声不

---

①② 转引自周镇《鸟与史料》,第 183 页。

③ 转引自周镇《鸟与史料》,第 181 页:"鸱鸮鸱鸮,既取我子,无毁我室。"

④ 李宇新《我们必须了解的 100 种韩国鸟》:"很久以前,有一个厌恶儿媳的婆婆,她为了不给儿媳饭吃,给她非常小的锅让她做饭,结果,就算做了饭也没有自己一份的儿媳终于还是被饿死了。她可怜的灵魂变成了鸟,每到夜晚就会哭喊着对婆婆埋怨的声音'锅太小啦,锅太小啦,咕咕'。"玄岩社,1999 年,第 141 页。

同,红角鸮那唤起幽静深山情趣的纤弱爱怜般的鸣叫声,使人们创作了无数这样那样的故事①。

在一般的汉诗中,基本看不到红角鸮的身影,唯独在禽言体汉诗之中会有体现。柳梦寅、张维、权铧、李养五、金春泽、柳得恭、崔永年等人都有作品留存于世,这与杜鹃鸟那种不仅出现在禽言体汉诗,更在一般汉诗当中出现的状况形成了鲜明对比。下面首先来看一下柳梦寅的《鼎小》:

> 鼎小复鼎小,鼎小岂忧无大镬。
>
> 但愿年丰谷有余,一鼎百爨殊不恶。
>
> 万钟吾自营,遮莫呼鼎铮。

柳梦寅的禽言体诗歌都十分巧妙,红角鸮"鼎小鼎小"地鸣叫,但就算是"锅子"再小又有什么好担心的。若是家中谷仓间堆满了粮食,就算用小锅子煮一百遍饭,也是开心的事情。无论是多少的粮食都能处理得了,可为什么要"鼎铮鼎铮"地叫呢?

就像这样,红角鸮之所以能够成为人们生活当中爱怜的对象,源于其鸣叫的声音往往与占卜一年收成好坏的迷信相关。红角鸮如果"鼎小鼎小"地鸣叫,那么就会是丰年;如果"鼎铮鼎铮"地鸣叫,那么就意味着将会是灾年。与按照中国人发音习惯而拟声为"不如归"不同,韩国所使用的"鼎小"是纯粹的韩国固有语借用汉字训借法产生的拟声词。丰年时粮食多了,想要饱食之时锅子太小的话,那就会成为问题;凶年之时没有可炊之米,锅子就会空得铮铮发亮。所以,不要"鼎铮鼎铮"地叫,还是"鼎小鼎小"地叫吧——这便是人们盼了又盼的愿景。

下面来看一下柳得恭的《鼎小》。作品的注释中有"子规,一名鼎小,鸣则年丰"②的说明,从将子规称为鼎小的情形来看,韩国人已经习惯将杜鹃鸟和红角鸮混为一谈:

> 鼎小鼎小,
>
> 去年鼎今年小,今年鼎小丰年兆。
>
> 田家四面花木深,荷锄归来听了了。

① 李宜茂(1449—1507)《莲轩杂稿》卷一记载的《鸺鹠赋》中,有着"辛丑年秋,我在庐幕之时,一天黄昏正要出门的时候,忽听得枭鸟鸣叫,心中觉得不想听。将这心情向老人询问后,老人言'此鸟必是鬼物附体而使之鸣泣。其鸣所向,必遭灾祸啊,此乃不祥之尤物'"的段落。由此可知,对枭的认知是与红角鸮处在完全不同的层次上的。原文请参看林钟旭编《韩国文集所载辞赋作品集》卷一,第96页。

② 柳得恭《泠斋集》卷一。

忙完了一天的农活,黄昏归来之时,红角鸮"鼎小鼎小"地鸣叫着。说什么好好地用着的锅子小了,今年到底是要有多大的丰收啊!心满意足地环顾四周,花草树木真是讨人欢喜啊。想到那堆满了的打谷场,心中何等满足,嘴上咧开了笑意。

下面是崔永年的《鼎小》,这是一首将民谣欢快的曲调直接拿来用的有趣作品。注释当中写着"丰年鸟言,其声促而数"。从这里可以看到,红角鸮也被称为是丰年鸟:

> 好几好几鼎小鼎小,稻多稻多鼎小鼎小。
>
> 肚大肚大鼎小鼎小,饱乐饱乐鼎小鼎小。

在这些轻快的曲调和重复的韵律中,能够体会到沉淀在其中的欢愉之情。如上文所见,在禽言体汉诗中所见的红角鸮,大部分是与期盼丰年相关的,也就是把对一年收成丰收的祈愿,倾注在每晚都会响起的红角鸮鸣叫声中。除此之外,在权鞸、李养五、柳得恭的其他作品中,也在吟诵着丰年中农家的庆典场景①。

下面是张维的作品《鼎小》:

> 鼎小鼎小,饭多炊不了。
>
> 今年米贵苦艰食,不患鼎小患无粟。
>
> 但令盎中有余粮,乘热再炊犹可足。

这首诗歌的构思,是从反面着手的。凶年到了,米太贵了,农家的所有烦心事就是解决每顿饭而已。即便如此,那些不明事理的红角鸮却仍然在"鼎小鼎小"地叫着。如果真的能像红角鸮们喊得那样锅太小了,要煮两次才行的话,那我也就没什么别的愿望了。

另外,金春泽的《鼎小鸟行》三篇,虽然并非禽言体汉诗,但也是吟诵红角鸮的诗作②,其一:

> 四月已暮稀闻莺,鼎小之鸟自来鸣。
>
> 山木深深羽翮微,鸣声切切如有情。

---

① 权鞸《鼎小也》:"鼎小也鼎小也,秋禾如云满原野。今年鼠壤有赊蔬,买羊醺酒燕同社。主妇炊黍客满座,鼎小也釜亦可。"李养五《鼎小也》:"鼎小也鼎小也,五谷穰穰满四野。杀羊宰牛且为乐,同我农夫飨秋社。饭可炊兮汤可煮,何鼎之小也?低头向人语。"柳得恭《鼎小》:"鼎小鼎小,粟多鼎小。妇忧悄悄夫来笑,谓妇朝朝夕夕两炊吃了。"

② 金春泽《北轩集》卷六,《韩国文集丛刊》第 185 册,第 81 页。

炎埃满田雨不濡，黄雾终朝麦又枯。

万人各愁一箪空，尔言鼎小胡为乎。

正如小人当国危，强欲丰亨为诡谀。

庐山穷士头浑白，穷未有知知稼穑。

愿君取石抵此鸟，但勤耕刈祈天泽。

百谷登场鼎即小，少食更遗明年食。

这首诗由 16 句构成，算是相对较长的作品。进入了四月，本想着黄莺鸣叫应该变得稀少了，可树林里又传来了红角鸮的叫声。像是有什么要诉苦的事情一样，用婉转的声音喊着"鼎小鼎小"。然而田里十分干旱，本来要抽穗的麦子都已经干瘪在田里了。就算是这样，那个不懂事的红角鸮还在喊着丰年来了，锅子太小了。这不就像是小人把国事弄得一团糟之后，还要阿谀奉承着来粉饰太平的事情一样吗？最终，威胁着说要用石头把红角鸮赶走。如果只是听信了红角鸮的话而疏忽了农事的话，哪怕期盼的"天泽"也会消失不见。秋天丰收之时，哪怕是锅子小了点，也请一粒粒珍惜着吃，这样才能坚持到来年春耕之时啊。

在这首诗作成后不久，可能是久旱之后终于降下了甘霖，诗人因此重新提笔以相同的韵脚，重新吟诵了红角鸮。其题目为《既旱而雨，再作鼎小鸟行，用前韵》：

鼎小何止胜流莺，恰似朝阳闻凤鸣。

得非丰征尔先见，无乃皇天感尔情。

二旬雨不乍沾濡，千里今看苏焦枯。

男声女音俱欣欣，纵有万金能买乎。

当家便欲铸大鼎，争道禽言非妄谀。

不用牺牲婴茅白，何须九扈趣耕穑。

急宜先封鼎小鸟，园林钟鼓侈恩泽。

每岁田间鸣磔磔，雨顺风调人饱食。

即便是连黄莺的鸣叫都不如的红角鸮鸣叫，"鼎小"这样的鸣叫声与凤鸣之声同样被视为吉兆。老天也像是感应到了祥瑞一样，似乎要把那已经干裂的大地变成泥潭，下起雨来。干枯的芽苗也重新找回了生机，男女老少脸上的愁容消失得干干净净，富人之家吵闹着要铸一口比丰年时还要大的锅。红角鸮像是变成了某种祥瑞之物，人们对它热情赞颂着。

至今还没有为了举行祈雨祭祀而杀牛宰猪,仅仅是红角鸮的鸣叫就引来了雨水,不正应该给它好好记上一功才合适吗? 在最后,还寄予了"每岁田间鸣磔磔,雨顺风调人饱食"的愿望。在这首诗的字里行间中,到处都充斥着诗人的诙谐。

接着,诗人又写出了另一篇。第一首对红角鸮太过责难,而第二首又太过诙谐,于是接着写下了第三篇。题目为《初篇过矣,再篇希而,盍反而正之,三座鼎小鸟行,又用前韵》:

> 豳诗仓庚是黄莺,戴记鸣鸠又鹘鸣。
>
> 鼎小亦一时鸟耳,声音偶似元无情。
>
> 禾黍芃芃天所濡,山川涤涤天所枯。
>
> 天不自为视人事,转灾为瑞非人乎。
>
> 圣德益修圣体康,朝多贤俊无奸谀。
>
> 勿征钱布死骨白,尽归游闲南亩稑。
>
> 行看万物圉和气,岂独三农被膏泽。
>
> 鼎小功罪两悠悠,残粟无妨任渠食。

即便偶然间将红角鸮的叫声听成了"鼎小",但归根到底,鸟不过是没有感情的动物罢了,仅仅听了它的鸣叫,哪能作为丰年凶年的依据呢? 这些都是上天的法则而已,只有更加辛勤地为国家挥洒力量,谋求生计使得万物的和气满溢出来才行啊。诗人正是以这样的决心,而创作了这首诗。

除此以外,在《东诗丛话》之中,还有将红角鸮的鸣叫声听成"忽寂",也就是"呼噜呼噜"吃粥的声音的例子①。除此之外,李学逵也曾在《禽言十章》的一首诗中,将红角鸮的叫声描绘成"速摘茶",也就是快快去摘茶的例子②。另一方面,在《续御眠楯》中也记载有这样的例子:三名女子在半夜听到红角鸮的鸣叫声,其中一人说红角鸮是在哭蜀国太小了——"蜀小",另一人则说是在哭鼎太小了——"鼎小",最后一人则说是"阳小",也就是在哀叹自己男人阴茎太小的故事③。这些多样化的借音例子,向我们说明了红角鸮是一种与人们日常生活息息相关的鸟。

---

① 撰者未详《东诗丛话》:"忽寂鸟鸣声,僧即应曰:'懒妇农即春,才成粥一钟。厨中甘饮响,山鸟善形容。'善形容,方言以饮啜声为忽寂忽寂。"《韩国诗话丛编》第 11 册,太学社,1988 年,第 448 页。

② 李学逵《禽言十章》:"速摘茶,春将赊,前山昨夜雨,灌林齐生芽。新芽作叶农事急,恐尔明朝不在家。"《洛下生全集》,亚细亚文化社,1985 年,第 277 页。

③ 金铉龙《韩国文献说话》第 7 册,建国大学出版社,2000 年,第 497 页。

正如从"丰年鸟"这样的别名中看到的一样,红角鸮作为先民们对丰年的朴素愿望的象征,被人们以各种方式所吟诵。但是或许是由于比较忌讳训借法对含义的干涉,又或者是没有来自中国的典籍论证,虽无法知道其确切的原因,但在一般的汉诗中几乎无法找到红角鸮的身影。值得注意的是,与杜鹃鸟那种"恨"的悲剧性情绪相反,红角鸮意外地被寄予了丰年的愿景或诙谐内涵而被人们所吟诵。

# 结　语

杜鹃鸟和红角鸮是传统诗歌的常用题材,但它们很显然是两种不同的鸟类。然而,这个再也清楚不过的鸟类学事实,却与文学作品中的混淆现象存在着复杂而有微妙的文化割裂。本文主要以禽言体汉诗为中心,对大部分研究者乃至韩语辞典当中也会经常混淆的两种鸟的象征意义,进行了区分与梳理。

就其结论而言,是非常有趣的。杜鹃鸟是一种以蜀国望帝的传说为基础,并被加上如同在泣诉着想要回归却无法回归的恨一般的"不如归"的啼叫声,进而有效地呈现出离别的痛苦、浪子的孤独、相思、死亡、空虚等感情,成为需要在人生过程中直面的各种消极情绪的"替代物",并以此确立了自己在文学上的地位[①]。不仅如此,在禽言体汉诗中杜鹃鸟又有着啼禽(주걱새)的别称,因此也会被当作在世上高喊着"我欲死"的戏剧性的鸟,而被进行戏剧化处理。虽不能说这种被戏剧化处理的情况与杜鹃鸟本身的属性完全无关,但这主要还是与它的鸣叫声所引人联想的意义相关联。

与此相反,与杜鹃鸟那种深深浸入在"恨"的情绪中所表达的情感不同,红角鸮被当作是预示着丰年,并代表劳苦大众朴素愿望的一种鸟。虽然这两种鸟类经常被混为一谈,但在诗歌中却以完全相反的形式被吟诵着,这一现象是十分有趣的,这又与禽言体汉诗所具备的文字游戏属性有着密切的关联。

即便是到了现代,杜鹃鸟与红角鸮也仍然作为诗歌的素材而频繁登场。在现代诗歌中,杜鹃鸟的内涵与过去的象征意义并没有太大差别。但与之相反的是,红角鸮的含义则与汉诗中的象征意义不同。在现代诗歌中,红角鸮被赋予了大众性的情绪以及悲哀的"情恨",感觉在很大程度上已经浸入了杜鹃鸟的象征含义。

本文旨在对至今沿袭下来的杜鹃鸟与红角鸮进行更为明确的区分,以此来帮助读者理解两者的诗歌意象。除此之外,在韩国的传统汉诗当中,还有不少以鸟类为题材而创作

---

① 辛恩卿《生成诗学和"杜鹃"的意义论》,第 66 页。

的诗歌,这些作品很多都像本文重点考察的禽言体汉诗那样,种类丰富且蕴含有趣的诗意。这些都是与韩国民族精神紧密相连的重要文化遗产,今后笔者将会在多个方面开展持续性的研究。

【作者简介】郑珉,文学博士,韩国汉阳大学人文学院教授,发表过论文《韩国汉诗与道教》《禽言体诗研究》等。译者韩东,南昌大学人文学院副教授;宗千会,南昌大学人文学院讲师。译者属上海师范大学高水平计划比较文学与世界文学创新团队。

# 关于韩国汉诗的声音美学研究*

安大会 著　刘阳洋 译　韩东 校

**摘要**:论文关注汉诗中的要素——声音。汉诗中的声音不仅是音韵的符号,而且代表了特定的含义。汉诗中被放大的声音,还带给读者独特的审美感觉。据此,本文分析了韩国汉诗主要流派以及诗人诗作中的声音美学。

第一节论述声学效果普遍存在于诗歌中,并且讨论这些声学效果是否同样表现于汉诗中。第二节以海东江西诗派和三唐派诗人为例,阐述在理解特定的作家诗作时,或在追踪诗史变化过程中,声音成为重要的考量标尺。第三节举例明示在汉诗中如何调谐本土语言,塑造声音效果,并分析汉诗作品中声音的应用技巧。通过以上分析,证明声音的效果能使诗人强化汉诗含义,从艺术层面达到较高的水准。本论文分析了韩国汉诗中关注声音和音韵的一些例子,笔者期待这种分析也能扩大应用到一般的诗歌分析中。

**关键词**:声音美学　音律意义　海东江西诗派　黄真伊

## 一、汉诗与声音的美学

诗人把文字作为感知外部世界的刺激,并表达自己的内心的工具。与一般人相比,诗人能更好地发挥语言卓越的感性能力,从而创造出诗歌。但是无论诗人怎么表达,诗歌本身作为"记号"的文字,仍然存在一些根本性的局限。

燕岩朴趾源巧妙地表达了这一局限。在他的信函中出现了私塾先生教训不认真学习《千字文》的孩子的内容。挨训的孩子问老师:"里中孺子,为授千字文,呵其厌读,曰:'视天苍苍,天字不碧,是以厌耳。'此我聪明,馁煞仓颉。"①这段对话有趣地暴露了文字本身带有的局限性。孩子认为描写天空的天字,只是字面上的符合,而不能表达出非语言性的

---

* 本文系国家社科基金重大项目"东亚汉诗史(多卷本)"(项目编号:19ZDA295)阶段性成果。

① 朴趾源《答苍崖》,《燕岩集》,民族文化推进会编刊《韩国文集丛刊》第252册,景仁文化社,2012年,第379页。

实际情况,说明文字和实际无关。孩子的认识很好地展现出诗人目前所处的困境。朴趾源据此认为,是孩子的机智使得汉字的创造者仓颉陷入了困境。在朴趾源关于"鸟"的表述中,也曾说过类似的话语,这表明他对文字的表达旨在能最为贴近实际地表现现实世界这一问题非常关心①。

诗人是克服文字本身局限性,而致力于描述外部世界的真实性和表达人类内心世界的一种存在。通过在文学体系中巧妙的组合,使得人们在诸如没有蓝色的"天"字和不会发出叽叽喳喳声音的"鸟"字的文字中,感受到映入眼帘的蓝色和耳边鸟儿叽喳的叫声,这是诗人的一种特殊的才能。通过色彩和声音的具体感觉,而达到再现文字符号的效果,是诗人的本能欲望。

但是文学语言中通过色彩或声音最大程度再现的自然,并不能是自然本身。金禹昌提出,文学语言中的声韵体系是一种翻译语言,那并不是真正的自然声音,而是对自然声音所表达的某种意义上的说法②。也就是说诗歌中的声音,是与自然相关声音的含义而组成的一种表达。虽然诗歌里并不能完全描写出真实的声音,但是诗人会通过与之相关的形式,并结合读者的心理而表达出声音的含义。

诗人在创作时,努力填补极难填补的文字和含义、文字和声音之间的缝隙。这一点可在以下朴齐家对柳得恭诗歌的评论中看出:

> 情非声不达,声非字不行,三者合于一而为诗。虽然,字各有其义,而声未必成言。于是乎,诗之道专属之字,而声日离矣。夫字之离声,犹鱼之离水,而子之离母也。吾恐其生趣日枯,而天地之理息矣。……虽然,声与字一也,而善则合之,不善则离之,何也?文出乎字,而声成于字外。故曰:字者下学,而声者上达。③

情感通过声音传达,声音通过文字传达。随着时代的发展,诗歌中的声音渐渐被离析出来,导致诗歌无法很好地传达情感。诗歌语言无法再现现象世界的声音,因此也就失去了天地自然的生机,只能传达一些枯燥无味的含义。在构思诗歌语言时,重视声音感觉的朴齐家强调,如果想生动地再现自然并创造出令人感动的清新诗歌,那么就更应该积极地考虑利用声音的效果。

---

① 朴趾源《答京之》,《燕岩集》:"彼空里飞鸣,何等生意?而寂寞以一鸟字抹杀,没却彩色,遗落容声,奚异乎赴社村翁杖头之物耶?或复嫌其道常,思变轻清,换个禽字,此读书作文者之过也。朝起绿树荫庭,时鸟鸣嘤,举扇拍案胡叫曰:'是吾飞去飞来之字,相鸣相和之书,五采之谓文章,则文章莫过于此,今日仆读书矣。'"第365—366页。

② 金禹昌《诗的语言与事物的意义》,收入《诗人的宝石》,《金禹昌全集》第3册,明社社,1993年,第72—97页。

③ 朴齐家著,安大会译《柳惠风诗集序》,收入《穷困之日的朋友》,太学社,2000年,第81—84页。

　　朴齐家指出汉诗最能体现文化。特别是汉诗中凸显了声音的效果,且在汉字的基础上形成的汉诗中,声音所占的比重很大。我们很自然地就能感受到,与其说汉诗是通过眼睛读出来的,不如说汉诗是通过嘴唇吟咏出来的一种文化。如今韩国对于汉诗的鉴赏和理解方面,吟咏这个方面在渐渐减弱,从而导致很容易忽视声音这个层面。对于这一问题,前文朴齐家已有过论述。此外,金禹昌还曾指出:

　　　　在大多数情况下,尽管语言由“声音”和“意义”的两个维度组成。但“声音”只在潜意识或无意识中起作用,被我们的意识所捕捉的是“意义”。当语言在传达其“意义”时,我们并不太在意作为物理实体的声音。……因此,在重新将声音作为不透明(隐匿)的实体,并进行主体化时,则需要对说话或听话的人进行特别的调整。诗人或诗的优秀读者,就是同时对诗歌的“意义”和“声音”都敏感的人。①

　　诗人和读者是能够敏感地捕捉到诗歌的意义和声音之间的密切关联的,这是因为声音不仅是单纯的语音符号,而且是干预意义和增强感觉的重要元素。因此,有必要通过关注诗歌的声音本身和作用来理解诗歌。本文将就这一点进行探讨。

　　然而,正如上述引文所指出的那样,“声音”是在潜意识或无意识中起作用,因此很难像“意义”那样被清晰地理解。在汉诗的各种元素中,客观说明诗歌的“声音”是有难度的。大多数诗人和研究者侧重将诗歌的声音定义为“声律”,即分析诗歌是否符合平仄、韵脚的要求,是否做到了对偶,以及进一步观察诗歌是否存在声病和禁忌等。尽管有部分学者认为此类声律因素构成了诗歌声音的基础,因为从根本上说,声律与文字的音乐性有着紧密的关联。机械性的形式是构成诗歌声音的重要基础,但比它更有意义的则是倾诉人间的情感,以及与“意义”相互结合的效果。因此,诗的声音受到意义的影响,其长短、高低、轻重等分别是随诗中所表现的情绪而来的,而不是固定的僵硬格式②。

　　在这里要讨论韩国汉诗的声音,可以理解成是以什么汉字音为基准的问题。不同时期都有该时期通用的“韵书”,这些韵书中所规定的声音和声律是讨论的基础。但是,本文将不考虑各个时期不同韵书之间的细微差别及其应用,同时也不把汉诗的一般声律当作讨论的标准,而是仅仅通过普通韩国人发音的“音价”,对汉诗的声音进行欣赏和分析。也就是说,本文在讨论韩国汉诗的时候,将摆脱韵书的机械性声律,运用韩国的汉字音进行

---

① 金禹昌《诗的语言与事物的意义》,第85页。
② 参见《朱光潜全集·诗论(新编增订本)》,中华书局2012年版。

自由讨论。尹春年下面的言论,也为这一观点提供了理论依据:

> 凡字各有三声,乃初中终之谓也。世宗御制训民正音,备论言声。此虽只为谚字而设,然引而伸之,则其于诗声亦可通矣。①

尹春年认为,训民正音的"音声学"理论可以作为探讨诗歌声音的标准。他的这一观点为我们在分析汉诗的声音过程中,考察与运用韩国汉字音提供了依据。

## 二、汉诗史与诗歌的声音

通过上文分析可知,在汉诗的鉴赏和分析中,声音的因素占据了不小的比重。因此,对语言敏感的诗人在强化诗歌意义的传达时,往往最大化发挥声音效果的能力。关于声音的效果,虽然所有的诗人对此都很重视,但根据每个诗人的个性和能力的不同,会产生很大的差异。例如,明代诗人李东阳强调了声音的重要性,他说:"诗必有具眼,亦有具耳。眼主格,耳主声。"②他强调了观察事物的眼光以及区分声音效果的能力,这一观点反映了在诗的创作和欣赏中应当重视声音所带来的效果。

一般而言,根据不同诗人的不同品味,要么特别重视声音的效果,要么与之相反。另外,这种差异并不仅仅局限于个人,而会根据时代、诗人群体表现出彼此不同的面貌。其差异之大,甚至还会给汉诗史带来了一种与众不同的变化。

在朝鲜王朝中期汉诗史上,出现了重视汉诗声音的趋势。其中,在创作时特别重视诗歌声音效果的诗人群,是由崔庆昌、白光勋和李达等三唐派诗人为中心组成的。与过去的诗作相比,三唐派的诗歌被认为在声音方面取得了卓越的成就。很多评论者都提到了三唐派的这一成就,其中最具意义的评价是黄胤锡提到的观点。他说:"诗之本色,在于声色音律,而议论其末也。故吾于东国诗家,必推崔、白二家为首者,取其声韵之雅亮也。"③由于黄胤锡将声色与音律作为评价诗的标准,因此在朝鲜王朝的诗人中就不得不提到三唐派的诗歌。以声音作为评价诗的标准,对三唐派诗人进行高度评价的评论者并不只有黄胤锡一人。比如,李奎象就对李达的诗歌评价道:"以余尚论,则李荪谷达,格虽平浅,响实

---

① 尹春年《秋堂小录》,《学音稿》(《东方古典文学研究》第 2 集),召命出版社,2000 年,第 133—134 页。

② 《麓堂诗话》,收录于《历代诗话续编》,中华书局,1983 年,第 1371 页。

③ 李烨《与黄永叟论诗学》,收录于《农隐集》。国立图书馆馆藏石板本,1960 年。

清丽,不失诗家之正统。"①

像这样,评论者们是在诗歌的声音中找到了三唐派的优越性。如果我们吟诵三唐派的作品,便可以找到其优越性的根据。作为其与前辈区别的显著标志,三唐派诗人标榜诗歌的音乐性韵律美。在以三唐派为首的这个时期,尤其在追求唐诗风格的诗人身上,这种倾向十分显著②。在众多的诗人中,可将白光勋作为代表诗人进行分析。下面是白光勋在弘庆寺所写的五言绝句:

> 秋草前朝寺,
> 残碑学士文。
> 千年有流水,
> 落日见归云。

这是一首注重于场面描写的优秀诗作,通过视觉形象描写,描绘了曾经华丽的寺庙因衰败而变得凄凉的场景,由此抒发了诗人的怀古之情。视觉效果成为这首诗主旋律的同时,在诗歌语言的选择和安排上,突出了诗人的特别意图,以下进行具体分析。

首先,"秋草—前朝—寺""残碑—学士—文""千年—有流水""落日—见归云"等诗句的语言特点是不生涩。虽是绝句,但彼此形成对偶诗句,从而更加凸显律动美。此外,诗句中的语言都是由唐诗中常见的词汇组成。

起句的初声分别使用"ㅈ""ㅊ""ㅅ"的舌齿音。通过诗的字词的发音告诉人们此景为"秋天的草"和"前朝的寺",引起一种寂寞的感觉,从而强调该场景所蕴涵的意义。对这种寂寞的感觉,通过承句首字残的"ㅊ"音和转句的首字"ㅅ"音来承前启后,由此留下落寞的余韵。

另外,在这首诗中,不含终声以中声收音的字有十个字,以终声收音的字有前(전)、残(잔)、文(문)、千(천)、年(년)、见(견)、云(운)七个字,且都以"ㄴ"音来收音。不属于前两种情况的字只有三个字,即学(학)、落(락)、日(일)。由于这三个字以入声收音,因此形成塞音和断音,给人以忧郁的感觉。那么在整句诗的二十个字中,使用十个中声和七个以"ㄴ"音来收音的音节的布局,是不是可以把它视为一种偶然?显然,这绝不是一个偶然现象。我们应该将其视为从诗的音乐性出发的诗人的缜密的选择和安排,从而呈现出了一

---

① 李奎象《散言》,收录于《一梦稿》(韩山世稿,李世灿编)卷二三,1935年。
② 李钟默《汉诗的言语及其结构——以三唐诗人为主》,《韩国汉诗的传统及其文艺美》,太学社,2002年,第157—182页。

首感受不到一丝不和谐的、具有节奏感音乐性的诗作。全诗的押韵整体上给人一种凄凉、沉闷而悠长的感受,诗中的任何一个字都不带有明快色彩的感觉。

白光勋的另一首名诗"红藕一池风满院,乱蝉千树雨归村",也是一首很好发挥声音效果的诗。在这首诗中,由元音和浊音组成的诗句,令人感受到一种非常柔和的声音。他的诗中,通常看不到能够形成不和谐音的送气音。出于音调的效果,他的诗多选择中声和终声字。白光勋的诗大部分是将浊音(ㄴ,ㄹ,ㅁ,ㅇ)或元音作为诗的终声字,以追求发音上的音乐性①。这种具有音乐性的声音,令吟诵诗者在无意识中感受到诗的音律,从而不知不觉地感受到落寞的余韵与其回声。白光勋的这首代表诗作在《国朝诗册》中被赋予"绝唱"的最高评价,是基于对这首汉诗声音效果的肯定和赞赏。

对诗作声音效果的艺术性考虑,不仅是白光勋的个人特点,而是三唐派诗人身上普遍具有的倾向性。在创作上,三唐派诗人细致入微地注重诗的声音因素,但在几十年后,金得臣却对此作出了尖锐的批评。他认为崔庆昌、白光勋和李达只注重了诗的声音,却不懂得诗的真谛,因此是不懂得诗本质的诗人②,并直接嘲讽这种诗坛风气③。可以看出,金得臣批判了三唐诗派,认为他们比起对诗的意义的探索,更注重乐感的精致,这使得其诗作倾向于对形式美的追求。金得臣的批评和主张,是有一定的道理的。

将三唐派诗歌的音乐美与前辈诗作相比较,能够明显地感受出来。下面依次引用金宗直、黄廷彧诗的第一联和郑士龙诗的第二联来进行比较。

> 上方钟动骊龙舞,万窍风生铁凤翔。④

> 雷风拚击犹难动,岳海惊翻只独留。⑤

> 急风吹雾驳,疏雨打篷斑。
> 行役能催老,功名不博闲。⑥

金宗植、黄廷彧、郑士龙诗歌的音感具有粗犷、强有力的特点,完全没有柔和的感觉。根据

---

① 朴钟勋《关于玉峰白光勋的诗世界的研究》,汉阳大学硕士学位论文,1999 年,第 23 页。
② 金得臣《赠龟谷诗序》:"崔白李专以响为务,不知其理,吾以为不悟诗也。"《柏谷集》,《韩国文集丛刊》104 册。
③ 金得臣《柏谷集》:"近来操觚者咸曰:诗必主于响。余不胜捧腹。"同上。
④ 金宗植《夜泊报恩寺下,赠主持牛师》,《佔毕斋集》卷一二。
⑤ 黄廷彧《题砥柱台》,《芝川集》卷二。
⑥ 郑士龙《歧江》,《湖阴杂稿》卷一。

许筠的品评,金宗植的诗句给人的感觉是大而明亮,严谨而厚重;黄廷彧的诗句是气象雄伟,语言激昂,令人瞠目结舌①。

另外,金得臣评价说:"芝川黄廷彧的诗虽有真谛,但缺乏声音。"②缺乏声音的这一评价,是指与上面分析的白光勋的诗不同,黄廷彧的诗没有白光勋诗所具有的那种柔和而又流丽的音乐性,反而具有不协和的声音特点。黄廷彧是有意追求那种声音特点的。金宗直、郑士龙和黄廷彧等海东江西诗派的诗,其以抑郁而又粗犷的声音为主调。这是因为,他们并不是无视声音的因素,而是恰恰相反,重视动感声音的效果,组织其诗的语言节奏,从而达到与唐诗风格诗人不同的效果,这是他们诗派的音律特点。

通过以上分析,可知即便是对特定作家的诗作分析,或者在研究诗史的流变议题中,对诗的声音的考虑,都可以说是一个重要的分析角度。通过这一点可以确认,汉诗中声音美学方面的造诣,是判断汉诗的特点及优秀性的重要因素之一。

# 三、诗语的组织与声音的效果

## (一) 内在的声音与外部的声音

上一节分析了特定的诗人或者在特定时期以声音效果为重点进行创作的汉诗,这一节着重分析利用声音效果的特定作品。体现在汉诗中出色的音乐性和声音效果,并不是偶然创造出来的,而是来自于诗人有意识地努力与运用技巧。如上所述,需要注意的一点是,在掌控诗的音律时,并不是机械性地适用音乐规则。音效只有在起到对意义的反响作用时,才能表现出它的价值。可以说,这一规则并不只适用于汉诗,还适用于大多数的诗作。A. 波普的作品——《声音与意义(Sound and Sense)》中,恰当地展现出声音的效果如何与其自身意义相联系,而这一方法可以普遍适用于大部分的诗作。

真正容易的写作不是偶然,而是技术,

就像学过舞蹈的人更容易动起身体。

---

① 许筠《惺叟诗话》:"前辈赞毕斋骊江所咏'十年世事孤吟里,八月秋容乱树间'句,然不若神勒寺所作'上方钟动骊龙舞,万窍风生铁凤翔'之句,洪亮严重,此真撑柱宇宙句也。"《惺所覆瓿稿》卷二五,《韩国文集丛刊》第74册。许筠《国朝诗删》:"气壮语激,令人骇视。"

② 金得臣《柏谷集》:"芝川之诗,有理无响。"

不限于避免粗犷的音调，

声音应该是对意义的回响：

当西风轻轻吹来时，

乘着更轻快的音律温柔地流过溪水时，

旋律会更加柔和。

但是，当巨浪猛拍海岸时，

嘶哑的诗如急流的怒吼般嘶吼。

当英雄艾亚斯用力掷出巨石时，

行动同样会疲惫，词语也会移动缓慢。

但是当灵活的卡米拉(罗马的女豪杰)在平地奔驰，

飞过庄稼，擦身太阳时却并非如此。①

需要强调的一点是，不仅要满足于注意诗语之间的不谐和音，还要起到对意义的反响作用。在欢快温柔的场景下，诗的旋律也要柔和；在掀起波涛的场景下，诗的旋律也要粗犷快速；在描述笨重的行动时，诗行和诗语也要相对地进行疲惫缓慢的移动，以使声音能够补充并强化场景与意义。

1. 波普指出的音乐性效果是不可无视的因素。当区分好诗与坏诗时，他指出的这一因素是合适与否的基准之一。

2. 波普主要通过描写场景和自然的诗来谈论诗的声音，但是这也可以同样适用在表达喜怒哀乐等感情情绪的诗作上。明宗时期的一名批判家尹春年说道："意乐，则其发于外也，不得不笑。意哀，则其发于外也，不得不哭。此乃自然之理也，夫诗之声亦然，随意之所存，而声自应焉。"②当欣赏诗作时，首先要掌握诗的形式，然后再掌握诗的主体内容，接下来要决定一首诗作的整体声音。也就是说，当作者的情绪被具体化时，声音要具有相应的色彩。创作者要在诗的各部分不会打破整体内容和和声的范围下实现变奏，且当欣赏者欣赏诗作时也需要考虑这些因素。虽然尹春年的观点不免有公式化的一面，但是诗的声音应该要对应于诗整体的主题，并且要强化主题这一观点却是正确的。

3. 波普和尹春年皆重视历代诗人进行诗作实践过程中的技术技巧。当在诗中描述

---

① Laurence Perrine 著，赵在勋译《声音与意义》(Sound and Sense)，收录于《诗学导论》，衡雪出版社，1998 年，第438—440 页。

② 参见安大会《尹春年成律论》《汉诗的音乐美》，收录于《汉诗的分析与视角》，延世大学出版社，2000 年，第272—313 页。

场景或者表达情感时，诗人会利用各种方法来尽可能地传达真切感动。这时，声音能够以一种比任何其他技术效果都更加直接且强烈的感觉，直接传递给读者。如上所述，在文学作品中，通过表现使得更加接近于实际声音，或者使得能够联想到实际声音，从而展现现场感和感情色彩的努力是作者的义务。这是一种使外部的声音与内面的声音达到一致的努力。

这种为了达到一致的努力，在诗作中是一种非常重要的美学因素，但是这不仅限于诗作上，还同样适用于散文作品。在讨论诗作之前，让我们先通过一个散文的例子，来将其扩大为文学上的普遍问题进行理解。引用朴趾源的两篇散文《一夜九渡河记》的开头与《烈女咸阳朴氏传》的一段，分析在文学作品中试图重现自然的声音，以及试图表现人类内心波动的事例。

> 《一夜九渡河记》："河出两山间，触石斗狠，其惊涛骇浪，愤澜怒波，哀湍怨濑，奔冲卷倒，嘶哮号喊，常有摧破长城之势。"①
>
> 《烈女咸阳朴氏传》："寡妇者，幽独之处而伤悲之至也。血气有时而旺，则宁或寡妇而无情哉！残灯吊影，独夜难晓，若复檐雨淋铃，窗月流素，一叶飘庭，只雁叫天，远鸡无响，稚婢牢鼾，耿耿不寐，诉谁苦衷，吾出此钱而转之。"②

这两篇散文中，需要注意的是使用四言句进行描写的部分。描述黄河河流声的《一夜九渡河记》，与描述寡妇苦苦忍耐孤独夜晚的《烈女咸阳朴氏传》，都展现出了利用文字符号达到联想听觉效果与自然界物理声音和心理状态的可能性。

《一夜九渡河记》描述了大河在夜晚引起大浪声音的物理现象，其内容与以上所述一致。但是当比较前后的说明文与描述水声的原文时，可以感受到古文中所使用的词汇的发音，要比通常使用的词汇更加粗犷。通过使用包括破裂音等需要大幅动用舌头的强硬发音，达到了重现黄河流淌的声音效果。这便是当作者预想到大声读出文章时所感受到的效果，而有意识地选择这类词汇的结果。

《烈女咸阳朴氏传》属于寡妇赋。虽然是散文描写，但是通过在隔句使用晓与素、天与鼾的对应，以及影、铃、庭、响的脚韵，达到了如诗般的效果。这一部分以出色的描写得到好评，尤其需要注意的是表达凄凉的心理状态的声音效果。在描述孤独度过夜晚的寡妇

---

① 朴趾源《热河日记》，收录于《燕岩集》卷一二，《韩国文集丛刊》第 252 册。
② 朴趾源《燕岩集》，第 147—153 页。

内在部分，不同于前后说明文，突然使用四言句来进行描述。然后通过反复排列"残、吊、檐、窗、素、庭、只、天、稚、诉、谁、衷"的齿舌音，来展现聆听充满怨念的寡妇独白的效果；并且通过使用灯、影、淋、铃、窗、庭、响、耿耿、衷等声音描写，在引起共鸣现象的同时，起到仿佛能听到凄凉的哭泣声的效果。当朗诵作品时，听觉效果可以在打动读者情绪的同时，进一步增强文脉的意义表现。

　　两篇作品中表现出的词汇选择与声音效果并不是偶然的成功，而是作者根据细致周到的意图来达到的结果。如开头所说，朴趾源选择利用这种词汇语音，克服了文字自身的限制，使读者感受仿佛在黑暗中聆听水声的体验，生动重现了孤独度过夜晚的寡妇心理。通过朗诵这些描写，读者不仅可以理解其意义，甚至还可以感性地享受到朴趾源所说的"何等生意"的境界。在该示例中，可以确认在重视朗诵的散文作品中，也存在类似于诗的修辞技巧。

## （二）声音的诗意效果

　　在朴趾源的散文里，我们确认了作者为了克服文字符号的局限性，生动地重现自然现象而作出的努力。但是相比广泛应用于汉诗的效果，散文家的这种效果会受一定的限制。也就是说，在汉诗中重现逼真的感觉是创造技巧的重点。可以有效唤起的感觉是听觉和视觉，其中视觉效果的应用更加普遍，而应用听觉效果的作品则是少数。利用诗语重现外部世界声音的事例，在描述自然现象的作品中比较普遍。如本文第二节所述，金宗直和黄廷彧、郑士龙的诗，同样为了重现自然现象的声音而作出了努力。当试图使用诗作重现外部世界的声音时，诗语起到了特殊的功能。在韩国汉诗中也不难找到这种诗，首先来看一下朝鲜中期著名女诗人黄真伊描述开城朴渊瀑布的七言诗：

> 一派长川喷壑砮，龙湫百仞水漴漴。
> 飞泉倒泻疑银汉，怒瀑横垂宛白虹。
> 雹乱霆驰弥洞府，珠春玉碎彻晴空。
> 游人莫道庐山胜，须识天磨冠海东。[①]

这是一部描写出色的诗作。其中"漴漴"是直接形容声音的拟声语。颔联描写了长长挂起

---

① 黄真伊《朴渊》，《箕雅》卷一〇，见《箕雅校注》，中华书局，2008 年，第 1057 页。

的瀑布形状,颈联描写了瀑布猛烈撞击的声音,在没有使用拟态词和拟声词的情况下,也描述出了瀑布的雄伟。中间这两联通过倒、垂、乱、驰、碎、彻等6个动词,描述冰雹、雷霆、珍珠、玉碎,使读者感受到强烈的声音效果。这首诗除了尾联,都是以破裂音为主,可以使读者们感受到水滴溅起时的轰音效果。洪万宗高度评价此诗音调极其清壮,非一般女诗人可及①。

不仅是黄真伊的这首诗,在描述瀑布的许多汉诗中,在描写畅快声音的句子中,都展现出了以语言表现出现实的自然声音的创作欲望。比如金昌协的七言诗《朴渊》,同样可以看出这种创作欲望。

> 喷薄千崖势欲崩,濯来苍玉壁层层。
> 横飙卷沫时高起,倒落惊鼍百尺藤。②

这首诗同样描述了朴渊的瀑布。通过使用喷、薄、崩、濯、壁、飙、百等破裂音的诗语,以及千、势、苍、层层、时、尺等强语气的齿擦音,使人能够联想到瀑布的声音。为了形容瀑布的声音,诗人有意识地运用了这些诗语。当与没有考虑声音,仅以意义为主描述的诗作进行比较时,可以获得更加强烈的听觉与视觉之美。

除了瀑布这种需要表现强烈音响的诗,在描述溪水的诗中也有不少选择性地利用诗语的事例。以郑士龙与卢守慎用同一素材写的诗作为例子。"大滩"是穿梭于汉江上流的急流,现位于八堂坝的下面,由于水流湍急,是一个很难乘船摆渡的地方。

> 轰辐车千两,喧阗鼓万椎。③

> 急峡回群麓,贪潭集万溪。④

这两句都是首联,以巨大水浪的描写开头,目的是为了突出遭遇峡谷大水声的强烈印象。郑士龙描写了从峡谷流出的水声,卢守慎描写了峡谷的形态。当吟诵郑士龙诗时,生动感受到一般汉诗中少见的既难以理解又非常强烈的声音。如果将水声比喻为一千台车轮和一万个大鼓的敲声的话,每一个诗语都为其提供了各种吵闹的声音。如 A. 波普的诗句

---

① 洪万宗《诗评补遗》:"词极清壮,非脂粉家可及。"国家图书馆收藏副本。
② 金昌协《朴渊》,《农岩集》卷六。
③ 郑士龙《大滩》,《湖阴杂稿》卷一。
④ 卢守慎《大滩》,《稣斋集》卷五。

"但是,当巨浪猛拍海岸时,嘶哑的涛如急流的怒吼般嘶吼"所述,声音对整首诗的意思起着加强的作用。

　　第一联源于韩愈的"声音一何宏,轰辌车万两"①,这是在《岳阳楼别窦司直》中的两句诗。上句把河口那一声巨响,比作万辆大车的行进声,声音洪亮。郑思龙借用了韩愈的诗句,整首诗修炼精简,出色地形容了汹涌的波涛。卢守慎诗也用强烈响亮的声音来描述峡谷的形态,用"急"和"贪"这两个字来突出了峡谷的形状和水流的强度,只用十个字就强调出其形态,堪称成功范例②。这样描写瀑布或者峡谷的形态时,重现水声的诗语构思,起到了形象的作用。声音的描写效果,不仅可适用于上述山水对象,而且可适用于更广泛的范围。接下来要分析的是成世昌的五言诗:

杳窈通危栈,依俙见数家。

庭梧高过屋,野麦晚生花。

峡束天容窄,溪回夜响多。

征人清不寐,缺月入帘斜。③

这是一首描写江原道仁济峡谷深山老林的诗,其中值得关注的是颈联。颈联的上句描述仁济峡谷使天空狭窄的景象,下句描写流动的溪水到夜晚水声变大的现象,吟诵原文就能捕捉到超越意义的感觉。四联的上句都以终声结尾,且三个是入声闭口音。诗语的声音是紧闭的,给人一种狭窄天空关闭的沉闷感觉。诗语用声音来表现出被高山环绕、天空显得狭窄沉闷的景象。那下句如何表现?不仅五个字都是闭口音,四个字都没带终声,以母音结束。初声都是喉音,中声诗[i]和[j],使给人一种稳重而悠长的感觉。也就是说,它用声音表现出小溪在黑暗中隐隐约约流出来的状态。

　　上句和下句在描写声音的方面形成了对照。狭窄的峡谷和长长的溪流形成鲜明对比,上句使人紧张,而下句给人以放松的感觉。但是这种感觉不是以解释的方式传递到读者,而是通过组织化的声音无痕迹地传达给读者。许均用"巧思"来评价这首诗,是看穿了其创作意图及表达方式。当然,"峡束天容窄,溪回夜响多",其中的物理声音,本身不能给读者即时的新鲜感。但是这些物理声音与诗作的意义结合之后,就能给予读者一种新颖

---

①　钱仲联集释《韩昌黎诗系年集释》卷三,上海古籍出版社,1984 年,第 317—327 页。

②　李钟默《海东江西诗派研究》,泰学社,1995 年,第 284—289 页。李钟默教授将两部作品整体进行比较,分析了句法和感觉效果,成为很好的参考。

③　成世昌《题麟蹄县》,《国朝诗删》卷四。

的感觉。

## （三）声音与情感描写

笔者通过《烈女咸阳朴氏传》等诗文作品，确认了在作者或诗人将真挚情感传达给读者时，声音会起到非常有效的作用。能够产生效果的原因在于，声音与人类情感有着紧密的联系。诗并不是单纯的符号组合，在东亚传统文学中，标榜为艺术的诗或散文不少都注重音乐效果。汉诗有韵、声等音乐规律，但是当把它们称为规律时，很容易将其理解为呆板的音乐性。但是好诗是通过其音乐性来有效地展现出情绪和意义的，而不是遵循四声规则。一首好诗具有与诗意呼应的声音的回响①。

简单来说，正如前面尹春年所讲，诗的主旋律是喜则喜，悲则悲。不仅整首诗如此构成，构成诗的字词也应表达出强化意义的声音。在汉诗里可以找到不少的相应事例，接下来对其中的事例展开讨论。首先来分析郑知常的诗：

紫陌春风细雨过，轻尘不动柳丝斜。
绿窗朱户笙歌咽，尽是梨园弟子家。②

这首诗描写了当时平壤华丽而奢侈的氛围，整体气氛明朗。在度过了令人畏缩的冬天后，迎来万物萌动的春天，春的华丽与城市的豪爽完美结合，展现出豪爽轻快的气氛。当关注诗歌的音效时，舌齿音的适度调和营造出清新轻快的感觉，而且较多的流星音，使音调具有悠扬的节奏感。与一般诗作比较，其运用多种性格的声音，使得音调变化幅度较大。以开口度较大的［a］音为主的诗词，产生出这种效果。成世昌的诗可以与李商隐的《落花》的首联"高阁客竟去，小园花乱飞"相比较：上句的初声皆都为"ㄱ"音，发音上有一种阻挡的感觉；相反，下句在舌尖上发音，有意无意地让人有被堵住的感觉。这与树枝上的花瓣随风飘落的诗意形成相似关系。

诗的音响为活跃诗人的兴奋和率意氛围做出了适当的贡献。郑志祥的诗作大多以流星音为主，与其他诗人相比，他的诗音乐性更加地突出。朱光潜在谈论诗的声音时，说道："高而急促的音容易使肌肉和相关器官紧张激动，低缓的音容易使人松懈舒适。这也会影

---

① 参见黄永武《中国诗学——设计篇》，《谈诗的音响》，巨流图书公司（台湾），1987年，第153—201页。
② 郑知常《西都》，《东文选》卷一九。

响到联想。当某种声音清脆时,易使人联想起快乐的情绪,当某种声音浑浊时,易使人联想起忧郁的情绪。"①上述的诗,通过清脆的声音使人联想到快乐的情绪。

让我们来看一下与郑志祥的诗情画意形成鲜明对比的作品。黄真伊也是善于把音响效果和诗意巧妙联系起来的诗人,她吟咏新月的诗如下:

> 谁断昆山玉,裁成织女梳。
> 牵牛一去后,愁掷碧空虚。②

这首描写初月的诗,用了充满想象力的手法,将初月比喻为玉梳,被迫与牵牛分开的织女,经历离别的痛苦,将其扔向夜空,这样的想象非常帅气③。这首诗的含义很明确,但原诗的汉语,有着韩语翻译无法展现的内蕴妙处。这首诗通过舌后音和齿刹音的交叉布局,流露出离别的伤心,"断""女""碧"都如此。"愁掷碧空虚"表达了织女与牵牛分开后的行动与感情:情人不在无须再化妆,于是她把玉梳抛向夜空。"虚"这一词语透露出织女空荡失落的内心。

在将这首诗升华为优秀作品的过程中,声音起到了很大的作用。从"玉""梳"的齿刹音开始,到诗末"碧空虚",口型打开,口腔随之变空。发音的一瞬间,声音不仅是诗意的"空虚",还是口腔结构本身的"空虚"。这样的声音结构,绝妙地表现了全诗的主题——牛郎离去引起织女的"空虚"心境。声音词语的巧妙组织,不仅强化了诗的声音对作品的部分和整体的意义,也支持了此诗作的主题。这种音乐上的精细考虑,在黄真伊《满月台怀古》诗中也得到巧妙体现:

> 古寺萧然傍御沟,夕阳乔木使人愁。
> 烟霞冷落残僧梦,岁月峥嵘破塔头。
> 黄凤羽归飞鸟雀,杜鹃花落牧羊牛。
> 神崧忆得繁华日,岂意如今春似秋。④

这首诗是感伤怀古诗,用忧郁的声音描写古都遗址的凄凉,其中展现荒凉景象的颔联尤为

---

① 参见《朱光潜全集·诗论(新编增订本)》。
② 黄真伊著,金泽荣译《初月》,见《韶濩堂文集定本》卷九,《开城杂事传》所载"名媛传"。
③ 郑文孚(1565—1624)的文集《农圃集》卷一中记载了《初月》。这首诗中三个字被修改,有人认为是诗人8岁时所写。
④ 黄真伊著,金泽荣译《满月台怀古》,见《韶濩堂文集定本》卷九,《开城杂事传》所载"名媛传"。

突出。此联下句"破塔头"是破音,气流往外冒的声音。"破碎的塔头"隐喻着颓败的遗址,其象征意义因强烈的破裂音的连续声音而得到加强,用声音的效果表现出经过岁月而破碎的废墟现场,与此时诗人亲临现场的强烈感受情绪。这样看来,这首诗可以多面阅读,可见女诗人的高超技巧。

诗语的声音表现诗人内心的回响,随着季节的变化而产生的情绪变化,以及因场所和环境而产生的情感振荡,可以起到自然而巧妙地营造整体情感氛围的作用。诗作的声音与诗人的情绪紧密相互作用,加强了诗作的意义和主题。其效果在具有感官效果的主题或素材的作品中,得到更多的利用,为诗作成为具有丰富蕴意的佳作而做出贡献。以下通过朴趾源《极寒》诗了解这一点。

> 北岳高戍削,南山松黑色。
> 隼过林木肃,鹤鸣昊天碧。①

这是一首描述汉阳寒冷冬季风景的作品,用四个场景描写了气温大幅下降的酷寒天气中出现的自然现象。乍一看这些描写与寒冷天气无关,但实际上是在寒冷天气里发生或更突出的微妙现象。四个场景的描述全部由视觉形象组成,仅凭这一点,就足以让人感觉到寒冷袭来。但是,这首诗的卓越之处在于它超越了视觉效果,当一字一字地吟诵诗词时,感觉不能不对特殊声音的对象作出反应。北、岳、削、黑、色、木、肃、鹤、碧,就是在不停反复发出"ㄱ"音。此诗脚韵都以"ㄱ"音结尾,全诗有一半用的都是闭音。另外,从第一句到第三句的最后一个字都是"削"而出声是"ㅅ",且用"ㄱ"来反复,给人一种恍惚的感觉。整体上来看,诗人用声音表现出了蜷缩身体与勒紧衣服,以及因寒冷而咬紧嘴的状态。这首描写极寒状态的诗,不仅表现了视觉形象,还通过语言的声音,表现了整首诗所呈现的极寒状态,其优秀性在于作家的这方面能力发挥。

# 四、结　语

分析汉诗需要多种观点和方法。在当前韩国诗歌研究中,历史方法论和文化方法论形成了巨大的潮流。从修辞学角度分析诗歌的方法论也应是其中之一,因为这是诗歌研究的基础。但是与其他方法相比,对韩国汉诗声音美学的研究尚未活跃,对汉诗音乐性缺

---

① 朴趾源《极寒》,《燕岩集》卷四。

乏兴趣,导致该领域的研究论文只有寥寥数篇。有必要摆脱用"平仄""脚韵"或"字数的形式""韵律"等对韩国汉诗进行解读的形式论,进而转向更广义的研究方法论的角度,本文的意义就表现在这一方面。

本文着眼于以下事实:声音不仅是诗中的语音符号,而且是放大感觉和参与意义的重要元素。首先,在第一节中,从诗歌一般性的角度检验了诗歌中声音效果的重要性和研究可能性是否可以应用于诗歌领域。在第二节中,以海东江西诗派和三唐派诗人为例,证实即使了解特定作家的诗歌或追踪历史变迁,对诗歌声音的考虑也是一项重要因素。第三节展示精心组织诗歌语言以使声音效果突出的范例,并分析了这些作品中展示的技巧。经过分析发现,通过充分利用音效来增强意义的诗歌,在完整性和艺术性方面比一般的诗歌要更优秀。

本文分析的声音和音乐性的观点和实例,期望将在未来得到更深入的研究,从而扩展到包括韩国汉诗在内的一般诗歌的分析。

【作者简介】安大会,文学博士,韩国成均馆大学教授。

# 1745 年朝鲜冬至正使赵观彬燕行诗探析<sup>*</sup>

韩东

**提要**：赵观彬创作的燕行诗，是 18 世纪上半叶朝鲜社会"春秋大义"与"朝鲜中华主义"文化意识的集中缩影与呈现。它反映出清朝虽然已经入主中原百年，但朝鲜士人仍普遍存在对"明亡清兴"历史大变局的痛叹与对明神宗"再造之恩"的感念，这也说明当年抗清战争的惨痛记忆与"反清复明"的"北伐"情怀已经深深地根植于朝鲜士人的心中。

**关键词**：赵观彬　燕行诗　朝鲜中华主义　春秋大义　北伐

赵观彬(1691—1757)，字国甫，号悔轩，谥号文简，朝鲜王朝后期的著名文臣，曾担任弘文馆提学、南汉山城守御史、礼曹判书、工曹判书等职。有《悔轩集》20 卷传世，其中收录汉诗作品 1278 首①。1745 年 6 月，赵观彬被朝鲜国王英祖(1724—1776 在位)任命为冬至正使。同年 11 月，赵观彬率领使团从汉阳出发前往北京。1746 年 3 月，赵观彬带领使团返回汉阳复命。在历时近 5 个月的使行中，赵观彬一共创作了 400 余篇汉诗，这也即是他所自言的："冬春风雪三千里，夷夏山川四百篇。"②仅就流传至今的 197 首汉诗而言，只有少量以旅途辛劳、沿途风土人情与思念家人为主题，如"龙湾余路杳燕关，到此邮人亦苦颜。清咏雪侵轿一半，冷眠风透幕中间"③，"自是皇朝最壮藩，胡人今谓盛京云。镇须贝勒雄千堞，葬用金棺僭二坟"④，"雪趁岭朝霁，月从楼夜悬。别来家室恋，惟付一书传"⑤，大多则集中在对"明亡清兴"的痛叹、对"抗清战争"的回想、对"再造之恩"的感念与对"北伐"情怀的抒发等。因此，本文便以赵观彬使行汉诗中这四个层面的主要内容为探讨对象，揭示这种创作主题背后的历史与文化心理。

---

\* 本文为国家社科基金重大项目"东亚汉诗史(多卷本)"(项目编号：19ZDA295)阶段性成果。

① 金南起《悔轩赵观彬的生涯与诗世界》，《韩国汉诗作家研究》2012 年第 16 期。

② 赵观彬《燕行诗》，收录于弘华文《燕行录》全编第 2 辑第 9 册，广西师范大学出版社，2012 年，第 454 页。

③ 赵观彬《燕行诗》，第 443 页。

④ 赵观彬《燕行诗》，第 445 页。

⑤ 赵观彬《燕行诗》，第 440 页。

# 一、"明亡清兴"的痛叹

1644 年,李自成攻破北京,崇祯皇帝自缢于煤山。同年,吴三桂降清,并在山海关一役中大败李自成农民起义军,随后,清军在吴三桂的引导下入关。至此,朝鲜君臣 200 余年来奉行并宣扬的"华夷秩序"实质上解体。对于"明亡清兴"的事实,朝鲜士大夫阶层普遍感到无法接受。李敬舆(1585—1657)曾感叹道:"呜呼!从古天下国家祸难之作,何代无之?未有如今日之变,宗社污辱,天地易为,东朝北狩,举国左衽也。"①南九万(1629—1711)也曾有言:"昔时文物,荡为灰尘,满目腥膻,诚有不胜其悲愤者,厉带蛮发,亦不可复见。"②由此可见,当清朝政权统治中原时,朝鲜士人心中是何等悲痛。

尤其是,伴随着"中华"明朝的衰亡,朝鲜社会对于一贯轻视的"夷狄"清朝还不得不纳贡以示臣服。比如,李观命(1661—1733)所言:"大明之于我国,恩犹一家,而拘于强弱之势,今乃服事于彼,天下岂有如此可痛之事!"③即反映出当时的朝鲜虽然也向清朝"纳贡称臣",但这不过是权衡自身现实的军事实力与国运需求后的无奈之举,从"亲明"的文化心理来说却是十分不满与悲痛的。又如,权尚夏(1641—1721)也曾为此而痛叹,曰:"甲申以后,神京沦没,海内腥膻,而金珠皮币,往来不绝。呜呼!得不哀痛?士生斯世,有能超然遐举,不获滋垢者,盖难其人。"④因此,清朝虽然统治了中原,但朝鲜社会起初并未认可其正统地位。基于这种文化心理,"朝清"的燕行使行一事,已经不复当年"朝明"的那种荣耀与欢喜,而实则让朝鲜的士大夫们感到无比屈辱。如宋征殷(1652—1720)就说:"自崇祯以后,时移事变,城郭人民,已觉非昔时矣。衣冠文物之地,变为毡裘之乡。……是以充傧价而赴燕者,虽以王事靡盬,不敢惮勚,而亦且以为荣乎哉!"⑤

而且,朝鲜士人在抱着忍辱负重、履行王命的心态出使中国后,却发现清朝强制推行的"移风易俗"政策,已经改变了以汉族文化为代表的"中华文化"的面貌⑥。如曾随燕行使团出使清朝的吴道一(1645—1703)评论北京的汉族士人:"或有状貌端颖精神秀拔者……而局以侏离之俗,渐染羯羠之习,虽有高世之姿,绝人之才,终于夷狄而止耳。"⑦在

① 李敬舆《白江集》,韩国民族文化推进会编刊《韩国文集丛刊》第 87 册,景仁文化社,1993 年,第 336 页。
② 南九万《药泉集》,《韩国文集丛刊》第 132 册,景仁文化社,1994 年,第 428 页。
③ 李观命《屏山集》,《韩国文集丛刊》第 177 册,景仁文化社,1996 年,第 197 页。
④ 权尚夏《寒水斋集》,《韩国文集丛刊》第 150 册,景仁文化社,1995 年,第 487 页。
⑤ 宋征殷《约轩集》,《韩国文集丛刊》第 164 册,景仁文化社,1996 年,第 69 页。
⑥ 王国彪《朝鲜"燕行录"中的"华夷"之辨》,《外国文学评论》2017 年第 1 期。
⑦ 吴道一《西坡集》,《韩国文集丛刊》第 152 册,景仁文化社,1995 年,第 510 页。

这种背景之下,因于朝鲜社会仍保留中华制度的情况,"朝鲜中华主义"的思潮开始在朝鲜半岛盛行起来①。如玄尚璧(1673—1731)所言,"目今天地翻覆,四海腥膻,而独此左海一域,犹不为被发左衽之俗。则圣人乘桴浮海,欲居九夷之叹,不暇为今日准备语"②,即举服装、发饰为例说明"中华"制度在朝鲜半岛得到传承与发扬。又如,李观命"茫茫九州,腥膻百年,而箕封一域,八条之教未衰"③的说法,韩元震(1682—1751)"皇王统已绝,天眷在吾东"④的言论,以及李种徽"今之求中国者,宜在此而不在彼"⑤的观点,表明朝鲜社会普遍存在以自身为"中华"继承者的认识。所以,在"朝鲜中华主义"的理论建构下,朝鲜社会对于军事、政治与经济上都更为强大的清王朝的鄙视也就具有了"正当性"与"合理性"。

赵观彬生活的时代,虽然离当年清军入关已逾百年,但明亡清兴的历史"悲剧"仍历历在目,"朝鲜中华主义"的思想又早已根植于心,因而在燕行的途中,他就痛叹过:"今行非复朝天使,羞杀胡尘迷八垓。"⑥"四海衣冠少,中原鞑鞨多。"⑦在到达北京之后,他还感慨过:"依俙王迹城陴冷,颂洞胡氛殿阁腥。"⑧而与此类似的汉诗,实则还为数不少。下面试举几例:

### 山海关

秦帝雄图一梦间,皇朝往事片云还。

长城万里辽东界,大笔千年天下关。

人力排张堙并堑,地形控扼海兼山。

防胡反使胡依险,列国金缯戍垒闲。⑨

此诗作于使团途经山海关之时。虽然山海关以辽东军事重要关隘的地位而著称,但赵观彬一开始并未描写山海关的地理位置与壮丽风光,而是思绪回溯到当年秦朝与明朝修筑长城的往事。其中,首联由秦始皇修筑万里长城防御匈奴却终究亡国的历史,引出对明朝

---

①　丁卯之役与丙子之役的背景与过程,详见孙卫国《大明旗号与小中华意识——朝鲜王朝尊周思明问题研究(1637—1800)》,商务印书馆,2007 年,第 70—77 页;王小甫等《中韩关系史·古代卷》,社会科学文献出版社,2014 年,第 288—297 页。

②　玄尚璧《冠峰遗稿》,《韩国文集丛刊》第 191 册,景仁文化社,1997 年,第 164 页。

③　李观命《屏山集》,第 198 页。

④　韩元震《南塘集》,《韩国文集丛刊》第 201 册,景仁文化社,1998 年,第 35 页。

⑤　李种徽《修山集》,《韩国文集丛刊》第 247 册,景仁文化社,2000 年,第 499 页。

⑥　赵观彬《燕行诗》,第 441 页。

⑦　赵观彬《燕行诗》,第 443 页。

⑧　赵观彬《燕行诗》,第 447 页。

⑨　赵观彬《燕行诗》,第 446 页。

修筑山海关防御夷狄却落得清朝入主中原而"明亡清兴"的感叹;领联与颈联则话锋转换,将目光放在山海关独特的风光与地理位置上,烘托出山海关的特殊性与重要性;尾联则回归现实,痛叹当年为防"胡"而修建的关隘,如今反倒成为清朝要塞的变局,以及朝鲜还不得不纳贡称臣的屈辱。

### 抒 愤

宫观依然帝者居,宏规知是大明余。
百年皇极无龙衮,五夜端门有象车。
白鼻纵横皆贝勒,红头匝沓尽穹庐。
堪羞弱国金缯使,跪叩殊庭尘满裾。①

此诗作于使团入紫禁城觐见之时。首联描绘进入紫禁城后目光所见的宫殿面貌,感叹皇明建造时的宏伟;领联诉说明亡之后紫禁城再无威仪的看法,展现五更时分百官入城的景象;颈联叙述黎明时皇子、百官上朝的情景;尾联则由使团跪拜乾隆皇帝后全身衣服沾满灰尘的描述,隐晦地表达出赵观彬所率领朝鲜使团内心愤懑的真实感受。

### 燕京杂咏

皇朝重儒道,圣庙尤致敬。
青衿换左衽,中国佛法盛。
浑然兜率界,无复樕朴咏。
东儒拜庙门,满心悲愤并。②

此诗作于使团停留北京之时。首联追溯当年明朝尊奉儒学的往事,领联讲述清朝入主中原之后强行剃头、易服与宣扬佛教的事实,颈联指斥佛教的泛滥造成贤能之士再无儒家风范的问题,尾联抒发奉行儒学的燕行使团成员在中国无奈参观寺庙而心感悲伤、愤慨的心境。

　　总体而言,赵观彬诗中的"悲愤"之情,既是对代表中华文化正统的明朝灭亡之后,中国社会无奈浸染"夷狄"之俗的痛心,也是朝鲜士人在"朝鲜中华主义"文化意识下,对清朝

---

① 赵观彬《燕行诗》,第 447—448 页。
② 赵观彬《燕行诗》,第 450 页。

背离儒家传统的鄙视。所以,赵观彬在渡过鸭绿江之后,还感慨道:"不知此天下,何日复正朝!"①

## 二、"抗清战争"的回想

1616 年,努尔哈赤称汗,建立"大金"政权,史称"后金"。1619 年,后金在与明朝的"萨尔浒之役"中取得胜利。至此,后金政权向明朝正式宣战,并开始实施进军中原的战略。此后 20 余年间,努尔哈赤、皇太极与明朝、朝鲜先后进行了多次战争。其中,对东亚政治格局产生重要影响的两场战役,无疑要数明清之间的松锦之役与朝清之间的丙子之役。

1627 年的丁卯之役后,后金与朝鲜约为兄弟之国。但秉承"华夷观"的朝鲜君臣,在贸易、军事等领域对后金的合作要求并不予以配合,对后金派去的使臣也不加以礼遇。1636 年,皇太极称帝,改国号为"大清",易族名为"满洲"。但仁祖既不接见皇太极派来的使团,也不受其来书。为彻底解决这种不公平的关系,以及消除今后攻打明朝的后方隐患,皇太极决定再次发兵十万余亲征朝鲜,是为"丙子之役"。1637 年正月,仁祖率领群臣前往三田渡亲自向皇太极请罪,皇太极予以赦免。朝清双方重新订立盟约,规定朝鲜去明朝年号,奉清为正朔,定期行贡礼,并遣送质子。至此,朝鲜与清国从"兄弟之国"变为"君臣之国"。但事实上,朝鲜却一直在"潜通"明朝,直至松锦战役中投降清朝的洪承畴向皇太极告发之后,朝鲜才真正断绝与明朝的往来②。

在处理与稳定好朝鲜半岛局势之后,皇太极又开始谋划与明朝在辽东决战。1639 年,松锦大战爆发,明清双方各自投入十余万大军,随着 1642 年松山、锦州、杏山先后城破,清军取得战役的最终胜利。此役中,由于崇祯皇帝盲目催战,加之洪承畴、祖大寿与监军张若麒不合,以及洪承畴的指挥失误,战争走向开始对清军有利。其后,明军主将洪承畴、祖大寿等人先后降清,又加速了明军溃败的步伐。松锦战役之后,明朝整体转入防守态势,直至灭亡都没有能力再组织一次大规模的对清反击作战。而清国从此控制了辽西走廊,为日后进军中原奠定了坚实基础③。1644 年清军入关,这对长期以来奉行"华夷观"的朝鲜士人的心理产生了巨大冲击。朝鲜王朝虽然承认清朝的宗主国地位,但士大夫阶层一直存在"思明反清"的文化心理。在这种意识之下,朝鲜社会上又开始出现清朝国运

① 赵观彬《燕行诗》,第 444 页。

② 丁卯之役与丙子之役的背景与过程,详见孙卫国《大明旗号与小中华意识——朝鲜王朝尊周思明问题研究(1637—1800)》,第 70—77 页;王小甫等《中韩关系史·古代卷》,第 288—297 页。

③ 松锦之役的过程与影响,详见孙文良、李治亭《论明与清松锦决战》,《辽宁大学学报(哲学社会科学版)》1982 年第 5 期;李鸿彬《皇太极与松锦大战》,《史学集刊》1987 年第 2 期。

不会超过百年的种种预测,如吴道一"人心从古眷真主,胡运元来无百年"①的说法即是。

　　同时,1745年赵观彬出使清朝之际,清朝入主中原正好一百年。这一百年来,清朝并没有像朝鲜士人期望的那样快速衰亡,反而平三藩、收台湾,实现了国家的大一统,国运蒸蒸日上,而这对朝鲜士人无疑是一种重大的精神打击。相应的,对此而生发感慨的朝鲜士人多见。如李栽(1657—1730)有言:"虏势尚盛,胡运未讫。吴三桂、郑之舍、孙延龄之属……地广兵强,有天下几半,终亦自底灭亡而后已。"②韩元震叹曰:"天意尽莫测,胡运犹未终。"③赵观彬也曾痛心说道:"胡运又新历,王迹余旧阙。"④因此,当赵观彬在燕行途中,路过曾经决定朝鲜局势与明朝国运的古战场之时,就难免回想起这些战役中的人与事。

**草河沟**

朝天往事塞云悠,辽左山川到底愁。

最是行人扶血处,宁陵歌曲草河沟。⑤

此诗写于燕行路过草河沟之时。按照1637年的朝清盟约,朝鲜必须向清朝派遣质子,昭显世子、凤林大君(日后的孝宗)等人便是因此曾被送往沈阳为质。对此,崔锡鼎(1646—1715)也有提及,这也即:"城下寻盟之初,清人要我世子大君及三公六卿之子为质,时孝宗以凤林大君入沈中。"⑥而且,从后人的记述来看,当凤林大君一行人路过草河沟(位于辽宁省本溪境内)时,他曾创作了一首凄凉时调以抒发心境。如朴性阳(1809—1890)在《芸窗琐录》中就曾提到:"丁丑,孝庙过青石岭。作歌曰:'青石岭已过兮,草河沟何处是。胡风凄复冷兮,阴雨亦何事。谁画此形像,献之金殿里。'"⑦所以,当赵观彬在燕行路上经过草河沟时,也就自然地联想起了当年凤林大君前往沈阳途中在此吟诗抒发之事,因而作诗感叹丙子之役战败后朝鲜由于签订的城下之盟而受到的屈辱与悲愤。

---

　①　吴道一《西坡集》,收录于《韩国文集丛刊》第152册,景仁文化社,1995年,第52页。
　②　李栽《密庵集》,收录于《韩国文集丛刊》第173册,景仁文化社,1996年,第240页。
　③　韩元震《南塘集》,第35页。
　④　赵观彬《燕行诗》,第448页。
　⑤　赵观彬《燕行诗》,第443页。
　⑥　崔锡鼎《明谷集》,收录于《韩国文集丛刊》第154册,景仁文化社,1995年,第75—76页。
　⑦　朴性阳《芸窗集》,收录于韩国古典翻译院编刊《韩国文集丛刊续编》第129册,景仁文化社,2011年,第334页。

## 松山堡口占

松山惨憺客重过，烈士遗哀此地多。

战垒至今殇鬼哭，不堪今夜宿凌河。①

此诗写于燕行途中的松山堡。1631 年，后金与明朝在大凌河城展开了长达 3 个多月的战斗。此役后金军采用了"围城打援"的策略，在围困大凌河城之后，先后击退明军的四次增援，明军死伤惨重。祖大寿无奈之下，杀死主战派副将何可纲后献城投降，后又逃往锦州。1641 年，松锦战役中的松山决战打响。在松山城外围的战斗中，由于明军指挥失误，被清军斩杀 5 万余人。1642 年，松山守城副将夏承德秘密降清，生擒主将洪承畴并献于清军，松山失守。此二役中，明军受到重创，这加速了明朝走向灭亡的步伐②。赵观彬路过松锦古战场之地，回想当年大凌河之役与松山之役中死伤的无数明军与由此颓败的明朝运势，心中也就难免感到凄凉与悲痛。

## 祖大寿牌楼

深恩宁远伯，遗耻锦州城。

始誓张巡死，终偷卫律生。

旧功彝鼎冷，新罪史编明。

莫说石楼壮，行人面欲骍。③

此诗作于使团途经辽东观览祖大寿牌坊之时。在辽东战场上，祖大寿及其"祖家军"是明朝军事实力的核心力量与清军意欲拉拢的主要对象。崇祯皇帝即位之初，为表彰祖大寿及其家族抗"金"的功绩，特为其修建了这处牌坊。其后，祖大寿迫于战事失利，曾于 1631 年、1642 年两次献城降清④。此诗首联回顾了战功赫赫的祖大寿在锦州第二次降清而导致松锦大战失败的往事；颔联评价了祖大寿早期英勇抗清，后来则晚节不保而叛明降清的经历；颈联讲述了祖大寿在降清之后虽被授予汉军正黄旗总兵职位，但在其去世百余年后，还是被清人归入《贰臣传》之事；尾联则借牌楼表达出赵观彬自己对于祖大寿降清的唾弃与厌恶。

---

① 赵观彬《燕行诗》，第 454 页。

② 大凌河之役与松山之役过程与影响，详见阎崇年《论大凌河之战》，《清史研究》2003 年第 1 期；孙文良、李治亭《论明与清松锦决战》，《辽宁大学学报》1982 年第 5 期。

③ 赵观彬《燕行诗》，第 446 页。

④ 张丹卉《明清鼎革之际的祖大寿》，《满学论丛》2014 年第 4 期。

# 三、"再造之恩"的感念

　　1592 年,丰臣秀吉以朝鲜拒绝为其提供攻打明朝的通路为由,发动第一次侵朝战争。战争初期,由于朝鲜王朝长久以来的武备松弛,日军很快占领了都城汉阳,宣祖李昖(1567—1608 在位)被迫向明万历皇帝第一次求援,并在明军的援助下得以与日军成功议和。1597 年,丰臣秀吉再次发动侵朝战争,宣祖李昖第二次求援万历皇帝,其后明朝联军取得多次大战的决定性胜利。1598 年 12 月,日本侵略军正式撤军,朝鲜王朝恢复对朝鲜半岛的统治。所以,对于朝鲜朝廷与士大夫阶层而言,挽救朝鲜社稷倾覆的万历皇帝及其所代表的明朝,便是有着"再造之恩"的恩人。比如,宣祖就曾表明:"国家再造,得至今日,秋毫皆天朝之力,凡系干事大享上之礼,则但当竭尽心力而不恤其他。"①朴世采(1631—1695)也曾说道:"皇朝于我,外定君臣之义,内有父子之恩,壬辰再造,诚海东万世之所不可忘者。"②

　　同时,朝鲜社会在反思明朝败亡的原因时,又存在"东征之弊"的看法。如高晭(1636—1711)便认为:"然则明室之事去,不在于北而在于东,不在于崇祯甲申,而在于万历壬辰,是则我不杀伯仁,而伯仁由我而死者,此东土忠义之士,思汉犹甚。"③李观命也指出:"皇朝之速亡,未必不由于东征。而顾我国国小力弱,既不能复仇雪耻……每念至此,未尝不慨恨也。"④因此,朝鲜社会对明亡的普遍"自责感",反过来又进一步加深了士大夫阶层对明朝"再造之恩"的感念。1705 年,肃宗出于这种感念之情,还在宫苑之中设立"大报坛",以定期祭祀明神宗万历皇帝。1749 年,英祖又再次扩建"大报坛",且祭祀对象除神宗皇帝之外,又增添了明太祖与崇祯皇帝二人⑤。由此可见,在万历年间朝鲜之役一百多年后 18 世纪的朝鲜社会,对于"再造之恩"的感恩情怀依然存在并受到官方的提倡。洪大容(1731—1783)对此现象也曾总结说:"我国之服事大明二百有余年,及壬辰再造之后,则以君臣之义,兼父子之恩,大明之所见待,我国之所依仰,无异内藩而非他外夷之可比也。"⑥

　　有意思的是,英祖扩建"大报坛"时,赵观彬正担任工曹判书,并受命负责修建的具体

---

①　李昖《宣祖实录》,收录于《李朝实录》第 29 册,日本学习院大学东洋文化研究所,1961 年,第 898 页。

②　朴世采《南溪集》,收录于《韩国文集丛刊》第 138 册,景仁文化社,1994 年,第 392 页。

③　高晭《观澜斋遗稿》,收录于《韩国文集丛刊续编》第 43 册,景仁文化社,2007 年,第 24 页。

④　李观命《屏山集》,第 197 页。

⑤　孙卫国《大明旗号与小中华意识——朝鲜王朝尊周思明问题研究(1637—1800)》,第 114—146 页。

⑥　洪大容《湛轩书》,《韩国文集丛刊》第 248 册,景仁文化社,2000 年,第 63 页。

事宜。关于"三皇并祀"的设立,他还如下说道:

> 我圣上深感丙子东援之恩,推广先朝大报之意,并享毅宗,则二皇所自出之太祖皇帝,岂可不同奉一坛乎? 太祖皇朝之始,毅宗皇朝之终,神宗中叶,大有惠于我,并享三皇,尤有光于尊周之义。若使先正臣宋时烈承此询问,其必力赞之不暇矣。①

可见他也对神宗皇帝的"再造之恩"怀有感激,对大明王朝心藏思念之情,因而在其燕行诗中,这种心态的流露也较为常见。如使团到达锦州附近的小凌河时,他有言,"山川人尽逝,天地我虚生。感慨男儿泪,东韩忆大明"②;途径"中后所"时,他有言,"万历洪恩于古有,八陵佳气在今无"③。而若论最为动人的两首,那便是《感怀》与《燕京杂咏》:

**感　怀**

父母吾邦万历明,至今盛德荷生成。

岛夷豕突三京陷,天将鹰扬一域平。

环土不忘安堵惠,列朝靡懈拱辰诚。

沧桑世界无穷恸,血食皇坛大报名。④

此诗作于使团停留北京之时。首联开门见山,明言万历皇帝对朝鲜的恩情就像父母一样深厚。颔联紧接其后,将视角移到朝鲜半岛,讲述当年丰臣秀吉发兵侵朝,庆州、汉阳与平壤接连陷落之时,明朝援军及时赶到,将倭兵驱除出朝鲜半岛的往事。颈联抒发朝鲜军民不忘再造之恩,拥护爱戴明王朝的心境。尾联则描绘朝鲜上下对明朝灭亡的悲痛,以及为报答"再造之恩"而创立"大报坛"祭祀神宗皇帝的场景。

**燕京杂咏·天寿山**

日维天寿山,皇朝列圣葬。

万世吉兆叶,八陵佳气旺。

长城失扃镝,上都胡尘涨。

香火百年寒,松柏色凄怆。

---

① 李昑《英祖实录》,《李朝实录》第 45 册,日本学习院大学东洋文化研究所,1965 年,第 60 页。

②③ 赵观彬《燕行诗》,第 446 页。

④ 赵观彬《燕行诗》,第 449 页。

　　　　　　　於戏万历恩，东土尚不忘。
　　　　　　　陪臣义宗周，含悲但遥望。①

此诗作于使团停留北京之时。所咏叹的天寿山，是明朝成祖及其之后历代明朝帝后的陵地。第一、二联叙说这一带为上好风水吉地；第三、四联话锋一转，讲述山海关失守，大明亡国百余年后的陵园香火、松柏都已寂寥的惨象；第五、六联情感升华，直接抒发朝鲜社会感念神宗皇帝再造之恩，以及奉行春秋大义与思念大明的心境。

# 四、"北伐"情怀的抒发

　　明亡清兴之后，朝鲜朝廷与士大夫阶层都面临着一项艰难的抉择，那就是应该接受"中华秩序"崩溃的现实与认可清朝的正统地位，还是否认明朝中华秩序的解体与期待明王朝的复兴。而就整个 17 世纪而言，后者又无疑为当时朝鲜社会的主流意识。在这样的文化心理作用下，基于不认可清朝正统地位与报答当年明朝"再造之恩"的心理，以"反清复明"为主要内容的"北伐论"在朝鲜社会应运而生②。它肇始于朝鲜孝宗(1649—1659 在位)时期，以孝宗与宋时烈为核心推动者。如安锡儆(1718—1774)便明言："我孝庙即位，礼召华阳宋先生，议大举北伐清虏，复立我明。"③而且，追随孝宗、宋时烈而主张"北伐"的，还有金尚宪、金庆余、宋浚吉、李瀷等朝廷重臣。如李瀷(1681—1763)就曾说："东方蒙皇明再造，宜同内服，相时而动，亦岂无机？若见义师之兴，执殳死绥，臣之分愿也。"④

　　然而，随着主张北伐的孝宗与宋时烈的先后离世与清王朝逐渐站稳脚跟局面的形成，北伐论也丧失了军事实践的可能，进而转变为一种广泛的政治理想与情怀。如黄景源(1709—1787)即认为："锄诛疆寇，兴复大明，肃清四海之志，其功虽未就，而其事足以暴于后世矣。"⑤所以，哪怕至其后的肃宗(1674—1720 在位)、英祖时期，士大夫阶层依然还存在"北伐"的论调。如权万(1688—1749)曾赋诗道："周王一面对佳城，千古尊周大义明。谁道百年胡运尽，我将西入请长缨。"⑥又如，安锡儆也曾慷慨激昂地说："呜呼！我明义主也，师父也……而背君父者，岂人之情哉！朝鲜士类，相语慷慨泣下，至今愿为我明一死，

---

① 赵观彬《燕行诗》，第 449 页。
② 泰容《朝鲜后期中华论与历史认识》，아카넷，2009 年，第 77—79 页。
③ 安锡儆《雪桥集》《韩国文集丛刊》第 233 册，景仁文化社，1999 年，第 567 页。
④ 李瀷《星湖全集》《韩国文集丛刊》第 200 册，景仁文化社，1997 年，第 4 页。
⑤ 黄景源《江汉集》《韩国文集丛刊》第 224 册，景仁文化社，1999 年，第 124 页。
⑥ 权万《江左集》，《韩国文集丛刊》第 209 册，景仁文化社，1998 年，第 87 页。

死于北伐虏!"①而与朝鲜社会的这种普遍心理相适应,赵观彬的内心深处实则也潜藏着一种"反清复明"的意识。比如,由他所言的"谁能唤起李飞将,射彼旄头如射石"②,可见他渴望有朝一日能够有飞将军李广那样的猛将来击败清军,因而他还表示:"徒然输币客,犹是握兵人"③;"东归欲献平戎策。且就灯前看大刀"④。也就是,他因曾任"南汉山城守御史"的官职,认为自己仍是可以带兵作战的将领,只不过暂时无奈担任了纳贡使臣而已,而待他日回朝向君王献上良策,则有定要讨伐清朝的志向。所以,在赵观彬的燕行诗中,这种"北伐"情怀的流露,同样属于一种常见现象。

### 以奉使虚随八月槎为韵书古体

平生最远行,万里燕山使。

薪胆圣祖义,皮币弱国耻。

皇极贺王春,犬戎僭天子。

想有狗屠隐,吾欲访燕市。⑤

此诗写于使团到达北京之时。首联与颔联感叹自己燕行之举与向清朝纳贡称臣的愤懑之情;颈联将视角转向当前的中国情势,抒发对清朝入主中原的痛恨;尾联画龙点睛,借用荆轲与狗屠的典故,表达对于志同道合之人的渴求。据《史记·刺客列传》所载:"荆轲既至燕,爱燕之狗屠及善击筑者高渐离。荆轲嗜酒,日与狗屠及高渐离饮于燕市。"⑥从狗屠为荆轲好友的身份,结合后来"荆轲刺秦"的壮举,可知赵观彬正是期待着有人能与他一同去实现"反清复明"的大志。

### 沈阳书感怀

凄风寒雨助悲辛,此地何心更驻轮。

凛凛秋霜三学士,萋萋春草一行人。

中原史册谁王统,大国藩城尚虏尘。

老胆祇思燕石勒,灯前看剑剑花新。⑦

---

① 安锡儆《雪桥集》,第 499 页。

②④ 赵观彬《燕行诗》,第 453 页。

③⑦ 赵观彬《燕行诗》,第 455 页。

⑤ 赵观彬《燕行诗》,第 448 页。

⑥ 《史记》,中华书局,1959 年,第 2528 页。

此诗作于使团归程途经沈阳之时。1637 年,朝鲜仁祖在汉阳与南汉山城之间的三田渡向清太宗皇太极行三叩九拜大礼,这意味着朝鲜朝廷正式向清王朝称臣。其后,清王朝开始对南汉山城被围期间主张抗战的朝鲜大臣进行处罚,主战派人物洪翼汉、尹集与吴达济三人因此被押往沈阳而斩首。朝鲜朝廷后追赠三人为"领议政",宋时烈也曾专撰《三学士传》,称颂三人的忠烈①。首联与颔联的内容,便是赵观彬遥想一百多年前抗清"三学士"殉难一事的感怀;颈联主要表达了当前清朝虽入主中原,但对其"正统性"不予承认的态度;尾联则借用东汉将军窦宪击败北匈奴后班固创作《燕然山铭》勒石记功的典故,展现自己一心击败清朝的愿望与建功立业的豪情。

### 统军亭

曾愁朔气雪侵棂,却喜春容柳拂汀。

遍历燕山许大地,重登鸭水最高亭。

浇来酒有三巡淡,涤去尘无一点腥。

痛杀旄头犹在眼,悲歌倚剑剑铓青。②

此诗作于使团返回义州之时。统军亭创立时间不详,位于平安道义州府(现平安北道新义州市)鸭绿江边,其"北则女真氏之域,其西乃上国之境"③,"直亭之前,旷野连延,小岛支分,芳草芦荻,一望无际,其景象之奇壮"④。由于统军亭独特的地理位置与风光,在朝鲜王朝时期,便一直是西北防御的据点与迎送中国使臣的宴会之地。首联与颔联叙述的即是赵观彬自己冬季冒着严寒出使中国,第二年春天才返回义州再登统军亭的事迹;颈联则描绘了他与友人饮酒高谈的场景,与远离清朝、回归祖国的感叹;尾联则又落脚于"北伐"情怀,回想当年清军在征战中被痛杀的场景,阐发臣服于清朝的悲愤。

## 五、结　语

综上所述,18 世纪上半叶的朝鲜社会,由于倭乱时明神宗出兵救援的"再造之恩",以及"明亡清兴"的东亚历史大变局与抗清战争的惨痛记忆,仍然根植于朝鲜士人的心里,因

---

① 朝鲜三学士的事迹,参见金日焕《回忆苦难的历史——以〈三学士传〉与〈三学士碑〉为中心》,《韩国文学研究》2003 年第 26 辑。

② 赵观彬《燕行诗》,第 456 页。

③ 卢思慎《新增东国舆地胜览》,韩国国立中央图书馆藏本,写本时间不详,第 11 页。

④ 许篈《荷谷集》,《韩国文集丛刊》第 58 册,景仁文化社,1993 年,第 413 页。

而在"北伐"虽无实践可能的同时,秉持"春秋大义"的精神,朝鲜社会仍然普遍存在着"思明反清"的情怀。而且,在"华夷之辨"的思想渗透下,受"朝鲜中华主义"的观念影响,清朝虽然已经入主中原百年,但朝鲜社会对其鄙夷的心态仍未改变,因而也并不认可其正统地位。因此,能够反映这种时代认知的赵观彬燕行诗,无疑是 18 世纪上半叶朝鲜社会文化心理与世界认知的集中缩影与呈现。

【作者简介】韩东,南昌大学人文学院中文系副教授,文学博士(本文已刊发在《华夏文化论坛》2022 年第 28 辑)。

# 韩国古代杜诗批评与中国诗学<sup>*</sup>

马金科　李佳蔚

**摘要：**杜甫在古代韩国汉诗学中影响巨大，被奉为"诗中孔子"，但也不断有批评的声音。崔滋、申钦、李睟光、洪万宗、金万重、南龙翼等朝鲜诗家认为：杜甫人生穷困不完美，诗艺不如李白高超；过于琢炼以致雕琢生涩，还有诗语不精工、祖袭前人和错讹之处；而且，有人颠覆了前人对杜甫诗圣、诗史、集大成等定论，批评了杜甫的排律诗、讽喻诗、夔州后诗、次和诗等。这种批评观点有明显的中国诗学的影响，特别是苏轼、朱熹以及李杜高下、唐宋之争、明清复古诗学思潮的影响。但是，朝鲜诗学也表现出鲜明的个性，这种批评是以朝鲜汉诗的发展和成熟为基础的；朝鲜诗学以儒家诗教为宗旨，批评委婉；以学习汉诗为目的，注重诗法，指导韩国汉诗创作。

**关键词：**韩国古代诗学　杜甫批评　李杜高下　唐宋之争　琢炼之法

杜诗在韩国古代诗学影响巨大，但也有杂音；现在的研究主要在积极方面，消极批评研究者少。消极批评者对杜诗中的很多重要范畴和领域产生了质疑，其中，批评和遗憾主要集中在过于追求琢炼产生的后果。这些消极的评价引起我们对杜诗的东亚价值和影响的全方位思考，以及进一步思考杜诗对韩国古代诗学影响背后的中国因素、韩国诗学的内在原因。

中国古代对杜诗负面评价，南宋严羽为发端，多在明清时期，主要针对杜甫"诗圣""诗史"地位的评价，以及"集大成"的诗艺等方面，对韩国诗学有着重要影响。当前，国内研究界比较全面、深入地整理和研究了唐以后批评杜甫的理论观点，如蒋寅<sup>①</sup>、邬国平<sup>②</sup>等论文，以及左江《高丽朝鲜时代杜甫评论资料汇编》（上海古籍出版社，2021 年）收集的韩国朝鲜朝批评杜甫的资料和《朝鲜时代杜诗评论的特点（代序）》<sup>③</sup>。这引发了我们对杜甫在

---

　＊ 本文系 2019 年度国家社科重大招标项目"东方古代文艺理论重要范畴、话语体系研究与资料整理"（项目编号：19ZDA289）阶段性成果。

　① 蒋寅《杜甫是伟大诗人吗？——历代贬杜论的谱系》，《国学学刊》2009 年第 3 期。
　② 邬国平、叶佳声《王夫之评杜甫论》，《杜甫研究学刊》2001 年第 1 期。
　③ 左江《高丽朝鲜时代杜甫诗论资料汇编》，上海古籍出版社，2021 年。

东亚的消极批评及影响的求知欲(韩国方面金英兰的论文,中国方面程瑜的论文中涉及了)。之前研究或浅尝辄止,或有偏颇、不够全面,或把缘由归之于唐宋之争、不符合韩国古代诗学的实际,本论文力图全面整理和展示韩国古代诗学杜甫批评的观点,探寻其特点及意义。

# 一、人生和诗艺的不完美

## 1. 人生:"以诗圣之姿,亦不免贫穷流移之境"

杜甫在韩国古代诗学的影响是巨大的,如周公、孔子之于礼仪、儒学,但是,杜甫一生颠沛流离,穷困潦倒,未曾荣华富贵。这是热爱杜甫的韩国古代文人与中国文人的共同遗憾。他的生活遭际会影响韩国文人的价值观、人生观,对人生产生重要的启迪作用。

> 盖文章得于天性,而爵禄人之所有也。苟求之以道,则可谓易矣。然天地之于万物也,使不得专其美。故角者去齿,翼则两其足,名花无实,彩云易散。至于人亦然。畀之以奇才茂艺,则革功名而不与。理则然矣。是以自孔孟荀杨,以至韩柳李杜,虽文章德誉足以耸动千古,而位不登于卿相矣。则能以龙头之高选得躐台衡者,实古人所谓扬州驾鹤也,岂可以多得哉?①

"文章德誉"虽然足以耸动千古,但是社会地位却很低,"位不登卿相"。他们认为自古荣华富贵两全其美者少,"天地之于万物也,使不得专其美"。这是天地万物生长不变的法则,从"孔孟荀杨"到"韩柳李杜"不过如此:"畀之以奇才茂艺,则革功名而不与。理则然矣。"这是热爱杜甫的韩国古代文人的"千古伤心莫若此也"的缺憾:

> 杜工部以诗圣之姿,亦不免贫穷流移之境。文人厄会,自古然矣。此造物之见猜,时俗之妒忌也。千古伤心莫若此也。杜工部《奉赠韦左丞丈诗》:"残杯与冷炙,到处潜悲辛。"《颜氏家训》:"古来名士多所爱好,惟不可令有称誉,见役勋贵,处之下坐,以取残杯冷炙之辱。"顾亭林亦记此于《日知录》。②

---

① 蔡美花、赵季《韩国诗话全编校注》,人民文学出版社,2012 年,第 37 页。
② 蔡美花、赵季《韩国诗话全编校注》,第 6181 页。

后代朝鲜朝文人李圭景(1788—1856)认为这是造物主和时俗的猜忌,归于天命和人心。作者借隋颜之推《颜氏家训》名言和明末清初顾炎武《日知录》的记载,表示信服。

而且,韩国文人认为,杜甫本人也是心知肚明的:虽然不遇伯乐,怀才不遇,但也只能承认"文章憎命达",听天由命了。金渐(1695—?)等朝鲜朝诗人也感同身受,与杜甫同命相连:

> 痴岩金铉中,有延州宁边,古号延州以来,人才之冠冕;云岩金南旭,本亦铁山豪士,特有躁进声。其所得如:"君何先达我何迟,秋菊春兰各有时。莫诧当年先折桂,广寒惟有最高枝。"痴岩诗也。"尺蠖元来屈亦伸,丈夫何必老儒巾。功成塞外清尘后,当作封侯万里人。"此云岩诗也。皆人所脍炙也。三世抱玉,或白首戍边。少陵有云"文章憎命达",信然哉。[①]

少陵有诗《天末怀李白》云:"文章憎命达,魑魅喜人过。"用世间不公平的常态,感慨李白、屈原以及自己的不幸。朝鲜朝后期文人李瀷(1681—1763)从杜诗喜言马推断杜甫期盼伯乐之心的悲凉,"羸马仰首长鸣"之句形象生动:

> 杜诗喜言马,其意可知。物之遇时显名,或入于天闲,或为将相之用,腾骧蹙踏,舒气展才,莫有马若也。又或不与时会,而庸夫驱策,盐车峻阪,瘦骨棱嶒,困死于路旁,孰知夫有蹑云高才、追风逸足哉?是以伯乐一顾,羸马仰首长鸣。子美之心,良亦悲矣。[②]

韩国古代文人深感杜甫遭遇的不幸和缺憾。但是,也有人认识到作为诗圣的杜诗,这种穷困之气会给学诗者带来消极影响。所谓"纸上李杜",未作新诗先作愁,"多用悲愁困穷之语","无病而呻吟":

> 近看《放翁集序》,乃中州近岁人所为也。有胸中李杜、纸上李杜之语,可谓善论诗者。近世学杜者,多用悲愁困穷之语,殆亦无病而呻吟者,仆亦少时不免此病尔。[③]

---

① 蔡美花、赵季《韩国诗话全编校注》,第3458页。
② 蔡美花、赵季《韩国诗话全编校注》,第3721页。
③ 蔡美花、赵季《韩国诗话全编校注》,第3408页。

上文的观点都出自对人生荣华富贵的美好愿景，希望伟大诗人有美满的人生，慨叹杜甫"贫穷流移""悲愁困穷"的遭遇。同时，也是对人生惯常"天地之于万物也，使不得专其美""文章憎命达"的怨恨和屈从。

## 2. 诗艺："安得有篇篇什什句句字字皆可谓珠玉耶？"

韩国古代文人认为诗圣杜甫的诗也不可能句句完美，会或有瑕疵。而且正如中国历代对李杜高低的评价一样，韩国古代诗学从高丽到朝鲜朝时有不同，以杜诗为学诗规范居多，但仍有人认为李白如诗仙，略胜杜甫一筹。这与中国诗学李杜高下之议传统命题不无关系。

朝鲜朝中期洪万宗(1643—1725)分别在其《小华诗评》《诗评补遗》两部著作中提道：作诗不可能"每作每篇尽美尽善"，不可能"篇篇什什句句字字皆可谓珠玉"，李杜作诗不免"时或有疵累"，并且把这种看法作为评价韩国诗人的前提。

> ……且夫作诗，安得每作每篇尽美尽善也？此李杜之所不能也。李杜固是诗家千载之祖宗，而今观其诗，安得有篇篇什什句句字字皆可谓珠玉耶？譬诸名山大川千里潆结，得其佳丽名胜之地者，不满几处矣。[1]
> ……然以大家高手，时或有疵累，此则李杜之所不免，亦何害于两公之文章也。……[2]

## 3. 李杜高下："仙翁雅士"

李杜诗齐名或互有高下，随着诗歌风尚的不同、诗人喜好的不同，历代诗人的看法也有所不同，古代韩国亦是如此。虽然是受中国诗歌风尚的影响，但韩国诗人也有自己的理解。总的看来，由于受到宋诗和明清推崇杜甫的强劲诗风影响，儒家诗教的制约，官方的大力推介，以及韩国学诗者对诗法的特殊期待，韩国诗学总体上高评杜甫占上风，认为杜诗为学汉诗的不二法门，将其奉为圭臬。但是，也有认为杜甫诗略逊李白者。如申钦(1566—1628)接受了杨万里的"仙翁雅士"之论，奉李白为"天仙"，"飘逸难学"；而杜甫如凡人，有形可依，"依形而立"。可见更推嵩李白，觉得李白是天才，才华横溢，非常人能及。他进一步把李白比喻成神奇的昙花一现，"如优昙钵花变现于空中"，可遇而不可求。

---

① 蔡美花、赵季《韩国诗话全编校注》，第 2385—2386 页。
② 蔡美花、赵季《韩国诗话全编校注》，第 2419 页。

李白古诗飘逸难学。杜诗变体,性情词意古今为最。记行及《吏》《别》等作,分明可爱者,不可不熟读摹袭,以为准的。其大篇如《八哀》等作,非学富才博不可学,亦非诗之正宗,姑舍之。①

古之论者,以子美为出于灵运,太白为出于明远。子美固有依形而立者。若太白,天仙也,如优昙钵花变现于空中,特其资偶与明远相类尔。②

南龙翼(1628—1692)在《壶谷诗话》中,历数唐元稹尊杜、韩愈李杜两尊,以及宋敖陶孙、杨万里、朱熹,明王世贞李杜高下优劣的观点,认为"李杜优劣自古未定",观点折中。但是,南龙翼举出杨万里"仙翁雅士"之论和朱熹"以圣归之于李",也委婉表达了对杜甫的微词,这和他总体上批评杜诗的观点是一致的。

李杜优劣自古未定,元微之始尊杜,而韩昌黎两尊之。自宋以后,无不尊杜,敖陶孙诗评:"以杜为周公制礼,不敢定议。"此言是矣。而以李比刘安鸡犬,无乃太轻且虚欤?或以杜赠李诗"重与细论文"之"细"字,谓之轻视而故下云。何其迂曲之甚欤?杨诚斋"仙翁雅士"之论,《史记》《汉书》之比,其尊李太显矣。紫阳以圣归之于李,则微意亦可知。而至明弇州有两尊之评,而少有右杜意。③

另外,有批评者以作诗"自然"为汉诗最高境界,以此认为杜甫诗不及李白。柳梦寅(1559—1623)《於于野谈》:

蔡祯元,儒士也,好古文,虽不自工其文,论文有佳处……或问李杜优劣,答曰:"李诗曰'柳色黄金嫩,梨花白雪香',杜曰'红入桃花嫩,青归柳叶新',赋花柳一也,而李自然,杜雕琢,优劣可立辨。"……④

李晬光(1563—1628)《芝峰类说》:

杜诗:"红入桃花嫩,青归柳叶新。"李白:"寒雪梅中尽,春风柳上归。"王荆公诗:

---

① 蔡美花、赵季《韩国诗话全编校注》,第 1543 页。
② 蔡美花、赵季《韩国诗话全编校注》,第 1365 页。
③ 蔡美花、赵季《韩国诗话全编校注》,第 2191 页。
④ 蔡美花、赵季《韩国诗话全编校注》,第 1023—1024 页。

"绿搅寒芜出,红争暖树归。"此三诗皆用"归"字,而古人以荆公诗为妙甚,余谓不然。老杜巧而费力,荆公欲巧而尤穿凿,李白为近自然。①

两位文人都认为自然天成为上,精工力为次之。这样杜甫和王安石的诗,"雕琢""巧而费力""巧而尤穿凿"的人力所为,自然次于李白。作诗追求自然,是东亚和朝鲜古代诗学的最高境界,以此衡量诗人高下,不无道理。而且,李睟光还以这个标准,认为杜甫的"江月去人只数尺"诗句的"精工",不如孟浩然"江清月近人"的"浑涵"好。这里的"浑涵"有天然之意。李睟光《芝峰类说》:

　　孟浩然诗曰:"江清月近人。"杜子美云:"江月去人只数尺。"罗大经以为浩然浑涵,子美精工。余谓子美此句大不及浩然。②

# 二、批评杜诗"琢炼之工":"雕琢""不精者"

韩国古代诗坛也认为,琢炼之工,杜甫最高③。但也有另一种声音,认为杜甫在作诗琢炼方面也有过失:一是由于讲究琢炼,使诗歌风格"拙""木""木强",损于"精工";二是不讲究琢炼,有琢炼"不精者",有祖前人者。这种倾向主要受明清崇唐抑宋诗风的影响。

## 1. 雕琢

崔滋(1188—1260)是高丽中期著名评论家,他称赞杜甫的琢炼之功高妙,但是,他认为学习"章句之法"容易造成诗风"拙涩",不如"各随才局,吐出自然,无奢错之痕"。崔滋在《补闲集》中集中表现出更加喜欢天趣自然的诗风,诗话中多处流露出赞赏李奎报、不欣赏李仁老的态度。

　　《补闲》只载本朝诗,然言诗不及杜,如言儒不及夫子。故编末略及之。凡诗琢炼如工部,妙则妙矣。彼手生者,欲琢弥苦,而拙涩愈甚,虚雕肝肾而已,岂若各随才局,吐出天然,无奢错之痕。今之事锻炼者,皆师贞肃公。李眉叟曰:"章句之法不外是。

---

① 蔡美花、赵季《韩国诗话全编校注》,第1058页。
② 蔡美花、赵季《韩国诗话全编校注》,第1065页。
③ 参见李仁老《破闲集》:"琢句之法,唯少陵独尽其妙。"见《韩国诗话全编校注》,第12页。

如使古人见之,安知不谓生拙也。"①

在另一篇诗话中,崔滋也指出高丽诗人不喜欢杜诗的现象。《补闲集》卷下云:"彼雄深奇妙、古雅宏远之句,必反复详阅,久而后得味,故学者不悦,如工部诗之类也。"②所谓"学者不悦,如工部诗之类"者,"雄深奇妙、古雅宏远"恐怕也是炼琢所致,不明白痛快之故吧。在上文,柳梦寅《於于野谈》中,柳引述当时文人蔡祯元评价李杜高下的观点:"李自然、杜雕琢,优劣可立辨。"③指出杜诗琢炼太过。

其次,琢炼会造成诗歌过于精工,失去天然。李睟光认为:杜甫、韩愈作诗"迭押韵字"不是问题,"唯观作句工拙如何",但是琢炼过工,"其精"也是"小疵"。

> 诗用叠字,古人不以为嫌,最忌意叠。如苏子瞻律绝中叠使数字者多矣,至于杜、韩两诗叠押韵字,此则不为病,唯观作句工拙如何。然语其精,则恐亦不免小疵耳。④

在上文已经引述的另一篇诗话中李睟光赞同罗大经的观点,认为杜子美"江月去人只数尺""精工",孟浩然"江清月近人""浑涵",但是他认为"余谓子美此句大不及浩然"。

## 2. 生拙、木、木强

韩国文人谈杜诗"琢炼之法",多从学诗者角度出发,主要是积极肯定的,但也有人看到了后人学琢炼的消极方面。如上文崔滋以为,"彼手生者,欲琢弥苦,而拙涩愈甚,虚雕肝肾而已";如申钦曾言:

> 杜诗,古人比之周公制作。诚的论也。后之学杜者不善,则陷于俗流于拙,甚则木强不可读。韩文亦然。⑤

其实,以"木"评杜诗,来自于清代袁枚(1716—1798),认为"专学其木",就会成为"不可雕之朽木也"。而朝鲜朝文人李钰(1760—1812)接受了这种观点,将其抄录在《百家诗话抄》

---

① 蔡美花、赵季《韩国诗话全编校注》,第 119—120 页。
② 蔡美花、赵季《韩国诗话全编校注》,第 113 页。
③ 蔡美花、赵季《韩国诗话全编校注》,第 1023—1024 页。
④ 蔡美花、赵季《韩国诗话全编校注》,第 1060 页。
⑤ 蔡美花、赵季《韩国诗话全编校注》,第 1381 页。

之中：

> 孔子曰："刚毅木讷近仁。"余谓："人可以木，诗不可以木也。人学杜诗，不学其刚毅，而专学其木，则成不可雕之朽木也。"（注：此条见清代袁枚《随园诗话》卷一五第六一条。）①

同时，韩国古代诗坛还记录了杜甫炼琢方面的其他诗病："祖袭前作"、琢炼不精等。

## 3. "祖袭前作"

祖述也是杜甫在《戏为六绝句》六中批评的诗歌风气，"递相祖述复先谁"。朝鲜文人李晬光指出杜甫诗多用《文选》语，而且自己明白道出"早从文选理"。

> 唐人作诗取材于《文选》，故子美之诗多用《选》语。其曰："早从《文选》理"（注）者是也。至于李白无敌之才、不群之思，宜自出机杼，似无藉于前作。而今见《古诗类苑》及《玉台新咏》，其《乐府》题目率皆效之，意语亦多有相袭者。（注：语见杜甫《宗武生日》："诗是吾家事，人传世上情。熟精文选理，休觅彩衣轻。"）②

而且李晬光沿袭了宋人龚颐正《芥隐笔记》的说法，指出杜甫四次祖述南北朝时代梁朝、陈朝著名诗人阴铿（约511—约563）作品的事实，直接指出"老杜祖袭前作如此"，问题严重。

> 阴铿诗"大江静犹浪"，杜诗曰"江流静犹涌"；铿诗"薄云岩际出，初月波中上"，杜云"薄云岩际宿，孤月浪中翻"；铿诗"中川闻棹讴"，杜云"中流闻棹讴"；铿诗"花逐山下风"，杜云"云逐度溪风"。老杜祖袭前作如此。③

李朝英祖时期的南羲采（朝鲜朝英祖、正祖、纯祖年间人）在其《龟礀诗话·盗袭》中接

---

①　蔡美花、赵季《韩国诗话全编校注》，第4833页。
②　蔡美花、赵季《韩国诗话全编校注》，第1043页。
③　蔡美花、赵季《韩国诗话全编校注》，第1063页。

受了李晬光的观点,并引用了全文①。李瀷在《星湖僿说》中也直接指出杜甫以及李白的诗歌祖左思《招隐词》,"二诗亦有所祖":

> 余尝读李白《鸣皋歌》、杜甫《角鹰歌》,为千古绝唱,非后人之所及。二诗亦有所祖,试诵《招隐词》一篇,更觉迥溢于言辞之外,白与甫却在廊庑之间。看诗须寻其源流,差其高下,意味益深。②

### 4. 琢炼不精

> 杜子美《岳阳楼》诗,古今绝唱。而"亲朋无一字,老病有孤舟"与上句不属,且于岳阳楼不相称。陈简斋《岳阳楼》诗人亦脍炙,但"帘旌不动夕阳迟",语句似馁。且"登临""徒倚""凭危"及"夕阳""欲暮"等语似叠。③

杜甫和陈与义可谓江西诗派的一祖一宗,李晬光认为杜甫的《岳阳楼》诗上文言及的诗句联结不妥(这一点接受了中国诗坛的观点),而且格调与岳阳楼不相称;指出陈与义的上文诗句格调低落,五处诗语多有重复。从格调角度评论,观点新颖。

### 5. "文字好用经语"

李晬光借用朱熹的观点,认为诗歌文字好用经语是诗病一种,并引出苏轼的观点说明杜甫的好用经语的诗法不可取。而且,进一步批评了当时文坛贵古贱今的守旧风气:

> 朱子曰:"文字好用经语,亦一病。杜诗云'致远思恐泥',东坡谓此诗不足为法。"此可见评论之至公。而今人于古人之作不敢议其疵病,少有指点,则人辄诋以愚妄,何也?陈后山以"欧阳永叔不好杜诗,苏子瞻不好马《史》",即此观之,子瞻非特不好马《史》,亦不好杜诗者也。④

---

① 南羲采《龟磵诗话》卷一四:"唐人作诗多取材于《文选》,故老杜诗多用《选》语。其曰'早从文选理',是也。且老杜多用阴铿诗,铿曰'大江静犹浪',杜云'江流静犹涌';铿曰'薄云岩际出,初月波中坐',杜云'薄云岩际宿,残月浪中翻';铿曰'中川闻櫂讴',杜云'中流闻櫂讴';铿曰'花逐下山风',杜云'云逐度溪风'。以老杜诗才,犹且祖袭前作如此,况下于老杜者乎?且李白五古多全用《文选》句处,或自然暗合而然耶?"见《韩国诗话全编校注》,第7473—7474页。
② 蔡美花、赵季《韩国诗话全编校注》,第3835页。
③ 蔡美花、赵季《韩国诗话全编校注》,第1071页。
④ 蔡美花、赵季《韩国诗话全编校注》,第1048页。

## 6. 考杜诗讹误

　　朝鲜朝中期文人车天辂(1556—1615),实地考察日本卢橘,查阅汉代司马相如《上林赋》和唐代戴叔伦《湘南即事》诗句,指出杜诗《田舍》诗句"枇杷树树香"描写错误,枇杷本无香,认为杜甫描写的应该是卢橘:

　　　　杜诗"枇杷树树香",说者以为枇杷无香,误也。余往日本也,于一古寺见一树甚茂郁,数丈以下叶大而圆,其上叶修而稍小,状如樗叶。十月花盛开,状如梨花,香气酷烈,不风而闻数亩。老僧谓之卢橘。冬实,至五月而熟。唐诗"卢橘花开枫叶衰",相如《上林赋》"卢橘夏熟",信然。[①]

考证事实虽小,可谓对杜诗"诗史"美誉的质疑。

## 7. 杜甫文章"晦涩不通畅"

　　中国文学批评史多高度评价杜诗而不言其文,可见杜甫文不如诗,也有个别贬低杜甫文的。朝鲜朝中期金昌协(1651—1708)高度评价杜甫文章"气调""古劲"可喜,犹如司马迁,"其才近也",并且指出,当时文人尤翁(宋时烈,1607—1689)"文章颇尚奇",也认为杜甫文章"殊好"。都从风格上予以肯定,似不同于中国。但是,承认杜甫文"晦涩不通畅",还是基本看法。

　　　　余又尝谓杜甫文,虽晦涩不通畅,其气调亦自古劲可喜,如《公孙大娘剑舞序》,廑百余言,而俯仰曲折,感慨跌宕,大类太史公,盖其才近也。后见尤翁亦谓子美文殊好。尤翁于文章颇尚奇,故其言如此。[②]

　　18世纪朝鲜朝文人李瀷在《星湖僿说诗文门·杜韩诗》中,批评文坛或以门派和一己好恶妄议的现象,但是对杜甫文的观点隐晦不明。

### 杜韩诗

　　《唐书·杜甫传》末云:"韩愈于文章慎许可,至歌诗独推曰'李杜文章在,光焰万

---

　　①　蔡美花、赵季《韩国诗话全编校注》,第966页。
　　②　蔡美花、赵季《韩国诗话全编校注》,第2848页。

丈长'。"李奎报讥其文体之卑弱,以五字句掺入于史策。讥之亦似有理。然其所推有轻重,不引其诗,何由知其美之许大也? 其不获已处,古亦有例。如唐太宗"雪耻酬百王"及谢灵运"韩亡子房奋"之类是也。韩诗之美亦许大,而人或有不好之者,至杜牧之诗曰:"杜诗韩集愁来读,似倩麻姑痒处搔。"此并与韩而深好之也。今据牧之而推韩,据退之而推杜,方知诗中有节节阶级,或据己见而妄议其浅深,奚啻蚍蜉撼大树也。①

文中道出批评杜甫诗不如文的《唐书·杜甫传》渊源,即韩愈的对杜甫文章审慎评价的态度:"所推有轻重""于文章慎许可""歌诗独推";李奎报观点隐蔽,表示不满,讽刺《唐书·杜甫传》以五言诗掺入史策的笔法,文史不分;李瀷引杜牧诗句可见,深爱韩愈而观点与之相同,"据退之而推杜",评价谨慎,杜甫诗文轻重不一,"文章慎许可",诗歌成就更高。也有追随中国文坛观点否定杜甫文章的,如洪翰周(1798—1868)在《智水拈笔卷二·诗观》中,从儒家朱熹传统出发,认为文与诗有益于道,借用了韩愈高度评价杜甫文章的诗句"李杜文章在,光焰万丈长",表示了对杜甫诗文的景仰。但是,之前表述杜甫(包括李白)文章中文字,不无彻底否定:"(诗)至唐李杜始振而大之,然长于诗而已,其文则不可读。且昌黎公因文而悟道,为万古古文之宗匠。如李杜诗人,何足谓文章,亦何足挂齿牙?"②引述了韩愈赠张文昌全诗和《石鼓文》的诗句,赞美李杜诗文。

由以上评价可知,从高丽到朝鲜朝的文人对杜甫文的评价是比较慎重的,基本赞同中国的观点,但也有自己独特的考量。

## 三、颠覆定论:排律诗、讽喻诗、夔州后诗、次和诗等

中韩古代诗学的主流批评都认为杜甫诗歌各种诗体精工,是汉诗的"集大成"者,特别是高度评价夔州后诗,达到了登峰造极的地步。这种观点基本是东亚汉诗的定论。但是,也有韩国汉诗批评家接受了中国贬抑杜甫诗风的影响,提出了批评意见。而且,由于从韩国人汉诗创作的立场出发,焦点更集中在反对排律和讽喻诗。甚至,个别批评家从古诗风雅传统出发,评论后人对杜诗雄健和清旷融合风格的误读,以至危言耸听说"古诗亡于杜甫"。

---

① 蔡美花、赵季《韩国诗话全编校注》,第 3752 页。
② 蔡美花、赵季《韩国诗话全编校注》,第 8306 页。

**1. 排律、长韵:"非风人之旨也"**

中国诗学对杜甫律诗和长韵古诗有非议,以为多衍语累句;而韩国诗学对此亦批评不断,并从诗歌的抒情本质出发,进行彻底否定。朝鲜朝后期洪翰周总结了前人的观点,对此作了全面中肯的评论。他在《智水拈笔》中把排律古诗至百韵者都归为"大篇巨章",给予明确否定,认为那是诗人骋才斗靡。从诗歌创作的抒情本质出发,认为排律以及古诗长篇为诗病,同时厘出了这种弊病在中朝诗坛影响的历史脉络。

> 古人作诗,皆有感然后为之,未尝有无所寓意,而汗漫言语。故诗不多篇,亦不多句矣。《三百篇》惟《桑柔》《抑》《节南山》《正月》,其章最多。其外句虽或多,章无过十。自汉以降至陈隋,无百句之篇。但古诗为集,《仲卿妻作》多至一百七十余句,只此一诗而已。大篇巨章自唐始盛,杜之《北征》《咏怀》《壮游》《八哀》诸篇,及昌黎之《南山》《此日足可惜》等诸作,与元、白二公五七言古体歌行多宏篇巨什,前无古人。是则文人之才,而工夸张斗靡之辞,非风人之旨也。汉人之《古诗十九首》,深得《三百篇》遗意,后世莫能及。而其后晋阮嗣宗有《咏怀》八十二首,又其后则递相祖述。唐陈子昂之《感遇》三十六首,李太白之《古风》五十九首,韩文公之《秋怀》十一首,皆其遗法。而朱子亦尝取之作《感兴》二十首,风调虽各不同,其古意则一也。惟杜工部格律独造,兼长各体,如同谷县七歌,虽与汉魏相远,逸宕悲壮,难以一概句断也。我朝任疏庵叔英,以七百韵诗赠东岳。李公但以七律一首答之。疏庵才虽赡富,韵至七百,岂能无衍语累句? 恐非能事也。盖唐以后排律古诗至百韵者,古亦多见也。①

他从《诗经》《古诗十九首》的诗歌传统出发,认为诗都是有感而发,因此古人未尝有无所寓意而"汗漫言语",所以诗不多篇,也不多句。纵论宏篇巨什的历史,大篇巨章自唐始胜,杜甫、韩愈、元稹、白居易的宏篇巨什虽然前无古人,但是,"是则文人之才,而工夸张斗靡之辞,非风人之旨也"。不过是读书人的才能,而且工于夸张斗靡之辞,并非是诗人的作诗宗旨。他讽刺、批评了本朝任叔英七百长韵,对杜甫却笔下留情,出于对"诗圣"地位的尊重,用"难以一概句断也"委婉地进行了批评。

早在16世纪朝鲜朝中期申钦就提出这种观点,一直延续到朝鲜朝后期。代表有申

---

① 蔡美花、赵季《韩国诗话全编校注》,第8311页。

钦、李睟光、李植、李瀷、洪翰周。申钦直接批评排律和杜甫:"律诗已病排矣,又长之为排律。子美为至百韵,诗之病也。"①他从诗歌的审美效果出发,认为:"诗贵言尽而意不尽,作排律者,意已尽而言犹多。甚者钩取外边物色连缀,如钉恒饰案,苦无意味。"②彻底否定了排律,以及杜甫。李睟光接受了明王世贞批评杜甫七言排律的观点:"王世贞曰:'七言排律创自老杜,然亦不得佳。盖七字为句,束以声偶,气力已尽矣。又欲衍之使长,调高则难续而伤篇,调卑则易冗而伤句。'信哉斯言也!"③判定杜甫为七言排律诗病的始作俑者,"不得佳"。同时指出对高丽李奎报、朝鲜朝车天辂的消极影响:"中多累句,不足称也。"④李植(1584—1647)也直接指出:"排律虽当以杜诗为主,然其无次第,不可学。……七言排律古无可法,须从俗酬酢,无过二十韵。"⑤并且指出古诗"杜诗变体,性情词意古今为最。记行及《吏》《别》等作,分明可爱者,不可不熟读摹袭,以为准的。其大篇如《八哀》等作,非学富才博不可学,亦非诗之正宗,姑舍之"⑥。虽然承认杜甫古诗长篇诗艺高超,但认为非诗之正宗,不劝后生学习。从才学角度论长诗,对后代批评家洪翰周有重要影响。李瀷指出五言排律是诗人"夸多斗靡",重申杜甫排律对后代韩国汉诗产生了消极影响。

### 回文集句

……自李唐来诗学极盛,宏士巨匠夸多斗靡,靡所不至。杜甫五言排律或至百韵,后之效者,终无大过于是。至高丽李相国奎报,遂有三百韵律,尽押"支"韵也,七言则亦未有至于百韵者。至任疏庵叔英,有《观涨》七言百韵,旋复更次者至三四篇。五言律则有七百韵,乃尽押"支、微、齐、佳"等韵而合成之,即无论语意之佳否,已是杰然大手笔矣。⑦

指出高丽李奎报和朝鲜朝任叔英受到了杜诗排律的错误影响。李瀷在另文高度赞美杜甫五言诗,但同时也指出"欠参伍机变之术",《八哀诗》恐有累句。排律有累句之病,也是杜甫排律常常被中国文人指责的地方。

---

① ② 蔡美花、赵季《韩国诗话全编校注》,第 1370 页。
③ 蔡美花、赵季《韩国诗话全编校注》,第 1055 页。
④ 蔡美花、赵季《韩国诗话全编校注》,第 1062 页。
⑤ 蔡美花、赵季《韩国诗话全编校注》,第 1542 页。
⑥ 蔡美花、赵季《韩国诗话全编校注》,第 1543 页。
⑦ 蔡美花、赵季《韩国诗话全编校注》,第 3712—3713 页。

### 李杜韩诗

……至于杜甫却是句句气力,字字精神,如冲车拐马,方隅钩连,但欠参伍机变之术。若三大篇溶溶洐洐,无容议论。至《八哀诗》亦恐有累句,间之只是江汉之火腐齿不恤也。……①

总之,杜诗的排律、长韵方面受到韩国文人批评是比较多的。这其中有中国诗学王世贞等的影响,也有韩国文人对诗歌缘情本质的执着和韩国文人学汉诗写作立场的特殊关注。

## 2. 讽喻诗:温柔敦厚

儒家思想是朝鲜朝的国教,儒家诗学是韩国诗学的传统和主流,杜甫"诗圣"地位不容撼动,杜甫的"忠义"思想和"温柔敦厚"的诗风广为流传,被奉为圭臬。加之,苏轼"诗祸"的负面影响,韩国"士祸"、党争不断,使韩国汉诗讽喻诗不够发达。因此,杜甫的讽喻现实、直露评判现实的诗歌受到韩国文人的指责和批评,以为有失温柔敦厚,不委婉含蓄。朝鲜朝后期的洪奭周(1774—1842)的观点最有代表性:

风雅异体,赋兴殊旨,宫羽钟吕,各有其调。执一体而欲尽废其余,虽谓之不知文可也。温柔敦厚而不迫,委婉含蓄而不露,固诗之所贵也。《相鼠》之诗曰:"人而无礼,胡不遄死。"亦可谓不迫乎?《巷伯》之诗曰:"取彼谗人,投畀豺虎。"亦可谓不露乎? 如二诗者,亦圣人之所取也。后世之论诗者,以唐人为主,宗神韵而绌议论,尚空趣而鄙直致。《三百篇》尚矣,唐人之诗莫尚于杜,咏妓则曰:"使君自有妇,莫学野鸳鸯。"咏分帛则曰:"鞭挞其夫家,聚敛贡城阙。"观猎则曰:"草中狐兔尽何益,天子不在咸阳宫。"观打渔则曰:"吾徒何为纵此乐,暴殄天物圣所哀。"若是者可谓之神韵乎? 抑可不谓之直致乎? 如此诗者,幸而出于杜耳。若出于宋以后者,严仪卿、胡元瑞之徒尚肯正目而视乎?②

洪奭周从唐诗风尚和神韵说的观点出发,严厉批评杜诗"直致"。认为杜甫幸运,杜诗幸运,若在宋以后,是不被南宋严羽、明胡应麟"正目而视"的。其实杜甫也有讽刺君王、抨击

---

① 蔡美花、赵季《韩国诗话全编校注》,第3803—3804页。
② 蔡美花、赵季《韩国诗话全编校注》,第5305—5306页。

时弊的诗句,有失温柔敦厚,但是迫于杜甫的崇高地位和深远影响,韩国批评家采取了包容的态度。

之前,李瀷从"忠义"角度记录了杜甫、韩愈以及苏舜卿学生等对孔子语"涉不恭"事宜,表现出略有微辞:"杜子美'孔丘盗跖'之语,为儒学之所斥。"①从论李杜高下角度出发,出于抬高李白的"诗史"地位,评价李杜"讥刺时君之失"的讽喻诗,有比美之意,并无贬抑批评②。

李朝中期金万重(1637—1692)从时政考虑,以为杜甫虽然"情不忘君,人怜其忠",但是也有指责当朝时政,"无所忌讳"的诗句,但是幸运的是当时杜甫未被论罪,而后人以为不妥;朝鲜朝郑文孚作咏史诗而获罪,批判了17世纪朝鲜朝政治的黑暗,感慨了"丙子之厄并非完全是天数"③。

### 3. 夔州后诗:"不如初年诗"

杜甫夔州后诗"老更成"④,历代诗人都认为杜甫夔州后诗达到了诗歌创作的理想境界,是杜诗成熟的标志。朝鲜文人也多认为如此,特别是受苏轼、黄庭坚的影响提出"愈老愈奇""老而严"⑤。但是朝鲜诗坛也有不同声音,李晬光在《芝峰类说》中引用朱熹的观点指出,黄庭坚认为杜甫夔州后诗达到了高峰,其实不然,夔州后诗"重叠烦絮"。当时人盲从黄庭坚,乃"矮人看戏",人云亦云:

> 《朱子语类》曰:"近诗人学山谷,又不学山谷好底,只学山谷不好处。"又曰"鲁直说杜子美夔州诗好,此不可晓,夔州却说得重叠烦絮。……今人只见鲁直说好,便都说好,矮人看戏耳。"余谓此言正是俗学之弊也。⑥

---

① 李瀷《星湖僿说》:"杜子美'孔丘盗跖'之语,为儒学之所斥。至韩退之,亦累称圣人之名,亦涉不恭。彼杜不足言,退之大儒,其亦犯此耶? 昔苏子美之徒,宴饮作傲歌……"《韩国诗话全编校注》,第3788页。

② 李瀷《星湖僿说》:"李太白《古风》第三篇甚讥秦皇之求仙,若有所刺于时者,然史传无考。余观杜工部《覆舟》二篇,有云:'丹砂同陨石,翠羽共沈舟。'又云:'竹宫时望拜,桂馆或求仙。'注云:'此讽玄宗好神仙。黔阳郡秋贡丹砂等物,以供烧炼之用,而使者乃沈其舟也。'然则此诗与上篇俱是讥刺时君之失,可谓诗史。"《韩国诗话全编校注》,第3715页。

③ 金万重《西浦漫笔》:"史称杜子美'为歌诗伤时挠弱,情不忘君,人怜其忠'云。而其诗如'关中小儿坏纪纲,张后不乐上为忙''但恐诛求不改辙,闻道蹙孽能全生'之类,指斥先朝当宁事,无所忌讳,未闻当时论其罪,后人以为非也。郑文孚'六里青山天下笑,屠孙何事又怀王'之句,无论彼自咏史,何预朝家事? 设令真有讥讽意,亦与子美所云何异? 癸亥初,政号称中兴,而庙堂举措如此。丙子之厄,何可诿以天数。"《韩国诗话全编校注》,第2243页。

④ 杜甫《戏为六绝句》之一:"庾信文章老更成,凌云健笔意纵横。今人嗤点流传赋,不觉前贤畏后生。"

⑤ 见拙作《论朝鲜徐居正"愈老愈奇"说的理论构成》,《中央民族大学学报(哲学社会科学版)》2013年第2期。

⑥ 蔡美花、赵季《韩国诗话全编校注》,第1093页。

朝鲜朝中期文人金万重认为杜甫夔州后诗不如初始的创作,与朱熹(1130—1200)观点相同。李瀷以春夏秋冬为喻,花开花谢为比,依照"物到极盛便有衰意"的自然法则,高度评价杜甫早期诗歌的生命力。还以大儒朱熹、邵雍观点为证,以著名篇章为例,阐明自己的见解。

> 朱子谓子美《入蜀诗》分明如画,夔州以后横逆不可当。又曰,夔州诗郑重烦絮,不如初年诗。鲁直固自有所见,今人见鲁直说好便却说好,如矮人看戏耳。又谓"退之墓志有怪者",茅鹿门亦不喜昌黎金石文,盖各有所见也。窃谓自古文章大家只有四人:司马迁、韩愈之文,屈平之赋,杜甫之诗是也。是皆具四时之气焉,不然不足为大家。《史记》之《酷吏》《平准》,昌黎之《志铭》,楚辞之《九章》《天问》,子美之夔后,皆秋冬之霜雪,谓之不佳则固不可,谓之反胜于《范蔡荆聂》《五原》《序书》《离骚》《九歌》《出塞》《吏》《别》《入蜀》诸诗者,吾不信也。[①]

> 李杜齐名,而唐以来文人之左右祖者,杜居七八。白乐天、元微之、王介甫及江西一派并尊杜,欧阳永叔、朱晦庵、杨用修右李,韩退之、苏子瞻并尊者也。若明弘嘉诸公,固亦并尊,而观其旨意,率皆偏向少陵耳。诗道至少陵而大成,古今推而为大家无异论,李固不得与也。然物到极盛便有衰意。邵子曰"看花须看未开时",李如花之始开,杜如尽开,夔后则不无离披意。[②]

由上可知,朝鲜文人反对杜甫夔州后诗的观点,来自于朱熹观点的影响,但是关注诗歌内在的生命力(气运),以一年四季春夏秋冬节气变换与花开花落的气运变化去譬喻解读,表现出独特的思维方式。

### 4.《早朝》及唱和、次韵诗:"安排强涩"

朝鲜朝中后期,李睟光、金万重、姜朴受到中国明清诗学唐诗风尚的影响,都批评了杜甫唱和诗《早朝》。李睟光从炼句上指出杜甫唱和的用词不当,意象上"似泛"无创新[③]。李瀷指出"李芝峰于唐人律诗历诋王杜贾岑之《大明宫》",把问题引向了王杜贾岑的唱和诗,并指出南宋严羽,明"前七子"何景明,"后七子"李攀龙、杨慎,清胡应麟等崇尚唐诗批

---

　① 蔡美花、赵季《韩国诗话全编校注》,第 2265 页。
　② 蔡美花、赵季《韩国诗话全编校注》,第 2247 页。
　③ 李睟光《芝峰类说》:"《早朝大明宫》诗,古人以岑参为第一,王维为第二,杜甫为第三,贾至为第四。余谓:四诗俱绝佳,未易优劣。若言其微瑕……杜甫诗'五夜漏声催晓箭',既曰'五夜'则似不当言'晓';且'旌旗日暖龙蛇动,宫殿风微燕雀高',工则工矣,但于早朝,似泛矣。"《韩国诗话全编校注》,第 1071—1072 页。

评家有才识和高见,可见其诗歌倾向和所受影响①。姜朴(1690—1742)指出杜甫唱和《早朝》"杜亦欠早朝意象",由此引发对唱和诗、次韵诗的看法:

> 　　唐人《早朝》诗诸评皆右王岑,殆成定论,而余见则贾舍人当为第一。盖贾则就早朝时赋得即事,故光景真切,开口便是。起语黯然如画,此后更万首亦不复近,结得又浑然,"早朝"二字却又含蓄不尽。诸人则皆从后追和,故句语非不警工,而类不免安排强涩,终不失情境。岑则三联俱犯晓景,王则偏纪朝仪,便涉宫体,不但服色为病。杜亦欠早朝意象。要之,俱不可比肩于幼邻。噫! 以诸人一代明宗,而唱和之间尚不无主客劳逸之辨,况近代诸人专尚次韵,其苟且牵强尤当何如也? 书此以待具眼的论,兼以为诸家漫率和次之戒。②

姜朴认为诗是写实的,首创之诗"即事"之作,"光景真切",从后追和者牵强附会,"而类不免安排强涩",不能和首唱之作相比。唱和之间有主客劳逸的不同,和者被动为客,有安排"强涩"之苦。表现出不提倡作唱和、次韵诗的观点。并且,进一步批评当时文坛的一些人专尚次韵而作诗"苟且牵强",告诫时人,不要"漫率和次"。提倡诗歌书写现实,追求"光景真切"。

## 5. 学杜之过:"终不得杜之清旷"

姜浚钦(1768—1833)在《三溟诗话》中引用菊圃(姜朴)、清潭(李重焕)、金华(存疑)高论,谈杜甫雄健与清旷风格相结合,以及后代"学杜者""学学杜者"的过错,批评学杜诗而"徒雄健而未清旷"的消极影响,杜诗像一道山岭阻碍了诗歌发展,以至于造成"古诗亡于少陵"的局面。明确指出,诗歌从杜甫开始已经走出正轨,"歧路既异",学诗应该从《诗经》《古诗十九首》开始,世界是广阔的,创作是自由的,应"各随天分,止于其止",不受"法度"的拘束。这种从"清旷"境界论诗、主张清旷与雄健一体的观点新颖独到,有重要的理论价值。批评学杜、学学杜者的误读,使诗歌创作走向僵化,也有积极意义。但是,认为杜诗像一道山岭阻碍了汉诗的发展,进而提出"古诗亡于少陵"的观点,惊世骇俗,未免耸人听闻。

---

　　①　金万重《西浦漫笔》:"诗人于古人之诗所尚各不同,亦可见其才识。宋严沧浪以崔颢《黄鹤楼》为唐律第一,明何大复以沈佺期'卢家少妇'为第一。李沧溟以王昌龄'秦时明月'为绝句第一,杨升庵以刘禹锡'春江一曲'为第一,胡元瑞以王翰'葡萄美酒'为第一,国朝权汝章最善许浑'劳歌一曲解行舟'之诗,李芝峰于唐人律诗历诋王杜贾岑之《大明宫》、孟浩然之《岳阳楼》,而以初唐'林间觅草才生蕙,园里寻花尽是梅'之诗为第一。"《韩国诗话全编校注》,第 2249 页。

　　②　蔡美花、赵季《韩国诗话全编校注》,第 3345 页。

余谓："古诗亡于少陵。诸君子且置陈、陆不论,先从少陵撒去安下,则歧路既异,门户自别,可以直绍《三百》《十九》之旨而纳乾坤,又可优游自在,各随天分,止于其止,又无向来拘束龌龊之态也。其必欲舍冠冕玉佩,而为毡笠曼缨,长枪大刀,则请置此于度外。"①

# 四、结　语

全面梳理韩国诗坛批评杜诗的现存资料发现,批评的声音是从高丽后期林椿(生卒年不详)《西河集》开始有的②,言辞委婉;朝鲜朝中期申钦、李睟光、洪万宗等批评加剧,多方面对杜诗展开了批评;朝鲜朝晚期,李瀷、南龙翼、洪奭周等承续而进一步进行了总结。

朝鲜古代诗学对杜诗的批评,受到中国诗歌批评潮流的重要影响。其中"李杜高下""唐宋之争"是主流,宋严羽,明清两代的复古诗派,如前后七子、神韵派、性灵说等,皆有涉略。批评家如苏轼、朱熹、严羽、杨慎、王世贞、李攀龙、王士祯、袁枚等,是中国主要的批评杜诗者。特别是受苏轼、朱熹等著名人士在朝鲜半岛巨大影响力的"感召",助长了朝鲜批评杜诗的声浪。苏轼在高丽、朝鲜朝的影响巨大,不亚于杜甫,杜甫在朝鲜半岛的积极影响受益于苏轼"忠义"之论,但其批评杜诗的言论也"鼓励"了韩国文人。同样,朱熹的理学思想在朝鲜朝影响巨大,他对杜甫夔州后诗的观点,也会影响众多的朝鲜朝文人,特别是性理学文人。

由于中韩政治关系的影响,两国文化传播有延迟,一般"时差"在一百多年。期间韩国古代诗坛形成了自己的诗学风尚,朝鲜半岛批评杜诗的现象更直接、更主要是受到朝鲜诗

---

① 姜浚钦《三溟诗话》："菊圃与清潭论诗,可作后生指南。菊圃曰:'诗道贵清旷,到此则几化之矣,雄健非所论也,况旷字已包雄健者耶!苟到清潭地位,不雄健,不足忧也。'清潭曰:'雄健二字,清旷二字之外膜也。自古诗人多被这雄健所欺,一生迷者,不能向上进一步,仍以梦死于百年中,此则宋明诸公学杜之过也。《三百篇》《十九首》尚矣,只就少陵一部言之,古人所谓佳句,何尝不雄健清旷也?盖杜之全体雄健,即其佳处每在清旷。雄健本色,忽于清旷,境界相值,天于神授,遂成绝唱。其本色雄健,未得境界清旷,则优者为杜之平平处,劣者斯为杜之极拙处,虽有优劣之异,概不出徒雄健未清旷者也。彼逾雄健一膜,则又到清旷层。虽老杜不可多得,况学杜者,其可易为乎!是故宋后学杜者,终不得杜之清旷,则不得不归宿于杜之拙陋,而一生到不得古人佳处者,只由杜为之岭也。学杜者犹如此,况学杜者如苏、黄、陈、陆辈,尚何论哉!如此,强谓之曰'得杜骨,得杜髓'以相煦濡,不但自欺,又欲误人。人是活变灵物也,何能久而终不觉得乎!谓余不信,试看《三百篇》,但见语极清而意极旷耳,有何雄健之可论乎!诸《风》与《雅》,俱洁如球璧,而兴寄极远。独《颂》体虽质朴弘大,犹简当古奥,元无雄豪健踔之意。《十九首》则篇篇句句,一字一划,无不绝清而绝旷。只世代稍降于周,故其太旷处,翩学逸出,横不可制者。外面看之,微似雄健,微似豪踔。然此等处,正所谓鼠璞朱紫之分,非精心慧眼,未易辨别其微眇也。'金华谓:'古文亡于昌黎。'"《韩国诗话全编校注》,第4940—4941页。

② 与高丽李仁老同为"海左七贤"文人,约为12世纪中至13世纪初人。

学自身"小气候"的影响。如高丽前期尚晚唐诗风(11—12世纪),高丽后期(13—14世纪)至朝鲜朝前期(15—16世纪)转学宋诗,朝鲜朝中期崇尚唐诗(17世纪前后),朝鲜朝后期(18—19世纪)唐宋兼学。学唐诗风者崇唐抑宋,贬低杜甫。在朝鲜朝前期到中期和朝鲜朝晚期,都存在唐宋兼学的过渡阶段。学唐抑宋阶段,杜甫就会相应受到批评和贬抑。

究其根本,韩国古代诗学发展的主要原因还是在于韩国古代汉诗创作的丰富和成熟,创作水平的深厚和提高。汉诗发展到朝鲜朝时期,韩国诗人已经积累了丰富的创作经验,具有自主意识的"东人"诗话已经发展成熟。杜甫是韩国文人膜拜的"诗中孔子",从对杜诗的学习和模仿,开始追求本国汉诗的独立创作和诗学的深入反思。

韩国古代诗学体现了东亚诗风的倾向,具有东亚杜甫诗学的整体性,与中国诗学思潮密切相关,对杜诗的批评是唐宋之争、李杜高下诗潮中的一股细流。但是,朝鲜古代杜诗批评有自己的个性和价值,为东亚诗学增添了浓墨重彩的一笔。

首先,坚持儒家诗教,始终维护杜甫的诗圣尊严,批评委婉。总体而言,批评杜甫的声音不占主流,是微弱的,批评的态度宽容且委婉。虽然批评涉及杜甫诗圣、诗史、集大成的地位,温柔敦厚的诗教,琢炼诗法等,但韩国文人出于敬畏,多措辞审慎,假以古人言论,掩盖、抑制批评锋芒。当然,也有个别言辞激烈者,言"古诗亡于少陵"。这种批评风格与高丽朝鲜朝儒家诗教占绝对统治地位大有关系。

其次,从韩国文人学诗立场出发批评杜诗,旨归在韩国诗坛发展。韩国文人的杜诗批评,是对杜诗学习的习得研究,所提出的问题都是学习中遇到的困惑或疑问。如杜甫不合"忠义"的诗句、不"精工"或过于"精工"的琢炼之法、排律长韵与和诗次韵等问题,当然有中国诗学的启发,但也不乏独立思考,如对长律、百韵长诗的理解,李杜难易的感受等,都来自韩国人汉诗创作的习得经验。因此,在批评时,总是先以中国诗学为前提提出问题,然后结合本国实际,针砭时弊,比较文学批评特色十分鲜明。

再次,注重诗法,杜甫是重点学习对象。由于韩国古代诗人汉诗创作是第二语言写作,范文和诗法就是"当务之急"。所以杜甫"琢炼之法",黄庭坚"夺胎换骨""点铁成金"等受到极大的重视;"学诗准的"是关注的重点,一定要找准学习、模仿的对象。而杜甫作为汉诗的"集大成"者,就成了学习的"重点对象",自然也便成了全面、深入研究和批评的"火力点"。

**参考文献:**

[1] 蒋寅:《杜甫是伟大诗人吗? ——历代贬杜论的谱系》,《国学学刊》,2009年第3期。

〔2〕邬国平,叶佳声:《王夫之评杜甫论》,《杜甫研究学刊》,2001 年第 1 期。

〔3〕左江:《高丽朝鲜时代杜甫诗论资料汇编》(上下),上海:上海古籍出版社,2021 年。

〔4〕郑判龙主编:《韩国诗话研究》,延吉:延边大学出版社,1997 年。

〔5〕蔡美花,赵季主编:《韩国诗话全编校注》(十二卷本),北京:人民文学出版社,2012 年。

【作者简介】马金科,文学博士,延边大学朝汉文学院教授、《东疆学刊》主编,发表过论文《论韩国诗话的史传叙事传统观念及其特殊性》等。李佳蔚,延边大学东方文学专业博士研究生。

# 新罗宾贡生的汉诗与唐代格律诗

徐东日

**摘要:**朝鲜从初唐时期开始就通过新罗宾贡生接受了中国格律诗的影响。其诗作集中表现了感时伤逝、思乡、惜别、人生无常的情感;讲究押韵、平仄、对仗,同时用典灵活自然,注重运用隐喻手法。另外,其诗作深受晚唐唯美主义诗风的影响,但崔致远和朴仁范又同时体现出淡雅、通俗直白、叙事与议论相结合的现实主义诗风。

**关键词:**新罗汉诗 唐代格律诗 感伤之情 押韵 平仄 对仗 诗风

格律诗是一种严格按照一定格律写成的诗,简称律诗。齐梁时它曾被称为"今体诗"或"新体诗"(亦称"永明体"),因为那时它们属于新兴诗体。入唐以后,渐趋成熟,被时人称为"近体诗"(唐以前的汉语诗体,则被笼统称为"古体诗")。

格律诗是在唐代成熟并盛行起来的。但它的产生,却是经历了相当长的酝酿、成熟过程,才逐渐完成的。这个形成过程,可以用四句话来概括:植根于汉语言的特点,萌芽于汉魏晋古诗,初创于齐梁"永明体",定型于初唐沈、宋。

## 一、朝鲜文学发展与中国文学的关系

早在公元前后,随着汉文化的传入,中国的各种文学思潮、流派、作家与作品,各种文字种类和形式,便陆续被介绍到朝鲜,朝鲜作家也以积极的姿态接受中国文学,并结合本国实际,创作了许多优秀作品。在此过程中,许多朝鲜作家来到中国,广泛地开展文学交流活动和文学创作,从而将中朝文学交流不断推向了新的高潮①。

我们仅仅窥析对朝鲜文学影响最为深广的格律诗,就可以得出如上的结论。

朝鲜开始接受中国格律诗的影响,也是在中国格律诗完全定型的初唐时代(当时朝鲜

---

① 朱卫新《汉字与汉文化在东亚的传播与影响》,《东北亚论坛》2007年第1期。

正值新罗时代)。新罗自 27 代善德女王九年(640)时起,就开始派遣贵族子弟赴唐留学。新罗所派遣的留学生和使臣,亲眼目睹了唐朝正进行的一场新型诗体的变革。于是,神文王在其登基后的第六年,便为了输入唐代文学作品又派出了使臣①。

新罗最早赴唐为宦者为金云卿,他在长庆(821—824)初第一个在唐朝进士及第,这成为新罗汉文学兴盛的契机。其后,"新罗留学生在唐朝及第者达 58 人,在后梁和后唐及第者达 32 人,合计 90 人"②。可以说,他们共同协力绽放了新罗末期硕大的文学之花。金云卿作为宾贡生在唐进士及第时,正值中唐末期(代宗大历元年,766—835,文宗太和九年)。这一时期,唐进士创作近体诗的人数大为增加,但在当时的新罗,近体诗却仅仅处在起步阶段。

当时作为七律诗主要定型者的沈佺期(37 岁)、宋之问(31 岁),在中国文坛上都相当活跃。在他们的理论指导与创作实践的带动下,严于韵律要求的五言或七言绝句、律诗、排律等都大为盛行。这时的新罗,在唐代诗坛风气的影响下,几乎没有历经他们自己的探索与尝试的阶段,就把中国现成的格律诗体承袭了过去。其结果,新罗在 33 代圣德王八年(709)时期,便产生了最早的七绝诗和五律诗,这就是《请宿诗》。尽管它算不上是佳作,但其艺术技巧已达到相当纯熟的地步。

在新罗汉诗诗坛上,留学唐朝的宾贡生成为文学创作的主体。在现存的新罗宾贡生的格律诗中,崔致远诗作的数量较多,崔致远留学中国"考取进士后留在唐朝担任侍御史的内供奉官等职"③,其诗作保存最为完整的当属成均馆大学大同文化研究所编辑出版的影印本《崔文昌侯全集》,其中收有五言绝句 2 首,五言律诗 5 首,七言绝句 66 首,七言律诗 27 首(五言古诗 4 首,其他缺字七言诗 4 首,合计 100 题 108 首诗)。相比之下,朴仁范、崔匡裕、崔承祐的诗作保存至今的较少,保存较完整的当属《东文选》,其中收录他们创作的七言律诗各 10 首。

## 二、新罗宾贡生诗作的思想内涵

新罗宾贡生诗作的思想内涵体现在以下几个方面:

1. 在新罗宾贡生创作的汉诗中,感时伤事、体现游子思乡之情的诗作占很大比例。譬如崔致远的《秋夜雨中》《途中作》《邮亭夜雨》,朴仁范的《江行呈张峻秀才》《早秋书情》,

---

①② 池浚模《新罗汉诗的发展过程》,新罗文化弘扬会《新罗文学的新研究》1986 年第 2 期,第 237、241—244 页。
③ 蒲星光《儒家文虎道德对韩国的深远影响》,《东北亚论坛》2005 年第 6 期,第 93 页。

崔匡裕的《长安春日有感》《早行》《送乡人及第还国》,崔承祐的《忆江西旧游因寄知己》《读桃卿云传》等:

### 秋夜雨中

秋风唯苦吟,世路少知音。
窗外三更雨,灯前万里心。①

### 邮亭夜雨

旅馆穷秋雨,塞窗静夜灯。
自怜愁里坐,真个定中僧。②

在以上诗作中,诗人表现了在秋风萧瑟、秋雨绵绵的凄凉气氛中怀念故土的情怀。"世路少知音"表明周围没有自己的同胞,也表现出他与唐代文人间存在一种距离感。正因如此,逢上"秋风""秋雨"就"愁"坐在"旅馆"的"寒窗"前,凝望"静夜"中的一盏"灯",心中自然滋生出思乡的"万里心"。朴仁范也在《早秋书情》中,借助"古槐花落""早蝉鸣""霜发""秋"等意象,抒发了自己的客居之恨与"千绪旅愁"。

崔匡裕的《长安春日有感》《早行》则在抒发乡愁的同时,表达了一种对功名的追求。

麻衣难拂路歧尘,鬓改颜衰晓镜新。
上国好花愁里艳,故园芳树梦中春。
扁舟烟月思浮海,羸马关河倦问津。
只为未酬莹雪志,绿杨莺语大伤神。③

才闻鸡唱独开局,羸马悲嘶万里亭。
高角远声吹片月,一鞭寒彩动残星。
风牵疏响过山雁,露湿征光隔水莹。
谁念异乡游子苦,香灯几处照银屏。④

---

① ② 《东文选》卷一九。
③ ④ 《东文选》卷一二。

　　前一首诗抒发了诗人在长安春日里，为科举中第而忍受种种困苦的愁闷心情。抒情主人公多年来科举落第，至今仍布衣寒食，他在清晨醒来，不经意间在镜中发现了自己头上的白发，这不禁令我们联想起李商隐《无题》中"晓镜但愁云鬓改，夜吟应觉月光寒"的诗句来。这是对自身落魄憔悴形象的生动写照。正因如此，他才从夜莺不停的啼叫声中感到阵阵的愁闷，勾起他对故国的思念之情，这同杜甫《春望》中"感时花溅泪，恨别鸟惊心"的诗情是相通的。后一首诗，则表现了伴随着晨鸡的报晓声骑上羸马独自远行的异乡游子的孤寂之情。"片月""残星""露湿征光"衬托着游子的悲苦心境，"羸马"则是抒情主人公自身疲惫、憔悴形象的生动写照。在此，抒情主人公认为：要摆脱自己的孤寂之情，只有靠科举及第，同其他宾贡生欢聚一堂。

　　新罗宾贡生们之所以这样热衷于谋求功名，有其深刻的社会原因。新罗的社会体制是建立在"骨品制"[①]之上的社会体制，新罗的贵族作为具有骨品身份的人，掌握着社会所有的重要权力，由于权力的日益增大，他们围绕着王位不断展开叛乱活动。这最终导致了地方豪族的参政、盗贼的猖獗和农民起义的接连爆发。许多六头品出身的下层民众，为了摆脱由于身份局限而造成的被社会欺压的不幸处境，曾试图借助唐代的政治文化来改变新罗社会，但他们的这种努力却终成泡影。这种结局，使他们清醒地认识到自身社会力量的薄弱，为了最终实现自己的社会理想，他们毅然决定借助外在的力量来实现自身社会地位的改变。其途径就是赴唐留学、科举及第并谋得一官半职，然后回到新罗获得相应的官职，并借此改革新罗社会。正因为新罗宾贡生胸怀这样远大的政治理想，所以就能够默默忍受客居他乡的愁苦、孤寂，接受了唐朝依据能力选拔人才的合理的反"骨品制"的政治理念，从而为今后提升新罗文化的整体水平做了大量的准备。

　　2. 在新罗宾贡生创作的汉诗中，描写惜别情景、抒发人生无常意识的诗作也不少。譬如，崔致远的《暮春即事和顾云友使》《送吴进士峦归江南》《酬杨赡秀才送别》《山阳与乡友话别》《留别西京金少尹峻》《题芋江驿亭》《旅游唐城有先王乐官将西归夜吹数曲变恩悲泣以诗赠之》《春晓偶书》，朴仁范的《寄香岩山睿上人》《泾州龙朔寺阁兼束云栖上人》《送俨上人归乾竺国》，崔承祐的《别》等。

　　崔致远 12 岁时离开新罗，因而比谁都真切地感受到离别的痛苦。他同许多中国友人结交，主要不是出自名利而是出自钦佩对方高洁的人格及精深的文学造诣。他在与吴峦等中国文人的交往过程中，建立起了深厚的友谊。崔致远鉴于当时战乱频仍的现实，也清

---

　　①　新罗时期，朝鲜统治集团为了巩固其特权地位制定了等级制度，称为"骨品制"。王族称"圣骨"，大小贵族依次分为"真骨""六头品""五头品""四头品"等四个等级。

楚地认识到自己与中国文人的离别很可能是一种永别，这使他倍感人生命运的悲哀。所以，他希望吴峦离别后仍要不断寄来佳作，诗友之间的依依惜别之情溢于言表。也有可能是命运的安排，崔致远后来又与吴峦重逢了，可没过多久，他们又面临了另一次别离。这次的别离非同寻常，因为崔致远马上要回国。《酬吴峦秀才惜别》（其二）表现的就是当时的心境：

> 残日寒鸿高的的，暮烟汀树远依依。
> 此时回首情向艰，天际孤帆窣浪飞。

船离岸已驶出很远，抒情主人公却仍回首远望送行之人。倘若说李白的诗句"孤帆远影碧空尽，唯见长江天际流"表现的是送行者的心情，那么崔致远的诗句"天际孤帆窣浪飞"表现的则是远行人的心情，可谓同写惜别之情境。①

另外，崔承祐的诗作《别》也将恨别之情表现得淋漓尽致，他写道：

> 入越游秦恨转生，每回伤别问长亭。
> 三尊绿酒应须醉，一点丹唇且待听。
> 南浦片帆风飒飒，东门驱马草青青。
> 不唯儿女多心绪，亦到离筵尽涕零。

抒情主人公慨叹自身屡经别离的命运，暂且歇身于长亭，希望沉入醉中的世界。在此，他体悟到伤离别"不唯儿女"多有的"心绪"，而是所有人都感受得到的普遍情感。新罗宾贡生们不禁由此萌发出人生无常的感怀。他们认为"乱世风光无主者，浮生名利转悠哉"（崔致远《春晓偶书》），即"人事盛还衰"，所以人们深感"浮生实可悲"（崔致远《旅游唐城有先王乐官将西归夜吹数曲变恩悲泣以诗赠之》）。究其原因，是由于"人随流水"不"尽"，"竹带寒山"长"青"。所以，他们力主在探明"是非空色理"之后，进入到"百年愁醉坐来醒"（朴仁范《泾州龙朔寺阁兼柬云栖上人》）这种忘我的境地，从而无忧无虑地生活下去。由此可见，他们的诗作体现了浓重的人生荣枯盛衰的虚无意识。

3. 除了崔致远、朴仁范以外，其他几位新罗宾贡生，只留下了在中国创作的诗歌，而不存有在新罗创作的诗篇。因而，根本谈不上创作一些反映当时国内民众遭受困苦与作

---

① 韦旭升《崔致远在中国》，《韦旭升文集》卷三，第 641—642 页。

者不满现实的作品。自然,作为曾留学唐朝的学生,有其自身的局限性。但是他们只是冷眼旁观新罗(也包括唐代)混乱的社会现实,而将注意力全部集中到发生在自身的问题上,从而唏嘘感伤,因而其诗作充斥了一种较消极的审美情调。与此相反,崔致远、朴仁范的不少诗作,则以现实主义的犀利笔致,借古讽今,感时伤事。其典型诗作为崔致远的《旅游唐城有先王乐官将西归夜吹数曲变恩悲泣以诗赠之》《登润州慈和寺上房》,朴仁范的《九成宫怀古》。这3首诗选择了发生在南阳(唐城)、金陵、九成宫上的历史事件,加以简炼而形象的刻画,它们既不违背历史真实,又具有较强的艺术感染力。它们并不多作议论,而深寓指责讽喻的意思。尤其是在《登润州慈和寺上房》一诗中,诗人登上润州的慈和寺,眺望曾作为六朝首都的金陵,不禁回想起过去曾盛极一时的故都的历史。他通过将故都的现在("霜摧玉树花天主")与故都过去的繁荣("画角声中朝暮浪")进行对比,从而引发一种具有历史人生意味的兴亡之叹,即"吟想兴亡恨益新"。作为历史的自我,诗人通过回顾时代变迁与王朝的兴衰,内心不由滋生了些许无常感。

　　新罗在崔致远生活时期,已逐渐走向内外交困的风烛残年。这令人忧心如焚的时代,加上终生不得志的坎坷遭遇,造就了崔致远复杂的性格。他既想在政治上有所作为,又深感壮志之难伸、希望之渺茫。因而,他怀着摆脱不了的苦闷,自我麻醉,希冀超凡脱俗,隐逸山林。这样的思想状态,使得他的创作一方面反映出内忧外患的当代现实,向封建统治者与势利的人们发出迷途知返、勿蹈覆辙的呼吁;另一方面又不能不带有浓厚的无可奈何的感伤色彩,彷徨于出世与入世的矛盾、苦闷之中。表现这种思想情感的典型诗作有《赠云门兰若智光上人》《赠梓谷兰若独居僧》《赠金川寺主》《题云峰寺》《题伽倻山读书堂》《野烧》等。

　　譬如在《赠云门兰若智光上人》一诗中,他写道:

> 云畔构精庐,安禅四记余。筇无出山步,笔绝入京书。
> 竹架泉声紧,松棂日影疏。境高吟不尽,瞑目悟真如。

云门兰若是位于庆尚北道清道郡云门山下面的山寺,其中居住着一生修道的智光法师。崔致远因羡慕他近50年不"出山步"、不"入京书"、结庐忘缘、融入自然、清净求道并悟入禅境的孤高品性而创作了这首诗。

　　《赠梓谷兰若独居僧》一诗也与此相仿:

> 除听松风耳不喧,结茅深倚白云根。

世人知路翻应恨,石上苺苔污屐痕。

在此,"世人"是指自己。抒情主人公担心由于自己尚未脱俗,倘若冒然拜访独居僧,不仅会妨碍法师的静修,而且会在石径上留下"污"浊的"屐痕"。在此,我们不难看出,诗人在理想与现实的十字路口上彷徨犹豫的苦闷心境,字里行间透露出诗人憧憬不被名利束缚的真诚生活的情怀,即"平观世界空","万事豁胸中"(《题云峰寺》)。正因如此,崔致远后来真的为追求超凡脱俗的生活而隐逸到山寺之中。但尽管这样,他却始终难以割舍对尘世的迷恋。他在入山前曾"常恐是非声到耳",可一旦隐居起来听到山涧的流水声,却让他联想到了俗世的喧哗声,即"狂喷叠石吼重峦,人语难分咫尺间"(《题伽倻山读书堂》)这终于促使他重新"回步入尘笼"(《题云峰寺》)。

# 三、新罗宾贡生诗作的艺术性

## 1. 押韵、平仄

新罗宾贡生们留学唐朝是在晚唐李商隐(812—858)去世10年之后,这正是中国官韵书成为诗歌创作绝对标准的时期。这一时期,开始使用孙愐于天宝年间修订《切韵》而编撰的《唐韵》。后来宋代陈彭年(961—1017)的《广韵》继续维持《唐韵》的体制。《广韵》的上平声、下平声各有28目,上声有55目,去声有58目,入声有34目。但考虑到两韵同用的情况,其韵目数则可缩减为上平声15目、下平声16目、上声30目、去声33目、入声19目。其中的平声韵目,根据韵字数的多寡,又分为"宽韵""中韵""窄韵""险韵"①:

宽韵:东、支、先、阳、庚、尤、真、虞

中韵:元、寒、鱼、萧、侵、冬、灰、齐、歌、麻、豪

窄韵:微、文、删、青、蒸、覃、盐

险韵:江、佳、肴、咸、严

根据以上分法,《崔文昌侯全集》中使用宽韵的诗作数达48首,使用中韵的诗作数达39首,使用窄韵的诗作数达11首,使用险韵的诗作数达4首。另外,他还使用仄声韵,其诗作数达6首(其中用上声的有2首,用入声的有4首)。说得再具体些,其诗作按韵目使用多寡的情况,可排列为:"真"11首,"支"9首,"灰"8首,"寒"8首,"庚"7首,"东"6首,

---

① 根据王力先生的分法,分成四种韵。

"冬"5 首,"先"5 首,"尤"4 首,"虞"4 首,"侵"4 首,"微"4 首,"阳"3 首,"萧"3 首,"麻"3 首,"元"2 首,"齐"2 首,"歌"2 首,"文"2 首,其他韵目的只有 1 首。

> 烟峦簇簇水溶溶,镜里人家对碧峰。
>
> 何处孤帆饱风去,瞥然飞鸟去无踪。
>
> （崔致远《石峰》,钟韵）

> 肩高项缩发崔嵬,攘臂群儒斗酒杯。
>
> 听得歌声人尽笑,夜头旗帜晓头催。
>
> （崔致远《月颠》,灰韵）

> 狂奔叠石吼重峦,人语难分咫尺间。
>
> 常恐是非声到耳,故教流水尽笼山。
>
> （崔致远《题伽倻山读书堂》,寒韵）

> 上国羁栖久,多惭万里人。那堪颜氏巷,得接孟家邻。
>
> 守道惟稽古,交情岂惮贫。他乡少知己,其厌访君频。
>
> （崔致远《长安旅舍与于慎微长官接邻》,真韵）

同样是根据以上分法,朴仁范、崔匡裕、崔承祐三人的 30 首诗作,使用宽韵的诗作数达 17 首,使用中韵的诗作数达 3 首,使用窄韵的诗作数达 6 首,但没有险韵,更没有仄声韵。

其诗作按韵目使用多寡的情况,可排列为:"真(谆)"5 首,"青"3 首,"支(脂、之)"3 首,"文"3 首,"先(仙)"2 首,"庚(清)"2 首,"东"2 首,"阳"2 首,其他韵目各为 1 首("尤""齐""豪""麻"),另有 4 首诗是换韵诗。

> 却忆前头忽黯然,共游江海偶同船。
>
> 云山凝志知何日,松月联文已十年。
>
> 自叹迷津依阙下,岂胜抛世卧溪边。
>
> 烟波阻绝过千里,雁足书来不可传。
>
> （朴仁范《寄香岩山睿上人》,先仙同用）

艺阁仙郎幕府宾，鹤心松操古诗人。

清如水镜常无累，馨比兰荪自有春。

日夕笙歌虽满耳，平生书剑不离身。

应怜苦戍成何事，许借余波救涸鳞。

（朴仁范《赠田校书》，真淳同用）

曾向纱窗揭缥囊，洛中遗事最堪伤。

愁心已逐朝云散，怨泪空随逝水长。

不学投身金谷槛，却应偷眼宋家墙。

寻思都尉怜才子，大抵功曹分外忙。

（崔承祐《读桃卿云传》，阳韵）

　　格律诗除了要押韵之外，还要讲求平仄。平仄格式与押韵、对仗的格式一起被称为格律诗必须具备的三大要素。但是要想让诗作中的每个字都合乎平仄格式，是极为困难的事情。所以在七言诗（绝句、律诗）中，要求第二、四、六字（若是五言诗则是第二、四字），即偶数字必须符合这一规则。倘若首联出句第二字平声开头，就叫平起式。以此为基准考察崔致远的诗作的话，则会发现在他 100 首格律诗中，有 53 首是平起式，有 47 首是仄起式。譬如，《赠希郎和尚》（第三首）是仄起式：

磨羯提城光遍照，遮拘盘国法增耀。

今朝慧日出扶桑，认得文殊降东庙。

　　其他 3 位新罗宾贡生创作的诗作，也都合乎平仄格式，在他们创作的 30 首诗作中，平起式占 15 首，仄起式也占 15 首。譬如崔匡裕的《长安春日有感》是平起式：

麻衣难拂路歧尘，鬓改颜衰晓镜新。

上园好花愁里艳，故园芳树梦中春。

扁舟烟月思浮海，嬴马关河倦问津。

只为未酬莹雪志，绿杨莺语大伤神。

　　由上可见，新罗宾贡生所创作的大部分诗作是格律诗，只有少数诗作为古体诗。究其原因,是由于崔致远等人入唐留学、追求功名时唐朝所出的科诗都是典型的格律诗,这使得崔致远等人创作了大量的格律诗并熟练掌握了创作格律诗的技巧。

## 2. 对仗

　　讲究对仗是格律诗严格要求具有的条件之一。它要求诗歌的出句与对句必须字数相等、词性相同(或相近)、平仄相对、句型一致。律诗一般要求对偶的诗句是颔联、颈联的上、下句;长律要求对偶的部分是除首、尾两联以外的其他所有出句、对句;绝句一般不要求对偶。新罗宾贡生深受唐代格律诗的熏染,十分注重诗句的对仗,在他们创作的律诗中,有大量诗作内含对偶句。其类型有以下三种:

　　首先是"工对"的诗句:

　　　　　　(1) 玉榭金阶青霭合,翠楼丹槛白云连。

　　　　　　　　　　　　　　　　　　　　　　(朴仁范《九成官怀古》)

　　　　　　(2) 上国好花愁里艳,故园芳树梦中春。

　　　　　　　　　　　　　　　　　　　　　　(崔匡裕《长安春日有感》)

　　　　　　(3) 堤柳雨余光映绿,墙花春半影含红。
　　　　　　　　晓和残月流城外,夜带残钟出禁中。

　　　　　　　　　　　　　　　　　　　　　　(崔匡裕《御沟》)

　　　　　　(4) 猛焰燎空欺落日,狂烟亘野截归云。

　　　　　　　　　　　　　　　　　　　　　　(崔致远《野烧》)

以上所说的"工对",是指"工整的对仗",即指出句与对句相对应的词不仅应该具有同样的词性,还应属于同一物类的范畴(王力先生曾将事物分为11种)。在上面譬举的诗句中,"工对"的特征很明显。诗(1)中"玉榭"对"翠楼"、"金阶"对"丹槛"、"青霭"对"白云","合"对"连";诗(2)中"上国"对"故园"、"好花"对"芳树";诗(3)中"堤柳"对"墙花"、"光"对"影"、"映绿"对"含红"、"晓"对"夜"、"和"对"带"、"流"对"出"、"城外"对"禁中";诗(4)中"猛焰"对"狂烟"、"燎空"对"亘野"、"欺"对"截"、"落日"对"归云"。它们给人以对称稳定感与均衡感,同时其造语用字"浑然天成",用意也很深刻,具有无穷的美质在里面。

其次是"邻对"的诗句：

（1）窗外三更雨,灯前万里心。

（崔致远《秋夜雨中》）

（2）水殿看花处,风棂对月时。

（崔致远《旅游唐城有先王乐官将西归夜吹数曲变恩悲泣以诗赠之》）

（3）本求食禄非求利,只为荣亲不为身。

客路离愁江上雨,故园归梦日边春。

（崔致远《陈情上太尉》）

（4）南浦片帆风飒飒,东门驱马草青青。

（崔承祐《别》）

以上所说的"邻对",是指出句与对句相对应的词,虽不属于同一物类的范畴,但它们仍属于相邻物类的范畴。譬如:天文类对地理类,宫室类对器物类。在上面譬举的诗句中,大多是"邻对"的诗句,其中也掺杂着一些"工对"的诗句。具体而言,诗(1)中"窗外"对"灯前"、"三更"对"万里";诗(2)中"水殿"对"风棂"、"花"对"月"、"处"对"时";诗(3)中"本求"对"只为"、"客路"对"故园"、"离愁"对"归梦"、"江上"对"日边"、"雨"对"春";诗(4)中"南浦"对"东门"、"风"对"草"、"飒飒"对"青青",都是典型的邻对。

就"邻对"而言,虽比起"工对"少些稳定感与均衡感,但它却扩展了人的思维空间,包涵了更多的题材内容,具有一种强烈的张力与动感。在诗(1)到诗(4)的"邻对"诗词中,诗人通过"时间—空间"、"天上—地上"、"现实—梦乡"、"声音—色彩"这种双焦点的结构。使他们的诗作显得肌理严密,次序整然,意蕴深致,在回旋推移中此响彼应。

最后是"宽对"的诗句。

（1）寒影低遮金井日,冷香轻锁玉窗尘。（崔匡裕《庭梅》）

（2）路迷霄汉愁中老,家隔烟波梦里归。（崔致远《秋日再经盱眙县寄李长官》）

（3）人随流水何时尽，竹带寒山万古青。（朴仁范《泾州龙朔寺阁兼柬云栖上人》）

所谓"宽对"，是相对于"工对"、"邻对"而言的，它是指出句与对句相对应的词，词性相同，但不要求属于同一物类的范畴。具体而言，诗（1）中"寒影"对"冷香"、"低"对"轻"、"遮"对"锁"、"金井"对"玉窗"、"日"对"尘"；诗（2）中"路"对"家"、"迷"对"隔"、"霄汉"对"烟波"、"愁中"对"梦里"、"老"对"归"；诗（3）中"人"对"竹"、"流水"对"寒山"、"尽"对"青"。在此，"宽对"是对"工对"与"邻对"过分追求诗律和诗学结构细密化、经典化的一种超越，有利于进一步缓解对诗人想象力的束缚，形成一个外工整而内灵动的结构模式。

### 3. 诗风、创作手法

（1）诗风。留唐宾贡生的诗歌创作始于中国晚唐，他们在晚唐诗风的统摄下，习得的主要不是格调高亢的盛唐诗，而大多是伤感迷离、具有唯美特征的晚唐诗风。实际上，晚唐的诗风，因每位诗人的个性不同而有所不同。譬如，李商隐、杜牧、温庭筠以及韩偓、李群玉、皮日休、张籍、司空图、芳林十哲、罗隐等，他们的诗风都有所不同。具体而言，李商隐作为婉转缠绵、哀鸣不已的悲剧型诗人，浓缩式地集中体现了唐人的多种审美心理素质。他巧于运用怪僻的典故与含蓄的语辞，使读者从其文字与语调中获得音乐般的审美感受。倘若说，李商隐取悦于人的主要是他那首以《无题》诗为美学风标的阴柔之美的话；那么，杜牧为世所重的，则更多地在于那回荡于其行为模式及美的创造中并成为其美学风韵的阳刚之美。这首先见之于杜牧那风流倜傥的生活与思维方式。除了李商隐与杜牧，其他诗人的诗风也大多不同，像在罗隐等人身上，现实主义的色彩较浓厚一些。

至于新罗宾贡生们主要接受了哪些唐代诗人的影响，迄今尚无资料明确证实。但有一点却很明显，即在新罗宾贡生中，崔致远与朴仁范两人更加倾向于罗隐式的现实主义诗风。这表现在以下几方面：

首先，诗风淡雅。譬如崔致远的《秋日再经盱眙县寄李长官》：

> 孤蓬再此接恩辉，吟对秋风恨有违。
> 门柳已凋新岁叶，旅人犹着去年衣。
> 路迷霄汉愁中老，家隔烟波梦里归。
> 自笑身如春社燕，画梁高处又来飞。

其中的颈联，以对人物与事物细节的真切描写，吟咏了恰似残秋般的寂聊乡愁以及仕途失意的心境,具有精深的意趣与平淡的诗味,与罗隐《秋浦》中"野色寒来浅,人家乱后稀"[①]
的清新平淡的诗味相近。只不过崔致远的诗作比罗隐的诗作更加侧重于抒情。

其次,语言通俗直白。崔致远等人通俗直白的语言风格主要体现在以下诗作中。譬
如《暮春即事和顾云友使》:

> 东方遍闻百船香,意绪偏饶柳带长。
> 苏武书回深寒尽,庄周梦逐落花忙。
> 好凭残景朝朝醉,难把离心寸寸量。
> 正是浴沂时节日,旧游魂断白云乡。

此诗中领联中的诗语"好凭""把离心"与尾联中的诗语"正是",用的都是白话文,体现了元
白体的语言风格与描写手法。

崔致远也活用口语作诗,他在《途中作》中写道:

> 东飘西转路歧尘,独策赢骖几苦辛。
> 不是不知归去好,只缘归去又家贫。

在此诗中,诗人真率地描写了浪人到处漂泊的凄楚心境。诗作既不绮丽也不巧思,整首诗
完全用白话文。譬如第一句中的"东飘西转",第二句中的"几苦辛",第三句、第四句也全
部运用口语化的白话文,其语词都很自然、真实。这首诗与罗隐的诗作《自遣》有相似
之处。

> 得即高歌失即休,多愁多恨亦悠悠。
> 今朝有酒今朝醉,明日愁来明日愁。

罗隐的这首诗运用民谣化的表现手法,用一系列的俗语表现了诗人多次落第后的落魄心
情,其诗趣显得高尚超脱。

(2)创作手法。由于晚唐的诗作不像盛唐诗作那样富有生命力与创造力,从而使他

---

① 此诗句出自罗隐《秋浦》"晴川倚落晖,极目思依依。野色寒来浅,人家乱后稀。久贫身不达,多病意长违。还
有渔舟在,时时梦里归"一诗中,后来,刘庆之在《诗人玉屑》(卷三)中指出此诗句"清新"。

们在其创作过程中，不是追求开创诗作的新意，而是力主用典、雕章琢句，致使诗作晦涩难懂，同时多用含蓄的语辞与隐喻的表现手法。在晚唐诗风统摄当时中国诗坛的情形下，作为刚刚习得格律诗的新罗宾贡生们来说，自然会在不知不觉中受到这种晚唐诗歌创作手法的影响。这表现在：新罗宾贡生创作格律诗时"用典不啻从口出"，即用典十分灵活自然，如同脱口而出，而又恰到好处。他们善于根据内容和感情的需要，作恰当的安排，从而使诗歌的意思表现得凝炼警策。譬如崔致远《留别西京金少尹峻》中的"歧中更有歧"①一句，是指正如人生之事复杂多变，友人相别也是歧路之中又有歧路，所以终难得以宽心。崔致远引用的这则典故，置于"相逢信宿又分离，愁见歧中更有歧。手里桂香销欲尽，别君无处话心期"一诗中，显得相当灵活自然，恰到好处。另如朴仁范《商山路作》中的"绮季家边云拥岫，张仪山下树笼溪"两句，巧妙地引用了有关"绮里季"②"张仪"③的典故。这是一首在初春冰雪尚未融化之际，诗人信步闲登商山时，眺望绮里季的故居与张仪山而创作的写景诗。诗人通过引典，隐喻迄今尚未科举及第的自己。再如崔承祐《别》中的"长亭""南浦""东门"，在中国诗词中喻作离别场所，进而隐喻离别。在此连用三个典故，则是强调接连遭际离别的旅人的不幸身世。总之，新罗宾贡生们创作格律诗时，将每个典故都安置得相当得当，将需要用很多话才能说明白的复杂思想活动，表现得十分简炼而又精警透辟，而且由于运用恰切，典故虽多却决无堆砌累赘之感。

　　崔致远等新罗宾贡生在唐期间创作格律诗，除了注重用典外，还注重运用隐喻的手法，体现其"半露"的艺术表现特征。譬如，他吟咏身世不遇的《杜鹃》一诗：

石罅根危叶易干，风霜偏觉见摧残。
已饶野菊夸秋艳，应羡岩松保岁寒。
可惜含芳临碧海，谁能移植到朱栏。
与凡草木还珠品，只恐樵夫一例看。

诗中将杜鹃拟人化作自我形象，从而细致地描写了在岩缝历经秋风顽强生长的杜鹃的形象。所以其诗语的组构与韵律的协调相当流畅，而其意趣却相当凄切、孤独，从而暗示了游离于现实生活中的自我形象。诗人还巧妙地组合野菊、松树等意象来烘托了杜鹃花的形象。

---

①　引自《列子说符》第八"奚亡之曰歧路之中又有歧焉"。
②　"绮里季"是为躲避秦末战乱隐居商山的商山四皓（东园公、夏黄公、角里先生、绮里季）之一。
③　"张仪"是战国时代有名的雄辩家，他曾为秦国游说六国。

新罗宾贡生们使用隐喻手法的典型例子,还有崔致远《送吴进士峦江南》中"干戈"与"诗酒"。在此,"干戈"喻指战争,而"诗酒"则喻指和平。除此之外,新罗宾贡生们大多通过组合具有含蓄性的复合意象,隐含地表达诗人的心性情感。

譬如,他们使用了"穷秋""寒窗""静夜""秋风""三更雨"(崔致远)、"古槐花落""早蝉鸣""露冷""蛩声"(朴仁范)、"冷江心月""鹰声"(崔承祐)等有关秋的复合意象(肤觉意象:穷秋、寒窗、秋风;视觉意象:古槐花落、冷江心月;听觉意象:早蝉鸣、蛩声、鹰声),表现了诗人客居他乡的孤寂、愁闷心情以及对祖国的无限思念之情。

在此,需要我们特别提到的是,崔致远所运用的隐喻描写手法与罗隐相仿。首先看罗隐。其《黄河》一诗:

> 莫把阿胶向此倾,此中天意固难明。
> 解通银汉应须曲,才出昆仑便不清。
> 高祖誓功衣带小,仙人占斗客槎轻。
> 三千年后知谁在,何必劳君报太平。

假托黄河的形象和水质,表现了对唐代科举制度与整个唐末政治风潮的绝望感。首句以混沌的河水隐喻腐败的社会状况,第三、四句中的"银汉"与"昆仑山",喻指朝廷权贵的颐指气使。与此相仿,崔致远《野烧》:

> 望中旌旗忽缤纷,疑是横行出塞军。
> 猛焰燎空欺落日,狂烟遮野裁归云。
> 莫嫌牛马皆妨牧,须喜狐狸尽丧群。
> 只恐风驱上山去,虚教玉石一时焚。

诗中,以"落日""狂烟""归云""狐狸"等意象,暗喻了不择手段追求名利的恶势力。其中,首联与颈联尽管看去只描绘了野火燃烧的情景,但实际上却描写了内心愤怒之火的燃烧;颔联则喻指一扫丑恶小人恶行的急切心理。而在尾联,诗人则指出改革需辨别良莠,由此体现出改革的复杂性、艰巨性。总之,这首诗借助在夕阳下燃烧的野火,表现出力主扫清当时恶劣官吏与社会弊端的心境。由此可见,罗隐与崔致远两人的讽刺诗具有题材的类似性,而且大都选择了咏物的方法。这是因为,两人各自处在其朝代的末期,都在力求表现时代的风潮,揭露末世的弊端。

# 四、结　语

　　归结以上几方面内容,笔者认为:朝鲜格律诗始兴于新罗朝,留学唐朝的宾贡生成为新罗汉诗诗坛文学创作的主体。他们在与众多中国诗人的相交过程中,习得的主要不是格调高亢的盛唐诗,而大多是具有唯美与写实特征的晚唐诗风。新罗宾贡生创作的汉诗,大多感时伤事,体现游子思乡之情,描写惜别情景,抒发人生无常意识。在新罗诗坛中,最有影响力的诗人是崔致远,在现存的新罗宾贡生的格律诗中,其诗作数量最多。他的不少诗作,以现实主义的犀利笔致,借古讽今,感时伤事。其诗风淡雅,语言通俗直白,具有较高的思想价值与艺术价值。

【作者简介】徐东日,文学博士,文学博士后,延边大学二级教授,发表过论文《明清中朝文士的京都书写与中国京城文化的异域流转》(《外国文学评论》2022 年第 4 期)等。

# 杜甫《饮中八仙歌》在朝鲜半岛的诗画传承\*

## 路成文

**摘要**：杜甫《饮中八仙歌》及其衍生艺术《饮中八仙图》早在宋代即为朝鲜文人所熟悉。朝鲜文人在创作涉及饮酒题材的诗歌时，频繁使用《饮中八仙歌》中的语汇、意象或典故，甚至直接隐括创作七律体《饮中八仙歌》；《饮中八仙歌》往往被想象成"饮中八仙"会，而"饮中八仙"中的苏晋，则出乎意料地成为朝鲜文人最认同和乐于自比的形象。与此同时，取材于《饮中八仙歌》的《饮中八仙图》，以及受《饮中八仙图》影响的褉饮图，也在朝鲜频频出现。对于杜甫《饮中八仙歌》的诗画传承，体现了朝鲜文人艳羡盛唐诗酒风流、中华文采风华的文化心态，同时，在接受、传承《饮中八仙歌》的过程中，朝鲜文人也表现出了值得重视的创造性。

**关键词**：杜甫　饮中八仙歌　饮中八仙图　朝鲜半岛　诗画传承

天宝年间，杜甫旅食京华，感贺知章、汝阳王李琎、左相李适之、崔宗之、苏晋、李白、张旭、焦遂诸人各因所遇借纵饮托为狂放不羁之事，撰成千古奇篇《饮中八仙歌》。其诗"描写八公，各极平生醉趣，而都各带仙气"（王嗣奭）。章法上"人各记一章"（唐汝询），"或两句，或三句，或四句，如云在晴空，卷舒自如，亦诗中之仙也"（王嗣奭），"一人一段，或短或长，似铭似赞，合之共为一篇，分之各成一章，诚创格也"（吴见思）①。《饮中八仙歌》以其题材主题之集中深刻，构思、章法结构之奇创无匹，特别是通篇鲜明体现的以诗酒风流为特征的时代精神和所刻画的诸名公之风神气度，为后人留下了一幅幅盛唐时代的剪影。

《饮中八仙歌》的经典性，前人之述甚备。不过，前人多就作品本身的意涵以及后人对于作品的经典性评述展开，对于《饮中八仙歌》直接影响于后世诗歌及其他领域的艺术创作，则尚少关注。事实上，翻检历代文集，我们很容易感受到，《饮中八仙歌》早已成为后人涉饮题材文艺创作的重要艺术源泉。在文学创作领域，《饮中八仙歌》成为熟典或楷范，涉

---

\*　本文系国家社科基金项目"东亚汉文学史视角下的中日韩'上梁文'整理与研究"（项目编号：20BZW071）阶段性成果。本文曾载新加坡南洋理工大学主办《南洋中华文学与文化学报》第3期（2022年11月），有删改。

①　杜甫撰，仇兆鳌注《杜诗详注》，中华书局，1979年，第85页。

饮题材时常袭用《饮中八仙歌》的语汇、意象或典故，在情志抒发、章法结构和艺术构思等方面也多所借鉴取材；在绘画领域，取材于《饮中八仙歌》的《饮中八仙图》数量颇多，或长卷，或条屏，或单幅，自成系列。此外，尚有不少书家所书《饮中八仙歌》为世人所艳称。

这种基于《饮中八仙歌》的诗画传承，并不仅仅局限于中国古代，早在宋代，就已经扩散到以朝鲜半岛和日本为主体的东亚汉文化圈。其中，朝鲜半岛文人大量涉饮题材的诗文创作，在借鉴或取材《饮中八仙歌》方面，与中国古代文人几无二致，某些方面甚至更加引人注目；取材于《饮中八仙歌》的《饮中八仙图》及类似书画创作，虽不及中国之盛，但也颇有见诸载籍者。

# 一、李仁老与《饮中八仙歌》在朝鲜的早期诗画传承

至迟在朝鲜高丽朝明宗(1171—1197)时期，已有朝鲜文人以《饮中八仙歌》入诗。林椿《西河集》卷二《次韵赠李上人觉天》云：

> 落发辞家在妙年，法门深种善因缘。
> 时时大振金毛吼，往往长斋绣佛前。
> 居易须归兜率界，嵇康不是洞天仙。
> 羡他明日青山路，竹杖芒鞋去浩然。
> 小隐林泉送几年，道心聊学葆虚缘。
> 孤云自去青天外，万木皆春病树前。
> 只为在家灵运佛，休寻买药长房仙。
> 近来去眠交游尽，唯有能诗释皎然。①

此诗多以中国古代诗人、名句或典故入诗，仅提及的人名即有白居易、嵇康、谢灵运、费长房、释皎然等，比较明显化用中国诗人名句者，则有苏轼"竹杖芒鞋轻胜马"，刘禹锡"病树前头万木春"等。其中"往往长斋绣佛前"直接化用杜甫《饮中八仙歌》之"苏晋长斋绣佛前，醉中往往爱逃禅"。由于此诗所赠乃方外之"李上人"，而"苏晋长斋绣佛前"，正好涉及参禅礼佛，所以这一典故的使用相当贴切。这表明林椿对于杜甫《饮中八仙歌》非常熟悉。

---

① 林椿《西河集》，民族文化推进会编刊《韩国文集丛刊》第 1 册，景仁文化社，1988—2005 年影印标点本，第218 页。

据《高丽史·李仁老传》所附《林椿传》,"林椿,字耆之,西河人。以文章鸣世,屡举不第。郑仲夫之乱,阖门遭祸,椿脱身仅免,卒穷夭而死。(李)仁老集遗稿为六卷,目为《西河先生集》,行于世"①。"郑仲夫之乱"发生于明毅宗(崇祯)二十四年(1170),则林椿生活于朝鲜高丽朝毅宗及明宗初年,大致相当于中国的南宋前期。

与林椿同时而稍晚的李仁老,是朝鲜半岛最早特别关注《饮中八仙歌》的诗人。他不仅有诗化用《饮中八仙歌》成句,还有一首诗直接隐括《饮中八仙歌》,题名亦同为《饮中八仙歌》。除此之外,他对于以《饮中八仙歌》为题材的《饮中八仙图》也十分关注。

《高丽史》卷一百二《李仁老传》载:"李仁老,字眉叟。……自幼聪悟,能属文,善草隶。郑仲夫之乱,祝发以避,乱定归俗。明宗十年,擢魁科,补桂阳管记,迁直史馆。出入史翰凡十有四年,与当世名儒吴世才、林椿、赵通、皇甫抗、咸淳、李湛之结为忘年友,以诗酒相娱,世比江左七贤。……卒,年六十九。以诗名于时。"②根据这段记载,以及其他相关资料,可以知李仁老生活于朝鲜毅宗、明宗、神宗、熙宗、康宗、高宗六朝,大致相当于我国南宋高宗至宁宗时期,年辈略晚于林椿。李仁老诗文兼擅,亦长于书翰。其《崔太尉家藏草书簇子》诗云:

> 颠张脱帽落云烟,妙笔通灵迸作仙。
> 不见明珠还旧浦,空留画饼出馋涎。③

崔太尉即崔诜,《高丽史·崔诜传》谓:"诜少聪悟,善属文。……神宗时,拜中书侍郎平章事,进守太尉、门下侍郎、同中书门下平章事。"④此诗题赞崔诜家所藏小幅草书作品。因系草书,故用张旭典故。首句即隐括《饮中八仙歌》咏张旭"张旭三杯草圣传,脱帽露顶王公前,挥毫落纸如云烟",结句化用《饮中八仙歌》之汝阳王"道逢曲车口流涎"。短短二十八字,隐括、化用《饮中八仙歌》多处,可见其对此诗之熟谙。

李仁老似乎对《饮中八仙歌》情有独钟,曾隐括杜诗为《饮中八仙歌》七言律诗一首:

> 长斋苏晋爱逃禅,脱帽张颠草圣传。
> 贺老眼花眠水底,宗之玉树倚风前。

① 郑麟趾等著,孙晓主编《高丽史(标点校勘本)》,人民出版社、西南师范大学出版社,2014年,第3135页。
② 郑麟趾等著,孙晓主编《高丽史(标点校勘本)》,第3134页。
③ 徐居正《东文选》卷二〇,民族文化推进会1968年影印本,第2册,第93页。
④ 郑麟趾等著,孙晓主编《高丽史(标点校勘本)》,第3051页。

　　　　汝阳日饮须三斗，左相晨兴费万钱。

　　　　太白千篇焦遂辩，人人真个饮中仙。①

　　这首诗，作者根据自己的体会，从杜甫《饮中八仙歌》中拈出八人的最典型特征隐括入诗。如苏晋，拈出表面奉佛实则借酒逃禅；张旭，特标其"草圣"而突出其"脱帽露顶"之狂态；贺知章，突出其老眼昏花之醉态；崔宗之，突出其"玉树临风"之风姿；汝阳王李琎，突出其日饮"三斗"之酒量；李适之，突出其"日兴费万钱"的豪奢；李白，突出其"诗"才；焦遂，突出其"辩"才。与杜甫原诗相较，此诗没有了对于八人醉态的铺排渲染，没有了歌行体挥洒自如的章法，但隐括入律，并加入自己的独特体认，也算是承中有创。结合其后朝鲜文人对于《饮中八仙歌》的取材、化用或借鉴，李仁老的体认其实是带有群体性的。比如，朝鲜文人尤好以苏晋自比，而喜欢以"玉树临风"的崔宗之称赞友朋。这与中国文人之最赏李白，颇异其趣。

　　李仁老另有一篇题跋《题李佺〈海东耆老图〉后》向我们展示了朝鲜士人对于中国文士诗酒风流的艳羡，并提及已经出现的取材于《饮中八仙歌》的《饮中八仙图》。跋云：

　　　　诗与画妙处相资，号为一律。古之人以画为无声诗，以诗为有韵画。盖模写物象，披割天倪，其术固不期而同也。仆尝读杜子美《饮中八仙歌》，恍然若生于天宝间，得与八仙交臂而同游焉。其时画工，作《八仙图》，以与子美之歌相为表里，用传于世，盖不少矣。何阒然无一传之，以至于今耶？是知解衣磐礴之巧，其不及词人一啸之功，审矣。今见李佺所画《海东耆老图》，苍颜华发，轻裘缓带，琴棋诗酒，欠伸偃仰之态，无不得其妙者，虽不见标志，可知其人，则足以垂名于不朽矣。况乎太尉作诗以增益其光价欤！李佺，崇班存夫之子，世以画名海东云。谨跋。②

　　《海东耆老图》以"海东耆老会"为题材创作。海东耆老会的情况，崔瀣《海东后耆老会序》有详细记载：

　　　　唐会昌中，白乐天戏以太子少傅致仕居洛，与贤而寿者六人，同燕履道里宅，为尚齿之会。……乐天为诗纪之，后世传为洛中九老会。至宋元丰中，文潞公守洛，亦与

────────────

　　① 徐居正《东文选》卷一三，第 2 册，第 13 页。

　　② 徐居正《东文选》卷一〇二，第 8 册，第 37 页。

耆英，约为真率会，绘形妙觉僧舍，凡一十三人。……温公为之序。海东有国，承平四百年，人物风流，盖侔于中华。神王戊午（1198），崔靖安公始解珪组，开双明斋于灵昌里中，癸亥，集士大夫老而自逸者，日以诗酒琴棋相娱。好事者传画，为《海东耆老图》。……时人李眉叟翰林依卢、狄司马故事，尝从容诸老间，著诗文百有余首，形容一会胜事详矣。有《双明斋集》传于士林。①

李眉叟即李仁老，崔靖安公即崔诜。《高丽史》载："（诜）上章乞退，遂致仕闲居，扁其斋曰'双明'。与弟太傅诜及太仆卿致仕张自牧、东宫侍读学士高莹中、判秘书省致仕白光臣、守司空致仕李俊昌、户部尚书致仕玄德秀、守司空致仕李世长、国子监大司成致仕赵通等耆老会，逍遥自适，时人谓之'地上仙'。图形刻石传于世。"②

崔诜效仿唐白居易、宋文彦博"洛中九老会""耆英真率会"，组织海东耆老会，显然是出于艳羡中华士人之诗酒风流，其规模及风雅在海东士人看来，"侔于中华"。李仁老得预其会，对海东耆老会的详情自然了如指掌，因此，他对于李佺所画《海东耆老图》之精妙，赞不绝口，认为其"虽不见标志，可知其人"。李仁老之所以表彰李佺此画，乃是欲与中华流传的《八仙图》相类比。根据中国古代书画史料记载，唐宋时期，取材《饮中八仙歌》而作的《饮中八仙图》，比较著名的主要有晚唐五代画师周文矩所绘《饮中八仙图》③、北宋大画家李公麟所绘《饮中八仙图》④。此外，则有号"瑱师"者亦绘有《饮中八仙图》⑤。其中，周文矩《饮中八仙图》后有"李孝昌伯衍观""集贤校理宋绶览""山人林逋题""邵铼屡观"等题识，李孝昌、宋绶、林逋、邵铼等俱为晚唐至北宋前期人，则周文矩所绘《饮中八仙图》在五代北宋时期，已在士人中广为流传；李公麟所绘《饮中八仙图》既为宋元人形诸歌咏，后又为明代唐寅所临。以李公麟在当时及后世的声名，其所绘《饮中八仙图》自然也是声名远播。故李仁老跋李佺《海东耆老图》特别提及"当时画工，作《八仙图》，以与子美之歌相为

---

① 崔瀣《拙稿千百》卷一，《韩国文集丛刊》第 3 册，第 3—5 页。

② 郑麟趾等著，孙晓主编《高丽史（标点校勘本）》，第 3051 页。

③ 张照等《石渠宝笈》，影印《文渊阁四库全书》第 824 册，台北"商务印书馆"，1986 年，第 163 页。卷六著录五代周文矩《饮中八仙图》一卷，上等地一。素绢本着色画，无款，姓氏见跋中。卷末有"崔铣"一印，前后押缝俱有"云仲"一印。引首周克复篆书"饮中八仙"四大字，款署"克复"，拖尾记语有"李孝昌伯衍观"六字，又"集贤校理宋绶览"七字，又"山人林逋题"五字，又隶书"邵铼屡观"四字。又，李洞书杜甫《饮中八仙歌》后识云"偶阅周文矩《饮中八仙图》，因书原歌于后，至正三年孟夏十有二日，修国史长史李洞"。后有"梁清标印""焦林"二印，卷高七寸九分，广一丈二尺一寸有奇。

④ 张昱《可闲老人集》，影印《文渊阁四库全书》第 1222 册，第 524 页。卷一有《李龙眠画饮中八仙歌》。又，张照《石渠宝笈》第 824 册，第 487—488 页。卷十六著录明唐寅《临李公麟饮仙图并书歌》一卷，上等地一。素笺本，前幅白描画，款云"吴郡唐寅画"。

⑤ 释居简《北磵集》，影印《文渊阁四库全书》第 1183 册，第 106—107 页。卷七有《跋瑱师所作〈饮中八仙图〉》。

表里,用传于世,盖不少矣",意即他早已听说过中华士人所绘《饮中八仙图》。李氏又云:"何阒然无一人传之,以至于今耶?是知解衣磐礴之巧,其不及词人一啸之功,审矣。"从这几句话可以推测,李仁老可能并没有见过其所提及的《饮中八仙图》,但对于《饮中八仙歌》则极其熟悉,以至于可以隐括入律,准确化用。当然,李氏最主要的意思,仍然是要称美此次"海东耆老会",表彰李佺所绘《海东耆老图》,认为其事其图,足堪与中华士人所绘《饮中八仙图》乃至杜甫《饮中八仙歌》所描述的"饮中八仙"之诗酒风流相比美。而李佺所绘《海东耆老图》堪称朝鲜版《饮中八仙图》。

综上所述,我们不难看出,林椿、李仁老等人在诗文中化用或隐括杜甫《饮中八仙歌》,或传述类似于《饮中八仙图》的绘画作品,显然是出于对中华文化的艳羡,以及对杜甫《饮中八仙歌》的激赏,同时也包含了希望朝鲜文化能够与中华文化相提媲美的良好意愿。

## 二、《饮中八仙歌》与朝鲜半岛涉饮题材诗歌创作

《饮中八仙歌》在朝鲜半岛的诗画传承,由李仁老等人首开端绪。此后,在诗歌创作方面,化用、隐括或借鉴《饮中八仙歌》者不绝如缕。如朝鲜高丽朝后期李穑、朝鲜李朝前期徐居正、李承召,李朝前中期李廷龟、权铧、赵绅等人涉饮题材诗歌中频繁出现源自《饮中八仙歌》的语汇、意象和典故,抒发与"饮中八仙"相关联的情感旨趣。此外,尚有多篇题咏会饮之作,在章法结构上借鉴《饮中八仙歌》;若干并不涉及饮酒的题材,在艺术构思或章法结构上亦明显受《饮中八仙歌》启发。

朝鲜高丽朝后期的李穑是较早频繁使用《饮中八仙歌》之语汇、意象和典故的诗人。李穑,字颖叔,生于高丽朝忠肃王十五年(1328),恭愍二年(1353)擢魁科,"如元应举,明年赴廷试,读卷官参知政事杜秉、翰林承旨欧阳玄见穑对策,大加称赏,遂擢第二甲第二名,敕授应奉翰林文字、承仕郎、同知制诰兼国史院编修官"。返国数年后,"又如元,礼任翰林院权经历。五年,以母老弃官东归"。归国历仕数朝,李朝太祖五年(1396)卒,年六十九。有《牧隐集》五十五卷①。

翻检《牧隐稿》,我们发现,至少有17首诗明显使用了《饮中八仙歌》中的语汇、意象或典故,有的一首中甚至出现数句。如《牧隐稿·诗稿》卷三十一《李浩然将归旧居,仆欲从之,发为长歌》之"高谈睥睨诸巨公",用《饮中八仙歌》焦遂"高谈雄辩惊四筵"句,"逃禅引

---

① 郑麟趾等著,孙晓主编《高丽史(标点校勘本)》,第3519—3536页。

满琉璃钟",用苏晋"醉中往往爱逃禅"句[1]。

　　李穑诗用《饮中八仙歌》,有的是单纯化用成句或使用典故,如卷十一《演雅》云"鲸吸倒连觞",化用"饮如长鲸吸百川"及"举觞白眼望青天"中的语汇以体物;卷二十一《前篇意在兴吾道,大也不可必致也,至于诗家亦有正宗,故以少陵终焉,幸无忽》云"如知其味欲取譬,青天白眼宗之觞",化用"宗之潇洒美少年,举觞白眼望青天",并借以论诗之取譬;卷二十四《即事》云"临风思玉树,对月赏金波",化用崔宗之"皎如玉树临风前"成句以写景或描写一种状态[2]。

　　有的是借用这些成句或典故来表达对于友人的赞美,如卷十七《贺李南谷拜判事知部》云"白发红颊照儒林,风采真如玉树临",卷二十四《昨赴东亭招,夜半扶舆而归,逮晓蘧然而觉,吟成一首》云"病躯何幸与华筵,座客尽为当世贤。恍似瑶台非月下,森如玉树又风前",卷十六《朴丛尚书谈三教,既去,吟成三篇》云"自愧老来精力衰,少年萧洒羡宗之",卷二十八《家贫(欲办四才会而未能,乃有此作)》云"临风皆玉树,序此似山苗"。此四首皆化用"宗之潇洒美少年""皎如玉树临风前",以赞美朋友、同道、青年才俊的潇洒风姿。也有以崔宗之自赞者,如卷六《狂歌行》云"人言置冰露是壶,自信临风玉为树",卷二十二《有感》云"回首西原楼上饮,临风玉树自无双",则是以"皎如玉树临风前"的崔宗之自比,表达出对于自己少年时代潇洒风姿的自信与自负[3]。

　　当然,更多的是借以描写作者的生存状态,或借以抒写人生态度、志趣或期许,是借《饮中八仙歌》以抒情言志。卷三《途中》云:

> 饮中有味最深长,三斗朝倾似汝阳。
> 卯酒自然醒不得,人间到处醉为乡。[4]

　　卷五《遣兴》云:

> 肯向昌黎学送穷,只今天爵冠儒宫。
> 蛙鸣芳草丝丝雨,燕蹴飞花细细风。
> 寂寞沉吟多骯髒,纷纷割据几英雄。

---

① 李穑《牧隐稿》,《韩国文集丛刊》第4册,第452页。
② 李穑《牧隐稿》,《韩国文集丛刊》第4册,第102、285、327页。
③ 李穑《牧隐稿》,《韩国文集丛刊》第4册,第201、329、187、405、29、298页。
④ 李穑《牧隐稿》,《韩国文集丛刊》第3册,第538页。

劳身焦思皆黄壤,且与八仙游饮中。①

卷十五《自和》其三云:

> 远慕八仙游饮中,醉乡天地有遗风。
> 书当快意如爬痒,诗自长吟政坐穷。
> 忆在庙堂头尚黑,忍闻河洛血流红。
> 迩来卧病真难得,造物应怜牧隐翁。②

卷十六《廉东亭席上醉歌》云:

> 我饮不尽器,半酣味尤长。
> 落落东坡翁,光焰万丈强。
> 春风荡荡吹亭台,白日政可飞金觞。
> 韩山牧翁老多病,不耐锦绣堆中肠。
> 饮中八仙每拍手,自笑毫端走风雨。……
> 君不见醉乡天地今无人,牧老独坐谁为邻。③

李穑身当高丽朝末期,经历了由丽朝向李朝的易代,虽然在丽朝、李朝乃至在元朝皆任朝官,但政坛腥风、宦海波澜,屡屡延及李穑,晚年甚至几遭不测。《遣兴》及《自和》两诗,便分别笔涉这种政坛形势;而《途中》及《廉东亭席上醉歌》则是赴使元朝或晚年退处时期的感慨之辞。这几首诗分别表达了对于"饮中八仙"及"醉乡"的忻羡、向往与期盼。《饮中八仙歌》虽然只是以八章写八人之醉态,但八位饮中仙之所以痛饮、沉醉,却并非仅仅是馋酒或酗酒,乃是有其万不得已者在。诚如程千帆先生在《一个醒的和八个醉的——读杜甫〈饮中八仙歌〉札记》引述浦江清先生的观点云:"杜甫虽然极为成功地塑造了这八位酒徒的形象,但诗篇所要显示的主要历史内容,并非是他们个人的放纵行为,而是他们这种放纵行为所反映的当时政治社会情况、一种特定的时代风貌",在此基础上,程先生进一步指出,"这群被认为'不受世情俗务拘束,憧憬个性解放'之徒,正是由于曾经欲有所作为,

---

① 李穑《牧隐稿》,《韩国文集丛刊》第 4 册,第 13 页。
② 李穑《牧隐稿》,《韩国文集丛刊》第 4 册,第 172 页。
③ 李穑《牧隐稿》,《韩国文集丛刊》第 4 册,第 178 页。

终于被迫无所作为,从而屈从于世情俗务拘束之威力,才逃入醉乡,以发泄其苦闷的",是"浪迹纵酒,以自昏秽"①。正是在这个层面上,李穑与"饮中八仙"产生了共鸣,他对于"饮中八仙"及"醉乡"的忻羡、向往与期盼,乃是表达一种人生态度,进而表达对于所处时世的感慨。

与李穑不同,李朝前期的徐居正(1420—1488),欣逢盛世,"逮我庄宪大王,抚熙洽之运,阐文明之化,礼乐典章,于是乎粲粲,人材文物,于是乎彬彬……先生以博通之学,明达之材,历翰苑,长台谏,五判诸曹,四入黄扉,逾四十年","四佳徐相国,生当气化之盛,运际文明之会,领袖斯文,久逾二纪",故其诗文"清新豪迈,雅丽和平,储诸家而成一大家","其铭钟鼎而垂竹帛者,悉于诗播之,泛泛铇铇,一追雅颂之音"②。因此,徐居正虽然在诗歌中更频繁地使用《饮中八仙歌》语汇、意象或典故,但却以艳羡"饮中八仙"之诗酒风流为主,即使晚年身心渐趋衰颓,于诗中多有流露,也仍然是换一种方式表达对于"饮中八仙"中具体人物的艳羡与认同。

徐居正诗歌使用《饮中八仙歌》语汇、意象或典故者多达52首。与李穑或其他诗人相比,徐居正使用《饮中八仙歌》之语汇、意象或典故出现了两个值得注意的倾向。

其一,《饮中八仙歌》被想象成"饮中八仙会"。我们知道,杜甫写作《饮中八仙歌》时,贺知章、苏晋等名列"饮中八仙"者已经谢世;除此之外,八位"饮仙"行踪各异,他们相互之间或有交谊,如李白与贺知章、崔宗之与李白,但他们却从未真正聚会痛饮如"洛中九老会""耆英真率会",更没有像阮籍、嵇等七贤那样常作"竹林之游",或者像王羲之等41人兰亭修禊。不过,在徐居正的诗中,八位"饮仙"俨然以同一场景群聚会饮的形象出现。《四佳集》卷九《游汉江翼日,次韵日休见寄之作》云:"君不见竹林七贤几人在,又不见饮中八仙无复会。"卷十三《题户曹诸郎禊饮图,是七月七日也,而作禊者七人》云:"七月七日七贤会,一年一度一时新。八仙会上无多子,六逸图中又几人。"卷三十《题兵曹郎官禊饮图(凡八人)》云:"风流八仙后,高会续兰亭。"卷四十六《题银台宴会图》云:"八仙拚盛会,一世揖芳尘。"卷五十《题东宫嘉礼都监郎厅禊饮图》云:"六逸七贤难与共,饮中八仙宜伯仲。何不画我于其傍,看我白头诗酒狂。"③在以上五首诗歌中,《饮中八仙歌》已然被想象成了"饮中八仙会"。

其二,苏晋从"饮中八仙"中"脱颖而出",成为徐居正最经常用以自比的人物。《四佳集》卷四《村家四首》其二云"苏晋长年绣佛斋,人间渺渺隔蓬莱",卷五《次韵日休见寄三

---

① 程千帆、莫砺锋、张宏生《被开拓的诗世界》,上海古籍出版社,1990年,第128页。

② 徐居正《四佳集》,卷首任元濬《四佳集序》任士洪《四佳先生集序》。《韩国文集丛刊》第10册,第221、227页。

③ 徐居正《四佳集》,《韩国文集丛刊》第10册,第347、403页,第11册,第17、62、86页。

首》其三云"人间岁月似蘧庐,豪气如今觉渐除。苏晋有时斋绣佛,陶潜欲去命巾车",卷十《又用韵,寄一庵专上人(十六首)》其十五云"醉里往往逃禅去,错被人欺误学空",卷十《约姜菁川访一庵专上人,以病不能,诗以为谢》云"上人喜儒者,我亦爱逃禅",卷十二《金子固邀银台,请相开筵招仆,病不往赴,二绝》其二云"诸公衮衮赴华筵,病客长斋绣佛前",卷十三《凄凉》云"居然忘俗虑,赢得佛前斋",卷十三《寄一庵上人》云"相如长抱病,苏晋爱逃禅",卷十四《次韵一庵用前韵见寄》云"香山思换妾,苏晋爱逃禅",卷二十二《顷访吴隐君于其第,设小酌,且口占二十八字。仆醉甚,未暇赓和,近值病患,又废吟哦,今日偶小闲,用前韵作清狂老病四绝,录奉》其二云"我是前身老苏晋,醉中时复爱逃禅",卷二十八《遣怀》云"杜陵遮莫生前瘦,苏晋频逃醉后禅",卷四十五《摊饭三首》其二云"前身老苏晋,时复爱逃禅",卷四十五《用李次公韵,戏奉全罗李奉使四首》其二云"使节西南无复梦,闲斋绣佛学高僧",卷四十五《醉题巡厅四首》其二云"老我年来斋绣佛,何曾有梦怕金吾",卷五十二《闲趣》云"不学飞仙术,时逃绣佛斋",补遗卷二《昨承和韵,相别日逼,情不自胜,又和元韵,以抒下情》其五云"逃酒敢期苏晋佛,留衣曾笑退之僧"[1]。以上 15 首诗,全部化用《饮中八仙歌》之"苏晋长斋绣佛前,醉中往往爱逃禅",并且屡次以苏晋自比。这不能不说,徐居正对于"饮中八仙"中的苏晋认同度极高,用以自比的频率远超其他七位"饮中仙"。

　　为什么徐居正一方面将《饮中八仙歌》想象成"饮中八仙会",一方面又将苏晋比作自己的前身呢?

　　从作者将《饮中八仙歌》想象成"饮中八仙会"的五首作品来看,我们不难发现,全部是题咏朝臣聚会禊饮或据此所绘的《禊饮图》。这些聚会禊饮往往是一种朝廷的荣宠,其气氛是融洽而令人艳羡的。尽管前人早已揭示过《饮中八仙歌》在表面热闹的背后隐藏着盛世的隐忧、杰特之士的失落,但毕竟写出了盛唐时代的诗酒风流,"饮中八仙"的形象是伟岸高大的、睥睨世俗的,因而在某种程度上代表着士人不趋流俗、超凡雅逸的精神。因此,这种想象,实质上是对于盛唐诗酒风流的艳羡,同时也是对本朝诗酒风流的比拟与确认。

　　至于作者频频以苏晋自比,大约有两层原因:其一,苏晋自身形象的丰富性。苏晋是《饮中八仙歌》中着墨最少的人物之一,但似乎也是最矛盾的人物之一。所谓"苏晋长斋绣佛前",是说苏晋奉佛之"虔敬";所谓"醉中往往爱逃禅",是说苏晋偶尔醉饮,突破戒律,从青灯奉佛的寂寞中暂时逃离。据史载,苏晋"数岁能属文",被誉为"后来王粲",其知吏部选事"独多赏拔",其入世之深,本可概见,但后来却皈衣佛法,"长斋绣佛前"[2]。从入世到

---

　　① 徐居正《四佳集》,《韩国文集丛刊》第 10 册,第 293、313、357、364、387、400、408、413、459、475 页;第 11 册,第 48、52、58、136、171 页。

　　② 《旧唐书》卷一〇〇,中华书局,1975 年,第 3116 页。

出世,是一重矛盾;从"长斋"到饮酒至"醉",是又一重矛盾;长斋中醉饮,而美其名曰"逃禅"以文饰之,是又一重矛盾。短短十四字中,包含了多重曲折,折射出多重矛盾与无奈。我们不敢断定徐居正能够这么深刻地理解苏晋,但苏晋形象的矛盾、复杂与无奈,仅从字面也是能够感知的。此外,苏晋早获文名,与徐居正"自童茆,已有能诗声,往往其佳篇警联,脍炙人口"及李朝前期一代文宗的经历和身份,颇相吻合①。其二,徐氏晚年身体多病,"豪气如今觉渐除",作为徐氏极其艳羡的"饮中八仙"中,似乎只有苏晋不是一味豪饮,而是唯一总体偏向于安静的一位。故徐居正虽曾高唱"形骸放浪自生平,痛饮狂歌拟四明"(卷五《密阳德民亭次权吉昌诗韵五首》其五),"壮心逸骥思千里,伟量长鲸吸百波"(卷八《三和六首》其一)②,一度以贺知章、李适之相比拟,而一旦年老体衰,其于饮酒又欲罢不能,则苏晋自然成为最佳比拟对象(当然,也许还有信仰的原因,在此暂不详考)。

　　徐居正对于苏晋的认同和比拟,在朝鲜文人中并非个案。最早以《饮中八仙歌》成句入诗的林椿《次韵赠李上人觉天》,即化用"苏晋长斋绣佛前,醉中往往爱逃禅"而成"往往长斋绣佛前"。李仁老隐括而作的《饮中八仙歌》没有遵循杜甫原作的"饮中八仙"顺序,首句不咏贺知章而咏苏晋("长斋苏晋爱逃禅")。闵思平(1295—1359)《及庵诗集》卷一《有感》云"饮中苏晋真良计,逃禅我欲参空王"③,李承召(1422—1484)《三滩集》卷二《次陈内翰鉴诗》云"自信心肠坚如铁,不妨尊酒醉逃禅"④,成俔(1439—1504)《虚白堂诗集》卷八《伯氏假山畔倭踯躅盛开戏不设酒》云"自开自落薰风里,苏晋长斋不把杯"⑤,赵䌹(1586—1669)《龙洲遗稿》卷三《次苏长公水陆寺韵》云"多病马卿贫滞蜀,长斋苏晋醉逃禅",卷二十三《初七日岛主宴席》云"人言绣佛不禁酒,忘却浮槎东海涯"⑥。

　　当然,朝鲜文人在一些钱饮应酬题材诗歌中,常常通过化用《饮中八仙歌》中一些豪饮、醉态或风姿的语汇、意象来赞美友朋,比如用汝阳三斗、焦遂五斗、饮如长鲸等赞美友朋酒量之大、饮酒之豪;用一斗百篇、李白诗仙等赞美友朋诗才之胜;用"知章骑马似行船,眼花落井水底眠""道逢曲车口流涎"等形容友朋或自己饮酒时的醉态、馋态和憨态;用崔宗之"潇洒美少年""皎如玉树"等赞美友朋风姿之美;用张旭"挥毫落纸如云烟"赞美友朋书法之妙,等等。这些从《饮中八仙歌》中化用而出的赞美之词,俨然已成为朝鲜文人饮酒题材诗歌的习语熟典,既体现了他们对于盛唐诗酒风流的艳羡,又表达对于本朝士人精神

　　① 徐居正《四佳集》卷首任元濬《四佳集序》,《韩国文集丛刊》第 10 册,第 221 页。
　　② 徐居正《四佳集》,《韩国文集丛刊》第 10 册,第 313、304、341 页。
　　③ 闵思平《及庵诗集》,《韩国文集丛刊》第 3 册,第 58 页。
　　④ 李承召《三滩集》,《韩国文集丛刊》第 11 册,第 387 页。
　　⑤ 成俔《虚白堂诗集》,《韩国文集丛刊》第 14 册,第 299 页。
　　⑥ 赵䌹《龙洲遗稿》,《韩国文集丛刊》第 90 册,第 36、424 页。

风度的确认和阐扬。

　　除了通过想象盛唐"饮中八仙"会，或在语汇、意象、典故方面取材于《饮中八仙歌》，从而体现出艳羡中华盛唐之诗酒风流外，朝鲜文人的诗歌创作在章法结构、艺术构思方面也颇有明显受《饮中八仙歌》影响启迪者。比如李穀（1298—1351）《稼亭集》卷十四《饮酒一首同白和父、禹德麟作》写与饮者之醉态云："白氏好饮不停手，禹君五斗方荡胸。李子平生不入务，举眼厌见金尊空。"①不仅语汇上化用"焦遂五斗方卓然"，而且四句分写三人饮酒之态，在写法上显然对《饮中八仙歌》之八章分写八仙醉态有所借鉴。徐居正《四佳集》卷十三《壬午秋七月既望，与辛肃权叔、蔡申保子休、杨子淳质夫、金纽子固同游广津，相与言曰：壬戌之秋，七月既望，乃苏子赤壁之游日也。吾辈年齿俱暮，欲复见壬戌，必不可得。今年适壬，时又七月既望，会合又在广津石壁之下，世间能有此日，亦难再得，相与剧饮而罢。今日亦七月既望，我辈各因仕宦，分散东西，仆又缠疾病，杜门高卧，追思往日广津之会，怅然有作，寄子固》云：

　　　　子休高谈一座倾，敬叔酒量如长鲸。

　　　　子固半酣弹琵琶，孤猿泣尽鱼龙惊。

　　　　通判风情压习池，有时倒著白接䍦。

　　　　四佳老人狂复狂，频频吐出歌后诗。②

这首长诗本来是追忆多年前的广津之游，表达欲继踵苏轼赤壁之游的风流潇洒。上引八句分别描写与会五人（子休、敬叔、子固、通判以及徐居正本人）之饮态、醉态和狂态，亦明显借鉴《饮中八仙歌》的写法。

　　在艺术构思方面受《饮中八仙歌》影响或启迪者，有李万敷（1664—1732）《静中八仙歌》及许弦八世祖许时昌（1634—1690）《茶谷遗稿》之《枕中八仙歌》。《枕中八仙歌》今不传，仅从曹兢燮（1873—1933）《岩西先生文集》卷十九《茶谷遗稿序》略窥其迹。序云：

　　　　许教官玹，以其八世祖茶谷公遗集示兢燮而请序。余读其集，概皆收拾于散亡之余，不满一卷，然诗文类多发于性情之真，有不可使之埋没者。其中如《枕中八仙歌》之作，优柔抑扬，有合于小雅怨悱不乱、鲁颂匪怒伊教之旨，使人有足风味而兴劝，不

---

　　① 李穀《稼亭集》，《韩国文集丛刊》第 3 册，第 185 页。

　　② 徐居正《四佳集》，《韩国文集丛刊》第 10 册，第 408 页。

可以其少而忽诸。①

李万敷《息山集》卷二有《静中八仙歌（并序）》：

> 静中有八仙焉。虽无言语以酬酢，皆与余莫逆也。遂效工部体，以少张八仙之高节清标云。
>
> 大夫偃盖郁苍然，力排大雪耸寒天。此君森肃列戈铤，晚坞风前舞蹁跹，节劲心虚可称贤。傲杰自好东篱边，馥郁绽尽霜迫天，回头却怜众婵娟。冰仙孤瘦心不迁，抵死清艳绝世缘，撩杀芳信又一年。嵂阳君今度几年，倾意将欲待鸾旋。净友亭亭自天然，处污不染濯漪涟；人慕富贵争后先，禊期偏合霁月贤。朣种虬结翠石巅，昔时珍重九疑仙，从此托契宿疴痊。石丈错落铁骨连，不露文章意超然。②

此诗首两句咏松，次三句咏竹，次三句咏菊，次三句咏水仙，次两句咏桐，次四句咏莲，次三句咏绿萼梅，最后两句咏奇石（石丈）。除题咏对象由人转移到物之外，艺术构思和章法布局完全步武《饮中八仙歌》。

从《饮中八仙歌》到《枕中八仙歌》《静中八仙歌》，显示出杜甫《饮中八仙歌》在朝鲜诗歌传承的深化。

## 三、朝鲜半岛《饮中八仙图》的文献学考察

如前所述，朝鲜文人至少在南宋中期已对以《饮中八仙歌》为题材创绘《饮中八仙图》的情况有所了解。李仁老所跋之李佺《海东耆老图》以及徐居正多次为之赋诗的朝臣《楔饮图》，以及李荇所题之《礼曹郎楔轴》（李荇《容斋集》卷三《题礼曹郎楔轴》云"春曹遴选属群贤，济济才名尽妙年。地位争瞻天上客，风流自许饮中仙。一时论楔无新旧，万里长途有后先。他年毋忘今日意，分明绘画又诗篇"）③，可以视为对中华文化诗酒风流的艳羡效仿在绘画领域的体现。事实上，海东画师也颇有直接以《饮中八仙歌》为题材绘制《饮中八仙图》者。鉴于这些画作或者早已损毁不存，或者难觅收藏之踪迹，故在此仅就文献记载略加考察。

---

① 曹兢燮《岩栖集》，《韩国文集丛刊》第 350 册，第 310 页。
② 李万敷《息山集》，《韩国文集丛刊》第 178 册，第 57—58 页。
③ 李荇《容斋集》，《韩国文集丛刊》第 20 册，第 384 页。

金尚宪(1570—1652)《清阴集》卷三十九"题跋"类有《题尹洗马敬之〈饮中八仙图〉》：

> 丹青家与词翰家相通，自古诗人雅流多嗜之，每遇四时闲日，焚香静坐，拂几展对，往往神融意会，有境外之趣，令人可以养气，可以蠲烦，谓之艺苑清宝者，非耶。虽然，痴人前难说梦，此可与知者道也。①

尹敬之生于万历三十二年(1604)，主要活动于李朝仁祖、孝宗时期，曾随储君质于沈阳，除太子洗马，孝宗李淏十年卒，官终洪川县监。尹氏"性耽静适"，"独好图书"②，家藏"古今名画"，"其中绝妙者未易数"③。此跋并没有对尹敬之所题《饮中八仙图》进行具体描述或评价，而是主要阐发诗画相通之理。但通过此跋，我们可知，尹氏绘有《饮中八仙图》，并且在士流中有一定知名度。

金㙆(1739—1816)《龟窝先生文集》卷十二《中直大夫行兵曹佐郎李公行状》云：

> 公讳柱世，字尔安，姓李氏。……甲午(1714)以承文记注入侍经筵，筵臣李泰和奏曰：注书臣李某，岭人也，素明经学，请共进讲。上许之。公辞谢曰：职非讲官，识昧经义，惶恐不敢。上曰：勿辞。公乃进讲诗传，称旨。上曰：真学士也。赐《诗传》一秩及《饮中八仙图》以嘉赏之。④

根据这则记载，则在李朝肃宗时期，宫廷中收藏有《饮中八仙图》。其图为何人所绘，形制若何，不得而知。但既以之赏赐臣僚，以示荣宠，则必甚衿贵，但或多有副本，非惟一仅有者。

朝鲜李朝正祖十四年(1790)，发生过一次围绕宫中所藏《饮中八仙图》君臣宴赏、作诗、制序以应制的盛事。李德懋《青庄馆全书》卷七十一"附录"《先考积城县监府君年谱》载：

> 公姓李，讳德懋，字懋官。
> ……

①　金尚宪《清阴集》，《韩国文集丛刊》第 77 册，第 592 页。
②　李敏求《东州集》文集卷一〇，《洪川县监尹君墓碣铭并序》，《韩国文集丛刊》第 94 册，第 443 页。
③　金尚宪《清阴集》卷三八《题尹洗马敬之所蓄古今名画后序》，《韩国文集丛刊》第 77 册，第 585 页。
④　金㙆《龟窝先生文集》，民族文化推进会编刊《韩国文集丛刊(续)》第 95 册，景仁文化社，2005—2010 年影印标点本，第 223—225 页。

庚戌（1790），公五十岁。

三月初三日，上御农稼亭，命阁臣及诸检书赏花钓鱼，仍以御题《置酒洛阳南宫赋》、"百年三万六千日，一日须倾三百杯"二十韵排律，限初六日，《饮中八仙图序》，限初十日，命诸检书制进。初六日，御考应旨赋。榜上之下，检书官朴齐家；二中，前检书官柳得恭；三上，前检书官李集箕、检书官李功懋；三中，检书官徐理修；次上，前检修官李德懋、李荩模，检书官成海应。御考应旨二十韵排律，榜二下一，检书官朴齐家；二下二，前检书官李德懋；二下三，前检书官柳得恭；三中，检书官成海应；三下，检书官徐理修、李功懋；次上，前检书官李集箕、李荩模。都计画十三分，检书官朴齐家（内下鹿皮一合）；十一分，前检书官柳得恭；七分半，前检书官李德懋（各内下纸三束，笔五枝，墨三笏）；四分半，前检书官李集箕、检书官李功懋、成海应（各内下纸二束，笔四枝，墨二笏）；三分半，检书官徐理修（内下纸一束，笔三枝，墨一笏）；一分半，前检书官李荩模（内下纸一束）。初十日，制进《饮中八仙图序》，上亲考以御笔书等，公居魁，赏赉有次。①

三月初宫廷"赏花钓鱼"，皇上命题，众检书官应制，按期完成，皇上亲自考核并予以赏赐。此皆仿我国宋代宫廷赏花钓鱼宴之风雅，自不待言②。此次命题应制的三个题目中，七言排律二十韵"百年三万六千日，一日须倾三百杯"，取自李白《襄阳歌》；《饮中八仙图序》，则以宫廷所藏《饮中八仙图》为题。从年谱的记录来看，参与应制的检书官（含前检书官）至少有八位。应制之作尚传于世者，有李德懋《百年三万六千日，一日须倾三百杯，七言排律二十韵》《饮中八仙图序》，柳得恭《饮中八仙图序》，朴齐家《饮中八仙图序》。李德懋应制七言排律，因题材系饮酒，且题取自李白《襄阳歌》，故诗中多次用李白及《饮中八仙歌》成句或典故，如"六逸风流谁是主，八仙身世我为魁"，径以"饮中八仙"入诗；"梁园白雪诗肠鼓，蜀道青天醉眼抬"，则化用"宗之潇洒美少年，举觞白眼望青天"，"明晨斯夕圣贤陪"，反用"衔杯乐圣称避贤"③。诸家《饮中八仙图序》则各述所观览《饮中八仙图》之具体形制和内容，兼及画意画理。关于所观《饮中八仙图》之形制内容，李德懋序云：

图凡八幡，皆饮者也。第一，道人装，眉耸而目光照地，颓然坐马背，巾袂拂拂，如风中峭帆；髯头蛮奴，左提壶，右攀镫，仰面谛视，不胜忧恐；马亦凌兢，为之乍步。第

①　李德懋《青庄馆全书》，《韩国文集丛刊》第 259 册，第 315 页。
②　路成文《唐宋牡丹审美文化论》，《国学学刊》2018 年第 4 期，第 5—19 页。
③　李德懋《青庄馆全书》，《韩国文集丛刊》第 257 册，第 277 页。

二,丰下虬须,倚髹漆高车,睨视贾人车堆红曲而过,口吻津津,举袖拭须,方领以下绯袍,色滴滴研鲜,如新出于染。第三,闲居服,皤腹于思,退让谦恪,无郁悒失意之色,萧然一高亭,罂罍罃卮,杂错罗列,两手提爵耳,一吸而尽,滚滚汩汩,如闻其声。第四,崇楼曲台,碧树荫映,少年娟秀,被服都雅,缜发,肤雪白,目澄渟凝眺天,天寥廓,绝纤翳,持一觞,将进未进,神精朗出云霞之外。第五,蒲庵安绣弥勒,相好端严,杨枝净瓶,数弓之地,位置萧闲,宰官具僧伽梨,坐团焦,引满跌宕,颊棱渥赭,了无烦恼想。第六,碧甃如削,绿波盈盈,大红船横入高柳阴,云麾星罕,飞扬掩映,昭容黄门,催呼络续,岸乌纱拖金龟,神采焕发,据地曹腾,稽首而对。第七,肩破蕉衫,散发蘸墨渖,箕踞傲兀于砚屏笔床、茗炉酒樽之间,恣肆放纵,奋迅之极,笔飞如羽,飔飗然欲鸣,观者莫不愕眙。第八,裹头披坏色袍,昂藏凭隐,囊置杯席上,拄红拂于熙,轩眉瞪目,胡卢绝倒,四座之客,揎袖敛襟,犁然倾听,不知膝之且前。画者,盖演杜甫诗,八人名氏,可按而知也。[①]

柳得恭序云:

　　近世画家,有为《饮中八仙图》,图凡八幅,如其人之数焉。有戴软角巾,骑而过旗亭,眼光迷离,据鞍摇摇然,可知其为贺知章也。有骑赭白马绣鞍,骖徒甚盛,有车载曲而过之,其人微眍,可知其为汝阳王璡也。有卧酒楼而睡,紫衣者飞马络绎于道,作招呼之状,可知其为李供奉白也。其余五幅,按子美诗皆可知。[②]

朴齐家序云:

　　世所传《饮中八仙图》者,其名盖出于有唐之世,而杜甫氏作歌诗,好事者仿其意而遂为之图焉。……今观此图,人物之大仅如一指,而眊瞍酩酊,颠倒淋漓,呼觞把杯之状,纵横百出,以至楼台涧溪草木衣裳冠履床几笔墨彝鼎之属,黯然皆有酒气,蹊径之外,又自有一种天然不食烟火之意历历焉,扪之而拾其姓名,嗅之而得其性情,不独其眉眼须发、老少黔皙、长短肥瘦、坐卧行立、语默眠寤之不同而已也。世之画者,往往以临摹乱真,习与成俗,陈腐可笑,甚或嫌其相类,易真而更变之。八人之面目虽

①　李德懋《青庄馆全书》,《韩国文集丛刊》第 257 册,第 281 页。
②　柳得恭《泠斋集》卷七《饮中八仙图序应制》,《韩国文集丛刊》第 260 册,第 113 页。

殊,神情则一人而止耳。①

从朴齐家的描述来看,"人物之大仅如一指",则似乎这组图画幅并不大,毋宁说相当小,且"饮中八仙"似乎在一个画幅之中。但从李德懋非常精细的描述来看,应该是一组八幅工笔设色条屏,柳得恭的描述与李德懋的较为接近。三位作者的描述不尽相同,或许他们所观览的《饮中八仙图》并非同一幅画,而是宫中所藏的多幅《饮中八仙图》。

尽管三人所述不尽相同,但这些宫廷收藏的《饮中八仙图》,都非常忠实于原作《饮中八仙歌》,同时也画得非常逼真传神,皆"演杜甫诗,八人名氏,可按而知也","其余五幅,按子美诗皆可知"。

当然,作为一次宫廷应制活动,参与者们不会仅仅忠实于复现所观览之画的形制、内容,而是希望各竭所虑,各尽所能,将作者对于画本身的观感以及由画所引发的感悟表达出来。故李德懋主要由"饮中八仙"之"饮"与"古人图画,皆寓劝戒,奚取于饮者"的观念是否相左展开阐论,认为尽管很多以饮酒为题材的绘画,如"陆探微有《沈昙庆醉像图》,毛惠远有《醉客图》,戴逵有《七贤图》,史道硕有《酒德颂图》,张僧繇有《醉僧图》,阎立本有《醉道士图》,此皆沉湎流连,遗落时务,直一酒徒而止耳,可戒而不可劝",不足为据,但《饮中八仙图》及其所本之《饮中八仙歌》,却并非如此:

> 八人者,皆唐之贤公卿名士大夫,草泽布衣,名行艺能,灼然俱可观。或遇焉而不终,或没齿而不遇,如之何不托之饮,以按其块磊不平之气也哉。故遇焉而业嗜饮者,不足劝也。至若使之不遇焉而业嗜饮者亦可戒也。惜乎明皇之智不及于此。杜甫之世,饮者不止八人,独于八人称之曰仙,何哉?超然轻举之谓仙,盖讥众人之儡儽而徒饮焉。作此图者,其可与言杜甫之诗也欤!②

这实际上是将主题由序画转移为论诗论人,即标举、抉发杜甫所歌咏的盛唐时代的这八位"饮中仙"并非一般意义上的"酒徒",而是"名行艺能,灼然俱可观",其之所以嗜于饮,乃各因"块磊不平之气""托之饮"也。也就是说,李氏所认同的,乃是"饮中八仙"之人格、际遇和选择。李氏之序,意在诗,在人,而非在画也。

柳得恭主要阐发"画今人者,象其形而已,无所事乎事也。画古人者,指其事而已,未

---

① 朴齐家《贞蕤阁集》文集卷一《饮中八仙图序》,《韩国文集丛刊》第261册,第604页。
② 李德懋《青庄馆全书》,《韩国文集丛刊》第257册,第281页。

必肖形也。得其人于象事之外则无古今焉,故善画者会其意而已"的绘画理论,进而评述杜诗及所览之画云:

> 饮者何限,而子美独许八人为八仙,其风流意气,千载之下,可以想象。画之工拙,于是乎在。览斯图者,自当知之。①

杜甫的《饮中八仙歌》已然对"饮中八仙"作了传神写照,使人"千载之下,可以想象"八仙之"风流意气"。绘画的工拙与否,通过体认杜甫《饮中八仙歌》即可体会。因此,"善画者会其意而已"。这其实仍然是借论画以论诗,不过侧重点不在道德鉴诚或诗中的微言大义,而主要就艺术表现而言。朴齐家的关注重点也主要在绘画的艺术表现层面,不再赘述。

值得注意的是,朝鲜李朝正祖十四年围绕饮酒及《饮中八仙图》进行这次宫廷应制活动时,中国正处于清朝乾隆后期。乾隆在文治武功之余,酷好艺文之事,"少年时,间涉猎书绘,登极后,每缘暇,结习未忘,弄翰抒毫,动成卷帙"②,故命臣下编纂《石渠宝笈》。《石渠宝笈》中不仅收藏有历代书画精品,更有其自作。比如卷二收录有《御临唐寅画饮仙图并书饮中八仙歌》一卷:

> 宣德笺本,凡二段,前段白描画,款识云"乾隆壬戌秋日摹唐寅笔",上钤"乾隆宸翰"一玺,前有"绘事后素""胸中长养十分春"二玺,唐岱补树石,后署"臣唐岱奉敕补树石"八字,下有"臣唐岱恭绘"二印。后段行书款识云"乾隆壬戌冬日并临",后有"乾隆御笔""摛藻为春""陶冶性灵"三玺,前有"含毫邈然"一玺,押缝"宸翰"玺凡五,"几暇鉴赏"之玺,玺凡四。卷高九寸八分,广二丈四尺一寸。③

卷二十"御笔自绘":

> 第三册《饮中八仙图》,左方书"杜甫诗",第一幅《贺知章》,有"云霞思"一玺,左方书"知章骑马似乘船,眼花落井水底眠"句,下有"携笔流云藻""乾隆御笔"二玺。第二幅《李琎》,有"茹古含今"一玺,左方书"汝阳三斗始朝天,道逢曲车口流涎,恨不移封

---

① 柳得恭《泠斋集》卷七《饮中八仙图序应制》,《韩国文集丛刊》第 260 册,第 113 页。
② 张照等《石渠宝笈》,影印《文渊阁四库全书》第 824 册,第 1 页。
③ 张照等《石渠宝笈》,影印《文渊阁四库全书》第 824 册,第 64—65 页。

向酒泉"三语,下有"翌太和""含英咀华"二玺。第三幅《李适之》,有"研露"一玺,左方书"左相日兴费万钱,饮如长鲸吸百川,衔杯乐圣称避贤"三语,下有"丛云""几暇临池""涵虚朗鉴"三玺。第四幅《崔宗之》,有"浴德"一玺,左方书"宗之潇洒美少年,举觞白眼望青天,皎如玉树临风前"三语,下有"读书晰理""观天地生物气象"二玺。第五幅《苏晋》,有"写生""染翰"二玺,左方书"苏晋长斋绣佛前,醉中往往爱逃禅"句,下有"意在笔先""会心不远"二玺。第六幅《李白》,有"天根月窟"一玺,左方书"李白一斗诗百篇,长安市上酒家眠。天子呼来不上船,自称臣是酒中仙"四语,下有"墨云""含味经籍"二玺。第七幅《张旭》,有"笔端造化""泼墨"二玺,左方书"张旭三杯草圣传,脱帽露顶王公前,挥毫落纸如云烟"三语,下有"乐天""烟云舒卷""微言晰纤毫"三玺。第八幅《焦燧》,有"宸翰""内府书画之宝"二玺,左方书"焦燧五斗方卓然,高谭雄辩惊四筵"句,署款下有"乾隆宸翰"一玺。①

唐寅《饮中八仙图》所临宋李公麟所绘白描写意《饮中八仙图》长卷,祝允明所跋:

> 初阅此卷,以为宋人笔无疑,谛视之,则唐居士临笔也。宋人李龙眠白描,人物丰隆,取其意思,周昉、松年诸大家直写故态,工致纤妍之妙。今唐居士能画其神情,意态毕具,其用笔如晋人草书之法,无一点尘俗气,白描处难于设色,彼用心于古拙,此长卷亦非人之所及也。②

乾隆临摹唐寅所临李龙眠之《饮中八仙图》,当然是出于对唐寅所绘《饮中八仙图》的格外欣赏。不过,此后他又自绘一组《饮中八仙图》,既书杜诗,又按杜诗所咏"饮中八仙"顺序,为八仙各绘一幅,共八幅。以帝王之尊,仅据《石渠宝笈》记载,即两度摹绘《饮中八仙图》,则其对于《饮中八仙歌》及《饮中八仙图》的兴趣,确乎非同一般。

李朝正祖视清廷为宗主国,行清年号,以密迩之邦,自然声气相通。其在宫中宴赏《饮中八仙图》,且组织文臣应制作序。这些《饮中八仙图》从何而来?创作、欣赏《饮中八仙图》的风气是如何形成的?除了朝鲜本朝绵延已久的风尚外,也许与朝鲜李朝宫廷对于宗主国清朝宫廷雅尚的艳羡、效仿有关。

---

①　张照等《石渠宝笈》,影印《文渊阁四库全书》第 824 册,第 570—571 页。
②　唐寅《临李公麟饮中八仙图》卷首,《中国古代绘画精品集》,中国书店,2013 年。

　　综上所述,《饮中八仙歌》在朝鲜的诗画传承,既是对杜甫《饮中八仙歌》经典性的确认,更是对《饮中八仙歌》及其所派生的《饮中八仙图》所描绘的盛唐之诗酒风流、中华之文采风华的艳羡、效仿与比照。《饮中八仙歌》成为朝鲜半岛文人涉酒题材诗歌的熟典和艺术源泉;《饮中八仙图》成为朝鲜半岛文人观照、体认《饮中八仙诗》及诗画艺术的一个独特载体。它们对于丰富朝鲜半岛文人文化,起到了不容忽视的作用。当然,朝鲜半岛文人也有其自身的历史境遇和文化传统,在接受、传承《饮中八仙歌》的过程中,也表现出了值得重视的创造性。透过这一个案,我们或许可以更好地体认以中国、朝鲜半岛和日本为主的东亚汉文化圈在文艺传承方面的一些普遍性特征。

【作者简介】路成文,文学博士,华中科技大学教授,发表过论文《中国古代咏物传统的早期确立》等。

# 负气与骋气

## ——高丽后期诗学"文气"论[*]

### 孔英民　严明

**提要**："气"是中国哲学中的一个基本概念,也是传统养生说的主要内容,在中国文论史上,曹丕首先把哲学范畴中的气引入创作。随着中朝文化交流的推进,在中国养气说和文气说的影响下,高丽后期诗人从恃气而存的角度寻找养生的方法,以强身健体、维持生命及助益自己喜爱的创作,"文气说"在高丽后期被广泛接受。高丽后期诗人注重养气和以气驱文,认为气能从各方面帮助提升诗人水平和创作技巧,认为优秀作品往往依凭于作者之气,灵感、文思、文笔乃至作品风格等皆受气的影响。高丽后期诗人对气与吐辞、设意、走笔行文的关系有着系统的认识与实践。高丽后期的文气实践不仅给朝鲜学诗者指出了具体明确的学诗之道,而且帮助形成了高丽后期刚健质朴的文风。

**关键词**：高丽后期　文气　吐辞　设意　走笔

"气"是中国哲学中的一个基本概念,老子曰："万物负阴抱阳,冲气以为和。"[①]庄子曰："人之生,气之聚也,聚则为生,散则为死。"[②]《管子》中也有"有气则生,无气则死,生者以其气"[③]的言论。自先秦开始学者就认为气是万事万物的根源,气积聚在一起,而有了人类生命,若气散亡,生命也不复存在,人的产生与存在与气有着密切的关系。"气,道乃生,生乃思,思乃知,知乃止矣"[④],管子认为气决定着人的心智。"人之善恶,共一元气,气有少多,故性有贤愚。"[⑤]"人禀气而生,含气而长,得贵则贵,得贱则贱;贵或秩有高下,富

---

* 本文系国家社会科学基金重大项目"东亚汉诗史(多卷本)"(项目编号:19ZDA295)阶段性成果;本文由上海杉达学院 2023 科研基金项目《皇华集》唱酬诗文体研究"资助(项目编号:2023YB10);上海杉达学院 2023 校级教学研究与改革项目资助。

① 朱谦之《老子校释》,《新编诸子集成》本,中华书局,1984 年,第 175 页。
② 郭庆藩《庄子集释》,《新编诸子集成》本,中华书局,1961 年,第 733 页。
③ 黎翔凤《管子校注》,《新编诸子集成》本,中华书局,2004 年,第 241 页。
④ 黎翔凤《管子校注》,第 937 页。
⑤ 黄晖《论衡校释》,《新编诸子集成》本,中华书局,1990 年,第 81 页。

或资有多少,皆星位尊卑大小之所授也。"①王充认为人的贤愚、富贵、等级都与先天之气有关。到了魏晋,进入人性自觉的时代,学者开始审视人的气质精神的命题,强调人性的差异、气质的多样性,并且注重从气的本原角度解释气质的生成,认为它带有天生不可移易的特点。"文以气为主,气之清浊有体,不可力强而致。譬诸音乐,曲度虽均,节奏同检,至于引气不齐,巧拙有素,虽在父兄,不能以遗弟子。"②曹丕认为诗人个性气质先天而生,各有不同,移之于创作,因而作品风格多样。在中国文论史上,曹丕首先把哲学范畴中的气引入创作,认为诗人所禀先天之气不同而使诗人各具不同气质及创作风格。之后历代诗人从气质、风格等角度不断补充丰富"文气"的内涵。随着中国文化的东传与浸润,"文气说"在高丽后期被广泛接受,并且主导了这一时期的汉诗创作追求。

高丽后期诗人认为优秀作品往往依凭于作者之气,灵感、文思、文笔乃至作品风格等皆受气的影响。"文之难尚矣,而不可学而能也。盖其至刚之气,充乎中而溢乎貌,发乎言而不自知者尔。"③林椿认为气对于创作发挥着重要的作用。诗人气足至刚至大,则创作能一气呵成且文辞精妙。崔滋(1188—1260)的"诗文以气为主,气发于性,意凭于气"的观点同样肯定气在创作中所发挥的重要作用。"公于此时摛藻丽,春葩都为熏天气却豪。更羡郎君不是阿儿比,笔下新诗调大高。"④"多才负气欻成诗,战笔雄豪壮旆旗。嘉叹信君钟宿曜,古今超出一人奇。"⑤李奎报(1168—1241)在诗歌创作上力主出新出奇,他认为诗人只有豪气充足才能使诗意和诗笔收到应有的效果。"少年缀文我最工,落笔往往惊诸公。存心养气力未彻,光焰不复摩苍穹。"⑥"上舍少年豪气逸,桃达城阙顽且颉。高吟狂歌动天地,下笔百篇风雨疾。"⑦"人呼我笔如长杠,意气颖脱无由降。"⑧李穑(1328—1396)认为诗人善于养气才能作出好诗,在用养气的方式锤炼文笔上李穑下功夫颇深:"时先生年富气锐,为文章敏以奇,故时辈目异之,知其不小成而止也。"⑨郑道传(? —1398)因气锐而才思敏捷而为时人称道:"为文章,以气为主,凡人处困者,必志慊气馁而文亦随

①　黄晖《论衡校释》,第48页。

②　曹丕《典论·论文》,《文选》,上海古籍出版社,1986年,第371页。

③　林椿《西河先生集》卷四,《韩国文集丛刊》,景仁文化社,1990年影印本,第1册,第243页。以下本文所引朝鲜各家诗文集若非特别注明,皆出自《韩国文集丛刊》1990年影印本,不再注明。

④　李奎报《东国李相国全集》卷一四,《韩国文集丛刊》第1册,第442页。

⑤　李奎报《东国李相国后集》卷九,《韩国文集丛刊》第2册,第226页。

⑥　李穑《牧隐诗稿》卷一四,《韩国文集丛刊》第4册,第146页。

⑦　李穑《牧隐诗稿》卷一一,《韩国文集丛刊》第4册,第95页。

⑧　李穑《牧隐诗稿》卷二八,《韩国文集丛刊》第4册,第392页。

⑨　郑道传《三峰集》卷一四,《韩国文集丛刊》第5册,第543页。

之。"①李詹(1345—1405)认为诗人气不足,而作品随之萎弱,直接指出诗人的气对创作产生的直接影响。高李之际的元天锡、权近、卞季良、柳方善等诗人也认为充沛之气是进行高质量创作的一个重要前提,有充沛之气的诗人在创作上自有过人之处。

# 一、气与吐辞

《孟子·公孙丑上》云:"'敢问夫子恶乎长?'曰:'我知言,我善养吾浩然之气。'"又云"'……何为知言?'曰:'诡辞知其所蔽,淫辞知其所陷,邪辞知其所离,遁辞知其所穷。'"②孟子注重培养长持身上的浩然正气,认为只有怀浩然之气才能成为德行端正无所畏惧的仁者,并且孟子还从气辞统一的角度认为浩然之气有助于使言辞刚正有力。

"诗文以气为主,气发于性,意凭于气,言出于情,情即意也。"③"詹东方之有君兮,肇大始以自尊也,其人佩义而服仁兮,厥气劲而词温也。"④高丽后期诗人同样认为气与辞有着密切的关系。认为言取决于气,气是言的先导和本原。诗人自身气是否充足,诗人的气质特点都能对诗人的言辞产生一定的影响。"跋山涉水,行经旅馆之萧条,吐气成章。偶发真人之謦欬,口翻澜而快读,目割膜以耸观,窃以道假辞而传,述者明而作者圣。文以气为主,动于中而形于言,非抽黄对白以相夸,必含英咀华而后妙。"⑤林椿作为深受儒学浸润的诗人,认为诗人只有道德修养深厚,文气才能充足,才能使创作含英咀华。"文辞,德之见乎外者也。和顺之积,英华之发,有不容掩者矣。文辞与政化流通,体制随世道而升降,音节因风气而变迁。苟有禀光岳英灵之气,洞性命精微之理,达事物无穷之变,则其雄深雅健,要妙精华,可以配元气而伴造化。"⑥李詹评李穑创作,认为因李穑理气深厚,故其文辞顺其气而发,自然雄深雅健。

在高丽后期众多诗人中,李奎报以气壮辞雄而著名。"羡君气壮色敷腴,得意清时鬓更绿。珠玑落处目一寓,句法清新字体古。"⑦李奎报认为气壮可以使人神清气爽,文辞雄健有力处处不落俗套。因其气足,其创作往往妙辞送出。"吐辞渐多,骋气益壮"⑧,崔滋

---

① 李詹《双梅堂先生箧藏文集》卷二五,《韩国文集丛刊》第6册,第381页。
② 朱熹《四书章句集注》,《新编诸子集成》本,中华书局,1983年,第231—233页。
③ 崔滋《补闲集》,《韩国诗话全编校注》本,上海人民出版社,2012年,第111页。
④ 李穑《牧隐诗稿》卷一,《韩国文集丛刊》第3册,第519页。
⑤ 林椿《西河先生集》卷六,《韩国文集丛刊》第1册,第268页。
⑥ 李詹《牧隐稿》,《韩国文集丛刊》第3册,第501页。
⑦ 李奎报《东国李相国全集》卷一二,《韩国文集丛刊》第1册,第418页。
⑧ 崔滋《补闲集》,第91页。

的评价道出了对李奎报的壮气对其辞语产生积极影响的深刻认识。

> 对客初筵语不喧，伫瞻高驾为临门。
> 忽然驰简称身愈，急欲求医候病源。
> 若也体中生劣气，那于笔下骋豪言。
> 细思此特微痾耳，须待君来倒一樽。①

李奎报认为质劣的气会对诗人的创作产生消极的影响。《次韵李学士》这首诗作于李奎报邀约李百全赴宴而恰逢李百全身体有恙，称病不赴之际。李奎报由此事而生感慨，认为病体伤气，疾病会使身体中气的性质发生变化。在伤气的情况下从事创作，诗人往往会文笔迟钝、豪言尽失，而作品也会因诗人气不满不扬而缺少气势和光彩。

> 岁月如流卧草堂，吟哦败笔欲堆床。
> 昂昂泛泛终安适，唯唯悠悠只自伤。
> 风叶乱飘山已紫，霜枝静秀菊犹黄。
> 病余词气尤荒落，光焰谁云万丈长。②

　　李穑晚年经历流放，加上疾病缠身，身体每况愈下，但在汉诗创作上兴趣不减。虽然心有余却力不足，李穑认为是疾病让自身气不饱满，也使创作逐渐失去了往日的光芒。"病余词气尤荒落"，道出了气与词的密切关系，也道出了晚年自己因气不足而辞不妙的尴尬。"病骨摧颓气不扬"③是晚年李穑的无奈之痛，晚年他有许多诗皆是痛心于自己在创作上的力不从心。因气不足而缺失珠玉之词，高丽后期诗人的这种观点一直影响到李朝的一些诗人，"累启惶恐，虽本能文之人，至于年老气衰，则所作诗文，如以秃笔写字，顿无锋颖。钝刀雕器，不成形制，此乃古今之通患。小臣自少不文，加以病不读书，今已近死之年，岂能作为文章，当此莫大之任乎？反复筹度，决不能堪，请亟命改差"④。李滉（1501—1570）认为在伤气的状态下进行创作，诗人往往写不出好的诗文，气衰时的创作如用同秃笔钝刀写字雕器，语言是蹇涩不畅的，出来的作品也不成形制。李滉从反面强调了养足气

---

① 李奎报《次韵李学士》，《东国李相国后集》卷六，《韩国文集丛刊》第 2 册，第 199 页。
② 李穑《牧隐诗稿》卷一九，《韩国文集丛刊》第 4 册，第 247 页。
③ 李穑《牧隐诗稿》卷一四，《韩国文集丛刊》第 4 册，第 153 页。
④ 李滉《退溪先生文集》卷八，《韩国文集丛刊》第 29 册，第 254 页。

对语言表达的重要意义。

　　高丽后期诗人还认为诗人的气质品格会影响作品的言辞。林椿推崇清气:"足下负超卓之才,学博而识精,气清而词雅。"①皇甫若水言辞清雅,林椿认为是其清雅的气质影响所致。崔滋认为人的气质和创作语言是一致的,其《补闲集》对诗人的气质和言辞的统一这个问题论得较多:"崔公雅尚出尘,诗语清婉。……立语神奇,措意清壮,有雄伟不常之韵。公之不与庸琐争,而顺受天命承袭大业,于此一联可见矣。"②因为崔公气性非凡,高雅出尘,其诗语多清婉神奇:"公天资清婉,诗语似之,可谓表里水澄,尘不能点者,岂为权要所累也矣。"③金仁镜(?—1235),初名良镜,庆州人。金仁镜文辞不染世俗龌龊,崔滋认为和其气质高洁出尘有关,充分肯定了气质对文辞的影响。此外还有论上柱国崔公"雅尚出尘,诗语清婉",贞肃公"天资清婉,诗语似之"等,皆是看到了辞与气的密切关系。

　　"雪谷郑仲孚,崔春轩子婿,而学于崔拙翁。拙翁元少许可人,春轩端不阿所好,每为予称仲孚之贤,予于是得其为人。"④雪谷郑仲孚(1309—1345),为当时明贤,刚正不阿,名节高亮,不肯屈从世俗,其文辞如其人格一样雅远不俗,其诗多淡淡之语。雪谷诗虽语言质朴,但诗中却始终有种其臭如兰的淡雅情韵:"予观雪谷之诗,清而不苦,丽而不淫,辞气雅远。不肯道俗下一字。"⑤李穑赞语道出了郑仲孚气质对于其诗辞语的影响。

　　"惟卿气醇以清,学邃而富。言辞简质而必信,文章典雅而可传。"⑥郑摠(1358—1397)气醇而清,权近(1352—1409)认为其作品因此有简朴典雅的特点:"师貌清而秀,气淑以和。……苟下笔则辞语精微,尤工于简牍。"⑦普觉国师气质平和清婉,权近认为正是其气质影响了他的精微的辞语特色。对辞语和诗人气质关系密切的认识使得高丽后期诗人多推文及人,由作品语言来辨析诗人气质:"始蒙足下垂和老生与俞侍郎唱酬之什,辞清语警,助之以妍丽。皎然若冰壶之映月,晔然如春林之敷花。虽未得其全,亦仿佛得其为人,想英风爽气,浏然袭人。予然后益惭仆之知足下太晚。"⑧崔宗学诗辞语清警,李奎报由此认为他乃神采四溢、高雅俊朗之人,对其相见恨晚。推文及人正是高丽后期诗人在对于气与辞关系的认知上衍生出来的一种现象,也说明了高丽后期诗人对辞、气关系的认可。

---

①　林椿《西河集》卷四,《韩国文集丛刊》第1册,第242页。
②　崔滋《补闲集》,第88页。
③　崔滋《补闲集》,第90页。
④　李齐贤《雪谷集》,《韩国文集丛刊》第3册,第245页。
⑤　李穑《雪谷集》,《韩国文集丛刊》第3册,第245页。
⑥　郑摠《阳村先生文集》卷三〇,《韩国文集丛刊》第7册,第269页。
⑦　权近《阳村先生文集》卷三七,《韩国文集丛刊》第7册,第328页。
⑧　李奎报《东国李相国全集》卷二七,《韩国文集丛刊》第1册,第577页。

# 二、气与设意

"诗文以气为主,气发于性,意凭于气,言出于情,情即意也。"[①]"学术空疏气未清,语言纷紊意难明。"[②]高丽后期诗人认为气与意有着密切关系,诗人气的性质及盈馁会直接影响到作品的立意。高兆基诗"辞意豪壮",崔滋认为是因其有宰相志节,心胸宽广。

"夫诗以意为主,设意尤难,缀辞次之。意亦以气为主,由气之优劣,乃有深浅耳。然气本乎天,不可学得,故气之劣者,以雕文为工,未尝以意为先也。盖雕镂其文,丹青其句,信丽矣。"[③]在创作上,李奎报主"意",认为"意"与诗人之"气"关系密切。认为没有天分、先天之气不足的诗人在创作中不会去关注意的设定,只会过度穿凿字句、讲究法则;反之,诗人天赋过人,气充盈的话,作品会自然天成,以意取胜。"羡君气壮色敷腴,得意清时鬓更绿。珠玑落处目一寓,句法清新字体古。"[④]他认为崔君气壮,因此崔君在诗的意、辞、句法上皆有过人之处。

李奎报在创作上注重新意的设定:"独吾子不袭蹈古人,其造语皆出新意,足以惊人耳目,非今世人比。"[⑤]认为诗人之气是诗出新意的一个重要先决条件。据《高丽史》记载,李奎报"性豁达,不营生产,肆酒放旷,为诗文不蹈古人畦径,横鹜别驾,汪洋大肆"[⑥]。李奎报为人旷达、豪气满怀,表现在创作上,其诗立意警绝独到,多为别出心裁之作。"李奎报气壮辞雄,创意新奇。"[⑦]"古今诗集中,罕见有如此新意。近得李学士春卿诗稿,见之,警绝心意颇多。其长篇中气至末句而愈壮,如千里骥足,方展走通衢,未半途而勒止也。"[⑧]崔滋所言道出了李奎报诗作新意迭出的原因,一切源于其壮盈之气。

对于如何骋气而得新意,高丽后期其他诗人也多有探讨。陈澕主张用参悟佛理的方式骋奇气求新意。《东人诗话》曰:"古人诗多用佛家语,以骋奇气。如陈翰林澕诗'水分天上真身月,云漏江边本色山',李益斋诗'此物非他物,前身定后身',皆好。然王荆公写真诗云'我与丹青两幻身,世间流转会成尘。但知此物非他物,莫问前身是后身',李诗述半

① 崔滋《补闲集》,第 111 页。
② 李穑《牧隐诗稿》卷二一,《韩国文集丛刊》第 4 册,第 271 页。
③ 李奎报《白云小说》,《韩国诗话全编校注》本,第 58 页。
④ 李奎报《东国李相国全集》卷一二,《韩国文集丛刊》第 1 册,第 418 页。
⑤ 李奎报《东国李相国全集》卷二六,《韩国文集丛刊》第 1 册,第 557 页。
⑥ 郑麟趾《高丽史》,西南师范大学出版社,2014 年,第 3130 页。
⑦ 崔滋《补闲集》,第 89 页。
⑧ 崔滋《补闲集》,第 98 页。

山,未若陈之意新而语奇。"①陈澕的两句诗受了宋代自赞创作的影响。自赞是宋代佛教文学的一种形式,诗人敷用佛语以突出自己的品格,如王安石《传神自赞》诗:"此物非他物,今吾即故吾。今吾如可状,此物若为摹。"②陈澕借用王安石诗中今我故我皆本我的偈语形式描述月下江边美景,诗中蕴含真月假月皆为月,美景不可言传的意蕴。陈澕的诗立意新奇独到,在同类诗中往往能脱颖而出,徐居正(1420—1488)认为是陈澕精于佛理,善骋奇气所致。

"元有天下,四海既一,三光五岳之气,浑沦磅礴,动荡发越,无中华边远之异。故有命世之才,杂出乎其间,沈浸醲郁,揽结粹精,敷为文章,以贲饰一代之理。可谓盛矣。"③在高丽后期诗人中,李穑擅长养气,并认为体气充盈,作品自然雄浑有力,其诗也以雄意著称,"意雄而辞赡,如黑云四兴,雷电恍惚,两雹交下,及其云散雨止,长空万里,一碧如洗。可谓奇伟不凡者矣"④。李詹序中评论道出了李穑在创作时元气充足,擅长以气运笔,故立意多雄奇不凡的特色。

> 圃隐先生郑公,以天人之学,经济之才。大鸣前朝之季。……辞语豪放,意思飘逸。和不至于流,丽不至于靡。忠厚之气,不以进退而异。义烈之志,不以夷险而殊。可见其存养之得其正。⑤

> 受而读之,其气雄浑,其辞秀发,不屑屑于雕琢之工,而其豪逸杰出之态,有非诗人才士苦心撚须,专务巧丽,自以为工者所可企及。至其忧国爱民、亨屯济溺之意间现层出,则其平生所存之志,所养之气,读其诗亦可以想见之矣。是宜遭遇圣君,鱼水相契,以建非常之大烈,如此其卓卓也。是集之传,岂直以其辞藻而已哉。⑥

高丽后期儒教大行其道,一些诗人认为儒家之气同样会对作品立意产生影响。河仑(1347—1416)认为郑梦周存养的正气使其诗立意飘逸。权近认为赵浚(1346—1405)所养浩然之气从多方面影响了他的创作,其诗不仅立意深刻,而且作品意境雄浑,辞语隽秀。在高丽后期诗人看来,意的清、新、雄等特色和诗人存养的气有着密切的关系。

---

① 陈澕《月桂寺晚眺》,《梅湖遗稿》,《韩国文集丛刊》第 2 册,第 278 页。
② 王安石《临川先生文集》,中华书局,1959 年,第 298 页。
③ 李穑《益斋先生乱稿序》,《益斋乱稿》,《韩国文集丛刊》第 2 册,第 497 页。
④ 李詹《牧隐先生文集序》,《牧隐稿》,《韩国文集丛刊》第 3 册,第 501 页。
⑤ 河仑《圃隐郑先生诗集序》,《浩亭先生文集》,《韩国文集丛刊》第 6 册,第 454 页。
⑥ 权近《松堂赵政丞浚诗稿序》,《阳村先生文集》卷二〇,《韩国文集丛刊》第 7 册,第 205 页。

# 三、气与走笔

高丽后期诗人重笔法，林椿、李奎报、李穑、权近等皆有论："笔法诗篇自一家，琼琚好报卫人瓜。须知独擅风骚句，屈宋还应合作衙。"[1]"相逢何必早相亲，共是江南流落人。下笔新诗多俊气，也应肝胆大于身。"[2]"臣穑伏睹玄陵笔法之妙，高出近世，凡今之人所共瞻仰。"[3]"先生见河演，号敬斋，少时在春坊作诗，写之诗为奇健，笔法遒劲得体，叹曰：河文学作之，河文学书之。"[4]"为诗奇古，笔法遒劲。"[5]不论在创作上还是品评别家诗上，高丽后期诗人皆喜欢从笔法的角度探讨创作或研读作品[6]。"气逸裁云笔，心清载月舟。"[7]"兴来发咏气颇豪，笔端飒飒长风号。"[8]高丽后期诗人看重顺畅、雄豪文笔，并且认为诗人之气是主要的影响因素。

"平生喜弄如椽笔，嘲戏风月无停时。"[9]李奎报喜在运气走笔上下功夫，被徐居正称为"诗豪"："东方诗豪，一人而已。古人诗集中无律诗三百韵者，虽岁锻月炼尚不得成，况一瞥之间操纸立成乎。"[10]对于运气走笔，李奎报也曾作文专论：

> 夫唱韵走笔者，使人唱其韵而赋之，不容一瞥者也。其始也，但于朋伴间使酒时，狂无所泄，遂托于诗。以激昂其气，供一时之快笑耳，不可以为常法，亦不可于尊贵之前所为也。此法，李湛之清卿始倡之矣。予少狂，自以为彼何人，予何人，而独未尔耶？往往与清卿赋焉，于是乃始之。然若予者，性本燥急，移之于走笔，又必于昏醉中乃作。故凡不虑善恶，唯以拙速为贵，非特乱书而已，皆去傍边点画，不具字体，若其时不有人随所下辄问，别书于旁，则虽吾亦莽莽不复识也。其格亦于平时所著，降级倍百，然后为之，不足以章句体裁观之，实诗家之罪人也。初不意区区此戏之闻于世矣，乃反为公卿贵戚所及闻知，无不邀饮，劝令为之。则有或不得已而赋之者，然渐类

① 林椿《摘瓜寄洪书记》，《西河先生集》卷三，《韩国文集丛刊》第1册，第235页。
② 林椿《次韵崔伯环见赠》，《西河先生集》卷三，《韩国文集丛刊》第1册，第235页。
③ 李穑《义谷清卿四字赞》，《牧隐文稿》卷一二，《韩国文集丛刊》第5册，第101页。
④ 河仑《摭录》，《浩亭集》卷四，《韩国文集丛刊》第6册，第489页。
⑤ 佚名《年谱》，《敬斋集》卷四附录，《韩国文集丛刊》第8册，第457页。
⑥ 柳方善《赠友》，《泰斋先生文集》卷一，《韩国文集丛刊》第8册，第591页。
⑦ 元天锡《题元伊川所示诗卷后》，《耘谷行录》卷四，《韩国文集丛刊》第6册，第199页。
⑧ 柳方善《短歌行》，《泰斋先生文集》卷一，《韩国文集丛刊》第8册，第579页。
⑨ 李奎报《手病有作》，《东国李相国全集》卷七，《韩国文集丛刊》第1册，第361页。
⑩ 徐居正《东人诗话》，《韩国诗话全编校注》本，第166页。

倡优杂戏之伎,或观之者如堵墙,尤可笑已。方欲罢不复为,而复为今相国崔公所大咨赏,则后进之走笔者,纷纷踵出矣。但此事初若可观,后则无用。且失其诗体,若寝成风俗,乌知后世有以予为口实者耶! 其醉中所作,多弃去不复记云。[①]

从此文可以看出,海左七贤经常聚集在一起诗酒唱和。李湛之,字清卿,庆州人。李湛之认为以气运笔可以使诗人畅快淋漓地宣泄情感,激荡内心之气,他特别推崇这种创作方式。李奎报受其影响,也服膺此法,认为诗人尽意驰骋文笔,气由文笔而激昂,笔在气的驱使下畅快淋漓,李奎报早年作品皆用此法作成。虽后来醒悟,一味求快会使创作粗糙,在快速运笔上有所收敛,但其使笔激气、畅快淋漓的笔法已被公卿贵戚奉为典范,并且在崔公的提倡下,文坛形成以笔激气、一气呵成的习作风气。李奎报的评述道出了使气运笔的妙处及掌握不好火候的弊端,也指出了时人使气运笔的风尚。

在创作中如何做到意到笔随、一气呵成呢? 其时诗人看重豪气。"一年十病九因酒,十日都无一首诗。偶到草堂豪气发,蔷薇花下墨淋漓。"[②]郑誧(1309—1345),号雪谷,字仲孚。郑誧认为创作需要豪气,诗人豪气可以使文笔蓄足气势,创作一挥而就。"上舍少年豪气逸,桃达城阙顽且颉。高吟狂歌动天地,下笔百篇风雨疾。"[③]李穑也认为诗人豪气不仅影响作品豪放的气势,而且可以使作者文思泉涌、文笔流畅,强调豪气对于作者驱笔行文的重要性。

> 九月九日天光清,萧萧霜叶送秋声。
> 净扫铃斋辟欢席,风流宾客皆贤明。
> 献酬交错真似画,深危潋潋浮金英。
> 三峰诗笔俱绝妙,清佳句句如阴铿。
> 成章信手酒醉墨,云烟满纸相交横。
> 奉使相君最魁杰,一生放旷如阮生。
> 临风啸咏吐壮气,笔端珠琲须臾成。
> 傒子弹琴传古多,闻风迩遐心尽倾。
> 冠世才华何更说,妙岁高题金榜名。
> 如斯豪俊在一座,遨头学士豁乎生情。

---

① 李奎报《论走笔事略言》,《东国李相国全集》卷二二,《韩国文集丛刊》第 1 册,第 524 页。
② 郑誧《醉中过梁和仲宅走笔》,《雪谷先生集》上,《韩国文集丛刊》第 3 册,第 248 页。
③ 李穑《乡学上舍歌》,《牧隐诗稿》卷一一,《韩国文集丛刊》第 4 册,第 95 页。

论怀不觉山月上，半轮辉玉筋，又向东篱掇拾霜中香。①

重阳节群贤在一起诗酒唱和，奉使放旷不拘，临风而立壮气油然而生，须臾之间，大作一挥而就，文笔奔放而有气势。在元天锡(1330—?)看来，放旷之人气势充沛，创作时自会文思泉涌，意到笔随。"自笑病夫甘闭户，笔端豪气谩纵横。"②卞季良(1369—1430)认为豪气可以让诗人纵横驰骋文笔快意创作。"豪气鲸吞海，冲襟月照江。笔飞风欲飒，诗罢鬼应降。"③"壮气长鲸吸百川，英姿彩凤翔丹穴。诗成珠玉斗光荧，笔落龙蛇争顽颃。"④高丽后期诗人因武人当政多陷困境，柳方善(1388—1443)虽常处不遇之境，但始终有着壮豪之气，倾泻于诗中，作品气象阔大，文笔腾挪自如。徐居正对于处在不遇境地中的柳方善始终以豪气驱使文笔赞不绝口："天地精英之气钟于人而为文章。文章者，人言之精华也。是故有遭遇盛时，赓载歌咏者，则其文之昭著，如五纬之丽天，而烨乎其光也。不遇而啸咏山林，托于空言者，则其文之炳耀，如珠璧捐委山谷，明朗而终不掩其炜矣。其所以骇一时之观听，而垂名声于不朽则一也。"⑤徐居正认为正是柳方善自身豪气及在创作中一以贯之的使气用笔成就了其酣畅淋漓、别有气势的作品，这正是其创作的精髓所在。

高丽诗人在文笔方面也推崇"健笔"，即刚健笔法，强调笔法的力度和气势。"班生古者史之雄，笔头不驳陈孟公。当时豪焰摩青空，酒酣使气飞长虹。"⑥李奎报认为诗人的豪气可以使文笔矫健而有气势。"衰年兴味犹豪甚，遇事题诗笔似杠。"⑦"对策擢高科，笔力如长虹。"⑧李穑也认为诗人的豪气可以增强文笔的力度，"笔似杠""如长虹"的比喻道出了李穑对笔的力度和文章气势的追求与认识。"少年豪气诡龙腾，壮岁声名世共称。题咏有时横健笔，操存每夜坐寒灯。节同孤竹凌霜翠，心似秋江带月澄。为问别来诗几首，南州纸价也应增。"⑨柳方善等诗人也认为健笔源自豪气，豪气使得诗人文笔刚健。

豪气有助于刚健文笔，此说影响深远，深谙高丽后期诗学之道的李朝初期一些诗人也赞同此观点。"貂蝉家世赫赫，鸱鹭声名隆隆。霄腾逸骥掣电，浪簸抟鹏快风。毫挥鸑凤翔鸾，词吐腾蛟起龙。豪情酒杯吞鲸，壮气笑谈蟠虹。皋夔载赓都吁，班马齐驱深雄。高

①　元天锡《次郑司艺诗韵》，《耘谷行录》卷二，《韩国文集丛刊》第 6 册，第 162 页。
②　卞季良《知奉使诗韵》，《春亭先生诗集》卷三，《韩国文集丛刊》第 8 册，第 44 页。
③　柳方善《短歌行》，《泰斋先生文集》卷一，《韩国文集丛刊》第 8 册，第 579 页。
④　柳方善《述怀》，《泰斋先生文集》卷一，《韩国文集丛刊》第 8 册，第 577 页。
⑤　徐居正《泰斋先生文集序》，《泰斋集》，《韩国文集丛刊》第 8 册，第 569 页。
⑥　李奎报《醉书壁上》，《东国李相国全集》卷一一，《韩国文集丛刊》第 1 册，第 405 页。
⑦　李穑《自咏》，《牧隐诗稿》卷九，《韩国文集丛刊》第 4 册，第 73 页。
⑧　李穑《送金伯玉省亲》，《牧隐诗稿》卷八，《韩国文集丛刊》第 4 册，第 58 页。
⑨　柳方善《寄崔伯常》，《泰斋先生文集》卷三，《韩国文集丛刊》第 8 册，第 636 页。

议君多荐鹗，薄才我愧雕虫。"①笔落龙蛇出自李白《草书歌行》："时时只见龙蛇走，左盘右蹙如惊电。"②形容书法生动而有气势，在这里用来指文笔腾挪自如、刚健有力，徐居正认为这种笔法源自于诗人的豪壮之气。"十年泉石洗心肝，身世都如醉梦阑。未尽甘英穷海外，空留戏墨满人间。山阿真隐前生愿，云水仙游此日欢。安得如椽王氏笔，一挥豪气压儒酸。"③高李之交儒风大盛，诗人创作多带有酸儒之气，金时习（1435—1493）对带有酸腐气的创作极为不满，推崇清健文笔。他认为豪气诗人可以自成清健文笔，尽扫儒酸之气。

在笔法上，此期诗人还强调"老"，即天成笔法。"今之后进，尚声律章句。琢字必欲新，故其语生；炼对必以类，故其意拙。熊杰老成之风，由是丧矣。"④崔滋认为诗人过度炼琢无助于提升汉诗质量，只会使作品硬涩刻意，这些和熊杰老成的创作追求背道而驰。高丽后期诗人所言"老"，指诗人使气运笔的自然之道，力求出神入化不露痕迹。"而笔法之妙入神，天纵而性能之，非儒臣文士所能窥其仿佛也。"⑤壶峰上人擅长自然运笔，笔法精妙而无刻意雕琢，权近认为正因其擅长使用无笔之笔，才往往能酿出佳文。"诗思笔法，老而尤绝，盖其天才也。"⑥河演（1376—1453）笔法做到了自然老到，而被姜希孟（1424—1483）称为天才。在以气驱笔行文上，此期诗人有着自然老成的笔法追求。

对于文笔的流畅与力度，高丽后期诗人认为气是不可缺少的主导因素。"为文章，以气为主，凡人处困者，必志慊气馁而文亦随之。"⑦李詹指出若诗人自身气不足，则无助于挥洒自在的创作，更谈不上能快意驰骋文笔，李詹所论从反面强调了诗人气流失及不足对走笔的影响。"老衰笔力已非初，每奉宣传勉强书。"⑧"自恨吾衰无笔力，谩吟霞凭鹜栏干。"⑨李穑认为气随着年龄的增长而渐萎弱，这会使诗人文笔失掉以前的气势和力度。"自愧老衰无笔力，敢言能篚古人踪。"⑩柳方善的认识同样道出了年老气衰对于行文走笔的不利影响。

# 四、结　语

中国气论源远流长，在中国养生文化及文气论的濡染下，高丽后期诗人非常关注气与

---

①　徐居正《赠李次公》，《四佳诗集》卷一四，《韩国文集丛刊》第 10 册，第 417 页。
②　《李太白全集》，中华书局，1977 年，第 456 页。
③　金时习《十年》，《梅月堂诗集》卷一，《韩国文集丛刊》第 13 册，第 103 页。
④　崔滋《补闲集》，第 61 页。
⑤　权近《壶峰赞》，《阳村先生文集》卷四，《韩国文集丛刊》第 7 册，第 46 页。
⑥　姜希孟《行状》，《敬斋先生文集》卷五，《韩国文集丛刊》第 8 册，第 476 页。
⑦　李詹《题轩铭后》，《双梅堂先生箧藏文集》卷二五，《韩国文集丛刊》第 6 册，第 381 页。
⑧　李穑《自咏》，《牧隐诗稿》卷二七，《韩国文集丛刊》第 4 册，第 379 页。
⑨　李穑《题西州城楼》，《牧隐诗稿》卷三四，《韩国文集丛刊》第 4 册，第 498 页。
⑩　柳方善《咏怀》，《泰斋先生文集》卷二，《韩国文集丛刊》第 8 册，第 617 页。

创作的关系。"为文章,以气为主,凡人处困者,必志慊气馁而文亦随之。""愧我文章强补缀,病余气弱精华凋。"李穑等诗人认为若自身气不足会使创作变得勉强、黯淡无色,认为气是影响创作质量的主要因素。

　　高丽后期的武人之乱不仅是高丽政治上的一场变迁,更是诗人心理乃至文学创作上的一场变迁。武人当政、诗人失势,使得高丽诗人生活重心改变,心态改变,汉诗创作环境也发生了天翻地覆的变化,从云端跌落及残酷的现实使得诗人纷纷选择放弃政治生活而回归诗人的本职,在立功不朽难以实现的现实中,诗人转向从创作中寻求个体的不朽及存在的价值:"只消不朽斯文在,后日当生姓郑人。"①"君子贵立言,不朽当远传。"②"向残年更料理,道德文章垂不朽。"③郑道传、李穑所言道出了高丽后期诗人的心声,也道出了高丽后期诗人对立言的看重:"以序故传之不朽,亦荣也。"④搜辑其残篇断句之散见文籍者及诸名公评品之语:"将付剞劂,以图不朽。"⑤"殷勤镂板垂不朽,今世古人非子谁。"⑥"幸此若干百篇仅存,欲锓诸梓,以传不朽。"⑦在关注创作的风气中,不朽的追求使得高丽后期诗人关注汉诗创作质量,注重总结创作规律,高丽后期的汉诗创作及相关的理论探讨也自然进入到了一个自觉阶段。

　　对于高丽后期诗人来说,快速的衰老使他们不得不面对老年的血气亏损、体弱多病,也更意识到了生命和健康的珍贵。随着中朝文化交流的推进,在中国养气说和文气说的影响下,诗人从恃气而存的角度寻找养生的方法,以强身健体,维持生命及助益自己喜爱的创作。传统的养气说及中国传入的文气说使得诗人注重养气和以气驱文,认为气能从各方面帮助提升诗人水平和技巧。高丽后期的文气实践不仅给学诗者指出了具体明确的学诗之道,而且帮助形成了高丽后期刚健质朴的文风。

【作者简介】孔英民,文学博士,上海杉达学院副教授;严明,文学博士,上海师范大学教授。

---

① 郑道传《自咏》,《三峰集》卷二,《韩国文集丛刊》第5册,第308页。

② 李穑《江河》,《牧隐诗稿》卷三,《韩国文集丛刊》第3册,第547页。

③ 李穑《伊川歌》,《牧隐诗稿》卷一五,《韩国文集丛刊》第4册,第164页。

④ 李奎报《与李侍郎需书》,《东国李相国后集》卷一二,《韩国文集丛刊》第2册,第249页。

⑤ 吴载纯《梅湖遗稿跋》,《梅湖遗稿》,《韩国文集丛刊》第2册,第291页。

⑥ 李齐贤《送金海府使郑尚书国径》,《益斋乱稿》卷四,《韩国文集丛刊》第2册,第537页。

⑦ 河仑《圃隐郑先生诗集序》,《浩亭先生文集》卷二,《韩国文集丛刊》第6册,第454页。

# 唐宋诗论"意象批评"法在朝鲜李朝的传承与新变<sup>*</sup>

熊瑶

**摘要:**朝鲜李朝"意象批评"论诗风者以《玄湖锁谈》《小华诗评》《西京诗话》中的三则诗评为代表,它们在语言组织形式、批评方式、意象内涵等方面受到了中国诗话,尤其是晚唐司空图《二十四诗品》、宋代张舜民《芸叟诗评》、蔡绦《百衲诗评》、敖陶孙《臞翁诗评》等唐宋诗评的影响。其新变之处在于:一、以复合意象为主,意象搭配更加复杂;二、便宜行事,依据需要更改隶属于中国文化的意象内涵;三、引入"摘句批评",个人品评与时代风气相结合。"意象批评"使用修辞手法,通过一些意象的组合形成语象,即语言成像,从而呈现一幅幅意识中的图像,如果从这个角度理解的话,"意象批评"法其实也可算作在古代"重文"传统下,图像对文字的反叛。

**关键词:**意象批评法 韩国诗话 二十四诗品 臞翁诗评 百衲诗评

"意象批评"法取自张伯伟先生在《中国古代文学批评方法研究》一书中提出来的观点①。他认为"意象批评"法乃以具体意象表现抽象概念,是理论与形象、理性与感性的结合,它是一个"具体—抽象—具体"的过程,其内涵源自庄子的"目击道存",外在表现形式源自《周易》的"立象尽意"。"意象批评"法将儒家经典和道家经典结合起来,兼及禅宗的思维方式,在思维方式中突出直观,符合中国人甚至是东亚汉文化圈把握事物的方式。这种方式区别于西方抽象理念,是直觉的,而非推理的;是综合的,而非分析的。"意象批评"法是中国古代诗论应用最广泛的方法之一,它和"摘句批评"法、"比较批评"法、"溯源批评"法等一起构成了中国文论批评的肌理。有"小华"之称的古代朝鲜,对此法也多有吸收,比较中朝两国的"意象批评"法发现,中国唐宋时期和李氏朝鲜时期(1392—1910)的"意象批评"法,在言语组织、意象应用、风格阐释等方面有一定的渊源。

---

\* 本文系国家社科基金重大项目"东亚汉诗史(多卷本)"(项目编号:19ZDA295)阶段性成果。

① 关于意象批评法的名称,说法颇多。罗根泽的《中国文学批评史》称之为"比喻的品题",郭绍虞的《中国文学批评史》称之为"象征的批评",张伯伟的《中国古代文学批评方法研究》则称之为"意象批评",吴果中的《论象喻批评》一文称为"象喻批评"。本文依照张伯伟的说法,所以在文中使用"意象批评"这个概念。

# 一、"意象批评"法在唐宋诗评中的运用
## 及其在东亚诸国的传承

　　"意象批评"法是中国人意象思维在文艺批评中的具体运用,意象思维最早可追溯到《周易》《诗经》时代①。关于"意象批评"法的起源发展问题,具体可参看张伯伟先生的《中国古代文学批评方法研究》②。

　　唐宋时期是"意象批评"法最重要的发展阶段。唐代的"意象批评"法在文学运用方面已出现典型。《大唐新语》卷八记载了张说用比喻手法评论多位诗人的评语:"李峤、崔融、薛稷、宋之问,皆如良金美玉,无施不可。富嘉谟之文,如孤峰绝岸,壁立万仞,丛云郁兴,震雷俱发……韩修之文,有如太羹玄酒,虽雅有典则,而薄于滋味……"③这样的评价方式具有整体性特点,将品与评结合起来,用贴切的意象使得理论批评变得感性、直观。大诗人李白、杜甫的诗中也有"意象批评"的影子,他们喜欢以诗评诗。如李白用"清水出芙蓉,天然去雕饰"(《经乱离后天恩流夜郎忆旧游书怀赠江夏韦太守良宰》)评清新自然的诗风;杜甫用"笔落惊风雨,诗成泣鬼神"(《寄李太白二十韵》)高度赞扬李白诗歌的奇思妙想,用"骅骝开道路,鹰隼出风尘"(《奉简高三十五使君》)称赞高适豪迈雄伟的诗风。

　　从上述零散的诗评中也可以窥见此时期"意象批评"法在"意象"的选择上以自然意象和人物意象为主,这主要是受魏晋以来品评人物的影响。晚唐司空图《二十四诗品》在批评方法上主要采用"意象批评"法,是自然意象绵密的经典代表。司空图用大量唯美的自然意象来阐释诗歌风格,每四字一句,四十八字为一则,形式整饬,以诗论诗,将诗歌批评表现得美轮美奂,如用"空潭泻春,古镜照神"形容洗练;谈到纤秾时说"采采流水,蓬蓬远春";以"雾余山青,红杏在林"说明绮丽等。司空图用大量诗化的语言和空灵的自然意象,展示了二十四幅诗美图景。这与魏晋以来山水文学的发展以及中国古代文人对山水的思考有重大关联。

　　《二十四诗品》有禅宗"绕路说禅"的影子,自然意象具有"空、灵、透"的特点,将一些不可言说的命题引入抽象、感悟的领域,集中展示了含蓄美和诗意美,为宋代"意象批评"法

---

　　①　吴果中《论象喻批评》,《云梦学刊》2001 年第 22 卷第 6 期,第 65—67 页。
　　②　张伯伟认为:从东汉后期至魏晋之际是"意象批评"法的萌芽期,用于"书法批评",现存最早的"意象批评"法见于西晋卫恒的《四体书势》。从东晋至唐五代是成熟期,一方面是出现了典型的意象批评法,另一方面,这种批评方法也从书法延伸到了文学。如原昂《古今书评》用以评书,钟嵘《诗品》用以评诗,皇甫湜《谕业》用以评文等。宋以后是发展期。
　　③　郭预衡《中国散文史长编(上)》,山西教育出版社,2008 年,第 332 页。

在自然意象上的选取上提供了新的指引。宋代禅宗发展兴盛，"意象批评"法受其影响呈现出新的活力。这表现在一方面承袭司空图的评论方式喜欢采用剔透、空灵的自然意象，如白云、花影、明月、空谷一类。二是直接在诗评中使用"禅语"。如宋蔡绦《百衲诗评》云："黄太史（庭坚）诗，妙脱蹊径，言谋鬼神，唯胸中无一点尘，故能吐出世间语。所恨务高，一似参曹洞下禅，尚堕在玄妙窟里。"①除此之外，宋代以后"意象批评"出现了"博喻"式的批评，即今人所说的"复合意象"批评，在形式上大多为"如……又如……"格式。较为典型的有元代揭傒斯《范先生诗序》："范德机诗如秋空行云，晴雷卷雨，纵横变化，出入无联。又如空山道者辟谷学仙，瘦骨峻嶒，神气自若。又如豪鹰掠野，独鹤叫群，四顾无人，一碧万里。"②

宋代"意象批评"法在继承发展宋以前自然意象和人物意象的基础上，增加了"以典为譬"，拓宽了意象的外延性，丰富了意象的内涵。如敖陶孙云："李白如刘安鸡犬，遗响白云，核其归存，恍无定处。韩退之如囊沙背水，惟韩信独能。"用"鸡犬升天""背水一战"的典故论李白、韩愈诗风③。

宋代《芸叟诗评》《百衲诗评》《臞翁诗评》是集中运用"意象批评"法论多位诗人风格的滥觞。张舜民《芸叟诗评》共评论同时代诗人欧阳修、王安石、石曼卿、苏轼、梅尧臣、郭祥正六人的诗风；《百衲诗评》所评为"李、杜、王、韦、韩、柳、刘、白、欧、王、苏、黄"等唐宋十四家诗人诗风，上承《芸叟诗评》之滥觞，下启《臞翁诗评》；南宋敖陶孙《臞翁诗评》评魏晋南北朝诗人五家，唐代诗人十五家，宋代诗人九家，共计二十九家诗风。三部诗评以《臞翁诗评》最为著名："宋时作诗评者虽众，而为陶孙所著独擅胜名，由其鉴材既精，语义俊妙。共为后人多所称引，影响所及，至明清诗话中仍有一格。"④明清两代诗评之体继续向前发展，规模扩大。明代王世贞作《国朝诗评》评述明代一百多位诗人的艺术风格，如评何景明："何仲默如朝霞点水，芙蕖成风；又如西施、毛嫱，无论才艺，却扇一顾，粉黛无色。"⑤其评论人物之众、意象之繁密为历代所罕见，被蔡镇楚先生赞为："集古今人事故实之大成，酣畅淋漓，曲尽其妙，是中国文学批评史上意象批评的世界之最。"⑥明代《竹林诗评》就体制来说，也是宋代三大诗评的后继之作。清人牟愿相在《小澥草堂杂论诗》中以"意象批

---

①　胡仔《苕溪渔隐丛话》，人民文学出版社，1981年，第257—258页。

②　揭傒斯《揭文安公全集》卷八，见李笑野、张晶著，汪涌豪、骆玉明主编《中国诗学》第1卷第3版，东方出版中心，2018年，第332页。

③　魏庆之《诗人玉屑》，上海古籍出版社，1978年，第18页。

④　傅璇琮等《中国诗学大辞典》，浙江教育出版社，1999年，第190页。

⑤　程兆熊录，王世贞著《国朝诗评》，中华书局，1985年，第10—11页。

⑥　蔡镇楚、刘畅《论意象批评》，《邵阳学院学报（社会科学版）》2007年第5期，第90—98页。

评"法评论了《古诗十九首》、乐府诗以及汉魏六朝和唐代的七十位诗人的诗歌风格。

　　"意象批评"法不仅在中国大受文人学者欢迎,东亚诸国也有所传承,尤其是朝鲜和日本两国。王世贞和敖陶孙的两则诗评多次被古代朝鲜的文人引用、转述、模仿,如朝鲜《清文诗话》就全篇摘录了《臞翁诗评》;《智水拈笔》"诗观"一则引用《臞翁诗评》最后一句来评价杜甫。南龙翼(1628—1692)在其《壶谷诗话》中更是不惜笔墨篇幅全文摘录了这两则诗评。朝鲜洪万宗(1643—1725)《小华诗评》用"意象批评"法点评高丽到李朝的 20 位诗人,效仿敖陶孙和王世贞评郑学士"意境入神,如洛妃凌波,步步绝尘"。又评金老峰"造语俊健,如李广上马,推堕胡儿"。其自序云:"昔敖陶孙评汉魏以下诸诗,王世贞评皇明百家诗,皆善恶直书,与夺互见,凛然有华衮铁钺之荣辱。"①李奎报(1169—1241)《白云小说》在论述陶渊明、梅尧臣诗歌风格时说:"陶潜诗恬然和静,如清庙之瑟,朱弦疏越,一唱三叹。""(梅尧臣诗)外若荏弱,中含骨鲠,真诗中之精隽也。"②李祘(1752—1800)《日得录》对四十三位中国名家进行了意象批评,评韩愈:"韩愈骋驾气势,汪洋大肆,如金鸥擘海,铁骢跑坰。"③朝鲜肃宗时期诗论家任璟在《玄湖琐谈》中不惜笔墨记录了李朝后期金锡胄(1634—1684)品评新罗、高丽、李朝共计四十位汉诗人的文字;金渐(1695—?)《西京诗话》历数平壤地区三十八位诗人的诗风。

　　在日本,菊池桐孙《五山堂诗话》卷五云:"譬之佳人,淇园诗如千金小姐,自然品高,恨有些呆气;栲亭诗如曲中名姬,虽娇利可爱,不免妆腔作态。"④《史馆茗话》记录了具平亲王与庆保胤之间的对话:"江匡衡如敢死之士,数百骑被介胄、策骓骝,其锋森然,少敢当者。纪齐名如瑞雪之朝瑶台之上弹筝。江以言如白沙庭前,翠松阴下奏陵王。"⑤

　　江户时代中晚期重要的诗学家津阪孝绰在《夜航诗话》中多处运用"意象批评"法,如用观演戏剧喻诗法:"凡一题而赋数首者,不唯宜各换意境,亦须格局变化,不肯雷同。譬如观演剧,每出改观,若篇篇体裁同一机轴,略无变易,令人欠伸耳。"⑥在讲解杜甫诗句时说:"虚字斡旋之妙,圆转如珠走盘,然学者好效此,则不胜破碎矣。"⑦

　　森槐楠《元诗学》评吾丘衍云:"胸次既高,神韵自别,往往于町畦之外,逸致横生。所谓如王谢子弟,虽复不端正,亦奕奕有一种风气。"⑧

---

①　洪万宗著,安大会译注《对校译注小华诗评》,国学资料院,1995 年,第 140 页。
②　邝健行、陈永明、吴淑钿《韩国诗话中论中国诗资料选粹》,中华书局,2002 年,第 5—6 页。
③　邝健行、陈永明、吴淑钿《韩国诗话中论中国诗资料选粹》,第 26 页。
④　引自张伯伟《中国古代文学批评方法研究》,中华书局,2002 年,第 252 页。
⑤　林罴《史馆茗话》,见《日本诗话丛书》卷之一,文会堂书店,大正九年至十一年(1920—1922)次第出版,第 330 页。
⑥　津阪孝绰《夜航诗话》,见《日本诗话丛书》卷之二,第 385 页。
⑦　津阪孝绰《夜航诗话》,第 503 页。
⑧　引自张伯伟《中国古代文学批评方法研究》,第 252 页。

冢田秀在《作诗质的序》中解释书名时说:"盖作诗者,师表不正,则虽有佳趣巧意,失于废其言。譬之如习射者,虽有良弓直矢,质的不张则不能发其筈。"①

## 二、李朝诗评对唐宋"意象批评"法的借鉴、创新

在上述论述中我们可以看出李朝"意象批评"论诗风者以《玄湖锁谈》《小华诗评》《西京诗话》中的三则诗评为代表,它们在语言组织形式、批评方式、意象内涵等方面受到了中国诗话,尤其是晚唐司空图《二十四诗品》、宋代张舜民《芸叟诗评》、蔡绦《百衲诗评》、敖陶孙《臞翁诗评》等唐宋诗评的影响。更明显的证据是金锡胄诗评对《臞翁诗评》的直接引用,如他用"百宝流苏,千丝铁网"评价高丽文人郑知常,但这句话是敖陶孙用来评价李商隐"绮密"诗风的;其次李穑的评语"屈注天潢,倒连沧海"是臞翁对苏轼"雄浑"的评价;其三金氏直接将《臞翁诗评》中对王维的评价"秋水芙蓉,倚风自笑"嫁接在"三唐诗人"李达时身上。这种对中国诗评的直接引用一方面可以看到二者之间的渊源关系,另一方面也可为中朝诗人诗风的比较研究提供参考依据。

李朝诗评对唐宋"意象批评"法的借鉴主要表现在以下三个方面:

### 1. 语言体制

首先,三则李朝诗评在体制上属于"诗评"体,即用"意象批评"法集中连评群组诗人:"诗评之体,系诗话著作中之别体,敖陶孙之前,已有《芸叟诗评》《蔡百衲诗评》诸作。"②郭绍虞在《宋诗话考》中说:"诗评之体,远本于袁昂之书评,近出于张说之论近代文士及皇甫湜《谕业》。"③而这种以"意象批评"法论群组诗人的体例自宋之后蔚然成风。其次,在句式排列、语言组织方面相似,以金锡胄、洪万宗诗评与司空图《二十四诗品》为例:

> 息庵金相公锡胄尝取东方诗人,自罗丽至我朝,各有品题……思庵朴淳,画棋栖烟,文轩架鼞。石川林亿龄,山城骤雨,风枝鸣蝉。锦湖林亨秀,幽壑清湍,断崖层台。苏斋卢守慎,悬岩峭壁,老木苍藤。霁峰高敬命,吟风吹露,跻漠腾霞。芝川黄廷彧,快鹘搏凰,健儿射雕。简易崔岦,快阁跨汉,老木向春。……(《玄湖琐谈》节选)④

①　冢田虎《作诗质的》,见《日本诗话丛书》卷之一,第365页。
②　傅璇琮等《中国诗学大辞典》,第190页。
③　郭绍虞《宋诗话考》,中华书局,1979年,第157页。
④　任璟《玄湖琐谈》,引自蔡美花、赵季《韩国诗话全编校注》,人民文学出版社,2012年,第2822页。

……车五川《明川》诗:"风外怒声闻渤海,雪中愁色见阴山。"汪洋愤猛,如潮卷百川,雷掀万窍。李体素《永保亭》诗:"月从今夜十分满,湖纳晚潮千顷宽。"豪纵雄爽,如蒲梢骏骎,不受羁靮。权石洲《北关》诗:"磨天岭北山长雪,豆满江南草不春。"清切嘹亮,如戍楼悲笳,响彻湖天。许端甫《南平道中》诗:"春晚岸桃飘簌簌,雨晴沙鸭语咬咬。"清新婉丽,如西子新妆,倚门呈笑……(《小华诗评》节选)①

采采流水,蓬蓬远春。窈窕深谷,时见美人。碧桃满树,风日水滨。柳阴路曲,流莺比邻。(《二十四诗品·纤秾》节选)②

金锡胄点评的诗人最多,共有四十位,但他行文周密,以时代为界,全文共分为四段,每段评论十位诗人,是三则材料中最整齐严密的。比较其与《二十四诗品》,金锡胄以四言为基础,形式整饬,全文没有一个"如"字,且开头拈出"品题"二字,在语言组织上与《二十四诗品》相类,司空氏的《诗品》实质是"以诗论诗",有无穷的"韵外之致"。金锡胄在三则李朝诗评中最像"以诗论诗",全篇只选取空灵的自然意象,拼凑出一幅幅图景,像《二十四诗品》一样具有"味外之旨"。但这种朦胧美和诗意美要求读者有极高的文学素养和审美经验,不然就有误读、曲解的风险,这也是"意象批评"法最大的弊端。

从题目上看,洪万宗《小华诗评》承袭了"诗评"体例,除了本文摘录的材料外,《小华诗评》中还有大量"意象批评"法的文字。这则材料杂糅了"摘句批评"和"意象批评",总结性地提出了二十种诗风,如突兀壮奇、宏伟壮健、幽遐奇古、高古爽朗、凌厉振掉、横逸老健、奇杰雄浑、高雅典重等,而这二十种诗风在文字形式上虽以四字为主,但有多种风格与司空图列举的诗品相似,如俊健—劲健;入神—超诣;奇杰雄浑—雄浑;高古爽朗—高古;高雅典重—典雅;清淑纤妙—清奇;豪纵雄爽—豪放等。这种给出具体风格,佐以抽象意象阐释的语言组织方式与司空图不谋而合。

## 2. 喻体类别

从"意象批评"的角度来说,喻体主要有自然意象、人物意象以及事例。喻体的类别有"以物为譬""以人为譬"以及"以事为譬"。在之前的论述中,我们知道宋代敖陶孙《诗评》在喻体的选择上比司空图丰富,或"以物为喻",或"以人为譬""以禅为譬",又或是以典故

---

① 洪万宗《小华诗评》,《韩国诗话全编校注》,第 5432 页。
② 司空图《二十四诗品》,浙江古籍出版社,2018 年,第 15 页。

作为比喻对象,每个意象都有鲜明的个性,蔡镇楚先生赞其"可谓宋代诗话以意象论诗的集大成者"①。

在"以事为譬"方面,前文提到的《小华诗评》比较突出,和瞿翁一样善用典故增强意象表达深度。而金澌的《西京诗话》在喻体的选择上较洪氏、金氏复杂,"以人为譬""以事为譬""以物为譬"都有涉及。如以物为譬:"天马逐景,神龙踏云""隋苑彩花,绰约可爱""雪水烹茶,故自清致";以事为譬:"如明皇入月宫,《霓裳羽衣》要非人间所闻""如王右丞画沧洲,翻空作浪,有足以移人也""如岳武穆以背嵬八百直捣虏营,尤有余气"。

> ……鱼文贞如长安市人,虽复铙乐,眉宇间有风尘气;又如薛万徹将兵,非大胜则大败。金慕斋如法佛士强作苦语,不解俯仰;又如寒陵一片石,足慰寂寞,可独不可独。金思斋如初学射人,发矢虽多,中的则少。韩龙山如孤鹤唳空,自是风尘表物。黄菊轩如里社会,一鱼一菜终乏珍味。金湖西如梨园老妓,教人歌舞而元非太常乐。康愚岩如孤禅说法,得一三昭诠似,欲参高座……黄月渚如新妇初见舅姑,满羁娇态。李葛坡如缀六花阵,有奇正而终不失行伍;又如滕王阁水天霞鹜,无非绝境。尹退翁如梦中饭甑,亦自一饱。卞八溪如秋高水落,彻见底囊……(《西京诗话》节选)

从上述文字看出金澌擅长"以人为譬",以众生百态之相喻风格。"以人为譬"在"意象批评"里比较常见,典型代表有王世贞《国朝诗评》《瞿翁诗评》与《百衲诗评》。比如敖陶孙说"曹子建如三河少年",金澌有"桂元涉如河朔少年"之语;蔡绦的《百衲诗评》说王维"如久隐山林之人"、韦苏州诗"大似村寺高僧"、白乐天诗"恨为苏小虽美,终带风尘",分别以"隐士、僧人、风尘女子"为喻。这些人物意象在金澌诗评中也有提及:如他说"金慕斋如法佛士强作苦语""安松坞如随驾隐士""金湖西如梨园老妓""杨玄虚如青楼儿女倚门自笑"。与以事为喻相比,以各种身份的人物为譬会让人感到亲切生动,同时,人物身份所赋予的情感相对固定,以金澌所举"贵家女""长安市人""初学射人""新妇初见舅姑"等例子来说,读者自然会联想到"气质高华而自爱""喧闹市井""学艺不精""娇羞青涩"等人物情态,对于理解诗人的风韵情致有推动作用。钱锺书先生在《中国固有的文学批评的一个特点》一文中曾说:"中国古代文学批评有'把文章通盘的人化或生命化''把文章看成我们自己同类的活人'的特点。"②"以人为譬"不正是将生命力注入诗学批评中吗?而金澌褒贬不一、

---

① 蔡镇楚、刘畅《论意象批评》,第90—98页。
② 钱锺书《中国固有的文学批评的一个特点》,《文学杂志》1937年第4期。

长短并举的批评方式和宋代《百衲诗评》如出一辙。

### 3. 意象内涵

李朝三则诗评中的意象带有极强的中国意味,《玄湖琐谈》因全是自然意象的原因表现得并不突出,但其中有些文字或化用中国诗句,或是直接引用。如评金富轼"虎啸阴谷,龙藏暗壑",化用了李白"虎啸谷而生风,龙藏溪而吐云"(《鸣皋歌送岑征君》);再如"跃鳞清流,飞翼天衢"一句出自"濯鳞清流,飞翼天衢"(汉阮瑀《为曹公作书与孙权》),只是将第一个字换成"跃";还如论崔庆昌时直接截取了岑参《奉和中书舍人贾至早朝大明宫》"金阙晓钟开万户,玉阶仙仗拥千官"一联中的前四字,说其"金阙晓钟,玉阶仙仗";论陈澕"花开瑞雪,彩绚祥云",而这句摘自王勃《乾元殿颂》。

《小华诗评》和《西京诗话》中涉及具体人物和事例的意象大都选取中国历史上的名人和典故。比如洪万宗在评李益斋时说他如"纯阳朗吟,飞遇洞庭",用吕洞宾过洞庭事;"铜仙捧盘,屹立空中"用汉武帝金铜仙人事;"左挹浮丘,右拍洪崖"出自晋郭璞《游仙诗》之三"左挹浮丘袖,右拍洪崖肩";"夸父追日,乌获扛鼎",分别用夸父神话和秦国大力士事典;"西子新妆,倚门呈笑"有西施;"洛妃凌波,步步绝尘"有洛神等中国意象。《西京诗话》中也出现了很多中国意味的意象:"洛阳""滕王阁""达摩面壁""长安市人""王右丞画沧州"等。这些意象的使用表明李朝文人对中国古典文化浸润之深,也从侧面凸显出其对中国文化的解读与灵活运用。

## 三、李朝"意象批评"法的特点与其承前启后的价值

古代朝鲜诗话中的"意象批评"法如朗月繁星,明亮可爱,这种批评方法很早就在文人间流行开来,在高丽仅留存的四部诗话:李仁老(1152—1220)的《破闲集》、崔滋(1188—1260)《补闲集》、李奎报(1169—1241)《白云小说》与李齐贤(1288—1367)《栎翁稗说》中都留有踪迹。如李奎报说:"琢句之法,唯少陵独尽其妙。如'日月笼中鸟,乾坤水上萍''十暑岷山葛,三霜楚户砧'之类是已。且人之才如器皿,方圆不可以该备,而天下奇观异赏可以悦心目者甚多。苟能才不逮意,则譬如驽蹄临燕越,千里之途,鞭策虽勤,不可以致远……"[①]再如李齐贤用"(荆公诗)一字一句如明珠走盘,婉转可爱"来评论宋代王安石的

---

① 邝健行、陈永明、吴淑钿《韩国诗话中论中国诗资料选粹》,第10页。

诗歌风格①。高丽时期的"意象批评"大多篇幅短小,但开启了朝鲜诗话"意象批评"论诗的风气,李朝时期的"意象批评"法在高丽的基础上继续深化发展,所论对象愈加丰富,除了诗风外,还有论诗者、论诗法者、论诗体者,但其间最为耀眼者还是论诗人艺术风格。其间又以任璟《玄湖琐谈》、洪万宗《小华诗评》、金渐《西京诗话》为代表,金锡胄、洪万宗和金渐三人生活的年代相近,处于李朝的中后期,三人不约而同选择用"意象批评"法论诗风,所论篇幅之长、点评诗人之多在韩国汉诗史上实属难得。三则材料各有优点、互为补充,从不同侧面展示了"意象批评"法的魅力,在意象选取、本土化程度等方面来说,三者为层层推进的关系。

　　"意象批评"法论诗风在李朝得到进一步发展,表现之一是所论诗人规模扩大、时间跨度拉长。如前所述朝鲜正祖李祘在《日得录》中用"意象批评"法评论了唐代近四十家诗人诗风,时间涉及初期、中期、晚期,语言生动凝练,是朝鲜诗话中的经典。任璟《玄湖琐谈》、洪万宗《小华诗评》、金渐《西京诗话》用生动的意象分别评论了二十、四十、三十八位诗人诗风,是典型的"诗评"之体。《玄湖琐谈》云:"息庵金相公锡胄尝取东方诗人自罗丽至我朝各有品题。"②洪万宗在《小华诗评》中说:"我东之诗上自丽朝,下至近代,警联之可观者不为不多,而不可尽录,姑取若干人七字诗联略加批评。"③此二人都纵论了新罗、高丽、李朝著名的诗人,金锡胄比洪万宗年长9岁,二人生活时代相近,点评的诗人有十八位重叠,唯有许端甫、柳梦寅不见于金氏议论。但不同于金氏的整体诗风评议,洪万宗将"摘句批评"法和"意象批评"法结合起来,只针对一联七言诗而发。对有些诗人的评价二人见解相同,如洪万宗评黄芝川(廷彧)《咏海诗》:"奇杰雄浑,如夸父追日,乌获扛鼎。"金锡胄则说:"芝川黄廷彧,快鹘搏凰,健儿射雕"。虽意象不同,但都旨在突出其奇杰的诗风。再如二人对李穑(1328—1396)的评价:"屈注天潢,倒连沧海"(金锡胄);"突兀壮奇,如铜仙捧盘,屹立空中"(洪万宗)。很明显若移洪万宗"突兀壮奇"于金氏语,也是极为妥帖的。二人的诗评时间跨度相当,具有整理总结各代诗风的明显企图,一个偏向整体,一个偏向局部,二者互为参照补充,且洪万宗对诗人诗风的把握更加明确清晰,可以说是金锡胄诗评的深化。从某种角度来说是二人对古代朝鲜汉诗史的梳理,代表了他们甚至是李朝中后期诗坛的总体倾向,为研究古代朝鲜汉诗史各朝代表诗人名篇、诗风提供了方向。

　　表现之二是所评对象从以中国诗人为主转向朝鲜本土诗人。高丽时期的文人也关注本土诗人,崔滋曾对十一位朝鲜诗人风格进行评论,如"李文顺公李奎报,气壮辞雄,创意

---

　　①　邝健行、陈永明、吴淑钿《韩国诗话中论中国诗资料选粹》,第 10 页。
　　②　任璟《玄湖琐谈》,第 2822 页。
　　③　洪万宗《小华诗评》,第 5432 页。

新奇。李学士仁老，言皆格胜，使事如神，虽有蹑古人畦珍处，酌炼之巧青于蓝也”[①]。却没有使用“意象批评”法。陈澕虽然用“意象批评”法，说李奎报《杜门》诗“如牙齿间置蜜，渐而有味”，李由之《和耆老相国》诗“如咀冰嚼雪，令人心地爽然无累”，但零碎不成体系。从高丽后期到李朝时期，汉诗进一步发展，高涨的民族意识让朝鲜诗坛将目光从中国诗人身上转移到自身，总结、评论历代诗人诗风蔚为大观。用“意象批评”法大规模论朝鲜诗人的代表除了上述《小华诗评》与《玄湖琐谈》外，金渐的《西京诗话》堪称经典。《西京诗话》是韩国唯一一部地方性诗话，不同于洪万宗和金锡胄以纵向时间为轴，金渐以“西京”为中心，所谓“西京”，即平壤地区。西京和东京的概念当是仿自中国，古代朝鲜仰慕中华文化，在地名方面经常套用中国，这种情况在其汉诗创作中更加明显，不仅朝鲜，日本也有类似情况。金渐在《西京诗话》中历数了平壤地区自高句丽乙支文德至李朝黄汝修共计三十八位诗人。与金锡胄、洪万宗两位前辈的选人标准不同，他们选评诗人都是各朝各代顶尖的文人，如崔致远、金富轼、郑知常、李仁老、李奎报、陈澕、李齐贤、李穑等。金渐选评的三十八位诗人大多数在朝鲜汉诗史上并不出名，如“郑青霞”“林睡隐”“桂元涉”“金贤佐”等。不仅如此，金渐对有些诗人只存贬语：“金思斋如初学射人，发矢虽多，中的则少”；“金慕斋如法佛士强作苦语，不解俯仰”；“卞八溪如秋高水落，彻见底囊”；“曹乐真如近山花卉，种种粗俗，不堪雅致”。这说明比起金、洪二人，金渐对本土地域性诗人更加注重，不仅仅只总结各朝名家，也关注哪怕不甚出名的地方性诗人，这是《西京诗话》的价值所在，也是对前两种诗评的补充。

表现之三是所评结论更理性客观，所选意象更多元成熟。李朝之前的诗评，无论是评中国诗人，还是朝鲜诗人大都以赞美为主，且只孤立地看待诗人诗风，并没有综合观察诗人各阶段的诗风。这种评论方式在中国也屡见不鲜，宋代《臞翁诗评》就曾受到冯班的讥讽：“敖陶孙器之评诗，如村农看市，多不知物价贵贱。论子建云：‘如三河少年，风流自赏。’只此一语，知其未曾读书。”[②]因为曹植诗风前后有别，从豪迈华丽转为悲凉沉郁，敖陶孙却仅以一种意象概括其诗风确为不妥。金渐的《西京诗话》在此方面用力颇深，他的所评结论更加理性客观，常常优劣同参。如其云：“李三滩如贵家女，虽不盛妆而居然自爱；又如陶太尉竹头木屑，综理微密。”用了“博喻”的方式，分别“以人为譬”“以事为譬”，既点出李三滩诗风典雅自然，又说明他谨慎细致，不局限于一种诗风。再如：“朴扇岩如小村篱落，疏花嫣然，但欠洛阳姚魏之盛。田西亭如清庙朱弦一唱三叹，又如一区佳山水，烟岚

---

① 太学社《韩国诗话选》，太学社，1983 年，第 117 页。

② 吴乔《围炉诗话》卷二，见冯班《钝吟杂录》卷四，《文渊阁四库全书》，上海古籍出版社，1987 年，第 543 页。

紫翠,令人接应不暇。"在这两句中,金渐对朴扇岩、田西亭的诗风作了理性辨析,不仅褒扬了朴扇岩诗的"自然小巧"、田西亭诗的"雅正顿挫",也看到了了前者"小气局促"、后者"繁复凌乱"的缺点。这种点评方式脱离了一般性陈述总结,更加明显地流露出自己的诗学理论和诗学风尚:崇尚高华典雅、气象宏大的风格,排斥寒塞粗俗的汉诗作品。金渐生活的年代相较洪万宗、金锡胄二人来说已经相去五十多年,朝鲜诗坛日新月异,从上述角度上说,金渐的诗评比前两则诗评要更加全面、客观。

金锡胄的诗评相比较其他二人来说,时间最早,在意象方面还是以自然意象为主,洪万宗和金渐的诗评在意象的择取上则更多元复杂,虽然还是以单纯的自然意象为主,但加入了典故、神话等元素,深化了"意象批评"的内涵。洪万宗诗评几乎有一半的诗人用到了"以事为譬"。有历史事实,如"李广上马,推堕胡儿"引自《史记·李将军列传》;"秦师遏周,免胄超乘"源自《左传·僖公三十三年》:"秦师过周北门,左右免胄而下,超乘者三百乘";"马援矍铄,据鞍顾眄"用东汉将军马援六十二岁尚能披甲上马事,以此来说明"横逸老健",可谓精当。还有神话传说,如"洛妃凌波,步步绝尘";"夸父追日,乌获扛鼎";"纯阳朗吟,飞遇洞庭"等。金渐的诗评喜欢以特定人物作为喻体,如"贵家女""长安市人""新妇""随驾隐士""梨园老妓""青楼儿女""五陵少年""河朔少年""健吏舞文"等。以这种有特定情感内涵的人物群体作为意象,便于读者理解所评诗风内容。

# 总　　结

以上是李朝中后期诗评中的"意象批评"法对唐宋"意象批评"法的借鉴,从论述中可以看出二者之间存在的渊源关系,但不可简单地认为李朝"意象批评"法是唐宋"意象批评"法的复制甚至是附庸,它们有其创新的地方和独立的价值:首先,虽然李朝文人偏向使用中国内涵的意象,但与唐宋"意象批评"法不同的是,他们对意象的搭配在某种程度上来说更加复杂。以集中连评人物最多的《臞翁诗话》为例,比起同时代的前两则诗评来说,在意象上最为复杂,有人、物还有事例,但还是以简单的自然意象和人物意象为主。且人物意象多用"李龟年""韩信""刘安""邓艾""陶弘景""周公"等中国历史文化名人。李朝洪万宗和金渐在点评诗人时,喜欢用历史典故和神话传说为譬,在人物意象方面多取具有普遍意义的人物,如金渐所说的"贵家女""佛法士""随驾隐士"等,除了典故外,较少涉及中国历史文化名人。虽然"以典为譬"给予所评对象具体内涵指向,但由于典故本身的复杂性和历史性,导致该意象反而变得复杂。另外,李朝文人虽然在某些表述中用了中国诗句,但内涵却并不相同。如"左挹浮丘,右拍洪崖"虽出自晋郭璞《游仙诗》,洪万宗用来表明朴讷斋《琴台》诗"弹琴人去鹤边月,吹笛客来松下风"的高古爽朗。而这句原意是表示与仙人同游,后世喻指游历仙境之典,用此作为"高古爽朗"的注脚,未免有点违和。其次,李朝这几则诗评所评人物众多,是对李朝中后期之前朝鲜汉诗坛的总结,不仅代表个人诗学旨趣,也带有时代印记。其三,洪万宗有意识地将"摘句批评"法和"意象批评"法结合起来,比单纯运用"意象批评"法具体可感,也让读者能有更加清晰地判断。

"意象批评"法有其存在的诗学意义和文化意义。沈德潜说:"事难显陈,理难言罄,每托物连类以形之。郁情欲舒,天机随触,每借物引怀以抒之。"意象批评法具有强大的生命力,它的优点是显而易见的:弥补了理论批评的破碎性,以读者的审美体验丰富了抽象概念的完整性,让枯燥的理论术语充盈着丰沛的情感,这种类似于禅宗拈花微笑的顿悟方式让理论变得感性,也使得理论批评拥有更为强大的生命力,具有无限解释的可能。与之相对,"意象批评"法也有自身缺憾,即意象所带来的晦涩与模糊,对评论人和读者都提出了极高的鉴赏、审美要求。

语言不光是传达既定概念,本身就是思维的工具。中国的意象批评是东方独有的批评方法,从图文关系角度来说,这种方法其实是文字与图像之间的博弈。当语言符号不能很好地传达"所指"时,由意象构建的语象在读者脑海中形成抽象化图像,然后再经由读者对图像解读转化成相应的文字。当读者脑中的图像能够对应文字时,意象批评起到了它应有的作用,一旦语象太过抽象无法具象成文字时,意象批评朦胧含混的弊端就会显露无疑。因此,意象批评如果从图文角度理解的话,它其实也可算作在古代"重文"传统下,图像对文字的反叛。"意象批评"使用修辞手法,通过一些意象的组合形成语象,即语言成像,从而呈现一幅幅意识中的图像,文字与图像二者在意象批评中寻求平衡。

具有民族特色的"意象批评"法不仅丰富了朝鲜文学的理论批评,而且在对周边国家文化上的同化,以及邻国在吸收中努力融入自己民族特点的"文化独立性"努力方面具有重要的价值。"意象批评"法诞生于中国,播扬至四海。汉诗在东亚汉文化圈的成长、与之伴随的诗性思维是推动"意象批评"法扎根异邦的动力,而汉文化圈对中华文化的认同感和依恋感是这种批评方法茁壮成长的重要原因。

【作者简介】熊瑶(1992—),文学博士,现为复旦大学中文系博士后,发表过论文《"诗画关系"的异域书写——以古代朝鲜对"诗画关系"命题的探讨为中心》等。

# 《长恨歌》在韩国汉文学中的传播与接受

侯悦

**摘要**：白居易《长恨歌》是唐诗中的经典作品，内容涉及政治、爱情、仙道方术等多个主题，具有文本和思想的张力。《长恨歌》不仅在中国历代流传、多有评说，在朝鲜半岛也受到学者的广泛关注。韩国汉文学家对《长恨歌》的艺术手法、讽谏批评、文化内涵等方面展开探讨，亦对文化细节进行考证，其中不乏深入独到的见解，构建起了中韩两国之间的文化桥梁。韩国汉文学中也产生了数篇对《长恨歌》及其本事的翻案重写，作品受到朝鲜朱子学、实学思潮影响，显现出经典文学在东亚异质文化中传播的独特性。同时，经典作品作为一片多面镜，也投射出了朝鲜半岛不同时代、不同思潮中的文学观念，从而让我们可以更好地把握中国文学的"世界性"。

**关键词**：长恨歌　韩国汉文学　实学派

白居易作《长恨歌》吟咏唐玄宗与杨贵妃之情事，作品的主题呈现出丰富性与多元性，涉及安史之乱的剧变、盛世转衰的动荡、君主与贵妃的爱情、生死离别与仙道重逢等多面主题。作者既有对唐玄宗"荒淫误国"的讽刺与鞭挞，又有对美好爱情本身的歌颂与同情，给后世读者留下了丰富的阐释空间。《长恨歌》也是一篇跨越国境的"世界文学"[①]，尤其是在同属于汉文化圈的日本、韩国文学中有大量流衍和传播，产生了不同的回响之声。在这篇主题多元的作品的投射下，也反映出东亚三国不同时代风尚、学术环境中异质的文化传统，体现出经典文本的阐释生命力。

《长恨歌》在日本汉文学中影响深远，自平安时代起便风靡一时，也影响了日本本土的物语与和歌。对此学界已着先鞭，围绕《长恨歌》在日本汉文学、和文学中的流传、影响与

---

① 哈佛大学比较文学教授大卫·丹穆若什（David Damrosch）在《什么是世界文学》一书中提出："唯有当一部作品频繁出现在其本土文化之外的文学体系里，这部作品才真正拥有了作为世界文学的有效生命。"参见大卫·丹穆若什著，查明建等译《什么是世界文学》，北京大学出版社，2014年，第4页。

异化都有丰富的考证和论述①。其中认为《长恨歌》主题是"歌颂爱情"的观点占据学界主流，如下定弘雅称其为"以爱情为主题的跨越国境的世界文学"②。相较之下，韩国文人对《长恨歌》的情感远不如日本之热衷，有关的研究也较为寥落③。学者多认为朝鲜汉诗人以杜甫为尊，故诗话中关于白居易的记录未引起研究者关心和注意④。衣若芬《宋人评价〈长恨歌〉及其对东亚"长恨歌图"之影响》一文指出，韩国学者对《长恨歌》的批判受到宋代人观点的影响，且总体上中国和韩国学者偏向"讽喻说"，日本学者则偏向"恋情说"⑤。韩国学者对《长恨歌》的接受，与自身的文化特质密不可分，本文略作讨论。

# 一、《长恨歌》在朝鲜半岛的流传

《长恨歌》作于元和元年(806)，创作完成后很快成为家喻户晓的名篇。唐宣宗《吊白居易》诗有言："童子解吟长恨曲，胡儿能唱琵琶篇。"⑥反映了《长恨歌》《琵琶行》两首作品民间流传度极高。白居易的文集在新罗时期已传入朝鲜半岛，这一点有元稹、李商隐等人

---

①　对《长恨歌》在日本的传播与受容状况，早在 20 世纪已受到学界关注。安源《〈长恨歌〉在日本》(《文史知识》1992 年第 9 期)、周相录《〈长恨歌〉在日本的影响》(《文史知识》1997 年第 10 期)两篇文章较早关注到这一课题，此后又有姜斯轶《日本传统戏剧中的杨贵妃》(《艺海》2011 年第 2 期)、曾礼军《中日文化语境中的杨贵妃故事叙述比较——兼论日本对中国古代文学接受的民族性》(《浙江师范大学学报(哲学社会科学版)》2020 年第 1 期)、米思雪《十七世纪日本对〈长恨歌〉的图像化与接受——以狩野山雪〈长恨歌画卷〉为中心》(陕西师范大学 2021 年硕士论文)等论文各出新见。近年北京大学丁莉教授、中国矿业大学文艳蓉教授等学者在这一领域深耕，取得了丰富的成果，如文艳蓉《〈长恨歌〉在日本的受容》(《中文学术前沿》2015 年第 1 期)，丁莉《永远的"唐土"——日本平安朝物语文学中的中国叙述》(北京大学出版社，2016 年)，丁莉《变异与新生：〈长恨歌〉在日本江户时代的文图流播》(《日语学习与研究》2022 年第 4 期)等。日本方面，下定雅弘《解读〈长恨歌〉——兼述日本现阶段〈长恨歌〉研究概况》(《南开学报(哲学社会科学版)》2009 年第 3 期)一文作了概述，并在文中比较中、日两国文学书写中杨贵妃形象的不同，认为在日本的文学作品中爱情是主流素材。富嘉吟《林罗山〈歌行露雪〉について》围绕林罗山对〈长恨歌〉作的注释展开探究。亦有关于〈长恨歌〉的研究专刊《白居易研究年报特集(第 11 号)：〈长恨歌〉——爱与死的文学》(勉诚出版，2010 年 12 月)。

②　下定雅弘《解读〈长恨歌〉——兼述日本现阶段〈长恨歌〉研究概况》。

③　例如孙八洲《韩国文学与白居易》，俞炳礼《白居易〈长恨歌〉的主题与其在韩国古典诗歌中的受容状态》。转引自金卿东《韩国的白居易研究概况及有关问题》，《周口师范高等专科学校学报》2002 年第 1 期。

④　金卿东《高丽、朝鲜时代士人对白居易的"受容"及其意义》，《文学遗产》1995 年第 6 期。

⑤　衣若芬《宋人评价〈长恨歌〉及其对东亚"长恨歌图"之影响》，载于杨国安、吴河清主编《第七届宋代文学国际学术研讨会论文集》，河南大学出版社，2013 年。

⑥　《全唐诗》卷四，中华书局，1960 年，第 49 页。

的明确文字记载①,白居易本人在《白氏集后记》中也曾提及,在他整理自己的七十五卷《长庆集》时,已有"日本、新罗诸国传写者"②。根据当时《长恨歌》在大唐广为流传的盛况,《长恨歌》很大可能也在他生前传入了新罗。

据笔者所见,韩国汉文学中最早书写杨贵妃之死的作品为新罗时期朴仁范所作的《马嵬怀古》,此诗收录于《东文选》与《十抄诗》:

> 日旆云旗向锦城,侍臣相顾暗伤情。龙颜结恨频回首,玉貌催魂已隔生。
> 自此暮山多惨色,到今流水有愁声。空余露湿闲花在,犹似仙娥脸泪盈。③

朴仁范曾于长庆年间到唐朝留学,并登宾贡科,以诗闻名。此诗描写了唐玄宗逃向蜀地的途中,杨贵妃在马嵬坡离世,此后暮山见惨色,流水有愁声,唐玄宗与贵妃阴阳两隔,陷入了"此恨绵绵"的相思惆怅,格调即是仿《长恨歌》的叙事方式。高丽时期诗人李奎报(1169—1241)《书白乐天集后》记录了白诗在高丽时期风靡华夷的情形:"其若《琵琶行》《长恨歌》,当时已盛传华夷,至于乐工娼妓,以不学此歌行为耻。"④可知李奎报读到了白居易别集,《琵琶行》与《长恨歌》二诗在当时流行颇盛。

另有高丽高宗朝(1213—1259)翰林院儒生创作歌谣《翰林别曲》谈道"唐汉书、庄老子、韩柳文集,李杜集、兰台集、白乐天集"⑤,描绘了当时文人的阅读生活,证明众多唐人

---

① 元稹《白氏长庆集序》:"鸡林贾人,求市颇切,自云本国宰相每以百金换一篇。其甚伪者,宰相辄能辨别之。"(《元稹集》,中华书局,2010 年,第 642 页)李商隐《唐刑部尚书致仕赠尚书右仆射太原白公墓碑铭并序》亦言:"姓名过海,流入鸡林、日南有文字国。"(刘学锴、余恕诚《李商隐文编年校注》,中华书局,2022 年,第 1809 页)新罗崔致远在真圣女王四年(890)撰写的《有唐新罗国故两朝国师教谥大朗慧和尚白月碑》里提及了白居易,是韩国文献对白居易最早的记录,也印证了白居易在新罗的知名度。参见朴现圭《与白居易有关的新罗人物资料研究》,《中国江南与韩国文化交流(韩国研究丛书之三十八)》,学苑出版社,2005 年,第 87—88 页。

② 《白氏集后记》:"氏前著《长庆集》五十卷,元微之为序;后集二十卷,自为序;今又续后集五卷,自为记。前后七十五卷,诗笔大小凡三千八百四十首。集有五本:一本在庐山东林寺经藏院;一本在苏州南禅寺经藏内;一本在东都圣善寺钵塔院律库楼;一本付侄龟郎;一本付外孙谈阁童。各藏于家,传于后。其日本、新罗诸国及两京人家传写者,不在此记。"谢思炜《白居易文集校注》,中华书局,2011 年,第 2039 页。

③ 徐居正《东文选》卷一二,《朝鲜群书大系》续第 8 辑第 2 册,朝鲜古书刊行会,1914 年,第 3 页。

④ 李奎报《东国李相国后集》卷一一,《韩国文集丛刊》第 2 册,景仁文化社,2001 年,第 221 页。其中提到妓女"以不学此歌为耻"现象出自白居易《与元九书》:"及再来长安,又闻有军使高霞寓者,欲聘倡妓,妓大夸曰:'我诵得白学士《长恨歌》,岂同他妓哉?'"《白居易文集校注》,第 325 页。

⑤ 《高丽史》卷七一《志第二十五》。

文集已经流传至高丽朝中。朝鲜时代的中央、地方的目录中也多有白集的记载①。其中《镂板考》解题如下：

> 唐刑部尚书文公白居易集，自宋迄今，惟有一本，或题长庆集，或题白氏文集，标目行疑有所改删而实则一也。安东府藏刊印纸三十五牒。②

这说明朝鲜时代流传的白居易集仅有一本，在流传过程中产生了不同的名称。据文艳蓉、金木利宪等学者研究，日本那波道圆于元和四年（1618）刊刻的活字本白集以朝鲜本为底本，如今所见的那波本是白集早期前后续集的面貌③。此后林罗山校本亦以那波本为底本，对后世校本的影响较大④。由是可知，朝鲜时代的白集传本虽少，却保留了白集早期的面貌，在文献方面亦值得重视。

　　然而全集体量庞大，受众相对有限，白居易的经典作品更多依靠选本总集流传。成书于元初的《古文真宝》也在朝鲜半岛产生了瞩目的影响，是《朝鲜时代书目丛刊》记录最多的汉诗文总集。据熊礼汇、巩本栋研究，《古文真宝》传入韩国的版本有两种：第一种是高丽赴华使者田禄生回的元刊本，第二种是陈栎所编的《详说古文真宝大全》，后者自 1450 年传入朝鲜后，很快取代了元刊本，广泛流传，出现了多种翻刻本、抄本、注本与讲论⑤。此书成为了初学汉文的必读教材，"家储而人诵，竞为之则，盛朝之文章法度，可以凌晋唐宋，而媲美周汉矣"⑥。《长恨歌》收录于《详说古文真宝大全》卷九，遂成为家喻户晓的名篇，在朝鲜半岛广泛传播。

---

①　例如：《西库藏书录》卷二著录"白氏长庆集一件十六册"（张伯伟《朝鲜时代书目丛刊》，中华书局，2004 年，第666 页）、《考事撮要》卷三"南原"条著录"白氏文集"（同前，第 1455 页）、《庆尚道册板》"安东"条著录"白香山集三十四卷十七张二折"（同前，第 1505 页）、《诸道册板录》著录"白香山集 三十五束"（同前，第 1583 页）、《完营册板目录》著录"白香山集白纸三十五束"（同前，第 1684 页）、《镂板考》卷六著录"白氏文集七十卷"并附解题（同前，第 2033 页）、《各道册板目录》"安东"条著录"白香山集 容入纸三十五卷"（同前，第 2226 页）、《岭南各邑校院书册录》著录"白香山集十八卷"（同前，第 2277 页）。

②　张伯伟《朝鲜时代书目丛刊》，第 2033 页。

③　金木利宪《〈白氏文集〉的文本系列及其对日本文学的影响》，收入卞东波编《缋纻风雅 第二届南京大学域外汉籍研究国际学术研讨会论文集》，中华书局，2021 年，第 794—811 页。

④　文艳蓉《白居易生平与创作实证研究》，上海古籍出版社，2016 年，第 179 页。

⑤　熊礼汇《〈古文真宝〉的编者、版本演变及其在韩国、日本的传播》，《人文论丛》2007 年卷；巩本栋《略论〈古文真宝〉的东传》，《域外汉籍研究集刊》2021 年第 1 期。

⑥　金宗直《详说古文真宝大全跋》，见田禄生《埜隐先生遗稿》卷四《附录·遗事》，《韩国文集丛刊》第 3 册，景仁文化社，1996 年，第 408 页。

## 二、异域之眼:韩国文士对《长恨歌》的多面评价

中国历代对《长恨歌》的评述很多,主要围绕内容的讽谏意味和语言修辞两方面。在内容方面,宋代读者重理而轻情,多将《长恨歌》与杜甫的同题材诗《哀江头》《北征》相比较,得出当以杜诗为正统、白诗于礼有失的价值判断。如张戒《岁寒堂诗话》认为"《长恨歌》在乐天诗中为最下",并称赞杜甫诗"微而婉"①,符合传统诗学理论"讽谏"的理想。周紫芝《竹坡诗话》:"白乐天《长恨歌》云:'玉容寂寞泪阑干,梨花一枝春带雨。'人皆喜其工,而不知其气韵之近俗也。"②说明在宋代称其语言工丽者很多,同时亦有周紫芝这样的人认为"气韵近俗",存在两种不同的看法。降至明清,对李杨之事的吟咏转向多元。后人在反复吟咏时,七言古体是最普遍选择的体裁,白诗中所选用的意象与表达方式亦反复出现,足见《长恨歌》在此事的文学书写中深厚的影响力。

据笔者在《韩国诗话全编校注》、"韩国古典综合数据库"中搜集,共找到高丽、朝鲜时期对《长恨歌》进行直接评论的内容 19 条:

| | 类型 | 作者 | 时代 | 内容 | 态度 |
|---|---|---|---|---|---|
| 1 | | 李齐贤 | 1288—1367 | 考证"峨眉山下少人行"③ | / |
| 2 | | 权应仁 | 1517—? | 考证"夜雨闻领断肠声"④ | / |
| 3 | 考证 | 李晬光 | 1563—1628 | 考证"峨眉山下少人行"⑤ | / |
| 4 | | 李晬光 | 1563—1628 | 考证"夜雨闻领断肠声"⑥ | / |
| 5 | | 梁庆遇 | 1568—? | 考证"夜雨闻领断肠声"⑦ | / |
| 6 | | 李圭景 | 1788—1856 | 考证"翡翠衾寒谁与共"⑧ | / |
| 7 | 评论 | 李奎报 | 1169—1241 | "按《唐玄宗本纪》《杨贵妃传》,并无方士升天入地之事,唯诗人白乐天恐其事沦没,作歌以志之。"⑨ | 赞扬 |

---

① 丁福保《历代诗话续编》,中华书局,2006 年,第 457 页。
② 何文焕《历代诗话》,中华书局,2004 年,第 346 页。
③ 李齐贤《栎翁稗说》,收入蔡美花、赵季《韩国诗话全编校注》,人民文学出版社,2012 年,第 139 页。
④ 权应仁《松溪漫录》下,《韩国诗话全编校注》,第 549 页。
⑤ 李晬光《芝峰类说》卷一一,《韩国诗话全编校注》,第 1201 页。
⑥ 李晬光《芝峰类说》卷一一,《韩国诗话全编校注》,第 1204 页。
⑦ 梁庆遇《霁湖诗话》,《韩国诗话全编校注》,第 1424 页。
⑧ 李圭景《诗家点灯》卷四,《韩国诗话全编校注》,第 6010 页。
⑨ 李奎报《东国李相国全集》,《韩国文集丛刊》第 1 册,第 305 页。

续表

| | 类型 | 作者 | 时代 | 内容 | 态度 |
|---|---|---|---|---|---|
| 8 | | 李晬光 | 1563—1628 | "元微之《昌宫辞》,王弇州以为胜《长恨曲》。余谓弇州此说,盖以气格而言。然乐天《长恨歌》模写如书,可谓曲尽。二诗优劣,恐未易言。"① | 赞扬 |
| 9 | | 李晬光 | 1563—1628 | "或言《长恨歌》'六军不发无奈何,宛转蛾眉马前死',是则明皇迫于军情,不得已而诛杨妃也。**措语太露**,不若《北征》诗:'忆昨狼狈初,事与古先别。不闻夏商衰,中自诛褒姐。'**余谓此说然矣**。但谓之《长恨歌》则记事,不得不如此。唯刘禹锡云:'官军诛佞幸,天子舍妖姬。群吏伏门屏,贵人牵帝衣。低回转美目,风日自无辉。'**尤似太露,不及白诗犹为浑全也**。且杜诗既曰'褒姐',则'夏商'改作'商周'是矣。"② | 赞扬/批判 |
| 10 | 评论 | 李晬光 | 1563—1628 | "《长恨歌》曰:'杨家有女初长成、养在深阁人未识。'杨妃本配寿王……诗人忠孝之意可见。"③ | 赞扬 |
| 11 | | 张维 | 1587—1638 | "不当以乐天亵语为风流才致也。"④ | 批判 |
| 12 | | 佚名 | | "白乐天《长恨歌》云:'杨家有女初长成,一朝选在君王侧。'为尊者讳也。"⑤ | 批判 |
| 13 | | 佚名 | | "于臣子终非所宜。"⑥ | 批判 |
| 14 | | 魏伯珪 | 1727—1798 | "《长恨歌》脍炙今古,然如此文字万不关系于世道,非戏、非刺、非讽,只是荡人意、惹悲绪而已。况起句'汉皇重色思倾国'等语,非臣子所敢乱道者。其末则又以道士、金盒不经之语终之,是诚诗家之罪人也。"⑦ | 批判 |
| 15 | | 李德懋 | 1741—1793 | "谚翻歌曲。不可口习……艳丽流荡,妓女之所诵,亦不可习也。"⑧ | 批判 |
| 16 | | 南公辙 | 1760—1840 | "七夕长生殿,私语谁得闻。临邛道士诚妖怪,白傅胡为咏于言。"⑨ | 批判 |

---

① 李晬光《芝峰类说》卷一一,《韩国诗话全编校注》,第 1076 页。
② 李晬光《芝峰类说》卷一一,《韩国诗话全编校注》,第 1076—1077 页。
③ 李晬光《芝峰类说》卷一一,《韩国诗话全编校注》,第 1204 页。
④ 张维《溪谷先生漫笔卷》卷一,《韩国诗话全编校注》,第 1587 页。
⑤ 佚名《诗文清话》卷三,《韩国诗话全编校注》,第 2031 页。
⑥ 佚名《诗文清话》卷三,《韩国诗话全编校注》,第 2043 页。
⑦ 魏伯珪《存斋集》卷一五,《韩国文集丛刊》第 243 册,第 315 页。
⑧ 李德懋《青庄馆全书》卷三〇,《韩国文集丛刊》第 257 册,第 515 页。
⑨ 南公辙《颖翁再续稿》卷一,《韩国文集丛刊》第 272 册,第 573 页。

续表

| | 类型 | 作者 | 时代 | 内容 | 态度 |
|---|---|---|---|---|---|
| 17 | 评论 | 李学逵 | 1770—1835 | "诗以韵胜。""七古如白香山长恨歌。"① | 赞扬 |
| 18 | | 洪奭周 | 1774—1842 | "而如《长恨歌》之指斥不讳,尤不免为风雅之罪人。"② | 批判 |
| 19 | | 金泽荣 | 1850—1927 | "宁齐《高灵叹》《喂马行》二篇,置之《孔雀行》《长恨歌》诸乐府中,可能辨否?"③ | 中立 |

从上表可知,韩国汉学家对《长恨歌》的认识大致以 16、17 世纪之交为分界,前期注重对内容实情的考证;后期则主要是对文本的批判。总体上经历了"欣赏诗意与语言—批判不合礼制—批判语言—再次欣赏语言"四个渐进转变的过程。由于诗歌在伦理方面存在争议,内容礼节的不妥首先引起非议,进而批判扩张到诗歌的语言。

## 1. 考证故实

韩国学者对"峨眉山下少人行"句的考证主要受到宋人的影响,许多观点、表述皆与宋人相似。摘录如下:

李齐贤(1288—1367)《栎翁稗说》后集一:

延祐丙辰(1316),予奉使祠峨眉山,道赵魏周秦之地,抵岐山之南,逾大散关,过襄城驿,登栈道,入剑门,以至成都。又舟行七日,方到所谓峨眉山者,因记李谪仙《蜀道难》"西当太白有鸟道,可以横绝峨眉巅"之句,太白在咸阳西南,峨眉则在成都东北,可谓悬隔。然而自咸阳数千里至成都,或东或西不一其行。又自成都东行北转六百余里,然后至峨眉。虽山川道路之迂度,其势二山不甚相远,人迹固不相及,鸟道则可以横绝云耳。白乐天《长恨歌》云:"黄尘散漫风萧索,云栈萦纡登剑阁。峨眉山下少人行,旌旗无光日色薄。"此言明皇幸成都时所历也。如其所云,峨眉当在剑门成都之间,而今乃不然。后得《诗话总龟》,见古人已有此论,盖乐天未尝到蜀中也。④

李睟光(1563—1628)《芝峰类说》:

---

①　李学逵《洛下生集册》卷一四,《韩国文集丛刊》第 290 册,第 464 页。
②　洪奭周《鹤冈散笔》,《韩国诗话全编校注》,第 5030 页。
③　金泽荣《韶濩堂杂言》,《韩国诗话全编校注》,第 8786 页。
④　李齐贤《栎翁稗说》,《韩国诗话全编校注》,第 139 页。

白乐天《长恨歌》曰:"峨眉山下少人行。"按东坡《志林》曰,峨眉在嘉州,与幸蜀路全无交涉云。古人于此等处,亦失点检而然耶。杨慎以为当作剑门山下云云,亦未知如何。[1]

李齐贤,字仲思,号益斋,又好栎翁,曾随高丽忠宣王至元大都(今北京),有散曲及词作传世。著有《益斋乱稿》等。延祐年间他亲自到访峨眉山,回想起李白《蜀道难》与白居易《长恨歌》的地志书写,认为白居易对峨眉山位置的描写不准确,体现了严谨、批判的精神。他发现这一点时未曾读过宋人诗话,观点却不谋而合。李晬光则是朝鲜实学派的先驱人物,号芝峰,字润卿,谥号文简,在学问上承袭了李珥(1536—1584)的学统,特别承袭了他重视实学的思想。不同于李齐贤的实地考察,李晬光通过阅读《志林》,认为白居易书写有误,评价为"失点检",即是不够严谨认真。他对宋人考证的重视与认可,从侧面体现出他重视考证、求实的精神。

韩国学者另一个关注的重点是"夜雨闻铃肠断声"句中"铃"的具体指向,他们在这一问题中颇有新见。兹列举如下:

权应仁(1517—?)《松溪漫录》:

白乐天《长恨歌》有"夜雨闻铃断肠声"之语。《左传》注云:"和在车衡,铃在旗上,动则皆有鸣声。"盖和铃象鸾鸟声者也。明皇幸蜀,霖雨弥旬,栈道中闻铃声,悼念贵妃,因作《雨淋铃曲》。乐天之所谓铃者指此。**我国人以铃为雨铃。**盖雨下时,水气成团,**状若金铃,故曰雨铃者,乃我国之方言也。**中原之人亦岂有此语也? 况铃上着闻字,**非吾所谓雨铃明矣。雨铃岂有声者也?** 虽有识者习以为常,反怪我言。屡质于舌官,曰"中国之人本不用此语"云。故记吾所闻,以竢博洽。[2]

李晬光《芝峰类说》:

《长恨歌》曰:"夜雨闻铃肠断声。"按《杨妃外传》,明皇幸蜀,霖雨弥旬,栈道中闻铃声,悼念贵妃,因为《雨霖铃曲》。唐诗"一曲霖铃泪万行",此也。**铃,盖马口衔铃,或谓檐铃,如风铎之生。**今俗以浮沤为铃,此乃方言,恐不是也。[3]

① 李晬光《芝峰类说》卷一一,《韩国诗话全编校注》,第1201页。
② 权应仁《松溪漫录》下,《韩国诗话全编校注》,第549页。
③ 李晬光《芝峰类说》卷一一,《韩国诗话全编校注》,第1204页。

梁庆遇（1568—?）《霁湖集》：

> 《长恨歌》有"夜雨闻铃肠断声"之句，吾东方人，遂以檐溜为铃，即出于谚言。明皇之入蜀到斜谷，夜雨中闻铃，作《雨淋铃曲》，盖中华人悬铃于**马若骡之颈下**，行则有声。韩偓《早发蓝田》诗曰"栈转时闻驿使铃"，又杜荀鹤《临江驿》诗第六曰"驿路铃声夜过山"，见此可知已。昔天兵之来我国也，将官之行，多以骡载装橐，而编铃于骡子颈下，行则众铃皆鸣，见此益可验矣。①

韩国方言中有以"雨"为"铃"的说法，故三位学者皆强调韩国之"铃"与中国之"铃"有所区别。对于白居易笔下的"铃"具体所指为何，权应仁以为车铃，李睟光以为马口衔铃，梁庆遇以为挂于骡颈的铃。虽有细微差别，但大体上都指向马车上悬挂的实物，可发出声响，和朝鲜半岛称浮沤或雨滴为铃的习惯不同。他们从中国的传统习惯入手，以意逆志，追溯白居易所描绘的本意，同时探讨中华文化与朝鲜半岛的差异和联系。三人所处时代接近，以他们为代表的诗人和学者，具有较严谨的求实考证意识。相比于语言艺术、诗意的艺术审美的范畴，他们更关注作品与世界的联系，关注背后客观的文化现象，和异质文化之间的差异。他们以自身的文化习惯与"中华"相比附，探讨其中的关联，体现了一定的文化自觉意识。

梁庆遇称："吾东方人，遂以檐溜为铃，即出于谚言。"②檐溜，即房檐流下的雨水，权应仁所言的"我国人以雨为铃"应当也指这一现象。按梁庆遇所言，以雨为铃的现象正源自于白居易诗中"夜雨霖铃"的表达。谚言，指谚语、俗语。这反映出中国的经典名句对朝鲜半岛的文化、语言习惯产生了重要深远的影响，也侧面说明《长恨歌》流传甚广，几乎家喻户晓。

## 2. 内容评价

上文已经阐述，韩国学者对《长恨歌》的探讨主要可分为语言艺术与君臣伦理两个方面，后者首先受到文人的质疑和批判，进而影响了对前者的评价。斥责白诗"淫艳"的说法时有多见，早在唐代杜牧《唐故平卢军节度巡官陇西李府君墓志铭》已提出："自元和以来有元、白诗者，纤艳不逞，非庄士雅人，多为其所破坏，流于民间，疏于屏壁，子父女母，交口

---

① ②　梁庆遇《霁湖诗话》，《韩国诗话全编校注》，第 1424 页。

教授,淫言媒语,冬寒夏热,入人肌骨,不可除去。"①他的观点直接影响了李晬光,后者于《芝峰类说》中有言:"杜牧之谓'白居易诗纤艳不逞,非庄人雅士所为。流传人间,子父女母,交口教授,淫言媒语,入人肌骨不可去'。余谓少杜此言,盖有所见。"②他认可了杜牧对白居易的评价。

从"临邛道士鸿都客"至"天上人间会相见"一段写唐玄宗在道士的帮助下与杨贵妃在海上仙山重逢,充满浪漫主义色彩,以超现实的美好幻境与残酷的现实悲剧形成强烈的情感对比,进一步深化了"长恨"的主题,也将唐玄宗对杨贵妃的思念渲染到极致。高丽诗人李奎报肯定此段诗歌的价值,更多学者则不以为然,甚至不乏激烈的批评之声。

李奎报(1169—1241)在《东明王序》中提及:

> 世多说东明王神异之事,虽愚夫骏妇,亦颇能说其事⋯⋯越癸丑四月,得《旧三国史》,见《东明王本纪》,其神异之迹,逾世之所说者。然亦初不能信之,意以为鬼幻。及三复耽味,渐涉其源。**非幻也,乃圣也。非鬼也,乃神也。**⋯⋯按《唐玄宗本纪》《杨贵妃传》,并无方士升天入地之事,唯诗人白乐天恐其事沦没,作歌以志之。彼实荒淫奇诞之事,犹且咏之,以示于后。③

李奎报,字春卿,号白云居士,是高丽时期最负盛名的文学家,一生创作了八千余篇诗歌和散文,今传世有两千余篇。他认为,史书中记载的灵异之事是"神"且"圣"的,《长恨歌》升天入地之事也非荒诞无厘,而是有"以示于后"的意义,从这一点上,此诗比《旧唐书》的记载价值更深一层。他所创作的《东明王篇》,也是以朝鲜早期神话传说为素材的长篇叙事诗。李奎报对白居易的评价素来很高,亦对《长恨歌》赏识有加。他曾言:"残年老境消日之乐,莫若读白乐天诗。"④其创作的《开元天宝咏史诗》四十三首中,大量作品也写李、杨二人之轶事,其文笔风格与所咏意象皆与《长恨歌》有异曲同工之妙,将在后文进一步分析。

与李奎报观点截然不同的是魏伯珪(1727—1798):

> 《长恨歌》脍炙今古,然如此文字万不关系于世道,非戏、非刺、非讽,只是荡人意、

---

① 杜牧著,吴在庆校注《杜牧集系年校注》,中华书局,2008年,第744页。
② 李晬光《芝峰类说》卷一一,《韩国诗话全编校注》,第1078页。
③ 李奎报《东国李相国全集》,《韩国文集丛刊》第1册,第305页。
④ 李奎报《东国李相国全集》,《韩国文集丛刊》第2册,第244页。

惹悲绪而已。况起句"汉皇重色思倾国"等语,非臣子所敢乱道者。其末则又以道士、金盒不经之语终之,是诚诗家之罪人也。[1]

魏伯珪,字子华,号存斋、桂巷、桂巷居士,是朝鲜后期实学派思想家的代表人物之一。他长期生活在乡村劳动者之间,在农耕、教书的同时做自己的学问,躬身实践了"士农合一"的主张。《长恨歌》中寄寓的浪漫理想,显然不符合魏伯珪所青睐的"经世"之学。与魏伯珪观点相似的是南公辙(1760—1840),他以中国历史故事为题材创作的《拟古十九首》中有一首题为《临邛道士》,原文如下:

　　　　七夕长生殿,私语谁得闻。临邛道士诚妖怪,白傅胡为咏于言。春秋为亲讳,恻怛见其仁。当时笑牵牛,义山轻薄一诗人。未闻诛褒妲,杜老忠厚孰与论。[2]

南公辙与魏伯珪有交往,且颇欣赏其学问[3]。将临邛道士定性为"妖怪",体现了作者对道教的直接批判与否定。并与李商隐《马嵬》、杜甫《北征》二诗作比较,指出李商隐诗歌中有对唐玄宗的讽刺,杜甫诗歌更是寄予了诛杀红颜后复兴周汉的理想,而《长恨歌》没有写到民族复兴的层面,南公辙认为白居易的忠厚程度远不能与杜甫相比。

据以上可知,虽然早期学者李奎报充分肯定了白居易以幻境结尾的艺术手法,然而他的观点在后世韩国学者中没有起到太大影响。李氏朝鲜时代,受到实学派、理学派思潮的影响,人们多认为海上仙山重逢的浪漫情节属于不合正道的"不经之语"。魏、南的观念在当时十分普遍,对神怪之事的否定,是实学派的主要观念之一。除了诗话、诗评外,在诗人对《长恨歌》进行翻案重写的作品中,此段内容也多遭到直接摒弃,将在后文中进一步讨论。

## 三、别开生面:对《长恨歌》及其原事的拟效与化用

朝鲜半岛出现了多篇《长恨歌》的拟效或对李杨爱情重新书写的诗作,这是在中国古代文坛中极其罕见的现象。拟作体裁皆与《长恨歌》相同,为七言古体诗。李学逵称"七古

---

[1] 魏伯珪《存斋集》卷一五,《韩国文集丛刊》第243册,第315页。
[2] 南公辙《颖翁再续稿》卷一,《韩国文集丛刊》第272册,第573页。
[3] 魏伯珪《存斋集》卷二四,《韩国文集丛刊》第243册,第537页。

如白香山《长恨歌》"①，以此诗为七古体的代表。可见诗的内容虽然存在争议，但其本身的文学性、语言的艺术性依然得到了客观的认可，被再创作者所接纳。最早与《长恨歌》主题相关的汉诗是李奎报创作的组诗《开元天宝咏史诗》。根据《东国李相国集年谱》记录的时间，此组《咏史诗》创作于明昌五年(1194)②，前一年创作的《东明王序》中提及过《长恨歌》，故可知作者创作此《咏史诗》时已读过白居易的作品。从文本看，此组诗没有表明直接因袭白诗，在情节、意象上处处模仿《长恨歌》，试比较如下：

| 白居易《长恨歌》 | 李奎报《开元天宝咏史诗》 |
| --- | --- |
| 骊宫高处入青云，仙乐风飘处处闻。缓歌慢舞凝丝竹，尽日君王看不足。③ | 横空一杖作银桥，行趁冰宫度碧霄。欲向玉妃夸舞态，细看仙袂雪飘飘。④（《月宫》） |
| 回眸一笑百媚生，六宫粉黛无颜色。⑤ | 芍药红黄朝暮态，杨妃媚妩百千姿。⑥（《花妖》） |
| 马嵬坡下泥土中，不见玉颜空死处。⑦ | 鸷鸟掠残先有谶，玉颜随毙房尘中。⑧（《雪衣娘》） |
| 六军不发无奈何，宛转蛾眉马前死。⑨ | 军情汹汹固难违，忍遣红颜正掩晖。⑩（《送妃子》） |
| 楼阁玲珑五云起，其中绰约多仙子。中有一人字太真，雪肤花貌参差是。含情凝睇谢君王，一别音容两渺茫。⑪ | 缥缈烟霞紫翠重，仙童导入大真宫。依俙一见严妆面，清梦惊来若堕空。⑫（《梦游大真院》） |

李奎报于诗前有序：

> 予读书之间，见唐明皇遗迹，开元已前，勤政致理，太平之业，几于贞观。天宝已后，怠于政事，嬖宠钳固，信用谗邪，遂致禄山之乱。至播迁西蜀，几移唐祚，可不悲夫！是用拾善可为法恶可为诫者，播于讽咏。虽事有不关于上者，其时善恶，皆上化之渐染。故并掇而咏之，岂致补之风雅，聊以示新学子弟而已。⑬

①　李学逵《洛下生集册》卷一四，《韩国文集丛刊》第 290 册，第 464 页。

②　《东国李相国集年谱》："癸丑(明昌四年)公年二十六。是年，作百韵诗，呈张侍郎自牧。张公厚遇，每谒，常置酒与饮。四月，得旧三国史，见东明王事奇之，作古诗以纪其异。"(《年谱》收录于《东国李相国全集》，《韩国文集丛刊》第 1 册，第 286 页)"甲寅(明昌五年)公年二十七。是年，论潮水书，呈吴东阁世文。作天宝咏史诗四十三首，皆挟注。又作理小园记。"(出处同前)可知《东明王序》作于 1193 年，《开元天宝咏史诗》作于 1194 年。

③⑤⑦⑨　《白居易诗集校注》，第 943 页。

④　李奎报《东国李相国全集》，《韩国文集丛刊》第 1 册，第 328 页。

⑥　李奎报《东国李相国全集》，《韩国文集丛刊》第 1 册，第 330 页。

⑧⑩　李奎报《东国李相国全集》，《韩国文集丛刊》第 1 册，第 333 页。

⑪　《白居易诗集校注》，第 944 页。

⑫　李奎报《东国李相国全集》，《韩国文集丛刊》第 1 册，第 334 页。

⑬　《白居易诗集校注》，第 327 页。

其直接来源是《明皇杂录》《杨妃外传》等杂史与传奇小说等。最后一首《梦游大真院》写到唐玄宗与杨贵妃在梦中相会,与《长恨歌》有异曲同工之妙,也符合李奎报以灵异之事为神为圣的思想观念。这组《咏史诗》组诗没有表达出明显的批判与歌咏倾向,仅仅是把作者从杂史中读到的历史进程改写成了组诗的形式,正是诗人"消日之乐"的创作。

进入朝鲜时代后,对《长恨歌》的创作多以批判、讽谏与规劝为主旨。如李承召(1422—1484)《宿渔阳驿怀古》:

> 开元天子守盈成,歌吹年年乐太平。上苑华清无不可,《霓裳羽衣》凝欢情。
> 戏把胡雏养作儿,恩眷绸缪雨露倾。宁知养虎自遗患?中原祸胎从此生。
> 禄山反相人人知,岂宜杖钺专边城?幽燕劲卒皆入手,目中已无东西京。
> 胡马长驱饮河洛,翠华西拂蜀云行。神州陆沈四海翻,衣冠尽化为鲵鲸。
> 幸哉灵武义旗回,李郭毕力输忠贞。手挽银河洗宇宙,复开唐家日月明。
> 荒城万古高嵯峨,令人愤咤肝胆横。当时若用曲江言,渔阳鼙鼓何由鸣?
> 不是禄山能为乱,不是太真能召兵。只是明皇无远见,至今论者多讥评。①

此诗开篇称唐玄宗为"开元天子",是朝鲜半岛和中国宋代以后都常出现的称呼,与"明皇"相比有明显不同的情感色彩。开元年间,唐玄宗励精图治,开创帝业太平,与后期怠慢朝政、纵情享乐反差鲜明,称其为"开元天子"更有讽谏之意。接下来从"上苑华清"句起,作者指出了唐玄宗的两大过失:沉迷红颜美色,放松了对胡人入侵的防备。最为着重书写的是安史之乱的动荡,作者采用记叙与议论的手法相结合,指出如果能够趁早听从张九龄等大臣的建议,则不会发生安史之乱了。诗歌末尾最终落在对唐玄宗的批判上:"不是禄山能为乱,不是太真能召兵。只是明皇无远见,至今论者多讥评。"作者认为,出现安史之乱的根源还是唐玄宗的问题,他不识局势、缺乏远见,对可能发生的危机没有忧患意识。

又如成伣(1439—1504)《渔阳怀古》,也表达了对唐玄宗的谴责之意:

> 开元天子怠且荒,嗜音甘酒雕宫墙。骊山殿阁天中央,春风荡漾翻霓裳。
> 玉环娇笑侍帝傍,三千粉黛无辉光。养得胡雏出袴褆,宴得一夕生疣疮。
> 卢龙重镇天下强,包燕括赵势莫当。百万貔貅起朔方,胡马杂沓嘶康庄。

---

① 李承召《三滩集》卷二,《韩国文集丛刊》第 11 册,第 392 页。

虐焰凌虚森剑铦,指挥宇宙如探囊。李唐奕叶何辉煌? 深仁厚泽民欢康。

嗣王不作戒苞桑,丕基不绝仅毫芒。克念作圣罔念狂,人心操舍真无常。

当时遗迹尘茫茫,崆峒山色空青苍。石桥横断就荒凉,穷郊迢递愁云长。

匹马吊古过渔阳,千年遗臭令人伤。①

此诗后半议论的部分更为慷慨激昂,句句推进,对唐玄宗的批判超越了皇帝的身份,上升到人性的"操舍无常"。政治语境在诗中减弱,诗人关注到了政治以外的人性伦理。

《长恨歌》开篇以大笔墨描写唐玄宗与杨贵妃在宫中如何纵欲金屋、沉湎于歌舞酒色中,极力书写唐玄宗对杨贵妃极致的深爱,在以上两篇作品中都以短短几句匆匆带过,对人物形象没有什么描摹刻画。写历史动乱时,《长恨歌》以杨贵妃的行为遭遇为线索,表达出对她不幸逝去的深切惋惜。而此二首《怀古》则不同,着重交代安史之乱给大唐盛世带来的沉重打击,从而显现唐玄宗怠慢朝政酿成的家国悲剧,在夹叙夹议中表达对他的批判。成侃之作更是抒发层层议论,劝谏后世统治者应当以史为鉴,不可重蹈覆辙。

以批判、讽谏为主旨的诗歌还有还有崔演(1503—1549)《杨妃吸露图》,诗中有言:"从知尤物足移人。此事堪宜后世见。"②认为唐玄宗为杨贵妃这一"尤物"所害,后人当以为诚。郑元容(1783—1873)《渔阳桥》诗末亦曰"吁嗟后王鉴前辙"③。

意在歌颂爱情的翻案作品较为少见,以金龟柱(1740—1768)《拟古杨贵妃》为代表:

杨贵妃,十三能蚕织。又能箜篌兼诗书,窈窕绝世而独立。

是时君王重绝色,终岁求之不可得。一朝承恩入九重,美态可直千黄金。

芙蓉兰脸娇无力,一女解荡三郎心。皓齿细腰日歌舞,夜长春暖红氍毹。

华清池边胭脂水,洗出宫中禄山儿。歌吹满堂乐未了,狂风吹送渔阳雨。

玉楼春风惊罢睡,春色不在梨园中。六龙踟蹰马嵬坡,满营兵甲立不发。

一片残花马前坠,衮龙衣点斑斑血。蜀栈半夜雨霖铃,无数滂沱泣至尊。

不见至今驿亭路,芳坟月哭妖娥魂。④

金龟柱为皇室外戚,接近政权核心位置,也是老论僻派首领人物,年仅二十八岁死于

①　成侃《虚白堂诗集》卷三,《韩国文集丛刊》第 14 册,第 259 页。
②　崔演《艮斋先生文集》卷二,《韩国文集丛刊》第 32 册,第 26 页。
③　郑元容《经山集》卷二,《韩国文集丛刊》第 300 册,第 54 页。
④　金龟柱《可庵遗稿》卷一,《韩国文集丛刊》第 98 册,第 13 页。

党争,有《可庵遗稿》。老论僻派,是李朝后期党争的支流之一,与"时派"相对立,后者衍化出了拥护实学、主张学习西方的分支,即以朴趾源、柳得恭、李德懋等人为代表实学派①。金龟柱的作品大多为游目骋怀,较少涉及实学派所关注的民生问题。此作基本延续了《长恨歌》的格调,写尽了李杨二人在宫中的恩爱情深。此诗以杨贵妃为主人公,延续了白居易"隐去原配寿王"出身的手法,把她描绘成一个大家闺秀的少女形象。由"一朝承恩入九重"转入她入宫后与唐玄宗的恩爱生活,随后"歌吹满堂乐未了,狂风吹送渔阳雨"写战事剧变突然,猝不及防打破了皇帝与贵妃的夜夜缱绻,几分惊心动魄的节奏与原诗非常相似。杨贵妃在动乱中死去,"一片残花马前坠"也是"宛转娥眉马前死"的曲笔仿写。诗歌最后在唐玄宗的思念中戛然而止,同样省去了唐玄宗回宫后睹物思人、触景生情的种种相思感触和道士寻仙的桥段。

除了拟效的长篇作品外,诗中丰富多样的主题也沉淀为固定的文学典故和表达手法,如以杨妃比喻花之美艳,以爱情悲剧写别离相思等。柳梦寅(1559—1609)《出洞》即是借李杨之爱抒发普遍的情感:

> 人道佳人新别离,男儿怀抱倍凄其。今朝出洞头流望,真似明皇别贵妃。②

柳梦寅是朝鲜中期才华斐然的诗人、散文家,编故事集《於于野谈》,收录许多神话传说、野史轶事与寓言。此诗讲新婚夫妇别离的留恋不舍,以"明皇别贵妃"作类比,抽离出此事件脱下政治外衣后,纯粹爱情感动人心的一面。

朝鲜时代的文人们虽然对"仙境重逢"的情节态度冷淡,但白居易气势磅礴的笔墨描写仍然受到青睐,也被移植到他处,如金钟秀(1728—1799)《东游》,借"海上仙山"描写远游所见的壮阔景象:

> 摇摇如乘绝海桴,下入黄泉上碧落。玉笋峰高五百尺,始识丹丘真面目。
> 遥看伛偻似追逐,及到偃蹇无阿附。海上仙山神夜驱,波底金鳌光有无。③

"上穷碧落下黄泉"原写道士为唐玄宗寻找贵妃灵魂的"殷勤觅"之状,此处形容山之高耸,一为动态,一为静态,诗境全然不同,足见作者化用之灵活。山峰远观近看形态不一,作者

---

① 杨昭全《中国·朝鲜·韩国文化交流史》,昆仑出版社,2004年,第996—997页。
② 柳梦寅《於于集》卷二,《韩国文集丛刊》第63册,第329页。
③ 金钟秀《梦梧集》卷一,《韩国文集丛刊》第245册,第478页。

便称之为"海上仙山",此用与李杨重逢之事已全然无关,亦可见诗句在后世受容的多样性。

金友伋(1574—1643)《长恨歌集句》也是一首较为特别的作品:

> 孤灯挑尽未成眠,耿耿星河欲曙天。魂魄不曾来入梦,悠悠生死别经年。①

此诗采用集句形式,将《长恨歌》中四句写景抒情之语集成绝句。这四句诗在原诗中用以渲染气氛,用以渲染唐玄宗对杨贵妃深切的相思之情,此处作者将其单独摘出,构成了一种独立于原生故事的忧愁诗境。

# 四、余　论

纵观《长恨歌》在韩国汉文学中的传播,体现出受众的广泛性和受容的多样性。通过上文分析,可见李朝时期的实学思想对文学的臧否产生了十分可观的影响。

实学派是壬辰倭乱、丙子战争后出现的思潮,由于程朱理学渐渐暴露出形而上的弊端,学者们意识到需要"由虚反实",寻找解决现实问题、拯救社会危机的新出路。关注现实、经世致用,是朝鲜实学的根基,也是他们评判文学作品的标准。同时,他们对"神怪"的绝对否定带有朴素唯物主义的色彩,是一道不可动摇的准绳。早期李珥《隐屏精舍学规》中即规定:"凡言语必信重,非文字礼法则不言,以夫子不语怪力乱神为法。"②《文宪书院学规》中亦有:"毋谈淫亵悖乱神怪之事。"③李睟光作为李珥的学生,也承袭了老师的学问,他在自编杂记类书《芝峰类说》序也特别强调:"若事涉神怪者,一切不录。"④《长恨歌》所咏的爱情,别后的思念悲绪,显然不符合实学家"经世致用"的主张,故魏伯珪所称"如此文字万不关系于世道",属于毫无价值的"荡人意绪"。末段虚幻浪漫主义的重逢尤为虚无缥缈。

不仅限于《长恨歌》,魏伯珪《格物说》中有"诗人"条,对唐诗整体的评价皆低,且认为唐以后的诗歌大体不入流。主要原因是认为唐诗的情感过于充沛,"歆慕富贵则口角流涎、五脏掀倒,怨恶贫贱则痛心刻骨、宁欲溢死,离别则肠肺寸断、讪刺则剑戟露刃,讥议侠

---

① 金友伋《秋潭先生文集》卷四,《韩国文集丛刊》第 18 册,第 64 页。
② 李珥《栗谷先生全书》卷一五,《韩国文集丛刊》第 44 册,第 336 页。
③ 李珥《栗谷先生全书》卷一五,《韩国文集丛刊》第 44 册,第 339 页。
④ 李睟光《芝峰类说序》,《朝鲜群书大系(续)》第 21 辑,朝鲜古书刊行会,1915 年,第 1 页。

少而其实艳之,讽咏山野而其实怨之。大体伤风败俗,荡心丧性之资"①。他推崇最古老的《国风》,称其"言约而意至,优闲而渊永","读之令人心神和怡,精彩影畅"②。这与他的出身阶层有关,魏伯珪一生中除了参加会试和访师问学外,几乎绝大部分时间生活在农村,过着半耕半读的生活。对现实世界高度的关照,也间接导致了感性层面的缺失和共情的不足。与魏伯珪志趣相似的还有申景濬,其文学创作也是以讴歌农业、反映民风为主旨的。

　　然而,实学派之外的文学家们对《长恨歌》的阅读则有多面的角度,多样的化用与阐释体现出理解的丰富性,亦更加展现出了《长恨歌》作为传世经典文学的巨大张力。早期李奎报对白居易的欣赏主要体现出了个人的志趣,作为高丽时期最伟大的诗人,他的创作兼得李白的雄奇、白居易的闲适。然而,李奎报的主张在后世并没有产生过于显赫的影响。至后期,实学派虽然声势浩大,也始终未成为统治性的思想。主题多元的《长恨歌》如同一面多棱镜,投射出了韩国汉文学发展中的不同面相。同时韩国文士的翻案创作也使得《长恨歌》的意境被解构并得以重构,也形成其在韩国受容中的独特风景。

【作者简介】侯悦,南京大学文学院博士研究生,研究方向:唐宋文学与域外汉籍。

---

①②　魏伯珪《存斋集》卷一五,《韩国文集丛刊》第243册,第313页。

# 日本汉诗研究的演进脉络与发展趋向<sup>*</sup>

肖瑞峰

**提要**：日本汉诗研究几乎与日本汉诗本身同时发轫，经由王朝时代、五山时代的推衍，至江户时代才真正进入现代意义上的研究阶段。明治维新以后，尽管日本汉诗不可抑止地走向衰微，日本汉诗研究却呈现出日渐隆盛的趋势。中国学界对日本汉诗的关注要远后于日本学界，而且对后者的研究成果多所借鉴。如果说日本汉诗是中国古代诗歌流播至东瀛的产物的话，那么日本汉诗研究则显现出一种反向的流程。彼此的演进脉络十分清晰。这恰好从文学创作与学术研究两端上体现了文化交流的双向循环与互动。至若展望今后日本汉诗研究的发展趋向，则应致力于全方位推进、深层次观照和多维度探讨。

**关键词**：演进脉络　发展趋向　全方位　深层次　多维度

随着"汉字文化圈"这一学术概念的确立与展衍，国内学界对域外汉籍及海外汉诗的研究呈现出方兴未艾之势，在其间树藩插篱、精耕细作者日渐增多。诚然，致力于域外汉籍研究的人数更众、成果更丰，但海外汉诗研究却也早已越过最初的拓荒阶段，而不断向深处拓进、高处提升，成为一种令人关注的学术动向。《东亚汉诗史》得以入选国家社科基金重大招标项目就是表征之一。就中，日本汉诗研究相对起步较早、轨迹较显。值此回望来径、前瞻去路之际，对日本汉诗的演进脉络及发展趋向加以梳理与评估，或许不无学术意义。

## 一、演进脉络：从东瀛到华夏的双向循环与拓展

考察日本汉诗研究的历史流程，不难发现：如果可以将品评诗人诗作的片言只语也视为一种研究的话，那就可以说，对日本汉诗的研究是与日本汉诗本身同时发轫的。《怀风藻》等早期的诗集，都在卷首冠以编者的序文。这些序文除说明编纂时间、编纂体例及编纂过程外，往往还简要地勾画出当时诗坛的概貌，后人可借以了解当时的诗坛风会及走

---

\* 本文系国家社科基金重大项目"东亚汉诗史（多卷本）"（项目编号：19ZDA295）阶段性成果。

向。因此,其意义至少在于为后代的研究者提供了难能可贵的资料。而《怀风藻》的编者还为入选作者精心撰写了小传。其中,概括其艺术成就、艺术风格的文字,大多深中肯綮。这无疑是"沉浸浓郁,含英咀华"的结果。至平安朝后期,一些汉诗作者更有意识地考察中日汉诗的发展轨迹,并撰写专文予以论列。如大江匡房的《诗境记》:

> 联句出于柏梁,五言成于李陵。自汉至宋,四百余载,词人才子,文体三变……我朝起于弘仁、承和,盛于贞观、延喜,中兴于承平、天历,再昌于长保、宽弘,广谓则卅余人,略其英黄(贵),莫不过六七许辈。①

此文收录于《朝野群载》卷三。尽管对中国古典诗歌的嬗变之迹的勾勒,大多因袭汉人,了无新意,其间,对陶渊明、李白等大家只字未及,更是不应有的疏漏;而对日本汉诗的演进之辙的描述,亦令人读来有语焉未详之憾;同时,其文字本身也颇多疵瑕。但它却不失为一种研究的结晶,况且,其中亦有真知灼见在,如谓王朝汉诗"起于弘仁、承和,盛于贞观、延喜"云云,便对后代的研究者颇具启发意义。

平安朝后期,评骘诗人诗作,在朝绅士大夫中间已成为一种时尚,这种评骘要博得同好的称许,而被公认为是不易之论,就不能率易而为,至少需对评骘对象先进行一番审视,哪怕是浮光掠影式的审视。而这大概也可以算得上是研究的,最起码也是研究的初级阶段。尽管他们在进行这种研究时,往往借助的是直觉式的感悟,采用的是象喻式的评析,缺乏逻辑意义上的抽象,并不可避免地带有模糊性,但毕竟有其研究程序与研究结论,有的结论还能令人击节称赏。如庆滋保胤曾应史称"后中书王"的具平亲王之请,评骘天下诗人。其事载于《古今著闻集》:

> 大内记庆滋保胤参八条宫。亲王问及时辈文章,曰:"匡衡如何?"答曰:"敢死之士。犹数骑披甲胄,策骅骝,过淡津之渡,其锋森然,少敢当者。"又命云:"齐名如何?"答曰:"瑞雪之朝,瑶台之上,似弹筝柱。"又命曰:"以言如何?"答曰:"白砂庭前,翠松阴下,如奏陵玉。"又命曰:"足下如何?"答曰:"旧上达部驾毛车,时时似有吟声。"②

---

① 三善为康《朝野群载》卷三,近藤瓶城编《史籍集览》,近藤出版部,1901年,第18册,第60页。

② 原文:大内记善滋保胤と、八條宮に参じて、下問の時事時輩文章におよびけるに、親王命云、「匡衡如何。」答曰、「敢死之士、數百騎、被甲冑、策驊騮、似過淡津之渡。其鋒森然少敢當者。」又命云、「齊名如何。」答曰、「瑞雪之朝、瑤臺之上、似彈箏柱。」又命曰、「以言如何。」答曰、「白砂庭前、翠松陰下、如奏陵玉。」又命曰、「足下如何。」答曰、「舊上達部駕毛車、時似有陰聲。」と申ける、いと興ある事なり。参见橘成季著,正宗敦夫编纂校订《古今著闻集》卷五,日本古典全集刊行会,1946年,第81页。

这一评骘,颇得六朝时代品藻遗法。当时,大江匡衡、纪齐名、大江以言、庆滋保胤四人诗名相齐,世称"正历四家"。由列名其中的庆滋保胤对包括自己在内的四位诗坛宿将加以评骘,如果"无偏于私爱"的话,是能够搔着痒处的。事实也正是如此。细味上引评语,似乎是说匡衡诗遒劲、齐名诗优美、以言诗清奇、保胤自家诗隽永。如果这一"破译"无悖保胤本意的话,那么,我以为上引评语还是得其仿佛的。

五山时代,许多汉诗作者同样集二任于一身:作诗,复评诗。清拙正澄《别源圆旨南游集跋》有云:

> 诗有夺胎换骨法,人亦有夺胎换骨。用古人意,不用其句;用古人句,不用其意:此诗之夺换也。日本旨藏主,入保宁休居之室,复游历诸老之门。归来观其著述,概有大唐音调。语意活脱,如珠走盘。岂非能夺换我大唐胎骨者耶也? 抑得休居翁九转还丹,乃若是耶?[①]

"夺胎换骨",是宋代江西诗派的领袖黄庭坚所提出的一种作诗方法。尽管黄氏曾因此而被讥为"剽窃之黠者",却不失为在唐诗盛乎难继的情况下,为别开生面而进行的一种有益复有效的尝试。对于先天条件不足的日本诗人来说,"夺脱换骨"这一方法更具有借鉴的价值。应当说,由王朝时代的生吞活剥到五山时代的夺胎换骨,这已经是一种了不起的进步。清拙正澄敏锐而准确地察觉了这一点,并以别源圆旨《南游集》中的作品为例,对它进行了理论上的阐扬。在这段评论文字中,宏观与微观、理性与感性,是得到了统一的。当然,清拙正澄终究是由宋渡日的高僧,其文字应作别论。那么,无妨再征引一段本土诗人中岩圆月有关义堂诗的论述:

> 友人信义堂,禅文偕熟,余力学诗。风骚以后作者,商参而究之。最于老杜、老坡二集,读之稔焉。而酝酿于胸中既久矣,时或感物兴发而作。则雄壮健俊,幽远古淡,众体具矣。若夫高之如山岳,深之如河海,明之如日月,冥之如鬼神,其变化如风云雷电,其珍奇如珠贝金璧,以至其纵逸横放,则如猎虎豹熊貙之猛然,角之掎之,其力不得暂假焉。[②]

---

① 清拙正澄《禅居集》,上村观光编《五山文学全集》,思文阁,1973 年,第 1 卷,第 506 页。
② 中岩圆月《东海一沤集》,上村观光编《五山文全集》,第 2 卷,第 1084 页。

以象喻诗和借禅说诗,是五山诗僧论诗时习用的方法。中岩圆月为义堂周信的《空华集》所精心撰写的这篇序文也是如此。令人叹赏的是,这两种方法,在文中都被运用得十分娴熟和自然。作者对义堂诗味之既久,参之既深,发为斯论,自是处处见其会心。文中既分析了义堂诗的基本特征,又阐述了义堂诗的多样化风格,堪称一篇要言不烦、丝丝入扣且文彩炳焕的作家论。由此推而广之,似乎可以说,在五山时代,随着写诗的能力的提高,评诗的技艺也有了长足的进步。换言之,创作实践与创作理论在当时是同步发展的。尤其值得我们注意的是,在五山时代已经出现了诗话这一形式。虎关师炼《济北集》卷十二便是"诗话"专辑,通常被视为日本诗话的滥觞。

至江户时代,对日本汉诗的研究进入了一个新的阶段,即真正的现代意义上的研究阶段。这体现在以下几个方面:首先,各种诗话相继撰成并刊行。其中,较著名的有菊池五山的《五山诗话》、大洼诗佛的《诗圣堂诗话》、皆川淇园的《淇园诗话》、友野霞舟的《锦天山房诗话》、三浦梅园的《诗辙》等等。虽然有的被后人非难为"不成诗话之体",如释六如的《葛原诗话》等,但从总体上看,还是具有较高的资料价值与理论价值的。如果与前代略加比较,就可以更清楚地看出这一点:虎关师炼的《诗话》只有寥寥 27 则,其评说时象也以中国汉诗作者为主;而《五山堂诗话》等不仅都具有专著的规模,而且评说本邦汉诗作者的文字占据了大半的篇幅。同时,评说本身也更见精微——尽管有时不免溢美。此外,这些诗话还收录了大量的有关当时的诗坛名家的种种轶闻逸事,因而对后人研究这些名家的生平和创作发展历程有很大的帮助。其次,出现了《日本诗史》这样的系统性的研究专著。《日本诗史》五卷是江村北海所著,约四万余言。其论述范围起于王朝时代,迄于江户前期,即囊括了作者著书立说前的全部日本汉诗发展的历史。这本身便显示了作者的胆略与气魄。尽管这还不是一部体大思精的著作——四万余言的篇幅,无论如何是够不上"体大"的标准的;而时见失察或臆断之处,似乎也妨碍它获得"思精"一类的好评;同时,全书虽以"史"名之,"史"的脉络却不十分明晰,这就是说,在"通古今之变"方面,作者还用力不足——然而,这毕竟是第一次将以往对日本汉诗的零散的、片断的评说加以系统化,具有筚路蓝缕、开启山林的意义。不仅如此,其发明之处亦随时可见。如论绝海诗曰:

> 绝海、义堂,世多并称,以为敌手。余尝读《蕉坚集》,又读《空华集》,审二禅之壁垒。论学殖,则义堂似胜绝海;如诗才,则义堂非绝海之敌也。绝海诗,非但古昔中世无敌手也,虽近世诸名家,恐弃甲宵遁。何则古昔朝绅咏言,非无佳句警联,然疵病杂陈,全篇佳者甚稀。偶有佳作,亦唯我邦之诗耳,较之华人之诗,殊隔径蹊。虽近世诸

名家,以余观之,亦唯我邦之诗耳,往往难免俗习。绝海则不然也。①

作者注意采用比较的方法,将研究对象放置在汉诗发展史这一特定环境中进行观照,通过纵向与横向的比较,凸现其个性特征,并确定其坐标。这自然不失为高明。第三,不少名家着手对前代的汉诗作品进行钩稽、搜集与编辑。这属于今天所说的"古籍整理工作"的范畴。作为汉诗研究的一项必不可少的基础工程,其意义同样是不可低估的。就中,除了江村北海的《日本诗选》10 卷及《日本诗选续编》8 卷外,特别值得一提的是市河宽斋的《日本诗纪》50 卷②。作者集一生精力,对平治以前的日本汉诗加以搜集编次,所有王朝时代的汉诗作品几乎被本书网罗殆尽。其引用的 53 种书目中,包括《续往生传》《高野大师广传》《公卿类传》《续世继物语》《教家摘句》等较为冷僻的史传及笔记。可知作者在取资的过程中,曾怎样"寻坠绪之茫茫,独旁搜而远绍"。该书之完本明治四十四年(1911)由国书刊行会付梓后,一直为汉诗研究者所珍重。

　维新以后迄今,尽管汉诗不可抑止地走向衰微,对日本汉诗的研究却呈现出日渐隆盛的趋势,无论研究的深度还是广度,著述的数量还是质量,都远逾前代。应当说,这是与学术研究全面繁荣的总体背景相联系的。值得注意的是,随着研究视野的拓展和研究方法的更新,越来越多的研究者致力于撰写有关日本汉诗发展历程的专著,如久保天随的《日本汉文学史》(明治四十年前后早稻田大学出版部刊)、芳贺矢一的《日本汉文学史》(昭和三年富山房刊)、冈田正之的《日本汉文学史》(昭和四年共立社刊)、牧野谦次郎的《日本汉学史》(昭和十三年世界堂书店刊)、安井小次郎的《日本汉文学史》(昭和十四年富山房刊)、营谷军次郎的《日本汉诗史》(昭和十六年大东出版社刊)、户田晓浩的《日本汉文学通史》(昭和三十二年武藏野书院刊)、绪方惟精的《日本汉文学史讲义》(昭和三十六年评论社刊),等等。当然,这些专著大多是就全部汉文学立论,汉诗只是研究对象之一,但有关汉诗的章节,在全书中往往占有较大的比重,能与有关汉文的章节平分秋色。因此,从中足以了解到日本汉诗的全貌乃至发展的全程。至于对日本汉诗发展史上的某一阶段进行总体研究的专著,更给人量多质精之感。无须多加思索,我们便能列举出冈田正之的《近江奈良朝的汉文学》(昭和四年东洋文库刊)、吉田增藏的《平安朝时代的诗》(昭和四年岩波书店刊)、川口久雄《平安朝日本汉文学史的研究》(昭和三十九年明治书院增订本)、柿树重松的《上代日本汉文学史》(昭和二十二年日本书院刊)、上村观光《五山文学小史》(明

---

① 江村北海《日本诗史》卷二,池田四郎次郎编《日本诗话丛书》,文会堂书店,1920 年,第 1 卷,第 201 页。
② 市河宽斋《日本诗纪》,国书刊行会,1911 年。

治三十九年裳华堂刊）、同氏的《五山诗僧传》（明治四十五年民友社刊）、北村泽吉的《五山文学史稿》（昭和十六年富山房刊）、玉村竹二的《五山文学》（昭和三十六年至文堂刊）、中村真一郎的《江户汉诗》（岩波书店昭和六十年刊）、富士川英郎的《江户后期的诗人们》（昭和四十一年麦书房刊）、木下彪的《明治诗话》（昭和十八年文中堂刊）等数十种。其中，川口久雄的《平安朝日本汉文学史的研究》[①]等，以严谨的态度、充实的材料、新颖的观点，受到学术界的普遍称誉。与发展史及断代史的研究相并行，对日本汉诗作品的搜集、编纂、注释、评赏工作也迅速向前推进。这表现在各种卷帙浩繁、远逾前代的大型汉诗总集陆续问世。如上村观光编纂的《五山文学全集》五册（前二册明治三十九年六条活版制作所刊，后三册昭和十一年帝国教育会刊，昭和四十八年思文阁复刻刊行）与玉村竹二编纂的《五山文学新集》六册（昭和四十二年至四十七年东京大学出版部刊），将五山时代的汉诗尽皆荟萃其中，凭借它们，可以将五山汉诗浏览无遗，从而为研究五山汉诗提供了莫大便利。又如集当代多名学者之力编纂而成的全20册的诗集《日本汉诗》，收录了江户及明治、大正时期的主要诗集一百余种，容量既丰，校勘亦精，对研究这一时期的汉诗大有裨助。另一方面，各种或致力于探微索幽，或致力于擘肌析理，或致力于穷本究源的汉诗注释、评赏著作也相继出版。如释清潭的《怀风藻新释》（昭和二年丙午出版社刊）、杉本行夫的《怀风藻注释》（昭和十八年弘文堂刊）、川口久雄的《营家文集　营家后集校注》（昭和四十一年岩波书店刊）、柿村重松的《本朝文粹注释》（大正十一年内外出版株式会社刊）、金子元臣与江见清风的《和汉朗咏集新释》（昭和十七年明治书院刊）、释清潭与木下彪的《王朝、五山、江户时代名诗评释》（昭和十年画家社刊）、川口久雄与志田延义的《和汉朗咏集·梁尘秘抄校注》（昭和四十年岩波书店刊）、山岸德平的《五山文学集·江户汉诗集校注》（昭和四十一年岩波书店刊）、久保天随的《本朝绝句评释》（明治三十五年文学馆刊）、释清潭的《和汉高信名诗新释》（明治四十三年丙午出版社刊）、简野道明的《和汉名诗类选评释》（大正三年明治书院刊）、结城蓄堂的《和汉名诗钞》（明治四十二年文会堂书店刊）、《续和汉名诗钞》（大正四年文会堂书店刊）、盐谷温的《兴国诗选》（昭和六年弘道馆刊）、池永润轩的《和汉名诗讲话》（昭和八年京文社刊）、小泉董三的《维新志士勤王诗歌评释》（昭和十三年立命馆出版部刊）、山田准的《日本名诗选精讲》（昭和十八年金铃社刊）、内田泉之助的《新释和汉名诗选》（昭和三十三年明治书院刊）、伊藤长四郎的《新释和汉爱诵诗歌集》（昭和四十四年笠间书院刊）、猪口笃志的《日本汉诗鉴赏辞典》（昭和五十五年角川书店刊），等

---

① 　川口久雄《平安朝日本汉文学史的研究》（增订本），明治书院，1964年。

等。应当特别指出的是，猪口笃志的《日本汉诗鉴赏辞典》①，较之中国最早的大型诗歌鉴赏辞典——上海辞书出版社 1983 年 12 月刊行的《唐诗鉴赏辞典》②，篇幅虽有所不及，出版的时间却要早三年多，而且是独力撰写而成。这说明日本的汉诗研究者是既具有开拓的意识，也具备开拓的实力的。

　　如果说日本汉诗作为中国古典诗歌在海外的有机延伸，是从华夏传播至东瀛的话，那么，日本汉诗研究则显现出一种反向的流程：中国学界对日本汉诗的关注要远后于日本学界，而且对后者的研究成果多所借鉴。这恰好从文学创作与学术研究两端上体现了文化交流的双向循环与互动。中国学者对日本汉诗的整体观照或许始于晚清学者俞樾 1882 年受日人岸田吟香之托编纂《东瀛诗选》，但其后并无继轨者。可以说，在相当长的一段时间内，日本汉诗研究一直处于沉寂状态，乃至国人对日本汉诗的了解几近空白。直至进入改革开放的新时期后，随着国门的"訇然中开"，中日之间的文化、学术交流的渠道日益通畅，日本汉诗才重新成为国内学者的研究对象，而率先着鞭的是程千帆、孙望先生联袂编撰的《日本汉诗选评》（江苏古籍出版社 1988 年 1 月版）③。尽管这只是一个篇幅不广、评析稍简的诗歌选本，却可以视为现代学术意义上日本汉诗研究的滥觞。时隔 4 年，拙著《日本汉诗发展史》（第一卷）付梓（吉林大学出版社 1992 年 5 月版）④，忝为国内第一部系统研究和整体考察日本汉诗的学术专著。这之后，日本汉诗研究的畛域不断扩大，吸引了越来越多的学者旁搜远绍、殚精竭虑于其间，所取得的成果虽然远远不及中国古典诗歌研究丰厚，较之既往一片萧条、清冷的状况，却也灿然可观了。饶有见地的单篇论文几何级增长，颇具选家慧眼的诗歌选本不一而足，融入了作者对研究对象的独特思考、感悟和解会的研究著作也纷纷问世。如《日本汉诗论稿》（蔡毅著，中华书局 2007 年版）、《日本汉诗溯源比较研究》（马歌东著，商务印书馆 2011 年版）、《日本汉文学史》（陈福康著，上海外语教育出版社 2011 年版）等等。它们基本上都以中国古典诗歌为参照系，对日本汉诗进行时空合一、纵横交错的考察与评述，或沿波探源，或因枝振叶，都不失其开拓意义。也有直接从母体的视角来观照日本汉诗的，如拙著《中国古典诗歌在东瀛的衍生与流变研究》（浙江大学出版社 2012 年版）即试图通过对日本汉诗的总体检阅，在更浩瀚的学术时空中观照中国古典诗歌的深远影响。该书不仅展示了中国文化东渐的渠道与方式，探讨了中国古典诗歌得以衍生于东瀛的历史原因，而且辨析了日本汉诗的发展阶段及阶段性特征，在

---

①　猪口笃志《日本汉诗鉴赏辞典》，角川书店，1980 年。
②　萧涤非、程千帆等《唐诗鉴赏辞典》，上海辞书出版社，1983 年。
③　程千帆、孙望选评，吴锦等注释《日本汉诗选评》，江苏古籍出版社，1988 年。
④　肖瑞峰《日本汉诗发展史》第一卷，吉林大学出版社，1992 年。

较深的层面上透视了日本汉诗与中国古典诗歌之间的渊源关系,并进而揭示了时代风会、生活环境、审美情趣、民族心理、文化传统等因素在诗歌传播与接受过程中的多元综合作用。特别值得一提的是,有的学者已不再满足于对日本汉诗作孤立的、静态的扫描,而以宏通的视野,将其置于整个东亚汉诗体系中加以观照。严明教授的《近世东亚汉诗流变》(凤凰出版社 2018 年版)①一书以 150 余万字的篇幅,依次对近代的朝鲜汉诗、日本汉诗、琉球汉诗、越南汉诗进行梳理与论列,而这无疑为作者组织海内外专家共同实施"东亚汉诗史"这一宏大工程奠定了学术基础。

## 二、发展趋向:全方位、深层次与多维度

必须指出,尽管近三十年来国内学界对日本汉诗的研究不乏可圈可点之处,在零基础上取得的进展足以令人感到欣慰,但其成果依然是零散的、碎片式的,而不是密集的、完璧式的,尚未能构成一个自足与自洽的系统。就研究力量而言,迄未得到有机的整合,还处在"人自为战"的游兵散勇形态,更缺乏全面的规划和顶层的设计。这种状况,有可能以"东亚汉诗史"和"东亚古代汉文学史"这两个国家社科基金重大招标项目的立项为契机,逐步得到改善。瞻望今后的日本汉诗研究,谨不揣浅陋,对其发展趋向作以下几点臆测:

一是全方位推进。巡视国内的日本汉诗研究畛域,早就不是一块处女地,但我们探索的触角与犁头的延伸度远远不够,有待深耕的沃土还触目皆是。比如《日本汉诗发展史》目前仅见第一卷,所论局限于平安朝,对其后的五山时代、江户时代、明治时代只作了一个粗线条的勾勒,并没有展开具体论述,所以实际上还只是一部断代史,不足以显现日本汉诗的全部历史流程。这也就是说,对五山、江户、明治汉诗递嬗演变的轨迹,迄犹语焉未详。《日本汉诗论稿》与《日本汉诗溯源比较研究》还不是通篇聚焦于某一话题的学术专著,而只是散点透视式的论文合集。再比如,文本研究与文献整理应当齐头并进,甚至后者应先于前者发足与发力。但目前有关日本汉诗的文献整理工作(包括作品选编、校注、评析),尚不尽如人意。坊间得见的除了《日本汉诗选评》外,仅有《日本汉诗三百首》(马歌东编选,世界图书出版社 1994 年版)、《日本汉诗撷英》(王福祥、汪玉林、吴汉樱编选,外语教学与研究出版社 1995 年版)、《日本汉诗精品赏析》(李寅生编著,中华书局 2009 年版)、点校本《东瀛诗选》(俞樾编,曹昇之、归青点校,中华书局 2016 年版)等寥寥几种。断代的选本、分体的选本、兼容中日双边的选本还在千呼万唤的期待中。从文献学、文体学、地理

---

①　严明《近世东亚汉诗流变》,凤凰出版社,2018 年。

学、接受美学等角度对日本汉诗进行专题研讨的著作也令人遗憾地暂付阙如。这也就意味着我们对日本汉诗的研究还缺乏系统性，既没有覆盖全领域，也没有实现全方位。所以，今后的研究不是简单的拾遗补缺所能济事，而必须进一步扩大我们的研究疆域，拓展我们的研究方位，逐步清除锄犁未及的死角与盲区，不留下任何可以观照日本汉诗发展的某一侧面的空白点。要做到这一点，以有志趣从事日本汉诗研究的学者在近期内大量增加为必要前提。目前研究力量的不足严重制约着日本汉诗研究的全方位推进。因此，应当吸引更多的学者，尤其是青年学者来共同致力。我们不敢奢望日本汉诗研究能成为"热点"乃至"显学"，事实上，因为其成就与特色不堪与中国古典诗歌相比并，又是他民族的艺术创造，所以不可能具备充足的引人"入其彀中"的诱惑力与感召力。但如果在政策导向上通过设置更多的规划课题等手段，也未尝不能集聚起一定数量的学术精英，在对日本汉诗穷原究委的总体目标下，有序地排兵布阵，形成从局部到整体、从微观到宏观、从平面到立体的研究闭环。

　　二是深层次观照。今后的日本汉诗研究在延展广度的同时，更要增进深度，力求在深层次的发掘中取得突破。既往的研究因为带有开垦荒地和填补空白的性质，所以虽然表现出向深处拓进的意向，却尚未达到应有的高度与深度，一部分研究者浅尝辄止，以向国内读者推介作品和普及常识为满足，尽管在封闭状态刚被打破时这也不失新鲜。下一步，所有的研究者都应努力树立更高的学术标杆，立足于时代的制高点，以跻身思想高原、踏足学术深沟为使命，避免日本汉诗研究的低水平重复和低质量循环，尤其是不能止步于将日本学者已取得的成果加以系统化和逻辑化。我觉得，所谓"深层次"，首先意味着"整体"的格局。即在微观累积的基础上，既要将日本汉诗作为一个"整体"来加以考察，又要把它放到更大的"整体"——东亚汉诗中进行观照，从而在宏大的格局中获得对日本汉诗的历史地位和基本风貌的精准把握。这还不够，还要兼顾另一个"整体"——绵延古今、横贯中外的汉语文学史。这样说的依据是，我们今天所惯常使用的"中国文学史"概念和《中国文学史》教材，并没有纳入少数民族的语言文学作品，但囊括了少数民族作家，如辽代的萧观音，元代的耶律楚材、萨都剌，清代的纳兰性德等人。这也就是说，它实际上相当于"汉语文学史"。而作为"汉语文学史"，是应当将海外汉文学包括海外汉诗包罗在内的。因此，将日本汉诗置于汉语文学史这一整体坐标中来进行定位，既是题中应有之义，也是衡定并揭示其历史价值和文化意义的有效途径。其次意味着"通变"的意识。研究日本汉诗，以史料考辨为基础的实证研究自然不可偏废，作家作品的个案研究也有待加强，但基于"通古今之变"的学术立场，着力勾勒出日本汉诗兴衰因革的轨迹及源流正变的脉络，并从中概括出某些带有规律性的东西，则显得尤为重要与紧迫。换言之，未来的日本汉诗研究，不仅应该着眼于其发展链条上的每一环节,更要瞩目于环节之间的勾连与融通,梳理出其"发展"与"演变"的外在线索和内在逻辑①。再次意味着"比较"的方法。"通变"主要指纵向的追踪,"比较"则主要指横向的扫描。日本汉诗不是如同空谷幽兰般孤立地存在与发展的,它从母体脱胎而出后,始终吸吮着母体为它无私提供的充足养料,并与母体保持着良性互动,给予母体必要的反馈与反哺。同时,它与朝鲜汉诗、越南汉诗等同胞兄弟一直同生共长,彼此之间也有着难以割裂的血肉联系,相互依托,相互交流,相互促进。因此,我们要准确描述日本汉诗的独特风貌与个性特征,就必须采用比较的方法,通过对日本汉诗与中国古典诗歌及朝鲜汉诗、越南汉诗的比照并观,凸现其迥异之处。这样,我们的研究触角才能下探到更深的层面。

三是多维度探讨。研究日本汉诗,最基本的法门便是程千帆先生所倡导、程门弟子所践行的"文献学与文艺学的结合"。但要提高研究的效能,还必须从多个维度不断调整焦距、转换视角,以达成认知的科学性和效益的最大化。窃以为必须处理好两组维度之间的关系:首先是文献之维与理论之维。只有夯实文献学研究的基础,才能构建起为日本汉诗正本清源、传神写照的理论画廊。在这方面,日本学者已着先鞭,从总集编纂到作品疏证,做了许多基础性的工作,为我们省却了一部分文献整理之劳。但仍有大量文献需要我们爬罗剔抉,去伪存真,去粗取精。这是一方面。另一方面,文献整理毕竟不能替代理论探讨,从终极意义上说,它的功能在于为理论探讨提供可赖以构筑大厦的坚硬基石。然而,从目前的势态看,似乎有意致力于文献学研究的学者更多。这或许是因为在时下通行的评价尺度上实证研究刻度更高,也更受推许的缘故。摆脱对理论探讨的陈见,扭转对文献之维的偏重、理论之维的轻忽,应该成为发展趋向之一。其次是历史之维与现实之维。这包括两层意思:第一层意思是,尽管日本汉诗在明治以后逐渐趋于衰微,不复见江户时代的繁盛景象,但直至今天,仍然拥有众多的爱好者、鼓吹者及创作者。东京的"二松诗文会""裁锦会"、名古屋的"心声社"、大阪的"黑潮社"、广岛的"山阴吟社"等民间社团,都以汉诗的复兴为宗旨,而孜孜不倦地从事着汉诗创作,虽然创作水准远逊于其前辈,却同样映现出本土风情与时代氛围。这意味着日本汉诗发展的历史还在延续。我们固然应该把历史上的日本汉诗作为研究重点,但同时也应将现实中的日本汉诗纳入研究视野,在历史与现实的交汇处加以拓展。正如我们在将中国古典诗歌研究推向纵深之际,也不能完全无视当代诗词创作。第二层意思是,日本汉诗是中国文化东渐的产物,理当进一步挖掘与发挥它在中日文化交流中的作用。诚然,如果仅仅把日本汉诗研究视为服务于现实的外

① 肖瑞峰《中国古典诗歌在东瀛的衍生与流变研究》,浙江大学出版社,2012年,第1—8页。

交工作的手段,未免低估了它自身所蕴含的学术价值,抹杀了它独立存在的现实意义,但无可否认,本着"古为今用"的方针,研究日本汉诗,在今天不失为促进中日文化交流、增进睦邻友好关系的重要举措之一。"山川异域,风月同天",日本平安朝诗人长屋王在《绣袈裟衣缘》中的这一题词,曾经在武汉抗疫期间引起强烈共鸣就是明证。因此,我们有必要将历史之维与现实之维有机对接,赋予日本汉诗研究以更深刻、更显豁的现实意义。

【作者简介】肖瑞峰,浙江工业大学人文学院教授,浙江大学中文系博士生导师,研究方向为唐宋诗词及海外汉诗,出版过《刘禹锡新论》等专著。

# 俞樾《东瀛诗选》的意义<sup>*</sup>

## 曹旭

**摘要**：俞樾《东瀛诗选》的出版，是中日文化交流史上的里程碑，是中国近代诗歌史上最有意义的大事件之一。俞樾《东瀛诗选》的意义，在于通过对日本汉诗的编选和修改，让同一种诗歌形式在不同国度开花结果后再次会面，并在编选、写作和审美观念方面形成了新的融合。

**关键词**：俞樾　东瀛诗选　中日汉诗　融和之道

## 一、俞樾与《东瀛诗选》的编撰

俞樾（1821—1907）字荫甫，自号曲园居士，浙江湖州德清县人，是近代著名的学者、文学家、经学家、古文字学家和书法家。在当时非常有名望，因为有名望，所以日本人请他编日本汉诗。明治维新以后，日本社会剧变，日本的学术及教育学习西方，逐渐欧化；而自汉唐以来借鉴中国文化形成的日本传统文化不时高举"国粹"的大旗进行反抗，但步步退却。文化抗争使一部分恪守传统的文化人，转向中国寻求新的源泉。汉学再一次受到人们的重视。

当时的日本汉诗在和歌、俳句和逐渐兴起的日本新体诗（定型诗）、自由诗的压迫下，地位一度低落，一部分日本诗人产生将日本汉诗由中国著名学者、评论家评论，以获得国际声誉支持的想法，他们想请一位中国经学和汉诗大师来编《东瀛诗选》。

由竹添井井介绍，一位叫北方心泉（1850—1905）的人拜见俞樾。北方心泉名蒙，字心泉，号月庄，别号云进、小雨，是日本近代净土真宗的僧人、著名书法家、汉诗诗人。1881年5月，北方心泉去杭州拜访俞樾未遇，第二年又去苏州，与俞樾结文字之交，时书信往还，诗歌唱和，切磋学问，开始了他们的友谊①。

---

\* 本文为国家社科基金重大项目"东亚汉诗史（多卷本）"（项目编号：19ZDA295）阶段性成果。

① 1884年，北方心泉回日本，住持金泽常福寺。他将与俞樾的往来信札，都精心裱装成册，名为《俞曲园尺牍》，至今还珍藏在日本石川县金泽市小将町的常福寺中。

由北方心泉介绍，俞樾又认识了岸田国华。岸田国华(1833—1905)字吟香(一说岸田吟香，原名银次，字国华)，是日本明治时代著名的社会活动家。曾受聘于西人平文，编纂日本最早的英和辞典《和英语林集成》，后担任《东京日日新闻》的主笔。也许受编辑《和英语林集成》的启发，岸田产生了想请俞樾编日本汉诗集的想法。

1882年7月，北方心泉写信给俞樾，转达了岸田吟香请求俞樾编纂日本汉诗选集的想法。其时俞樾六十二岁，又两年之内，夫人与长子先后病故，俞樾深自伤痛，心灰意懒，觉得一切皆是浮云。曾出文告示，说三年之内，不再为人题辞作序。但接到北方心泉的信，想到编日本汉诗是一件特殊的前无古人的事，应该当仁不让，所以答应了。

清光绪九年(1883)正月十日，主体正编四十卷编成；正月十七日，补编四卷也告竣工。正编从江户初期大儒林罗山开始，至明治闺秀诗人大崎荣结束，共选289名汉诗人，诗作4800首；补遗除大友皇子等四人之外，均为江户、明治诗人，共261人(其中与正编重复二人)，诗作497首。至此，《东瀛诗选》总共选548名日本汉诗人，诗作5297首。其中广濑旭庄最多，为175首；其次服部南郭125首；再次释六如123首；后依次为菅茶山121首、高野兰亭117首、梁川星岩101首、广濑淡窗92首、大沼枕山86首、大洼诗佛86首、赖杏坪80首、小野湖山76首、室鸠巢74首、释南山70首等，虽非日本汉诗的全璧，但也几乎囊括了日本江户时代为主的大部分日本汉诗人，并选出了汉诗的精华。因为体例是以人系诗，其中150人分别撰写了人物简介、诗学源流和评价。

该书书名，俞樾原拟定为《东国诗选》，岸田吟香以为不如《东瀛诗选》好，遂改成《东瀛诗选》。

# 二、俞樾的诗学观念与选诗标准

俞樾的诗学观念和选诗标准，主要有以下几个方面。

## (一) 从理论上提出日本汉诗"二变三期"说

由于一个整体长得令人看不清首尾，混茫得摸不着头脑，于是把整体划分阶段进行研究，是中国诗论家惯用的方法。

譬如论唐诗，南宋严羽《沧浪诗话》"以时为体"，把唐诗分为五个时期，主张"五唐说"；元代杨士弘的《唐音》以"音律正变"为原则，主张"三唐说"；明代高棅《唐诗品汇》分初、盛、中、晚，主张"四唐说"。为今天文学史家所采用。陈衍论宋诗则打通唐宋，提倡"三元"说：

"上元开元,中元元和,下元元祐"。俞樾用同样的方法,提出江户时代汉诗"二变三期"说。

## 1. 第一是江户汉诗"其始犹沿袭宋季之派"的初始时期

　　中国禅宗传入日本以后,两国禅僧频繁往来,中国宋元文化大量流入日本。从镰仓初期到江户前期,活跃在京都五山、十刹、诸山的临济宗禅僧的创作文学,被称为"五山文学"。以"五山文学"为中心,催生了日本禅林的汉文学。江户前期的学者和汉诗人崇尚朱子理学,多承五山文学法则。走五山诗僧道路,模仿中晚唐诗及宋诗,从周弼编《唐贤三体诗家法》、黄庭坚编《古文真宝》、魏庆之编的《诗人玉屑》等书中汲取营养,形成了江户汉诗初期的风格。

　　这一时期的代表人物是石川丈山和释元政。

　　石川丈山是德川家康的家臣,是著名的将军、文人和书法家。他酷爱中国汉诗,晚年辞官归隐,将自己崇拜的中国三十六位诗仙的画像以及著名诗句,装饰在他的楼中①。他设计的啸月楼以及庭园,美不胜收。如宽永二十年(1643)林罗山所撰的《诗仙堂记》记载,石川早岁入仕,五十六岁时,辞官建诗仙堂,"而后丈人不出,而善仕老母以养之,游事艺阳者有年矣。至于杯圈口泽之气存焉,抛毛义之檄,乃来洛阳,相攸于台籠一乘寺边,伐恶木奥草,疏沮洳,搜剔山脚,新肯堂,揭中华诗人三十六辈之小影于壁上,写其诗各一首于侧,号曰诗仙堂"。

　　"诗仙堂"所列诗仙,有萧统《文选》中的苏武、陶渊明、谢灵运和鲍照;此外是初、盛、中、晚四唐诗人和南北宋诗人。其中多有诗僧和山水隐逸诗人,《寓怀》自谓"雷霆小蝉噪,日月两萤流",反映出石川丈山晚年隐逸的境界。在诗仙堂其他的轩室里,还可以看到他手书的《朱子家训》等字迹。俞樾选石川丈山的诗 48 首,列为初期的代表人物之一。可惜俞樾没有去过日本,没有参观过京都诗仙堂。否则会对石川丈山热爱中国诗歌的精神有更直观的感受,对他的汉诗有新的理解。

## 2. 第二是"其后物徂徕出,提倡古学,慨然以复古为教,遂使家有沧溟之集,人抱弇洲之书,词藻高翔,风骨严重,几与有明七子并辔齐驱"的时期

　　日本享保前后幕府的政治风云变化,催生了以荻生徂徕为代表的徂徕学派。荻生徂

---

　　① 这三十六位中国的诗仙以宋代陈与义为首,按时代分别有汉代苏武一人;六朝陶渊明、谢灵运、鲍照三人;唐代寒山、杜审言、陈子昂、孟浩然、储光羲、王维、李白、杜甫、高适、岑参、王昌龄、灵彻、刘长卿、李贺、刘禹锡、韩愈、柳宗元、韦应物、白居易、卢仝、杜牧、李商隐等二十二人;宋代有陈与义、黄庭坚、欧阳修、梅尧臣、林逋、苏轼、邵雍、苏舜钦、陈师道、曾几等十人。

徕学习明代李攀龙、王世贞等"后七子"的理论,开创了古学派。即以科学的态度治学,主张政治和道德分开,对当时社会上流行的日益僵化的朱子学进行批判,反对空谈性理,提倡从本源上研究先秦两汉的经典,弄清历史真相。诗歌上则学李攀龙、王世贞等,直追李白、杜甫,倡导"文必秦汉""诗必盛唐"。而明"后七子"的种种弊端甚至流毒也被他们所复制。

李攀龙要求文章"无一语作汉以后,亦无一字不出汉以前",说"视古修辞,宁失诸理"(《送王元美序》)。诗歌创作带有模拟的毛病,创作源泉不从自己的生活中来,而从古人的诗句出发。这是李攀龙等人的缺点,也是这一时期日本汉诗的缺点,俞樾看得一清二楚。卷十评大田元贞诗说:"东国自物徂徕提倡古学,一时言诗悉以沧溟(李攀龙)为宗,高华典重,乍读之亦殊可喜。然其弊也,连篇累牍,无非天地、江湖、浮云、白日,又未始不取厌于人。"

**3. 第三是"梁川星岩、大洼天民诸君出,则又变,而抒写性灵,流连景物,不屑以模拟为工,而清新俊逸,各擅所长。殊使人读之,有愈唱愈高之叹"的时期**

这一时期的风气开始改变,诗人从模拟走向创造;从连篇累牍的天地、江湖、浮云、白日等刻板的语言模式,走向熔化唐宋,别开新面,别创新途,表现出自己独创的面貌。

卷十九评大洼行说:"东国自享保以后,作诗者多承明七子之余习,以摹拟剽窃为工。虽大田元贞辈力排积习,而信从者犹少。天民起而痛扫之,风会为之一变。"说锦城"熔化唐宋,别为一家","实有转移风气之功。自是之后,东国之诗又一变矣"[①]。

第三时期的诗人,在《东瀛诗选》正编至卷三十八所收 147 位诗人中,大致约占了75%;在入选 70 首以上诗人中,第三期诗人占了 80%。可以反映出俞樾对第三时期诗人的重视。

俞樾以诗学发展的眼光,把日本汉诗分三个阶段,以见其萌始、生长、发展、兴盛的过程,精确地把握了这些时期的诗学思想、诗歌风气和诗学全貌,论其因革、正变、主次,对研究日本汉诗生生相因、起伏延绵、自来活水的发展过程,提供了一个很好的范例,得到了后世日本汉学家的认同。佐野正巳《东瀛诗选·解题》说:"俞樾将江户汉诗的诗风概括为二变说三期区分,神田喜一郎博士(《墨林闲话》所收"日本的汉文学"),以及富士川英郎(《江户后期的诗人们》)等人的论述与其相近。"其实是受俞樾的影响。

---

① 蔡毅《俞樾与〈东瀛诗选〉》说:"按诸江户诗史,转变享保以来诗风实有功者,当首推山本北山。他在当时诗坛拟唐之风甚嚣尘上时,首倡宋诗,力主清新,独抒性灵,使江户后期诗风得以健康发展。惜乎俞樾未见山本之作,故无从评价。"

佐野正巳《东瀛诗选·解题》说:"阅览俞樾此书后所产生的第二个感觉,是其对江户汉诗诗风变迁的把握。《东瀛诗选序》中,将其分为二变三期。在此介绍如下,俞樾写道'其始犹沿袭宋季之派',此处影射五山文学之余风。为了表示第一期诗歌的低调,俞樾并没有列举具体的诗人名字。对于第二期诗风,俞樾评论为'其后物徂徕出,提唱古学,慨然以复古为教,遂使家有沧溟之集,人抱弇洲之书,词藻高翔,风骨严重,几与有明七子并辔齐驱'。由于徂徕出现,推崇古学,故倾向于李王古文辞的作品增多,典雅之诗作盛行一时,其水平堪称与明七子并驾齐驱。其中卷三服部南郭(125首),卷五高野兰亭(117首)的多首诗作入选。对于这一期的诗人,俞樾并没有具体地描述每个人的风格,而是总体阐述了大体上的诗风。"

又说:"然而,俞樾认为这一期末期的作品,'一时言诗悉以沧溟为宗,高华典重,乍读之亦可喜。然其弊也,连篇累牍,无非天地、江湖、浮云、白日'(卷十)。指出其缺点在于套用天地、江湖、浮云、白日等常用表现方式,过于模仿唐诗而反倒失去了个性。'梁川星岩、大洼天民诸君出,则又变'(东瀛诗选序),直至出现梁川星岩、大洼诗佛之后,诗风才为之一变。既而进入了以'抒写性灵,流连景物,不屑以摹拟为工,而清新俊逸'为特点的第三时期。即向清新性灵派的变迁。俞樾大量收录了该期的诗作。"可谓高度评价。

蔡毅《俞樾与〈东瀛诗选〉》也说:"关于江户诗风的演进嬗变,日本汉诗理论虽多有零散议论,但如此明确地概括为'二变三期说',俞樾实为第一人。其表述的精辟和准确,成为后世研究江户汉诗者普遍取镜的一家之言。著名汉学家神田喜一郎和富士川英郎对江户汉诗的分期,均与俞说大致相同[①]。"对日本汉诗分期,是俞樾对日本汉诗研究理论和方法论上重大的贡献之一。可以说,《东瀛诗选》是日本汉诗选,也是日本汉诗重要的研究著作。

## (二) 以中国诗学理想、审美经验与日本汉诗互动

中国诗人和理论家一直重视诗"选"的工作,以"选"表达自己的诗学观念和对所选时代诗歌的评价。《文选》更是通过甄选诗赋文章,结合《文选序》,作了经典的示范。唐、宋、元、明、清诗人、批评家纷纷仿效。因此,选的方法,选什么,不选什么,就非常重要。俞樾同样想通过选什么,不选什么,结合序言和凡例,表达一个中国诗人、学问家对日本汉诗的

---

① 参见神田喜一郎《日本的汉文学》,见《墨林闲话》,《神田喜一郎全集》第9卷,同朋社,1984年,第168—178页。富士川英郎《江户后期的诗人们》,筑摩书房,1973年,第4—6页。

品评,把自己的诗学理想和审美经验传递给日本人作参考。

## 1. 提倡诗歌独抒情性,反对模拟,以此为入选标准

诗歌要独抒情性,反对模拟,这是毫无疑义的。但对日本汉诗来说,"不模拟"很难,因为日本汉诗是以中国诗歌为蓝本的。因此,在日本汉诗中,必然会出现一些中国《文选》中的题目,有的标题上就写着"效什么体","学某某体",模拟乐府诗或六朝、唐宋诗中的"从军行""长相思""宫怨""出塞""边马有归心"之类的作品。正如江村北海《日本诗史》卷四说的:"夫诗,汉土声音也。我邦人不学诗则已,苟学之也,不能不承顺汉土也。"

刚学写作的时候是可以模拟的。不仅可以,而且应该必须。从模拟中不仅可以学到做诗的技巧,也让评论家知道自己师承的渊源家数。陆机"拟古诗",就是一种描红式的学习方法。但是,如果全部模拟,不从模拟中走出来,没有自己的性灵和创造,那样的诗歌是不能选的。俞樾主张"诗主性情",反对模拟。所以也像萧统《文选》那样,只选陆机《拟古诗》十二首作"模特儿",少选和不选其他仿真的作品,并以此提醒日本汉诗人。

江户前期的诗坛,基本上笼罩在明七子"文必秦汉,诗必盛唐"的复古论调中。对复古趋之若鹜。譬如,荻生徂徕的《徂徕集》卷首有《拟古乐府十四首》;服部南郭《南郭先生文集》卷首有《拟古乐府三十一首》;平野金华《金华稿删》卷首有《拟古乐府》十一首。俞樾都给予批评,他在《东瀛诗选·例言》中说:"拟古之诗大家所有,东国诗人多喜为之。盖学诗之初,先摹仿各家,然后乃能自成一家也。刻集之时,往往置之卷首,以壮观瞻。余则谓,此言人之言,而非自言其言也。诗主性情,似不在此。故拟古之诗入选者,十之二三而已。"

## 2. 诗重性灵,但也要读书穷理

诗重性灵,切忌模拟,切忌掉书袋,但不是说诗人就不要读书,只要性灵就行了。严羽《沧浪诗话》说:"诗有别才,非关书也;诗有别趣,非关理也。"但仍强调"非多读书,多穷理,则不能极其至"。当然,"多读书,多穷理"不是要诗人把"书"和"理"直接放在诗里,而是像刘勰在《文心雕龙·神思》篇里早就说过的那样,要"积学以储宝,酌理以富才,研阅以穷照,驯致以怿辞"。多读书积累知识,推究事理,洞明世事,然后文采自生。这样,就会增加诗的深度和厚度。如果读书不多,仅仅"吟咏性情",容易导致诗歌内涵的简单化。这就是古人一直强调的,欢愉之词难写,穷厄之诗易工;学问之诗难写,情性之诗易工;窄韵之诗难写,宽韵之诗易工;僻字之诗难写,熟字之诗易工。每有险韵诗成,诗人都会觉得攀上了自我创作的高峰。诗写得好不好,与抒发性灵有关,与读书穷理同样有关,这是辩证的关系。

俞樾是晚清大儒,长于经学考据,同时又是一个著名的诗人。会写言志的诗、言情的诗和学问诗,风格明白晓畅、沉着痛快。他自己的体会是,为了吟咏性情,必须积学储宝;只有性灵,没有学问,那不是一个厚重的诗人,也不是一个好诗人——俞樾是用这种认识来选日本汉诗的。

俞樾对江户前期大儒伊藤仁斋诗歌的评价,就是与伊藤仁斋的学问联系起来的。伊藤仁斋对日本盛行的朱子学有疑问,提倡古学,倡导读《论语》《孟子》等原典以弄清原始的含义。对伊藤仁斋的这种做法和取得的成就,俞樾赞赏有加,说:"仁斋著《论孟古义》《中庸发挥》等书,专治汉魏传注,时人谓之古学。盖东国人之治汉学,仁斋始之,而物茂卿成之也。溯仁斋生于宽永四年,为明熹宗天启六年。其著《论孟古义》等书,在宽文之初。在我朝则康熙初也,顾亭林、毛西河诸先生之书未出,中华讲古学者犹鲜,而东国已开此风,亦非偶然矣。"这种讲法,是非常客观的。

### 3. 要遵守诗律,但为了趣味,可以故意破例,以取得陌生化的艺术效果

譬如山梨治宪(稻川)是一个优秀的诗人,俞樾非常欣赏他。卷十五评他:"才藻富丽,气韵高迈,在东国诗人中当首屈一指。五七言古诗尤其所长,七律亦雄壮。"但"往往有不合律处",所以"不能尽录"。

但也有破例的情况,譬如卷四评伊藤东涯,重点选了他的长篇五古《感述》诗。俞樾以《感述》议论"见其大旨":因为诗功精湛,学殖深厚,伊藤东涯的五律《集松崎君邸舍得为字》,做法与中国晚清诗人相同,有时故意不合平仄韵脚以求其趣味。作为特例,俞樾加以选录,并说明"学人之诗,有未可以诗律绳之者"。借此,俞樾想告诉大家,为了内容,为了趣味,诗歌格律有时也是可以故意打破的。这要看具体情况,这是晚清诗人写诗常用的"游戏规则"。

### 4. 诗人要有道德诗心

诗人要有道德诗心。对国家、民族、民生的关切,对人民的态度,是衡量诗人道德,认定诗人伟大程度的标准,这是中国诗人的共识。俞樾想通过《东瀛诗选》来传递这种认识。

中国诗人遵循儒家的诗教传统,诗歌中除了表达自己的情性和喜怒哀乐外,还关注民生民瘼,描写现实苦难和充满道德人性的作品。在《东瀛诗选》中,俞樾想把中国的这一传统转告给日本汉诗人。

俞樾举了一个最有说服力的例子,那就是菅茶山的诗。在俞樾以前,日本汉诗评论家眼中的菅茶山是一位田园诗人,因为只关注了他的田园诗。俞樾一反成见,多选菅茶山描

写国民生计的诗。卷十一说菅茶山的诗："各体皆工,而忧时感事之忱,往往流露行间,亦彼中有心人也。"把菅茶山向忧国忧民的诗歌理想方面塑造。此外如卷九选西山拙斋诗21首,评其为"学术醇正","诗亦高雅,有度孝儿、义禽两章,有关风化。"对广濑淡窗的《孝弟烈女诗》和大槻盘溪的《前后孝丐行》,也皆入选,给予好评。有趣的是,在菅茶山之前,日本江村北海编《日本诗选》,选了很多诗歌,但对忧国忧民、伤时悯农的作品几乎不选,也不关注。好像写诗就是诗人自己的事,无关天下,关涉国民生计,日本诗人没有这个概念①。

## 5. 以理想诗人,树立诗界法程

读俞樾《东瀛诗选》,觉得他在很多方面都受到钟嵘《诗品》的影响。如序言、凡例,以理论与具体例子互相发明,以及评语的方式、语言的结构,都很类似。曹植是钟嵘在《诗品》中树立的理想诗人。钟嵘评曹植是"骨气奇高,词彩华茂。情兼雅怨,体被文质"。以曹植为高标,寄托了自己的诗学理想;而俞樾树立的标杆就是广濑旭庄,以为他是日本历史上最杰出、最有才华的第一诗人②。评为:

> 吉甫(旭庄)诗,才气横溢,变幻百出。长篇大作,极五花八阵之奇;而词组单词,又隽永可味。铁砚学人斋藤谦称:"其构思若泉涌、若潮泻,及其发口吻、上笔端,若马之注坡,若云翻空而风卷叶,虽多不滥,虽长不冗。"洵知吉甫之诗者矣。吉甫摆脱尘务,不入仕途,所亲则墨客骚人,所好则江山风月,宜其为东国诗人之冠也。诗美不胜收,故入选者甚多,分为上下卷云。

俞樾的这一评语,部分语言用的是广濑旭庄的友人吉田喜为旭庄《梅墩诗钞初编》写的跋语。跋语说广濑旭庄的诗风:"浩浩荡荡,殆乎与大海争势,使观者望羊旋面目。吉甫诚长于用长也夫!"据马歌东《梅墩五七言古诗管窥》统计,广濑旭庄有诗1471首,五、七古364首,约占全集的四分之一。而这些五、七古又特多长诗。五古,二百字以上的有29首,三百字以上的有7首,最长的《论诗》共一千二百字;七古,一百字以上的有96首,二百

---

① 蔡毅《俞樾与〈东瀛诗选〉》说:"这种现象,当与日本文学脱离政治的传统有关。汉诗作为'正统文学',较之和歌、俳句,距国计民生略近,但比之中国诗人以经时济世为己任,仍远远不及,从创作到评论,都不视政治为中心,此类作品难入诗选,也就很自然了。"

② 佐野正巳《东瀛诗选·解题》说:"俞樾特别称赞广濑旭庄,并将其作品收作两卷。并称之为'东国诗人之冠',评价道:'吉甫诗才气横溢,变幻百出,长篇大作极五花八阵之奇,而词组单词又隽永可味。'认为其才气焕发,长篇大作则天马行空,短篇则暗藏奇招。这个评价是非常贴切的。"

字以上的有 63 首,二百八十字以上的有 41 首,最长的《送桑原子华归天草》共一千八百三十四字。庄诗的佳者,多为长篇大作,汪洋恣肆,纵横捭阖,一般日本汉诗人做不到这一点,这让俞樾很激动,觉得非博大雄深、横逸浩瀚之才写不出来。故俞樾对广濑旭庄的评价,比吉田喜的更高。

### 6. 诗歌体式不同,法则不同,审美不同,选取不同

诗歌那些事,有的很简单,简单得一读就懂,境界全出,让人感动得泪流满面;但有的很专门,不能一读就懂。如诗歌体式不同,则法则不同,审美不同。因此,古诗和律诗的选择标准也不同。这些都是经验,有时说不上有多少理论,但实际写作就是如此。

旭庄自己很喜欢的《论诗》诗纵论中国和日本江户时代的诗人,自己很得意,时人也很重视。但俞樾看来,这类作品并无大妙,见的多了,比较起来,旭庄的不算好,所以没有选录。《东瀛诗选》"例言"中说:"古诗以气体为主,各集中五七言古诗,固美不胜收。然或以曼衍败其律,有枚乘骸骴之讥;或以模拟损其真,有优孟衣冠之诮。虽评论之家,击节叹赏,而鄙选弗登,职是故也。恐阅者致疑,敬为彼都人士告之。"

俞樾想通过"选"与"不选",告诉日本汉诗人,古体诗看似散漫,规矩松弛,但要写好,非常不容易。《东瀛诗选》卷十五评尾池盘(宽斋)说:"东国词人,于古体微欠遒劲,宽翁独擅场焉。"卷三十二评大槻清崇(盘溪)又说:"士广诗清丽可诵,且能为五七言古诗,乃东国所难也。"

## (三) 眼遇佳句分外明:发掘日本汉诗宝藏

俞樾有心拔擢一些不为人知的"寒门诗人"或"冷僻诗人",以体现自己编选的眼光。在《东瀛诗选》中,他选了不为人知的山梨稻川,并高度评价。说:"元度才藻富丽,气韵高迈,在东国诗人中,当可首屈一指。"稻川在当时不为人知,有点像中国的陶渊明。萧统很喜欢陶渊明的诗,在《陶渊明集序》中高度赞美,但《文选》选陶诗不多。这里讲山梨稻川的诗"首屈一指",但所选的诗也不是最多,和萧统《文选》的情况也有点类似吧!

日本德田武《俞樾与日本文人》①一文中说:"稻川乃日本当时堪称拔萃的'说文'学者,因其身居偏僻乡区,城市中毫无名气,也未得到诗坛的关注。当时诗坛的主流,又以学重潜思写实的宋诗风气为盛,稻川偏偏崇尚《文选》之古体,依傍的是荻生徂徕古文辞学的

---

① 见德田武《俞樾与日本文人》,《杭州师范学院学报社会科学版》1996 年第 1 期。

源流。以当时而论,他实在是诗坛的旁流,经过俞樾评价而名声大震。可以说,稻川是由俞樾发隐的布衣诗人。"

稻川汲取荻生徂徕古文辞学的源流,学习《文选》的古体诗作法。这与俞樾的写诗方法也很近,俞樾大加赞扬,也许也是一个理由[①]。由于俞樾的品评,原来在诗坛默默无闻的稻川,就诗名大振,广为人知。

俞樾还发掘那些未入选的诗人的诗,《例言》六说:"又或诗未入选而佳句可传者,亦附录之,总期有美必扬,窥一斑而见全豹之文,尝一脔而识全鼎之旨。区区之心,自谓无负矣。"

江户前期有释元政,俞樾很喜欢;百余年后,又出现了释六如,俞樾更加欣赏。以为释六如之诗,"无蔬笋气",不避熟语俗字,经常把熟语俗字作陌生化的处理,收到清新奇妙的效果。不像此前的元政,诗中还有很多教化语,未能与风景融合。

释六如的诗面貌很多,或清新自然,妙不可言;或劲健挺拔,浑成老到,有很深的诗功。俞樾选诗123首(仅次于广濑旭庄,为全书第二),不仅为六如专列一卷,表示重视。还说:"六如颇工七言律。所未选者,佳句犹多。"并意犹未尽地摘录了他很多佳句做摘句图,我们不妨也欣赏一下。如:

> 红藕入秋如病妓,青莎不夜有啼螀。
> 青苹风生惊骤雨,白沙潮走误晴雷。
> 拾翠佳人金齿屐,踏莎公子紫茸裘。
> 清秋帘外芙蓉雪,夜雨灯前宽永钟。
> 秋雪无端催鬓发,晨星容易减交亲。
> 弹压旅情凭酒力,支持衰抱策诗勋。

俞樾真心地说:此"皆警句也"。这种佶屈聱牙中的清新自然,如果让宋代的陈师道或永嘉四灵的赵师秀等人读了,也一定大声叫好,觉得从中读出了自己。俞樾的做法,其实是向不重视释六如诗歌的人大声推荐。

对梁川星岩,俞樾也读出了许多佳句。如:

① 佐野正巳《东瀛诗选·解题》说:"江户时代后期,诗坛以提倡宋诗的清新派为主流,而山梨稻川则为萱园派。稻川(阴山丰洲的门人)的诗风即不同于提倡'以唐人为主,兼用宋明'(《淡窗诗话》)的广濑淡窗,又与更近于《文选》的萱园派到了尾期容易犯的套用常用表现的毛病不同。俞樾评价为'元度才藻富丽,气韵高迈,在东国诗人中当可首屈一指'(卷一五),可以说,山梨稻川成为萱园学派尾期的最亮丽的一道光芒。"

夜静溪声微入户,天寒月色淡笼花。

寒风有力吹沙走,枯叶无声借雨鸣。

鹤闲益见昂藏气,琴古方成疏泛声。

左计应同棋败局,养心聊学笔藏锋。

千树叶红寒水见,一丝发白夕阳知。

诗境或从贫后进,酒杯未肯病来抛。

青意渐回人字柳,东风微峭虎文波。

用的其实是诗人摘句图的方法,发掘日本汉诗中的宝藏,尽显诗人的价值和诗的价值。佐野正已《东瀛诗选·解题》说:"俞樾认为稻川'五七言古诗尤其所长',也就是说,擅长古体的诗人方能成为大家。换言之,无论近体还是古体,作为一个诗人,必须两者兼备。梁川星岩之所以大量诗作入选,正是因为其兼备古今体二者之由。"乃是真知灼见。

## (四) 修改诗人作品,树立诗学典型

对入选的日本汉诗进行修改,是俞樾《东瀛诗选》最有特色也最招非议的地方。选诗已经够辛苦、够让人说三道四的了,何况还要帮人修改? 绝对吃力不讨好。改得好是人家的,改得不好是俞樾的。

但是,俞樾在《东瀛诗选·例言》里说:"代斫伤手,所弗辞矣。"俞樾好像决心要对日本汉诗痛加修改的样子,我不知道是什么原因,因为不修改,俞樾的编选工作会方便很多。

修改日本汉诗,并不起源于俞樾,日本人江村北海编《日本诗选》时就开始了。江村北海不仅修改入选的作品,在《日本诗选·凡例》中还说:"元和之后,作者辈出,近体诗实欲追步中土。"他更设立五言排律一卷,以见"追步中土"的诗功。现在由中国大儒、大诗人俞樾编《东瀛诗选》,大家太迫切想知道他们的诗,与正宗的汉诗差别在哪里,哪些地方还有不足,怎么修改。要不是岸田吟香、北方心泉或由他们代表的汉诗人要求,俞樾完全用不着无事生非。

对方要求修改,俞樾觉得花时间不多,便可"夺胎换骨""点铁成金",就修改了。

俞樾改诗的对象,主要对那些"不忍弃遗"的有瑕疵的佳作。而所谓"瑕疵",主要是音律问题。

有时改得兴起,他会把人家的排律,改成五律。马歌东《俞樾〈东瀛诗选〉的编选宗旨及其日本汉诗观》指出:"卷一石川丈山诗,有《闲游二首》,原作皆为六韵五言排律,俞樾于

其第一首删去末二联，又于其第二首删去中二联，使各成五律一首。协其声律，去冗存精，剪缀成章，询有‘点铁成金’之妙。其所谓‘代斫伤手’者，谦语耳。”

为什么“代斫伤手，所弗辞矣”呢？因为修改的意义，不仅仅是把一首诗改好或改坏，而是在具体的写作上作出“示范”。由修改可以树立艺术法则和诗学典型，这是俞樾要做的工作和《东瀛诗选》的意义。

# 三、俞樾《东瀛诗选》的文化诗学意义

## （一）日本文学史上第一部由中国学者编选的规模最大的日本汉诗总集

《东瀛诗选》是日本文学史上第一部由中国学者选编的日本汉诗总集，它摄取了江户时代汉诗的精华，基本覆盖了日本汉诗的重要内容，成为日本历史上规模空前的汉诗总集。

俞樾曾经兴奋地不止一次地说他编《东瀛诗选》具有伟大的意义，是一件前无古人的工作。编在《春在堂杂文》的《傅懋元日本图经》序说：“然日本乃吾同文之国，余所著各书，流行其地者颇广。日本国人有来游中土者，或造庐见访，或寓书问讯甚，或愿授业于门下。余固未尝拒绝之也。往年曾应彼国人之请，选东瀛诗凡四十四卷，盛行于其国中。”《曲园自述诗》自谓：“海外诗歌亦自工，别裁伪体待衰翁。颇唐当日辑轩使，采尽肥前筑后风。”并自注说：“日本向无总集，此一选也，实为其国总集之大者，颇盛行于海东也。”①

俞樾充分认识到编这部总集的历史价值和诗学意义。编完以后，为了怕评点文字散失，或分在各卷不集中，便把这些文字如散珠般仔细地收集起来，集成《东瀛诗记》，编入自己的《春在堂全书》中。

编完后，如释重负的俞樾在《东瀛诗选》自序里差不多以欢呼的口吻说：“（此集）在彼国实为总集之大者，必且家置一编，以备诵习。而余得列名于其简端，安知五百年后墨水之滨不仿西湖故事，为我更筑俞楼乎？”

《东瀛诗选》出版的第二年，作为清使馆随员驻日的陈家麟，便在其所著《东槎闻见录》“书籍”条中，赞美俞樾“殚心搜采，蔚为巨观，近已纸贵瀛东，共相传播”。

岸田信中说，请“清朝第一之大家曲园先生”选定《东瀛诗选》，为“我邦古来未曾有之

---

① 佐野正巳《东瀛诗选·解题》说：“确实，像这本能够网罗如此众多日本汉诗人的选集，在日本也从未刊行过。江村北海的《日本诗选》、宇佐美灊水的《萱园录稿》、咸宜园的《宜园百家诗》等，但无一能媲美俞樾此巨篇。”

盛举";只知道许多人对他说的礼貌话、恭维话和客套话,当然也包含一些实事求是的正面评价。《东瀛诗选》刊刻的第二年,清使馆驻日的随员陈家麟,在其所撰《东槎闻见录》"书籍"条中,称俞樾"殚心搜采,蔚为巨观,近已纸贵瀛东,共相传播"①。用"纸贵"形容《东瀛诗选》在日本受欢迎的程度,俞樾当然很高兴。还有,俞樾七十寿辰时,学生井上陈政邀集日本汉诗人作诗庆贺,俞樾编之为《东海投桃集》,其中亦多日本汉诗人的赞美之词。比起批评意见来,俞樾当然愿意听表扬的话。

俞樾七十岁诞辰,门生井上陈政邀集日本汉诗人作诗庆贺。弄得七十诞辰不准备作寿的俞樾措手不及。只能把井上陈政邀集日本汉诗人写的诗文编为一卷,收入《春在堂全书》。《东海投桃集序》说:"光绪十六年嘉平二日,余七十生辰也。是日,至象宝山送王康侯女婿之葬,不觞一客,亦不受一诗一文之赠。虽亲串中如许星叔尚书,交游中如汪柳门侍郎,门下士中往来至密如徐花农太史,皆谢不受,亦可谓绝人太甚矣。不图日本有旧隶门下之井上陈子德,为我遍征诗文,余固不知也。至明年八月,由李伯行星使寄至姑苏。余不禁哑然而笑曰:'在本国则却之,在彼国则受之。其谓我何?'虽然,余七十生辰固在去年也,而东国诗文之来则在今年,是可例之寻常投赠而不必以寿言论矣。自惟卅(四十)载虚名流布海外,承东瀛诸君子不我遐弃,雕镂朽木,刻画无盐,其雅意亦何可负哉?因编次其诗文为一卷,题曰《东海投桃集》,以识诸君爱我之情,亦见中外同文之盛。"

《东海投桃集》收日本汉诗人贺诗48首。中国诗人写诗和改诗就像刀与笔、铅笔与橡皮一样不可分离。对日本人祝寿偶有平仄不协的诗,他也进行小小的改动。《东海投桃集序》说:"又中、东诗律文律小异,不谐于中华之读者,略易一二字,曩选东瀛诗即用此例,想不罪我专辄也。至名位崇卑年齿长幼,概所未详,随取随录,漫无次序,当更在所谅矣。"其实,知道的部分,俞樾以"年齿长幼"排序,八十一岁的冈本迪就被排在第一。

俞樾编《东瀛诗选》前后,许多日本学者和诗人请他撰写序文。俞樾在日本的声誉与威望,由此可见一斑。

## (二) 俞樾开启中日汉诗比较评论的先河

平台桥梁的目的在沟通,沟通的目的在交流,交流的目的在彼此理解,彼此理解的方法在比较。俞樾评论日本汉诗时,为了说明问题,也为了证实中、日诗人之间的诗歌渊源,经常用比较评论的方法。他的比较评论轻车熟路,非常精彩,开了中日汉诗比较评论的先河。

---

① 《小方壶舆地丛钞》第十帙,第387页。

如评龟田鹏斋飘逸豪宕的诗风与李白相似说：

> 鹏斋嗜酒喜游览，西攀富岳，东沂铫江，北航佐渡，南轶鸣门，傲然睥睨一世，故其诗豪宕有奇气。律诗不甚协律，然落落自喜，亦庶几青莲学士之一鳞半甲矣。

评市河宽斋诗风简淡，得林下之趣，与白居易、陆游差略近之说：

> 宽斋官富山教授二十余年，以老致仕，年逾古稀，优游林下，其为诗颇有自得之趣，当时比之香山、剑南，虽似稍过，亦略近之矣。

评筱崎小竹诗喜欢迭韵，古今体诗有迭至六七者说：

> 其才气横溢，善押险韵，颇有东坡先生之风。

评诗学黄庭坚，号称无一字无来历的江户后期诗人赖杏坪说：

> 诗亦极工，全集凡六百余首，可传之作居其大半。尤长于古体，其用险韵、造奇句，竟有神似昌黎者，为东国诗人所仅见。其近体似黄山谷，有生硬之致，而晚年所作，又似陆放翁。有句云："冷吟未肯入新软。"又有句云："禽虫皆有天然语，草木本无人造枝。"宜其似黄复似陆也。

又拈其诗中"护倒"一语，赞其"淹博"说："护倒谓野酿，见陈慥诗注，亦人所罕知也。"择而评其诗，其方法既类似钟嵘《诗品》，又类似清初钱谦益《列朝诗集小传》。但仍属俞樾为日本汉诗开拓性和奠基性的工作，具有开阔的视野和丰富的学术含量。如评菅茶山的诗：

> 礼卿诗各体皆工，而忧事时感事之忱，往往流露行间，亦彼中有心人也。其开元琴一首，借题抒愤，可想见其怀抱。七律中如"耕牛""龙盘"等题，皆摘首句二字，为题实非题也，命意所在亦有不可揣测者，然语意悲壮，气骨开张，不失为名作。

评赖山阳的诗说：

子成天才警拔而于诗学尤深,杜、韩、苏诗皆手自抄录,可知其所得力矣。

都精彩而中肯。

又如评六如诗,六如诗也学宋人黄庭坚,喜欢用僻字、奇字、生字,喜欢避熟就生。此前日本诗评家如林荪坡《梧窗诗话》、菊池五山《五山堂诗话》,均批评他造语"生奇",认为是缺点。但俞樾却认为是优点,加以肯定,并有意纠正日本传统的说法。赞赏六如诗的"古艳",而"艳"从"生""僻""苦""涩"来,正是宋人对中国诗学的贡献。

这种比较评论,同样架起一座桥梁,中日两国的诗人都可以抓住诗的钢索,在中日诗歌艺术的两头走来走去。

## (三)《东瀛诗选》保存了日本汉诗的文献资料

俞樾《东瀛诗选》保存了日本汉诗的文献数据,可以从两方面说:

一方面是俞樾鉴别、选择了日本汉诗的精华,不仅发掘日本汉诗人隐藏的价值,人的价值和诗的价值,还拔擢一些不为人知的"寒门诗人"或"冷僻诗人"。一些江户时代几乎已被当时日本人忘记的优秀日本汉诗,因为俞樾的《东瀛诗选》而被时时提醒,引起人们的注意;其二,俞樾《东瀛诗选·例言》说:"又或诗未入选而佳句可传者,亦附录之,总期有美必扬,窥一斑而见全豹之文,尝一脔而识全鼎之旨。区区之心,自谓无负矣。"所以,一些至今在日本已经失佚了的日本汉诗和诗人,因为俞樾的《东瀛诗选》而得以保存。

陈福康《论〈东瀛诗选〉对江户汉诗的鉴选保存之功》说:"我在撰写《日本汉文学史》时深深体会到,《东瀛诗选》对我写江户汉诗一段非常有用。但当我写到明治汉诗时,主要参考日本学者神田喜一郎编选的《明治汉诗文集》,就感觉到其选诗的眼力与俞樾实在不能相比,因此,我能从中选取的作品也不多。神田编选的该书,当推为篇幅最大的明治汉文学总集,他差不多编了二十年(1964—1983),在《编者后记》中他感叹'资料搜集是极困难之事'。神田是很有学问的汉学家,又下了很大的功夫,只达到这样一个水平。我就想,当年如果让俞樾再多看一些日本诗集,让他再多编选一些,该多好!"

## (四)《东瀛诗选》——中日文化交流的桥梁

沿着俞樾《东瀛诗选》的道路,编选日本汉诗借以比较中日汉诗的做法,在中国和日本都不断有人做。

中国的编选和研究,如新铭选注的《日本历代名家七绝百首注》(书目文献出版社1984年出版),刘砚、马沁的《日本汉诗新编》(安徽文艺出版社1985年出版),程千帆、孙望、吴锦的《日本汉诗选评》(江苏古籍出版社1988年出版),马歌东《日本汉诗溯源比较研究》(中国社会科学出版社2004年版),李寅生的《日本汉诗精品赏析》(中华书局2009年出版),肖瑞峰的《日本汉诗发展史(第一卷)》(吉林大学出版社1992年出版),王福祥编著的《日本汉诗与中国历史人物典故》(外语教学与研究出版社1997年出版),严明《花鸟风月的绝唱:日本汉诗中的四季歌咏》(宁夏人民出版社2006年出版),蔡毅的《日本汉诗论稿》(中华书局2007年出版),吴雨平《橘与枳:日本汉诗的文体学研究》(中国社会科学出版社2008年出版),王晓平的《亚洲汉文学》(天津人民出版社2009年出版),等等。

日本方面,差不多在1966年的时候,吉川幸次郎向汲古书院的阪本社长提出,希望能够影印出版《东瀛诗选》。吉川幸次郎作为日本研究中国古典文学的权威,十分重视中、日文化的交流,日本政府制定对华文化政策,经常要问他,可见他一个非常有文化远见的人,看出《东瀛诗选》的重要性和社会上此书已基本绝迹的情况。1981年,由佐野正已撰写"解题"的《东瀛诗选》影印本由汲古书院新版刊行。

1990年12月,由日野龙夫、德田武、揖斐高教授编纂,一海知义教授协助,日本岩波书店出版了《江户诗人选集》(全10卷),分别是:第一卷《石川丈三　元政》(上野洋三注)、第二卷《梁田蜕岩　秋山玉山》(德田武注)、第三卷《服部南郭　祇园南海》(山本和义、横山弘注)、第四卷《菅茶山　六如》(黑川洋一注)、第五卷《市河宽斋　大洼诗佛》(揖斐高注)、第六卷《葛子琴　中岛棕隐》(水田纪久注)、第七卷《野村篁园　馆柳湾》(德田武注)、第八卷《赖山阳　梁川星岩》(入谷仙介注)、第九卷《广濑淡窗　广濑旭庄》(冈村繁注)、第十卷《成岛柳北　大沼枕山》(日野龙夫注)。每卷格式相同。分别为凡例、诗歌原文、"韵"和"字"的揭示和解释、解说、作者简介、作者年谱,全面地介绍、注释、评价,展示了日本江户时代汉诗人的整体风貌。

2002年3月,由日本著名的汉诗研究专家富士英郎、入矢义高、入谷仙介、佐野正已、日野龙夫教授合作编选,由日本研文出版社出版《日本汉诗人选集》(全17卷,别卷1),分别是《菅原道真》(小岛宪之、山本登朗编选)、《绝海中津》(入矢义高、西口芳男编选)、《义堂周信》(荫木英雄编选)、《伊藤仁斋》(浅山佳郎、严明编选)、《新井白石》(一海知义、池泽一郎编选)、《荻生徂徕》(日野龙夫编选)、《服部南郭》(中野三敏、宫崎修多编选)、《柏木如亭》(入谷仙介编选)、《市河宽斋》(入谷仙介、蔡毅编选)、《菅茶山》(富士英郎编选)、《良宽》(井上庆隆编选)、《赖山阳》(赖祺一编选)、《馆柳湾》(铃木瑞枝编选)、《中岛棕隐》(入谷仙介编选)、《广濑淡窗》(林田慎之助编选)、《广濑旭庄》(大野修作编选)、《梁川星岩》

(山本和义、福岛理子编选)、《古代汉诗选(别卷)》(兴膳宏编选)。编选者除了选诗、诗人介绍以外,还要做诗歌注释和评鉴的工作,和俞樾做的工作一样,在某种意义上,可以说是对俞樾的拨正和补充,正是对一百二十年前俞樾筚路蓝缕之功的纪念。

2007 年 2 月,高岛要编《东瀛诗选本文及总索引》由日本勉诚出版社出版。编者在"绪言"中说:"《东瀛诗选》刊行至今已逾百年,经过中日双方的研究,已成为中日文化交流的桥梁。"诚哉斯言。

从俞樾编成《东瀛诗选》至今,《东瀛诗选》的影响和意义越来越大。猪口笃志的《日本汉文学史》、近藤春雄的《日本汉文学大事典》、山岸德平的《近世汉文学史》、富士川英郎的《诗集日本汉诗》等著作,多引用俞樾在《东瀛诗选》中的评语和意见,可见《东瀛诗选》的影响。

我们都应该感谢岸田吟香请俞樾编《东瀛诗选》——那是当时最重要的文化选择,是中日文化交流最高的缘分。当时,还有什么比编《东瀛诗选》更能体现中日诗歌千年同脉的传统? 除了请俞樾,还有请谁编的意义能超过俞樾呢?

【作者简介】曹旭,上海师范大学人文学院教授。出版钟嵘《诗品》研究论著论文多部(篇)。

# 从《东瀛诗选》的编撰看汉诗
# 对俞樾的逆向反馈*

李雯雯　　严明

**摘要：**在中日文化交流史上，日本汉诗整体西传回归中国视野的表现即为《东瀛诗选》的编纂。俞樾的诗学源流观念在《东瀛诗选》的编纂中一目了然，《东瀛诗选》撰辑过程中的文艺批评亦对俞樾的文学认知思维体系进行了延展和补充。笔者将以此为切入点，从传播学的角度来看俞樾对《东瀛诗选》的编撰，从而探究日本汉诗在其发展过程中的文化逆向反馈作用。

**关键词：**俞樾　东瀛诗选　逆向反馈　中日文化交流

## 一、引　言

文化传播自古以来都是双向互动的，东亚各国汉文学的交流受容历时千年有余。日本汉诗源流于中国，同时也不断地以各种方式逆流反馈。近世中日文化交流里程中，《东瀛诗选》可视为逆向反馈成功的文学现象代表，是日本汉诗整体西传回归中国视野的表现。文化反馈是检验文化传播果效的有效途径，关注日本汉诗对中国文化的逆向反馈作用，重视汉诗的回流，不仅彰显出中华文明有容乃大的生命力，更促进了近世中日两国在文化交流中的合作共赢。

## 二、中日文化审美观念融合下的编纂立场

日本汉诗可谓是中国古代文学之河的源远流长中，分泾于东亚汉字文化圈的一条不可或缺的支流。文化的传播是施与受的双向协同互动，中国的优秀文化可以主动走出去，

---

　* 本文系国家社科基金重大项目"东亚汉诗史（多卷本）"（项目编号：19ZDA295）阶段性成果。

亦可以逆向折返回来完成对中国文化的"逆输入"。《东瀛诗选》在近代中日文化交流史上的重要意义,学术界对此早已关注并有较为成熟的研究。曹昇之先生对《东瀛诗选》进行点校,并对这部经中国诗人之手编选的异域诗人以汉字为书写载体的创作集成附有详细的导读,为《东瀛诗选》吸引了广泛的受众群体。蔡毅先生的《俞樾与〈东瀛诗选〉》考究了选编过程中俞樾对日本汉诗进行删削修改的诗学主张。陈福康先生有文《论〈东瀛诗选〉对江户汉诗的鉴选保存之功》,论述了俞樾编选此部日本汉诗选集对江户时期优秀诗人诗作具有保存功能。马歌东先生《俞樾〈东瀛诗选〉的编选宗旨及其日本汉诗观》通过对该书自序、凡例、诗人评价及入选诗作的论析,阐绎了俞樾的选诗观念,并着重体现了《东瀛诗选》的成书价值。近年来随着东亚汉文学研究的风行,《东瀛诗选》进入更广阔的研究视野,域外与之相关的学术论著层出不穷。日本汉学研究学者佐野正巳在《东瀛诗选解题》中对中国文人俞樾的选诗特色进行评析,肯定了其在两国文化交流中的贡献。小川环树《中国人所见江户时代的汉诗》在讨论俞樾编撰《东瀛诗选》宗旨的同时,辨析了诗集选定过程中俞樾选诗观念的不足之处。学界相关文艺研究成果之丰已毋庸赘言,总而览之,一是侧重对《东瀛诗选》的编选背景、选评内容以及成书情况的研究。二是在中日文化交流的视角下,研究《东瀛诗选》对日本汉文学文献的鉴选之功,肯定了该编著对日本诗坛大有裨益,视之为中日以书为媒介进行交流的佳作。三是在日本汉诗与中国诗歌的对照中体现中国为日本汉诗母源。在海内外先见们层见叠出的研究基础上,从文化反馈是检验文化传播效果的有效途径这一视角出发,探讨日本汉诗对中国文化的逆向反馈作用,以期得以补充该研究的整体性。

清光绪八年(1882),在岸田国华的诚邀下,俞樾在日本百余家汉诗集中甄选出五千余首编为《东瀛诗选》。"百七十家诗集在,摩挲倦眼看难明"[1],道尽俞樾在简牍盈积的汉诗集中编选斟酌的艰辛不易。《东瀛诗选》四十卷,补遗四卷,"通过对日本汉诗的编选和修改,让同一种诗歌形式在不同国度间开花结果后再次会面,并在编选、写作、和审美观念方面形成新的融合"[2],俞樾正是在对自身所属的中国文化体系认同的基础上,完成了以汉诗为代表的日本文化的互动交流。

从传播接受学的角度看,对外来文化的接受是先从反对和批评开始的,在《东瀛诗选》的编纂中,俞樾完成了对日本汉文学的文艺批评过程。《东瀛诗记》自序中称"其中虽不无溢美之辞,然善善从长,春秋之义也",可见其编纂过程中的奖掖勉励之心。"总期有美必

---

[1] 俞樾《春在堂诗篇》卷一○,《春在堂全书》第5册,凤凰出版社,2010年,第134页。

[2] 俞樾编,曹昇之、归青点校《东瀛诗选》,中华书局,2016年,第1页。

扬,窥一斑而见全豹之文,尝一脔而识全鼎之旨,区区之心,自谓无负矣"。在选诗方面,俞樾有着自己"有美必扬"的诗学原则。森春涛可谓明治文坛汉诗巨擘,俞樾《东瀛诗选》入选其诗仅14首,卷三十五评其诗"颇涉纤小,其诗亦多小题"①。马歌东在《日本汉诗溯源比较研究》中称"俞樾的源流观,在所选诗篇中也得到充分体现"②。作为选诗编撰者,俞樾从一而终贯彻了自己覃思精研的诗学立场,尽量避免被诗集中序跋评语所影响,"吾选定日本国诗……以见中外虽异,而书生结习未始不同也"③,尊重差异的基础上不失公允,保持了自主编选内容清醒认知的同时亦能保留诗人的创作意图。"每读一集,略记其出处大概、学问源流,附于姓名之下,而凡佳句之未入选者,亦或摘录焉"④,在编纂中补拾佳句,惟恐遗珠。以诗歌为评判依据,评骘知人论诗,语中肯綮。

文学在动态传播过程,随时间、空间的转换会产生相应变更。汉诗作为始发于中国的源语文化在日本译语文化土壤的传播过程中,文化结构经过与日本民族的文化聚结,完成了文化符码的内部整合,从而生成新的文化意识形态。俞樾在《凡例》中说"诗之为道甚大,学者各得其性之所近。余于东国之诗……止就余性之所近录而存之"⑤。在日本汉诗评判编选的过程中,俞樾作为日本汉诗的编选者同时也是日本文化逆输入的接收者,是汉字文化原属地文人思维个体的存在,他需要在中日文化认知观念的异同冲突中寻找与自我内在文学价值体系平衡和解的编撰形式,从而形成具有"俞樾式"的适当编撰立场,由此达成与异质文明在批评与认同中的互动,最终完成日本汉诗的选定,即逆向反馈文化(日本汉诗)向文化接受者(俞樾)的文化共享、渗透和迁移的过程。

## 三、俞樾文学作品中所体现的日本情结

弗洛伊德《精神分析引论》认为,"情结"在西方精神分析心理学研究中,是指存在人的无意识中虽被意识压抑控制但仍旧能不断进行活动的本能欲望⑥。俞樾在《东瀛诗选》的选编和构思中进行文本的再加工连接了创作主体、作品文本以及接受客体。这不仅仅是文人个体的、纯粹的文学美行为,而是有着深厚的时代文化心理基础的文化情结再创造。俞樾检阅大量日本汉诗,在挑选整理中不免受其影响,大量与东瀛本土风物相关词汇迅速

---

① 俞樾《东瀛诗选》卷三五,下册,第1120页。
② 马歌东《俞樾〈东瀛诗选〉的编选宗旨及其日本汉诗观》,《兰州大学学报》2002年第1期。
③ 俞樾《东瀛诗选》卷一,上册,第8页。
④ 俞樾《东瀛诗记》,《春在堂全书》第7册,第569页。
⑤ 俞樾《东瀛诗选》,第1页。
⑥ 弗洛伊德《精神分析引论》,商务印书馆,1984年。

涌入并渗透到其生活以及后期的诗作当中,在不断交织融合下丰富了其文学表达形式,并在一定程度上延展了俞樾文学作品的书写空间。

## (一) 东瀛樱花多携入诗

东人喜樱,故多撷入诗。《东瀛诗选》多有收录樱花诗①,如卷三十一大沼枕山《三月五日独步墨堤赏樱花》:"贫奇福亦奇,管领万花枝。一片未飞处,十分齐发时。"②身处中华大地的俞樾深受日本樱花文化的陶染,"余观东瀛诗人之诗,无不盛称其国樱花之美,读而慕焉,求之未得",俞樾带着这份好奇开启了寻樱之路,后曾主动向日本诗僧新泉求樱,但碍于地域与季节限制,此次寻樱未果。

光绪十一年(1885),六十五岁的俞樾如愿以偿在岁春初见日本樱花,弟子井上陈政将四株漂洋过海的樱花寄到中国,"寄到之时,花适大开,颇极繁盛,历一月之久始谢"。虽然在苏州绽放花期仅为一月,俞樾仍作诗赞曰"莫惜移根栽未活,也曾一月赏奇葩"③,喜樱之心难以自持,跃然纸上。

异域物为手中物,诗中花成眼前花,俞樾亲睹日本诗人竭诚赞美的东国之花,自是喜不自胜,笔端不乏与樱花相关的文化因子。《俞曲园手札》光绪十一年春,俞樾在潘祖荫处有《樱花诗呈教》。《春在堂诗编》卷十一有《咏日本国樱花》七律四首,卷二十有《咏日本樱花(日本村山节南所赠)》④,卷二十一有《去岁于曲园中栽日本樱花一株,今岁仅开二朵,日本领事白须君乃以数本栽盆见赠,赋诗谢之》⑤,卷二二有《白须温卿折樱花数枝寄余插瓶,赋谢》⑥,另卷二三有《日本樱花歌》⑦,俞樾以樱入诗之迹斑斑可考,兹不赘述。

樱花从日本诗集中的文化符号转化为俞园盆中的具象物质形态,随后又进入到俞樾所构建的文化阐释领域,成为承载着全新审美元素的符号载体,其所产生的文化价值高过了客观物象存在的本体价值。俞樾在选编《东瀛诗选》的过程中,因喜樱花,遂移花接木,把所聚焦的樱花这一日本文化意象成功投射到俞樾的自身文化认知体系中,在主观意愿的接纳中将樱花元素引植到自我文学作品中,延展了创作的文本空间,将东国之花的文化

---

① 参见薛静《俞樾诗论观与〈东瀛诗选〉》,首都师范大学 2012 年硕士论文。

② 俞樾《东瀛诗选》卷三一,下册,第 996 页。

③ 俞樾《曲园自述诗》,《春在堂全书》第 7 册,第 635 页。

④ 俞樾《春在堂诗编》卷二〇,诗作于光绪二十九年,《春在堂全书》第 5 册,第 282 页。

⑤ 俞樾《春在堂诗编》卷二一,诗作于光绪二十九年,《春在堂全书》第 5 册,第 298 页。

⑥ 俞樾《春在堂诗编》卷二二,《春在堂全书》第 5 册,第 328 页。

⑦ 俞樾《春在堂诗编》卷二三,《春在堂全书》第 5 册,第 350 页。

概念从东瀛文坛栽培进中国诗歌的这一肥沃土壤。

## （二）东瀛松树与茶具入诗

日本人喜松，其形刚健优美，是日式庭院景观的常见元素。《东瀛诗选》中松诗入选甚多，多为歌颂松树的巍峨屹立，如卷十三《观曾根松有感》："昔闻菅公西流配，手重一松在伊界。劫来星霜一千载，成龙成蛇极奇态。……大权一颗椒房外，再转遂落帘幕内。一株遗爱谁不爱，来抚日东独孤桧。"①日本人喜爱歌颂松树的巍峨屹立，"松山晴望万株松""明月不离松"等句皆彰显松文化之于日本文学的重要性。

《俞曲园手札》其五有"海东移到虬枝一"句，后注"时日本诗僧心泉以其国松树一株寄赠"②，对于这棵诗僧心泉遥赠的"海东虬枝"，俞樾解释："余向日本国心泉和尚乞彼地樱花一株，因大暑未可致，先以松来，花则有待也。"③本意向心泉邀花，大暑花未及时到达，收到了寄来的日本松树。俞樾每闲暇日以观松为乐，"每扶磊砢天台杖，去看支离日本松"。同中国一样，日本文人爱松情结源远已久，松树自古就被赋予了"贞质指天高"的民族精神④，早期文学作品《万叶集》《怀风藻》中不乏文人盛赞松节的痕迹。俞樾以松纪事、携松入诗，实为日本"松"的文学形象在汉诗传播过程中引发其心中对松之形象认同所产生的作用。

"源语读者因为本身就是该审美意象形成的亲历者或者体验者……故而特定意象与文学审美的连接会比较容易生发"⑤。除樱花与松树外，日本茶具亦是俞樾诗中之物。融禅入茶称之为道，茶道是日本传统文化的典型象征。《俞曲园手札》有诗："茗余追话升平事，不数深杯到日东。"后注："同日有日本人以其国茶杯来馈，杯甚深。"⑥茶杯作为日本工匠精神的代表器物，"不数深杯到日东"，引起身在中国的俞樾睹物思情。光绪十年给北方心泉信："弟欲托买贵国瓷器数件。或茶碗，或饭碗，或菜蔬碗，不拘大小式样，随便几种均可。"可见俞樾对日本器物的赏识与喜爱程度。

## （三）俞楼与诗仙堂之隐逸情怀的建构

江户宽永十八年（1641），日本文人石川丈山无心仕途，孑然在京都郊外一乘寺旁建

---

① 俞樾《东瀛诗选》卷一三，上册，第385页。
②③⑥ 台湾图书馆古籍与特藏文献资源《俞曲园手札》手稿本，书号21946。
④ 中島大臣《咏孤松》，《日本古典文学大系》，岩波书店，1960年。
⑤ 伽达默尔《诠释学:真理与方法》，洪汉鼎译，商务印书馆，2007年，第364页。

"凹凸窠","为终焉之谋"的诗仙堂落成。直至宽文十二年(1672)离世,石川丈山长居于此三十一载。《东瀛诗选》卷十九载其堂内设有中国由汉至宋三十六位诗人画像,诗仙堂远离市井纷扰,"堂后有室,闲坐读经史,博窥诸子百家……来问者千扣而开,俗客则不入之"[1]。石川丈山高唱"纷华何所悦,车马译浮尘"[2],寄托了逍遥的人生态度。"山月照树林,晓露洒野藿"[3],彰显了石川丈山半生羁旅后对闲适自由的追寻。俞樾《东瀛诗选》编辑过程中了然石川丈山脱离尘世喧嚣的隐逸志向,评价石川丈山"遂辞官归洛,以肥遯终"[4]的行为,回归自然、避世造堂是忠于内心的选择,俞樾对其"唯以诗文自娱,著述甚富"[5]的隐逸状态倾慕不已。

石川丈山"常抱退耕之志"的内心与"偿叱避功名"的人生态度是老子隐逸思想的外现,俞樾在《与戴子高》信中亦言"近来得力于《老子》之学",并宣称"以此治心,以此处世"[6]。两人人生经历的契合,宦途生涯的失意所带来了心理的攸同感,产生了超越时代与民族阻隔的道家隐逸精神上的共通。同治十三年(1874),俞樾在苏州建宅曲园,第二年又在曲园池塘叠石凿土,造舟"俞舫","朱栏绿幕,略如黄制"[7],名为小浮梅。光绪四年(1878),俞樾弟子们循地选盛,集众力在杭州孤山之麓为其造楼,俞楼内设浮梅舟舫,俞樾名之"小浮梅俞"[8]。该舟修修补补在曲园、俞楼徜徉二十余载,直到光绪十五年,俞樾有诗:"细事报君聊发嚎,小浮梅槛又堪划。"后注"曲园中小浮梅坏,又修治之"[9]。无论是曲园、俞楼还是浮梅舟,都是俞樾选择的青山为屋水为邻的诗意生活,在孤山之畔的静谧中研学,开辟出一方文学养憩之地以慰宿愿。俞樾诗言"老夫天性本疏慵,久住山中兴转浓"[10]。他乐于山林,存于山林,"山中有细竹可为箸","屋旁芙蓉甚高,余曾斫其老干为杖"[11],生活也与心寄江湖之远的高隐相类,竹箸、手杖皆能自己动手满足所需于山林。无论是日本的石川丈山还是中国的俞樾,他们在天地纵横之间自我黾勉砥砺,不与世俗相抗,挣脱了名缰利锁的束缚,于广袤天地间主动选择一方净土作为精神栖息地来聊以慰藉,完成了隐士风流的雅愿。

---

① 石克子复《东溪石先生年谱》,见《诗集日本汉诗》第一卷,东京汲古书院,1987年,第66—67页。
② 冢本哲三《新撰名家诗集》,有朋堂店,1927年,第9页。
③ 俞樾《东瀛诗选》卷一,上册,第19页。
④⑤　俞樾《东瀛诗选》卷一,上册,第12页。
⑥ 俞樾《俞樾函札辑证》,张燕婴整理,凤凰出版社,2014年,第38页。
⑦ 俞樾《春在堂诗编》卷八,《春在堂全书》第5册,第105页。
⑧ 俞樾《春在堂随笔》卷七,《春在堂全书》第5册,第472页。
⑨ 俞樾《春在堂诗编》卷一二,《春在堂全书》第5册,第169页。
⑩⑪　俞樾《春在堂诗编》卷一二,《春在堂全书》第5册,第165页。

# 四、与东国文人为师为友，互通典籍有无

《东瀛诗选》盛名海东，俞樾自述"余以虚名流播东瀛，日本国人能读余书者多矣"①。以至"晚年，足迹不出江浙，声名溢于海内，远及日本文士"②，一时间海外求学受教者与之往来频繁，结下深厚情谊。日本文人对中国学者的倾慕油然而生，形成一股中日文学频繁交流的盛况，"执经者、问字者、乞诗者，户外屦满，肩袂相接，果人人得其意而去"③。

## （一）与慕名乞诗者的诗文往来

井上陈政为俞樾的东瀛弟子，光绪十年（1884）受业于俞门。"大藏省官学生井上际改字子德者来见，愿留而受业于门，因居之于俞楼"④。俞樾收徒东瀛的美事被赞："先生积德育才之泽，不唯中国士大夫，涵沐之施及遐岛异朝之国，其仁岂不大哉！"⑤井上陈政慕名谒见，兢业受教，对这位中国老师的评价颇高，"余谓中土名人之著声日本者，于唐则数白乐天，近世则推先生。"在老师七十岁寿时，其发动 29 位日本同人为师拜寿，共集寿诗 48 首、寿文 4 篇。俞樾遂将诗作收纳入《春在堂全书》中："井上陈政为我遍征诗文也……寄至吴中，因刻成一集，名曰《东海投桃》。"⑥

著有《大清统一史略》的佐藤楚材与俞樾以诗交好，俞樾《日本人佐藤楚材字晋用，行年八十有八，赋诗征和为赋此诗》："一笺飞到诧伊谁，想见吟成笑捻髭。敢谓新罗知颖士，且同白傅和微之。人间矍铄九旬叟，海外清和四月时。安得牧山楼上坐，为君玉貌倩徐熙。"⑦小柳司气太明治三十九年（1906）在《哲学杂志》21 卷发表《俞曲园之著述及学说》中说"是时介绍现今大儒俞曲园，绝非无用之闲事。顷者，笔者翻阅其著《春在堂丛书》三百卷，获知曲园的家系、生涯、著述等一斑，兹记录如次，供世人一阅"⑧，俞樾隔空与之互动："举世人人谈哲学，愧我迂疏未研榷。谁知我即哲学家，东人有言我始觉。……不图今遇

---

① 俞樾《春在堂诗编》卷一八，《春在堂全书》第 6 册，第 252 页。
② 缪荃孙《俞先生行状》，《俞樾全集》第 32 册附录五，浙江古籍出版社，2018 年，第 7 页。
③ 黄遵宪著，钟叔河辑校《日本杂事诗广注》，湖南人民出版社，1981 年，第 242 页。
④ 俞樾《春在堂随笔》卷九，《春在堂全书》第 5 册，第 488 页。
⑤ 俞樾《东海投桃集》，《春在堂全书》，第 7 册，第 602 页。
⑥ 俞樾《春在堂诗编》卷一三，《春在堂全书》第 5 册，第 188 页。
⑦ 俞樾《春在堂诗编》卷一二，《春在堂全书》第 5 册，第 165 页。
⑧ 小柳司气太《东洋哲学》，1906 年第 13 编第 10 号。

小柳公,竟知世有曲园翁。收归哲学传中去,传语康成吾道东'。"①俞樾更是把日本来访友人亲呼为"东瀛贵戚"。傅云龙赴日之前,特邀时在日本拥有"炙手可热"之名气的俞樾亲自作函:"东瀛人士知道有贱名者固多……遇彼中学者,如道及贱名,言曾有周旋之雅,虽不足为台端重,或亦声气之引喤乎?"②这种中日间文人惺惺相惜的共时性文化交流增加了中日文化互动的机会,创造出了更多的汉字文化书写空间。

## (二)中日双方汉学著述的互向寄赠

光绪三年(1877),俞樾为竹添《栈云峡雨日记》作序:"井井……至吴下寓庐春在草堂,始得修相见礼,而以此问序焉。"③时下多有中日双方文人互为代序的风行,但俞樾与竹添井井的文化交流不止于此。《尺牍》卷五载俞樾从竹添井井处收到安井息轩的《论语集说》后,"谨寄奉新刻之《曲园杂纂》五十卷,伏希鉴入"④,竹添井井陆续寄书赠典,将日本文坛著述隔海而传,不绝于途⑤。获赠《论语集说》的俞樾将新刻《曲园杂纂》回赠,来往之间完成了文人私交渠道的中日书籍交流。在近世中日文人间书籍互通有无的往来交谊中,中日文化的逆向反馈被彰显得淋漓尽致。

光绪八年,友人北方心泉将《净土真言》、青山延于《史略》和赖襄《外史》各一部寄给俞樾⑥,俞樾"时将所编《东瀛诗选》目录寄日本僧心泉"⑦。光绪十年三月二十六日,"又《俞楼诗纪》一卷",同年五月二十日,"又小诗一章……另有数纸或可分寄贵国诸吟好也"。并将与北方新泉的"往来札子装成巨册"。在相继由日东传来的汉学相关典籍中,俞樾在收集日本汉学专著的同时,亦将散落在日本的中国文学典籍进行查漏补遗,校勘辑轶经传中的衍脱伪谬,训诂考订版本注疏讹误。如林春信《梅洞集》收录唐代李巨山《百二十咏》,此为《全唐诗》遗漏,俞樾为此做题录⑧。"顾亭林、毛西河诸先生之书未出,中华讲古学者犹鲜。而东国已开此风,亦非偶然矣"⑨。由此也表明在日本繁衍生息已久的汉文化,已不满足于亦步亦趋,文论评估日臻成熟。俞樾得见日本物茂卿(荻生徂徕)撰"《论语征》甲乙

① 俞樾《春在堂诗编》卷二三,《春在堂全书》第5册,第359页。
② 傅云龙《傅云龙日记》,浙江古籍出版社,2005年,第75页。
③ 竹添进一郎《栈云峡雨日记》,张明杰整理,中华书局,2007年,第17页。
④ 俞樾《俞樾函札辑证》,第688页。
⑤ 俞樾《春在堂词录》卷三,《春在堂全书》第5册,第392页。
⑥ 俞樾《春在堂诗编》卷一〇,《春在堂全书》第5册,第131页。
⑦ 台湾图书馆古籍与特藏文献资源《俞曲园手札》手稿本,书号21946。
⑧ 俞樾《春在堂随笔》,《春在堂全书》第5册,第503页。
⑨ 俞樾《东瀛诗选》卷一,上册,第8页。

至壬癸十卷"①,后评其书"议论通达,多可采者"②,他的《群经平议》注译参考了《论语征》。

中日文学往来根柢渊深,古代中日以书籍为物质文化载体的交流中,日本多以求书者身份接受中国文史典籍的东传,《古事记》载《论语》由百济博士王仁传到日本③。近代以来日本国内付之梨枣的汉学论著浮海而至,加深了两国文人的汉文学关联。历史穿越千年,今昔对比,中国从《论语》原典的输出者到千年后《论语集说》的输入者,《论语》从东传入日再到西归中国,从官方交涉到民间交流,这一过程反映出日本对中国经史典籍的受容与反馈,两国文人在函札往来、互寄典册中实现了中日近代文化的民间交流,这是中华文明兼容并包的文化自信的表现,更显示了中日文化交流在时代传承中不断以新的方式发展与延续。若将汉字发源国比作为老师,受容国日本为学生,正如韩愈所言,"是故弟子不必不如师,师不必贤于弟子,闻道有先后,术业有专攻,如是而已"。

# 五、小　结

没有文学的传播,就没有文学的继承。汉诗在中日之间的交流实现了文学传播的横向增殖功能。汉诗像是中华大地上的一颗种子,吹到东瀛,在其国度开出奇葩后又盈香于中华。俞樾编选《东瀛诗选》时亦深受其影响,诗作中多有日本式风物人情,以中国学者的立场鉴选他国汉诗,拾遗补阙的同时又与自我诗学建构相得益彰,完成了中日文化间的逆向反馈。在"习俗虽异,文字则同"的文化基础上,俞樾"与东瀛诗君子结文字因缘,未始非暮年之一乐也"④,方能在浩如烟海的日本诗集中完成里程碑式的文学巨编。发生在俞樾与东瀛文人之间的代序乞诗、拜师交友、互赠书籍等文学活动场景更促成了近代东亚文化圈汉文学的互动。

【作者简介】李雯雯,文学博士,上海师范大学人文学院在读博士,发表过论文《俞樾晚年文学创作活动与学术观照》等。严明,文学博士,上海师范大学人文学院教授、博士生导师,发表过论文《东亚国别汉诗特征论》等。

①② 俞樾《春在堂随笔》卷一,《春在堂全书》第 5 册,第 399 页。
③ 舍人亲王等《日本书纪》,经济杂志社,明治三十年(1897),第 184 页。
④ 俞樾《东瀛诗记》,《春在堂全书》第 7 册,第 569 页。

# 日本五山诗形的研究

## ——以来日诗僧松源派系佛源派祖大休正念为例[*]

海村惟一 著　海村佳惟 译

**摘要:** 来日诗僧大休正念是中国禅林松源派的重要成员。来日之后,大休正念不仅在日本五山禅林创建了日本松源派系佛源派,为弘扬纯粹禅宗做出重要贡献,而且为滥觞期的日本五山文学带来了鲜明的禅林文学意识,并奠定了日本禅林的五山诗形。本文以考察其禅林文学观以及其五山诗形为主。

**关键词:** 来日诗僧　佛源派祖　大休正念　五山诗形

具有鲜明文学意识的中国禅僧大休正念来日,不仅开创了日本松源派系佛源派,而且更为滥觞期的日本五山文学带来了鲜明的禅林文学意识,并奠定了日本禅林的五山诗形,使滥觞期的日本五山文学有了重大的转折。宋代一流的禅林学派——松源派也由此在日本禅林扎下了根基。玉村竹二对大休正念作了如下的评价①:

> 在无象静照不久之前,已有宋高僧兰溪道隆来到日本,之后是兀庵普宁、大休正念、无学祖元、镜堂觉园等禅僧也来到了日本。这些禅僧各有各的语录,除了上堂法语之外,还包括纯文学作品,这些作品相当优秀,特别是大休正念的作品非常规整,无学祖元的作品内容非常好。

笔者对大休正念禅师的作品进行了系统的研究,同意玉村竹二对大休正念的评价。而且大休正念禅师"非常规整"的作品,亦成为滥觞期日本五山文学、五山诗僧的重要典范。笔者认为大休正念禅师是五山文学最杰出的贡献者之一。

---

[*]　本文为国家社会科学基金重大项目"东亚汉诗史(多卷本)"(项目编号:19ZDA295)阶段性成果。
①　玉村竹二《五山文学》,至文堂,1966年,第58页。

# 一、关于大休正念的传记

有关大休正念的传记，中国的资料有如下的叙述[①]：

> <u>正念（1215—1289），宋僧。号大休。永嘉（浙江温州）人。受诀于石溪心月。</u>咸淳五年（1269），东渡日本至相阳（镰仓），副元帅平时宗以礼迎，主禅兴，次移建长、寿福、圆觉诸刹。寂谥佛源禅师。有《语录》六卷。见《元亨译书》八《日本名僧传》《延宝传灯录》《东渡诸祖传》《日本高僧传》。

对于他 75 岁的人生来说，这个传记太简略了（全文仅 87 字）。尤其是大半生的 55 年，只有 17 字（下划线部分）的记录，占整体的 20％。而来日后的 20 年有 70 字的记录，占整体的 80％。此文把大休正念传记的重点放在赴日弘法之后的处理方式，可见作者重视大休正念赴日弘法之举。日本方面的资料，有北村泽吉的《五山文学史稿》，其中大休正念的传记如下[②]：

> 大休，名正念，宋温州永嘉郡人。初参灵隐东古光，后谒石溪和尚，与其脱然省悟。咸淳五年（1269）夏，乘商船东渡。本朝文永六年（1269），抵达相州。为建长寺兰溪道隆之后的贵客。北条时宗礼仪周到，请其为禅兴精蓝之主。其后迁移建长寺、寿福寺、圆觉寺等诸刹。后于后寿龟谷山顶建庵，挂扁曰藏六，并建寿塔为其归藏之地。自著《圆湛无生铭》，录其修行之始终。正应二年（1289）冬，病寝于圆觉寺。十一月病重移居正观寺。年末书偈曰："拈起须弥槌，击碎虚空鼓。藏身没影踪，日轮正当午。"搁笔圆寂。春秋七十五载，淹留此方，接龙象之众，横说竖说，不厌其烦二十二年。敕谥佛源禅师。

虽然在中国的经历比中文资料略多一点，但（原文）78 字亦占（原文）整体 332 字的 24％，占全篇的比例比中文资料多 4％。来日本后的经历占整体的 76％，比中文资料少了 4％，但内容充实了。其"春秋七十五载，淹留此方，接龙象之众，横说竖说，不厌其烦二十二

---

① 震华法师《中国佛教人名大辞典》，上海辞书出版社，1999 年，第 1260 页。
② 北村泽吉《五山文学史稿》，富山房，1941 年，第 34 页。

年",形象地描述了大休正念禅师定居日本后致力于培育日本五山禅林的后进,而"敕谥佛源禅师"则是朝廷对大休正念禅师最高的评价。笔者认为这是完全正确的。大休正念禅师的遗偈"拈起须弥槌,击碎虚空鼓。藏身没影踪,日轮正当午",是对自己赴日弘法的最大肯定。

## 二、有关大休正念的著作

关于大休正念禅师的著作,据北村泽吉的《五山文学史稿》记载,《高僧传》有《大休语录》六卷。现今东大图书馆所藏别置本五山版四册,是永和四年(1378)东山同源塔下的重刊本。第 1 册弘安甲申(1284)有大休自序,载有禅兴寺、建长寺及寿福寺等诸语;第 2 册为圆觉寺语,诸寺小参、普说和大小佛事;第 3 册为颂古、赞及偈颂杂题;第 4 册收录偈颂、法语、题跋及无生铭等①。除此之外,根据笔者调查的结果,大休正念禅师的著作还有如下藏本:

①《大休念禅师语录》二卷一册。弘安七年(1284)有大休自述的序。刊笔者乃清见寺常在。成簣堂文库藏。

②《大休念禅师语录》六册。永和四年再刻五山版。京都东山同源塔仁到刻版。所藏者有大中院、两足院、松冈文库、大东急记念文库(五册,永和五年刊行)、内阁文库(只有颂古偈颂以下的文字)。

③《大休念禅师语录》一册。庆长年间的写本。积翠文库藏(只有拈古下火部)。

④《大休念禅师语录》六册。宝历十三年(1763)的写本。积翠文库藏。

⑤《佛源禅师语录》六册。写本。东京大学史料编纂所藏(原镰仓圆觉塔头藏六庵本)。

⑥《念大休禅师语录》二部合装本。收于『大日本佛教全书』九十六卷。

## 三、关于大休正念的禅林文学观

就其自身的禅林文学观而言,大休正念禅师在自序中有明确的表白②:

---

① 北村泽吉《五山文学史稿》,第 34 页。
② 东京大学图书馆所藏别置本五山版第 1 册弘安甲申自序。

深恐，学语之流，匿于知解，别开户牖，摘其枝叶，不明本根。虽然言者载道之器，犹水能行舟，亦能覆舟。先圣抑不得已而言之。嗟夫去圣时遥，人心淡泊，非借曲施方便，则不能逗机信入。

对于大休正念禅师的表白，荫木英雄作了以下的评价[①]：

周敦颐不得已所说的"文所以载道也"乃方便之用，若不取此方便之用，便难以信入佛祖之心机，这是对文字语言功效的认同，大休否定了兰溪和兀庵的否定文学的教化路线，给日本五山禅林带来了一大转机。

关于荫木英雄所说的"兰溪和兀庵的否定文学的教化路线"，笔者已在《日本五山汉诗的起源研究》中指出"那样是一种误解"[②]。关于"载道说"，兰溪道隆禅师亦严诫日本修行僧："看人语录并四六文章，非但障道，令人一生空过（普说）。"此严诫的内容与大休正念禅师所告诫的"摘其枝叶，不明本根。虽然言者载道之器，犹水能行舟，亦能覆舟"的主旨基本相同。

就此"载道说"，来考察一下大休正念禅师的诗论。首先考察先行研究的荫木英雄的论述。荫木英雄一边引用大休正念禅师的诗论一边展开如下的叙述[③]：

大休对诗文叙述如下：

疏影横斜水清浅，暗香浮动月黄昏，此和靖得意中句。如真金不加色美，玉不雕文，后作所不及也。画二多其句，发越其寓意之妙。犹化工生成万物，曲施善巧之功。惟人，万物最灵。在心为志，发言为诗，可以动天地感鬼神；得之于心，应之于手，可以致精神、夺造化。皆自吾方寸中流出，非剩法耳。

苏东坡参见常总禅师的诗句，已经在兰溪的《大觉禅师语录》中有记录："所谓溪声便长广舌，山色无非净清身，达是理已（上堂语）。"宋代隐士林和靖被介绍到日本禅

---

①　荫木英雄《五山诗史研究》，笠间书院，1977年，第27页。

②　海村惟一著，海村佳惟译《日本五山汉诗的起源研究》，《中华诗学》第4卷第3期，学术文化出版社，2022年，第14—15页。

③　东京大学图书馆所藏别置本五山版第3册的杂题。

林,也许是第一次。五山文学僧在此之后,盛行吟诵"疏影暗香"。此事暂且不提,大休叙述《诗经》大序和《古今集》序以来的传统诗歌论为:"在心为志,发言为诗,可以动天地感鬼神。"并阐明了这一观点也通用于禅道。也就是说,上面提到的"题水墨梅花枕屏后板"的下划线部分,就是以下的"示道本侍者"这一法语:

明自本心,见自本性,返观三乘十二分教,一千七百公案,乃至诸子百家、九流异学,皆自吾心性中流出,初非剩法。亦犹百川异流,同归大海,更无二味。

下划线部分的论法相同。根本,即可断定若得明心见性,诗、学问、禅均可同味。但是,此说与室町时代中期以后的诗禅一味论不同,大休承认禅与诗有明显的本末区别,并警戒在本末颠倒时,就会有"水能覆船"的结果。

今之师僧,轻心慢心,恰似村校法读得上大人丘一己,便道我文学过于孔孟。且莫错,且暗地里将鼻孔模索。(上堂语)

上述之言亦趣旨相同的教诫。

上面引用的荫木英雄的论述很长,整理一下的话,就可知其主要持"根本,即可断定若得明心见性,诗、学问、禅均可同味"和"室町时代中期以后的诗禅一味论不同,大休承认禅与诗有明显的本末区别"两个观点。笔者认为,事实上这两种观点都源于"载道说"。总而言之,"根本即明心见性"就是"道"。若得此"道",诗、学问、禅都是其表现的方法,即载道的方法。这亦是朱子学在日本禅林里入住的理由,更是日本朱子学诞生的要因之一。"水能覆船"的"水"是"文字","舟"是"道"。若不能平衡文字和道的话,"水能覆船";得"道"就能开启禅悟,而此悟的表现方法就是诗偈。因此,大休正念禅师不是"承认禅与诗有明显的本末区别",而是说"亦犹百川异流,同归大海,更无二味",此乃大休正念禅师的禅林文学观。

# 四、大休正念的五山诗形的考察

## (一) 整理颂古的诗形

荫木英雄曾把《大休禅师语录》与现存的《圣一国师语录》《大觉禅师语录》《兀庵和尚

语录》作了比较,《大休禅师语录》的分量相差很大。特别是《附录》里所列的偈颂非常之多[①]。事实上,当我们细读此《附录》时,发现"非常之多"的不是偈颂,而是颂古。据《附录》记载,圣一国师(圆尔)的颂古 0 首,大觉禅师(兰溪)的颂古 19 首,兀庵和尚的颂古 0 首,大休正念禅师的颂古 185 首,无学祖元禅师的颂古 0 首,一山一宁禅师的颂古 13 首;大休正念禅师的颂古确实"非常之多",是其中颂古最多的大觉禅师的近 10 倍。留学诗僧圆尔禅师、来日诗僧兀庵禅师、来日诗僧无学禅师都是 0 首,由此可见,大休正念禅师是日本五山汉诗中"颂古"诗形的第一人,其"颂古"诗作更是五山汉僧的模板。

## (二) 将语录类作品整成纯文学式的诗形

关于语录类作品,玉村竹二作了如下的分析[②]:

语录以弘扬宗乘为目的,其极具实质性的说法,原本是以口述口语体的笔谈形式。但随着中国文字及其语言特性渗透,逐渐地通过使用对偶句,重复使用比喻法,引入了文学表达方式,最终失去了与文学作品的区别。尤其是有了侍者记录住持所言,又交于住持要求修改的习惯之后,住持在修改时有机会完备体裁,这样就加入了更多的文学元素。因此,自南宋以来,语录形式已经固定如下:

入院法语

上堂法语　　　　　　　　住院法语

小参法语　　　　　　　　　　　　　　　伴随问答同类形式

秉拂法语

陞座法语

拈香法语

安座点眼法语

祖堂入牌法语　　　　小佛事法语

下火(秉炬)法语

拈古・颂古

偈颂(包含道号颂)

---

① 荫木英雄《五山诗史研究》,第 29 页附录。
② 玉村竹二《五山文学》,第 109 页。

> 示众法语
>
> 像　　赞

作为语录的完整形式有如此多的部类。就连住院法语也被加上了文学表现形式，甚至在偈颂类别中，题材上虽有区别，但形式与诗文相同，在用语或表达方式上完全没有区别。如此便很难划分法语和诗文(纯文艺作品)之间的界限，所以我认为将此部类整体包括在五山文学中为妥。

上文引用虽长，但是极为重要。首先，"将此部类整体包括在五山文学中"这一想法非常得当。但是，"就连住院法语也被加上了文学表现形式"只不过是文学术语中的一种表达。有关住院法语中的上堂法语，玉村竹二有如下的叙述[1]：

> 上堂是指住持定期举行的说教。元宵[上元灯节](正月十五日)、端午(五月五日)、中秋(八月十五日)、重阳(九月九日)、岁晚(十二月晦日)的俗节，与二祖三佛忌、即达磨忌[祖忌](十月五日)、百丈忌(正月十七日)，以上二祖，佛涅槃(二月十五日)、佛诞生(四月八日)、佛成道[腊八](十二月八日)，以上三佛，禅林规矩上的四节、岁旦(正月元日)、结制[结夏](四月十五日)、中夏[半夏](六月一日)、解制[解夏](七月十五日)、冬至(大概十一月中)以及开炉(十月一日)。与这些不重复的每月旦望(即一日、十五日，祝圣即为了祝圣寿)时，住持在法堂陛坐须弥坛(即法座)上，正式说法。然后允许大众提问(被称之为参)，别名大参。此外，进行入院仪式之际的初次说法，特别是发生事件，临时举行的因事上堂，秉拂(一年中的结制，冬至举行二次)之后向举行人致谢的谢秉拂头首上堂，有来访者时举行的某某至上堂等，其中，尤其注重四节的上堂。

作为上堂法语之例，在此列举与玉村竹二相同的内容。即竺仙梵仙于净智寺建武二年(1335)正月元日的《岁旦上堂》[2]：

> 岁旦上堂，垂语云，适间鼓响时，室中亦问侍者云，昨夜说昨夜低法，今日更说甚么。

---

① 玉村竹二《五山文学》，第120页。
② 玉村竹二《五山文学》，第122页。

侍者云,元正开旦,万物升平。

山僧云,好个消息,众中还有共相庆贺者么。

僧云,元正启祚,请师祝圣。

师曰,家家人唱万年欢。

问,古德云,乾坤之内,宇宙之间,中有一宝,秘在形山,如何是形山之宝。

师曰,是甚么干屎厥木。

进云,白云(守)端和尚云,大众,眼在鼻上,脚在肚下。且道,宝在甚么处,又作么生。

师曰,黄金自有黄金价,堪笑和沙卖与人。

乃云,今朝正月初一,普请从兹证人,何故不见道,识得一万事毕。击拂子一下。

复举,金牛和尚,凡吃饭时,饭桶向堂前作舞云,菩萨子吃饭来,遂抚掌呵呵大笑。

净智谓,金牛大似暴富儿,谩将七珍八宝,呈似人看,争奈开眼者小。

山僧当时若见,但向道,常住底物,人人有分,何用如斯良久云。

虽然常住若无个汉,又争得金牛,既已收铺金峰,正当开张,却不似他暴富伎俩,要与诸人庆贺新年,各宜饱取。遂以两手作饭桶无势云。

菩萨子吃饭来。乃抚掌呵呵大笑、下座。

这是非常实质的说法。可以看出是与口述口语相同的散文形式。但是,大休正念禅师认为上堂法语也应该是七言五言的诗歌形式,即所谓的纯文学性的诗歌形式,他的实践给日本禅林滥觞期的五山文学带来了极大的刺激。

在此,考察大休正念禅师的禅兴寺"因事上堂"[①]的纯文学诗歌形式:

| 暖日烘桃杏 | 蜂蝶竞追寻 | 凉风吹松竹 | 游子少知音 |
| 大道本寥廓 | 贞士多陆沈 | 唯有陶渊明 | 攒眉知此心 |

若不说是"因事上堂"的话,那就完全是一首"纯文学"的五言律诗。这样的五言律诗形式的上堂法语,不用说亦是大休正念禅师确定的日本禅林的五山诗形吧。在日本禅林里修行的禅僧是如何倾听和理解大休正念禅师清高吟诵这上堂法语的呢? 毫无疑问,这给日本禅林的刺激是巨大的,不仅激发了日本禅僧留学元明的心志,还促进了日本禅林五山汉

---

① 《念大休禅师语录》(《大日本佛教全书》第 96 卷),佛书刊行会,1914 年,第 11 页上段。

诗（法语）的盛行。尤其是尾联的"唯有陶渊明，攒眉知此心"的"此心"，在此，也许是大休正念禅师对"因事上堂"的"因事"的一种"说法"的表达方式吧。再简略看一下大休正念禅师的"重阳上堂"的法语：

渊明去后无知己　谁对东篱话<u>此心</u>　　（重阳上堂）

粗略一看，谁都会自然而然地想到陶渊明的"采菊东篱下，悠然见南山"这一诗句。对于大休正念禅师来说，陶渊明不只是 800 年前的诗人，而是他心中真实存在的"<u>此心</u>"即"清高之心"的知音。

顺便提一下，荫木英雄曾说过："《日本国见在书目录》录有陶渊明集十卷。陶渊明的诗歌在平安时代就进入了读者圈了。但'如今我们对陶渊明的尊敬，很大程度上要归功于宋代的发觉'（吉川幸次郎《宋诗概说》第 58 页）。在宋代被再评价的陶诗，重新告知日本的是像大休这样的渡来僧或是留学僧吧。"①此言可信也。

总而言之，来日诗僧大休正念禅师带来的"纯文学"性的法语形式，奠定了日本禅林社会的五山诗形。

# 五、关于大休正念的法系

大休正念禅师在来日后的 22 年间，以其充满文学性的感悟禅性、极其严格的禅修训练培养了众多的日本诗僧。他的两位日本法嗣铁庵道生禅师、秋涧道泉禅师是支撑滥觞期五山文学的两大支柱。他的弟子相传了十五代。以大休正念禅师为始祖的松源系佛源派为日本禅林社会奠定了五山诗形，对五山文学做出了巨大的贡献。临济宗杨岐派虎丘下松源派佛源派的法系图，在此省略。

【作者简介】海村惟一，文学博士，湖南科技大学特聘教授，福冈国际大学名誉教授。发表过专著《五山文学研究》等。海村佳惟，文学博士，华东师范大学客座研究员，久留米大学兼职讲师。发表过论文《日本书写汉字"或""尅"的字形异变考——以日本国宝岩崎本〈宪法十七条〉书写字形为主》等。

---

① 荫木英雄《五山诗史研究》，第 29 页。

# 试论江户诗坛上林家、木门、萱园三派势力之消长

## ——以三派文士与朝鲜通信使的交流为视角[*]

范建明

**摘要**：考察江户时代的汉诗发展及诗派势力的盛衰消长，注意日本文士与朝鲜通信使的唱和笔谈交流是一个很重要的视角。因为每当朝鲜通信使访日时，日本文士都会积极地与他们唱和笔谈，进行广泛交流，这对日本汉文学的发展和繁荣起到了积极的促进作用。本文探讨了林家、木门（白石）及萱园三派文士与通信使的诗文唱酬交流，通信使们对三派所作的评价以及这些交流活动对于江户时代汉诗发展变迁所产生的影响，粗略地勾勒出了江户诗坛上林家、木门、萱园三派势力的消长轨迹。

**关键词**：林家　木门（白石）　萱园　朝鲜通信使

## 一、引　言

考察江户时代的汉诗发展及诗派势力的盛衰消长，注意日本文士与朝鲜通信使的唱和笔谈交流是一个很重要的视角。因为每当朝鲜通信使访日时，日本文士都会积极地与他们唱和笔谈，进行广泛交流，这对日本汉文学的发展和繁荣起到了积极的促进作用[①]。所谓朝鲜通信使，就是每当江户幕府将军袭职（政权交替）等重大时刻，按照当时日朝两国的外交礼仪，朝鲜国王为表示祝贺之意而向日本派遣的大型外交使节团。使节团的人数多则超过五百人，少则也不少于三百人。使节团的正使、副使、从事官，还有专门负责诗文

---

* 本文为国家社科基金重大项目"东亚汉诗史（多卷本）"（项目编号：19ZDA295）阶段性成果。
① 申维翰《海游录》卷中有云："因信使往来，文学之途渐广，而得之于酬唱答问之间者渐广故也。"《海行总载》一，朝鲜古书刊行会，1914年，第300页。

酬唱的制述官的人选都是经过严格挑选,官阶显赫、德才兼优的人才①。通信使在日本所到之处,各地儒者、文士、僧人、医者只要有可能,都会想方设法与通信使唱酬笔谈,通信使的一诗一字都会被日本人视如家宝②。这种现象在日本学者的笔下更有生动的描述,如荻生徂徕曾记载第八回通信使来日时,各地士人与通信使交流唱和的情景说:"正德辛壬之交,高句骊修聘东都。……此方操觚士,海西达东关,蚁慕膻聚,所在云骛,染翰相诧,盖习俗所使,要亦升平一观也。"③徂徕用"蚁慕膻聚,所在云骛,染翰相诧"来形容日本文士抓住一切机会,争先恐后地与通信使交流唱和,很是生动形象。为了与通信使酬唱笔谈,日本文士往往得到通信使来访的信息后,都提前积极做好准备④。整个江户时代,朝鲜向日本一共派遣过十二回通信使。从1607年的第一回到1811年的最后一回,前后持续二百余年,几乎与江户时代相始终。通信使与日本文士的交流唱和对江户时代汉文学的发展和繁荣起到了不可忽视的促进作用。

对于德川幕府来说,朝鲜是当时日本唯一拥有外交关系的国家。因此,接待通信使是幕府外交的头等大事。不用说,谁负责接待通信使,谁就掌握了与通信使交流的优先权和话语权。如后面所述,接待通信使的工作基本上一直是由掌管幕府文柄的林罗山家(以下简称林家或林门)执掌的。只有第八回通信使来日时,负责接待的不是林家,而是木下顺庵的高足,同时也是幕府将军家宣的侍讲新井白石(1657—1725)。为此,新井白石与林家之间发生了明争暗斗。第九回通信正使洪致中的《东槎录》中有这样的记载:"儒生十人又会制述所,唱酬而去。此皆林太学门生云。辛卯使行时,则源玙秉权,故所与往来唱酬者皆其门人。而新关白屏黜源玙,亲信林信笃,凡词翰之任,林皆主张。林与源自前不相能,辛卯国书争诘之时,林则多主从便改撰之论而无权,故不能见售。即今两家门生便成党论,每事不相合。而林则见其为人,年老淳谨,议主和平,似与源玙不同矣。"从洪致中的这

---

①　如第九回通信使正使洪致中的官职是通政大夫、吏曹参议知制教,副使黄璿的官职是通训大夫、行弘文馆典翰知制教兼经筵侍读官、春秋馆编修官,从事李明彦的官职是通训大夫、行弘文馆校理知制教兼经筵侍读官、春秋馆记注官。除三使之外,制述官也是重要的职位,必须具备优秀的文才,主要负责与日本文士酬唱赠答。

②　如第九回通信使制述官申维翰《海游录》下《附闻见杂录》记载说:"日本人求得我国诗文者,勿论贵贱贤愚,莫不仰之如神仙,货之如珠玉。即昇人厮卒,目不知书者,得朝鲜楷草数字,皆以手攒顶而谢。所谓文士或不远千里而来,待于站馆,一宿之间,或费纸数百幅。求得而不得,则虽半行笔谈,珍感无已。……其大官贵游则得我人笔语为夸耀之资,书生则为声名之路。……每过名州巨府,应接不暇。"第339页。

③　荻生徂徕《问槎畸赏题词》,秋本以正编《问槎畸赏》,松柏堂、玉芝堂刊本,1712年,第1页b。笔者所见有两个版本:一是有正德二年序跋的刊本,但没有列出出版社;一是《问槎二种》所收,从木刻字体看,与原刊本无异,但在封三列出了出版社"松柏堂、玉芝堂绣梓"的字样,而没有表明出版年月。关于两者的关系还有待查考。

④　如室鸠巢《后编鸠巢文集》卷六《答南国华书》云:"仆风闻朝野之说,韩客当以八月后来聘。想一代诗客文人,必与交接,岂复有如白玉者哉?岂复有如国华者哉?仆谓韩客见二君,亦必惊叹,以为国家人材之美,于前古有光焉,则其有裨于盛世也多矣。庶几以时一来,以副人望。"日本:崇文堂,1763年,第3页a。

段记述可知,正德元年(1711)辛卯的第八回通信使出使日本时,正值源玙即新井白石掌权,所以与通信使往来唱酬的人都是白石门人,实际是白石之师木下顺庵的门徒。而到了1719年第九回通信使被派往日本时,新关白德川吉宗(1716—1745年在职)"屏黜"白石,信任大学头林信笃,所以与通信使唱酬交流的优先权又回到了林家手中。由此可知,林家与白石(木门)之间围绕争夺接待通信使并与之交流的优先权和话语权的问题存在着争斗,甚至发展到了"两家门生便成党论,每事不相合"的激烈程度。

笔者曾就日本文士与朝鲜通信使笔谈唱酬中围绕中国诗文论的讨论作过梳理[①]。本文通过探讨林家、木门(白石)及萱园三派文士与通信使的诗文唱酬交流,通信使们对三派所作的评价以及这些交流活动对于江户时代汉诗发展变迁所产生的影响,粗略地勾勒出江户诗坛上三派势力的消长轨迹。

## 二、日本文士与通信使的笔谈唱和集

关于日本文士与朝鲜通信使的诗文唱和笔谈集,日韩学者多有调查整理,如高桥昌彦氏的《朝鲜通信使唱和集目录稿》[②]收录了与宽永十三年(1636)第四回通信使至文化八年(1811)第十二回即最后一回通信使的唱和笔谈集,分刊本、写本等项,刊本67种,写本89种,二者合计156种。再如李元植《朝鲜通信使之研究》第五章笔谈唱和集总目录著录其所见笔谈唱和集达274篇[③]。就林家、木门、萱园三派与通信使的笔谈唱和集而言,林门最多,至少超过30种;其次是萱园,也有十数种,与木门相关的最少,有《对韩稿》《和韩唱酬集》和《七家唱和集》数种。

这里要特别说一下《鸡林唱和集》《七家唱和集》和《问槎畸赏》这三部唱和笔谈集,因为它们的编辑出版很好地说明了三派在诗坛上的角逐以及三派势力的变迁。这三集同是日本文士与正德元年(1711)来日的第八回通信使的唱和集,同是出版于正德二年。已有学者指出:"正德元年辛卯十月,朝鲜聘使来聘……新井白石荐引七家与通信使唱和诗文,有《正德七家韩馆唱和集》。……掌握幕府文柄的林家,因为这次与韩使没有关系而忿忿

---

① 参见范建明《江户时代汉诗人与朝鲜通信使笔谈中的诗学讨论》,《西华师范学报(哲学社会科学版)》2016年第5期(《人大复印资料·外国文学研究》2016年第12期全文收录);范建明《江户时代文士与朝鲜通信使的中国诗学讨论——以丈山、林家、木门与通信使的笔谈交流为中心》,《苏州大学学报(哲学社会科学版)》2018年第2期。

② 高桥昌彦《朝鲜通信使唱和集目录稿(一)》,《福冈大学研究部论集》A六(八),2007年;《朝鲜通信使唱和集目录稿(二)》A九(一),2009年。

③ 李元植《朝鲜通信使之研究》,思文阁出版,1997年,第648—665页。其中有一部分仅是单篇的唱和诗篇或序文。另外,这些笔谈唱和集又分别见于辛基秀、仲尾宏共编的《大系朝鲜通信使》(共8卷,明石书店,1994年)中所收李元植的相关文章,内容稍有增减。

不平,以凤冈为中心的同族门下也与韩使应酬唱和,所作收于《正德鸡林唱和集》,如实反应了林家与白石一派的对抗。再有,荻生徂徕一门刊行了与韩使唱和的《问槎畸赏》。"①这里所说的《正德七家韩馆唱和集》就是《七家唱和集》,因为收录的是新井白石荐引的祇园南海等七人与通信使的唱和诗文,所以代表的是木门(白石)一派。《正德鸡林唱和集》一般称《鸡林唱和集》,其中收录了以林凤冈(信笃)为中心的同族门下与韩使的应酬唱和。此时渐露头角的徂徕萱园派单独出版了《问槎畸赏》,在诗文坛上唱响了第一声。由此而言,第八回通信使的访日,为林家、木门、萱园三派提供了相互角逐的平台,这三部唱和笔谈集的出版可以看作是三派角逐的力量夸示。

《鸡林唱和集》共分十五卷:第一至第三卷为东武(东京),第四至第六卷为京师(京都),第七至第十为浪华(大阪),第十一至第十四为诸州(包括对州、筑前州、长州、防州、播州、城州、江州、浓州、参州、远州、骏州、豆州、尾州等),第十五卷为补遗。由此可知,此集广泛征集了日本全国各地文士与第八回通信使的唱和笔谈,其规模之广大在与所有十二回通信使的唱和史上是空前绝后的。这样一部唱和集排在京师之前的东武卷占三卷,而且其中第一卷所收都是大学头林信笃和他的两个儿子经筵讲官林信充、林信智的唱和;第二卷所收是林家门下诸府儒官众人与通信使的笔谈唱和②。这样的编排自然是为了突出掌管幕府文柄的大学头林信笃为代表的林门地位。此集由出云寺和泉掾、濑尾源兵卫(维贤)、唐本屋清兵卫合刻出版。出云寺和泉掾是创业于江户初期一直延至明治时代的出版商,林姓,号松柏堂,传说是林罗山亲属,与唐本屋清兵卫都是特许的"御书物所",企划编辑出版此书自然不可能没有大学头林信笃的首肯。此集没有收入或者更准确地说是排斥了新井白石一派(木门)的唱酬笔谈,这可以视作所谓"如实反应了林家与白石一派的对抗"一语的佐证。

与此相对,白石荐引的祇园南海等七人与通信使的唱和笔谈都没有被收入《鸡林唱和集》,而是汇编为《七家唱和集》单独出版。编辑者和出版社与《鸡林唱和集》相同,但出版日期为正德二年十二月,比《鸡林唱和集》要晚出七八个月。在《鸡林唱和集》之外,单独出版《七家唱和集》,既显示了木门的诗文实力,同时也是林家与木门两家对抗意识的反映。

在正德二年五月出版的《鸡林唱和集》之后,同年十二月出版的《七家唱和集》之前,荻生徂徕一派于正德二年八月出版了《问槎畸赏》三卷。就规模而言,既不如《鸡林唱和集》,也不及《七家唱和集》,然而这是徂徕派在诗坛上首次登坛亮相。其实,《问槎畸赏》的上卷

---

① 今关天彭著,揖斐高辑《江户诗人评传集》1,平凡社,2015年,第112页。原文为日文,引文为笔者所译。
② 这两卷所收的唱和诗和笔语全部采自收录林信笃、林信充、林信智及门下官儒十三人、学生七人与通信使唱酬的《韩客赠答别集》。

和下卷的内容已经差不多全部分别收录于《鸡林唱和集》的卷十一和卷十四,然而徂徕将这些内容,加上门人安藤东野(1683—1719)、秋本须溪(1688—1752)与通信使的唱和,分上中下三卷单独刊刻了《问槎畸赏》。

有学者指出,《问槎畸赏》是徂徕"古文辞学"学派成立的宣言书①。从徂徕特意编辑出版此书的动机来看,把它视作"古文辞学"学派成立的宣言书也未尝不可。不过,既然是作为"宣言书",徂徕自己没有为此书撰写序文以阐述他的古文辞学说,只是在对弟子周南等人与通信使的唱酬诗文所作的批点中零碎地表达了一些基于明七子立场的诗文观点,这似乎是说不过去的。就徂徕方面来说,由于古文辞说的真正完成在此书出版之后再过六年时间,就是说,《问槎畸赏》的刊刻还处于古文辞说的酝酿期,或许还不能明确地将他的宣言书公布于世。所以他只作评点,不作序跋。这么处理,不无投石问路的意思。当然,《问槎畸赏》的出版确实是徂徕古文辞派在诗文坛上登台亮相的标志性事件。就《问槎畸赏》出版的正德期诗文坛而言,林信笃领导的林门与新井白石所代表的木门无疑是诗文坛上势均力敌的两大门派,而徂徕派则在壮大中,无论是门派的规模或力量,与林门、木门还不能形成鼎足之势。正因为这样,徂徕一派通过《问槎畸赏》的出版,不仅表现了与通信使,而且更表现了与林门、木门等诗派的对抗意识②。为了使这种对抗意识达到最佳的表达效果,《问槎畸赏》采取了《鸡林唱和集》和《七家唱和集》所没有的文学评点形式,徂徕亲自为之评点。不仅对佳句有简评或圈点,而且在徂徕认为是佳作的诗题上方还加有圈点。遗憾的是,徂徕对这些圈点的含义或来源没有任何说明。笔者以为这种评点形式或许借鉴于明末渡日诗人陈元赟为元政上人批点的《称心病课》,或者传说是石川丈山编著的《北山纪闻·诗评》中所收录的"大明逸士陈元赟批点"的诗评,因为特别是在诗题上方的点或圈等评点符号的使用上两者极为相似③。通过这样的评点,徂徕不仅自由灵活地表达了他的文学观点,而且也能让读者更为直观地了解徂徕派的文学观。

## 三、林门与通信使的唱和与通信使对林门的评价

从《罗山、春斋、读耕斋三先生笔谈》[宽永十三年(1636)第四回通信使]、《函三先生笔

---

① 蓝弘岳《徂徕学派文士与朝鲜通信——围绕"古文辞学"的展开》,《日本汉文学研究》9,日本汉文学研究编辑委员会编,2014年。

② 杉田昌彦《关于〈问槎畸赏〉的序跋》,季刊《日本思想史》第49号,1996年。杉田昌彦在该文的概要中指出:"《问槎畸赏》的序跋对通信使的诗文表达了明显的否定性言辞,从中可以看出徂徕学派的民族主义倾向,对通信使接待中被疏远的反感,以及宣传自己一派优越于以新井白石一派为首的其他诗派的意识。"原文是日文,为笔者所译。

③ 请参见范建明《陈元赟的"批点式"及其在日本的诗歌评点初探》,金程宇《域外汉籍研究集刊》第21辑,中华书局,2021年。

谈》[明历元年(1655)第六回通信使]、《韩使手口录》[与天和二年(1682)第七回通信使]、《韩客赠答别集》[正德元年(1711)第八回通信使]、《三林韩客唱和集》[享保四年(1719)第九回通信使]、《林家韩馆赠答》[延享五年(1748)第十回通信使]、《韩馆唱和》[宝历十四年(1764)第十一回通信使]等唱和笔谈集可知,林家与第四回至第十一回通信使都有唱和笔谈,这从一个侧面说明了林家掌握着与通信使唱和交流的优先权和话语权。特别是林罗山(1583—1657),作为江户幕府初代将军家康至四代将军家纲的侍读,职掌幕府的文柄,生逢"国家创业之时,大被宠任。起朝仪,定律令,大府所须文书,无不经其手"①。他的诗文集中保存了很多与通信使之间的往还书翰、笔语笔谈和诗歌唱酬的交流资料。如书翰有《寄朝鲜国副使姜弘重》(第三回)、《寄朝鲜国三官使》(第四回)、《寄朝鲜国朴进士五篇》、《谢朝鲜国三官使》、《谢朝鲜国信使申竹堂》、《答朝鲜国副使赵龙洲》(以上第五回)、《答朝鲜国信使俞秋潭》(第六回)等②,笔语笔谈有《与朝鲜松云笔语》,这是庆长九年(1604)作为讲和使节而来日的僧人惟政(1543—1610)与罗山的笔谈;《与朝鲜权侙笔语》,这是与第四回通信使诗学教授权菊轩的笔谈;《与朝鲜文弘绩笔语》同是与第四回通信使书记文弘绩进士的笔谈;《与朝鲜朴安期笔语》是与第五回通信使书记朴安期进士的笔谈③。至于唱酬诗,就《罗山林先生诗集》所收录的而言,卷第四十七《外国赠答上》收录唱和诗三十八首,卷第四十八《外国赠答中》收录三十七首,卷第四十六《外国赠答下》收录二十二首。这些唱和诗除了卷第四十七所收《和大明人陈元赟沈茂人诗二首》之外,都是罗山与历次通信使的唱和之作。据此可知,罗山绝对掌握着与第三回至第六回通信使交流的优先权。

通信使对罗山诗文的评价不高。上面提到的诗学教授权侙与林罗山以及与罗山同为藤原惺窝门下的石川丈山、堀正意都有笔谈交流。权侙以"日东之李杜"称赞丈山,以"文苑之老将"推重正意,并说"其余亦有唱和之作,而诗不如尊公,文不如正意也"④。"其余"云云,暗示罗山的诗不如丈山,文不如正意。上面所举《寄朝鲜权菊轩》七绝,"腊天""不寒冷",不成诗语,"栈山航海"是意为跋山涉水、逾越险阻的现成语,三、四句平仄有误,这样的诗自然得不到诗学教授权侙的评价。明末渡日诗人陈元赟与罗山及丈山也都有交往唱和,而元赟对罗山的诗也没有积极的评价。另外,江村北海所著《日本诗史》可以说是日本汉诗史叙述的先驱,而对罗山诗没有只字评论,他的《日本诗选》也不选罗山诗。俞樾《东

---

① 原善《先哲丛谈前编》卷一,武阪书林,1816年,第6页a。
② 林罗山著,林恕编《罗山林先生文集》卷一四《外国书下》,刊本,1662年。
③ 同上,卷六〇。
④ 石川丈山《新编覆酱续集》卷一六《朝鲜国中直大夫诗学教授菊轩权侙笔语》,延宝四年(1676)刊本,富士川英郎、松下忠、佐野正已编《诗集日本汉诗》第1卷,汲古书院,1987年,第246页。

瀛诗选》虽称赞罗山"古诗善押险韵,气力雄厚",而自述"于罗山诗所选不多,不欲多留瑕疵,以为诟病"①。这些意见可以与权钺的林罗山评价相互参证。

罗山之后,其子鹅峰,孙凤冈,曾孙信充,信充子信言,都代代世袭为大学头。朝鲜通信使每至东都,林家及其门徒都会与通信使唱和笔谈。然而,如前所述,当第八回通信使访日时,将军家宣将接待通信使的重任交给了新井白石,使得林门"忿忿不平",甚至林家与木门"两家门生便成党论,每事不相合"。出于这样的对抗意识,当第八回通信使一行四百余人到达江户后,林信笃率门下官儒及学生抢在新井白石安排的木门七人之前与通信使会面。然而,从"此日凭同知金知呈诗于三官使"以及十一月五日"三官使驰使价"②送呈和诗的记载可知,信笃此行并没有见到正使、副使、从事官即"三官使",他们事先准备好的唱和诗都是通过通信使"同知金知"交给三使臣的。不仅如此,十一月初八日林信笃只带上他的两个儿子信充和信智再次去客馆与通信使会面时,还是只见到了制述官李东郭和书记官洪镜湖,而没有见到通信三使。不知道是不是通信三使有意避而不见,还是因为全面负责接待第八回通信使的新井白石的安排所致。

# 四、新井白石(木门)与通信使的交流

如前所述,通信使的接待工作一直是由林家掌管的,然而当时新袭职的幕府将军德川家宣没有把第八回通信使的接待工作交给林家,而是交给了他所信任的侍讲新井白石(1657—1725)负责,因而接待通信使并与之交流的优先权和话语权就自然由新井白石掌控。其实,白石在入木下顺庵之门之前就已经与通信使有交往。白石二十六岁那年即第七回通信使访日的1682年,通过对马藩士阿比留(后改名为西山)泰顺得知朝鲜通信使要来日的消息,接受泰顺的建议,自选诗一百首为《陶情诗集》,前往通信使下榻的馆所求见制述官成琬、书记官李聃龄、裨将洪世泰,请为其诗集写序跋③。成琬作序称"白石公日本之奇士也",洪世泰写跋称《陶情诗集》:"清新雅丽,往往有披沙拣金处,令人刮目,真作者手也。"④

① 俞樾《东瀛诗选》,佐野正巳编,汲古书院,1981年,第15页。
② 林信笃、林信充、林信智《韩客赠答别集》,1711年写本。根据《韩客赠答别集》记载,第九回通信使一行四百余人于正德元年冬十月十八日到达江户,下榻于东本愿寺。十天之后的十月二十七日,林信笃率门下官儒十三人及学生七人前往本愿寺面会了通信使。而《七家唱和集》记载,木寅亮等七人与通信使共面会两次,第一次是正德辛卯十月廿八日,第二次是十一月五日。
③ 新井白石《折たく柴の记》,白石社,1881年,卷上第28页 a。
④ 石川忠久《关于新井白石〈陶情诗集〉》,紫阳会编《新井白石〈陶情诗集〉研究》所收,汲古书院,2012年,第599页。

　　白石之师木下顺庵(1621—1699)与通信使也有唱酬交流,如《对韩稿》二卷就是顺庵本人与第七回通信使(1682)的唱和诗文。从收于《锦里文集》卷十三的《翠虚二稿序》可知,顺庵还为通信使书记成翠虚的诗文集撰写了序文。在序文中,顺庵赞美朝鲜"文学之盛,抗衡于中华,无有轩轾",叙说自己与翠虚埙篪相和之后,感叹其文才"敏捷雄丽,如飞如流",赞扬《翠虚二稿》"富哉斯言,言有条理;奇哉斯文,文有源委"①,对朝鲜文学及成翠虚之文才可谓感佩之至,五体投地。可以说,顺庵对通信使的这种褒奖之情与白石请通信使写序跋的心情是相通的。白石大概三十岁时入木下顺庵之门,姓源,新井氏,名君美,字在中,初名玙,号白石。江户东京人。顺庵之师松永尺五与林信笃的祖父林罗山是师兄弟关系,同是江户时代儒学鼻祖藤原惺窝的弟子,与林罗山、那波活所和权伩所推称的"文坛之老将"堀杏庵被称为"惺门四天王"。所以,白石与林信笃是同辈。白石在"木门五先生"②"木门十哲"③之中,无论是政治地位还是文才武略都犹如鹤立鸡群,翘楚独秀。白石于宝永六年(1709)就任幕府将军德川家宣的侍讲后,进入权力中枢,主导内政与外交的改革。

　　接待通信使的工作中一个重要的内容就是通信使在日期间与之笔谈唱和。对于白石来说,负责接待通信使的机会难得,他必须展示出比林门更优秀的汉诗文水平。为此,他除了请通信使为他的《白石诗钞》作序写跋之外,还荐举了室鸠巢、祇园南海、三宅尚斋、高玄岱等同门诸友与通信使唱酬交流。

## (一) 请通信使为《白石诗草》作序写跋

　　在白石看来,朝鲜通信使在诗学方面是远胜于日本的,通信使的奖言可以为其增价,提振自信。他自选《陶情诗集》请通信使撰写序跋应该是这种心情的具体表现。因为白石有此经验,所以当第八回通信使来日时,而且自己全权负责接待工作,他就早早做了准备,又自选诗一百首(实际九十九首)为《白石诗草》。

　　当通信使一行到达"马州"(对马岛)时,与白石同是木门的雨森芳洲就把《白石诗草》赠送给通信使,请求作序写跋,并给了"此诗其得唐人血脉否乎"的暗示④。从先前白石选

---

① 木下顺庵《锦里文集》卷一三《翠虚二稿序》,爱兰堂藏版,1789 年刊本,第 2 页 a—第 5 页 b。
② 指新井白石、室鸠巢、雨森芳洲、祇园南海、榊原簑洲五人。
③ 指"木门五先生"外加南部南山、松浦霞沼、三宅观澜、服部宽斋、向井三省。
④ 新井白石《白石诗草》,富士川英郎、松下忠、佐野正巳《诗集日本汉诗》第 1 卷,第 281—283 页。李东郭《白石诗草序》云:"至马州……芳洲君以东武闻人白石公诗稿投于余,仍索卷弁之文,曰:'是即与余同抠衣于木先生者,源甫所著也。此诗其得唐人血脉否乎?'"

《陶情诗选》请求通信使作序这事推想,芳洲请求通信使为《白石诗草》作序写跋以及给以"得唐人血脉"的暗示,完全有可能是白石交代芳洲这么做的。

那么,白石为什么要这么做呢? 其实,这对于白石来说是非常重要的事情。这与白石之前的诗坛、白石师木下顺庵的诗学指导以及白石自身的诗学历程和理想都有关系。白石之前的诗坛,《熙朝诗荟》的编者宇野霞舟的描述是:"宽永年间(1624—1643)作者,率踵五山禅衲之陋习,萎蔫不振。"①与诗僧元政同被称为宽文中(1661—1672)"诗豪"的石川丈山虽然已"首倡唐诗,以开元、大历为宗,识亦卓矣。但气运未至,故不能副其言尔"②。诗僧元政为诗喜好白居易和明代袁宏道,主张自由性灵,并不强调学习唐诗。与白石、祇园南海、秋山玉山并称为"正德四家"的梁田蜕岩(1672—1757)为人有任侠之风,诗学多变,既不满足于唐诗,也反对明诗,而对袁中郎、徐文长的诗文大加赞赏。而白石的老师木下顺庵:"专以唐为宗,于此白石、南海等诸才人,皆萃其门,彼唱此和,铿金锵玉,殆与开天比隆矣。呜呼,盛矣!"③倡导古文辞说的荻生徂徕也肯定地说:"锦里夫子者出,而榑桑之诗皆唐矣。"④也把江户时代诗坛上学习唐诗的诗风转移之功绩归于锦里先生即木下顺庵。而在木门中,白石不但最信奉师说,而且"更发展了师说,成了唐诗的鼓吹者、格调说的主张者"⑤。白石特别主张学习初唐和盛唐,认为于唐诗要一味熟读熟记玩味初唐、盛唐诸体之诗,然后自为诗,句调韵味,自然相似⑥。前述《陶情诗集》是白石入顺庵门之前的诗作,受"三体"诗影响颇深,自入顺庵门后,信奉唐诗,刻苦学习。所以如果能从通信使那里得到《白石诗草》得唐人血脉的肯定评价,对于白石来说,这当然是非常重要的。

## (二) 荐引同门与通信使唱和

根据白石日记《折たく柴の记》记载,宝永六年(1709)五月朔日举行完将军袭职仪式后的德川家宣,于六月廿三日召见白石时就谈及了通信使的话题,并且在以后的召见中就

---

①② 宇野霞舟《锦天山房诗话》上册,池田四郎次郎编《日本诗话丛书》第 8 卷,文会堂书店,1921 年,第 373 页。

③ 同上,上册第 462 页。

④ 荻生徂徕《徂徕集》卷之八《叙江若水诗》,富士川英郎、松下忠、佐野正巳编《诗集日本汉诗》第 3 卷,第 71 页上。

⑤ 松下忠著、范建明译《江户时代的诗风诗论——兼论明清三大诗论及其影响》,学苑出版社,2008 年,第 296 页。松下忠引述深谷公干"方今如白石先生、鸠巢老人、榊原篁洲、祇园正卿、雨森伯阳,共同师而不犯所云之法者,唯白石一人而已"(深谷公干《驳斥非》,关仪一郎编《日本儒林丛书》第 4 册),认为白石"在顺庵的门弟子中,白石被称为最守师说的人",并指出白石"更发展了师说,成了唐诗的鼓吹者、格调说的主张者"。

⑥ 新井白石《白石先生诗范》,池田四郎次郎编《日本诗话丛书》第 1 卷,第 39 页。

通信使的接待工作进行了具体讨论,白石被赋予了接待通信使的重任[①]。作为承担如此重任的白石需要处理的事情千头万绪,不可能有充裕的时间与通信使唱和周旋。从现存的文献资料看,白石与第八回通信使除了有笔谈集《江关笔谈》和《坐间笔语》之外,与通信使之间没有诗歌唱和。为了做好接待工作,同时通过与通信使的唱酬交流,显扬国家文华的灿烂,对于白石来说,他急需挑选一批优秀的文士来充当其任。正好其师木下顺庵善于教导,门下人才济济,一时称盛。于是白石以师门为中心荐引了木下寅亮、高玄岱、三宅观澜、室鸠巢、服部宽斋、土肥霞洲、祇园南海七人。木下寅亮是白石师顺庵之子,他在十五岁那年就与第七回通信使成翠虚等人有笔谈唱酬[②]。室鸠巢善经术,与祇园南海名列"木门五先生",与白石有长年的诗缘交往。三宅观澜长于文章,与服部宽斋是"木门十哲"中的人物。高玄岱擅长书法,与白石关系很深厚,由白石荐举为幕府儒官。土肥霞洲是白石唯一的诗弟子。特别是祇园南海(1676—1751)有诗才,十七岁那年的春分日,自试诗艺,一夜赋诗百首,"名闻于天下,人称为今之贾生"[③]。然而,南海在被白石荐引之前还是一个被发配到离和歌山不远的一个叫做山东的地方的戴罪之人,要荐引这样的人自然不是那么轻松的事。为了能与通信使应对唱和,白石需要富于诗才的南海。他暗中活动,打通关节,南海才得以返回江户,官复原职[④]。南海自然没有辜负白石期望,与通信使唱和周旋,最得通信使的好评。

### (三)《七家唱和集》与通信使的评价

在白石的努力下,祇园南海等七人都做好了与通信使唱酬的准备。根据《七家唱和集》可知,南海等七人与通信使面会了两次,第一次是正德辛卯十月廿八日,第二次是十一月五日[⑤]。七人与通信使的唱和诗文各自成集,已如前揭。他们的唱和得到了通信使的高度评价,如制述官李东郭称赞木寅亮诗云:"谁识一隅桑海外,千秋大雅有遗风。"[⑥]又

---

① 新井白石《折たく柴の记》,第15页b—第18页b。

② 三宅元孝、成琬《和韩唱酬集》,1682年刊本。

③④ 板仓胜明《南海祇园先生传》,五弓久文编《事实文编》三十二,东京:ゆまに书房,1978年,第263—265页。

⑤ 赖维贤《七家唱和集》所收高玄岱《正德和韩集》卷上云:"正德元年辛卯十月朝鲜来聘,命下儒曹会集其学士书记等笔语唱酬,臣岱亦同班列次,凡二会,谨兹编次其所述,奉备上览。"祇园南海《宾馆缟纻集》卷上云:"正德辛卯十月廿八日,菊潭木汝弼、天漪高新甫、鸠巢室师礼、观澜宅用晦、宽斋源绍卿、霞洲平允仲、雪溪高松年、南海只正卿,会朝鲜学士东郭李礥、书记龙湖严汉重、泛叟南圣重于浅草客馆。"高玄岱、土肥霞洲等唱和集中有"十一月五日再会"的注记。

⑥ 赖维贤编《七家唱和集》所收木寅亮《班荆集》卷之上李东郭《顿奉菊潭词伯案下》,1712年刊本,第21页a—b。

云："琳琅丽藻惊人目,诗与开天格律同。"①正使赵泰亿称赞高玄岱云："中华文采今犹在,绝艺推君独善鸣。"②副使任守干回复高玄岱云："顷捧华缄,叨承丽藻,俪句绮缛,欣睹四杰之余风;诗语清新,足赋万里之征役。"③这些评语虽然不无应酬的成分,但基本上道出了木门尊唐学唐的诗风特点。

七家中祇园南海尤受通信使的青睐。南海的《宾馆缟纻集》卷上有《赠李学士东郭百五十韵》排律长诗。制述官李东郭赏识其诗才,为南海作《南海伯玉诗稿序》。序中有云:

> 余之到日东,与祇园伯玉游,甚从容见于进退酬酢之际者,皆才也。余固已知其能于诗也。后见其诗稿,良然。伯玉甫强冠,不一日能成百篇,何其捷欤! 非才而能若是乎? 观其学成后所作,皆清婉浏亮,大得诗家格律。盖其才益老成,而其进犹不可量也。伯玉勉之哉。④

南海得到此序后,在回信中感激地说："向呈鄙什,烦渎清览。不料谬惠高序,过加嘉奖,三都遽得玄晏,价始倍于世,惠实迈华裘矣。清和三篇,词高情厚,披读不能释手,传以为家宝耳。"⑤东郭再复信云："仆之此来,与诸君子游固多矣。而独于吾足下有眷眷不能忘之情者,以其英气之可敬,俊才之可爱也。……君子交际,唯义而已矣。居止之相左,语言之不通,有不足论也。第恨弦矢合席无期,悠悠此恨,海不深,天不长也。"⑥书翰往复,可见两人一见如故,眷眷不忘之情。

与林门以及后述的徂徕萱园派不同,新井白石及其同门与通信使的交流基本上仅限于第八回,随着家宣的过世,白石自身失势而离开权力中心,所谓的七家与第九回以后的通信使就基本上没有什么交流唱和了⑦。而其后在诗文坛上发生重大影响的正是以荻生徂徕为代表的古文辞萱园派。

---

① 赖维贤编《七家唱和集》所收木寅亮《班荆集》卷之上李东郭《次奉菊潭词案》,第22页a。
② 赖维贤编《七家唱和集》所收高玄岱《正德和韩集》卷上赵泰亿《谨谢高学士词案》,第2页b。
③ 高玄岱《正德和韩集》卷上,任守干复,第3页b。
④ 赖维贤编《七家唱和集》所收祇园南海《宾馆缟纻集》卷下李东郭《南海伯玉诗稿序》,第10页b。
⑤ 祇园南海《宾馆缟纻集》,卷下祇园南海《与李东郭书》,第11页b。
⑥ 祇园南海《宾馆缟纻集》,李东郭《奉谢南海词案》,第12页a。
⑦ 申维翰《海游录》下《附闻见杂录》云:"辛卯回书,犯讳争执,时源玙主事,林信笃者不能矫其非,凡所主张,多执异议,宗室大臣皆怨之。今关白入承之后,即黜源玙,亲近信笃,故玙之党友,一时废锢,不敢与于儒官酬唱之席。"第359页。当第十一回通信使正使书记成大中龙渊询问"西京木顺庵之派,今有几人邪"的问题时,泷鹤台回答说:"荒井白石、室鸠巢、柳川三省、梁蜕岩、祇园瑜等,皆出其门,郁为名家,俱已为故人。未知今有子孙否。"参见泷鹤台、南玉《长门癸甲问槎》卷下,明伦馆藏版,1765刊本,第17页a。按:鹤台所言"荒井白石"即新井白石,因"荒井"与"新井",日语读音相同。参见五弓久文编《事实文编》2所收新井白石《新井氏族志》,ゆまに书房,1978年,第166页。

# 五、荻生徂徕萱园古文辞派与通信使的交流

通信使对掌握文柄的林家并没有积极的评价,他们甚至说大学头信笃、信言及其门徒与通信使的唱和之作"拙朴不成样",让他们感到"喷饭满案",意思是林门根本没有能与通信使对垒的诗士。第八回通信使时,白石荐举的木寅亮、服部宽斋、土肥霞洲等人较之林门未必有过人的诗才,然而新井白石自己的《白石诗草》以及祇园南海的诗才则远胜于林门,得到了通信使的高度评价。而且如在室鸠巢与镜湖的唱和中所看到的那样,日本文士已经开始指出朝鲜文士的诗病,说明江户时代文学水准的提高和发展。就在这时,江户诗坛上出现了一位对江户汉诗文学发展影响巨大而深远的人物,他就是倡导古文辞说的荻生徂徕(1666—1728)。相对于幕府官方立场的林家和木门,徂徕是一位在野的文士。在第八回通信使访日的正德期,徂徕的古文辞派崭露头角,在诗文坛上逐渐与林家、木门形成鼎足之势,后来徂徕代表的古文辞说风靡一世,萱园派不断壮大,最后雄霸诗文坛,对日本汉文学的普及和提高做出了巨大贡献。

徂徕自己好像只与第九回通信使见过一面,《徂徕集稿》中收有《赠朝鲜使序》一文,其中提到过自己曾"偕二三子就见于其馆"①,但除此之外不见徂徕与通信使的交流和诗文唱和。然而徂徕门徒如山县周南、安藤东野、太宰纯、木下兰皋,再传弟子松崎惟时、泷鹤台,再传弟子之弟子今井松庵等人与通信使多有交流,诗战文斗,每有结集。如《问槎畸赏》三卷[正德元年(1711)第八回]、《客馆璀璨集》二卷[享保四年(1719)第九回]、《蓬岛遗珠》二卷(同第九回)、《信阳山人韩馆唱和稿》一卷(同第九回)、《来庭集》一册[延享五年(宽延元年,1748)第十回]、《长门戊辰问槎》三卷(同第十回)、《倭韩笔谈薰风编》五卷(同第十回)、《长门癸甲问槎》四卷[宝历十四年(明和元年,1764)第十一回]、《松庵笔语》一册(同第十一回)等都是徂徕一门与通信使的唱和笔谈集,这也从一个方面说明了徂徕派在诗文界的影响。

## (一) 徂徕门徒向通信使积极推介古文辞说

徂徕门人与通信使的唱和笔谈与之前林门、木门等的笔谈唱和有一个显著的不同,那

---

① 蓝弘岳在《徂徕学派文士与朝鲜通信——围绕"古文辞学"的展开》论文中指出,荻生徂徕好像与享保四年来聘的通信使有过首次会面。后来他写了《赠朝鲜使序》的文章,此文不见于《徂徕集》,而见于《徂徕集稿》(庆应义塾大学图书馆所藏本)。

就是徂徕门人往往向通信使积极推介徂徕和他的古文辞说。反过来说，林门和木门没有像徂徕古文辞说那样具有影响力的诗文理论。随着徂徕古文辞说影响的扩大，徂徕弟子们越来越有自信，态度也越来越强硬，有时甚至出现各执己见、针锋相对的争论场面。而这些争论的笔谈记录往往是研究日朝交流颇有价值的第一手资料。

徂徕大弟子山县周南（1687—1752），从十九岁开始师从徂徕，三年后学成回到长州（萩），任萩府记室。1711年二十四岁那年，他与第八回通信使笔谈时介绍荻生徂徕是他的业师①，并向制述官李东郭提出了以下问题：

> 六经古文而降，历代之文，先儒具有评论。唐宋之间，文学益盛，良工巨匠，比迹辈出。其中诗有李杜苏黄，文有八大家，学者资成方圆，犹日月之于众星，皆承余光。迫至明时，有四杰者出焉，专以古文为号。四杰王李为盛，风格体裁，非复四子八家之旧，而英发超迈，巍然卓出。又有袁中郎、钟伯敬之徒，自撰规矩，别建一家，以不践前古之迹为美。尔后文章家有二三派。贵国文教之隆，中叶以来，与中国之伯仲。……其所崇尚，未必同一。然一代有一代之风，一乡有一乡之俗，虽俊杰者不能免焉。不知今之盛者在唐宋耶？在明诸子（耶）？

在这段文字中，周南就唐宋之后的历代诗文流派简约地概括了如下三点：第一，唐宋时代，诗有李杜苏黄，文有八大家，后来学者皆承其余光。第二，明代出现了四杰，即前后七子的代表李梦阳、何景明、李攀龙、王世贞，风格体裁显然有别于四子八家，而李攀龙和王世贞"英发超迈，巍然卓出"。第三，袁中郎、钟伯敬之徒，自撰规矩，别建一家。不用说，周南这是在推介他的业师荻生徂徕的文学观。

时隔八年，当第九回通信使（1719）来日时，徂徕的古文辞说已于两年前的1717年完成，并已开始风靡全国。当徂徕弟子木下兰皋（1681—1752）在名古屋与制述官申维翰笔谈的时候，徂徕及其古文辞说自然是兰皋重点介绍的内容。

与第十回通信使（1748）笔谈唱酬的松崎观海（1725—1776）是徂徕的再传弟子。他在《奉送朝鲜书记海皋李公序》中介绍古文辞派及其功绩说："盖自徂徕物先生者倡复古之说，二三俊民编随而起，则我先师春台太宰先生辈。其人也，实始与滕东辟、县次公、服子迁、高子式诸子，日夜扬挖其文辞。盖至今时，海内文章，骎骎进于秦汉之际矣。"②意思是

---

① 秋本以正辑《问槎畸赏》上周南《奉呈国信书记泛叟南公案下一首》有句云"东都缙绅荻先生"，句下自注："敝师荻生茂卿，东都人。"又《奉朝鲜四君案下书》云："东都荻生茂卿者，吾师也。"

② 松崎观海《来庭集》，1748年写本。

说,在徂徕门徒们的"日夜扬掘"的努力下,徂徕的古文辞说已经收到了"海内文章,骎骎进于秦汉之际矣"的效果。当时的海内文章是否如观海所标榜的那样已经达到了"秦汉"文章的境界,这里不加追究,重要的是,从观海话语的坚定语气中我们可以体会到一种前所未有的自信,至少这种自信在前面山县周南与李东郭的笔谈中是体会不到的。这种自信在周南弟子即徂徕再传弟子山根华阳为《长门癸甲问槎》[与第十一回(1764)通信使的笔谈唱酬集]所写的序中表现得更为淋漓尽致。他说:"盖韩土取士之法,一因明制,廷试专用濂闽之经义,主张性理,以遗理乐。故文唯主达意,而修辞之道废矣。宜乎弗能知古文辞之妙,而列作者之林也。此邦昌明敦庞之化,有若物夫子勃兴,唱复古之业,五六十年来,多士炳蔚,文者修秦汉已上,诗亦不下开天。……虽然,韩使修聘,固大宾也。……唯恐违国家柔远人之意也。以故柔其色,孙其言,而不相抗,从容乎揖让于一堂上,固君子无所争,亦可以见昌明敦庞之化而已矣。"[1]居高临下的态度,目空一切的自信,非但表现在对古文辞功绩的肯定,同时已经开始批评对方"弗能知古文辞之妙,而列作者之林"了。如果不是考虑到"唯恐违国家柔远人之意",而特别注意"柔其色,孙其言,而不相抗"的话,真不知道要说出什么样的惊人之语呢。

## (二) 徂徕门人与通信使的唱酬及通信使的评价

比《鸡林唱和集》晚三个月刊行出版的《问槎畸赏》三卷主要收录了对徂徕古文辞学的推行做出重大贡献的山县周南、安藤东野等弟子与通信使的笔谈唱和。如前所述,作为徂徕派文坛登场的处女作,《问槎畸赏》的出版具有重要意义。

与第九回通信使酬唱的徂徕弟子木下兰皋的《仙人篇》使通信使大为惊倒。诗云:

玉骨仙人御六龙,翱翔远欲游扶桑。夜半东南日球跃,大海涌动碎琳琅。
倐忽骋辔凌紫虚,朝餐石髓夕琼浆。两两神童吹凤箫,云间飘飘素霓裳。
俯观蓬莱五云簇,少时停驾上高堂。珊瑚審珙耀玳筵,仙人解颜共壶觞。
左把芙蓉右弄芝,咳唾成丹满玉床。云气聚散何容易,空望窈冥心欲狂。
愿使我辈生羽翼,翻迹长游昆仑冈。[2]

---

① 泷鹤台、南玉《长门癸甲问槎》,第 1 页 b—第 4 页 a。
② 木下兰皋《客馆璀璨集前编》,1719 年刊本,第 2 页 a。

　　这是一首七言古诗,阳韵十八句。相对于周南用传说中的凤这个意象来描写他见到通信使时的喜悦,兰皋则通过描写仙人来表达对通信使的感受。诗人将通信使来访的现实世界想象成神仙世界。由于描写的是仙人世界,自然着想奇特,加之珠光宝气的华美词藻的渲染,酿造出了一种若实若虚的缥缈诗境。制述官申维翰看到兰皋的这首诗后说:"足下《仙人篇》,惊倒珍诵,以为千古耶! 仆未敢遽信吾眼,以为当今世人决未有也。"①为此,他特赋《仙人篇和赠木兰皋》以作答,并全篇收录在他的访日游记《海游录》中②。由此可知,徂徕的古文辞说不仅在理论上得到了确立和推行,而且在实际创作方面也已经出现了像上面所举周南、兰皋那样的"当今世人决未有"的突出成果。随着徂徕古文辞说风靡全国,古文辞派席卷诗文坛,日本汉文学得到了空前的繁荣和发展。第十一回通信使副使书记元仲举(号玄川)说:"往还四五千里,所接文人韵士千余人,大抵聪明秀俊,词藻蔚然林立。仆辈每相语,以为日东文运日辟。……大抵是明儒王李之余弊。而唱而起之者,物徂徕实执其咎。"③虽然通信使认为徂徕及其学问不是"醇儒正学",但承认"日东文运日辟"正是徂徕古文辞学的功绩。正使书记成龙渊评价徂徕:"其文华力量,实有不可遽斥绝者。"④制述官南秋月则说:"仆熟读《徂徕集》及《辨道》《辨名》……而其文焰甚炜烨,有不可磨灭之气。"⑤他还说徂徕"创出华训读经之法,至今学士名赖之,其功不可诬。(中略)仆亦谓物子可与富岳齐高,为日东之一巨手"⑥,认为徂徕之功绩可与富士山齐高。这些评语都承认徂徕及其古文辞说对于日本汉文学发展的贡献,可与前面所引山根清的"此邦昌明敦庞之化,有若物夫子勃兴,唱复古之业,五六十年来,多士炳蔚"的徂徕评价相互印证。

# 六、结　语

　　以上从林门、木门(白石)、萱园三派文士与朝鲜通信使的唱酬交流的视角,考察了三派势力在江户诗坛上的盛衰消长。

　　1711 年第八回通信使的访日,为林门、木门(白石)、萱园三派势力同时在诗坛上角逐而显示各自力量提供了机会。翌年刊行出版的汇集与第八回通信使唱和笔谈的《鸡林唱

---

① 木下兰皋《客馆璀璨集前编》所收申维翰《仙人篇和赠木兰皋后序》第 2 页 a。
② 申维翰《海游录》,《海行总载》一,第 346 页。
③ 泷鹤台、南玉《长门癸甲问槎》,第 12 页 b—第 13 页 a。
④ 泷鹤台、南玉《长门癸甲问槎》,第 14 页 b。
⑤ 泷鹤台、南玉《长门癸甲问槎》,第 15 页 a。
⑥ 泷鹤台、南玉《长门癸甲问槎》,第 15 页 b—第 16 页 a。

和集》突出了林门的地位,通信使为之撰写序跋的《白石诗草》及木门的《七家唱和集》显示了木门的实力,而徂徕亲自评点的《问槎畸赏》则显示了徂徕派的异军突起。就与通信使唱和交流的优先权和话语权而言,可以说基本上是由作为掌握幕府文柄的林门掌控的。木下顺庵父子及白石虽然与第七回通信使就有交流和唱酬,然而第八回通信使访日时,才是木门(白石)真正表现其声势和实力的最佳机会。由于新井白石得到了幕府将军家宣的专宠,白石所在的木门获得了与通信使交流的优先权和话语权。通信使纷纷为《白石诗草》撰写序跋,木门的《七家唱和集》独立于《鸡林唱和集》之外单独出版,都说明了这一点。然而,由于白石专权,得罪了宗室大臣,家宣逝世后,白石不久就被罢黜,不得不淡出政坛,木门一派也很快在诗坛上失去了声势。就是得到通信使大加赞赏的祇园南海,与第八回通信使唱酬之后不久就回到了纪州,在诗坛上几乎没有了声响。另一方面,收录了与第八回通信使唱酬的诗文笔语的《问槎畸赏》标志着在野的萱园派开始在诗文坛上崭露头角。由于林门在文学方面没有突出的人才和建树,木门也随着白石的引退而盛势不再,而徂徕一派随着徂徕古文辞说的确立,古文辞派的势力迅速壮大而造成了几乎独霸诗文坛的局面。第九回至第十一回的通信使来日时,虽然林门带着幕府官方的身份与他们唱和交流,然而让通信使刮目相看的是徂徕的弟子、再传弟子或再传弟子之弟子们。这如实地反映了徂徕古文辞派占据享保以后直至明和时代诗坛霸主地位的实际情形。

再从通信使对林门、木门(白石)、萱园三派的评价来说,对林门的评价比较差。通信使们在访日日记或游记中毫不客气地用"诗如喷饭满案,无足道者""诗文则无一可观""文笔拙朴不成样""其文翰无足称者"等贬斥之词,来评说大学头林信笃及其儿子信智、信充的诗文。与此不同,通信使对木门的白石和南海的评价特别高。除了为他们的诗集作序写跋,加以高度赞扬之外,通信使还把《白石诗草》带回朝鲜,分享同好,而且后来的通信使来日时也往往会问及木门和白石。如第九回制述官申维翰与松浦仪交谈时询问白石安否,描述第八回通信使正使赵泰亿将《白石诗草》赠送给他,并"每称才华不离口"的情景。申维翰自己也说白石诗"婉节有中华人风调",还评价白石"才足以识古文,为诗颇有声响,有《白石集》行于世。其师木顺庵亦号博识能文章,一时好学之徒,稍稍进用于世,其文辞往往有可称者"①。再如第十一回正使书记成龙渊还询问"西京木顺庵之派,今有几人耶",并认为木下顺庵和室鸠巢的学问是"日东正派"。通信使对南海的诗才则更是称赏有加,不惜褒词。特别是制述官李东郭为南海诗集作序,强调他于南海"有眷眷不能忘之情者,以其英气之可敬,俊才之可爱也"。就总体而言,通信使对木门的评价远高于林门。通

---

① 申维翰《海游录》,《海行总载》一,第342—343页。

信使对徂徕派的评价是褒贬并存的。随着通信使对徂徕古文辞说的理解以及所感受到日本文运的隆盛，他们对不遵守朱子学的徂徕古文辞学是持否定排斥态度的，同时对基于明七子复古论的古文辞学的诗文论也是持批判态度的。然而他们也不得不承认徂徕古文辞学的风靡盛行为日本文运的开拓隆盛做出了极大贡献。才过弱冠之年的山县周南与第八回制述官李东郭诸子唱和，三使爱其奇才，准许特别接见；木下兰皋的《仙人篇》惊倒第九回制述官申维翰，让他不禁说出"仆未敢遽信吾眼，以为当今世人决未有也""以为千古耶"的赞辞。第十一回正使书记成龙渊感受到徂徕的文华力量，"实有不可遽斥绝者"。制述官南秋月熟读《徂徕集》及《辨道》《辨名》之后，认为徂徕"文焰甚炜烨，有不可磨灭之气"。他还评价徂徕创出的华训读经之法，就是徂徕说的"唐音直读"的读书法，其功不可诬，认为徂徕"可与富岳齐高，为日东之一巨手"，对徂徕的功绩给予了高度评价。

　　总体而言，通信使对林门、木门、萱园三派的评价基本上反映了三派在江户诗文坛上的地位和影响，对于我们正确把握江户时代诗文发展的总体趋向不无参考价值。这次仅对林门、木门、萱园三派与通信使的唱和交流作了粗浅的叙述，错误疏漏之处，敬请方家批评指正。对日本文士与通信使交流的全貌进行更为细致而全面的考察将作为今后的课题。

　　【作者简介】范建明，文学博士，日本电气通信大学名誉教授，发表过论文《论钱谦益诗学对江户时代诗风诗论的影响》等。

# 摄取、改造、变异：

## 从《文镜秘府论》到《和汉朗咏集》*

吴雨平

**摘要**：日本汉诗创作指导性著作《文镜秘府论》及诗歌文选集《和汉朗咏集》先后成书于日本文化转型的平安时代，在编选思路和方法上具有一脉相承的关联，在编排方式、题材分类、诗歌意象与情感表达等方面亦具有共性；同时，由于编纂的具体时代、目的等方面的不同，两者又各具其特点。两部作品显现了日本在接受中国文化与诗歌传统影响时的过程；在进行学习、改造和变异中演替，促进了民族文学主体意识的萌生和发展。

**关键词**：文镜秘府论　和汉朗咏集　中国　日本　诗歌传统　主体意识

《文镜秘府论》（成书时间约为 817—820 年）是由日本佛教真言宗创始人空海（くうかい，Kūkai，774—835，号遍照金刚，谥号弘法大师）编写的指导日本人进行汉诗创作的理论著作，全书用汉文书写，旨在帮助初学汉诗创作的人解决声律、词藻、典故、对偶等问题。空海曾于 804 年至 806 年以学问僧的身份随遣唐使入唐学习佛法，《文镜秘府论》编写完成于他回到日本之后。

《和汉朗咏集》（1013）则是一部由中国诗文、日本汉诗文、日本和歌等多种文体组成的诗、文、歌选集，编者为平安时代诗、歌、乐"三艺并达"的贵族知识分子藤原公任（ふじわらのきんとう，FujiwaranoKintō，966—1041）。《和汉朗咏集》分为上、下两卷，编选摘录了唐代及之前中国诗文作者的诗、赋、序，以及诸多日本汉诗文与和歌作者的汉诗、杂文、和歌，是一部中、日文学并列的"文选"。

从《文镜秘府论》到《和汉朗咏集》，日本的文学景观已经发生了深刻的变化，但两部具有教科书性质的著作显示出的关联度表明，唐朝文化对日本文学的影响持续强烈，日本知识分子力图通过文学建构自己的民族文化特性及文学主体性的追求也渐次明晰。本文从

---
* 本文系国家社科基金项目"《和汉朗咏集》之中国文学接受的跨文化阐释与研究"（项目编号：19BWW035）阶段性成果。

分析两部著作的成书背景和编著目的入手,论述两者在编排方式与诗歌题材的分类、诗歌意象与审美观的表达等方面具有的共性和独特之处,揭示其所体现的日本文学主体意识萌生和发展过程中的文化心理。

# 一、成书背景与编著目的

《文镜秘府论》产生于日本平安时代(794—1192)的初期,此时的日本承续奈良时代(710—794)之风气,对唐文化进行全面的移植和学习,日本人汉诗创作热情高涨,日本汉诗蓬勃发展,形成文坛风尚。日本自奈良中期诞生第一部汉诗集、书面文学作品集《怀风藻》(751)之后,平安初期产生了《凌云集》(814)、《文华秀丽集》(818)、《经国集》(827,即"敕撰三集")等多部汉诗集,中国文学对日本文学的影响持久而深入。

> 平安初期被日本史家称为"国风暗黑时代",即日本的民族文化在外来的大陆文化的强大辐射之下低迷、消沉,处于边缘位置。这一时期,日本民族对于大唐物质文化的仰慕达到了极点……文学上平安前期汉文学依然盛行,和文学只是"青萍之末"。[①]

文学是文化的象征,必然要体现深厚的文化内涵。中国与日本在先秦时期就有了文化交流,这种源远流长的文化交流活动在隋唐时期达到了顶峰——由天皇所代表的国家层面组织遣隋使和遣唐使,全面学习中国先进的政治、经济、外交制度和处于世界领先地位的文化知识,日本社会发生了巨大的变迁。在这一过程中,日本接受了中国的文学形式和内容。

《文镜秘府论》作者空海随日本第 17 次遣唐使团于公元 804 年来到中国。值得注意的是,空海是自费前来,而非由官方出资。他对大唐文化的心向往之并努力付诸行动的态度令人感佩,大唐文化对日本知识分子的强大吸引力也由此可见。在长安两年期间,空海不仅研修密教真言宗真谛,还有意识地搜集与学习中国诗文典籍,如《王昌龄集》、皎然的《诗式》和殷璠的《河岳英灵集》等,并且将大量的汉语书籍带回日本,促进了国民对中国文学的认识。

空海编写《文镜秘府论》,固然是出于对唐文化的热爱,以及为了方便当时热切希望学

---

习汉诗创作的日本人,使他们能够"不寻千里,蛇珠自得,不烦旁搜,雕龙可期"①,但另一方面也有传授汉诗作法以迎合天皇个人爱好的意图,因为平安初期在嵯峨天皇等皇族成员的倡导之下,汉诗创作蓬勃兴起,需要理论和实践的指导。而更为重要的是,这一时期平安朝刚建立并迁都平安京(今京都),政治上还动荡不安,从统治者的立场出发,需要稳定朝纲的主导思想。《文镜秘府论》诞生于此时,就兼具适应统治阶级需要的政治目的。《北卷·帝德录》将中国古往今来的贤明君主悉数收录其中,以此来提醒日本统治者要贤德为君,显现出了他维护朝纲的初衷。

在空海看来,大唐的政治体制完美、文化昌明,学习大唐体制有利稳定平安朝的政局,不学不足以正朝纲,而文章就具有这种"济时"与"经理邦国"的作用。他在《文镜秘府论·序》中即明确指出:"夫大仙利物,名教为基,君子济时,文章是本也。"②将文章的作用提高到了"济时之本"的地位;在该书的《南卷·集论》中也强调:"然则文章者,所以经理邦国,烛畅幽遐,达于鬼神之情,交于上下之际,功成作乐,非文不宣;理定制礼,非文不载。"③表明了空海对作文写诗的看重以及对文章教化与服从的政治作用的强调,与中国古代"文章者,经国之大业,不朽之盛事"的观点相一致。

《文镜秘府论》是指导"外语背景"的日本人进行汉诗创作的教科书,必然要以中国文学为典范和标准。然而,文化接受总是双向适应的机制和过程,《文镜秘府论》毕竟是一部由日本人编写、产生于日本文化土壤之中的著作,民族文化的"环境"也必定对外来文化对"基因"发生影响,从而产生新的"表征"。正如卢盛江先生所说:"《文镜秘府论》本身就是一个'日本化'了的文本。"④《文镜秘府论》从理论上遵从日本文学自《万叶集》以来"言情"的文学观念,如指出"小子何莫学夫《诗》,《诗》可以兴,可以观,迩之事父,远之事君"⑤,虽然这段话出自《论语·阳货》"小子何莫学夫《诗》,《诗》可以兴,可以观,可以群,可以怨,迩之事父,远之事君",但是空海删除了"可以群,可以怨"二句。"群"是指诗文的号召与煽动力,而"怨"则是指诗文的批判讽刺性,这种删减应当不是作者的疏忽,而是在实用性的编选目的中,蕴含着日本文学固有的文学审美特性,同时还在编排体例及"范例诗"的编写中将这种观念加以形象化、具体化的表现。

《和汉朗咏集》诞生于日本政治环境相对稳定的 11 世纪初,此时的大唐在经历了动荡不安、风雨飘摇之后已不复存在,日本已经停止了遣唐使的派遣,统治阶级意识形态也发

---

①　遍照金刚《文镜秘府论》,人民文学出版社,1975 年,第 4 页。

②⑤　遍照金刚《文镜秘府论》,第 1 页。

③　遍照金刚《文镜秘府论》,第 166 页。

④　卢盛江《从〈文镜秘府论〉看日本诗学的继承与创新》,《文艺研究》2002 年第 3 期。

生了变化,平安时代初期那种本土文化压抑的气氛减弱,由文学作为开端的文化转向意识已经在知识分子中形成。文学与社会文化密切相关,"平安时代是日本文化趋向成熟,独立的文学观已经形成的时代,《和汉朗咏集》就是这种文学观的最好体现,他选取日本汉诗文佳句的态度与选取中国诗文的态度是一致的"①。确实,平安时代中后期的日本由全盘接受模仿大唐文化转为消化、改造乃至于创造,并寻求与光芒万丈、处于世界领先地位的中国文学相提并论的途径。平安时代中后期,日本民族文学开始建立,陆续产生了日本文学史上的瑰宝——《源氏物语》《枕草子》等民族文学形态的物语和随笔,"敕撰"作品也从汉诗集变为和歌集,日本的文化自信逐渐产生,民族文学的主体意识在这一过程中逐渐萌发并发展起来。

文学的变化与发展情况是复杂的。《和汉朗咏集》的时代,日本文坛虽然风向转变,但中国文学的强大辐射以及文学发展的惯性,使中国文学对日本文学的影响作用不可能在短期内消失;同时,作为汉诗、和歌皆精通的编纂者应当认识到了,日本文学不可能在短期内达到中国文学尤其是唐代文学的高度繁荣和空前成就;另外,不同阶层的作者有着各自不同的价值取向,中国文学样式的汉诗仍然具有强大的生命力和广大的读者群。

在上述文化背景下诞生的《和汉朗咏集》,将白居易、元稹等中国诗文作者的诗、赋、序,日本汉诗文与和歌作者的汉诗、杂文、和歌等并列编排,成为了一部中、日文学并列的"文选"和"集锦"。我们知道,文学所展现的生活与语言是无法剥离的,语言不仅是媒介和载体,它本身就生成意义,中日双语的运用使《和汉朗咏集》具有双重文化符号的意义。同时,《和汉朗咏集》虽然一共只有 804 句、联、首,跟《万叶集》《古今和歌集》等鸿篇巨制的和歌集相比,其规模可谓"小巧玲珑",但是,它由汉文的摘句、摘联,以及篇幅短小的"短歌"型和歌等多种文体组成。因此,这部作品集在日本文学史上同样具有独特的地位。日本学者大曾根章介曾经说过:"这本书在日本古代曾与《千字文》《李峤百咏》《蒙求》一起被称为'四部之书',作为少儿教科书被广泛阅读。"②后世的许多日本作家都受到过它的滋养。

《文镜秘府论》与《和汉朗咏集》两部作品分别诞生于平安时代的初期与后期,它们都在日本文学史上特定的时期发挥过教科书的启蒙作用,它们的编著目的体现出当时的日本既要努力学习外来文化以稳固国家政权,又力图发扬民族文化、防止被异域文化同化的特点,显示了古代日本人在学习外来文化和建立民族文化方面进行的努力。

---

① 宋再新《和汉朗咏集文化论》,山东文艺出版社,1996 年,第 7 页。
② 大曾根章介、堀内秀晃《和汉朗咏集校注》,新潮社,1983 年,第 319 页。

## 二、类目编排:季节与自然景象

四季分明的气候、独特的地理环境孕育了日本人对自然的独特感受,层次分明的四季风物造就了日本人敏锐的季节感,以"春夏秋冬"为题进行文学作品的分类、编选成为日本文学的传统,平安时期这一传统呈现出了较为成熟的风貌。日本最早的和歌总集《万叶集》(8世纪后叶)的时代就有了按四季进行分类的倾向,《万叶集》的第八卷和第十卷在"相闻"和"杂歌"①前,都对和歌明确进行了四季的分类。第八卷分为"春杂歌""春相闻""夏杂歌""夏相闻""秋杂歌""冬杂歌"6类,第十卷分为"春杂歌""春相闻""夏相闻""秋杂歌""秋相闻""冬杂歌""冬相闻"7类,两卷中的春杂歌与春相闻共有172首,夏杂歌与夏相闻有105首,秋杂歌和秋相闻有441首,冬杂歌和冬相闻有67首,占据了《万叶集》相当的篇幅。100多年后的《古今和歌集》(905)开创了将春歌、夏歌、秋歌、冬歌置于卷首的先例,收录春歌134首、夏歌34首、秋歌145首、冬歌29首。之后的和歌集都沿用了这一分类方法。

《文镜秘府论》与《和汉朗咏集》虽为不同的目的而编写,但两者均在受中国文化影响又图谋自身文化转型的社会大背景之下完成,它们之间存在着一定的关联性,日本学者指出:

> 根据《日本国见在书目录》《文镜秘府论》的记载,中国的诗文选在当时已经传到了我国。空海《文镜秘府论》的《地卷·九意》中,将春、夏、秋、冬、山、水、雪、雨、风之"九意",用四言秀句的形式加以呈现;大江维时编纂的《千载佳句》,将唐代149位诗人七言诗中的一千多联秀句分为两卷、258小类。而被《和汉朗咏集》收录的唐朝诗人的诗中,有140联与《千载佳句》相重复,几乎占《和汉朗咏集》中国诗文总数的三分之二。在这样的文化背景下,佳句和秀歌在当时被广泛地口传吟诵。②

这段话的表述虽有些跳跃,但意义还是明确的:《和汉朗咏集》及其之前的《文镜秘府论》《千载佳句》(成书时间约为平安时代中期的九、十世纪)等著作的编纂与中国文学的影

---

① 《万叶集》中的"相闻歌"是亲子、兄弟、友人、知交、夫妻、恋人、君臣等各种关系的人物之间表达情感的和歌;"杂歌"则是无法归入相闻歌和挽歌的其他题材的和歌,如行幸、旅行、公私宴会等。由于"相闻"包含的题材隆重、规模宏大,所以在和歌集中排列最先、地位最高。

② 大曾根章介、堀内秀晃《和汉朗咏集校注》,第305页。

响息息相关,同时它们呈现出了日本独特的类目编排标准和文本形式,并且这一特点波及了《和汉朗咏集》。

《文镜秘府论》和《和汉朗咏集》在类目编排方面不同于中国的文选大多以文体分类的方法,体现了日本文学的传统。《文镜秘府论》全书由代表六大方位的天、地、东、西、南、北6卷组成,各卷之下分若干类目,分别从声韵的掌握、辞藻的运用、体例的选择、“文章之病”的避免等多方面进行了总结和指导。值得注意的是,《文镜秘府论》中的《地卷·九意》有别于这部书通过系统地讲授汉诗创作理论进行汉诗创作指导的整体内容,而是对中国初盛唐及之前的诗、赋等进行重新编排,将四季及自然景物的意象概括为九种诗意:春意、夏意、秋意、冬意、山意、水意、雪意、雨意和风意,并浓缩成391句汉语四言韵文(汉诗),成为《文镜秘府论》中极为特殊的一类,《九意》的作者问题也成了“一个困扰千年的疑问”①,但《文镜秘府论》因此具有了实践性,为初学者提供了创作范例。“春夏秋冬”四意的编列契合了和歌集的分类方法。其余的“山水雪雨风”五意也都以自然景物和自然现象入题,同样反映了日本人对自然的亲近态度及敏锐感觉。

《和汉朗咏集》编目时,这一传统得到了发扬。《和汉朗咏集》采用上、下两卷,大类、小类的层级形式,上卷在“春夏秋冬”四大类下再各自分为若干小类,如“春”下有立春、早春、春兴、春夜、若菜、三月三日、桃、暮春、三月尽、闰三月、梅、红梅、柳等22小类,其余“夏”“秋”“冬”三大类亦是如此。

从广义来说,《九意》与《和汉朗咏集》在题材上均以春夏秋冬四季和多种自然景物作为类目,再对不同的具体景物进行细分,但两者的做法并不相同。《九意》在《文镜秘府论》中是一个独特的存在,它以四言韵文的形式呈现,既对汉诗写作者进行实战性的指导,同时它本身也是四言韵文,即通过“诗”本身来告诉写作者可以使用哪些题材、运用哪些意象进行汉诗创作。《九意》在“九意”之下并不分细目,而是以在四言汉诗之下加小字“诗注”的形式进行事实上的再分类,目的仍然是为初学汉诗者提供指导。如“春意”中“云生似盖,雾起如烟”“垂松万岁,卧柏千年”“罗云出岫,绮雾张天”三句的诗注为“山行”;“红桃秀苑,碧柳装田”诗注为“游园”②等。《九意》前半部分“春夏秋冬”四意共有四言汉诗246句,有“山行”“望晴”“游园”“避暑”“秋夜”“田家”等69种诗注,实际上是对这四意诗歌的具体分类。然而,并不是所有的诗句都标注了诗注,未加诗注的也有82句。

后半部分“山水雪雨风”五意中,只有“山意”中的“闻弓睒眼,见弹侏张”一句下面标有

①　卢盛江《空海〈文镜秘府论〉与中日文化交流》,江苏人民出版社,2019年,第145页。
②　本文引用的《文镜秘府论·九意》四言韵文均出自日本遍照金刚(空海)编纂的《文镜秘府论》,人民文学出版社1975年版。

诗注"孤雁",其余"水雪雨风"四意全文皆无标注,跟上半部分"春夏秋冬"四意在表达上完全不统一,显得颇为随意。对于这种情况,日本学者小西甚一认为:"原典恐怕就是由于想不到适当的表现手法,于是隔三跳四地注,很难的例子虽然推到后面,但从山意开始感到越来越麻烦,因此索性就让它这个样子。"①也就是说,随着诗注种类的愈来愈多,编者对有些诗句想不到对应的诗注,最后诗句下索性不再加注。笔者以为,造成这一现象的另一原因,也许是"山水雪雨风"五意内容较为驳杂,难以像前半部分一样进行合并归类。这在客观上削弱了诗意的逻辑性,也缺乏审美的连贯性。编选《九意》时,编者虽然希望通过对诗歌进行具体分类以指导诗歌创作,但应当说尚未找到可行的方法进行明确的统筹编排。

这种因编排思路和归纳不够完善而造成的问题,在《和汉朗咏集》中得到了解决。《和汉朗咏集》下卷为杂类,内容较为庞杂,只有大类目录,不分小类,但编纂者也将不同的题材进行了大致的归类,按照自然现象(如"风""晴""晓")——动植物形态(如"松""竹""草""鹤""猿")——日常生活(如"山家""田家""邻家""闲居")——社会活动(如"饯别""行旅")——人物(如"王昭君""妓女""老人")的顺序排列。同时,大类目录下的诗句意思与类目名称完全相符,如"风"中"春风暗剪庭前树,夜雨偷穿石上苔"②"汉主手中吹不驻,徐君墓上扇犹悬"③等皆是描写风的诗句。如此一来,《和汉朗咏集》的编排便井井有条,诗、赋、和歌之间也都有意义上的关联。显示出较为严谨的构思和严密的逻辑,表明《和汉朗咏集》时代日本文学的日趋成熟。

《九意》与《和汉朗咏集》编排中体现的这种季节与自然观源于奈良平安时代多种文化与思想的交融。这一时期,中国的气论、循环论、万物有灵思想,以及六朝的文学等早已东传,并对日本文学产生了巨大的影响。空海西行中国,习得佛教密教真言宗,回国后建立日本的真言宗,与同为高僧的最澄大师(767—822)所建立的天台宗成为日本平安时代佛教的代表。因此,中国的文化、文学思想与平安时代的佛教以及日本原始的神道教互相融合,产生了日本平安时代的万物有灵论与循环论,而万物有灵论、循环论的内涵又与日本自然审美意识有着千丝万缕的联系。

## 三、文学审美:景物与情感

文学是生活的体验,是对逝去事物的追忆,也是情感的投射。"情"与"景"是中国古代

---

① 卢盛江《文镜秘府论汇校汇考》,中华书局,2015年,第505页。
② 金子元臣、江见西风《和汉朗咏集新释》,明治书院,1910年,第221页。
③ 金子元臣、江见西风《和汉朗咏集新释》,第222页。

文学的一对范畴,中国古代文论很早就开始探讨"情"和"景"的关系。刘勰在《文心雕龙·物色篇》中指出"情以物迁,辞以情发",强调因景而生的思想情感的抒发。唐代以后,对情景关系的论述日益精细,如唐代诗人王昌龄提出"意境"说,认为诗有三境:物境、情境和意境;皎然认为在诗歌创作中,作者的真性情须借助于景才能表现,情景融合构成诗的意境。《文镜秘府论》中对这些讨论诗歌艺术的理论都有所介绍或阐释,《九意》及《和汉朗咏集》可以说是与这些理论相呼应的实践性话语。

山川纵横河流交错的自然环境、温带季风性气候带来的景物和气象变化,使日本人发现大自然中的很多景象会让人感到心情愉悦或哀伤,人的心灵可以与自然界的灵性相沟通。季节的由春入夏、由秋入冬,使人感到时间的无常与珍贵,而每年的季节轮回又使人回忆起相同的季节和时间点发生过的各种事情。如此,人与自然的主客体关系也就随之消解,自然成为"人格化"的自然,人对自然也就产生了美的体验与追求。"春夏秋冬"作为一种循环往复的自然景象,在日本文学中被表现得淋漓尽致。故此,在汉诗与和歌集的创作中表现出如此鲜明的季节审美意识也就有迹可循。

《九意》的题材基本上来源于中国六朝的山水诗、宫体诗、闺怨诗,以及唐代的山水田园诗与边塞诗等。虽然其中蕴涵"家国之志"的诗也占一定篇幅,如表现边塞从军生活的"悲瞻汉地,泣望胡天(从戎)""啼淹武服,泣烂戎衣(从戎)"等诗句就有19句。但整体上来看,旨在寄情山水、抒发个人情感的诗还是占据多数。从具体内容来看,《九意》之"春夏秋冬"四意中的四言汉诗主要是四时景物、宴饮场景、戍边从戎以及各类人物形象等方面的题材,由此生发出的"情"往往是个人此时此地的感受。"鸿归塞北,雁入幽边(望晴)"是由眼前的鸿雁联想到边远之地的荒凉,是表达对从军、离别之苦的忧伤;"蜂歌树里,蝶舞花前(游园)"是莺歌燕舞的春天景色带给人的喜悦之情。所谓情由景生、触景生情即是如此。"雪意"在这方面表现得非常典型,"朝疑柳絮,夜似梅花""凝阶似粉,冻木如梅"等诗句,尽显雪之色泽、形态之美:

> 日本人爱雪,恐怕有以下原因:一是日本人色尚素白,他们爱雪的莹白,认为那是象征纯洁;二是雪多丰收,象征吉祥、瑞祥;三是雪容易消融,蕴含一种无常的哀感,与日本人的感伤性格非常契合。[①]

但是,将雪比作梅花,又反映出平安时代初期受到的中国文化的影响。梅花傲雪怒

---

① 叶渭渠《物哀与幽玄:日本人的美意识》,广西师范大学出版社,2002年,第41页。

放,是中华民族坚韧不拔、自强不息精神的象征,中国自古以来咏梅的诗词歌赋数不胜数。"雪意"所说"似梅""如梅"既是日本对自然景物之美的赞颂,也与中国文化契合,这恰恰是《文镜秘府论》作为汉诗创作教科书的特点所在。

同样,《和汉朗咏集》虽然也收录了一些表现忠君、德性、志向的"言志"题材的诗文,但数量远远少于表现个人情感的诗文,其摘录的重点是闲适、风景、闺怨等内容的诗文。叶渭渠、唐月梅先生指出:

> 从中国汉诗编选情况来看,主要依照日本的"诗述怀"的原则,收录闲适纤柔、多愁善感的诗居多,所以多选白居易、元稹、许浑的诗,尤以咏自然的诗最多。就是对于白居易的诗也是根据自己的喜好来选择,多取感伤诗而舍讽喻诗。李白、杜甫、韩愈、柳宗元的具有变革意识或批判意识的诗,则一首也没有入集。[①]

两位先生所说的"诗述怀"亦可理解为"诗言情"。这种情况在摘录的日本汉诗文中同样可见。菅原道真(845—903)作为日本汉诗人中的翘楚,其汉诗创作题材丰富、类型多样,《和汉朗咏集》中也选编和摘录了他的 36 联汉诗,如"烟霞远近应同户,桃李浅深似劝杯""低翅沙鸥潮落晓,乱丝野马草深春"等,表现其闲适心境或感时伤怀的咏物诗摘录较多。

《和汉朗咏集》还具有明显的时间与空间感,以及由此变化引发的情感共鸣。仍以大类的"春"为例,类目标题从立春、早春到春兴、暮春,再到三月尽、闰三月,随着时间的流淌,自然而然地产成了由季节生发的美感;而莺、霞、雨、梅、红梅、柳、花、踯躅、款冬、藤等类目中,空间感又得以显现:"莺""霞""雨"等是空中的景与物,"梅""柳""藤"等则是庭院近景。从空中到地面、由远及近这种物理视角的变化,由此而产生的是人随景移、情随景生的审美效果,体现出日本人对自然景物之美的推崇。日本人认为,这种从自然之美中获得的或喜或悲的情感,即是最为接近本真的"情",也契合"言情"的诗歌观念。

而探究《九意》与《和汉朗咏集》诗歌审美特点形成的原因,我们还应当看到,由于地理条件、宗教信仰和历史发展进程等诸多原因,日本的民族文学从一开始就特别重视"情"的表达。《古今和歌集》(905)序中强调了日本文学这种"言心"的宗旨:"夫和歌者,托其根于心地,法其华于词林者也。"[②]即和歌是"心"的外在表现,和歌创作的目的在于用华丽的语

---

① 叶渭渠、唐月梅《日本文学史(古代卷)》,昆仑出版社,2004 年,第 525 页。
② 纪贯之《古今和歌集》,复旦大学出版社,1983 年,第 5 页。

言来表达心情。如果联系日本和歌理论中关于日本和歌起源的说法,以及纪贯之对和歌的分类法,即可知道他所说的"心地"其实就是特指日本古典文学中的男女恋爱、悲欢离合等个人情感。加藤周一在《日本文学史序说》中也指出:

> 《万叶集》歌人几乎不触及政治社会问题。在这个意义上说,大体上和同时代的唐诗形成鲜明的对照。在一方的诗中,诗人敏锐地表现出对政治的关心,而在另一方的歌中,丝毫看不到与政治的关联(《万叶集》中例外的存在又是忆良)。[1]

这段论述中提到被称为"社会诗人"的山上忆良(660—733),《万叶集》收录了其反映民生疾苦、抨击统治压迫的《贫穷问答歌》,但这样的作品在《万叶集》中只有 1 首,而表现个人情感的和歌在《万叶集》中是占据绝大多数的,古代日本文学"言情"的诗歌传统由此可见一斑。

因此,在强大的中国文学的辐射之下,《九意》及《和汉朗咏集》中的汉诗文在创作和编选时却仍然表现出与中国主流诗论观的不同,而更多地重视诗歌对个人情感的表现,是日本文学走过的合乎逻辑的发展历程。

【作者简介】吴雨平,文学博士,苏州大学文学院教授、博士生导师,苏州大学比较文学研究中心主任。研究方向为比较文学学科理论、古代中日文学关系。有专著《橘与枳:日本汉诗的文体学研究》等。

---

① 加藤周一《日本文学史序说》,开明出版社,1995 年,第 72 页。

# 日本江户时期七绝诗体的演进<sup>*</sup>

## 马双博

**摘要**：通过对江户七绝诗体演进的综合考量，可以全面了解这类诗体创作在异域的生命力。而诗体创作的本源主要还是在于江户文人辨体意识的增强与诗体创作的独立发展。在诗教思想的趋正影响下，对文体理论认知的高度不断提升。而且体式创作的繁荣、选本的广泛传播都是七绝诗体创作成熟的表现，且对江户汉诗史的发展有重要的意义。

**关键词**：七绝诗体　辨体意识　体式

　　江户时期可以被视之为日本汉诗学的自觉时代。在这个时代，儒学诗教思想得到了广泛的普及。各种观点在特定文学场景中的冲突和融合，最终构成了文学场域化的张力，让江户汉诗的文体创作显得更加有立体感。其中，七言绝句这类诗体创作最能直观反映出江户诗人在诗歌创作上的审美倾向与艺术成就。但是，学界一直多关注江户诸儒在经学上的成就，而对其诗体创作的关注则较少。其中，学者祁晓明在《江户时期的日本诗话》中曾指出："江户时代的诗坛，以七言绝句最为流行，人们似乎对此体尤为偏爱。"[①]另一位学者谢琰也在《〈联珠诗格〉东传与日本五山七绝的发展——兼论中国文学经典海外传播的路径与原则》一文中提出"镰仓七绝承接平安朝七绝，进行了较为明显的开拓；室町七绝代表了五山七绝的最高成就，从而开启了江户七绝的鼎盛局面"[②]的观点。由此可见，这类诗体在江户时代的诗歌创作中有着不容忽视的地位。以上两位学者的论点尽管都各有依据，然而，目前尚无论文对江户时代的文体意识和七绝批评展开过专门的研究，仍旧缺乏具体的梳理和整体的观照。总结目前的研究现状：从研究方法来看，已有研究者在进行江户七绝诗体的研究，关注更多的是诗人和诗歌本身，这些传统的研究格局也暴露出诸多

---

　　* 本文系国家社科基金重大项目"东亚汉诗史（多卷本）"（项目编号：19ZDA295）阶段性成果。

　　① 祁晓明《江户时期的日本诗话》，中国社会科学出版社，2009年，第216页。

　　② 谢琰《〈联珠诗格〉的东传与日本五山七绝的发展——兼论中国文学经典海外传播的路径与原则》，《江海学刊》2013年第3期。

的问题。比如研究视野偏狭隘，往往集中于文体本身的性质，创新性显然不足。而且，研究角度的分布并不均衡。尤其是在江户时代展开对七绝诗体的研究，就更需要广阔的研究视野。因为"文学活动不再只是作家的创作活动，而是包括从作家—作品—读者的动态过程"①，因此，文体在异域衍变的研究更该看重接受者的再创造意义和作品价值的可再生意义，应该用多元的、动态的视角去解读，从而有利于进一步开创东亚文体学研究的新局面。基于上述所论，本文拟从诗教思想、辨体意识展开整体化、场域化的辨析、论证。在昭明江户诗体学的理论本源之后，再去探究其七绝诗体的演进过程。该项研究的意义主要在于：第一，立足于诗教对文体创作的规范意义，明确江户汉诗的理论基础，并通过文体特质的动态解读深化对汉诗创作的本体认知。第二，以江户时代的文学场域为切入点，进而归纳出七绝理论接受上的规律以及在异域的演进过程。第三，在文中引入文体传播效应的新思路，把文体研究的视野由以作者为中心的传统思路转向对传播媒介与受众群体的思考，力图将江户文人对七绝的理念以及这类诗体对这个时代产生的影响立体地、清晰地展现出来。

# 一、趋正的辨体意识

首先，在德川幕府的大力支持下儒学成为了官学，并形成了日本社会中广泛的教育体系。同时，儒家诗教对思想的规范作用恰好符合当时统治阶级拨乱反正的需求，且这一时期的汉诗大家基本都兼有儒者的身份。而汉诗文的创作并不是狭义的文本撰写，其中的内核还是思想精神的传达。因此，诗教思想正是在江户儒者们的推动下最终成为这个时代诗歌创作的导引。尤其是在藤原惺窝、林罗山等知名儒者们的努力之下，使儒学传入日本以后，不断与神道、佛教以及武士道等精神相融合，形成了本土化的特色。如同叶渭渠《日本古代思潮史》中所提出的："这样结合形成的新的文学实体、新的思想体系，就是一种以'和魂汉才'为主导的文学复合体。"②由此可见，日本本土的文化具有很强的包容度，能够吸收异质的文化思想并能够突出其特点。同理，儒家诗教思想也和江户时代的文化思想之间形成了双向的转变，最终，逐步构成了诗文研究和诗体创作的理论基础。《毛诗序》中细致地阐释了诗歌的教化功能，这往往被视之为诗论思想的理论基元，也多被江户诸儒所承袭，在他们的诗文集中几乎都有与诗教相关的表述。例如林罗山的门人石川丈山在

---

① 朱立元《接受美学》，上海人民出版社，1989 年，第 50 页。
② 叶渭渠《日本古代思潮史》，中国社会科学出版社，1996 年，第 259 页。

《诗法正义·诗源总论》中言:"夫诗之道者,得性情之正而思无邪,既有思则不能无言,有言则咏歌言其情也。"①藤原惺窝的再传弟子木下顺庵在《锦里文集》中的《书诗仙图后》一文中亦提及:"夫诗之为言……其可以感发善心,惩创逸者,皆见于圣人,传于久远,《三百篇》尚矣。"②可见欲得诗道之"正",必然要得思想与情性之正才能够形成立言的规范。不仅能起到拨乱反正的作用,并具有明确的实践指向。这一点又可以追溯至《诗大序》为诗歌立言所提出的风雅正变观,以及思无邪、歌咏情志之论等观点,都对后世的诗歌创作有深远的影响。

对江户诸儒而言,诗教的这些要点也符合他们所追求的创作正脉。根据松下忠《江户时代的诗风诗论》,可知江户诸儒论诗必尊诗教风雅为正,其体裁创作大多以唐诗为典范。而且,江户时期的汉诗人基本延续了儒家诗教的思想体系,在接受了明清诗话中的诗论观点之后形成了相对完备的诗歌理论与批评标准,又从实践的角度出发得到了部分的修正,进一步促使了江户时代汉诗创作中辨体意识的觉醒。此外,江户汉诗本身的发展脉络就是在理论批评与创作实践的思考中开展的,这就注定了江户时期的诗教思想与文学本体的创作方式也有着密切的联系。江户后期的诗文大家友野霞舟在《锦天山房诗话》中补充道:"建橐以来,文运始阐,儒士辈出,弦诵稍盛。至诗文尚循五山禅衲之陋习,萎苶不振。萱老颖迈之资,桀骜之才,刻励揣摩,别出心裁,首唱古文辞,大声疾呼以夸后进,海内风靡,文体为之一变,其功伟矣。"③由此可见,江户时期的文体观自荻生徂徕起便已经开始获得独立的意义。同时,他通过倡导古文辞大力推进了江户时期的文体新变,使汉诗创作突破了五山禅学思想的束缚。而其他物门诸子如安藤东野、服部南郭、山县周南等也都以诗文创作为己任,在实践中进一步明确了文体之辨。于是,在萱园诗派的推动之下形成了江户汉诗的解放潮流,不断凸显出诗歌汉语言艺术的审美观念和情感特征。而且,这类趋正的辨体意识作为日本汉诗主流的思想导引,其影响范围之广,遗韵甚至还延续到明治时期。与之相适应的即是日本汉诗对形式的重视,强调新变的诗论发展,所形成的主体倾向则是伴随着对明清诗论的接受而形成的复古之风,主体遵循从汉魏六朝到唐宋的诗歌复古,其基本脉络是接受从汉魏风骨到唐宋的风雅,包括对各类诗法的辨析,形成了风骨、兴象等主要诗学范畴的承继。此外,更是基于诗教思想的本色特点,尝试将其与江户诗体创作中的艺术构思有机地结合在一起。尽管江户汉诗的本质上依然是"情动于中而形于言",而与同时期的明清诗人相比,江户诸儒则更有意致力于诗。因而,在形式上有了进一

---

① 王焱《日本汉诗百家集》第 31 册,北京燕山出版社,2019 年,第 367 页。
② 王焱《日本汉诗百家集》第 65 册,第 511 页。
③ 赵季、叶言材、刘畅《日本汉诗话集成》第 7 册,中华书局,2020 年,第 3053 页。

步的拓展,开始突破文字表面的描述层次,强化了对诗歌本体的认知。

　　荻生徂徕(1666—1728)《题唐后诗总论后》中提出:"非规矩则不能为方圆,即其自诧神奇,亦元瑞所谓古人弃去拾以自珍者,岂不悯哉? 古圣人之言温柔敦厚,诗教也。是千万世言诗者之刀尺准绳。诗自三百篇至李杜,虽其调随世移,体每人殊,而一种色相譬春风吹物烨然可观者,乃为不异也。"①他还在《萱园随笔》中主张辨道应知言,谓"今之学者,当以识古言为要,欲识古言,非学古文辞不能也。"依据这个论点,作诗之旨需要秉承诗教的正统,是在特定法度之下的创作。尤其在江户诸儒的共同创作观念以及当时的社会环境中,在保持本土传统不被异质文化传统吞并的前提下,诗教思想往往提供能融合的实践性理论基础。在特定文化复合体中确立规范性的文本,以此在创作中形成了对诗文艺术形式的进一步探究,也就是徂徕所谓的"色相"不易。对多数的江户汉诗人而言,汉诗文创作除了传达情志的本质功能以外,更重要的是成为通晓六经、梯航古道的方式与路径。然而,徂徕的观点所立足的是言辞本身。而言辞是构成汉语诗歌体裁创作的根本要素,诗人唯有把握思想的中正无邪,继而掌握好言辞的正典才能接近诗道之正,最终令诗文实现明道、贯道的目的。正如刘勰在《文心雕龙·通变》所言"文体有常,通变则久",诗歌文体创作正是在"常"与"变"的矛盾中不断持久发展的。因而,新的诗体观念发展的过程中,必然会树立新的典范,令诗人不得不去适应这类外在的形式要求。当特定的文体形式明确了功能与表现力之后,文人们必然会以新的形式取代旧的形式,这代表了文体发展的基本趋向,可以说是一个形式化与反形式化并存的过程。最终,这种矛盾将促使江户诸儒将汉诗的文体创作推向新的深度和广度。

## 二、以故为新——江户七绝的文体演进

　　诗歌体裁的成熟,不论诗作者主观如何认定,在客观上仍然是经过长期的沉淀与积累、持续的创作和探索才形成的。在经历了平安、镰仓·室町再到江户时代约三百年的不断探索,为诗体创作的大成铺平了道路。到了江户时代,对于汉诗体裁的完整掌控与认知,臻于完善。江户后期,斋堂正谦在《拙堂文话》中提出:"诗本文中一体耳,故古与《书》《易》并立为经……至近体之盛行,诗文始分为二派。近体之诗,韵必限一,句必限四若八,字必限五若七,约束严整,不能自肆。然不免为文中一艺,犹四六之于文,诗余之于诗也。

──────────────

　　①　王焱《日本汉文学百家集》第 117 册,第 161 页。

至古诗，直文而已。"①这就印证了他们对于古近体诗以及其他形式的文体创作已经有了相对完整的判断。而且，基于体道、明道的目的，进一步促使江户诸儒依靠经学思想不断对言辞进行精炼，这自然就带动了对诗体本身的理解与体悟。此外，江户诗文辨体意识的觉醒，不仅是依靠汉语言词的精炼性和灵活性，更是有赖于此时代日本文人对汉诗形式的理解与探究，从而为七绝诗体的独立发展奠定了广泛基础，最终趋向于成熟。

此外，所谓的"独立"，是指江户时代的整体汉语训读水平的提高以及共通理念的形成，由此产生对七绝这类特定诗体创作的偏好以及形成高度的理论认知。虽然，江户诸儒在诗歌创作上主要成就多取决于他们对汉语的掌握度。然而，他们对生活的感悟和时代风貌的体察一样为诗体创作带来了杰出的思想性和卓越的艺术性。显然，两者之间有着不可分割的重要联系。同时，江户时代的文人们但凡有切实的生活体验，都能够通过七言绝句的体裁创作得到全面的展现，这不仅是时代的使然，也是文体内部规律的自主发展与江户文人们的实践所成就的。

《三体诗》在江户时代的盛行，基本确立了七绝、七律、五律三种诗歌体式成为了这个时代的主要诗体。因而，对诗歌体式与体貌的比较，包括对平仄、章法、风格等方面的研究与关注，特别是江户诸儒在创作上偏好七言绝句，开始由最初的"辨"转向了"变"，这标志着日本汉诗史的发展进入了新的时代。多数明清时代的诗话中认为绝句本源自于律诗，且由律诗半截而成，因此，绝句亦有"截句"之称。其实，这种认识在一定程度上反而限制了七绝诗体生命独立的进程。所不同的是，江户诸儒们并没有完全将七绝视作七律的变体，而认为其是具有独特艺术生命力的体裁。大体而言，之前这类的诗体趋向古雅，而近起的创作则趋于新俗。虽然在平安朝、镰仓·室町两个时代已被大量模仿，可是其主要目的是统治阶层与贵族之间的附庸风雅。到了江户时代，由于町人阶层崛起，不断拓展了汉文诗学的受众，七言绝句除了抒情为主的传统效用，也承担了世俗教化、娱乐以及生计的需求，由新俗之体逐步趋向高雅。这构成了江户七绝的发展轨迹，即在复古中创新、在继承中转变。不仅显现其多元化的内容创作，而且在其文学思想的表达与社会功能的承担方面也各有侧重。复古新变、雅俗交融之说虽然不尽准确，但是它大体上可以概括日本自平安朝到江户时期中诗体约定俗成的功能划分与艺术审美取向。表面而言，是在考察这类特定诗体的兴衰，实质上则会依据江户汉诗的与世迁移和社会中的审美风尚随时而变。正是在这一过程中，逐步形成了其本体的美学批评理论。所以，考察七绝的批评理念也成为了把握江户汉诗发展脉络的重要方式。

———————————

① 王水照《历代文话》第 10 册，复旦大学出版社，2007 年，第 756 页。

　　王晓平先生在《千年唐诗缘：唐诗在日本》中提及"《三体诗》不断被重刻，直到江户时代《三体诗》都流行不衰。另一种传抄本又被称作'新本'，这种版本以释圆至注为主，加以裴庚注，虽也是三卷，但是顺序是七绝、七律、五律，题为《增注唐贤三体诗法》，这个版本流传甚广。《增注唐贤三体诗贤语言抄》编者不详明历三年（1657）刊本；《增注唐贤三体诗法和语抄》（三体诗绝句和语抄）释三云义正元禄十二年（1699）刊本。以上除了《素隐抄》是全卷抄本外，其余都只有绝句。"①可见江户时代的诗人们在《诸家集注唐诗三体诗家法》的影响之下，基本就都在旧的诗体中进行新的探索。因此，辨体显得尤其重要。此时，七言绝句就在这个时期承担了这个场域所赋予它的文化责任。其源出于与《诗经》一脉相承的风雅精神，所表达的多是诗人的个体情怀。从诗体分类的角度而言，镰仓•室町时期的辨体意识仍然模糊不清，可能是因为禅僧们受到身份、阶层、地域的局限，暂时无法形成清晰的认知。相反，江户诸儒在文体诗教的正向导引之下，必然要对前人诸体兼备的理论进行总结，从而为本土的七绝创作提供新的参照。后期儒者冢田大峰在《作诗质的》中提出："绝句与律以为通体……五七言绝句，则平易起承之句，转句转意，以强其句势，结句生自转句，且相照于起承，可以结其意也……然且五言与七言，其体裁不同，五言则多含蓄，七言则多流动。"②此处，他首先肯定了律诗与绝句的通变。之后，又从诗法的角度凸出了七言绝句在句势与风格上的长处，明确了七言体比五言体更具有灵活性和可变性。又指出了律诗、绝句在语体结构上的不同之处，尤其突出了七言绝句精粗皆宜、短长兼具的体裁特征。古义学派的文章学大家皆川淇园也在《淇园诗话》中云："凡学作诗，当先从七言始，七言长，五言短，作长已熟，则短自在其中矣。其于体，当先从绝句始，绝句用辞不多，篇法易，习之已熟，则虽古诗律体篇法，既亦皆成于其中矣。"③可见，淇园已经比较了五言与七言、律诗和绝句之间创作的难易程度，分辨出各自的文体特征与创作规范。同时，他通过自身的实践经验提高了七言绝句的地位。此外，为了追求盛唐七绝的高范，还特意以王昌龄集的五首组绝《长信秋词》为例进行了细致的阐释。到了折衷学派菊池五山的《五山堂诗话》，更是形成了相对完整的认知，使这一诗体有了更为丰富的审美趣味。他在卷一中提出："人劝轻近体截句，而重长句累韵……弦外之音，味外有味，会到此境，二十八字即摩尼宝珠，何必造八万四千塔方始为至哉？"④卷六又补充了："余尝谓律诗犹古之雅颂也，七绝犹古之《国风》也，雅颂不如国风之感人之深也……今日自公侯武夫，以及衲子妓流，亦

---

① 宋再新《千年唐诗缘：唐诗在日本》，宁夏人民出版社，2005 年，第 94 页。
② 赵季、叶言材、刘畅《日本汉诗话集成》第 4 册，第 1441—1443 页。
③ 蔡镇楚《域外诗话珍本丛书》第 5 册，北京图书馆出版社，2006 年，第 598 页。
④ 赵季、叶言材、刘畅《日本汉诗话集成》第 4 册，第 1735 页。

皆可学,以故一枝片玉,世自不乏。余之采撷多涉此体,亦复为此……人或喜缀巨篇,而以七绝为小作,不复措意者。只知驼峰、熊掌之为美,未尝知晨凫、夜鲤自有真风味也。"①通过他的论述可知,二十八字的短章已经足够,不需要长篇的赘述。

相比鸿篇巨著,七绝这样的短诗体裁则别有风味。相比律诗而言,七言绝句更能发挥出自诗经以来的美刺传统,这也符合江户诸儒对正统诗学典范的追求。七绝一直以来都是明清诗家创作的主流诗体,却未有如江户诸儒这般细致的探究和解析,他们对七绝诗体的审美以及在创作上的接受度为明清诗人所不及。就语言的韵律节奏而言,日本学者松浦友久就已经认识到七言诗更接近日语节奏表达。于是,在其《中国诗歌原理》中表明:"七五调是异常密切地结合着日语本质的天然节奏,这方面可以说与中国七言诗的节奏非常相似,后者由于是与汉语本质密切结合的天然节奏。"②再结合日本本土的诗歌体裁即和歌来看,在音节和体式上与绝句十分类似。《古今和歌》中云"夫和歌者,始三十一字咏"③,因此对他们而言,七绝这样的短诗是最接近于本民族用语特征的诗歌体裁。而且,便于日本社会多元阶层的接受与学习。除却公侯、武士这类的贵族,即便是普通的出家僧人与妓女亦可模仿。可见当时七绝创作的受众开始扩大,甚至可以成为日常社交的方式。同时,由于文学场域的形成,在不同文化意识形态影响下的七绝与和歌必然会相互渗透与交融,最终转化为既能迎合日本文人的审美意趣,又保留了传统汉诗正向规范的独特诗体,从而,突破旧的藩篱获得本土化的新生。

总而言之,江户汉诗学者就七绝的诗体性质、主体功能、文学批评等基本要素或环节,展开了深入的探讨。江户中期七绝批评理念的形成,是日本汉诗创作趋向自觉的重要标志。诗学评论会对诗体创作产生影响,灵活自由的诗学理念自然会推动诗体创作走向独立。但是,七言绝句这类诗体批评的自觉,并不局限于语体阐释层面,而是会形成创作观点的多元化与自由化。在江户时代,幕府统治者不只给文人们提供了较好的物质条件和政治待遇,还使他们在批评和创作上获得了更多的自由空间,这也造就了江户汉儒在创作时的最佳心理状态。

只有在这类特定的文学场域内,诗教思想才能对体裁创作起到正向的引导作用。七绝诗体创作的整体性和自觉性,既益于这个多元的批评环境,也在很大程度上推动了这个时代文人的个性释放。因此,相关理论批评的活跃有其本体的独立审美需求以及文学场域的影响因素,并非局限于作者的个人偏好。而且,不同学派的诗学大家在七言绝句的认

---

① 赵季、叶言材、刘畅《日本汉诗话集成》第 5 册,第 1829 页。
② 松浦友久著,孙昌武、郑天刚译《中国诗歌原理》,辽宁教育出版社,1990 年,第 176 页。
③ 纪贯之等撰,杨烈译《古今和歌集》,复旦大学出版社,1983 年,第 5 页。

知上既求同又趋异,甚至,在趋异的过程中得到了相互的平衡。因而,在这种过程化、场域化的自由交流不断延展出契合诗学本体的艺术张力。这不仅是其主要的外在表现,也是诗体新生的内在动力。相反,独领风骚则会造成诗学生命的僵化和萎靡。

# 三、以萱园诗人为主的传播效应

由于七言绝句在江户时代获得了文体的独立意义,因此在社会上会形成较为广泛的传播。从诗歌选本传播的总体发展趋势来看,幕末时期是七绝诗体接受的高峰期。就当时社会的需求而言,七绝的流行与其庶民化、商业化的发展倾向直接相关,七绝选本传播数量大,受到名家选家的重视。据揖斐高的《江户诗歌论》,可知自江户后期的元禄年间即17世纪左右开始至明治初期,出版业大量扩张,由此促进了很多绝句选本的传播①。其中所选诗体基本都是七言绝句,仅存少量的五绝,却没有出现单独收录律诗的选本。这也体现出在社会影响力和实用层面,绝句是远大于律诗的,尤其是七言绝句。如《搏桑名贤诗集》《本朝四家绝句》《安政三十二家绝句》《文久二十六家绝句》等,不仅以绝句为名,更是保存了众多的七绝句作品。这些别集、选集中对诗家、诗作的编录并不会拘泥于作者的身份,往往是为了保存这个时代七绝作品的完整性,体现了编者极大的包容度。显然,江户后期的七绝选本偏尚蔚然成风,七言绝句逐渐成为了出版业及社会各界关注的重点。文学作品的传播需要广阔的空间流动性,在这类动态的传播网络中,能够拓展其辐射力。江户时期政治经济的繁荣安定为文人的自由创作提供了良好的社会环境,幕府对汉诗文的重视,以及水陆交通的便捷,都给七绝诗体的传播创造了相应的客观条件。在此文学场域中,无论是七绝作者抑或是普通读者,都有着积极的创作意识和传播热情,这使得江户时期的七绝传播呈现出以选本、别集、总集为中心的扩散型模式,从而推进了七绝诗体在江户诗坛的盛行。

相比而言,明清并未出现如此集中的七绝体选本、别集的出版风潮。诗体的传播并非孤立、静止的,而是关联着作者和读者及出版者,反映出整体的社会关系。正如美国威尔伯·施拉姆在《传播学概论》中所言:"我们研究传播时,我们也研究人——研究人与人的关系以及他们所属的集团、组织和社会的关系。"②要了解人类的传播,我们必须了解人是怎样相互建立起关系的,而文体传播亦是如此。七言绝句在江户时代的传播大多属于人

---

① 揖斐高《江户诗歌论》,汲古书院,1998年,第15页。
② 威尔伯·施拉姆《传播学概论》,北京大学出版社,2008年,第4页。

际交往间的传播,因此不仅需要选本的媒介功能,更有赖于诗人群体之间的交往活动。诗歌作品能否得到即时有效的传播,很大程度上取决于诗人在江户诗坛的整体感召力。如同孙旭培在《华夏传播论》所言:"信息实质上不是依自身价值的大小显示其差异,而是因传者的社会等级显示其价值的大小,影响其传播的力度,社会等级愈高则信息价值越大。"①显然,知名学者在诗体传播的过程中起着不可替代的重要作用。

诗人的社会影响力越大,被推崇诗体作品的普及度自然更高,并且在一定程度上又会反过来拓展诗人的知名度,从而构成了七绝诗体与被引荐者之间的双向影响,形成彼此互动的传播模式。在此基础上,诗体的传播便具有了更大的延展性。比如林东溟在《诗体诗则》中肯定了荻生徂徕作为绝句大家的地位,他认为:"徂徕先生亦大家也,最长于歌行,其于近体绝句,效正变于李杜王李者也……近体绝句中却见妙。"②回溯江户前中期,荻生徂徕、祇园南海在江户诗坛具有较大的影响力。他们的推崇、偏好往往受到了汉诗人的广泛关注,这使得七绝诗体得到进一步的传播。以荻生徂徕为代表的萱园诗派对七绝诗体的传播有着重要的推动作用,萱园派诸子对七绝诗体的偏好,呈现出汉诗学本土化、时代化的轨迹,进而奠定了七绝创作在江户汉诗史中的重要地位。

萱园派诗人的七绝体诗创作总量是相当可观的。以《徂徕集》为例,近体诗的数量远多于古体诗。据笔者统计,七言绝句收录了三卷,一共有 383 首,占了绝对的数量优势。七律有 57 首,五绝 29 首,其他体裁的诗歌更是屈指可数。可见荻生徂徕以身作则在诗作实践中推动了七绝诗的发展与传播,并结合诗教思想的规范最终促进了江户时期的文体新变。这种体裁偏尚对当时乃至幕末七绝选本的传播都产生了深远的影响,以至于七绝可以视为徂徕最具代表性的诗体。其他多数物门中人也都翕然宗之,在各自别集中都以七绝的数量居多,七律次之,五律再次之,依次递减。如安藤东野《东野遗稿》中七绝总数是 54 首,五、七律各 24 首。服部南郭则相对平衡一些,在《南郭先生文集》中七绝总数是 90 首,七律是 89 首,五律 79 首。山县周南在《周南先生文集》里的七绝总数是 123 首,七律 53 首,五律 30 首。由此可知,在创作总数上其他的文体创作相对七绝不仅做不到平分秋色,甚至还不及其数量的二分之一。这样庞大的群体创作形成了良好的传播效应。

总体而言,萱园诸子的主流传播方式是以别集、选本等书面传播为主、口头传播为辅。由于学派人数众多,公开性较好,七绝的辐射性比单篇的传播效应要强,易于向更大的社会范围拓展。而且,萱园诸子的个人别集多数是由同辈、门生,乃至后人集体编订的,也有

---

① 孙旭培《华夏传播论》,人民出版社,1997 年,第 37 页。

② 赵季、叶言材、刘畅《日本汉诗话集成》第 2 册,第 712 页。

部分为诗人自己所编。尤其是安藤东野的《东野遗稿》是在他逝世之后,在徂徕的嘱咐下由其他门人所共同完成。而无论是诗人自己所编或由他人合编,都能承载诗人主观意志,也更能体现出七绝体诗传播的意义。学派门人间频繁的集体性社会活动,有助于强化彼此间的联系,还能在相互学习的过程中提高自身的诗歌审美能力,这样的即时传播也为七绝诗体赢得了极高的赞誉,同样为幕末时期的七绝大流行铺垫了传播基础。

# 结　论

综上所论,很多江户汉诗人的七绝作品都通过刊刻个人别集得以传播,效应迅速显著。这一方面表明江户诗人们对诗文传播的自觉意识,另一方面也说明他们对诗文的编辑与传播极为重视。即便部分七绝作品出现了散佚,还是可以通过选本的选录而保存下来,彰显出其传存之功。江户幕府重视汉诗文发展,江户各地出现了数百年安定有利的生存环境。汉诗人不断向唐宋诗歌典范学习,在汉诗创作上往往力求古雅之道,其表现可概括为三:

其一,由于崇尚雅正诗学观念的理论,这种以复兴风雅为己任的自觉也表现在其诗歌创作理论中,是对"雅正""兴寄"诗歌审美理想的推重。不仅只是诗学理论上的积极倡导,更在于将其积极贯彻于创作实践中。且在承袭了温柔敦厚的诗教思想之后,在很大程度上提高了他们的汉语理解能力,并促进了辨体意识的自觉,逐步构建出江户时代的文学场域,推动了汉诗文体的发展。这类趋正的辨体意识,也为江户诗坛树立了正向规范。

其二,由于《诸家集注唐诗三体诗家法》在江户时代的流行,有助于汉诗学者在诗体创作上的自觉,从而使七绝获得了独立的发展。最为鲜明的表现就是在当时日本诗话诗论里,已经形成了完整全面的文体批评理论。而且,着重突出了七言绝句的承与变。一方面是因为这类体裁比较接近于他们日本民族的韵律节奏,另一方面短章绝句非常符合江户学者对诗美理想的追求。与此同时,因为稳定的独立自由的文学场域,让诗体审美的受众开始倾向于平民化,故而,受众的数量和阶层不断扩大。

其三,七绝诗体也开始突破了其固有的文学性质,开始与商业出版接轨。后期出现了如《本朝四家绝句》《安政三十二家绝句》《文久二十六家绝句》以收录绝句为主的选本,七绝诗体居于核心地位,不断扩大其传播效应。而且,自荻生徂徕和萱园诸子成为江户诗体之变的引领者之后,因七绝诗篇在他们的别集中占了绝对的主导,进一步拓展了七绝诗体传播的延展性。因此,七绝诗体创作的繁荣不仅是江户汉诗中兴的重要标志,而且在文学场域空间流动下可以视作整个时代精神风貌的体现。

　　综上所述,江户时代中的文体学思想多是以宗经思想为主要原则。在创作中,诗人们需要通过辨体并结合诗体秉承与传输文章要旨的功能。因此,江户文人们的诗体学思想是以诗教思想为导源,通过论述文体场域中不同层级的诗体传输经典义理的功能与文学特性,构建出七绝诗体渐趋兴盛的发展脉络。这既得益于别集、选本的传播和影响,又归属于七绝诗体审美的独立需求,使江户汉诗在实践中获取了其历史合理性与现实存在的意义。因此,对江户汉诗的研究不仅要兼具社会语境下的真实性和诗学领域的专业性,更要在二者的动态平衡中进一步提高对社会文化与个体生命的整体认知,从而实现对七绝本体研究的超越。

　　【作者简介】马双博,上海师范大学人文学院博士研究生,发表过论文《庄子"得意忘言"新解》。

# 从"物质空间"到"观念空间"

## ——汉诗文对诗仙堂庭园空间的重构*

### 王培刚

**摘要:**诗仙堂为幕初汉诗人石川丈山所造之隐居庭园。以诗仙堂为题材的汉诗文通过文学的再现与想象机制,参与了诗仙堂庭园空间的重构,使得庭园建筑超越物质实体而成为精神符号。汉诗文对诗仙堂庭园空间的重构可从"物质空间的再现"与"观念空间的建构"两个层面加以考察。汉诗文所再现的物质空间本身即审美客体,又为诗人展开空间想象、诗性联想,进而建构观念空间提供了坚实的物质基础。在此基础之上建构的观念空间则表征为诗人自我身份定位的空间,亦是其人生际遇、情志意向之凝聚。诗仙堂题材汉诗文中的空间地理意象包含着丰富的文化内涵,反映了江户文人的造园技艺与造园意趣。

**关键词:**诗仙堂　石川丈山　物质空间　观念空间　造园技艺　造园意趣

　　石川丈山(1583—1672),名重之,字丈山,号六六山人、东溪处士等,生于三河国碧海郡泉乡(今爱知县安土市和泉町)。作为幕初著名的汉诗人,与诗僧元政并称"宽文之诗豪"①。

　　石川丈山早年仕于德川幕府,元和元年(1615)在大坂夏之阵中因违反军纪被黜,其后动归隐之念,并于宽永十八年(1641)春移居一乘寺,作为终生隐居之地,所造诗仙堂于是年秋天落成。丈山以庭园内外景观设施为对象,分别选定"十二景"与"十境"并作《凹凸窠十二景》(以下简称丈山《十二景》)。宽永二十年,林罗山来访诗仙堂,留下了《寄题石川丈山凹凸窠十二景》(以下简称罗山《十二景》)、《凹凸窠十境》(以下简称罗山《十境》)、《诗仙堂记》等汉诗文作品。林罗山为幕府儒官,与丈山多有往来。诗仙堂不仅是丈山的隐居之地,也是其与在朝文人交游的场所。园主丈山逝世后,庭园几经改修,如今早已面目全非。

　　石川丈山身兼诗人、武士、儒者、造园家等多重身份,而作为造园家的这重身份尚未引

---

　　*　本文系国家社科基金重大项目"东亚汉诗史(多卷本)"(项目编号:19ZDA295)阶段性成果。
　　①　池田四郎次郎《日本诗话丛书》第 1 册,文会堂书店,1920 年,第 218 页。

起学界重视①。有关诗仙堂的研究也主要局限于建筑学、设计学等领域。本文试图从文学研究的角度,结合空间理论重新加以研究。作为物质性实体的诗仙堂庭园是易朽的,但其生命在文艺作品中得以存续。经由汉诗文的空间重构,诗仙堂超越了物质实体而成为精神符号。本文从"物质空间的再现"与"观念空间的建构"两个层面,考察汉诗文如何通过文学的再现与想象机制参与诗仙堂庭园空间的重构,明确汉诗文所重构的诗仙堂庭园空间的审美特征、象征意味、文化内涵。

# 一、物质空间的再现

诗仙堂首先是空间实践的产物。通过汉诗文的空间再现,诗仙堂凝固为了不朽的审美客体。汉诗文所再现的诗仙堂的物质空间可从自然环境、空间布局、景观构造等三个层面加以考察。就这三个层面的先后顺序而言,人工因素依次增强,造园家的主体参与度逐次升高。诗仙堂的物质空间在总体上显现出自然美与人工美相结合的美学特征,反映了造园家高超的造园技艺。

## (一) 得天独厚的自然环境

石川丈山将庭园建造于京都山麓之下。关于诗仙堂所在地的自然环境,今人基于实地游览多有记述,但本文关心的是幕初汉诗文所再现的诗仙堂自然环境的特征及其与汉诗文创作之间的影响关系。

古人造园讲究隐蔽性,丈山在造园时也考虑到了这一点。罗山十二景诗《四山高雪》中有"环堂皆山高"②一句,指出了诗仙堂被群山包围的地理特征。由林鹅峰弟子人见竹洞所撰《东溪先生年谱》(以下简称《年谱》)亦载:"临流则鸭河之水,不舍昼夜;登山则难波之城,违天尺五。"③可见庭园周围既被高山环绕,又有河水阻隔,为诗人营造了一个具有隐蔽性的空间。同时,诗仙堂又位于高地之上,可向四周眺望,具有开放性。《诗仙堂记》载:

---

① 现有研究主要聚焦于石川丈山的诗论,可参见松下忠著,范建明译《江户时代的诗风诗论:兼论明清三大诗论及其影响》,学苑出版社,2008 年,第 220—232 页。日本学者的相关研究参见中村幸彦《石川丈山の詩論》,《中村幸彦著述集》第 1 卷,中央公论社,1982 年,第 31—48 页。

② 本文所引林罗山十二景诗均引自王炎编《日本汉文学百家集》31,北京燕山出版社,2019 年,第 568—571 页。

③ 本文所引《东溪先生年谱》均引自王炎《日本汉文学百家集》30,第 63—107 页。

> 西瞻凤城,仰玉泽之未竭;南望鸠岭,敬神威之如在。四宫河原之亘左方也,忆婵丸之蜕尘埃;二条天府之峙右边也,知虎贲之啸关门。①

这里的"凤城""四宫河原""二条天府"皆为洛中(京都)景观,而在丈山十二景诗中,《难波城楼》又记述了眺望大坂城所见之景,可知诗仙堂视域范围极为广阔遥远。

庭园附近的松林也为隐居生活提供了诸多便利。首先,这里有作为食物来源的松林。丈山诗《食烧松蕈》云:"松阴时采掇,非煮又非蒸。"②诗题中的"松蕈"即指松茸,一般生长于松林之中。而松林则构成了诗仙堂庭园景观的一个重要组成部分,如《十二景·园外松声》云:"风韵移琴瑟,萧萧荡世氛。"从听觉角度描绘了如琴瑟般悦耳动听且有涤滤胸襟、澄明其神之效的松音。此外,这里还能听到各种天籁妙音,如《十二景·前村犁雨》中"鹭鹚飞洗翅"一句描绘了禽鸟的戏水声,而《十二景·岩墙瀑泉》中的"岩瀑响前轩"则描绘了瀑泉之音。由这些声音景观构成的自然交响乐,为园主的日常隐居生活增添了一份野趣。

不仅如此,诗仙堂还是个富于生命力的人间乐园。丈山诗《书兴》云:"动水鱼依手,立园蝶止肩。"③可见园内花鸟虫鱼都不惧人,显示了诗仙堂优越的生态环境。诗仙堂的自然环境在视觉、听觉、触觉等多个层面为诗人增添了优游赏玩的乐趣,尤其是活跃其中的生命体,更是成为了诗兴的触媒,为诗的创作提供了丰富的诗料。

诗仙堂所在地的气候条件也十分优越。这里四季分明,而且各个季节都有不同的景观可供赏玩。关于诗仙堂的这一特点,有《年谱》记载为证:

> 春则有樱花之满蹊,有耕前村之雨。夏则有岩瀑之流,可洗暑尘。秋则有庭池之明月,有溪边之霜叶。冬则四山之雪,停剡溪之舟,可策灞桥之驴。

甚至一天之内亦可观赏到变化多端的各种景致:"朝望台峤之闲云,夕眺洛阳之晚烟。"因此不难理解,京都郊外的这片区域为历代文人造园作庭的首选之地。可见日本贵族文人不独汉学修养深厚,"相地"能力亦堪称卓越。

在汉诗文中,诗仙堂被描绘为了一个理想的隐居场所,地势高低起伏,兼具隐蔽性与开放性,四季分明,气候、景观变化多端。其自然环境可谓幽深静谧且充满生命力和野趣,为诗人展开诗性联想提供了足够丰富多样的触媒。而另一方面,文人所作的汉诗文又赋

---

① 王炎《日本汉文学百家集》31,第556—557页。
② 王炎《日本汉文学百家集》31,第240页。
③ 王炎《日本汉文学百家集》30.第276页。

予了这一物质空间以诗情画意,进而将其升华为具有审美价值的意境空间。由此可见,庭园的自然环境为汉诗文创作提供了物质基础,而汉诗文创作又为庭园空间赋予了美学价值。

## (二)以"水景"为中心的空间布局

庭园的空间布局是自然美与人工美相结合的产物,集中体现了造园家的自然观与审美观。江户时代画家狩野永纳(1631—1697)于丈山生前所作《诗仙堂图》,以绘画形式再现了诗仙堂的空间布局(见下页图)①。

细看《诗仙堂图》不难发现,"水景"占据了较大空间。首先,园内建筑物都临河而建,这与"卜筑贵从水面"②的中国造园理念相符。居于绘图中心的三栋建筑物分别为读书堂、"诗仙堂"(加双引号以区别于作为庭园名称的诗仙堂)、啸月楼。建筑前有河流经过,水源来自绘图右上方的"洗蒙瀑"。根据《年谱》所载"瀑之流而为一池,白沙粼粼,红鳞片片,清而澈底,曰流叶湢"可知,此河名为"流叶湢"。在《诗仙堂图》中,离建筑物较远处的一条河流也被标记为"流叶湢"。由此推测,园内的河流名曰"流叶湢",其水源来自"洗蒙瀑"。

其次,流水承担了灌溉花木、供给饮水、调节湿度等实用功能。在《诗仙堂图》中,位于三栋建筑背后的"膏肓泉"即为此而设。据《年谱》所载"堂后有小厨,厨前构清泉流出,可炊,可漱,可酿酒,可煮茶,曰膏肓泉"可知,"膏肓泉"为煮茶、做饭、洗漱、酿酒等日常活动提供了生活用水。庭园与住宅的一体化,可谓日本庭园的古典模式,诗仙堂亦蹈袭之。

再次,流水本身也形成了瀑泉、河流等多种类型的庭园景观。上文提到的"流叶湢""洗蒙瀑"等人工营造的设施,都构成了诗仙堂景观的重要组成部分,在诗人的汉诗创作中升华为了审美客体,罗山十境诗中有《流叶湢》《洗蒙瀑》两首,而论文学性,则丈山十二景诗中的描绘更胜一筹,如《岩墙瀑泉》中的"石出明珠碎,风来缟练翻"一联,描绘了飞瀑撞击岩石而碎成水珠的景观。另有《砌池印月》云:"玉球飞碧汉,金盏泛清流。"将倒映池中的明月比作漂流的酒杯。可见诗仙堂的水景并非纯粹的自然景观,而是兼具自然美与人工美的双重审美属性。

最后,"流叶湢"附近种植着大量的花卉植物,与河流相映成趣,构成了诗仙堂庭园景

① 《诗仙堂图》具体创作时间不详,图见山本四郎《石川丈山研究余话》,京都女子大学史学研究室,第58号,2001年,第11页。

② 计成《园冶》,中国建筑工业出版社,1988年,第56页。

观的重要组成部分。据《年谱》载"堂前栽花,四时芬郁,曰百花坞"可知,流叶湉边上的植栽被命名为"百花坞"。又据丈山诗《园中牡丹》中的"口风苑外有顽仙,陆地生莲蔑水莲"①以及《谢小庐武田氏携茶果来饷老夫》中的"靠箊茅屋外,移榻菊园开"②可知,"百花坞"至少种有牡丹和菊花两类植物。菊花自不待言,牡丹亦受中国文人的喜爱。可见,中国文人的审美趣味对江户文人的造园活动产生了不小的影响。而在栽树方面,诗仙堂多种樱树,呈现出不同于中国文人庭园的独特风貌。据丈山《十二景·满蹊樱花》中的"细玉垂枝密"一句可知,流叶湉边上所种的樱树为枝垂樱。丈山另有一首《庭前线樱》云:"此花若在唐园里,何使杨妃比海棠。"③诗题中的"线樱"即枝垂樱,可见丈山极其推崇这一品种。由《诗仙堂图》可知,流叶湉南岸种有两株枝垂樱。丈山诗《春夜雨》所云"默怜两线樱"④中的"两线樱"即指园内这两株樱树。据《诗仙堂图》,百花坞以南设有一扇门,名为"小有洞"。又据《年谱》载"过坞而有门下谷,曰小有洞"可知,小有洞恰好位于高低地势的分界线上。图中,小有洞以南有河流和桥梁,再往北是平地,栽有七株樱树。平地以西为莲池,西北方向绘有四阿与两株樱树,可见园内樱树数量之多。植于水边的樱树一方面起到了分隔空间、掩映水流、增扩景深、强化空间层次感的作用,另一方面又营造出了《十二景·满蹊樱花》一诗中所描绘的"缀雪映茅衡"的美景,为庭园增添了日式风趣。

　　由此可见,石川丈山在造园活动中不仅继承了中国文人的审美观和造园理念,而且融入了日本民族独特的审美意识和审美趣味,营造出"和汉杂糅"的空间特性,体现了江户文人内心中普遍存在的汉文化崇拜与和文化认同的双重情结。

诗仙堂图(狩野永纳绘,石川准三氏藏)

① 王炎《日本汉文学百家集》30,第 234 页。
② 王炎《日本汉文学百家集》31,第 62 页。
③ 王炎《日本汉文学百家集》31,第 147 页。
④ 王炎《日本汉文学百家集》31,第 63 页。

## （三）开合两兼的景观构造

本节试图跳出园内空间的视野局限,打破庭园空间的内外界限,以更为宏观的视角考察诗仙堂景观构造的特点。这里将引入"借景"的概念。明末计成所著造园书《园冶》区分了不同的借景类型:"如远借,邻借,仰借,俯借,应时而借。"①计成的"借景说"实则模糊了园内、园外景观的区别,拓展了庭园空间的边界。作为纯人工造物的建筑物通过观景点的营造,为"借景"提供了物质基础。对多种借景方式加以组合运用,形成了诗仙堂独特的景观构造。

如上所述,诗仙堂兼具隐蔽性和开放性。利用这一特性,诗仙堂设置了两个异质的观景点,即读书堂和啸月楼。据《诗仙堂图》可知,读书堂为一层建筑,视野较为狭窄,仅可眺望园内景色,而啸月楼为三层建筑,爬上楼顶即可向四周眺望,根据十二景诗所涉及的景观可知,最远能看到洛中和大坂城。

诗仙堂十二景诗多描绘远景,用到了"远借"手法,把远方的自然景物当作园景资源纳入观者的视界。十二景诗中的《鸭河长流》《洛阳晚烟》《难波城楼》只可能从啸月楼远眺得来。其中,《鸭河长流》《洛阳晚烟》所描绘的是洛中景观,而《难波城楼》则为眺望距离更远的大坂城而作。通过凭栏远眺,庭园的横向空间得以拓展。"砌池印月"亦为啸月楼眺望之所见,其中融合了俯借、仰借等多种借景类型,值得玩味,如丈山《十二景诗·砌池印月》云:"玉球飞碧汉,金盏泛清流。"又其诗《癸未(1643)中秋与静轩登啸月楼》云:"四明山上一轮月,影满前溪可半楼。"②仰观天上月,俯看水中月,庭园的纵向空间即在俯仰之间得以拓展。

另一方面,自读书堂可眺望流叶湍、百花坞、洗蒙瀑等园内近景,属于"邻借"。邻借手法破除了住宅与庭园之间的界限,使得园内空间融为一体。较之啸月楼所借之远景,读书堂所借之近景更具收敛性,丈山十二景诗对樱花、瀑布、红叶等园内景观都作了极其细致的描摹,这里不再详述,不过要指出的一点是,自读书堂亦可借声相之景。如前引《十二景·园外松声》为诗人静坐于读书堂,聆听松音而作。无形的声音造成了幽深之感,将空间拓展至无限远,并最终如同诗中"荡世气"一语所揭示的那样,将诗人引向洗涤俗气的彼岸仙境。

---

① 计成《园冶》,第 247 页。
② 王炎《日本汉文学百家集》31,第 214 页。

由此可见,啸月楼和读书堂这两个异质观景点的营造,突破了物质空间的局限,多维度地丰富了庭园景观的层次感以及诗人的想象资源,形成了开合两兼的景观构造以及具有通透性的空间特性,为诗人展开空间想象和诗性联想进而建构观念空间提供了坚实的物质基础。

# 二、观念空间的建构

汉诗文不仅再现了诗仙堂庭园的物质空间,还为实体景观赋予象征意味,进而建构出超越物质层面的观念空间,反映了造园家丰富的造园意趣。诗仙堂题材汉诗文所建构的观念空间表征为诗人自我身份定位的空间,值得细论。如前所述,石川丈山身兼多重身份,而汉诗的创作实态则主要反映了丈山对其自身作为山林儒生、隐逸诗人、幕府武士这三重身份的心理认同。可以说,通过汉诗所构建的观念空间,丈山象征性地完成了对其自我身份的定位。

## (一) 山林儒生的空间

江户汉诗人多为儒者,丈山身为其中一员,自然也勤于儒学,但不同于罗山父子等幕府儒官,丈山后半身隐居诗仙堂,远离政治中心,且常以习儒学生自居,因此这里使用"山林儒生"这一说法。《诗仙堂志》载"至乐堂"匾额题云"沿袭人生至乐在读书之语,扁余读书堂,以名至乐巢"[1],从中可窥见一个以读书为乐、勤奋好学的儒生形象。但丈山习儒的场所不限于建筑所营造的物质空间,亦延伸至汉诗文所构建的观念空间。

丈山在汉诗中汲取了儒家重民、重农的思想。如《十二景·前村犁雨》描绘了春雨中的农田之景,尾联"既有秋成望,取娱忘苦辛"以第一人称的主观视角直率地表达了对于丰收的期待和内心的喜悦之情,亦暗含着与民同乐的情感。此诗"把犁陇亩春"一句中的"把犁""陇亩"等与农业相关的意象出自杜甫古体诗《兵车行》。值得注意的是,在丈山的诗集中,农事诗占比远超同时代其他诗人,这些诗中亦能见到杜诗影响[2]。如前引《十二景·满蹊樱花》中的"满蹊皆白樱,想见杜陵情"一联尤其显示了丈山所受杜甫影响之深。丈山在作诗时,脑海中时常浮现出自己所崇拜的中国诗人杜甫的身影,而杜甫重民重农的儒者

---

① 藤原成烈《诗仙堂志》转集,早稻田大学图书馆藏,1797 年刊本。

② 如石川丈山农事诗《陇麦》所云"杜叟巧作行"一句中的"行",即指杜甫七言歌行《大麦行》。

观念亦为丈山所接受,并在汉诗的创作中得以体现。

丈山习儒,并未一概排斥其他学问。这种接受学问时兼容并收的立场在诗中亦有所体现。如《十二景·台峤闲云》云:"山标孙绰赋,寺据最澄基。"孙绰(314—371)是晋代玄言诗名家,儒道佛皆通,所撰《喻道论》提出了儒佛一致说:"周孔即佛,佛即周孔。"①最澄(767—822)则是平安初期僧人,日本天台宗的开山鼻祖。此诗将两人并举,可见丈山不因学儒而排佛,将佛教视之为异学,而是像孙绰那样将儒、佛同等看待,透露出儒佛兼修的意志。

然而,丈山的学习生涯并非一帆风顺,而是陷入过对学问乃至对自我的怀疑。虽有志于兼收各家学问,但终究无法摆脱以儒学为宗的时代风气的影响。经由林罗山,丈山曾多次与当时的儒学大师藤原惺窝会面,并立志专攻儒学,尤其是朱子学思想。而到了元和八年(1622),丈山在《与林罗山》的信中写道:"不佞雅虽好学,皆协空言不实用。"②可见丈山对自己所学之儒学的实用性产生过怀疑,未能完全摆脱早年习禅的影响。尽管如此,丈山习儒的决心颇为坚定,可于诗中窥见一斑,如《十二景·岩墙瀑泉》云:"许瓢今尚在,用拙不为烦。"诗中的"许瓢"即指"许由之瓢",典出《太平御览·器物部七·瓢》所引东汉蔡邕《琴操》:

> 许由无杯器,常以手捧水。人以一瓢遗之,由操饮毕,以瓢挂树。风吹树,瓢动,历历有声。由以为烦扰,遂取捐之。③

丈山诗反用其义,将"以为烦忧"替换为"不为烦"。末句中的"用拙"一语见杜甫《屏迹三首·其二》"用拙存吾道"④,"存吾道"一语亦见丈山诗《嘲畔儒》所云"寂嘿存吾道,何曾容俗谈"⑤。由此推测,当丈山产生对儒学实用性的怀疑时,他所崇拜的诗人杜甫的身影再次浮现于诗人面前,将他从怀疑的泥沼中解救出来。丈山在诗中援引许瓢的典故,或是在激励自己抛弃烦恼,走出困境,心无旁骛地专攻儒学。此诗看似援引了与儒学毫无关系的典故,实则暗含了勤于儒学之志。

这样一来,由十二景诗《前村犁雨》《台峤闲云》《岩墙瀑泉》所建构的观念空间反映了作为山林儒生的丈山充满曲折的求知历程,既表露了诗人坚定的意志与信念,又隐晦地透

---

① 僧祐著,李小荣校笺《弘明集校笺》卷三,上海古籍出版社,2013年,第145页。
② 王炎《日本汉文学百家集》31,第354页。
③ 李昉等《太平御览》卷七六二,《文渊阁四库全书》影印侍讲张熷家藏本,第21942页。
④ 仇兆鳌《杜诗详注》卷二,上海古籍出版社,1992年,第348页。
⑤ 王炎《日本汉文学百家集》31,第214页。

露出其内心的种种疑虑和彷徨。

## （二）隐逸诗人的空间

如前所述，汉诗文所再现的诗仙堂物质空间为诗人提供了适于隐居的场所。石川丈山经常在诗中表现出隐居志向以及对隐居生活的热爱，最直接的表现就是诗中屡次提及中国历史上的隐逸诗人。

说到隐逸诗人，容易联想到“古今隐逸诗人之宗”（钟嵘语）陶渊明。罗山《十二景·溪边红叶》所云“色如彭泽有酡颜”中的“彭泽”即陶渊明仕官之县，后用来指代陶渊明。丈山《十二景·园外松声》云：“渊明三径爱，弘景一庭闻。”诗中的“三径”典出陶渊明《归去来辞》“三径就荒，松竹犹存”①。弘景则指的是中国六朝隐士陶弘景，其事迹可见《南史》。以上两首诗通过援引中国古代著名隐士的典故，超越了时空局限，将园主丈山与中国古代隐士的身影重合为一，表现其隐逸之志。

如前所述，诗仙堂的空间布局具有“以水景为中心”的特征。而十二景中与隐逸相关的“满蹊樱花”“砌池印月”“溪边红叶”三景皆位于流叶溛附近，因此都属于“水景”。罗山《十境·流叶溛》云：“万物如萍随水去，风吹不到御沟边。”②既表现了日本隐逸文化中的无常观思想，又通过“风吹不到”四字委婉地表达了对丈山隐居志向的称赞。如前所述，流叶溛贯穿整个诗仙堂庭园，而汉诗为流叶溛这一实体景观赋予了“无常”与“隐逸”的象征内涵，因此可以说，蕴含隐逸之趣的流叶溛之景实则反映了诗仙堂整体的造园意趣。

说到隐逸空间，最容易联想到的是《桃花源记》所描绘的仙境“桃花源”。诗仙堂园内虽设有“小有洞”这一表征仙境的景观元素，但园内并没有明确表征桃花源的景观。不过，罗山《十境·啸月楼》一诗中出现了“姮娥”的意象，诗中“微微蹙口问姮娥”一句中的“姮娥”即指中国神话中住在月宫中的神女嫦娥。与此相关联的意象“月”也就成为了诗仙堂景观的构成要素。由“月”与“姮娥”所构成的仙境空间隐含着江户文人的仙境崇拜意识。丈山《十二景·砌池印月》云：“玉球飞碧汉，金盏泛清流。影吐江湖景，凭栏疑在舟。”诗中的水、月、舟为盛唐诗中常见的意象组合，富于浪漫色彩。末句中的“疑”一字为诗眼，其所表征的错觉感受将诗人从实境引向虚境。诗人借此幻化为舟中赏月人，思绪由水中之月飘向无穷远方，从中能窥见日本学者山折折雄所言“灵魂从肉体游离，为景色所吸纳”的日

① 龚斌《陶渊明集校笺》，上海古籍出版社，1996年，第413页。

② 本文所引罗山十境诗皆引自王炎编《日本汉文学百家集》31，第571—574页。

本人特有的"游离魂"感受①。虽然诗仙堂园内并未出现表征彼岸世界的实体景观,但汉诗通过空间想象的机制,破除了物质空间的局限,吟咏了对永恒之月的憧憬,以此展开对彼岸世界即"月宫"的联想,进而将自己代入唐朝文人士大夫的身份,神游于想象的诗性空间。

诗人丈山在隐居生活中也不忘表达对杜甫的追慕。其《十二景·满蹊樱花》云:"满蹊皆白樱,想见杜陵情。"由"樱花"这一日本审美意识的象征物联想到中国诗人杜甫,实在出人意料。大概是诗人由飘落的樱花想到了杜甫的浣花草堂,进而想到,杜甫仕途受挫而寓居草堂的经历与自身经历有类似之处。浣花草堂附近有条河,名为浣花溪。从命名上看,"流叶湎"与"浣花溪"形成了对句。根据罗山《十境·诗仙堂》中的"风斤筑构浣花草"一句可知,园主在为河流命名时确实想到了浣花溪。如此看来,象征隐逸空间的浣花草堂或浣花溪,也就成了诗人由白樱联想起杜甫的中介,由此亦可窥见,杜甫对丈山的生涯乃至人格理想都产生了深远影响。丈山学习杜甫,不仅模仿作为儒者的杜甫关心农事和百姓,亦受其隐逸之志的感染,将诗仙堂同化为中国文人士大夫的隐居场所。

## (三)幕府武士的空间

如前所述,丈山早年曾仕德川幕府,后在大坂夏之阵中因违反军纪被黜,步入归隐之途。但丈山即使身居庭园,也依然怀有身为幕府武士的自觉。丈山将人生际遇与情志意向融入汉诗创作,建构出了独具特色的幕府武士空间。

十二景诗所建构的幕府武士空间包含着大量的空间地理意象。如丈山《十二景·鸭河长流》云:"分派通雷社,纳凉倾帝州。"这里的"雷社",指京都贺茂别雷神社,而"帝州"即指京都城。将京都城称作"帝州",为京都城这一空间意象赋予了帝国想象的文化内涵,融入了诗人的王朝崇拜意识。另外,罗山《十二景·四山高雪》云:"四面六花我军寒,白战场中一寸铁。"此诗通过想象虚构了异域边塞的战争场面,暗含尽忠报国之志。

诗中使用的色彩意象颇具象征意味,其中紫色意象的使用尤其值得注意。罗山《十二景·洛阳晚烟》云:"氤氲夺紫霞。"紫色意象常象征帝王,这里的"紫霞""紫气"为实体景观赋予了象征王权的政治色彩,反映了诗人的尊王倾向。

十二景诗所建构的幕府武士空间还具有一个鲜明特征,即大量援引中日历史典故。如丈山《四山高雪》所云"帝力移玉京"一句,援引了延历十三年(794)桓武天皇迁都平安京

---

① 三折折雄《日本人の心情その根底を探る》,日本放送出版协会,1982年,第40页。

的历史典故,影射德川幕府在江户建立政权的历史。又《难波城楼》云:"白旌垂天统,鸿基肇我君。"这里援引了源平之战的历史典故,诗中的白旗即为源氏旗印。丈山所侍奉的德川家自称源氏子孙,故诗中所表明的忠君尊王立场实际上是对德川幕府的尊奉。罗山《十二景·难波城楼》云:"梅似兵旗芦似箭,怀淝报捷送风声。"这里的"怀淝报捷"典出中国古代的淝水之战,蕴含着为德川幕府尽忠效劳之意。如前所述,此二景皆为啸月楼远眺之景,可知啸月楼的远景以忠君理想为基调,其中暗含着曾为幕府武士的丈山希望和平时代能永久延续之愿。顺便一提,前引同为啸月楼眺望而作的赏月诗却迥异其趣,因此可以说,啸月楼这一建筑空间被赋予了"白日·忠君"(政治性)与"夜晚·赏月"(非政治性)的二重性。

由此可见,在十二景诗《鸭河长流》《四山高雪》《洛阳晚烟》《难波城楼》所建构的幕府武士空间中,诗人通过援引中日历史典故,尤其是日本王朝时期的历史典故,为庭园景观赋予了浓厚的政治性意味,反映了以幕藩体制的确立为背景的幕初诗坛所流行的尊幕倾向。在修辞层面上,诗人采取了直接称颂帝王的言辞,以影射江户政权的最高统治者德川幕府。另外,这些诗皆由眼前实景联想到真实战役或虚拟战场,可见诗人虽身居庭园,却仍怀"魏阙之心"。从借景策略上看,四景皆为远借:"四山高雪"所借为诗仙堂周围的山景,"鸭河长流"为贺茂川之景,"洛阳晚烟"为洛中景观,"难波城楼"为大坂城之景。从景观类型上看多为高地型景观,其中隐含着园主丈山的布局策略,即有意将这些景观配置于远离庭园的高地之上,既表达了远离政治、向往归隐之志,又委婉透露出怨愤之情。据此可以推测,丈山虽在诗中明确表现了身为幕府武士的尊幕倾向,但对自己有意与幕府保持距离的立场亦有所自觉。在此意义上,汉诗所建构的观念空间就不仅安顿了丈山失落的武士身份认同,而且成为其宣示自我身份、表明态度立场的政治性空间。

# 三、结　语

基于对幕初时期与诗仙堂相关汉诗文的考察,本文得出以下结论:

首先,汉诗文所再现的物质空间,本身既是审美客体,又是诗人展开空间想象与诗性联想的物质基础。作为审美客体,诗仙堂展现了造园家石川丈山精湛的造园技艺。丈山在造园活动中借鉴了唐代园林模式,又将日本独特的审美趣味融入其中,使诗仙堂呈现出"和汉杂糅"的空间特性。作为诗人展开空间想象与诗性联想的物质基础,诗仙堂兼具自然美与人工美,不仅拥有得天独厚的自然环境,而且通过主体性的营造活动,形成了独特的空间布局和景观构造,在多个维度上提供了诗兴触媒和想象资源。

其次,汉诗文所建构的观念空间表征为诗人自我身份定位的空间,亦是其人生际遇、情志意向之凝聚。通过汉诗创作,石川丈山代入中国文人士大夫的身份,模拟其作诗姿态与情境,表达了专攻儒学的决心以及隐逸之志,又追怀了过去身为武士驰骋沙场的经历,流露出忠君尊王的大和民族意识,从而确证了自己身为山林儒生、隐逸诗人、幕府武士的三重身份。其中涉及的空间地理意象包含着丰富的文化内涵,反映了江户文人的造园技艺与造园意趣。

最后,如果将视角扩大至整个幕初诗坛,那么可以说,本文所引诗仙堂相关的汉诗文亦体现了幕初诗坛的总体创作倾向。首先,在朱子学确立为官学的背景下,幕初时期的诗文创作与道德人格的修炼密切相关。其次,由于幕藩体制的确立,汉诗人的民族意识空前高涨,在创作中体现为经常援引日本王朝时期的历史典故或吟咏日式风物,透露出大和民族的文化自信。最后,对盛唐诗人杜甫的本格受容亦始于这一时期,这一点最鲜明地体现在石川丈山的汉诗创作中。由上文的考察可知,丈山对杜甫受容不止于诗语模仿,更试图接近其"诗魂"。石川丈山不仅是江户时代较早推崇盛唐诗的诗人,而且身体力行将其以唐诗为宗的诗学观付诸实践。所作十二景诗创造了超越日常空间的宏大而又浪漫的意境,颇具"盛唐风骨",借此诗人得以从物质性的实体空间中获得解放而神游于精神性的想象空间。如此这般的创作技法和创作意图与18世纪初流行的拟古诗风可谓一脉相承。

【作者简介】王培刚,上海师范大学人文学院博士研究生,研究方向:江户汉诗史。

# "汉儒选正"与"轺轩采风"：

## 论宫岛诚一郎《养浩堂诗集》的清朝使臣评点机制<sup>*</sup>

### 周雨斐

**摘要**：对于晚清出使日本的士大夫而言，评点活动不仅关乎诗文技法之授习，也是进入彼国社会文化体系的媒介。宫岛诚一郎《养浩堂诗集》是此际较早刊录清使评点的汉诗别集，一方面，何如璋、黄遵宪等清朝使臣应邀评阅诗稿，对诗集篇目、编次体例及具体字句皆产生重要影响；另一方面，原作者亦参与了诗集刊本中评点形态的塑造，部分批语系自笔谈记录剪裁而来。宫岛诚一郎欲借清使之口垂范时人，评阅者则借此采风观政，进而反求诸己，从中可窥其现实关怀。凡此种种，展现了此际中日汉诗交流的双向互动特征，亦是近代两国士宦文化交涉活动的一个侧影。

**关键词**：评点　驻日使臣　汉诗交流　采风观政　双向互动

　　作为中国古代文学批评的重要形式，评点自宋明以还，日益从士人的日常阅读习惯发展为书籍商业出版中借以吸引读者的常见手段。与此同时，友人间互相评阅作品以切磋交流，推动了评点逐渐从选本、经典别集延伸进入时人别集。明末以降中日士商的跨国界流动，亦使得两国人士间的文学评点活动在同一时空中展开成为可能。而清廷与明治政府的缔交进一步为东亚汉文化圈交流提供了新的契机，晚清士大夫作为外交人员身赴"同文"之国，其公务之余所展开的评点活动不仅关乎诗文技法之授习，更是进入彼国社会文化体系的一个媒介。当前学界对晚清驻日使臣域外评点材料的利用，多借以研究个别评阅者的在日交游与文学主张①，较少涉及不同评阅者评点间的关联性及其所凸显的身份意识。本文试以此际较早刊录清使评点的宫岛诚一郎《养浩堂诗集》为例，结合笔谈记录等相关史料，钩稽刊本中评点的生成过程与特征，并分析此类评点活动蔚然成风之动因，

---

　　* 本文系国家社科基金项目"明清文论集成与研究"（项目编号：17AZD026）阶段性成果。

　　① 先行研究主要聚焦于黄遵宪评点活动，如夏晓虹《黄遵宪与王韬遗留日本文字述略》，氏著《诗骚传统与文学改良》，浙江文艺出版社，1998 年，第 171—189 页；郭真义《日人汉籍中的黄遵宪题批述评》，郭真义、郑海麟编著《黄遵宪题批日人汉籍》，中华书局，2009 年，第 1—43 页；王标《晚清知识分子对日本汉文的评价——以黄遵宪为中心》，《杭州师范大学学报》2014 年第 4 期等。

借此从一个侧面观照近代中日士宦之文化交涉活动①。

## 一、"汉儒选正":清使对诗集编订过程的应邀参与

黄遵宪《续怀人诗·其七》曰:"一龛灯火最相亲,日日车声辗曲尘。绝胜海风三日夜,挐舟空访沈南蘋。"②所寄怀者为宫岛诚一郎(1838—1911),名吉久,号栗香,室名别号养浩堂,德川幕末米泽藩(今山形县米泽市)藩士,尝就读、执教于藩校兴让馆,从山田蠖堂学习汉诗。戊辰战争时期,奔走斡旋于米泽藩与新政府军之间,且"不废吟哦"。明治维新后,先后供职于待诏院、左院、修史馆、贵族院等,是立宪政治的积极倡导者。

宫岛诚一郎《养浩堂诗集·例言》云:

> 从岁庚戌迄己卯三十载之间,喓喓草虫,自吟自喜……今幸得就正于汉土名流。如何公使子峨、张副史鲁生、黄参赞公度、沈随员梅史、王广文紫诠,皆辱蒙评阅,此集即是也。
> ……吾邦古来刊诗文者多矣,而经汉儒选正者不多有。昔高阳谷自负才名,邮商舶赠诗于沈归愚,得其伪评,生平夸示于人,以为前人之所不及。今邻交益亲,使节互相来往,乃能亲承诗教于清国诸儒。吾才固不逮古人,然窃自幸也。③

格外标举该诗集"汉儒选正"之特色,且他所列举的五位评阅者,除王韬(1828—1897,字紫诠)外均为清朝首届驻日使团成员。按何公使子峨(1838—1891),名如璋,广东大埔人。张副使鲁生(1817—1888),名斯桂,浙江慈溪人。黄参赞公度(1848—1905),名遵宪,广东嘉应人。沈随员梅史(1834—1886),名文荧,浙江余姚人。又,高阳谷,名彝,本姓高阶氏,江户中期宽延、宝历年间长崎汉诗人。据东条耕《先哲丛谈后编》载,高阳谷尝受清朝客商钱氏、尚氏怂恿,委托二人携币帛及诗稿、书信前往拜谒沈德潜及吴中七子,希望能求取沈

---

① 笔者所见《养浩堂诗集》评点本有三部,均为日本明治十五年(1882)万世文库刻本,分藏于庆应义塾大学图书馆、上海图书馆和复旦大学图书馆。三部书卷首及正文的内容、版式完全相同,唯附录略有差异:庆应义塾大学图书馆藏本未见附录;上海图书馆藏本卷末有胜海舟明治十二年序、黎庶昌光绪八年(1882)序、庄介祎光绪九年跋及《笔话九则》;复旦大学图书馆藏本正文卷末与胜氏序之间附《文辞》一卷,收录宫岛诚一郎文稿三篇,文中有圈点符号,各篇末缀黎庶昌、黄遵宪、沈文荧、张斯桂四氏总评。本文所引《养浩堂诗集》内容,皆据复旦大学图书馆藏本,以下仅注卷次及页码。

② 黄遵宪著,钱仲联笺注《人境庐诗草笺注》卷七,上海古籍出版社,1981年,第582页。关于宫岛诚一郎与清朝驻日使团成员的交游,可参刘雨珍《黄遵宪与宫岛诚一郎交友考——以〈宫岛诚一郎文书〉中的笔谈资料为中心》,《日本研究论丛》2004年;戴东阳《近代中日同盟思想的表与里——以宫岛诚一郎为例》,《史学月刊》2013年第12期。

③ 宫岛诚一郎《养浩堂诗集》卷首《例言》,第1a—1b页。

氏为诗稿撰序。虽钱、尚二商被沈德潜严斥以"上谕圣训,最禁私谒,中国与日本大有界限,必不可通",币帛、书简等亦被悉数退还,但二人同其他商人一道伪造了沈氏回函及和诗,使高阳谷被蒙蔽鼓中。阳谷将所得函稿"朝暮展玩,手不释之,乃至以'才调能胜中晚唐'句(引者按,此句在伪沈德潜诗中)篆刻造私印,自谓'吾才于我国旷古无有焉'"。直至数年后,沈氏诗钞随商舶东传,其中详载拒绝阳谷所请之事,方真相大白①。宫岛诚一郎援引高阳谷被欺旧事,从而反衬自己诗集中"汉儒"评点之货真价实,既表明此指正机缘来之不易,更意在强调自己的汉诗作品业已由清朝名儒经眼把关,颇有自矜之意。

结合宫岛与清人笔谈记录,可知所谓"汉儒选正",实包括选诗与批改的双重加工。光绪四年(1878)春,宫岛主动向驻日公使何如璋提及将刊印《养浩堂集》,并表示:"拙稿若经大削及赐大序,则自重不啻九鼎大吕。"②不久,他即将诗稿陆续分送至何如璋、沈文荧、张斯桂、黄遵宪处。次年闰三月,王韬应寺田望南之邀到访日本,经长崎、神户、大阪、横滨抵达东京③。宫岛闻知,又致信王韬请其评阅诗稿,并托沈文荧代为转交④。诗稿递经上述五人四轮删选,前后历时约三年,篇目由1203首最终缩减为392首,尚不及初稿的三分之一。

"初选"由黄遵宪、沈文荧、王韬三人完成。王韬《扶桑游记》载:"(光绪五年六月)二十五日(原注:阳历八月十二日),改宫岛诚一栗香诗钞。公度点窜处,极见苦心。二十六日(原注:阳历八月十三日),仍改宫岛诗,竭三日之力始毕。"⑤可知王氏在评阅宫岛氏诗稿时,可以读到黄遵宪的细致批点,这也意味着诗集中的评点具有"层累式"之特点。是年七月王韬离日后,宫岛复延请沈、黄二人进行第二轮删改。沈文荧于年底丁忧回国,他对诗稿的评点工作也就此结束。"三选"由黄遵宪操刀,时间在光绪六年春夏间(1880年3月至7月),黄氏"既为删定,复系篇末以评语,凡用'△'者删去"⑥。宫岛进而根据"三选"意见,请人另行缮写誊抄,将清稿本送往何如璋处。笔谈记录载黄遵宪向宫岛返回第四、五两卷时有云:"见大著清稿在公使处,曰'某某删定、某某评批'……"据此知何氏"终选"与黄氏"三选"在时间上存在交叉。由于使署事务繁忙,直至光绪七年初(1881年2月),何如璋方将最后两卷阅毕,连同手书序文寄至宫岛处。至此,包括删、改在内的评点工作全部结束。

---

① 东条耕《先哲丛谈后编》卷五,日本文政十三年(1830)群玉堂刻本,第13b—20b页。
② 刘雨珍编校《清代首届驻日公使馆员笔谈资料汇编》下册《与宫岛诚一郎等笔谈资料》,1878年4月19日,天津人民出版社,2010年,第445页。本文所引笔谈资料悉据此书,标点有误者径改之,以下仅注日期及页码。
③ 王韬《扶桑游记自序》:"今春,寺田望南书来,以为千日之醉、百牢之享,敢不维命是听。于是东道有人,决然定行计。"氏著《漫游随录·扶桑游记》,湖南人民出版社,1982年,第171页。
④ 《与宫岛诚一郎等笔谈资料》,1879年7月1日,第488页。
⑤ 王韬《漫游随录·扶桑游记》,第298页。
⑥ 《与宫岛诚一郎等笔谈资料》,1880年7月11日,第550页。

除了筛选篇目,宫岛还曾就诗集编次方法、评点形态等问题征询过清使意见,如笔谈记录载:

> 宫岛:(拙稿)共五卷,中四卷为编年,余一卷自其中选出者,诗不与年关涉。但若事关涉于时,则为编年可乎? 如此则诸家评语位置错乱。不知高见为如何?
>
> 公度:诗集终以编年为大方。此种评,删弃之可也。纪晓岚校苏集,每卷既毕,系以总评,似亦可学。①

黄遵宪所提出的诗稿俱依编年为次、每卷末置总评的建议最终被宫岛采纳。此外,宫岛亦吸纳了黄氏"尊集只有作者名字足,于评语中系以'某某曰'已足矣"②的意见,正式刊行诗集时不再于卷端胪列评阅者姓名。

总体而言,在诗集编纂过程中,黄遵宪出力最多,沈文荧次之,不过,对诗集篇目起到决定性作用的是何如璋之"终选"意见。宫岛曾一再向何氏表示:"总从尊选,着圈点之外,一切删除之。"③刊本不仅在《例言》强调诗集"终经何氏钜眼为之鉴定",且在题顶处保留了何氏"终选"的圈点,黄、沈二人的圈点则未作区分,一并系于题尾。宫岛对何如璋意见的重视与突出,除是因何氏膺职正使外,还在于其进士出身、翰林学士的身份。翰林作为天子随侍,职亲地近,位望清华,素被目为士林典范,前揭钱、尚二商怂恿高鹱时,格外提及沈德潜"起翰林学士,累迁礼部尚书,今为参政,是以延誉公卿间,声震朝野,显宠亦异于众"④。对于日本汉诗人而言,诗稿能得翰林亲阅,颇有登堂入室之象征意味。何如璋出使前为翰林院侍讲,亦是此届使团中唯一进士出身者,故而宫岛谓其曰:"敝邦刊诗者多,而获贵邦翰林学士之选定者,盖未曾有矣,所以仆颇有得色也。"⑤

可补充的是,宫岛诚一郎《养浩堂诗集》唯取清人评点,对其本国师友则"诸家评今皆不录"⑥,此际还陆续出现其他在醒目位置标举与清使相关之评阅信息的日本汉诗文集,如明治十五年(1882)甘泉堂发售的石川英《鸿斋文钞》即在书名页标识"大清钦差大臣何如璋阅并序""文荧沈氏/遵宪黄氏/治本王氏/锡铨黄氏/评",这些现象表明"清使评阅"正日益作为吸引读者购买的重要资源,进入日本汉籍市场的运作中。

---

① 《与宫岛诚一郎等笔谈资料》,1880 年 2—3 月,第 534 页。
② 《与宫岛诚一郎等笔谈资料》,1880 年 7 月 11 日,第 550 页。
③ 《与宫岛诚一郎等笔谈资料》,1880 年 9 月 3 日,第 556 页。
④ 东条耕《先哲丛谈后编》卷五,第 14b 页。
⑤ 《与宫岛诚一郎等笔谈资料》,1881 年 2 月 15 日,第 569 页。
⑥ 宫岛诚一郎《养浩堂诗集》卷首《例言》,第 2a 页。

# 二、笔谈入评：原作者对批语形态的主观介入

批语作为评点的重要构成要素，可以具体呈现评点者的阅读体验与批评观念，不过，作者、编者主观因素的介入同样会影响刊本中的批语面貌。通常在诗稿正式付梓前，作者会对他人评点加以整合，或是对评者之手批有所汰择、剪裁，或是从其他著述、笔记中迻录相关文字。《养浩堂诗集》刊本附录的《笔话九则》，还提示我们留意笔谈记录与诗集内容之关联。通过将刊本与笔谈记录对读，可发现刊本中的一些批语实是宫岛自笔谈记录移植而来，并在此基础上有所加工，有时会放大甚至翻转评阅者的原意。

如刊本卷四末有沈文荧总评三段，未署日期，实与光绪四年（1878）与五年的笔谈记录多有重合，字句间微有差异，兹对比如下（表中加粗者表示文字相异处）：

表 1 《养浩堂诗集》刊本与笔谈记录对照示例一

| 《养浩堂诗集》刊本 | 笔谈记录 |
| --- | --- |
| 古诗长者须有精神，方能不散，否则浅薄矣。观**公**大稿，气旺力足，当能辨此也。他人竞作新声，如玻璃器具，必不耐久，**公**诗金相玉质，可为传世之宝。弟之推重以此，非虚誉也。 | 1878 年 8 月 9 日<br>梅史：古诗长者须有精神，方能不散，否则浅薄矣。观**阁下**大稿，气旺力足，当能辨此也。<br>……<br>梅史：他人竞作新声，如玻璃器具，必不耐久，**阁下**诗金相玉质，可为传世之宝。弟之推重以此，非虚誉也。**此诗何不将圈出者抄一编付梓？** |
| 诗在人之胸次。如袁子才，胸中无大学问，小巧而已，故其诗亦小。此事须有性情学问，如杜工部辈，具名臣手段，仁人志趣，其诗自异。**今世诗人但以诗求诗，便失之矣。** | 1879 年 8 月 16 日<br>梅史：诗在人之胸次。如袁子才，胸中无大学问，小巧而已，其诗亦小。**下谷名士必与吾言不合。**<br>1879 年 8 月 25 日<br>梅史：**《怀风藻》内有气息深厚者，若德川以来，兄一人而已。**此事须有性情学问，如杜工部辈，具名臣手段，仁人志趣，**故**其诗自异。**下谷先生**但以诗求诗，便失之矣。 |
| 诗经选后，耳目可以一新。如芟竹剪花，毕后视之，饶有画意，不复见前之芜秽也。**今阅大集，如闻《韶》乐。公诗已成，但此后勿看唐以后诗。**谚云："近朱者赤，近墨者黑。"如宋、元诗最易学，譬如小人易狎，不可不戒也。① | 1879 年 9 月 8 日<br>梅史：经[诗]②经选后，耳目可以一新。如芟竹剪花，毕后视之，饶有画意，不复见前之芜秽也。<br>1879 年 11 月 21 日<br>梅史：**阁下已至盛唐，可以上追汉魏。阁下**诗已成，但此后勿看唐以后诗。谚云："近朱者赤，近墨者黑。"如宋、元诗最易学，譬如小人易狎，不可不戒也。③ |

① 宫岛诚一郎《养浩堂诗集》卷四，第 21b—22a 页。
② 据早稻田大学图书馆藏《宫岛家文书·栗香大人卜支人卜ノ问答录》改。
③ 《与宫岛诚一郎等笔谈资料》，第 463—464、494、496、499、512 页。

其中第二段评语整合自两次笔谈,宫岛将沈文荧的批评对象由"下谷名士"改为"今世诗人",但整体语意皆袭自沈氏笔谈。第三段"今阅大集,如闻《韶》乐"则完全为宫岛添笔,化用《论语·述而》孔子"在齐闻《韶》,三月不知肉味"[1]的典故,从而放大了沈氏对宫岛诗作的赞誉程度。

　　类似的情况亦见诸篇末尾评。如卷五《十二月七日同重野成斋、藤野海南、冈鹿门、龟谷省轩诸子饯沈梅史于蛎滩楼,梅史有诗,诸子和其韵,余亦效響以送别》末附黄遵宪评语三则,均是自 1879 年 12 月 17 日的笔谈记录中截取而来,不仅对前后语境有所省略,第二则语意更是被宫岛悄然改换(表中加下划线者表示文字相同处,加粗表示相异处):

**表 2　《养浩堂诗集》刊本与笔谈记录对照示例二**

| 《养浩堂诗集》刊本 | 笔谈记录 |
| --- | --- |
| 　　公度曰:<u>音节、意境骎骎乎入古人之室矣</u>。<br>　　梅史曰:(略)<br>　　鲁生曰:(略) | 1879 年 12 月 17 日<br>　　宫岛:此作送沈梅史席上和诗,请痛正之。<br>　　公度:<u>音节、意境骎骎入古人之室矣</u>,惟结句无意,少弱。结句"离歌一曲不回顾,空将明月照相思"改作"三山风紧轺引去,欲倾海水量相思"。<br>　　宫岛:篇中多"风"字,如何?<br>　　公度:不关重复。复不忌字而忌意。<br>　　宫岛:古诗大抵复不忌字乎? |
| 　　公度曰:<u>古诗复不忌字而忌意。即举此诗不复处言之</u>,"<u>悲风淅沥</u>",<u>言饯别之景也</u>;"<u>归帆饱风</u>",<u>想别后之景也</u>;"<u>三山风紧</u>",又<u>为隐括之辞,故意不犯复</u>,**尤为隽妙**。<u>若犯复字而犯复意</u>,**遂不成诗**。 | 　　公度:<u>即举此诗不犯复处言之</u>,"<u>悲风淅沥</u>",<u>言饯别之景也</u>;"<u>归帆饱风</u>",<u>想别后之景也</u>;"<u>三山风紧轺引去</u>",又<u>为隐括之辞,故意不犯复</u>。<u>若犯复字而犯复意</u>,**亦不可也**。<br>　　公度:仆送梅史归:(引者按,诗略。)<br>　　宫岛:妙篇杰作,足见先生之才不凡。如此诗,我辈不能梦作。 |
| 　　又曰:<u>君之诗实胜于仆,论诗则似不如我也。仆作诗少,故不如君。然君作诗多,亦有不如仆处</u>。[2] | 　　公度:<u>阁下之诗实胜于仆,论诗则似不如我也</u>。<br>　　宫岛:过誉,不敢当。<br>　　公度:<u>仆作诗少,故不如君。然君作诗多,亦有不如仆处</u>。<br>　　宫岛:我诗素乏学识,决不能及先生趾下,先生未免过誉之诮。<br>　　公度:此语实可不敢当。[3] |

综合以上信息,可知宫岛原稿末二句为"离歌一曲不回顾,空将明月照相思",黄遵宪建议改作"三山风紧轺引去,欲倾海水量相思",宫岛因前文中已有"风"字,请教黄氏"三山风紧

---

① 程树德《论语集释》卷一三,中华书局,1990 年,第 456 页。

② 宫岛诚一郎《养浩堂诗集》卷五,第 24b—25a 页。

③ 《与宫岛诚一郎等笔谈资料》,1879 年 12 月 17 日,第 524 页。

辄引去"是否会"犯复"。黄氏所谓"古诗复不忌字而忌意"云云,均是就宫岛此问所进行的解释。然在刊本中,宫岛截取了黄遵宪对古体诗"犯复"忌意不忌字原则的解释,又增入"尤为隽妙"四字,从而将黄氏对修改意见的说明变换为对作者诗才的赞词。

由此可见,《养浩堂诗集》刊本所呈现的批语,并不尽然是评阅者意见的原貌,而是经过原作者一定主观干预后的选择性结果,可谓对中日评阅双方关注点及认识的共同呈现。

驻德参赞王咏霓(1838—1916)《道西斋日记》中尝言及《养浩堂诗集》:"观夫自著《例言》及莼斋黎氏、公度黄氏、紫诠王氏之所评论,颇斤斤于音节声调之辨。"[①]对作者宫岛诚一郎及黄遵宪等清朝评阅者执着于辨析声律的做法颇不以为然。实则由于评阅双方知晓日人于诗歌声律方面的短板,一方面,清人为之细加润色,另一方面,原作者亦有意在刊本中保留了大量有关古近体诗音节格律的讨论,包含有垂范时人的意图。宫岛尝对比山田蠖堂等日本师友与何如璋等清人之评点,认为"欣赏之处,同者固多,而彼我之所喜所恶,间亦有异者,且有相反者,余细加翻阅,大都因格律不精、音节不谐之故也。吾邦人于书画,于文,皆未敢多让汉人,独诗之音节,因言语不同,未窥其奥,犹彼之于和歌,未识吾途径耳"[②]。职是之故,宫岛诚一郎尤选取清使笔谈中部分论及古体诗写作以及对其古体诗作的正面评价阑入评语,显然意在借清使之口以扬己,以期扩大在日本汉诗坛的声誉。

## 三、采风观政:诗歌批评中的经世关怀

对于何如璋、黄遵宪等驻日使臣而言,指正声律、删润文字属于"受人之托,忠人之事",而借此采风观政,进而反求诸己,则是外交官使命使然。经世意识在在渗入诗歌批评,是这一群体较之同时期以题写售卖书画、教授诗文写作赚取润资为营生方式的寓日文人(如陈曼寿、卫铸生等)的主要区别,具体表现为对关涉现实之诗歌的留心。此际王韬虽以在野之身赴日,然其主持香港《循环日报》笔政,自我定位并非闲散文人,《养浩堂诗集》中亦将王氏评点与清使众人并置,故下文兼而论之。

评阅者颇关注"流连光景"以外独具日本地域特色的诗歌,如咏及日本山川地理及工业生产诸作。卷四《信州鸟居岭》诗云:"苏川南去犀川北,水势各随山势奔。行到云边华表岭,一峰穷处两河源。"题顶处有三个"○",表示何如璋对此诗极为欣赏,诗末并缀黄遵宪评语曰:"典赅,可当地志。"又有沈文荧评语曰:"质奥,似古人歌谣。"[③]《骏州地温栽三

---

① 王咏霓《道西斋日记》卷二,清光绪十三年(1887)刻本,第18a页。
② 宫岛诚一郎《养浩堂诗集》卷首《例言》,第2b—3a页。
③ 宫岛诚一郎《养浩堂诗集》卷四,第8a页。

桠制纸》诗云:"轻阴罩日气蒸霞,地入骏州春渐加。行见家家多制纸,三桠开遍满山花。"黄遵宪评曰:"新颖,为汉土诗人所未道。流连光景之作,赵执信讥渔洋'诗如马路,处处可用',又曰渔洋直以桃花作饭。语虽轻薄,有至理。"①赞赏作品选材新颖有据,语言质朴,而非千人一面。又如卷五中四首七绝组成的《富冈观制丝场》,前二首描摹纺织女工操作机器制丝之场景,沈文荧评曰:"摹写之妙,写真纸输此活动。"张斯桂评曰:"绝妙之《竹枝》。"②称赏诗作生动传神,富有地域色彩。

评语中亦常见围绕诗中所涉日本史事、时事展开的议论,并由日本引申论及中国。如卷一《洋船行》作于安政元年(1854),涉及日本开国通商问题。时日本方经历"黑船来航"事件,签订《日美和亲条约》,既往锁国体制下与国际社会的"隔离"状态被打破,开始体验到来自西方的威胁。宫岛诗中对此颇露忧虑,不满"彼世昏庸不为意,皆言和亲谋厥利",担心"互市难餍西人志"。中国自鸦片战争后同样被卷入国际大局,评阅者因此心有戚戚,由宫岛诗意引而申之,论及世界时局中的立身之道。王韬评以"西人……贪饕之志犹未已也,虎视鹰瞵,时有所伺,而当局者晏然事外,一若罔见罔闻。夫天下之事,不患于和戎,而患于和戎之后,自以为安,不知自奋"等语,尤对《南京条约》后中国自以为居安而不思危的现状心怀隐忧,认为应"励精图治,师其所长而夺其所恃"。沈文荧则评曰:"今人无识者每欲效西法以制西人。夫既效西法矣,安能制西人? 彼以奇技,我以奇谋可以胜之;彼以霸术,我以仁政可以胜之。至我国政府,近亦讲求治术矣。"秉持中国仁政可胜西方霸道之观念③。揆诸笔谈记录,黄遵宪"三选"阶段读及王、沈二氏批语,评价曰:"此以王氏论为是。梅史此言,似三百年前人语日本三十年前。"指出沈文荧观念滞后,并提出"此评损梅史之德,删"④。黄氏另有批语曰:"各国通好之局,将与地球相终始。自今而后,无论强弱,永无闭关自守之日矣。"⑤意识到各国互通往来已是不可逆转的趋势。面对近代日趋激烈之国际竞争,清朝士大夫的识见渐现分野,借由这组评点可略窥一斑。不过,刊本并未依照黄遵宪意见删去沈氏此则评语,而是将诸家评语并置,或是有意凸显清人对此诗篇的热切讨论与观念交错。

又如卷五《吉井三峰见示西乡南洲寄诗,余读之,深感其高尚之志,因和其韵,寄之南洲,并致契阔之情,实九月十二日也》,涉及幕末维新之际颇具争议性的人物西乡隆盛

① 宫岛诚一郎《养浩堂诗集》卷四,第2a页。
② 宫岛诚一郎《养浩堂诗集》卷五,第12a页。
③ 宫岛诚一郎《养浩堂诗集》卷一,第16b—17b页。
④ 《与宫岛诚一郎等笔谈资料》,1880年3月12日,第537页。
⑤ 宫岛诚一郎《养浩堂诗集》卷一,第17a页。

(1828—1877)①。宫岛作此诗时,西乡已下野回乡,而西南战争尚未发生,诗末二句曰"若使此心长爱国,江湖何与庙堂殊"。沈文荧评曰:"诗豪俊。幸有末语,不然,受叛人之累矣。所以立言贵得体。"黄遵宪则评曰:"西乡此种人,岂能老田间者? 其叛也,愤郁不平,英雄技痒耳。其人但欲取快一已,无所谓爱国。"②两则评语亦是自宫岛与二人的笔谈迻录而来,可以略观黄、沈对该争议人物的评价稍有差异。沈文荧对这一"叛人"全然反感,认为其权欲熏心,笔谈记录中尚有"隆氏所望,欲于废藩后为丰太阁,而才不济,不得已而兵胁上。不知叛名一著,人皆瓦解矣。其无识可知","隆盛能忍嗜欲,盖其所图者专力于权势。奸臣如司马懿亦不置姬侍也,此等人大约阴狠"等语。黄遵宪则从个人性情角度推敲西乡反叛动因,认为其是"愤郁不平,英雄技痒",并对其身后之事充满兴趣,一再向宫岛求证坊间传言:"比来萨人传言,有西乡星见于西南,闻之否?""西乡今实未死,始逃香港,后匿广东之罗浮,偕一僧复走南洋。有人言之,凿凿可据。"当宫岛回应以自己友人所率军队曾亲获西乡首级,黄遵宪仍坚持认为"是则政府以此给国人,所以解叛徒也"③。可以看到,相较于沈文荧较为单一的道德评判,黄遵宪此际似已留意到幕末武士出身者对西乡的暧昧态度,进而表现出求根溯源之好奇,这也为他后来撰写颇流露同情态度的《西乡星歌》打下基础④。

黄遵宪光绪六年(1880)在为城井国纲《明治名家诗选》作序时云:

> 居今日五洲万国尚力竞强、攘夺搏噬之世,苟有一国焉,偏重乎文,国必弱。故论文至今日,几疑为无足轻重之物。降而为有韵之声诗,风云月露,连篇累牍,又益等诸自郐无讥矣。虽然,古者太史巡行郡国,观风问俗,必采诗胪陈,使师瞽诵而告之于王。……余读我友城井氏之所选,类多杰作。其雍容揄扬、和其声以鸣国家之盛者固不待言,偶有伤时感世之作,而缠绵悱恻,其意悉本乎忠厚,当路者亦未尝禁而斥之。是可以觇国运矣。……后有辅轩采风之便,其必取此卷读之。⑤

在他看来,尽管当今之世尚力甚于尚文,然诗道与世运始终相随而行,通过阅读诗歌,仍可

---

① 西乡隆盛(1828—1877),号南洲,原萨摩藩武士,与明木户孝允、大久保利通并称为"维新三杰",因"征韩论"下野。明治十年(1877),与萨摩士族发动反叛明治政府的西南战争,战败而死。
② 宫岛诚一郎《养浩堂诗集》卷五,第14a—14b页。
③ 《与宫岛诚一郎等笔谈资料》,1879年8月19日,第491页。
④ 黄遵宪《西乡星歌》见《人境庐诗草笺注》卷三,第202—213页。关于日本武士幕末明初对"忠诚"问题的矛盾心态,可参看丸山真男著、路平译《忠诚与反叛:日本转型期的精神史状况》,上海文艺出版社,2021年,第26—44页。
⑤ 城井国纲纂《明治名家诗选》卷首,日本明治十三年(1880)内外兵事新闻局刻本。

体察一国之盛衰,是切近彼国社会政俗的便捷渠道。因此,清朝驻日使团成员披览日本汉诗,应邀批点删润,除了"书生技痒"的本性使然,观风问俗也是其重要出发点。"音节声调之辨"固然不无指正与示范之意,而对诗歌内容所涉地理、历史、人物、时局的讨论,则更多显示出他们对日本经验与现状的兴趣,其中也包含有他们对本国前途与命运的思考。

# 四、结　语

以上对《养浩堂诗集》刊本中评点的生成过程及内容形态等方面的考察,大致揭示了它所具有的多层次、立体性之特征,以及对于沟通中日士宦观念世界之媒介作用。引入书籍史的视角与方法,探究清使评点本的制作过程与文化属性,有助于体察近代中日交流的双向互动特征。在东亚汉文化圈内部频仍的往来互动中,清朝使臣的诗文评点作为一种"副文本",不仅具体呈现了他们此际的域外汉籍阅读经验,也在一定程度上折射出编刊者的主观意图,由此可窥评阅双方的现实互动与观念碰撞。近代中日士宦阶层以汉文学为纽带,不断建立、扩大人际网络,进而深入了解彼此历史与世情,评点活动作为其重要组成部分,相关材料的研究价值及意义正有待被更充分地发掘利用。

【作者简介】周雨斐,文学博士,复旦大学历史学系博士后,发表过论文《近代旅日学人蒋智由生平新考》等。

# 清朝国子监琉球官生诗中的中国意象<sup>*</sup>

夏敏

**摘要:**清朝琉球官生来国子监学习,留下了大量吟咏中国的汉诗作。受中国诗歌影响,他们的作品呈现了关乎中国的各种意象(如驿路、京城、荷、梅、菊、柳、雁之类),这些意象可归类为"燕行羁旅""天朝京华"和"托物言志"三类意象群,表达了琉球学子对中国文化的深度融入与亲近,也通过其中一些意象寄托了其对故乡琉球国的思念。

**关键词:**清朝　国子监　琉球官生　汉诗　中国意象

## 一、引　言

明清两朝与琉球建立了册封—朝贡为外在形式的宗藩关系,其中一个重要项目就是中国接受琉球国选派部分留学生就读京城的最高学府国子监(太学),由中方承担这些留学生(也叫琉球生、官生)的学费和生活费。明清长达 476 年的时间内共接纳琉球官生 97 人,其中明朝 55 人,清朝 42 人①。明朝琉球官生所作汉诗文未能保存下来,清朝却保留了相对丰富的琉球官生诗文作品。本文以清朝琉球官生在华或归国后的部分汉诗创作为例,讨论其汉诗中的中国意象。

清康熙二十七年(1688)重开琉球官生入学大门,直至清同治七年(1868)结束,180 年间,琉球国分九批 42 人来华,实际派往 38 人晋京入国子监学习(不含嘉庆十年被拒 4 人),除去因海难和病故于路途 18 人外,真正到监 26 人,学成归国者有 20 人。这些到监学习的琉球官生享受着清廷官资待遇,每批官生一般 3—4 人,学制 3—4 年。康雍乾时期官生为琉球久米"闽人三十六姓"子弟,以梁、蔡、郑三姓为主。嘉庆以后,每批官生中久米子弟和琉球士族子弟(主要有向、毛、马、东四姓)各占一半。

---

\* 本文系国家社科基金项目"明清中琉邦交与涉琉文学研究"(项目编号:11BZW066)阶段性成果。

① 仲原善忠《官生小史》,转引自徐斌《明清士大夫与琉球》,海洋出版社,2011 年,第 153 页。

　　这些琉球官生在其中国教习(专门负责琉球官生学习的教师)指导下,接受了严格的汉语诗文写作训练。乾隆年间国子监教习潘相(1713—1790)为琉球官生郑孝德、蔡世昌、梁允治、金型4人制定的教规,要求他们:"逢三日""逢八日"须作诗文:"逢三日,作诗一首,不拘古律。逢八日,作四六一篇或论序等类一篇。"[①]这些一边学习中国语言和文化,一边学习中国诗文作法的琉球官生,结业时基本上掌握了汉语诗歌的写作要领,不少人写出了虽显稚嫩但可圈可点的诗文作品。这些诗文作者,回到琉球后一般都要担当起负责教育琉球子弟的重任,他们当中的许多人工作之余仍然会继续其汉诗创作(如阮维新、梁成楫、蔡文溥、毛世辉、东国兴、林世功),但多数作者存世之作,还是在中国京城国子监做官生(太学生)时写的。这些作品表达了他们在中国学习期间对中国的各种见闻、感受和抒怀,受中国诗歌影响,出现了关于中国的各种意象(如驿路、京城、荷、梅、菊、柳、雁之类)。他们的诗作,首先被自己的老师(国子监教习)看中,并入选由他们编辑的相关集子当中。清代琉球官生遗留作品详见下表:

清代琉球官生创作情况一览表

| 批次 | 入监时间 | 官生姓名 | 人数 | 教习 | 是否归国 | 存诗情况 |
|---|---|---|---|---|---|---|
| 1 | 康熙二十七年(1688) | 梁成楫、阮维新、蔡文溥、郑秉均 | 4 | 郑□、徐振 | 归国,除郑秉均外,均任职 | 梁成楫《凤尾蕉》1首;阮维新《凤尾蕉》1首(均录于《皇清诗选》、程顺则《雪堂纪荣诗》,阮诗又见徐葆光《中山传信录》之"中山赠送诗文");蔡文溥著《四本堂诗文集》125首 |
| 2 | 康熙六十一年 | 蔡用佐,蔡元龙、郑归崇 | 3 | | 来华时,全员死于海难 | |
| 3 | 雍正二年(1724) | 郑秉哲、郑谦、蔡宏训 | 3 | 李著、余炼金、姚奋翌、王道 | 二郑归国任职,蔡入监前病故 | |
| 4 | 乾隆二十五年(1762) | 梁允治、金型、郑孝德、蔡世昌 | 4 | 潘相 | 梁、金病故于监,郑、蔡归国任职 | 郑孝德18首,蔡世昌6首,梁、金各1首(均见潘相《琉球入学见闻录》),郑孝德另有1首见录于徐世昌《晚晴簃诗汇》 |

---

① 潘相《琉球入学见闻录》,《传世汉文琉球文献辑稿》(第1辑)第28册,鹭江出版社,2012年,第332页。

| 批次 | 入监时间 | 官生姓名 | 人数 | 教习 | 是否归国 | 存诗情况 |
|---|---|---|---|---|---|---|
| 5 | 嘉庆七年（1802） | 向寻思等 | (8) | | 来华前全员死于海难 | |
| 6 | 嘉庆十年 | 向邦正、毛邦俊、梁文翼、杨德昌 | 4(8中选4) | | 均归国任职 | |
| 7 | 嘉庆十六年 | 毛世辉、马执宏、陈善继、梁元枢 | 4 | | 均归国任职 | 《毛世辉诗集》（存冲绳县里博物馆） |
| 8 | 道光二十一年（1841） | 向克秀、东国兴、阮宣诏、郑学楷 | 4 | 孙衣言 | 除向克秀学成归国途中病故，余皆归国任职 | 孙衣言辑《琉球诗录》4人共295首，其中向69首、东98首、阮54首、郑74首；东国兴另著《东国兴诗稿》 |
| 9 | 同治八年（1869） | 毛启祥、葛兆庆、林世功、林世忠 | 4 | 徐干 | 葛兆庆、林世忠病卒于监，毛病卒于赴京途中，世功归国任职 | 徐干辑《琉球诗录》其中世功81首，世忠49首；《琉球诗课》亦辑世功、世忠帖体诗百余首 |

从存诗情况看，清代琉球官生有个人诗集者不多，只有蔡文溥（1671—1745）、毛世辉和东国兴三人有诗集存世。他们的诗作，有的被清朝册封使收入（如徐葆光《中山传信录》收阮维新1首），有的被《皇清诗选》收入（如梁成楫、阮维新各1首），更多的是被琉球官生在监学习的中国教习收存，如乾隆朝国子监教习潘相《琉球入学见闻录》收其4个琉球弟子25首。最著名的是道光二十一年（1841）教习孙衣言（1814—1894）为琉球官生向克秀、东国兴、阮宣诏和郑学楷4人的古今体习作辑录的《琉球诗录》295首，其次是同治八年教习徐干（生卒年不详）为最后一批来华官生林世功（1841—1880）、林世忠的习作辑录的近古体诗《琉球诗录》130首，孙衣言和徐干另为各自弟子辑录有帖体诗《琉球诗课》。

从存诗情况也可以见出，清代第1、4、8、9等四批入监琉球官生留下作品最多，第1批蔡文溥（1671—1745）成就较高，他的《四本堂诗文集》中相当多的诗作并非入监时作品，很多是他复来中国公务或回到琉球之后的作品，同一批来华的梁成楫和阮维新各余1首同题诗作《凤尾蕉》，是他们太学毕业30年后送给册封使徐葆光的；第4批官生最出色的是郑孝德，其次是蔡世昌，他们留下的这些作品全部是留学北京时所作，同题诗《辛巳十一月十五日皇上恭迎皇太后自圆明园还宫恭庆万寿诏许陪臣□□等用本国衣冠随班接驾恭纪一首》《二十四日承恩赏赐缎三匹貂四张恭纪》以及《游陶然亭（有序）》，显然是二人的老师潘相（经峰）布置的命题作业，而同期入监不久病故的两位琉球同学梁允治和金型所作的同题诗作《入学呈经峰(潘相)师》,也是潘相留下的作业;第 8 批官生的中国教习孙衣言辑录的 4 个琉球弟子作品集《琉球诗录》、第 9 批中国教习徐干辑录的 2 个琉球弟子作品集《琉球诗录(古今体诗)》和《琉球诗课(帖体诗)》全为官生们在国子监教习指导下完成的诗作,这也可以从他们的"同题"诗作中看得出来,这两批琉球官生的诗作水平各有千秋,第 8 批教习孙衣言 4 个弟子中最重视年纪最小的东国兴,他的诗也选得最多(98 首);第 9 批教习徐干 4 个弟子有 3 个病故,他最喜欢唯一学成归国的林世功,录其诗 81 首。

　　作为清朝宗藩制度的最大受益者,琉球官生来到中国之后,目睹中国社会、历史、政治、文化的方方面面。他们从琉球初入中国,所见宗主国政体、文化、习俗、语言的差异中,引发了他们太多的新异感和兴奋感,也潜伏了融入中国文化与生活环境时在心理上的一些不适应,因有前朝明代与琉球的宗藩关系作为铺垫,琉球官生来华前多多少少对中国有一定的了解,并有相当的亲近感。在被选派到中国之前,他们(特别是华裔血统的久米籍学生)已经开始接受了一些中国文化的教育,有一定中国文化基础,而教育他们的老师,很多就是先于他们归国任职的官生。例如清代最后一批来华的官生林世功在琉球时,曾从早他一批来华留学并学成归来任职的官生阮宣诏、东国兴学习。来到中国以后,漫长的 3—4 年的官生生活,令其一方面忍受着愈益强烈的思乡之苦,一方面又在中国教习的指导下,在国子监给予相对优厚的待遇中耳濡目染宗主国的文明。他们在中国教习的帮助下,学习汉语,发奋读书,学习作"诗与四六及论、序、记"①,学习之余,他们也会参加中国官方组织的一些活动(例如参加皇帝的元旦早朝、参加皇上或太后生日、参观官员的野猎等等),或外出嬉游、观光、踏青,或与同门学友、琉球或朝鲜朝贡使饮酒欢会,在学中有玩,在游中有学,日积月累,这一切渐渐融入他们的内心世界,成为引发他们创作的取材范围和灵感之源。中国,慢慢走近他们的情感世界,成为他们生命历程中重要的一部分,成为他们表现审美理想较为充分的审美意象,笔者将这些意象称为"中国意象"。

　　意象是中国传统文论中出现的一个审美范畴,具体是指"表意之象"。作为诗歌创作时的审美意象,中国对于琉球官生而言是一个不断滋生创作激情的吟咏对象,这个对象具体体现为多个富有中国文化特征意象群。它们包括:(1)燕行羁旅意象;(2)天朝京华意象;(3)托物言志意象。下面就此三大意象群在琉球官生诗作中的呈现及其与中国文化对作者的影响,作一个简单梳理。

---

① 　潘相《琉球入学见闻录》,《传世汉文琉球文献辑稿》(第 1 辑)28 册,第 259 页。

# 二、燕行羁旅意象

　　康熙朝重新启动琉球对中国官方性质的留学之后,琉球官生分批次登陆中国,沿着琉球贡使和官生所走的传统晋京驿道,一路艰辛,历时数月抵达北京。在当时交通十分不便利的时代,问学中国是一次艰难之旅。琉球官生从离岸去国到登陆福建,再沿清时官驿一路北上,最后抵达京城,往往需要用去数月之长。一些人(如康熙六十一年和嘉庆七年的全部官生)尚未着陆,即殁于海难;一些人(如雍正二年琉球官生蔡宏训、同治八年官生毛启祥)因不适中国水土和气候,加之旅程疲惫奔波、患病而死于求学路上。多数官生克服了重重困难与不适,最终抵达了北京。北京,旧时也叫燕京。琉球官生从福州出发,沿着与琉球朝贡使相同的官道进京,这个行程也可以叫做是“燕行”。燕行之路上,琉球官生沿途用新异的眼光看到与家乡不一样的风景、见到不一样的人和事,新鲜感与漂泊感油然而生,复杂的心绪和感受令他们不吐不快。这些诗有的应是凭着在琉球时的汉语诗歌基础的即时书写,有的应该是到了北京进入太学之后,在中国教习的指导下,经过汉语习得和诗词训练之后所作。不论如何作出,此类作品呈现了燕行羁旅意象,亦可称其为驿路意象。

　　琉球官生来华的前期诗作,均以驿路作为创作题材。福州是其进入中国的第一站,他们在福州逗留的琉球人国宾馆叫“柔远驿”,进入“柔远驿”,就意味着启动北上求学、奔波于道的人生旅程。琉球官生吟咏福州柔远驿的诗歌有不少。清朝第一批官生蔡文溥(1671—1745)有多首诗歌写福州柔远驿,清代琉球官生和朝贡使习惯将其称作“江楼”(闽江边上的驿楼),蔡文溥也习惯如此称呼,如其《上巳同诸友集饮江楼》:“几年北阙苦淹留,诏许辞官到驿楼。”北大钱志熙先生评点此诗时说:“这应该是他从国子监留学之后的事情。当时给予蔡氏等三名琉球官生以州同的资格,这正是蔡氏称诏许辞官的原因”“诗中屡次提到的驿楼,即柔远驿,在福州闽县河口一带。是当时清政府设立的接待琉球使节与留学生的机构。……柔远驿中好像还设有留学生的学馆。蔡文溥在馆中居住,应该是不只有一次,而任接贡存留通事时,滞留时间最长。”[①]蔡文溥另有多首诗歌以“江楼”(柔远驿)为咏怀对象,如《暮春有感》“江楼客子叹年华,海燕横飞掠浅沙”,《江楼新晴》“客楼初霁望郊原,树色苍苍锁石门”,《驿楼坐雨》“客中对雨又经秋,古驿凄其独上楼”,诗人通过对福州驿楼的描述,抒发了深切的羁旅情怀。根据诗歌的场景分析,这些关于柔远驿的诗

---

①　钱志熙《蔡文溥与〈四本堂诗文集〉——一位古琉球国诗人的汉诗文创作》,《中国典籍与文化》2006 年第 2 期。

作,多为蔡文溥再度来华所作;柔远驿在琉球官生中的知名度非常高,他们的作品(包括他们在监学习的习作)经常以柔远驿为写作对象。道光年间,随孙衣言学习的琉球官生也有一些诗作写福州的柔远驿,如阮宣诏(1811—?)《自柔远驿起程至洪山桥宿》、向克秀《柔远驿留别故人》都是类似作品。

从福州柔远驿出发,琉球官生开始了更加漫长的燕行旅程。不同的官生,对路过或夜宿的不同驿站所在地域景象有着不同的观感,他们在入学前、入学后以及再次来华都有不少关于他们走过的晋京的各地官驿的不同抒怀之作。从这些作品中,大体可以梳理出官生停泊的官驿路线,也可以从中窥见这些琉球官生初来中国时的那种兴奋感和新鲜感。下面依据琉球官生一路北上先后走过的驿路站点及其相关抒怀作品,作一个简单梳理。

1. 凤山桥:郑学楷《凤山桥夜泊》,向克秀《凤山桥闻笛》,东国兴《凤山桥到水口》;

2. 水口驿:阮宣诏《宿水口驿》,东国兴《宿水口驿》《水口到黄田驿》;

3. 黄田驿:东国兴《水口到黄田驿》《黄田驿到清风岭》;

4. 清风岭:东国兴《黄田驿到清风岭》;

5. 建阳、武夷山:林世忠《建阳道中》《题武夷画卷》;

6. 小竿岭、大竿岭:向克秀《过小竿岭》,东国兴《大竿岭逢雨》;

7. 仙霞岭:蔡文溥《初春过仙霞岭》,东国兴《度仙霞关》;

8. 清州:向克秀《自清州到衢州府》;

9. 衢州、龙游:东国兴《衢州至龙游》;

10. 兰溪:阮宣诏《夜泊兰溪》,郑学楷《夜泊兰溪》,东国兴《舟泊兰溪》;

11. 严州:阮宣诏《过七里濑》,郑学楷《自严州至桐庐,江流山闲,四望幽绝,即景赋诗》《过严子陵钓台》,向克秀《过严子陵钓台》,东国兴《自严州至桐庐,江流山闲,四望幽绝,即景赋诗》(二首);

12. 桐庐:郑学楷《自严州至桐庐,江流山闲,四望幽绝,即景赋诗》《过严子陵钓台》,东国兴《自严州至桐庐,江流山闲,四望幽绝,即景赋诗》(二首);

13. 富阳:东国兴《富阳泊舟》;

14. 钱塘江:阮宣诏《夜泊钱塘》,郑学楷《泊钱塘江》,向克秀《舟自钱塘望六和塔》,东国兴《舟泊钱塘江》,林世忠《过钱塘江有感》;

15. 杭州:阮宣诏《杭州欲游西湖不果》,向克秀《杭州欲游西湖不果》;

16. 石门:东国兴《杭州至石门》《石门放舟雨夜泊嘉兴》;

17. 嘉兴:东国兴《嘉兴杂感》;

18. 金山:阮宣诏《江中望金山》,郑学楷《江中望金山》,林世功《金山寺》;

19. 苏州：郑学楷《胥门吊古》《枫桥夜泊》，向克秀《胥门吊古》《上巳苏州泊舟》，林世功《姑苏台》；

20. 丹阳：向克秀《丹阳吊孙权墓》，林世忠《丹阳舟夕》；

21. 京口、北固山：阮宣诏《京口怀古》，郑学楷《京口怀古》，向克秀《京口怀古》，东国兴《京口怀古》，林志忠《京口舟中》《夜泊北固山》；

22. 扬子江：东国兴《渡扬子江》；

23. 扬州：向克秀《自扬州至邵伯驿》；

24. 邵伯驿：东国兴《召伯湖步月》；

25. 露筋祠：郑学楷《湖中望露筋祠》，向克秀《露筋祠》，林世功《露筋祠》；

26. 王家营：阮宣诏《至王家营舍舟而车》，东国兴《至王家营舍舟而车》；

27. 高邮：林世忠《溪上晚晴》；

28. 洪泽湖：郑学楷《洪泽湖》，东国兴《望洪泽湖》；

29. 宿迁：郑学楷《宿迁县项王故里》，向克秀《宿迁项王故里》，林世忠《次宿迁》；

30. 徐州：林世功《燕子楼》《歌风台》；

31. 红花埠：向克秀《至红花埠》；

32. 黄河：郑学楷《黄河》，向克秀《渡黄河》；

33. 灵宝：林世功《函谷关》；

34. 景县（今属河北衡水）：向克秀《董仲舒故里》（夏按：根据孙衣言和徐干书中诗歌所排列的顺序，以下河北境内的地点，均放在来京以后的诗歌作品中，笔者疑为非驿路作品，而是官生入监学习期间，就近在河北旅行时所作）；

35. 邯郸：林世功《铜雀台》；

36. 定兴：阮宣诏《黄金台》，郑学楷《黄金台》；

37. 易水：阮宣诏《易水吊荆卿》，郑学楷《易水吊荆卿》，林世忠《易水怀古》；

38. 长辛店（北京丰台）、郑学楷《长新店早发》；

39. 卢沟桥：林世功《卢沟晓月》；

40. 蓟门：林世功《蓟门烟树》。

由上可见，琉球官生北上路线基本一致，其诗歌写作有这样一些规律：（1）闽浙苏等省的诗歌偏多，进入河南河北后诗歌较少；（2）第8批官生燕行诗歌数量最大，将清代琉球官生燕行诗歌推到了顶点，第9批其次，第1批只有蔡文溥一首，第4批缺；（3）第8批官生同题燕行诗歌多（如《宿水口驿》《夜泊兰溪》《过严子陵钓台》《自严州至桐庐，江流山闲，四望幽绝，即景赋诗》《江中望金山》《胥门吊古》《京口怀古》《至王家营舍舟而车》《宿迁项王故里》),可能与同行官生互相影响或同题唱和有关,更可能与其进入太学以后,在教习孙衣言等人的指导下,给出诗歌命题后的诗歌训练有关,如果是这种情况,多数燕行诗歌应为该批琉球官生燕行回忆之作;(4)驿道书写以借景抒情、历史呈现等内容为主,从诗歌数量上看,官生写江南驿路的诗歌偏多,他们多半选择春后沿风光绮丽的临水驿路北上,而这个时候的江南春早,万物生发,使其对中国充满了新鲜感,容易吸引琉球学子眼目,江南驿路作品多借景抒情;离开江南,夜宿驿站多了,但官生诗歌越写越少,相比南方,晚春景色相对凋敝而萧条,也与其来华后连月间疲于奔波,审美疲劳,新鲜感褪去有关;反倒是北方历史的沉雄,更能引发这些琉球官生的感慨,所以在其燕行后期的诗作中,我们看到了他们许多咏怀历史的诗作。例如阮宣诏的燕行诗歌多写于江南。

### 夜泊钱塘

阮宣诏

江天寒欲晓,渔火灭还明。浦口烟相隔,遥林听鸟鸣。①

类似这种记述行迹,感时状物,亲近自然的作品在琉球官生在南方的羁旅书写中比比皆是,它们像极了中国古代的山水图或水墨画悬置在读者的眼前。这首诗中的"江天""渔火""浦口""遥林",正是琉球官生晓起沿着京杭大运河乘舟北上时所看到的江南图景,抒发了日夜兼程中的琉球士子对中国南方水乡的喜爱。

　　相比之下,北方驿路上的诗歌多怀古吊往之作,与北方作为历史文化中心相对应。如郑学楷《宿迁县项王故里》、向克秀《宿迁项王故里》《董仲舒故里》、林世忠《易水怀古》都是这样的作品。

# 三、天朝京华意象

　　琉球官生不远万里来京学习,同期 3—4 人,在北京一待就是 3—4 年,因留学制度规定以及交通不便,其间无法回国省亲,所以北京成为其乡国之外待的最久的地方。在这里他们承受着乡思之苦和环境不适,见识了许多与琉球完全不同的自然地域风貌和政治文化景观。他们在北京长时间地生活、学习,与北京师友结下了深厚的友谊,北京真正成了他们的第二故乡。他们的主要作品写于北京,其中孙衣言和徐干辑录的《琉球诗录》《琉球

---

① 　孙衣言《琉球诗录》,《传世汉文琉球文献辑稿》(第 1 辑)第 23 册,第 12 页。

诗课》，涉及道光、同治前后两批官生共 6 人的主要作品，是琉球留学生诗歌的集大成之后。北京是他们诗歌主要的取材范围和吟咏对象，他们笔下的北京有各种各样的名称。首先他们常常用"长安"指代"北京"，表明唐诗和其他汉唐典籍对他们的影响，"料得故人回首望，长安相见是明年"（阮宣诏《送太史孙蘂田先生（铿鸣）告假归温州》），"万里飞鸟速，瞬息长安来"（阮宣诏《寄呈家兄》），"北去长安远，归程万里余"（郑学楷《寄姊夫王兆杜》），"一片长安月，徘徊照驿楼"（向克秀《月夜书怀》），"客舍长安岁月深，萋萋芳草怅离襟"（林世功《春日书怀》）等等，诗歌以长安涉指北京，是明清琉球官生创作中习惯的做法。

不过，这些有幸受到清朝"荣恩"的琉球官生，对生活了三四年的北京城，还是带着许多恭敬、神圣、敬仰的心怀，于是在称名使用上流露出溢美、颂扬、圣化的各种特别表达。除了"长安"外，他们诗中还有三类特别称名：第一类是"京"字名，如"帝京"（郑孝德《圣母皇太后七十万寿诗》"万国车书拱帝京"），"玉京"（如阮宣诏《送贡使归国》"四牡皇华仰玉京"），"神京"（向克秀《拟元旦早朝》"朝天万国到神京"，林世功《入学述怀》"梯航万里谒神京"），"燕京"（郑孝德《承久米府王成绩蔡玉台寄问赋此答之》"万里燕京学步趋"），"京师"（林世功《京师得家书》），"京华"（林世功《月夜登陶然亭怀堂兄世弼》"球阳离京华"，林世忠《七月十五夜看月忆家人》"不信京华月，宵来转可怜"），"京畿"（林世功《送贡使向大人文光宗大人世爵归国五排一章》"万里到京畿"）；第二类是"燕"字名，如"燕山"（郑孝德《秋日偕蔡汝显游悯忠寺》"燕山九月秋"，郑学楷《寄家兄》"东风吹开燕山花"），"幽燕"（林世功《寄怀舍兄子常舍弟子衡》"万里游幽燕"）；第三类是"蓟"字名，如"蓟门"（林世功《西山积雪》"一山蓟门西"，《蓟门烟雨》），"蓟北"（郑学楷《送助教黄海华先生（文琛）拣发湖南同知》"湘南蓟北隔天陲"，东国兴《秋怀》"笛里新愁蓟北来"）。琉球官生诗里特称北京的词除以上几类外，还有"天都""帝畿""畿封""帝城""平津""凤城""帝州"，不一而足。

琉球官生在北京一待三四年，他们笔下的北京书写，寄托着他们留学期间太多的观感和情愫，他们写下的关于北京的汉诗，占据了其诗歌的绝大多数。其诗歌中的北京意象，是他们的中国书写中最常见的意象，举其要有下述三个方面的内容。

## （一）太学求学

清承明制，琉球隔期派遣官生来京入国子监（太学）学习中国文化和典章制度，中国方面配给官生学馆（敬一亭）、教习、书本，甚至学费、衣物，官生们在诗文写作训练中，记述了他们在国子监的学习生活，是典型的琉球留学生文学。有的表达对老师的恭敬和谢意。如乾隆二十五年入学并病故于国子监的琉球官生梁允治和金型的同题诗《入学呈经峰师》

（经峰，系其中国教习潘相的字），他们的同学郑孝德也有诗歌赠老师及其家人：

### 入学呈经峰师

梁允治

奇文诏许共窥探，万里从游意兴酣。海外长瞻星聚北，帷前真喜派分南。

藏书有库常兼四，淑世余胲已折三。遥听同门原济济，春风春雨楚山岚。

### 入学呈经峰师

金　型

丝纶特降海门东，王命从游国学中。圣域乘时沾化雨，贤关到处坐春风。

鲸钟远响开屯否，石鼓奇文发困蒙。独愧浅才多未达，不知何日奏微功。[1]

### 赠潘二仲焜

郑孝德

久闻芳讯望云霓，此日才欣接骏蹄。宝树频怀三楚北，琪花惊拂六堂西。

风吹马帐同温暖，雪满程门共品题。海国人欢随骥尾，相期文学步昌黎。[2]

有的诗歌表达了对西学于中国的美好期待：

### 冬夜书怀

郑孝德

寒冬冷月照书帷，夜半拥炉有所思。学步常忧中道废，潜修宁愿外人知。

心从静后能忘我，文到神来自得师。倾覆须先防未满，悔尤每自小瑕疵。[3]

### 入学述怀

林世功

一统车书际盛平，梯航万里谒神京。高依日月叨培植，近傍宫墙荷化成。

---

① 潘相《琉球入学见闻录》，《传世汉文琉球文献辑稿》(第1辑)第28册，第454页。
② 潘相《琉球入学见闻录》，《传世汉文琉球文献辑稿》(第1辑)第28册，第455页。
③ 潘相《琉球入学见闻录》，《传世汉文琉球文献辑稿》(第1辑)第28册，第441—442页。

习礼才惭吴季子,观光名厕鲁诸生。天恩深厚何时报,愿借南山祝圣明。①

有的表达了在太学学习的某些心得,比如道光年间的琉球官生阮宣诏、郑学楷和向克秀均以《大学石鼓》为题,记述他们学习了韩愈《石鼓歌》以后的体会,下引阮宣诏诗为例。

### 大学石鼓
#### 阮宣诏

桧柏森森数仞墙,嵯峨十鼓有辉光。奇书已变苍娲体,至宝常留孔氏堂。
皇佑迹存余杵臼,昌黎功大在文章。殊勋更继周宣作,奎藻煌煌日月长。②

有的诗歌记述了朝廷赏赐衣物的事件:"文绮辉煌流瑞霭,丰貂灿烂映璆琳。捧将归国悬堂上,光拂柴门价万金。"(郑孝德《二十四日承恩赏赐缎三匹貂四张恭纪》,他的同期入监同学蔡世昌也有同题作,均言受赏缎、貂之事)"皇仁衣被本无疆,授服还欣自上方。叠雪轻罗披皎洁,含风细葛总清凉。裁经玉尺身偏称,薄拟蝉纱暑不妨。他日凤洲回棹后,犹应什袭仰辉煌。"(阮宣诏《恩赏夏衣恭纪》)。给琉球学生赏赐衣物之事,郑孝德、蔡世昌的国子监老师(教习)潘相在其《琉球入学见闻录》中有介绍:"夏季,各给硬纱袍挂、罗衫中衣各一件。""夏季,给原布袍、布衫中衣各一件,雨阴凉帽各一顶。"③

有的感慨学习期间光阴飞逝:"惭余六馆沾槐露,记载婆婆一字无。依旧海畔旧头颅,别后空余面有须。"(郑孝德《承久米府王成绩蔡玉台寄问赋此答之》)"摊书细对梧桐月,隐几常通雨笛声。此日楼台多逸兴,谁家砧杵送离情。"(郑孝德《赋得秋色正清华》,此处显然化用陆游《秋思》:"砧杵敲残深巷月,并梧摇落故园秋。")

这些正当盛年的琉球官生除了读书,也会忙中偷闲,寄情于风花雪月。

### 中秋太学西舍赏月
#### 东国兴

他乡瞬息又中秋,携酒同为客里游。皎洁独怜圆满侯,婵娟几照古今愁。
沧溟家隔九千里,玉宇光寒十二楼。不识谁人横铁笛,却吹离恨到皇州。④

---

① 徐干《琉球诗录》,《国家图书馆藏琉球资料汇编》,北京图书馆出版社,2000年,第914页。
② 孙衣言《琉球诗录》,《传世汉文琉球文献辑稿》(第1辑)第23册,第21页。
③ 潘相《琉球入学见闻录》,《传世汉文琉球文献辑稿》(第1辑)第28册,第289页。
④ 孙衣言《琉球诗录》,《传世汉文琉球文献辑稿》(第1辑)第23册,第145—146页。

官生们在国子监学习机会,吟风弄月,赏花听雨,此类诗歌非常多,兹不再引述。

## (二) 京畿揽胜

琉球官生在太学深墙内读书,但是青春是关不住的。每逢闲暇,他们会走出宫苑到户外去饱览天朝京师的胜迹。每次出游,或多或少都会激发起他们的文化情愫和人生感慨,他们用诗歌表达内心的触动和观感。

### 1. 陶然亭

此为清时名亭,建于康熙三十四年(1695),亭名取自白居易"更待菊黄佳酿熟,与君一醉一陶然",是来京文人墨客必游之胜地。乾隆朝琉球官生郑孝德、蔡世昌二人曾受"堂师"之邀往观陶然亭,心情大好,归来二人各自写下一首七律,例见蔡世昌诗:

#### 游陶然亭(有序)
##### 蔡世昌

岁在辛巳,节近重阳,函晖先生邀吾师及颐齐先生,携予两人,南游陶然亭。兹亭也,贤士大夫之所以游目骋怀者。是日,天朗气清,金风徐来,倚栏纵目,真可乐也。饫聆明训之余,忘其固陋,赋诗一章,以志胜游。

高台一上思悠悠,且喜黄花插满头。碧水晴光摇草树,名山画景拥城楼。

一时诗酒同清赏,百代风流纪胜游。况有雄谈惊四座,更教远客豁双眸。①

之后来京读书的琉球官生,也常常以陶然亭作为旅行胜地,但诗中更多的是思乡怀人的忧郁情调。

#### 月夜登陶然亭怀堂兄世弼
##### 林世功

夜静凉风生,月皎寒山碧。寒山不见人,何以永兹夕。

时上陶然亭,相思球阳客。球阳离京华,欲往川途隔。

---

① 潘相《琉球入学见闻录》,《传世汉文琉球文献辑稿》(第1辑)第28册,第453页。

玉露下青兰,幽花聊可摘。无因远寄君,草虫鸣唧唧。①

## 2. 什刹海

清代北京著名消夏之所,燕京胜景之一。分前海、后海和西海(即积水潭)三个水域。据说什刹海周边有十个佛寺,故名什刹海。琉球官生笔下的什刹海各具风采。阮宣诏、东国兴和林世功都写过以什刹海为题的诗作,此处仅引东国兴的诗歌。

### 早春雪后游十刹海
#### 东国兴

莺声忽忽报新晴,曲径林塘一带明。蹴雪行人冰上去,故园春水绿波生。
柳未青青杏未红,苍茫残雪照城东。晚来寂寂林间路,归鸟数声春树中。②

## 3. 净业湖

北京什刹海之西海(即今之"积水潭"),因在净业寺北岸,因名净业湖。阮宣诏的《雨后净业湖即景》、郑学楷《净业湖观荷花》和东国兴《净业湖北楼观荷花》均是佳作,此处以郑学楷诗为例。

### 净业湖观荷花
#### 郑学楷

一碧湖光冷似秋,荷花绰约绕江楼。倚栏人立垂杨外,无数闲鸥自在游。
露碎波心隐钓舟,湖光树色共沈浮。芙蕖不似天涯客,叶叶花花各并头。③

## 4. 西山

即北京西边的香山,又叫翠微山。琉球官生喜欢来此游览,留下多首关于西山的诗作。这些诗,很多时候以纯写景为主。阮宣诏和郑学楷有同题诗《雨后望西山》;东国兴有三首诗写西山,一是《望西山》,二是《望西山积雪》,三是《寄向大筠秀才》,这些诗歌常将西山称为"翠微"。琉球官生热衷于写西山,或是教习布置的同题作业,或是几位同学相约的

① 徐干《琉球诗录》,《国家图书馆藏琉球资料汇编》,第887888页。
② 孙衣言《琉球诗录》,《传世汉文琉球文献辑稿》(第1辑)第23册,第148页。
③ 孙衣言《琉球诗录》,《传世汉文琉球文献辑稿》(第1辑)第23册,第62页。

同题之作。林世功也有诗歌以西山积雪为吟咏对象。下面两首诗比较了雨中和雪里完全不同的西山景象：

### 雨中望西山
阮宣诏

微雨昨夜过，西山朝已晴。一夕添黛色，千嶂忽眼明。
云雾尽开散，画图森浓青。纵横挂瀑布，远近疑泉声。
薰风郊外至，满目凉气生。相看残霞落，翠微留余清。①

### 西山积雪
林世功

天地气严凝，出门行人少。扑面朔风来，晴雪万家晓。
霞飞碧落间，日出扶桑表。世界画图明，回头从远眺。
一山蓟门西，积素何缥缈。岭冻不流云，千里绝飞鸟。
何当登山顶，一望卅六岛。②

第一首是雨后西山，豁然开朗，情因景生，令人心旷神怡。第二首是雪中西山，突出了雪中西山的"冷"与"静"，东国兴在这"冷静"中，落脚到"思高人"，林世功则落脚到思故乡——琉球三十六岛。林世功的国子监教习、诗歌辑录者徐干，特在这首底下加注语："下国属岛有三十六。"所以，西山的冬夏景致不一，登山者的心境也有差异。

## 5. 京城寺院

琉球官生写有踏访北京寺院的多首诗作。琉球官生诗歌中的北京寺庙主要有万寿寺、护国寺和拈花寺。其中阮宣诏和东国兴各有一首《雨后游万寿寺》，均以写景为主，表达了雨后赏景的自由自在与空灵感，只有阮诗结句"此境羡寂寞，坐久尘缘空"，方了悟到一丝禅意。万寿寺在北京海淀区，慈禧来往颐和园，会选择在此礼佛。

---

① 孙衣言《琉球诗录》，《传世汉文琉球文献辑稿》（第1辑）第23册，第20页。
② 徐干《琉球诗录》，《国家图书馆藏琉球资料汇编》，第892—893页。

## 雨后游万寿寺

### 阮宣诏

寥寥雨未止，连绵见朝虹。晴天云气薄，道路交和风。

乘闲寻名刹，一径趋花宫。楼殿接远近，梵音通西东。

方池漾碧水，中庭垂花丛。鸣鸟亦自得，歌唤千林中。

妙香来佛地，霁景垂苍穹。此境羡寂寞，坐久尘缘空。①

另有两座寺院也出现在琉球官生笔下：一个是拈花寺，在今西城区的大石桥；一个是护国寺，俗称西寺，也在今西城区。

## 游拈花寺

### 东国兴

净土萧萧似入山，凉风高树绿回环。老僧不似天涯客，禅榻茶烟相对闲。

禅房幽处绝尘哗，曲径相通修竹斜。开士那知春可惜，窗前落尽海棠花。②

## 晚入护国寺

### 林世忠

寻山不厌深，逶迤悦情性。冷冷松下风，已度招提磬。

磵户寂无人，闲花落幽径。山鸟下禅扉，落日群峰暝。

老僧道机闲，有动无非静。妙梵留青天，夜久疏钟定。③

# （三）京城年节

琉球官生自进京日起，连续三四年不能回琉球，在京期间，他们完整感受到了北京人的生活方式，特别是完整地体验了中国的节日情趣与魅力。一些重要的中国节日都被写进了琉球官生的诗作中。节日对于中国人而言，是举家团聚的日子，而对琉球学子而言，却是去国远游、思乡怀人的日子，所以京城年节方面的诗作，隐隐约约透露着琉球官生的或浓或淡的乡愁。

---

① 孙衣言《琉球诗录》，《传世汉文琉球文献辑稿》（第1辑）第23册，第35页。
② 孙衣言《琉球诗录》，《传世汉文琉球文献辑稿》（第1辑）第23册，第164—165页。
③ 徐干《琉球诗录》，《国家图书馆藏琉球资料汇编》，第930页。

## 1. 寒食

按中国民俗规定,寒食在清明前两日。近代以来,寒食节式微,与清明并为一节,但从琉球诗人涉指寒食节的诗歌可见,至少在清末,中国人仍然是过寒食的。向克秀《寒食》写道"百六逢佳节,家家说禁烟",说的就是寒食节"禁烟"的习惯。

## 2. 清明

郑学楷《桃花》一诗引述的清明,正是农历二月桃花盛开的时节,令赏花者心情舒畅,诗意迸发:"二月长安物候新,桃绯婀娜见天真。花朝已过清明近,无那轻抛客里春。"①

## 3. 上巳

上巳在中国民间又叫"三月三",正是"花笑莺啼春色妍"(东国兴《上巳》)的美好时节。上巳在清明之后,故林世功有句:"清明连上巳。"(《上巳同葛兄子章作》)对于去国日久的琉球官生而言,春光明媚的北京,反而触动了他们缠绵的乡愁。于是才有"醒忆家乡恨不堪"(向克秀《上巳》)、"故国风光入梦悠"(东国兴《上巳志忆》)、"与君同去国,远道羡归鸿"(林世功)之类怀乡之慨。

## 4. 端午

仅见东国兴一首。

### 端午怀所知
#### 东国兴

步出城南门,车马何洋洋。所思不可见,焉得心不伤。
回车驾言游,沽酒复倾觞。百觞又千觞,旅思何可忘。
仰天起慷慨,遥见云鸟翔。挥手招飞鸟,愿言诉离肠。
飞飞去不顾,但见云色黄。高风吹飘飘,哀笛闻茫茫。
出愁人亦愁,忽焉泪沾裳。②

---

① 孙衣言《琉球诗录》,《传世汉文琉球文献辑稿》(第1辑)第23册,第61—62页。
② 孙衣言《琉球诗录》,《传世汉文琉球文献辑稿》(第1辑)第23册,第179—180页。

### 5. 七夕

传说中牛郎织女"一年一度涉星河"（郑学楷《七夕》），但对于客居蓟北、无法还家的琉球官生而言，却只能留在京城学馆忍受相思之憾了。

### 6. 中元

中元节也叫"七月十五""七月半"，民间俗称"鬼节"，很多地方利用这一天祭祀家族祖先，而"为客又三年"（林世功《七月十五夜看月忆家人》）的琉球官生，只能对月思乡了。

### 7. 中秋

对于琉球官生而言，"沧溟家隔九千里"（东国兴），数年读书不归，只能是"天边为客"，对月成单，才会有"最怜三载客，孤馆益乡愁"（向克秀《中秋》）的无限浩叹。我们注意到，琉球官生入监读书期间所作诗歌，经常使用"月亮"这个意象。如阮宣诏《月下书怀》（东国兴也有同题诗作）、《秋月》，郑学楷除《中秋赏月》外有《月夜》《月夜抒怀》（向克秀也有同题诗作），向克秀有《中秋》，东国兴有《中秋太学西舍赏月》，林世功有《腊月十五望月》《卢沟晓月》等等。在中国，月圆象征团聚，月缺象征分离，"人有悲欢离合，月有阴晴圆缺，此事古难全"（苏东坡《水调歌头》），受到中国诗歌中频繁使用月亮意象的影响，琉球官生也常常在诗歌中借月抒怀，特别是在中秋，他们的吟月诗将身在京华、思念故国的感伤推到了极致。

#### 中　秋

向克秀

昔月如今月，清辉万里秋。风吹云叶薄，光射露华稠。

翘首峰烟冷，横空雁影流。最怜三载客，孤馆益乡愁。①

### 8. 重阳

重阳是中国登高望远的节日，而对在京客旅的琉球官生而言，这却是一个登高望乡、愁绪满怀的日子。所以在他们的诗歌当中，我们看到"却望故园千岭隔，更思兄弟独徘徊"这样的句子：

---

① 孙衣言《琉球诗录》，《传世汉文琉球文献辑稿》（第1辑）第23册，第97页。

## 重　阳

### 向克秀

他乡复遇重阳节,携酒同登百尺台。日晚远山浮返照,风寒落木拂轻杯。

添愁处处狂歌起,举首萧萧旅雁回。却望故园千岭隔,更思兄弟独徘徊。[①]

## 9. 腊八

腊八是北方节日,北京城著名的传统节日。

## 腊月八日即事

### 林世功

负笈频年寄蓟门,不堪此日最销魂。狂歌几处欣佳节,知己何人共绿樽。

异地岁华流水逝,满天风雪远山昏。安能今夜同兄弟,粥奉高堂笑语温。[②]

# 四、托物言志意象

　　琉球官生来华学习,受到中国文化多年的影响,难免沾染了许多中国文人的气质,吟诗作对也习惯以中国文人诗作中常见的意象来表达胸臆。比较常见的有以下几种。

## 1. 荷

　　在中国诗中,荷是文人清高自爱的象征,为琉球官生所喜用。

## 芙　蓉

### 蔡世昌

芙蓉不与众芳同,蝉蜕淤泥出水中。玉柄凌波标洁白,艳幢泄渚弄轻红。

全无雕饰擎朝露,独绽皱纹映午风。小立银塘频驻目,天然净植郁珑璁。

　　这首诗可谓得中国文化深意,作品通过芙蓉(荷)的凌波独立、出泥不染、"天然净植"个性的渲染,表达了文人士子的清高自洁和卓尔不群,与中国诗人咏荷心态无异。琉球文人十

---

　　①　孙衣言《琉球诗录》,《传世汉文琉球文献辑稿》(第1辑)第23册,第105页。

　　②　徐干《琉球诗录》,《国家图书馆藏琉球资料汇编》,第920—921页。

分热衷于咏荷,直接以荷为吟咏对象的诗作有阮宣诏《采莲曲》《湖亭纳凉》、郑学楷《净业湖观荷花》《寄泮宫诸友》、向克秀《采莲曲》、东国兴《咏秋荷》《净业湖北楼观荷花》、林世功《荷钱》《池上有怀》、林世忠《纳凉词》等。

### 2. 梅

梅是岁寒三友(竹松梅)之一,是体现中国传统文人气节和傲骨的意象,为多数文人所喜用,琉球文人一应采纳入诗。如郑学楷《泊钱塘江》《喜雪》、向克秀《怀故园梅花》(东国兴有同题诗作)、东国兴《水口到黄田驿》、林世功《梅花吟寄孙冠俊岁晚作》。

### 3. 菊

在中国旧诗中,菊是文人人格和气节的写照,琉球官生也拿来自况。咏菊的诗句有郑孝德《成均望家书》:"秋深冷露繁,篱菊夸逸色。"《游陶然亭》:"菊近重阳香满地,风清佳日酒盈瓯。"同日与郑孝德同游的官生蔡世昌同题诗《游陶然亭》也述及菊花:"高台一上思悠悠,且喜黄花插满头。"阮宣诏《重阳即事》:"佳节重阳今又别,无聊独对菊花杯。"《初冬感怀寄表兄郑国宝》:"篱边叠残菊,庭前发古梅。"直接以菊作诗题的,也有多首,如郑学楷和向克秀同题的《残菊》、林世忠的《咏菊》《供菊》《菊影》。

### 4. 柳

唐诗中柳是送别意象,涉及唐人折柳相送民俗,以王维《送元二使安西》"客舍青青柳色新"一句最为著名。琉球官生远离家乡,离亲别友,到了北京以后与中国师友、琉球及朝鲜朝贡使常有交集,但也不得不分离。柳(有时也包括杨)成为他们诗作中表达离情的最重要的意象之一,此类诗数量庞大,有的直接以柳为题,如阮宣诏《柳枝词》、郑学楷《新柳》《柳枝词》、东国兴《新柳》《折杨柳词》、林世功《种柳》、林世忠《衰柳》等。尽管很多诗题无柳,但字里行间常常以"柳"抒发难以割舍的别离之情。如"柳密相看万余里,月明谁忆一征蓬"(东国兴《寄泮水同好》),"惆怅离人垂柳外,鸭炉香冷独徘徊"(向克秀《闻笛》),"蝉鸣柳岸声何急,鸿落芦洲去不回"(郑学楷《新秋书感》),类似以柳呈别情的诗作,在琉球官生遗墨中俯拾皆是。

### 5. 雁

雁是作客天涯的迁徙者的羁旅意象,与琉球官生客居身份对应,令他们喜欢不已。在他们的诗歌当中,有时雁与鸿并用(如阮宣诏《寄呈郑夫子(安贞)毛夫子(克进)》"春风吹淡荡,鸿雁已归回",林世忠《七月十五夜看月忆家人》"鸿雁时将下,音书昨已传"),表示鸿雁传书、书信往来;有时雁也与燕通用(东国兴《新燕》"寸心说与帘前燕,海阔云深望故乡")。以雁入诗是琉球常见做法,仅以雁入诗题的作品就有不少,如阮宣诏《闻雁》、郑学楷《见雁》、向克秀两首《闻雁》、林世功《闻雁》。据笔者保守统计,清代琉球诗人诗歌中出现"雁"字的诗作,近至 50 首,兹不一一细论。

【作者简介】夏敏,集美大学教授,出版有《明清中国与琉球文学关系考》(社会科学文献出版社)等。

# 《中山诗文集》解说译介[*]

上里贤一 撰　严明　王婷婷 译介

**摘要:**《中山诗文集》是琉球文学史上集成最早、流传最广、影响最大的汉诗总集,是了解琉球汉学动向的重要作品。琉球汉学的成立和展开分为两个系统:一是日本僧侣和去日本留学归来的琉球僧侣创始的、以山门为中心的首里汉学,二是有"闽人三十六姓"之称的久米村自明朝延续下来的华裔汉学。《中山诗文集》的产生得益于清朝时琉球使臣、留学生的汉诗文创作及与中国文人的往来互动。编辑者程顺则为久米村人士,一生五次前往中国,又作为使者去过江户,是长期活跃在政治外交舞台上的琉球人的代表。《中山诗文集》的编纂动机一是呼吁复兴久米村汉学文化;二是久米村人欲彰显外交引导者地位;三是展示琉球汉学力量,以争取外交上更多的平等;四是为了久米村复兴和顺利发展东亚商贸。其中收集作品二十余篇,初刊本今存复旦大学图书馆,此外还有江户写本、咸丰六年重刊本等。

**关键词:**琉球　中山诗文集　程顺则　上里贤一

《中山诗文集》是琉球文学史上集成最早、流传最广、影响最大的汉诗总集,康熙六十年(1721)初刻于福州,琉球人程顺则辑。早在康熙二十六年,25岁的程顺则留学福州四年后,回国担任久米村讲解师,开始收集琉球中山王室的汉诗文。康熙五十九年,程顺则以谢恩使、紫金大夫身份随册封使徐葆光赴京,回国途经江南,获观《皇清诗选》,触动较大。他购得《皇清诗选》数十部,归赠公所及众师友,并依此书体例,将多年辑选的中山王公及士族文人诗文编成《中山诗文集》,荟萃琉球汉诗文杰作,见证中琉文化交往。初刊本今存复旦大学图书馆,前有郑晃、王登瀛题序。郑晃时任广东学政,曾任礼部仪制清吏司郎中。此外还有江户写本,昌平坂学问所旧藏,今藏日本内阁文库,其内容与康熙初刊本同。另有咸丰六年重刊本,增入任五伦父子序跋及程德裕《中山诗文集重镌序》,冲绳县立图书馆有藏。日本琉球大学上里贤一教授对《中山诗文集》进行精细校订,并撰写总序解说,日本九州大学出版会1998年出版。今全译此重要解说,供国内研究者参阅。

译者按语

---

* 本文系国家社科基金重大项目"东亚汉诗史(多卷本)"(项目编号:19ZDA295)阶段性成果。

# 一、琉球汉学的起源与佛门的作用

在琉球,《中山诗文集》是第一本正式的汉诗文集。1725 年(尚敬王十三年)第一次出版,1856 年(尚泰王九年)又重新修订①。虽然不久之前,又出了初版的再刊本,但是不论哪一本都刊印于福建省福州市。除了刊本以外,还有其他几个种类的写本。通过此书不仅可以了解琉球王国的汉学动向,同时它也是一本非常贵重的诗文集。

琉球汉学的成立和展开,分为两个系统:第一个是根据从日本舶来的僧侣和去日本留学的琉球僧侣们所传下来的系统,主要以山门为中心发展起来。第二个是由被称作"闽人三十六姓",就是明初从福建等地来琉球定居,形成代代相传的久米村汉学传统。

日本僧侣在传播了假名文字的同时传来了汉字。最早舶来僧侣,传说是咸淳年间(1265—1274)住在英祖王在浦添所修建的极乐寺的禅鉴。这只是根据普陀洛僧所言记录下来的,他究竟是什么国家的人,有着怎样的经历,还是有许多模糊之处。之后到 1365年,日本僧侣赖重法印来到琉球,在 1368 年创建了波上山护国寺。又过了大约百年,京都南禅寺僧人芥隐禅师来到琉球创建了广岩寺、普门寺和天龙寺等寺庙,成为了在 1494 年(尚真王八年)竣工的圆觉寺的开山僧人,圆觉寺竣工次年即殁。

圆觉寺在琉球是临济宗的总寺院,第二尚氏王统的菩提寺。历代住持以芥隐为首,除了有翁觉、五山僧檀溪全丛、春芦祖阳,还有从中国浙东来的熙山周庸,之外还有像菊隐、恩叔、德叟这样的名僧。

在这个时期僧门的汉学成果具体的例子,通过下面的汉文可以展示出来。

> 琉球国者,南海胜地也。钟三韩之秀,以大明为辅车,以日域为唇齿,在此二中间涌出之蓬莱岛也。以舟楫为万国之津梁,异产至宝,充满十方刹。地灵人物,远扇和夏之仁风。故吾王大世主(庚寅)庆生(尚泰久)兹,承宝位于高天,育苍生于厚地。为兴隆三宝,报酬四恩,新铸巨钟,以就本州岛中山国王殿前挂着之。定宪章于三代之后,戢文武于百王之前。下济三界群生,上祝万岁宝位,辱命相国住持溪隐安潜叟求铭,铭曰:

---

① 译者按:《中山诗文集》编成及初刊时间,目前学界说法不一。参见日本学者崎原丽霞考述《从程顺则生平著作看儒学在琉球国的传播》,《日本问题研究》2010 年第 2 期。

须弥南畔,世界洪宏。

吾王出现,济苦众生。

截流玉象,吼月华鲸。

泛溢四海,震梵音声。

觉长夜梦,输感天诚。

尧风永扇,舜日益明。

戊寅六月十九日辛亥

大工藤原国善住相国溪隐叟志之

上面一段文字作为首里城正殿的钟铭而被大家熟知,这就是在冲绳市立博物馆大门口展示的钟上所刻之文字,俗称"万国津梁钟铭",这段文字也被写在了冲绳县役所的知事接待厅屏风上。这段铭文为何能够如此强烈地抓住人心呢? 大概是因为琉球国是海上浮现的弧形列岛,琉球人在这样艰苦的自然地理条件下克服困难,生存下去,表现出了一种自立自强的气概和自信的精神。这篇高格调的精炼文章与之相符,抓住了琉球人的心。

这口钟是在 1458 年铸造的,距今已有 540 年的历史。在琉球正值尚泰王(1454—1460 在位)五年,日本处于室町幕府时期,在中国为明代天顺二年。当时,琉球在三山统一(1429)约二十年后,首里城因布里·志鲁之乱(1453)而毁坏,两年后(1455)得到重建。终于巩固了基础,调整了王朝发展的方向。在这个时期佛教寺院相继建立,也铸造了很多巨钟,首里城正殿的巨钟就是这个时期的代表作之一。

正如铭文所显示的那样,琉球王国作为东亚的贸易中继地充满着活力。"琉球国者,南海胜地也。钟三韩之秀,以大明为辅车,以日域为唇齿,在此二中间涌出之蓬莱岛也。"钟铭起始这段,将琉球在东亚地理位置的特殊性立体地呈现出来。但是,它不单单是反映出琉球地理位置的意义,也反映出琉球在文化上与周边其他国家关系的重要性。

如果不考虑到朝鲜、中国、日本这些具有压倒性优势地位的国家存在,琉球王国就无法生存。因此必须要不断加强友好合作,抓住机遇。处在相当强大的日本和中国(明)的夹缝中,如果不被认可的话,琉球国是无法生存下去的。想要经营好这个小国,就必须要有细致的经营战略。尚泰久王,不仅让琉球在东亚取得独立的地位,而且具有了一定的影响力,并成功构建出了与周边各国相互信赖、相互依存的关系。在周边各国中,特别是如何对待在历史和文化上有着密切联系的日本和中国,是一个最为重大的外交课题。

铭文接下来继续赞颂道:"以舟楫为万国之津梁,异产至宝,充满十方刹。"与其让海成为与外界的阻隔的原因,还不如让它成为与外部连接的桥梁,来让琉球国聚满来自各个国家的贵重奇珍异宝。

在看清了琉球地理特征的基础上,琉球王国展示出了一种以海作为最有利的条件,来谋求国家独立和与周边各国共存的精神气概,这也是冲绳人民之所以对这段钟铭寄予了深厚的感情的一个原因吧。同时,铭文使用了华丽而掷地有声的语言,也展示出了独特的魅力。铭文把巧妙的比喻和对偶穿插其中,使用深奥的佛教语言,并伴以轻快的节奏,这种紧凑的修辞手法上的美感,也可以说是这篇铭文能够深入人心的另一个原因吧。

在钟铭的最后,注明了是由工匠藤原国善铸造,铭文是由住在相国寺的溪隐法师撰写的。藤原国善是日本最著名的铸造师之一,而溪隐法师则是与京都五山派有着密切关系的僧侣,是一位在琉球佛教史与文学史上都留下重要笔墨的人物。据小岛璎礼说:"尚泰久王时代,佛教的兴盛支撑着文学上的兴盛。"并说溪隐是"琉球首屈一指的五山文学者"(《首里城正殿的钟铭和水墨画〈光与影的世界〉》)。

关于首里城正殿的钟铭,从其相关介绍中,不仅可以看到琉球汉文学的产生,而且可以看出五山僧对其所起的作用,以及之后所继承的僧门文学,对以王府为中心而形成的首里氏族文学,起到了一定的主导作用。同时也可以确认,在15世纪中叶的琉球,已经可以撰写出具有这样高度文学性的汉文章。

萨摩藩入侵琉球(1609)之后来到琉球的日本僧侣,他们通晓佛教和儒学。琉球王府珍视这些僧侣,并予以重用,而这些僧侣也努力习得琉球王国的儒学。日本僧门的学问,极大地刺激了琉球的氏族子弟。1632年(尚丰十二年),南浦文之的高足泊如竹从萨摩渡海来到琉球。他继承了禅师桂庵玄书的学统,作为尚丰王的侍讲,在琉球待了三年。南浦文之,就是那位发明了被称作"文之点"的汉文训读方法的重要人物。可以想象得出,泊如竹的到来,用琉球的训读法迅速推进了汉文的普及。尚贤王(1648—1668在位)将大日寺的赖庆座主封为侍讲,向他学习儒学课程。尚真王(1669—1709在位)向萨摩在藩奉行的久永氏学习四书,尚真王在王子时期曾有留学萨摩一年的经历,受到了萨摩学风的熏陶。

**本节参考文献:**

小岛璎礼、金城美智子《南海梵鐘の世紀首里城正殿の鐘と墨繪〈光と影の世界〉》,冲绳综合图书,1991年12月。

富岛壮英《真境名安兴全集》第1卷,《琉球新报》,1993年2月。

村井章介《東アジア往還　漢詩と外交》,朝日新闻社,1995年3月。

家坂洋子《薩摩蔭繪卷　儒者泊如竹の生涯》,八重岳书房,1982年4月。

# 二、琉球汉学与闽人三十六姓

在琉球汉学的产生和展开过程看,除了五山僧系谱外还有一个系谱,那就是从中国福建来的移民,被称作"闽人三十六姓",他们发展起来的系谱。这些人是明朝皇帝为了方便中琉之间的交往而赐予琉球的。最早一次移居要追溯到明朝的洪武年间,有 1392 年、1394 年、1396 年等说法(参阅《明太祖实录》)。但实际上,大概是由于商业买卖以及其他目的来到琉球的华人,定居在这里并形成了村落,再加上以公开目的来到这里的人而逐步发展起来的。由华人聚集所形成的村落,被称作"久米村",久米村的人自称"唐营"(后称"唐荣")。

久米村住民担任航海技师、撰写外交文书、明清时期对周边国家的外交使臣、汉语翻译等一些对琉球王朝外交及海外贸易起着重要作用的职务。14 世纪后半叶以及 15 世纪中叶的大贸易时代,是他们最为活跃的时期。由于这些职务职能极为重要,他们守护着琉球王国,并长期独占派往中国留学生(官生)的位置。

但是在 15 世纪后半叶,琉球作为东亚中继贸易地的位置下降,久米村的地位及作用也随之衰落。到了萨摩入侵琉球(1609)前后,久米村已经失去昔日繁荣的景象。1606 年(尚宁王十八年),来琉球的册封使夏子阳对久米村这样描述:"余闻诸琉球昔遣陪臣之子进监者,率皆三十六姓;今诸姓凋谢,仅存蔡、郑、林、程、梁、金六家,而族不甚蕃。故进监之举,近亦寥寥。"

入侵琉球的萨摩人,根据丈量土地而制定出稻谷的标准产量。在这个过程中设定久米村籍,推行久米村强化政策。久米村这才渐渐复苏,好不容易从明末清初的动乱衰落中恢复过来,在萨摩的统治下重新踏上与清朝进行入贡贸易的轨道,久米村又重新恢复了活力。

1674 年(尚真六年),久米村修建了孔庙。1718 年(尚敬六年),创建了明伦堂,接着还修建了天尊庙、上下天妃宫、龙王殿、关帝庙等。由这些建设可以看出,儒教和道教成了久米村人的精神信仰所在。孔庙和明伦堂作为教育机关,在其内部设置了行政机关的具体职位,职位有汉字方、汉文方、通书方、讲解师、训诂师等。录用汉字方与汉文方,都是采取汉诗文的作文考试方式。任期结束后,大都能够充当渡唐通事这样重要的职务。不管是通书方、讲解师、训诂师,还是汉字方和汉文方,最终录用者大多是一些拥有中国留学经历的官生。

久米村的教育方式是一种渐进式的教育,先在天妃宫里进行初级教育,之后中级和高级教育是在明伦堂里进行。初级教育阶段针对 7 岁以下的孩童,主要是学习"官话"和机械地照着书本读小学。在明伦堂说汉语官话自不必说,除了要学习四书五经这些经典之外,还要学习书写咨文和表文这样的外交文书。由这些教学内容可以看出,久米村教育的中心,是为了培养专才,在琉球王国外交舞台上发挥实质性的作用。

久米村子弟的汉文学习重点是一些实用性知识才技。被优先考虑的,是能写出琉球王府所期待的外交文书和翻译文书。在为树立国家的威信而展开的外交舞台上,从事文书的写作和翻译的人才是至关重要的。在与中国官员打交道这个过程中,光是会一些汉语会话和写作是不够的,还需要有与之对等的知识体系以及汉诗文方面的能力水平。

琉球王国与中国一直保持着册封的外交关系,在此之下进行着一种进贡贸易。为了将王国经营下去,就需要一些必要的制度性保证。久米村的子弟就是顺应这样的需求,从而努力学习中国官话,练习书写外交往返的文书,学习基础的儒家经典,基本掌握在外交舞台上充当人际关系润滑油的汉诗文等课程。"久米村是以进贡为轴而编成的特别的官人组织"(田名真之《近世久米村的成立和开展》),为了支持王国的外交关系而进行日常人才培养的久米村,作为官人组织,他们直接从中国学习知识和获得情报,以及通过与中国的官员与文人交流所培养出来的文化技能,浸透进琉球王国的所有领域,使得琉球呈现出多面性且色彩丰富的文化。

在汉诗文方面也不例外。与日本汉诗相比较,琉球汉诗的特色,首先必须要说的就是与明清进行直接的交涉。从中国过来的移民支撑着王府的外交,并且形成了拥有重要职能的人才培养组织。琉球汉诗的成立与展开,从福建移民过来的"闽人三十六姓"起了巨大的作用。而由京都的五山僧侣集团所带来的日本式训读法,它是如何与琉球汉学相互融合,相互影响,他们之间有什么区别? 在琉球汉学的普及和发展这个问题上看,这是必须深入研讨的课题。


**本节参考文献:**

中央研究院历史语言研究所校印《明实录·太祖实录》,1900 年。

田名真之《程顺泽と彼の時代》,《名護送方程顺泽资料·人物·傳记類》,《名护市史》编纂室,1991 年 3 月。

田名真之《近世久米村の成立と展開》,《新琉球史·近世编·上》,琉球新报社,1989 年 9 月。

池宫正治《久米村——歷史と人物》,ひるぎ社,1993 年 3 月。

# 三、《中山诗文集》的成立

中山指琉球，"山"在琉球语就是"岛"的意思，原来是指琉球本岛的中部。琉球的南部、中部、北部相互分裂抗争的时代，将城堡建在浦添、首里的王，因而被称作中山王。后来中山王尚巴志统一了三山，中山王就成了琉球国王。因此《中山诗文集》，也就是《琉球诗文集》。

1725年（尚敬王十三年，雍正三年）初版的《中山诗文集》中，有郑晃、王登瀛和任五伦的序，以及任上喆的跋，他们都是清朝的官员和诗人。他们与从琉球来的进贡使和留学生一起出席筵席，并且进行诗文唱和。在越来越亲密的交际中，得到了接触到琉球汉诗文的机会，从而撰写序文。他们成为大清国里对琉球文化有着很深理解的人，通过与琉球诗人进行交流，了解到了琉球国的状况。序文中这样写道：

> 天子御极六十年，德教四讫，寰宇肃清。至于穷荒僻海之君，亦皆举首向风。愿为臣藩朝贡以期奉职纳款者，不可胜计。独琉球知好文学，岁遣其陪臣子弟，入成均，观教化，且立至圣庙于郊，二时行释奠礼。噫，异矣！夫王中夏者，自上古以至于今世，有圣神作君作师，以教以养。而孔子以天纵之圣，宗主斯文。俾君子小人，咸归于学道，故能仁立义行，尊者爱人，而卑者易使也。今琉球居孤岛上，而彬彬然设学校，崇师儒，节而不流，文而不靡。岂非圣神作君作师，以教以养，而孔圣之流泽所及也哉！乙亥岁，上命词臣二人为正副使，奉册书玺绶，封其国主为中山王。余侄任铎职司引礼，偕使者入其国都。归述其土风甚悉，且出中山诗文若干卷授余。余取而读之，其国主之文，炳炳琅琅，如龙翔凤起，日光玉洁。下而王子及诸臣，率皆质有其文，无惭作者。而程君宠文，则文词尤富，其貌廓以闳，其音璆以清，其精坚玮丽，如金石竹箭之英，余于是益叹豪杰之士。（后略）郑晃序。

从序文可以看出，虽然溢美之词占据较大比例，但由于是与琉球人的直接接触，也直接看到琉球诗作，其惊叹感想还是非常真实的。"乙亥岁"是1719年（康熙五十八年），为了册封尚敬王，正使海宝和副使徐葆光于该年前往琉球。这里的"国主之文"，指的是放在《中山诗文集》的开头，由先王尚真所写的《奉旨送翰林汪先生还朝兼祝诰封检讨公八十大寿序》这篇汉文。"翰林汪先生""诰封检讨公"都是指册封正使汪楫。"下而王子及诸臣，率皆质有其文，无惭作者"，这句话是指所载王世子以下的王府诸臣的汉诗文作品。

自皇清定鼎以来,我皇上文教覃敷。薄海内外,闻风向化,莫不知学,中山独称其最。康熙十三年间,建立圣庙,行春秋释奠礼。从此诗歌文章,累牍成编,非文教德政感人之速哉。予谈经驿楼,得交蔡君声亭、曾君虞臣、程君宠文诸君,深知中山人文之盛。续读中山国王祝翰林汪太翁、中书林太母二寿序,冰清玉润,气夺钟岳。及读诸君子游草,或咏物、或赠答、或怀古思乡,出诸性情,皆有太史公之笔,予拍案称奇。时吾门从游诸子告予曰:"汇梓成集可乎?"予曰:"善哉!"亟授梨枣。(后略)王登瀛序。

这段序文比起郑晃的序文,显得更有意味。郑晃虽然有直接阅读琉球诗人作品的机会,但是文中并没有提及是否与琉球诗人有直接交流。而王登瀛与《中山诗文集》中所收录的诗人皆有亲密交涉,还在一起面对面细论诗文。驿楼,是指位于福建福州的柔远驿。王登瀛著有诗集《柔远驿草》,其中歌咏了在福州琉球馆与琉球使节赠答以及宴会时的情景。值得注意的是,在这样的交流场所,刊印《中山诗文集》成为了话题,王登瀛很快就同意资助出版《中山诗文集》。序文最后一句"'汇梓成集可乎?'予曰:'善哉!'亟授梨枣",只作了简单的叙述,文字虽少,却令人印象深刻。《中山诗文集》在福州的刊印,可以说是以王登瀛为首的中国文臣,与以程顺则为代表的琉球使节之间所进行的充满温情的两国交流的产物。

王登瀛与程顺则在福州琉球馆商讨《中山诗文集》刊印事宜的时候,收录的大多数作品是已经成型的琉球汉诗文集。郑晃与王登瀛的序文,是1721(康熙六十年)年所写,出版是在四年后的1725年。当时将收辑的全部作品都刊印出来是不可能的,然而将占有重要地位的程顺则的《雪燕堂游草》、蔡铎的《观光堂游草》、曾益的《执圭堂游草》、周新命的《翠云楼诗笺》这些个人作品集刻印出来的可能性却很大。可现在能见到的初刊本,仅有《雪燕堂游草》和《翠云楼诗笺》两种,而《观光堂游草》和《执圭堂游草》的刊刻本至今未见。因此,后两种诗集可能只是通过稿本或写本流传的可能性比较大。

琉球汉诗作品,除了在《中山诗文集》的收录之外,在清朝还有更早的选录介绍,比如清康熙四十年末(1702年初)孙铉编纂的《皇清诗选》(案,《皇清诗选》最早刊本为康熙二十九年凤啸轩刻本),在三十卷的诗选篇幅中,除了中国诗人之外,还收录了朝鲜、安南、蒙古等十五个国家的诗人作品,当时奉中国为宗主国而朝贡的周边国家的诗人作品都有被选录。日本是中国的邻邦,长期受到中国文化的巨大影响,但是当时与清朝并没有臣属(朝贡)关系,所以日本汉诗人的作品没有被收录。这部诗选再刊时增选了二十五位琉球诗人作品,总计达七十首诗。关于《皇清诗选》中收录琉球诗人作品的经过,编纂者孙铉有记叙。初刊后他曾收到琉球正议大夫毛文哲与都通事陈其湘发来的信件,恳求采录琉球汉诗。毛、陈二人是康熙四十七年(1708)十月被派遣来华的进贡使,这封恳请收录琉球汉诗的信件,是在第二年的八月十日通过苏州邮亭发送的。收到这些之后,孙铉记录了当时的感想和采取的补录措施(见《皇清诗选》卷十六)。

孙铉的这篇记叙中包含了当时中国与琉球文化交流的许多重要信息。从他与《中山诗文集》成立的关系上来看,孙铉收到了毛、陈二人赠与的《学记》一篇和《琉球诗》六帙,从孙铉记叙中所提到的"尝阅《琉球学记》"来看,孙在收到《学记》一篇之前,就已经读过《琉球学记》,因此《学记一篇》和《琉球学记》应是同一篇文章。看来这篇文章应该是指程顺则的《庙学记略》。孙铉的记叙引用了该文的开头部分:"尝阅《琉球学记》,康熙十四年始于久米村建学,行春秋释奠之礼,此前未尝有之。至二十二年皇上命检讨臣汪楫,舍人臣林麟焻颁赐御书'中山世土'四大字。"大部分文字内容都出自程顺则的《庙学记略》。

如果这篇《学记》就是程顺则《庙学记略》,那么这篇文章在写成的当年就被传播到了中国。后来被《中山诗文集》收录的《庙学记略》,写成于康熙四十五年(1706)十一月十八日。作者程顺则在五天后的十一月二十三日,被任命为进贡正议大夫,与耳目官马元勋由那霸出港赴清朝,第二年前往北京。程顺则在途中并没有直接提到这篇文章,但是孙铉却说读过此文。据《程氏家谱》记载,程顺则在这次上京途中,在曲阜祭拜了孔庙,并献纳《庙学纪略》,可见此次上京他是携带了这篇文章的。

三年后,也就是"康熙己丑岁"(康熙四十八年,1709 年)的秋天,孙铉收到了琉球诗作。按照程顺则之前所做的努力看,他应该在主动协助孙铉补录琉球汉诗,再刊《皇清诗选》。加之后来程顺则编辑《中山诗文集》,收录当时能看到的琉球人汉诗文,达成了之前毛文哲、陈其湘谋求刊印琉球汉诗文集的愿望。顺便说一下,孙铉《皇清诗选》传播到琉球是在刊出十年之后,也就是康熙六十年(1721),而传播者又是程顺则。此前一年清帝册封尚敬王,程顺则作为谢恩使再赴燕京,归程在江南自费购买了数十部《皇清诗选》,回琉球后献给王府书院一部,圣庙一部,评定所一部(参照《程氏家谱》)。

总之,程顺则对《皇清诗选》,是由于琉球作品被收录而将其传播到了琉球,这是一层紧密的关系。程顺则的热情感动了清朝诗人,最终得到了很好的传播效果,琉球共有二十五人总计七十首诗被收录其中。这些诗作,包括《学记》一篇以及《琉球诗》六帙,最终都被程顺则收入了《中山诗文集》中。


**本节参考文献:**

那霸市史编辑室《那霸市史资料编·第一卷六·家谱资料二〈程氏家谱〉》,1990 年3 月。

尚里贤一《沖繩（琉球）と中國文化の交流史 中國の詩集に登場する琉球の詩人》,琉球大学医学部附属地域醫療研究センター編《沖繩の歷史と医療史》,九州大学出版会。

真荣田义见《名护亲方程顺则评传》,冲绳印刷团地出版部,1982 年 2 月。

# 四、关于辑刊者程顺则

程顺则是近世琉球代表性的政治家、外交官、教育家以及文学家。他以中日为琉球对外关系的机轴,清楚洞悉东亚各国关系的现状及走向,展开生机蓬勃的切实外交活动,身为踏实能干的琉球臣僚发挥了重要作用。

程顺则出生于 1663 年 10 月,是家中长子,父亲程泰祚,实际祖父是外间筑登治亲云上实房,五代之前的先祖是京阿波根亲云上实基。程泰祚出生在那霸,年幼时被过继到久米村程家,成为担任久米村复兴要务的程氏继承人。程顺则母亲真饶古樽是正议大夫郑子孝(安次岭亲云上)的长女,久米村出生。程顺则自幼就开始学习汉语,通过长期的积累,在得到认可之后进入了久米村的汉学学堂。

近世琉球的历史阶段,是从岛津入侵琉球(1609)开始到明治十二年(1879)结束。之前被称为古代琉球时期,与近世琉球相对应。这个时期的琉球,与以前的时代相比发生了很大的变化。在日本,江户幕府开启了近代幕府的先河。与之步调相合,琉球也迎来了重大的变革时期。琉球并没有因脱离室町丰臣政权而获得自由,反而被萨摩蕃的岛津政权重新控制,这意味着琉球将在更强大的幕府体制下进行重组,其王朝制度与统治结构都被强行改编而融入了日本体系。

如前所述,岛津入侵琉球时,久米村基本上已趋荒废。岛津实行强化久米村政策,意图重新构建与中国的朝贡贸易。程泰祚身为久米村的程氏继承人,在这个时期作为久米村的构建者之一,发挥了重要的作用。1658 年,程泰祚任通事。到 1663 年也就是程顺则出生的这一年,又拜为谢恩存留通事远渡福州。1670 年(康熙九年)又顺利迁升为都通事,1672 年再拜进贡都通事,第二年(1673)再次渡清。此时的清朝正逢"三藩之乱"升级,因而这是一场深陷混乱中的进贡历程。泰祚一行在福建沿海遭到了海贼袭击,泰祚身负重伤,在福州得到治疗后赴北京,完成任务返途经苏州时,因三藩之一的福建耿精忠发起叛乱而无法返闽。1675 年在苏州滞留期间因伤病复发去世,那年程顺则仅十三岁。清朝发生的混乱对琉球产生了直接的影响,程泰祚一行因叛乱风波而最终能够回国的使节只有少数人。

琉球士族男子一般在十五岁前后换元服称秀才,而久米村子弟大概十二三岁时可被称为"若秀才",并开始享有年俸。这是其他琉球士族子弟享受不到的优先制度,与首里和那霸的士族相比,久米士族享有更丰厚的保障。程顺则在十二岁的时候被选为若秀才,十四岁元服后被选为秀才。1683年(康熙二十二年),他成为通事并作为"勤学生"(私费生)来到中国。第二年赴北京后返闽,留在福州学习了三年。这期间他遇见了终生之师陈元辅(昌其)。勤学生居住在福州的柔远驿,留学地点及待遇皆有别于"官生",久米村子弟由于能在职能上发挥作用而受着优厚待遇。留学需要学习各种实用知识技术,比如除了翻译业务,与清国官僚进行交涉的时候,还需要实用文书写作以及管理、航海、船只维修等技术,儒学功底和诗文创作也是作为官员最基本的修养。琉球每代国王的官生规定人数仅限四人,久米村业务人才的培养十分不足。为此,久米村的子弟达到一定的年龄后,大都需要作为私费"勤学生"而远赴福州留学。

1689年(康熙二十八年),程顺则担任接贡存留通事再度前往清国,又在福州生活了近三年。在福州滞留期间,他写了《柔远驿土地祠记》和《柔远驿崇报祠记》两文,慰藉在中国死去的先人亡灵。在临近归国时,还自费购买了《十七史》(计有一千五百九十二卷),归国后献给孔庙。从他前后两次长达七年的留学生涯中可以看出,他在长期学习钻研的同时,一直在致力于提高琉球的文化地位和增强久米村的实力。从上述活动中可以看出他的初衷。

程顺则回国后任汉字书写者和讲解师,顺利出仕。1695年(康熙三十四年),33岁的程顺则被提拔为都通事,次年被任命进贡北京大通事,第三次出使清朝,至1698年6月回国。这一阶段从福建到北京的往返之旅中取材的汉诗文作品集,就是《中山诗文集》中所收的《雪燕堂游草》。

这次回国后,程顺则得到尚真王和世子尚纯王的信任喜爱。他一边为王世孙尚益讲解四书五经,一边担任从事官阶和官制修订的重要工作,屡次得到国王和王世子的赏赐和褒奖。其官职也在1704年(康熙四十三年)四十二岁的时候升至中议大夫。1706年四十四岁时再拜正议大夫。他在四十岁之后,写得更多的是汉诗文,留下的大多数作品也是汉诗文。1706年,他以写作《王府官制》的序文《庙学记略》为开端,1708年又写了《指南广义》,1716年又写作了《琉球创建关帝庙记》《琉球国新建至圣庙记》,1719年作《新建启圣公祠记》,作为久米村的领导者,程顺则越来越显得游刃有余。

1706年程顺则四十四岁的时候,作为进贡正议大夫第四次渡清。次年向赴京途中路过山东,拜访了曲阜孔庙,献上了上一年刚写成的《庙学记略》。1708年程顺则回国前,在福建自费四十六金出版了《六谕衍义》《指南广义》以及次子程抟万的《焚余稿》。随后尚益即位(1710),程顺则为其讲解四书五经,又受王命讲解《春秋》及《贞观政要》。

1714 年五十二岁的程顺则被任命为庆贺使节的掌翰使前往江户,途中向萨摩的萨州大守中将吉贵公献上《六谕衍义》。吉贵公后来在 1719 年将此书献给了江户幕府将军吉宗。吉宗命荻生徂徕训点、室鸠巢和解,刊出了幕府版《官刻六谕衍义大意》。程顺则在江户期间与新井白石和荻生徂徕等著名汉学者会面,返回时在草津摄政近卫家熙公的鸭川别墅物外楼,创作出一批汉诗文作品。1715 年程顺则从萨摩归来,拜为紫金大夫,也获得了久米村的最高职位——总理唐荣司(久米村总役)。这一年又向摄政近卫家熙公献上了《诗韵释要》,以及在曲阜孔庙购得的孔林"楷杯"。

程顺则担任久米村总役后,大力振兴久米村的教育。1718 年五十六岁时,在久米村孔庙的旁边创建了琉球最早的一所教育机构明伦堂。在明伦堂内有启圣祠,祭祀启圣(孔子父亲)以及颜子、曾子、子思和孟子父亲的灵位。1719 年,清帝册封尚敬王,正史海宝及副使徐葆光一行四十六人来到琉球。这一年,前来册封的清国人员总数、停留日期、携带物品的数量都是史无前例的。对于接受方的琉球而言,程顺则以及后辈蔡温,作为接待和交涉的担当者都能应对自如。

1720 年的春天,程顺则作为谢恩使,陪送册封使一行再度赴清。这已经是他第五次到访中国了。每次到访中国,他都自己投入大量经费,购入各种书籍,刊行琉球人的作品。这次他又购入数十本《皇清诗选》(全三十卷)带回琉球,献给了王府的书院和久米村的孔庙。如前所提及的一样,在这次渡清之前他已经做了将琉球诗作汇集成《中山诗文集》介绍给中国的准备。结束公务,从北京返回福州的程顺则,大概是已经做好最后一次刊本核对,争取在 1725 年(雍正三年)将其刊行。

第五次渡清归国(1721)的程顺则已经五十九岁,从投入了全部心力的外交和教育一线退出。到了 1728 年,拜为"名护间切总地头",之后被称为"名护亲方"。程顺则所任的久米村总役,是久米村中的最高职位。他一生五次远渡中国,又作为使者被派遣到江户,是长期活跃在政治外交舞台上的琉球人的代表。

但是在家庭方面,不幸的阴影从小就笼罩着程顺泽,他背负了终生的孤独与苦难。在普遍意义上,虽说没有经历过苦难与孤独的人是不存在的,但是在碰触到程顺则的不幸苦难和孤独的真相之后,不是谁都可以体味到他的苦难之深之重的。如果是普通人的话,光看到这些触目惊心的苦难深渊就会被吓死,可程顺则却坚韧地爬上来,并坚强地存活下去。

程顺则经历的最初悲哀,是他十三岁(1675)那年父亲程泰祚的海外猝死。萨摩入侵琉球之后,在久米村推行强化政策。作为程氏继承人的泰祚,顺利发挥着他的能力,为王府执行外交任务,他带着使命远渡中国,却途中客死苏州。

由年谱可见,程顺则十七岁时失去了祖母。程顺则三十二岁时(1694),刚刚为他诞下第四个孩子的妻子,在正月五日不幸死去,年仅二十九岁。第二年二月,母亲又去世。三十六岁(1698)时,大儿子的妻子也突然死去,年仅十八岁。这数年,他的家庭是被悲伤气氛笼罩的。1702年(康熙四十一年)内所发生的一连串的不幸,更是对他构成了极为沉重的打击。三月三日,二儿子抟云去世。这年远在清朝执行公务的弟弟顺性,也在途中遇难。次年七月,大儿子抟九去世。不久小儿子抟万也死去,年仅十四岁。四十岁的程顺则在半年内接连失去了三个儿子以及亲弟弟,这给他身心带来的巨大冲击是无法估量的。到1729年(雍正七年)他六十七岁的时候,仅存在世的四儿子允升,作为北京大通事,在出使清朝旅途中死于山东。至此,程顺则失去了他所有的儿子。"器宇深沉、学识丰富的程顺则,果敢地关上了交际大门,闭门谢客,从此世影遁。"(《琉球五伟人》)

程顺则在失去了妻子、弟弟以及四个儿子而陷入人生孤独及消沉失意时,首先得到了尚贞王及王世子、王世孙给予的物质上和精神上的帮助支持,以及好友蔡温等同僚的温暖鼓励。在他四十二岁陷入情绪低谷时,王世子尚纯以及王世孙尚益特意招他入王府,为王族讲解四书五经以及唐诗。每逢年末和元旦,都会派使者专程赠送礼物,或是摆驾前往那霸的程家,或是拜访住在久米村的程家。而作为后辈的蔡温,也温情写信给闭门谢客的程顺则,不断鼓励他,渡过情绪难关。失去了家庭亲人关怀的程顺则,得到了王府士族的持续关怀,以及来自前辈和同僚的极大信赖,这为他继续参与社会活动提供了力量源泉。

**本节参考文献:**

那霸市史编辑室《那霸市史资料编・第一卷六・家谱资料二〈程氏家谱〉》,1990 年 6 月。

名护教育委员会《名护亲方程顺则数据集・人物・传记类》,1991 年 3 月。

伊波普犹、真境名安兴《琉球五伟人》,《真境名安兴全集》第 4 卷,琉球报社,1993 年 2 月。

真荣田义见《名护亲方程顺则评传》,冲绳出版社团地出版部,1982 年 11 月。

# 五、编纂的动机

《中山诗文集》是由继承了五山僧侣山门传统的首里汉文学,以及从中国人迁居久米村所形成的华裔汉文学,这两股源流汇合而成的。其中久米村人占据了主导地位,而首里诗人以及与王府亲近者的诗文作品入选则受到了限定。这样的编纂是考虑到了很多因素的；第一个是当时内外呼吁复兴久米村文化作用的时代背景。被收录的大多数作品，都可以明确看到编撰者的这一意图。岛津入侵琉球之后，推行强化政策振兴久米村，其结果就是有很多久米村人的汉诗文作品登场。第二个因素是，久米村人对自身作为王府对外交易的引导者地位及作用越来越有自信，他们更强烈意识到久米村人参与王朝实务的必要性。第三个因素是，由于清国和日本关系当时处于安定期，考虑到两国的实力，维持邻近大国关系成为琉球王国能否生存的关键。为了与相邻强国的臣僚高层进行平等交涉，也为了使交涉有效进行，而不被对方轻视，就需要具备与对方对等的东亚汉文知识体系。而《中山诗文集》的编纂，就是对外展示琉球汉学力量的有效手段。第四个因素，是为了久米村的复兴以及较为顺利地发展东亚商贸。琉球诗人以福州柔远驿（琉球馆）为中心，活跃推进与中国文人的交流，在与中国人赠答、送别作品不断增加的同时，也得到了福州当地士绅的帮助，从而顺利刊行琉球诗文集。《中山诗文集》收录的序和跋，都充分说明了这一点。

大概就是出于以上的因素考虑所造就的动机，程顺则的父亲程泰祚从那霸过继到久米村，作为程氏的继承人，并培养其将来承担久米村复兴的使命。这样做有利于重新确立久米村作为王府所期望的职能机关，发挥重要作用以及保持团结。在政治方面，由于受萨摩蕃的支配，琉球在逐渐被日本化。而久米村具有其特殊性质，中国色彩也在逐渐地被加强。由于孔庙春秋祭奠的实施，明伦堂的设立，儒学的振兴，派遣官生的恢复，清明祭祀礼制的传来，以及风水思想，葬制、墓制的中国化等等，在文化和习俗方面，久米村出现了繁荣。尽管在萨摩入侵时久米村满目萧然，但是随着与清朝交易担当者的作用正常化，使得它在恢复活力的同时，地位也得到了提高。之后不久，久米村恢复了担任琉球贸易推进者的自信和骄傲。直到琉球处分（明治十二年）为止，久米村人都担任着琉球王国对外交流的重要职务。

**本节参考文献：**

田名真之《近世久米村の成立と展開》，《新琉球史・近世編（上）》。琉球新报社，1989年9月。

池宫正治他《久米村——歴史と人物》，ひるぎ社，1993年3月。

# 六、关于所收录的作品

《中山诗文集》所收录的作品排序如下：

| 作者名 | 作品名 | 写作时间（以及序文的写成） |
|---|---|---|
| 郑晃 | 序文 | 1721 年 尚敬九年　康熙六十年 |
| 王登瀛 | 序文 | 同上 |
| 任五伦 | 序文 | 1725 年 尚敬十三年　雍正三年 |
| 中山王尚贞 | 奉送翰林汪先生还明朝序 | 1683 年（尚贞十五年　康熙二十二年） |
| 尚弘毅等 | 题画奉祝诰封翰林汪太公寿诗 | 同上 |
| 中山王尚真 | 恭祝中翰林玉岩先生贤母敕封戴太孺人荣寿序 | 同上 |
| 王世子尚纯 | 恭赠玉岩林先生诗 | 同上 |
| 王弟尚弘毅等 | 恭祝林母戴太夫人寿诗 | 同上 |
|  | 林副使德政歌 | 同上 |
| 曾益（虞臣） | 执圭堂诗草 | 1689 年（尚贞二十一年　康熙二十八年） |
| 蔡铎（声亭） | 观光堂游草 | 1690 年（尚贞二十二年　康熙二十九年） |
| 程顺则（宠文） | 雪堂纪荣诗 | 1693 年（尚贞二十五年　康熙三十二年） |
| 程顺则 | 雪堂燕游草 | 1698 年（尚贞三十年　康熙三十七年） |
| 蔡彬 | 景阳墓志 | 1677 年（尚贞九年　康熙十六年） |
| 程顺则 | 重修临海桥碑文 | 1696 年（尚贞二十八年　康熙三十五年） |
| 程顺则 | 雪堂杂组 | 同上 |
| 陈文雄（士知） | 雪堂赠言 | 1698 年（尚贞三十年　康熙三十七年） |
| 徐葆光 | 赠言 | 1720 年（尚敬八年　康熙五十九年） |
| 程顺则 | 新建至圣庙记 | 1716 年（尚敬四年　康熙五十五年） |
| 程顺则 | 启圣公祠记 | 1719 年（尚敬七年　康熙五十八年） |
| 程顺则 | 庙学记略 | 1706 年（尚贞三十八年　康熙四十五年） |
| 程顺则 | 关帝庙记 | 1716 年（尚敬四年　康熙五十五年） |
| 陈元辅 | 中山自了传 | 1688 年（尚贞二十年　康熙二十七年） |
| 程抟万 | 焚余稿 | 1708 年（尚贞四十年　康熙四十七年） |
| 周新命（熙臣） | 翠云楼诗笺 | 1693 年（尚贞二十五年　康熙三十二年） |
| 任上喆跋 | 跋文 | 1725 年（尚敬十三年　雍正三年） |

其中正文第一至六首是在 1683 年（尚贞十五年，康熙二十二年）来到琉球的册封使（正史汪楫，副使林麟焻）有关的作品，第一至二首是赠与正使汪楫的，第三至六首是赠与副使林麟焻的。第一首诗的全名是《奉送翰林汪先生还明朝兼祝诰封检讨公八十大寿

序》,琉球国王尚贞在册封使回国的时候,表达了对册封的谢意和归途平安的愿望,以及对汪父八十大寿的祝贺。第二首的内容是以王弟尚弘毅为首的首里以及久米村的二十四名高官,对正使汪楫父亲八十大寿的祝贺。第三首《恭祝中翰林玉岩先生贤母敕封戴太孺人荣寿序》,题目没有省略。内容是祝愿副使林麟焻的母亲能够长寿。第四首是世子尚纯的作品,文中的题目是《小诗恭赠玉岩林先生诗》。第五首是王弟尚弘毅以及三司官毛泰永、毛国珍、翁自仪四人的作品,在文中题目是《祝林母戴太夫人寿》。第六首是对副使林麟焻的赞歌,第四至六首虽然各自成立了目录,但是从内容上也可以将它归为一类。

　　以上一至六首,是以琉球王府的官员为代表的作品。编纂者程顺则作为久米村人中国文化的正统继承者,将首里的官员置之不理的话是无法进行下去的。诗集作为《中山诗文集》,可以看出有给首里王府面子的意图,同时也可以察觉久米村在首里王府的地位和作用。以久米村出身的人为中心的《中山诗文集》,从其内容安排可以看出,将王府诗文摆在前面,意图是为了确保琉球国诗文集的正统性。

　　诗文集的开头人物尚贞王(1645—1709),在位四十一年(1669—1709)。《中山世谱》这样评价他:"王性质温厚,好学重礼,大兴文风,社稷奠安。"即位后第十五年接受册封,1676年任命羽地国秀为国相,在承认萨摩实际控制的基础上,果断实行现实性的改革。羽地的一系列改革包括:奖学政策、官职的整理与新设、祭祀以及节日的整理、领主支配的规制等。这个时代人才辈出的时代,出现了如程顺则、郑弘良、翁自仪、池城安倚、魏士哲等优秀汉诗人。

　　世子尚纯(1660—1706),是尚贞的王世子,在继承王位之前就驾崩了,之后追尊称王。他曾召集程顺则和蔡文溥为他讲解《诗经》和唐诗,十分好学。在《中山诗文集》中有题过名为《咏双松》的五言绝句。

　　王弟尚弘毅(大里朝亮),1676年(尚质八年)至1686年(尚质十八年)为摄政王。毛泰永(伊野波盛纪)1665年(尚贞十八)至1688年(尚贞二十年),毛国珍(池城安宪)1670年(尚质二年)至1696年(尚贞二十八年),翁自仪(稻岭盛仪)1683年(尚质十五年)至1696年(尚贞二十八年)任三司官(琉球王国时代掌握政治实权的三位宰相,在亲方中选任,接受萨摩的支配)。

　　第七篇开始,是与程顺则关系密切者的汉诗文。第七篇《执圭堂游草》,1689年陈元辅(昌其)为其写跋文,由此可以看出其写作的年份。作者曾益(1645—1705)是久米村曾姓的第六代,最初名为砂边亲方、永泰,后改名为益。1692年(康熙三十一年)为避王世孙尚益的讳,改名为夔。字子嫌,号虞臣。1663年(康熙二年)作为勤学生随蔡彬(喜友名通事)和毛国俊(国吉通事)等远赴福州,读书习礼两年。之后作为进贡都通事,四次出使清国。后作为去萨摩的使者,两次前往萨摩,活跃于琉球的外交舞台。其雅号为虞臣,这是1686 年他作为进贡正议大夫来到清朝,福州大儒陈元辅所赐予的。三年之后即 1689 年,曾益在福州停留期间,迎接琉球接贡船到达,其存留通事(翻译)就是程顺则。作为久米村的老前辈,曾益的作品由程顺则的恩师陈元辅书写跋文,作为久米村系诗人的开头。接下来蔡铎的《观光堂游草》,依然是由陈元辅写序和跋文,可以说是表达了对程顺则前辈的尊敬之情。

第八篇《观光堂游草》是蔡铎(1644—1724,字声亭)的作品集。1690 年陈元辅为其写序文,可见作品也是在这一时期完成。蔡铎在 1688 年作为进贡正议大夫来到清国,第二年五月前往北京,1690 年春回到福州。游草是在福州北京的往返途中写下的,选录了 30首诗,大多数都是七言律诗,五绝、五律、七绝皆少。

第九篇《雪堂纪荣诗》,是赞扬程顺则得到了王世子(尚纯)所赏赐凤尾蕉(苏铁)的荣誉,它收录了久米村前辈和同僚的作品。诗集完成于被赠予凤尾蕉的 1693 年(康熙三十二年)。陈元辅的跋文,是在程顺则作为进贡北京大通事渡清,在福州见到了陈,请他为其书而写的。完成应该是在这之后,大概与之后的《雪堂燕游草》的完成同是在 1698 年。

第十篇《雪堂燕游草》是在康熙三十五年(1696)十一月,程顺则被任命为进贡北京大通事出使清国期间所作。收录了他第二年五月从福州出发赴京,十二月回到福州大概七个月期间的作品。在江浙二省吟咏的作品多达 50 首,超过了在其他地方所写的诗文总数。汉诗总数 79 题,84 首诗。在 1698 年完成。

第十一篇《江南江苏等处地方各宪遵旨捐助营葬琉球国贡使都通事程公讳泰祚号景阳墓志碑》,是一篇长题碑文,目录略称为《景阳墓志》。作者是正议大夫蔡彬。墓主程泰祚,号景阳,是程顺则的父亲。1673 年,程泰祚随正议大夫蔡彬来到清国,1675 年从北京返回福州的途中病逝并葬于苏州。《雪堂燕游草》中有题为《姑苏省墓》的诗作,就是程顺则后来吊唁父亲墓时所作,表达了绵绵不绝的悲伤哀婉之情。

第十二篇《重修临海桥碑文》,作于 1696 年,作者为程顺则。据碑文所写,临海桥是原来的三桥,琉球首里通往久米村的要道,1694 年因由台风所引起的巨浪而毁坏。被毁坏之前,赏月和赏景的诗人和渔夫常集于此桥畔举办酒宴。后来三桥中的东桥被阻塞,只剩下中桥和西桥两座桥。重修的是其中的西桥,这篇文章在初版中没有收录完整,后来重订版中补全。

第十三篇是程顺则的汉诗集《雪堂杂组》。1696 年完成。收录作品 28 首,第一首至第八首是程顺则的代表作《东苑八景》。

第十四篇,是陈文雄(士知)的《雪堂赠言》,1698 年完成。此部诗文集显示出程顺则在福州的丰厚人脉。其中收录了陈文雄、陈元辅、竺天植等28位中国学人的诗文作品。

第十五篇徐葆光的《赠言》,写于1720年,或是第二年。徐氏前年作为册封使来到琉球,这一年(1720)程顺则作为谢恩使跟随一起赴清国。这是程顺则第五次到中国,他拿出自创诗作,请求徐葆光校正。徐回赠十首诗。此时徐葆光回国还不到一年,对在琉球所遇到的人和在游玩的时候所到过的地方的印象还是非常鲜明的。最后一首中,作了特别注明,追加了同行游的蔡肇工和阮维新的名字。

第十六至第十九篇,是程顺则写的有关孔子庙、启圣祠、琉球的教育史和关帝庙的文章。其中第十八篇《庙学记略》,写于1706年,内容是以久米村的汉学为中心,记述儒学在琉球的开始及开展。其中有建立孔庙的经过,琉球儒学的开展和变迁,历代司教和讲解师名字的详细记录等,这些作为琉球汉学资料的记载都是非常重要的。程顺则在1707年作为进贡正议大夫出使清国,途经山东曲阜孔庙时献上了此篇。

第二十篇《中山自了传》,作者陈元辅,写成于1688年(康熙二十七年),是首里王府画师自了的传记。自了(城间清丰,1614—1644),作为画家和书法家被人们熟知。他从一出生就失聪,不能正常读书与写作,靠着奋发努力成为画家。尚丰王时,作为画师被招进王府。陈元辅从琉球官生(在北京国子监学习)阮维新、梁成楫那里听说了这一情况,觉得自了是一位非常了不起的人物,就特地为他作了传记。这是一篇表现琉球的残疾人教育方面非常珍贵的文章。

第二十一篇《焚余稿》,程顺则初刊于1708年福州,是其第二子程抟万(1689—1702)的汉诗遗集。抟万字仲扶,十四岁早逝。程顺则恩师陈元辅为其做序,收录了亡子十一岁至十四岁的汉文作品。同年,程顺则带回了版刻发行的《六谕衍义》,初版少了陈元辅的序文,后来重订时补上。

第二十二篇是周新命(熙臣)所著的《翠云楼诗笺》,编定于1693年,有竺天植和陈允溥的序文。竺天植的序写于1693年,陈的序文的写作时间没有记载。可推测是同一年所写。周新命从1688年开始在福州生活了五年。他和写序的竺天植和陈元溥,应该是至交关系。


**本节参考文献:**

横山重他《中山世谱》,《琉球资料丛书》第4卷,凤文书店,1988年7月。

岛尻胜太郎选,尚里贤一注释《琉球汉诗选》,ひるぎ社,1990年1月。

# 七、《中山诗文集》的各种版本

## （一）最初版本的系统

① 国立公文书馆内阁文库藏本，福州刊本，附带扉页，长 185 厘米，宽 115 厘米。《中山诗文集》的最初版本刊刻是在 1725 年（尚敬十三年，雍正三年），保留了原型的最初版本。封面上是《中山诗文集》的手写标题。封面长 238 厘米，宽 143 厘米，全一册。

② 冲绳县立博物馆藏本

封面和扉页的大小大致与①相同，但是只有郑晃的序文，没有王登瀛和任五伦封序文以及任上喆的跋文。分为两册，上卷到《景阳墓志》，下卷从《雪堂杂组》开始。与①相同的是都缺少了《重修临海桥碑文》和《焚余稿》中的陈元辅序文。

## （二）重订版本的系统

这个系统的版本，虽然补上了《重修临海桥碑文》和《焚余稿》中的陈元辅序文，但是还是有些瑕疵。比如初刻本中任上喆的跋文放在了书的最后，但是这个系统的版本却放在了任五伦和程德裕的序文的中间。第二是蔡铎的《观光堂游草》中漏掉了陈元辅序文的最后一行。这些是较大的失误，其余的都是漏掉一两个字的小瑕疵。虽说是重订本，但也并非完美，因其缺少底本勘校的缘故。

① 岛根县立图书馆山口文库藏本（福州刊本）

分上、下两册。表页由手写的标题"中山诗文集　上卷　立雪堂　共两册""中山诗文集　下卷　立雪堂　共两册"。接下来是郑晃序文，没有扉页，后面是王登瀛和任五伦的序文，在初刻本中附在最后的任上喆的跋文，以及重订本中出现的任德裕序文。在重订刊本中，虽然刊本状态更好，但是缺少了《观光堂游草》序文的最后一行字。

② 国立公文书馆内阁文库藏本（写本）

冲绳县立图书馆微缩胶卷所藏。重订本的全部写本。错字、俗字、异体字较多，难以卒读，但其贵重处在于保留了《中山诗文集》的全貌。

③ 国立公文书馆内阁文库藏本《中山诗》

将《中山诗文集》中所收录的作品，以《雪堂燕游草》为中心进行抄录。

④ 冲绳县立图书馆东恩纳文库藏本《雪堂燕游草》

与①体系相同的刻本中抽出,单独以《雪堂燕游草》为标题刊行。

⑤ 夏威夷大学东西文化中心 ホーレー文库《雪堂燕游草》

《雪堂燕游草》的初刻本刊于1689年。1714年,京都奎文馆主人濑尾源兵卫再刊,附录《琉球世法录》。

【作者简介】原著:上里贤一,日本琉球大学教授。译介:严明,上海师范大学人文学院教授;王婷婷,上海师范大学人文学院硕士研究生。

# 从七首佚诗看宋交诗歌史*

王小盾　杨盈

　　**摘要**：在《大越史记全书》《安南志略》等书中,保存了七首由交趾人传承而未见载于《全宋诗》等中国古籍的佚诗。其中一首为使臣诗,一首为讽谕诗,三首描写交趾风物,三首出自宋遗民之手。虽然数量不多,但在现存五十首"宋交诗"(作于 960 年至 1283 年之间,存于安南古籍的汉文诗歌作品)中,占比约七分之一,且类型多样,不可小视。为此,本文从汉文学共同体的角度或曰"宋交诗歌"的角度,对之作了考察。考察表明,作为七首佚诗内容特点的赠和、讽谕、纪风物、表人情,既是宋交文学的四个重要主题,也代表了汉文学的主要功能;作为七首佚诗背景要素的禅师、知识、朝贡、人口迁徙,既是宋交诗歌史上四个具标志意义的文化事物,也是汉字复盖区中影响文学的关键项目。由此看来,这七首佚诗是宋交诗歌史上的有机存在,全息地反映了宋交文学的整体面貌。通过对它们的考实,可以为未来的"东亚汉文学史"提出若干关键词。
　　**关键词**：佚诗　宋交诗歌史　汉文学　逻辑和历史

　　越南古称"交趾"和"安南"。"交趾"一名来自古代中原人对南方"蛮"人(骆越人)生理特征的描写,后来用指其所居的区域。公元前 111 年,汉武帝灭南越,设三郡,"交趾"为其中一郡,囊括今越南北部红河三角洲地区。故史家多以"交趾""交州"指称古代越南。后来,唐高宗分岭南 45 州为 5 府,于调露元年(679)置安南都护府(治所在今河内)。尽管此后交趾又别称"安南",但到开宝八年(975),宋太祖册封大瞿越国建造者丁部领时,所授名号仍为"交趾郡王"。一直到淳熙初年(1174—1175),南宋孝宗"诏赐国名安南,封南平王李天祚为安南国王",又赐其"安南国王印"①,"安南国"一名始正式成立。这一名称后来沿用到 1803 年,即清嘉庆皇帝册封阮福映为"越南国王"之时。本文所考察的历史活动大致发生在公元 960 年至 1279 年之间,也就是研究者说的"汉文学的发端"和"汉文学的兴

　　* 本文系国家社科基金重点项目《越南古籍总目》编纂与研究"(项目编号:21AZW014)阶段性成果。
　　① 《宋史》卷三四《孝宗本纪》,中华书局,1977 年,第 657 页;卷四八八《交趾传》,第 14071 页。

盛"之初期①。由于与之相关的历史记录往往使用"交趾"一名,故本文在"宋交诗歌史"的名义下,讨论这一时期中越之间的文学关系。

交趾同宋代的文学关联主要体现在诗歌方面。从传播方式角度看,包含三类作品:一是在宋朝传入交趾的诗歌,二是宋朝人在交趾创作的诗歌,三是宋亡以后在交趾持续发生影响的宋人诗歌。前两类诗歌中有一些宋朝的佚诗,即仅存见于越南人著述的作品;其中还有一些宋遗民的诗歌,即宋人流寓交趾时期的创作。这些作品都比较特殊,为此,今拟结合两种文学来对它加以考察:一是中国北宋和南宋的诗歌,二是交趾李朝和陈朝初期的诗歌。为方便讨论,使用"宋交诗歌史"的概念。这个概念的涵义是:超越国别史,而以古代汉文化区为观察对象,因而重视文学现象后面不同民族之间的交流关系和互动关系;超越行政区划这个政治标准,而从文化角度来确认文学单元,因而把宋、交两国汉文学作为一个共同体来理解。这一理解在语言学上是能够成立的,但在文学研究上效果如何呢,今且作一尝试。

# 一、交趾人所传宋人佚诗

由越南人保存的宋人佚诗今存七首,见于两部典籍:一是编年体通史著作《大越史记全书》,记载从鸿庞氏至后黎朝数千年的传说及史实。其吴士连本始编于黎圣宗洪德十年(1479),黎僖增补本完成于后黎嘉宗德元二年(1675)。二是纪传体史书《安南志略》,内容包括历代国史、交趾图经及典故,清人目录书(《铁琴铜剑楼藏书目录》《四库全书总目》等)多编属"载记"。其书由归化元朝的交趾人黎崱写成于 1333 年之后不久。《大越史记全书》所载宋诗取自陈圣宗绍隆十五年(1272)成书的《大越史记》,都是宋代传入交趾的作品,其中有两首佚诗。《安南志略》所载宋诗见于关于山水、人物、物产的篇卷,其中两首为宋代传入交趾的作品,另外三首为流寓交趾的宋遗民写下的作品。

为什么要把这七首作品称作"宋人佚诗"呢? 主要理由是,我们需要一个经交趾人提纯的文学标本,来作跨文化的考察。这七首诗既未见载于《全宋诗》,也未见载于《越峤书》以外的其他古籍,适合作为考察对象。事实上,虽然《安南志略》成书于中国汉阳,但其所载宋诗却缺少关注。作者黎崱自称"缀辑旧所闻"而成书,也就是依据在交趾时的见闻写成此书。所以当时学者评论其书说:"子长山川之史所不及,乐史寰宇之书所不载,九州之

---

① 参见于在照《越南文学史》,世界图书出版广东有限公司,2014 年,第 35—47 页。

外,于斯略见之。"①尽管其中有四首诗另见于李文凤于嘉靖十九年(1540)编成的《越峤书》,但《越峤书》是作为《安南志略》的续书编写出来的,洪武以前的史事、作品完全抄自《安南志略》②——并无其他的来源。从另一面看,《安南志略》流传不广,仅编入元代佚书《经世大典》和清代《四库全书》。到乾隆五十五年(1790),钱大昕朱墨点校、黄丕烈复校并抄存副本以后,才"免于亡佚之厄"③。经文献普查,提及《安南志略》的历代古籍多为目录之书,比如《文渊阁书目》等约 15 种。目录书以外,也有一些古书关注《安南志略》,如《元文类》曾简述此书内容,《元诗选》记述黎崱生平并抄录其诗歌数首,《日下旧闻考》转载黎崱个人的诗作,《至正集》《清河集》等书辑录此书书序,但诸书均未将《安南志略》视作宋人之书。因此可以说,《安南志略》所记载的宋人诗,其被中国总集遗忘,是有缘故的。

兹按年代顺序,对这七首具有特殊身份的诗,稍作介绍:

(一)宋使者李觉诗。李觉使交州,赠诗交趾禅师杜法顺,事见《大越史记全书》本纪卷一。《大越史记全书》略云:黎桓帝天福八年(宋雍熙四年,987 年),李觉作为宋朝使节南下交趾,到达册江寺。受黎桓帝派遣,禅师法顺以江令的身份迎接。

> 觉甚善文谈,时会有两鹅浮水面中,觉喜吟云:"鹅鹅两鹅鹅,仰面向天涯。"法师于(是)把棹次韵示之曰:"白毛铺绿水,红棹摆青波。"觉益奇之,及归馆,以诗遗之曰:
> 幸遇明时赞盛猷,一身二度使交州。东都两别心尤恋,南越千重望未休。马踏烟云穿浪石,车辞青嶂泛长流。天外有天应远照,溪潭波静见蟾秋。

诗中有"天外有天"之语,被解读为对黎桓帝作为一国之主的尊重。黎桓于是大赏李觉,并委派名僧匡越(吴真流)作词送别。词用《王郎归》调,云:"祥光风好锦帆张,遥望神仙复帝乡。万重山水涉沧浪,九天归路长。情惨切,对离觞,攀恋使星郎。愿将深意为边疆,分明奏我皇。"④

关于李觉使越,《宋史》亦有记载,云:"雍熙三年,与右补阙李若拙同使交州,黎桓谓曰:'此土山川之险,中朝人乍历之,岂不倦乎?'觉曰:'国家提封万里,列郡四百,地有平

---

① 黎崱《安南志略》卷首赵秋序,中华书局,2000 年,第 3 页。

② 参见张志琪《〈越峤书〉研究》,广西师范大学 2017 年硕士学位论文,第 56 页。

③ 参见武尚清《〈安南志略〉在中国——成书、版本及传藏》,《史学史研究》1988 年第 2 期;张瀚池《〈安南志略〉研究》,安徽大学 2015 年硕士学位论文,第 8 页。

④ 吴士连《大越史记全书》本纪卷一《丁纪》第 1 册,西南师范大学出版社、人民出版社,2015 年,第 133 页。参见祁广谋《"大瞿越"国名释——兼及吴真流《王郎归》的语义分析》,《东南亚纵横》2000 年第 A1 期。于在照《越南文学史》(第 38 页)认为越僧匡越所作词用《阮郎归》调,为越南现存最早的词。

易,亦有险固。此一方何足云哉!'桓默然色沮。使还,久之,迁国子博士。"①这段文字记载的是李觉初次使越,故《大越史记全书》有所谓"一身二度使交州""东都两别心尤恋"云云。

(二)李思聪诗,咏交州安子山。诗云:

数朵奇峰新登绿,一枝岩溜嫩接蓝。跨鸾仙子修真处,时见龙下戏碧潭。

此诗见《安南志略》卷一"山"条。云:"安子山(一名安山,或名象山,高出云雨之上。宋皇祐初,处州大中祥符官赐紫衣洞渊大师李思聪,进《海岳名山图》,并赞咏诗云:第四福地在交州安子山……)"②此处"处州"应为"虔州",据《续资治通鉴长编》,诗作者李思聪是虔州(今赣州)祥符宫道士③。诗作于宋仁宗皇祐初年,即公元1049年或1050年。传说李思聪有一宝镜,悬镜卧游,可达天下海岳名山。李思聪于是模写为图,并题咏之④。安子山即所题咏的"第四福地"。其山在今越南广宁省,海拔1068米。13世纪末,陈仁宗入山建竹林禅派,此山成为佛教名山,不过,传说此山原为安期生道场,故名。李思聪诗所云"跨鸾仙子修真处",即引用安期生羽化登仙、驾鹤仙游的道教典故。

关于《安南志略》作者黎崱的事迹,其书卷一九《叙事》篇有记录。略云黎崱为陈朝侍郎,在元军第二次南征之时(1285),因战败而随昭国王陈益稷等人降附元朝。后隐居汉阳,写成《安南志略》⑤。全书共二十卷,详记交趾的郡邑沿革、山川地理、风俗物产、人物官职、典章制度、诏制书表和名贤诗文。所记事迹颇多不见于中国古籍者,明显有独立来源。若干宋人诗歌也因此书而得以保留。

(三)宋无名氏诗,写于元丰二年(1079)或其后。此年交趾归所略宋人,宋废顺州(广源),以其地界交趾⑥。其后,由于疆划未明,宋、交屡生边事。故元丰六年,宋与交趾约定边界⑦。次年,宋把八隘之外保乐等六县、宿桑二峒划给交趾⑧。《大越史记全书》载其事云:

① 《宋史》卷四三一《李觉传》,第12822页。
② 《安南志略》卷一,第23—24页。
③ 李焘《续资治通鉴长编》卷一七七,中华书局,2004年,第4285页。
④ 《嘉靖赣州府志》卷一二,《天一阁藏明代方志选刊》,上海古籍书店,1962年影印本,第38册,第5页。
⑤ 《安南志略》卷一九,第435—437页。
⑥ 《续资治通鉴长编》卷三〇〇,第7306页。
⑦ 《续资治通鉴长编》卷三三五,第8074页。
⑧ 《续资治通鉴长编》卷三四九,第8372页。

甲子九年宋元丰七年夏六月,遣兵部侍郎黎文盛如永平寨,与宋议疆事,定边界。宋以六县三洞还我。宋人有诗云:

因贪交趾象,却失广源金。①

此处"交趾象",指交趾向宋国所贡之象,参见下文"太学生献诗"条。此处"广源",即广源州,位于今高平省,其地产金。据《宋会要辑稿·蕃夷四·交趾》元丰二年十月十三日条小字注,熙宁年间(1068—1077),宋神宗遣郭逵伐交趾,占领广源州等地,诏改名为顺州,置官吏。元丰元年(1078),交趾李仁宗遣使入贡,表求广源地区各州县,宋朝遂于次年归还广源等州②。根据《大越史记全书》所记"宋人有诗"云云,此处诗句应出自当时宋人所作讽喻诗,传入交趾,为越南史家记录,而不见于中国书籍。

(四)太学生献诗,云:

三象都来八尺高,江潮万里几民劳。公卿尽上升平表,惟有鲰生诵旅獒。

此诗见于《安南志略》卷一五"物产"篇"象"条,云"宋理宗时,安南贡象,公卿上表贺,太学生献诗"云云③。宋理宗是南宋第五任皇帝,在位四十年,即公元1225年至1264年。此诗应创作并流传在这一时期。

安南贡象是宋交外交史上的大事。关于宋理宗时的贡象,有两次较正式的记载。其一见《钦定越史通鉴纲目》,说陈太宗元丰八年(理宗宝祐六年,1258年),"将禅位于太子,遣使告于宋,且遗象二"④。其二见《宋史全文》,说宋理宗景定二年(1261)"十一月甲戌,安南国遣使奉贡献象三"⑤。这也就是此诗创作和流传的背景。

(五)曾渊子《游历江桥诗》,云:

白首苏郎天一涯,武皇仙去雁南来。历江桥上望天北,今见秋风第几回。

---

① 《大越史记全书》本纪卷三《李纪》,第1册,第190页。
② 《宋会要辑稿》蕃夷四之三九,上海古籍出版社,2014年,第9794页上。
③ 《安南志略》卷一五,第368页。
④ 潘清简等《钦定越史通鉴纲目》正编卷六,陈太宗元丰八年(1258),河内汉喃研究院藏A.1/2号刻本,第44页b—45页a。
⑤ 《宋史全文》卷三六,中华书局,2016年,第2907页。《宋史·理宗本纪》及《宋史·交趾传》亦载此年交趾贡象,但称"贡象二",《宋史》卷四五,第879页;卷四八八,第14072页。

此诗见于《安南志略》卷一"水"条。云:"苏历泸江(分为绕罗城江,有五桥皆杰。至元丙子宋亡,参政曾渊子归安南,游历江桥诗……)"①可见此诗作于至元十三年(1276)以后。

关于诗作者流亡交趾的事迹,《安南志略》记载说:"曾渊子:字广征,抚州人。宋理宗淳祐庚戌(1250)登第。由侍从出知隆兴,兼安抚。召拜临安府尹,就参政府。乙亥(1275)春,以台端贬雷州。至元丙子,大兵入杭,宋幼主降,二王浮海至广州。渊子来见,授广西宣慰使,兼知雷州……益王昰崖山之败,参政陆秀夫抱广王投于海。渊子赴水,为其下所援,不死……奔安南。陈圣王礼遇之。至元甲申(1284)冬,大兵入安南。率聚归服,后不知所终。"②《全宋诗》存其诗四首,无此诗,但另有一首《客安南见进奉使回口占》,云:"安南莫道是天涯,岁岁人从蓟北回。江北江南亲故满,三年不寄一书来。"③

(六)曾渊子《挽陈仲微诗》,云:

> 江南维二鸟,翅折景相依。听雨湿残稿,重檐拒破衣。不知佛老□,犹望大巫乎?④

(七)张弘毅哀词,云:

> 交州方返虞翻骨,灵武谁明杜甫心。

此二诗见于《安南志略》卷一○"历代羁臣"篇,云:"陈仲微,字致广,瑞州人。宋理宗嘉熙戊戌(1238)登第。咸淳间为朝士。尝论贾似道,以是连斥外任,转徙岭南。大元至元丙子(1276),官军入执幼主,举国归附。二王南奔,仲微从琼州入见,至广州,擢为吏部尚书,使召宋丞相陈宜中。宋亡,仲微入安南。陈圣王尤加礼遇。尝作诗云:'死为越国归乡鬼,生作南朝拒谏臣。'□数年卒于□,葬于安南。曾渊子挽诗云……归平朝张弘毅哀词云……"⑤据《宋季三朝政要》卷六和《宋史》卷四二二本传,陈仲微号遂初,高安(今属江西)人。官江西提刑时以忤贾似道罢官。恭帝德祐元年(1275)除兵部侍郎,修国史。次年随二王入广。

---

① 《安南志略》卷一,第27页。
② 《安南志略》卷一○,第268页。
③ 《全宋诗》卷三四四六,北京大学出版社,1998年,第41068页;《安南志略》卷一六,第390页。
④ 《安南志略》卷一○,第267页。
⑤ 《安南志略》卷一○,第267页。《宋季三朝政要笺证》卷六亦载陈仲微诗,有异文,作"死为异国他乡鬼,生作南朝直谏臣"。佚名撰,王瑞来笺证《宋季三朝政要笺证》,中华书局,2010年,第450页。

崖山兵败,走安南。陈仁宗绍宝五年(1283)卒①。以上二诗应作于此1283年。其所作"死为越国归乡鬼,生作南朝拒谏臣"诗,亦载于《全宋诗》②。《安南志略》卷一八"安南名人诗"并载陈圣王所作悼诗,七言八句,题《三世陈圣王挽宋臣陈仲微》③。

## 二、从七首佚诗看宋诗

　　以上七首诗,皆出自宋人之手,虽然依靠交趾人而得以幸存,却可以窥见宋诗之一斑。从题材、功能角度看,这些作品是具有一定的代表性的——分别反映了宋诗的一种传播方式。

　　第一首是产自外交活动中的赠和诗,由出使交趾的宋臣李觉写在交趾。它有三个文学史意义:其一说明汉诗在交趾的流传乃以外交为重要途径,其二说明外交人员包括使臣和僧侣,其三有助于寻找佚诗。黎贵惇《全越诗录》例言有相关论述,云:"越邦肇启,文明无逊中国,黎先皇送宋使李觉一词,婉丽可掬。"④所谓"黎先皇送宋使李觉一词",即指禅师匡越受诏所作的送别之词。这件事也可以说明三个道理:其一,在越南学者看来,"黎先皇送宋使李觉一词"是真实的历史存在;其二,宋交之间的诗歌外交,往往有僧人参加;其三,这种活动以诗歌为主要形式,往往可以催生组诗。下面几个例子同样意味着宋人和交趾人在诗歌创作上的合作:(一)范成大在广西经略安抚使兼知静江府任上(约1173),作有《燕安南使自叙》。其书内容为唱和诗选⑤。(二)同年,宋孝宗乾道九年,交趾使臣李邦正入贡,"题诗邮亭,有'此去优成赐国名'之句"⑥。(三)宝祐六年(1258),宋广南制置大使李曾伯向理宗奏上两篇疏文,其中《奏为边报及安南馈送事》云"(交趾)其国主以三诗相寄,颇欲解释前言之疑",《回宣谕奏》云"今先以公文复其使,并以诗答"⑦,说明交趾陈朝与宋臣李曾伯之间有诗歌赠答。除此以外,黎崱《安南志略》卷一八"安南名人诗"中有十三首赠和"天使"诗,例如陈太王《送天使张显卿》、交趾国公善乐老人《送天使张显卿使

---

①　《宋季三朝政要笺证》卷六,第450页;《宋史》卷四二二《陈仲微传》,第12618页。

②　《全宋诗》卷三三四二,第39931页。

③　《安南志略》卷一八,第471页。

④　黎贵惇《全越诗录》,越南汉喃研究院所藏A.1262/1号抄本。

⑤　《燕安南使自叙》云:"妙千八百国诸侯之选,独分正于南邦;耸二十五城督府之尊,特序宾于东道。"《黄氏日钞》卷六七,《全宋笔记》第十编第10册,大象出版社,2018年,第424页。又孔凡礼辑《范成大佚著辑存》,中华书局,1983年,第134页。

⑥　周去非《岭外代答》卷二,《全宋笔记》第六编第3册,大象出版社,2013年,第107页。

⑦　《全宋文》卷七八三五,曾枣庄、刘琳主编,安徽教育出版社、上海辞书出版社,2006年,第339册,第368页。疏文所上时间参考陈智超《1258年前后宋蒙陈三朝间的关系》,《宋史十二讲》,清华大学出版社,2010年,第32页。

还》、陈仁王竹林大士《馈天使张显卿春饼》《送天使李仲宾萧方崖》《送天使麻合麻乔元朗》《和乔元朗韵》等;又有黎崱本人所作 5 首赠元臣使交趾诗,例如《赠尚书撒里瓦使安南还》等;另外还有《安南进奉使题桂林驿》(五首)、《安南使人应湖广省命赋诗》《安南使别伴送官诗》等①。这些诗歌应该都有和作。尽管其中"天使"之诗是元人的诗,但这些作品可以证明:宋诗在交趾的传播和保存,同使节赠和有很大关系。

第三首是讽谕诗,也许由于经历反复流传,已失去作者名氏。从内容看,这是同宋代诗歌表讽谕的功能相对应的。在宋交熙宁战争期间,因宋朝"讨伐"失利,将士多亡,宋人颇多讽谕之诗。比如陈传所作《佐郎将》诗,有"乾德可禽嗟不谋,同恶相济能包羞?……驱将十万人性命,换得交州数张纸"云云;刘挚所作《和王定国雪中绝句》诗,有"袁安只有高眠兴,谢朓空余后会艰。十万健儿春瘴近,飞花宜过海南山"云云。关于前一首诗,宋王明清《挥麈录》记其本事说:"元丰中,交趾李乾德陷邕、廉州。诏郭逵讨之,遂复邕州。进次富良江,又破之。吴冲卿丞相忌其成功,堂帖令班师。逗遛不进,交人大入,全军皆覆。逵坐贬秩。当时诗人陈传作《佐郎将》云云。"②关于后一首诗,《能改斋漫录》也记载了本事,大意说刘挚与王定国(名巩)交好。这两人,一位是政坛领袖,一位是元祐党人,经常诗歌唱和。某日王定国见到刘挚所作绝句"十万健儿春瘴近"云云,便拿欧阳修"须怜铁甲冷彻骨,四十余万屯边兵"之诗来类比——欧阳修此诗也是讥讽枢密使晏殊穷兵黩武的。《能改斋漫录》说:"刘和诗时,政元丰间,朝廷方问罪安南,故定国援以为戏。"③值得注意的是,这些诗歌都是反战诗。

第二、四、五、六、七等五首属于另外两类:前三首歌咏交趾地区的物产和山水,代表交趾宋诗的博物诗类型;后两首哀悼陈仲微,代表交趾宋诗的人物诗类型。这些作品意味着,交趾人接受宋诗有一特殊角度,即关注宋人对本土风物的题咏。这些作品由流寓中土的交趾人黎崱著书保存下来,其中三首出自流寓交趾的宋遗民之手——也证明了研究者指出过的一个事实:诗歌流传是同人员流动相关联的。

关于宋遗民在交趾、占城的流亡情况,陈学霖曾著文考证,认为仅流落交趾的宋朝臣即有四百多人④。其中流亡占城的朝臣有丞相陈宜中,郑思肖《心史》载《唁丞相陈公诗》叙其南走始末⑤。流亡交趾的朝臣,除溺于海的张世杰外,后人谈论较多的是陈仲微、曾渊子二人。例如前文第六首所引《安南志略》,对陈仲微的身世作了记录。又如《宋史·陈

① 《安南志略》卷一八,第 415—418、423、427—429 页。
② 王明清《挥麈后录》卷二,《全宋笔记》第六编第 1 册,第 117 页。
③ 吴曾《能改斋漫录》(下),《全宋笔记》第五编第 4 册,大象出版社,2012 年,第 65 页。
④ 陈学霖《宋遗民流寓安南占城考实》,《宋史论集》,台湾东大图书股份有限公司,1993 年,第 359 页。
⑤ 郑思肖《中兴集二卷》,《郑思肖集》,上海古籍出版社,1991 年,第 87—89 页。

仲微传》所记陈氏事迹：“崖山兵败，走安南。越四年卒，年七十有二。其子文孙与安南王族人益稷出降，乡导我师南征。安南王愤，伐仲微墓，斧其棺。仲微天禀笃实，虽生长富贵，而恶衣菲食，自同窭人，故能涵饫六经，精研理致，于诸子百家、天文、地理、医药、卜筮、释老之学，靡不搜猎云。”①——说到陈仲微受交趾人欢迎的原因。再如《安南志略》《心史》《崖山集》②等书对曾渊子生平行事作了记载。《安南志略》卷一〇“历代羁臣”云：“益王昰崖山之败，参政陆秀夫抱广王投于海。渊子赴水，为其下所援，不死……奔安南，陈圣王礼遇之。至元甲申冬，大兵入安南。率众归服，后不知所终。”③《心史》卷下《大义略叙》云：“曾渊子等诸文武臣，流离海外，或仕占城，或婚交趾，或别流远国。”④

从以上记录可以知道：七首佚诗的存在是合理的。宋交之间的关系有三个特点：一是文化一体（交趾地接中国大陆，深受汉文化熏陶）；二是交通方便（朝贡关系和海上航路的发展促进了宋与交趾的往来）；三是民族认同逐步提升（交趾人对来自蒙古的高压始终保持不顺服的姿态，而乐意接纳宋室遗民）。由于这些缘故，宋诗得以在交趾流传并保存下来。正因为这样，我们可以通过这七首宋人佚诗，来理解“宋交诗歌史”的特色。

# 三、佚诗中的外交唱和诗和异域风物诗

现在，对“宋交诗歌”一词再作一些解释。本文用此词指称公元 10 至 13 世纪汉文学共同体的一个局部。由于文学是语言艺术，所以，以汉字为载体的文化传播，不仅在古代亚洲造成了跨越国界的汉文化圈，而且造成了跨越国界的多种文学共同体，也就是在文学上造成一种新的结构关系。在以上四类诗歌中，有两类比较明显地反映了这种结构关系，这就是外交唱和诗和异域风物诗。

中外诗人交际之时的相互赠和，事实上是宋交诗歌得以产生的重要途径。例如熙宁七年（1074），高丽金良鉴、卢旦等来见⑤，知泰州刘攽作《送高丽使》诗五言绝句四首，中有“绝域求通使，皇华益借才”⑥云云，称颂宋丽之间的外交。元丰五年（1082）正月十五日观灯，毕仲衍与高丽使者“宴东阙下，因作诗颂盛德”，“神宗次韵赐焉”，毕仲衍与高丽崔思

---

① 《宋史》卷四二二《陈仲微传》，第 12620 页。
② 《崖山集》，《中国野史集成》，巴蜀书社，1993 年，第 6 册，第 615 页下、616 页下。
③ 《安南志略》卷一〇，第 268 页。
④ 《郑思肖集》，第 173 页。
⑤ 《续资治通鉴长编》卷二四九，第 6076 页。
⑥ 刘攽《彭城集》，齐鲁书社，2018 年，第 402 页。

齐、李子威、高琥、康寿平、李穗五人及"两府皆和进"①。其中曾巩诗云"砀极戏添夷客喜,柏梁篇较从臣材"②,说到君臣和诗有选材的意义。这两组诗都产生在宋神宗、哲宗时期。刘畅曾撰文讨论,认为他们极大地推动了两国邦交正常化③。

　　类似的诗歌记录多见于宋代笔记。比如王辟之《渑水燕谈录》记载:元丰年间(1078—1085),高丽使朴寅亮至明州,象山尉张中以诗相送,朴寅亮有答诗④。庞元英《文昌杂录》记载:元丰三年(1080),高丽国王王徽有疾,宋使王舜封护送太医至高丽,见到北辽使马尧俊作诗献王徽,有"太宗莫取龙州道,炀帝难乘鸭绿船"云云,语含挑衅⑤。又如沈括《梦溪笔谈》记载:元祐六年(1091)上元节,高丽使入贡,哲宗于阙前赐酒,皆赋观灯诗,进奉副使魏继延诗有"千仞彩山擎日起,一声天乐漏云来"句,主簿朴景绰诗有"胜事年年传习久,盛观今属远方宾"句⑥。元祐八年正月初三,哲宗又诣南御苑试射,射毕赐宴。苏轼、苏颂作次韵诗,范祖禹作和诗⑦。这些记载说明,使节的往来,同时也是诗歌的往来。

　　关于宋诗在交趾的流传,有一个情况特别值得注意,即相当多的诗歌是随佛教南下而流传开来的。宋代是交趾初步独立的时代,重视意识形态建设,注意进一步引进佛教。比如由朝贡使部负责,引进宋太宗太平兴国八年(983)雕成的《开宝藏》。此藏成书后,先后传入日本和高丽⑧;交趾则在景德四年(1007)遣使入宋求取此书⑨,后来李朝政权又六次遣使向宋朝请求⑩。可见就交趾来说,求取经藏一事具有佛教外交之性质。与此相对应的是民间的佛教往来。比如随着"广州通海夷道"的开通,很多中土僧侣来到占婆(今越南中部)弘法。期间最著名的事迹有两件:一是李圣宗(1055—1071在位)将草堂禅师升为国师⑪,二是陈太宗与宋僧德诚对机⑫。据记载,陈太宗答德诚问,有"千江有水千江月,万

　　① 《宋史》卷二八一《毕仲衍传》,第9523页。马端临《文献通考》卷二四八《经籍考七五》"高丽诗三卷"条,中华书局,2011年,第6691页。
　　② 曾巩《和御制上元观灯》,《全宋诗》卷四六一,第8册,第5604页。
　　③ 刘畅《宋神宗、哲宗时期中朝汉诗交流系年》,《南开学报(哲学社会科学版)》2016年第3期。
　　④ 王辟之《渑水燕谈录》卷九,《全宋笔记》第二编第4册,大象出版社,2006年,第100页。
　　⑤ 庞元英《文昌杂录》卷四,《全宋笔记》第二编第4册,第160页。
　　⑥ 沈括《梦溪笔谈·续笔谈》,中华书局,2015年,第329页。
　　⑦ 孟元老《东京梦华录》卷六,《全宋笔记》第五编第1册,第153页。苏轼《次韵王晋卿封诏押高丽宴射》、范祖禹《和王都尉押高丽人燕射北园》,王文诰辑注,孔凡礼点校《苏轼诗集》卷三六,中华书局,1982年,第1954页。苏颂《次韵王都尉团练押赐高丽归使宴射赠馆伴余兼呈诸公》,《全宋诗》卷五三〇,第6407页。
　　⑧ 《宋史》卷四八七《高丽传》,第14039—14044页。
　　⑨ 《大越史记全书》卷一《黎纪》,第1册,第142页;又《宋会要辑稿》蕃夷四之二八,第9786页上。
　　⑩ 参见《安南志略》卷一二,第294页。《钦定越史通鉴纲目》正编卷二,第20页a、38页b。《大越史记全书》卷二《李纪》,第165页。《宋会要辑稿》蕃夷四之三九,第9794页下。《续资治通鉴长编》卷五一〇,第12149页。
　　⑪ 《安南志略》卷一五,第356页。
　　⑫ 《圣灯录》,景兴十一年(1750)海阳省重光寺重刊本,汉喃研究院A.2569号,第9页a—10页b。

里无云万里天"云云;而陈太宗所著书有《文集》《禅宗指南歌》等,陈圣宗、仁宗所著书分别有《禅宗了悟歌》《大香海印诗集》等。可见在宋与交趾之间,僧侣的往来,同样也是诗歌的往来。匡越受诏作《王郎归》词,证明僧侣在诗歌外交中发挥了重要作用。

以上是说外交诗。至于异域风物诗,在宋代诗歌中也有很大比重。关于交趾风物,诗人们关注较多的有荔枝、椰子、槟榔、铜鼓、象牙、犀象、辟寒香、占城稻等物,留下了以下故事:

荔枝。作为南方贡品,荔枝因唐代杨贵妃制《荔枝香》曲的故事而被看作奢侈之象征①。故苏轼《荔支叹》有"永元荔支来交州,天宝岁贡取之涪"云云,自注:"汉永元中交州进荔支龙眼,十里一置,五里一堠,奔腾死亡,罹猛兽毒虫之害者无数……唐天宝中盖取涪州荔支,自子午谷路进入。"②相似的诗句又见释宝昙《和史魏公荔枝韵》,云"交州驿置遗毒在,洛阳花事相珠连,吾曹岂不识天意,尤物自是生海壖";又见刘克庄《和南塘食荔叹》,云"南穷交州西蜀土,快马驮送如飞龙,绛裳冰肌初照眼,玉环一笑恩光浓"③。

椰子和槟榔。此二物常被视为瓜果中的极品。王辟之《渑水燕谈录》说:"椰子生安南及海外诸国,木如棕榈,大者高百余尺,花白如千叶芙蓉。一本花不过数十朵,实不过三五颗,其大如斗,至老差小,外有黄毛软皮,中有壳,正类槟榔。故有人为诗云:'百果之中尔最珍,槟榔应是汝玄孙。'……中有渖,大者一二升,蛮人谓之椰子酒,饮之得醉,《交州记》以为浆者是也,治消渴,涂髭发立黑。皮煮汁,止血,疗吐逆。肉益气去风。"④相关诗作有黄大临《留别》,云"桄榔笋白映玉箸,椰子酒清宜具觞";有项安世《送李邕州》,云"桄榔之粉白于面,椰子之泉甘胜蜜"⑤。又有以《槟榔》为题的诗,李纲所作,云"疏林苍海上,结实已累累。……濩落哈椰子,匀圆讶荔支"⑥。

犀象和象牙。赵汝适《诸蕃志》于此物记载较详,说:"象牙,出大食诸国及真腊、占城二国……真腊、占城所产,株小色红,重不过十数斤至二三十斤。又有牙尖,止可作小香叠用。或曰象媒诱致,恐此乃驯象也。"⑦相关诗歌有陈宓《素馨茉莉》、释可湘《海南》、陆游

① 吴曾《能改斋漫录》卷三云:"《唐书·礼乐志》:'帝幸骊山。杨贵妃生日,命小部张乐长生殿。因奏新曲,未有名。会南方进荔枝,因名曰《荔枝香》。'乐史所作《杨妃外传》亦云:'新曲未有名,会南海进荔枝,因名焉。'故杜子美《病橘》诗云:'忆昔南海使,奔腾献荔枝。百马死山谷,到今耆旧悲。'"《全宋笔记》第五编第3册,第75页。

② 《苏轼诗集》卷三九,第2126页。

③ 释宝昙诗载《橘洲文集》卷一,《宋集珍本丛刊》第56册,线装书局,2004年,第7页下—8页上。刘克庄诗载《全宋诗》卷三〇四一,第36273页。

④ 《渑水燕谈录》卷八,第89页。

⑤ 黄大临诗载《全宋诗》卷九七八,第11327页。项安世诗载《全宋诗》卷二三七〇,第27226页。

⑥ 《全宋诗》卷一五六二,第17738页。

⑦ 赵汝适《诸蕃志》卷下,《全宋笔记》第七编第1册,大象出版社,2015年,第222页。

《杂兴十首(其八)》、戴复古《泉广载铜钱入外国》、郭祥正《广州越王台呈蒋帅待制》等①。

占城稻。占城古称"占婆""林邑",地在今越南中南部,宋元时期为独立王国。宋真宗景德四年(1007),占城王遣使奉表入贡,占城稻随后传入。释文莹《湘山野录》记其事说:"真宗深念稼穑,闻占城稻耐旱,西天菉豆子大而粒多,各遣使以珍货求其种。占城得种二十石,至今在处播之……秋成日,宣近臣尝之,仍赐占稻及西天菉豆御诗。"②据《宋史》,占城稻有三大特点:一是"耐旱";二是"不择地而生"③;三是生长期短,"自种至熟仅五十余日"④。而据《续资治通鉴长编》,真宗多次诏宗室、近臣观看占城稻,并"赐宴赋诗""属和"⑤。宋人多有关于占城稻的诗作,如苏轼《白塔铺歇马》、周弼《菰菜》、陶弼《三山亭》⑥。

总之,来自交趾的奇异之物,作为文明交流的标志物,引发宋代诗人的兴趣和想象,大大扩展了他们的素材范围。

# 四、宋佚诗的诗歌史背景

以上所说,意思是为了了解七首佚诗之所以存在的道理,我们不妨用全息的眼光加以审察,从这些作品内部找证据——窥探其结构、功能与宋诗整体的对应。审察发现,这些功能见于汉文化圈各国,包括交趾,交趾人因此把他们保存下来了。其存世是有缘故的。

现在,我们拟进一步探讨这些诗歌同宋交诗歌史的关系。其中有一个要点:这些诗歌出现在越南汉诗初兴的时代。宋太祖开宝元年(968),丁朝建国,独立的越南诗歌史也拉开了序幕,其下三百年,因此它们是宋交诗歌史的开篇。若把这些佚诗作为标本,那么,我们便可以从四个方面来认识宋交诗歌史的初兴时代或开篇时代。

## (一)禅师与诗歌

宋雍熙四年(987),李觉使交州,同禅师杜法顺、匡越诗词相赠。这件事代表宋交诗歌

---

① 陈宓诗载《全宋诗》卷二八五六,第34064页。释可湘诗载《全宋诗》卷三二九九,第39316页。陆游诗载《剑南诗稿校注》卷五八,钱仲联校注,上海古籍出版社,2005年,第3356页。戴复古诗载《全宋诗》卷二八二〇,第33613页。郭祥正诗载《全宋诗》卷七五三,第8782页。

② 释文莹《湘山野录》卷下,《全宋笔记》第一编第6册,大象出版社,2003年,第57—58页。

③ 《宋史》卷一七三《食货志上一》,第4162页。

④ 马宗申校注,姜义安参校《授时通考校注》卷二二,农业出版社,1992年,第2册,第57页。

⑤ 《续资治通鉴长编》卷九二、九四,第2127、2168页。

⑥ 苏轼《白塔铺歇马》,《苏轼诗集》卷二三,第1228页;周弼《菰菜》,《全宋诗》卷三一四六,第37738页;陶弼《三山亭》,《全宋诗》卷四〇六,第4991页。

史的起步。这一阶段的越南汉诗作品基本上出自僧人之手。其中禅师杜法顺(915—990)所作的《国祚》诗,是越南现存最早的汉诗。此诗是981年杜法顺因前黎朝大行皇帝咨询国政而作的,为"国祚如藤络"等五言四句①。六年后,越南文学史上也出现了第一首词,即禅师匡越所作的《王郎归》。杜法顺和匡越,正是李觉诗词外交一事的两位主角。《禅苑集英》记其人其事云:"隘郡蛉乡鼓山寺法顺禅师,不知何许人,姓杜,博学,工诗,负王佐之才,明当世之务。少出家,既得法,出语必合符谶。当黎朝创业之始,运筹定策,预有力焉。及天下太平,不受封赏。黎大行皇帝愈重之,常不名,呼为杜法顺,倚以文翰之任。天福七年,宋人李觉来使。帝命师变服为津吏,觇李觉举动。有两鹅浮于水中,李觉戏吟云:'鹅鹅两鹅鹅,仰面向天涯。'师于把棹次足之云:'白毛铺绿水,红棹摆清波。'觉于是叹服。"又云:"常乐吉利乡佛陀寺匡越太师,初名真流,吉利人也。姓吴,吴顺帝之裔。状貌魁伟,志向倜傥,少业儒,及长,归释,与同学住持,投开国云峰受(具足戒)。由是博览群书,年四十名震于朝。丁先皇召对称旨,拜为僧统,赐号匡越太师。黎大行皇帝尤加礼敬,凡朝廷军国之事师皆与焉。"②这就是说,交趾诗歌的发展同皇权有关。丁先皇崇信佛教,黎大行皇帝起用僧侣参政,这两大举措,奠定了交趾诗歌起步阶段的基本性格。这一趋势影响到后来,在李朝(1010—1225)和陈朝(1225—1400)前期,僧侣也是诗歌创作的主体。

## (二) 知识与诗歌

宋皇祐初(1049—1050),虔州道士李思聪作诗咏交州安子山,描写了此山的自然景观("数朵奇峰""一枝岩溜")和人文景观("跨鸾仙子修真")。可见此时的诗歌创作是以对交趾风物知识的了解为基础的。因此说,知识交流是宋交诗歌史的第二个主题。其背景,从交趾这边看,一方面是政治建设的需要,亦即学习和仿照宋制建设国家,比如宋景德三年(1006)"改文武臣僚僧道官制及朝服,一遵于宋",大中祥符六年(1013)定天下诸税例,庆历二年(1042)颁刑书③。另一方面是培养人才、建立科举制度的需要,比如宋熙宁八年(1075)"以三场试士",淳熙十二年(1185)"试天下士人,自十五岁,能通诗书者,侍学御筵"④。而从宋朝这边看,则主要出于外交的需要。比如大中祥符八年,诏纂集《大宋四夷述职图》,就"朝贡诸国,绘画其冠服,采录其风俗"。康定元年"选用官属,使知外夷之务,

---

① 郑永常《汉文文学在安南的兴替》,台湾"商务印书馆",1987年,第65页。
② 黎孟硕《禅苑集英研究》,西贡:胡志明出版社,1999年,第744、826页。
③ 《大越史记全书》本纪卷一《黎纪》,第141页;本纪卷二《李纪》,第151、173页。
④ 《钦定越史通鉴纲目》正编卷三,第33页b—34页a;《大越史记全书》本纪卷四《李纪》,第239页。

并采集古今事迹、风俗情状"①。凡遇战乱,宋朝更重视信息搜集。如景德年间黎桓卒,诸子争立之时,庆历年间交趾伐占城之时②,熙宁、元丰年间宋交熙宁战争之时,以及交趾与元朝宝祐战争之时③。与此相应,宋朝产生了大批关于交趾的著述,除见于政书、类书者外,宋人关于越南的著述有陈承韫《南越记》一卷,郑竦《安南纪略》一卷,张洽《安南志》,佚名《安南会要》一卷,佚名《南蛮录》十卷,赵糲《交趾事迹》十卷,赵世卿《安南边说》五卷,陈次公《安南议》,梁焘《安南献议文字并目录》,吴芸《安南土贡风俗》一卷,游师雄《元丰平蛮录》三卷,冯炳《皇祐平蛮录》二卷,佚名《宋平侬智高记功碑》,叔卿《侬智高》一卷,滕甫《征南录》一卷,邵晔《景德交州图》,佚名《交广图》一卷,佚名《交趾职贡图》④,佚名《占城国录》一卷,李天祚《安南表状》一卷⑤,宋敏求《蕃夷朝贡录》十卷、《安南录》三卷⑥,丘濬《征蛮议》一卷,王拱辰《平蛮杂议》十卷⑦,霍建中《侬贼入广州事》一卷,吕璹《征蛮录》一卷⑧,狄青《平蛮记》,李清臣《平南古今事鉴》三卷⑨,佚名《安南九军法》⑩。显而易见,这些著述为交州安子山等风物诗的创作提供了条件。

## (三) 朝贡与诗歌

七首佚诗中,有两首谈到朝贡,即无名氏诗"因贪交趾象",太学生诗"三象都来八尺高"。所说贡象之事发生在宋理宗宝祐、景定年间。按,朝贡是两宋时期的重要制度和活动:一方面,1005 年澶渊之盟以后,宋朝向辽、西夏、金等民族政权称臣纳贡以求和平;另一方面,面对海外国家,宋朝作为"天朝上国"接受其朝贡——其中占城朝贡 62 次,交趾朝贡 104 次⑪。据史书记载,交趾在开宝三年(970)即"遣使如宋结好",开宝五年又"遣南越

① 《宋会要辑稿》职官二五之一"鸿胪寺"条,第 3681 页。吴育《乞选官知外夷之务奏》,《全宋文》卷六一五,第 25 册,第 125 页。

② 《续资治通鉴长编》卷一五七、卷一五八,第 3812、3822 页。《全宋文》卷七八八,第 37 册,第 94 页。《全宋文》卷一一五一,第 53 册,第 147 页。

③ 《全宋文》卷一八三八,第 84 册,第 311 页。《全宋文》卷二四八二,第 115 册,第 155 页。《全宋文》卷七八二八,第 339 册,第 273、275 页。

④ 张秀明《中越关系书目》,《中越关系史论文集》,文史哲出版社,1992 年,第 214—215 页。

⑤ 陈振孙《直斋书录解题》卷七,上海古籍出版社,1987 年,第 215—216 页。

⑥ 参见苏颂《龙图阁直学士修国史宋公神道碑》,《全宋文》卷一三四一,第 62 册,第 24 页。

⑦ 《宋史》卷二〇七,第 5284 页上、5288 页上。

⑧ 郑樵《通志》卷六五《艺文略》,中华书局,1987 年,第 775 页中。

⑨ 《玉海》卷二五"熙宁平蛮记"条,文物出版社,1987 年影印本,第 551 页上。

⑩ 《续资治通鉴长编》卷二九七,第 7220 页。

⑪ 参见黄纯艳《转折与变迁:宋朝、交趾、占城间的朝贡贸易与国家关系》,《唐宋政治经济史论稿》,甘肃人民出版社,2009 年,第 212、214 页。

王琏如宋,以方物聘",其后正式建立两国间的邦交关系①。值得注意的是:关于来自交趾的朝贡记录,往往言及驯象。例如《大越史记全书》记开宝八年"遣郑琇遗金帛、犀象于宋"②。宋李攸《宋朝事实》记载开宝元年至咸平四年(1001)事云:"交趾:开宝元年八月来贡方物。太平兴国二年、五年、七年、八年来贡方物。淳化元年贡龙凤椅子、伞握子。五年贡方物。至道三年贡七宝交椅、方物。咸平元年献驯象。四年贡驯犀象。"③《宋史》记开宝四年以后事云:"岭南平后(开宝四年后),交趾岁入贡,通关市。并海商人遂浮舶贩易外国物,阇婆、三佛齐、渤泥、占城诸国亦岁至朝贡,由是犀象、香药,珍异充溢府库。"④《杨文公谈苑》记载景德年间(1004—1007)事云:"景德中,交州黎桓献驯象四,皆能拜舞,山呼中节,养于玉津园。"⑤宋周去非《岭外代答》记载绍兴二十六年(1156)事云:"建炎南渡,李天祚乞入贡,朝廷嘉其诚,优诏答之。绍兴二十六年乞入贡,许之。乃遣使由钦入。正使,安南古武大夫李义;副,安南武翼郎郭应。以五象充常纲外,更进升平纲,以安南太平州刺史李国为使,所献方物甚盛……常进马八匹,驯象五头,二纲衙官各五十人,使者颇以所进盛多自矜。……(乾道九年)以五象进奉大礼。正使,安南承义部李邦正;副,安南忠诩郎阮文献,又以十象贺登宝位……是役也,贡象之外,附贡金银洗盘、犀角、象齿、沉、笺之属。"⑥这就是说,在北宋的 975 年、998 年、1001 年、1004 年至 1007 年间,及南宋的 1156 年、1173 年等年间,交趾都有贡象之举⑦。所谓"因贪交趾象"云云,正是在这一背景下形成的诗句。

## (四) 人口迁徙与诗歌

七首佚诗中有三首是由宋遗民创作的,即曾渊子《游历江桥诗》《挽陈仲微诗》和张弘毅《哀词》。这些诗写在交趾,是宋元战争的产物,联系于有宋一代往来于宋与交趾、占城

---

① 《大越史记全书》本纪卷之一《丁纪》,第 120—121 页。

② 《大越史记全书》本纪卷之一《丁纪》,第 122 页。

③ 李攸《宋朝事实》卷一二,商务印书馆,1935 年,第 201 页。按关于交趾首次入贡时间,诸书所记不同。宋朝书籍多系于开宝六年,亦即越南史籍所说的开宝五年遣使入宋遣朝贡。如司马光《稽古录》卷一七:"开宝六年五月己巳,交趾丁琏始遣使内附,授以官爵。"总之,宋朝与交趾正式确立邦交关系,在开宝六年;交趾之贡象,始于开宝八年。

④ 《宋史》卷二六八《张逊传》,第 9222 页。

⑤ 《杨文公谈苑》卷七,第 143 页。

⑥ 《岭外代答》卷二,第 106—107 页。

⑦ 关于交趾贡象,《玉海》卷一五四《朝贡》有"开宝交趾贡方物"条(《玉海》,第 2923 页下—2924 页下),记贡象年份为:咸平元年(998)、四年(1001),景祐元年(1034),庆历三年(1043)、六年(1046),至和二年(1055),嘉祐八年(1063),熙宁五年(1072),绍兴二十年(1150)、二十六年(1156)。

之间的大规模移民。据研究,这一场移民潮有南、北两个方向:往北的移民包括"蕃商"和"海僚","蕃商"即来中国贸易的交趾人,其行为又称"住唐"①;"海僚"即浮海而来的漂流客,大多来自占城,其行为又称"内附"②。往南的移民则包括三种人:一是商业移民,即出海到交趾、占城谋生之人,其行为称"住蕃"③;二是文化移民,即"秀才、僧道、伎术及配隶亡命逃之者"④,包括传教的僧侣;三是政治移民,包括因触犯法律而南逃的人,或被掳掠、贩卖而被迫南迁的人,或在抗击蒙元失败后流寓至交趾、占城的人⑤。曾渊子、陈仲微、张弘毅属于最后一类,即宋朝的遗臣遗民。

从宋交诗歌史的角度看,特别值得注意的是宋朝遗臣遗民。这种移民代表宋、越共同的创作主体,数量大,影响大。郑思肖《心史》说:"诸文武臣,流离海外,或仕占城,或婿交趾,或别流远国。"⑥这是说他们的数量。而这些人当中有"欲奉王走占城"的左丞相陈宜中⑦,有"逃占城乞其兴复"的沈敬之⑧,有吏部尚书陈仲微、知雷州曾渊子、殿前指挥使苏刘义之子苏景由等——颇多具影响力的人物。从文明史的角度看,他们的先驱,可以说是宋代南下的知识人,主要是出仕交趾的宋臣。请看以下记载:

(1) 宋人入交趾,因材艺而被任用:

《大越史记全书》戊子九年(宋端拱元年,988 年):"太师洪献卒。献,北人,通经史,常从征伐,为军师及劝进谋议国事,有大功,帝以腹新委之,至是卒。"⑨

范成大《桂海虞衡志》:"相传其祖公蕴亦本闽人。又其国土人极少,半是省民。南州客旅,诱人作婢仆、担夫,至州洞,则缚而卖之。一人取黄金二两,州洞转卖入交趾,取黄金三两,岁不下数百千人。有艺能者,金倍之;知文书者,又倍。"⑩

(2) 出仕交趾的宋人多为闽人:

《续资治通鉴长编》卷二四七载熙宁六年(1073)十月事:"冯京曰:'交趾安能一心,但恐其人相与之固,不如羌人尔。'安石曰:'交趾所任,乃多是闽人,必其土人无足

①　朱彧《萍洲可谈》卷二,《全宋笔记》第二编第 6 册,第 150 页。
②　岳珂《桯史》卷一一"番禺海僚"条,《全宋笔记》第七编第 4 册,第 291—292 页。《宋史》卷四八九《占城传》,第 14080 页。《宋会要辑稿》蕃夷四之六五,第 9808 页下。
③　《萍洲可谈》卷二,第 150 页。
④　范成大《桂海虞衡志》,《全宋笔记》第五编第 7 册,第 171 页。
⑤　参见邓昌友《宋朝与越南关系研究》第五章第三节,暨南大学 2004 年博士学位论文,第 126—133 页。
⑥　《郑思肖集》,第 173 页。
⑦　《宋史》卷四一八《陈宜中传》,第 12618—12620 页。
⑧　严从简《殊域周咨录》卷七《南蛮》,中华书局,2000 年,第 248 页。
⑨　《大越史记全书》本纪卷之一《黎纪》,第 134 页。
⑩　《桂海虞衡志》,第 171 页。

倚仗故也。'"①

《续资治通鉴长编》卷二七三载熙宁中事："岭南进士徐伯祥屡举不中第，阴遗交趾书曰：'大王先世本闽人，闻今交趾公卿贵人多闽人也。伯祥才略不在人后，而不用于中国，愿得佐大王下风。今中国欲大举以灭交趾，兵法先声有夺人之心，不若先举兵入寇，伯祥请为内应。'"②

周密《齐东野语》："安南国王陈日煚者，本福州长乐邑人，姓名为谢升卿。少有大志，不屑为举子业。间为歌诗，有云：'池鱼便作鹍鹏化，燕雀安知鸿鹄心。'类多不羁语。……适主者亦闽人，遂阴纵之。至永州，久而无聊，授受生徒自给。"③

（3）闽人因商贾或被转卖而至交趾：

《续资治通鉴长编》卷二七三载熙宁九年三月诏："福建、广南人因商贾至交趾，或闻有留于彼用事者，自今许其亲戚于所在自陈，令招讨司招谕，如能自归者与班行。"④

《大越史记全书》："初，帝（陈日煚）之先世闽人或曰桂林人。有名京者，来居天长即墨乡。生翕，翕生李，李生承，世以渔为业。"⑤

这些记录说明，我们所讨论的"宋交诗歌史"，是拥有一批文化人作为承载者的。尽管存世作品不多，但这些人的存在，便是这部诗歌史生生不息的证明。

# 五、结　语

综上所述，在传入交趾的宋人诗中，有七首由交趾人保存下来的佚诗。其中一首为使臣诗，一首为讽谕诗，三首描写交趾风物，三首出自宋遗民之手。虽然数量不多，但在现存的"宋交诗"中，占有相当的比重。——据统计，产生在公元 960 年至 1283 年之间的"交诗"今存三十七首，包括丁朝一首、前黎朝五首、李朝二十六首、陈太宗两首、陈圣宗一首，以及交州使者丁拱垣、李邦正写在中国的诗歌各一首⑥；而载在《大越史记全书》《安南志

---

① 《续资治通鉴长编》卷二四七，第 6031 页。
② 《续资治通鉴长编》卷二七三，第 6693 页。
③ 周密《齐东野语》卷一九，《全宋笔记》第七编第 10 册，第 319 页。
④ 《续资治通鉴长编》卷二七三，第 6692 页。
⑤ 《大越世纪全书》本纪卷之五《陈纪》，第 1 册，第 253 页。
⑥ 参见《大越史记全书》本纪卷一《丁纪》，第 123 页；卷三《李纪》，第 188 页。《岭外代答》卷二，第 107 页。又参见张娇《〈全越诗录〉纪事与诗人生平考》，西南交通大学 2014 年硕士学位论文，第 13—21、105—110 页。蒲彭辉《越南李陈汉诗史》，西南交通大学 2020 年硕士学位论文，第 10—13、16—25、34—40、49 页。

略》二书中的宋诗则是十三首①。七首佚诗,乃约为存诗总数的七分之一。另外,从宋诗的角度看,这些佚诗分别联系于一种传播方式,各有其文化意义;从交趾诗的角度看,这些佚诗又分别对应于一种社会环境,反映了一代诗歌史的成长逻辑,——作为文学史研究的对象,是具有典型意义的。

本文用窥斑见豹之法对这七首佚诗作了考察。注意到若采用北方视角,那么,外交唱和诗表明,使臣和僧侣是宋交文学的主体;讽谕诗意味着,反战是宋交诗的一个主题;风物诗说明,文化和文学的交流乃以文明的交流为基础;遗民诗则代表一种以作者为载体的文学传播。而若采用南方视角,那么,作于公元987年前后的外交唱和诗,反映了宋交诗歌史起步阶段的状况,亦即以禅师为创作主体;作于公元1050年前后的咏交州安子山诗,反映了诗歌的博物功能,其条件是因外交和战争而发展起来的信息交流;作于11至13世纪的两首"象"诗是朝贡制度的产物,这一制度是维系宋交关系的枢纽;作于公元1279年前后的三首宋遗民诗写在交趾,代表随知识人迁徙而实现的诗歌迁徙。而遗民诗同闽、桂的关系,又证明文化传播深受地理条件制约。总之,这七首佚诗是宋交诗歌史上的有机存在。他提示我们:个别是同一般相联系的,逻辑是同历史相对应的。正因为这样,这几首佚诗可以表现较广阔范围的文学面貌。

以上所说,意思是七首佚诗的存在有其偶然性,但若采用新的视角,便可以使之呈现某种必然性。这也就是上文所说的综合南、北的视角——"宋交"的视角。这实际上是"汉文化圈"的视角。因为,当本文说赠和、讽谕、纪风物、表人情是宋交文学的四个重要主题的时候,其实说到了汉文学的普遍功能;当本文说禅师、知识、朝贡、人口迁徙是宋交诗歌史上四个具标志意义的文化事物的时候,其实也说到了汉字覆盖区中影响文学的几个关键要素。就此而言,本文有这样一个意义:通过考实几首佚诗,从中提出一些主题和标志性事物,作为未来的"东亚汉文学史"的关键词。

【作者简介】王小盾,温州大学人文学院教授,发表过论文《东亚俗文学的共通性》等。杨盈,温州大学中国古典文献学硕士研究生,发表过论文《〈宋史·交趾传〉史源及史实考辨》。本文原载《域外汉籍研究集刊》第27辑,题为《宋交诗歌史上的几首佚诗》,本刊有删节。

---

① 参见《大越史记全书》本纪卷一《黎纪》,第133页;卷三《李纪》,第190页。《安南志略》卷一,第24、27页;卷一〇,第267页;卷一一,第274—275页;卷一五,第361、365、368页;卷一六,第389、390页。

# 阮绵审《仓山诗话》研究<sup>*</sup>

严艳

**摘要**：本文以越南唯一一本诗话《仓山诗话》为着力点，探讨以阮绵审为代表的越南文人的诗学观念，同时探究其中所记录的逸事趣闻中所体现出的越南文人的诗文交流。通过对《仓山诗话》的解读不仅可以考察阮朝时期诗文理论与诗歌创作，也能由此管窥越南文人诗学思想的源流以及中国诗学在越南的发展。

**关键词**：阮绵审　仓山诗话　越南

　　诗话是中国古代文学批评中一种特殊的文体形式，宋代许顗在《彦周诗话》中说："诗话者，辨句法，备古今，纪盛德，录异事，正讹误也。"①指明诗话这一体例的独特性。张海鸥在研究诗话时指出："诗话的诗学传统有二：一是诗学批评传统，二是诗学叙事传统。"②诗话这一诗论体例也对日本、朝鲜半岛文人影响深远，他们常借鉴模仿中国诗话样式用以品评中国或本国的诗歌，因此留有众多的诗话作品。而同为汉文化圈中的越南，诗话发展却一直停滞不前，《仓山诗话》是越南目前所见唯一留存以"诗话"命名的诗论。何仟年在研究越南诗论时论及《仓山诗话》中部分诗论，指出绵审与其弟绵宝"代表了 19 世纪的越南诗论。虽然从总体上说，他们仍未脱离经学论诗的窠臼，但在某些具体问题上，其文却有较深入的讨论"③。但相较于日、朝诗话研究蓬勃之态，《仓山诗话》显然未受到应有的关注，究其原因在于越南诗文理论存世寥寥且零散不成系统，难以引起中国学界关注，而越南学者对诗文本体解读尚存在一定难度，对诗论的阐述更加困难。本文拟在前贤的基础之上系统梳理《仓山诗话》的内容及诗学思想，并进一步探讨绵审诗学思想对中国诗学的承继与意义。

---

　*　本文系 2019 年度国家社会科学基金重大项目"东亚汉诗史（多卷本）"（项目编号：19ZDA295）阶段性成果。

　①　许顗《彦周诗话》，何文焕《历代诗话》（上册），中华书局，1981 年，第 378 页。
　②　张海鸥、梁穗雅《北宋"话"体诗学论辨》，《中山大学学报（社会科学版）》2005 年第 3 期，第 26 页。
　③　王小盾、何仟年《越南古代诗学述略》，《文学评论》2002 年第 5 期，第 18 页。

# 一、阮绵审与《仓山诗话》

阮绵审(1819—1870)为越南明命皇帝第十皇子,初名晛,字仲渊,又字慎明,号仓山,别号白毫子,封从善郡王。《大南实录》记阮绵审有著述十四种:《䄡被集》《仓山诗集》《仓山诗话》《仓山词集》《净衣记》《式穀编》《老生常谈》《学稼志》《精骑集》《历代帝王统系图》《诗经国音歌》《读我书抄》《南琴谱》《历代诗选》[①]。陈文玾记其还有《北行诗集》《河上集》《星期集》与《诗奏合编》[②]。绵审生活的时代距今虽仅隔一百多年,但由于越南湿热多虫蚁,加之19世纪中后期至20世纪上半叶长达百年兵燹,绵审的著述也多有散佚。绵审目前所留存文献多为抄本及杂抄本。《越南汉喃文献目录提要》载绵审现存著述仅存有散文集《松善公文集》《仓山外集》,诗集《仓山诗集》五十四卷及合抄《仓山奏版》(《广溪诗集仓山奏版合编》),诗文评《仓山诗话》[③]。《仓山诗话》目前所存本收藏于越南汉喃研究院图书馆,藏书编号VHv.105,与《世说新语》合订,由高春育[④]的龙岗书院誊抄,版心上题"龙岗"下题"藏版",全书共39页,每页九行,每行二十六字,总计约九千字。

在绵审之前,越南文人诗论主要散见于诗集序跋或文人笔记中,如现存较早的阮子晋为《越音诗集》所写的序,作于延宁六年(1459)。由于越南语发音与汉字发音的差异,而诗歌作为韵文学,又特别讲究律法、声韵,因此越南文人整理编撰最多的是有关语音类书籍,如范绍(1511—?)重刊李攀龙的《诗韵集要》[⑤]、吴时任(1746—1803)的《三千字解音》《指南玉音解义》等。阮朝时期音韵也得到进一步重视,明命二十年(1839)年颁行了《钦定辑韵摘要》,该书序中称:"斟酌《佩文韵府》中,节其繁而撮其要,以便初学,命曰《辑韵摘要》。"[⑥]绍治七年(1847),阮伯仪等又奉命编撰《御制古今体格诗法集》。但现存均未见绵审之前有系统的诗论成书。

绵审《仓山诗话》的出现首先得益于他生活的时代。阮绵审生活的时期正值阮朝的政

---

① 阮朝国史馆《大南正编列传二集》卷五,《大南实录》二十,庆应义塾大学语学研究所昭和五十六年(1981)版,第7667(79)页。

② 陈文玾《对汉喃书库的考察》,越南社会科学出版社,2003年,第1043页。

③ 2003年出版的《越南汉喃文献目录提要》所载文献也多有讹误,且存在漏收、误收等情况。

④ 高春育(1843—1923),字子发,号龙岗,历任兴安巡抚、协办大学士、学部尚书、东阁大学士等,领国史馆总裁兼管国子监。著作有《休亭集》《龙岗诗草》《龙岗休亭效颦集》《龙岗京邸诗集》《龙岗草集》《龙岗文集》《新江词集》《日程演歌》等。

⑤ 此集潘辉注编撰《历朝宪章类志·文籍志》时列于范绍名下,实际该本为明朝李攀龙的《诗韵集要》在越南重刊。

⑥ 《钦定集韵摘要》,越南国家图书馆藏,藏书号R.1392。

治稳定、经济繁荣时期，是越南儒学复兴之际，汉诗文也得到大力的支持与推广。越南阮朝虽然借助于法国势力建国，但终于结束了与后黎朝长达两百五十年的南北纷争，尤其是阮朝建立前期与后黎、西山二十多年连年征战的局面。阮朝统治者虽借西方势力立国，却在建立政权后大力推行儒家思想，势图以此抗衡西方势力的影响。如阮朝建立之初，统治阶级就在越南各地推行建立文庙，并施行春秋两祭。越南学者丁克顺称虽儒学在后黎朝被奉为国学，已经非常繁盛，渗透到越南生活的各方面，但至阮朝"这个阶段，对孔子的崇拜与奉祀比上一阶段更加隆盛"[1]。与儒学推广相并存的是阮朝时期统治者一直都在积极学习汉文化，汉文学得到一定的发展。如明命帝阮福晈（1791—1841）作为越南阮朝第二代君主，还未即位时就与儒臣黎光定、阮文诚等往来密切。他当政时期（1820—1840）在大力提倡儒学时还加强皇族子女的汉诗文教育。受嘉隆、明命两位皇帝的影响，绵审生活的时期正值皇家诗文创作蓬勃兴盛之际。绵审在这样的环境下，广泛接触到众多中国书籍。他还曾借助于越南使臣之手将自己的创作带往中国，请中国文人评点再回评，形成与中国文人隔空互动的局面。这些为他创作《仓山诗话》打下坚实的基础。

绵审的成长背景也与《仓山诗话》的出现不无关系。绵审之父明命帝一直推崇汉诗文，撰有诗集《御制剿平南圻贼寇诗集》《御制诗集》，仅其《御制诗集》中所收诗歌就达三千五百余首。明命帝又是越南史上著名的多子女皇帝，共有七十八子，六十四女。在明命帝的影响之下，阮朝皇室中诸多王子公主都热爱读书，吟诗作文。如长子登位为阮朝第三位的绍治帝（1841—1847），就编有《御制古今体格诗法集》[2]，从中可见绍治帝对汉诗创作的精通。阮绵宓"幼而颖异，雅爱翰墨""于书无所不读"[3]，尤其以从善郡王绵审与绥理王棉寊最有诗名，时人誉为"诗到从绥失盛唐"。尤其值得注意的是绵审众姐妹的诗歌创作。虽然越南女性在家庭中不像中国女性那样受束缚，但诗文创作力却明显不足。阮朝之前，越南女性文学创作者寥寥，除段式点、胡春香之外，其他女性基本没有汉诗文作品，甚至于一些文学家族中女性都不识汉字。如国威潘辉益家族，虽接连三代都有多位知名文学家，但潘家女眷日常书信都还要请人代读、代作。潘辉益在作《答示诸女眷》诗题下还特别注云："各依韵答示，令代作者代看。"[4]由于嘉隆、明命皇帝对诗文的重视，且以身作则，阮朝宫中却有诸多宫嫔都精通诗文，明命时期多位公主都擅诗名，有诗集留于世。皇家子女相互诗歌酬唱成为日常习俗。绵审生母阮氏宝对子女诗文创作影响深远。阮氏宝（1801—

---

①　丁克顺《越南儒学研究的历史与现状》，《复旦学报（社会科学版）》2013 年第 6 期，第 39 页。

②　该书收录绍治帝游戏各种体格的诗一百五十七首，如蝉联体、辘转体、首尾吟、飞雁体、谜字体、离合体等。

③　阮朝国史馆《大南正编列传二集》卷六，《大南实录》二十，第 7676(88)页。

④　潘辉益《裕庵吟录》，越南汉喃研究院藏抄本，藏书号 A. 603。

1851),司空阮克始之女。所生四子三女,其中二子早殇。因阮氏宝在早年就对子女进行诗词教育,所生子女中不仅绵审擅诗名,三女俱有诗名,长女阮永祯①、次女阮贞慎②、三女阮静和③被称为"阮朝三卿"。绵审姊妹都受母亲影响对书籍有浓厚的兴趣,如《大南实录》载阮静和"酷好图史","尤通书史,旁及宫词乐府,有所得辄以教人,宫中称为女师。与其兄绵审同事生母贵人于私第,因受诗律"④。在父亲明命帝、生母阮氏宝的影响下,绵审酷爱诗书,他的日常生活也多与众兄妹、当朝文人之间诗歌酬唱,这为绵审创作《仓山诗话》提供了素材来源。

《仓山诗话》的产生与绵审个人气质也密切相关。《大南实录》载阮绵审出生即有异相,自小就展现出在汉文学方面的颖悟能力,四岁学经史,七岁学作诗,此时拟作已暗合诗法,九岁时作诗已经非常纯熟,十六岁所作诗歌已辑录成诗集:

> 初生时,右眉有一长白毫,体有四乳,腰有紫痣。左胸前有瘢方一寸,形似小印,瘢上生毛。世祖高皇帝闻而喜之,赐黄金十两。性善啼,又多病。淑嫔日夜顾复,无不尽意。未周期,啼愈甚,两目瞑而血。淑嫔忧之,多方治不效。忽有道士名云者,见之曰:"此太白金星降精也,禳之即愈。"果如其言。明命三年,才四岁,最颖异,初从宫中师氏学授《孝经》,七岁就傅于养正堂。幼学不事游戏,每背读期至百余纸。一日入侍淑嫔,见案上有一扇,书唐人五绝句,中有数字未甚晓,而读之颇悦于口,乃固请之。明日以问讲习,曰:"此何诗也?"讲习各以所见复之。因请其义,又请教之平仄、律法。由是有所拟作,暗合诗法。其早慧如此。八年春郊,公从之,有《南郊诗》,时方九岁也。稍长,出外讲习经史诸书,无不该洽。又有山水之癖,日与名士交游,见闻日广,诗集成自此,始十六年。⑤

从中可见,绵审从小积累的汉学素养与汉诗创作经验,为写作《仓山诗话》打下了良好的基础。如史传所言:"聪明嗜学,书籍之外无他好。闻有善书,罄赀购之。学问渊博,辞意典雅,尤工于诗。"⑥

绵审生活在承平繁荣的时代,皇家诗文唱和风气盛行,尊贵家族的教育及个人气质的

---

① 阮永祯(1824—1892),字仲卿,号月亭。明命帝第十八女,所著有《月亭诗草》。
② 阮贞慎(1826—1904),字叔卿,号妙莲,又号梅庵,明命帝第二十五女,留有《妙莲诗集》。
③ 阮静和(1829—1882),字季卿,又字讵之,别号常山,明命帝第三十四女,所著有《蕙圃诗集》。
④ 阮朝国史馆《大南正编列传二集》卷九,《大南实录》二十,第 7711(124)页。
⑤ 阮朝国史馆《大南正编列传二集》卷五,《大南实录》二十,第 7664—7665(76—77)页。
⑥ 阮朝国史馆《大南正编列传二集》卷五,《大南实录》二十,第 7666(78)页。

素养,在阮朝前期皇家贵族普遍重视与支持汉文学创作的背景下,众多因素共同促使了阮绵审《仓山诗话》的编撰问世。

## 二、《仓山诗话》中主要的诗学思想

由于诗话体例的特点,绵审在《仓山诗话》中所论诗人、诗事也多庞杂无章,但从中仍可梳理出他主要的诗学思想。绵审诗论主要集中谈论诗歌创作方法,通过评论中越两国诗人、诗作表达出对诗歌音律、语言等方面的看法。在《仓山诗话》中,绵审特别关注作诗的格律、语言的雅正以及仿古中有创新几个方面。

作诗应当注重格律。绵审在《仓山诗话》中开篇即提到诗歌音律问题。他认为,作诗要"不犯'失粘''失律'之禁"。失粘、失律都是与诗歌文字的发音相关。"失律"即指诗歌创作中不合声律,唐朝崔融在《唐朝新定诗格》中称:"以字轻重清浊间之须稳……上句平声,下句上去入;上句上去入,下句平声。以次平声,以次又上去入;以次上去入,以次又平声。如此轮回用之,直至于尾。两头管上去入相近,是诗律也。""失粘"则是指汉语格律诗中汉字的平仄不对。宋代陈鹄《耆旧续闻》卷四中称:"四声分韵,始于沈约。至唐以来,乃以声律取士,则今之律赋是也。凡表、启之类,近代声律尤严,或乖平仄,则谓之失黏。"因此,绵审认为不讲究格律而随意作诗,就是不知诗中乐趣:"随意做去,不知诗者乐也,吟之滞于喉,即不合于乐也。"并称:"为诗者岂可略之乎哉?"绵审强调平仄相符,同时也注意到有时平仄有意错用形成的"拗句",如称:"诗人所用字,仄或平用,平或仄用,考字书、韵书,俱无竖披……亦有同一字一义,而律诗平仄互用。"

语言需求雅正。绵审评品诗歌的一个重要标准即是"雅",如其批评后黎朝知名大家黎贵惇[①]诗作中大多不合乎法度,仅有个别诗句能称上"雅":"黎桂堂贵惇负聪明文章盛名,然集中少有合作,尝有奉使燕京,进诗云:'汉家皇帝贤天子,齐国陪臣贱有司。'句亦雅得。"在批评本国诗人滥用中国"雁""雪"时,称虽然张好合诗中的雁不是虚言,却又将出使中国期间所遇的衡阳回雁峰平铺直叙,因而称不上"雅"诗,而认为只有工稳又"清壮流丽"的诗才能称得上"雅"诗。

> 雁与雪,我南所绝无。人以为诗中善字多好用之,不知虚言终亦奚取。当以戒诸

---

① 黎贵惇(1726—1784),字允厚,号桂堂。越南历史上著名的文人,其学识渊博、涉猎甚广,著述有《芸台类语》《群书考辨》《圣谟贤范》《抚边杂录》《桂堂诗集》,编选《全越诗录》等,涉及诗文、史学、地理、哲学等多个领域。

友,或听或不听,盖习俗之移人久矣。惟张好合保之《梦梅亭集》使燕时有怀一绝云:"闺中莫怪无消息,山到衡阳雁不南。"句工而稳,然随境地实写,不雅。又君博社题送秋诗:"一杯篱落黄花酒,万里关河白雁书。"既虚用而能工稳,又清壮流丽,尤雅得也。

绵审论诗"雅"的标准有三:工稳、清壮、流丽。"工稳"意指诗句遣词造句中的工整妥帖。"清壮"意指清新豪健。晋代陆机在《文赋》中就开始用该词评品文学,称"箴顿挫而清壮",后代诗论中也常引入"清壮"一词,如宋代叶适在《姜安礼墓志铭》中称:"君诗清壮抑扬。""流丽"意指诗文语词的流畅华美,也常见于中国诗歌评品中,如唐代元稹在《唐故工部员外郎杜君墓系铭序》中对杜甫诗歌的评价:"掩颜谢之孤高,杂徐庾之流丽。"元代吴师道在《吴礼部诗话》中品评宋诗时称:"世称宋诗人,句律流丽,必曰陈简斋;对偶工切,必曰陆放翁。"

提倡用典出新意,反对诗歌浅露直白。绵审在《仓山诗话》中也多处提到仿古句,翻新意的观点,如:

> 闻坤章招妓夜饮,戏赠二首:"罗荐银筝夜不收,新声一曲锦缠头。少年易得芳时感,莫唱无愁果有愁。"又:"帘前明月坠江波,杏脸微醺细细歌。未免有情谁遣此,烛残香炷奈君何。"翌日来问前首结句,果何所本,以曲名答之,见《玉溪生集》①。"天山三丈雪,岂是远行时。"太白诗也②,升庵亟称其妙。余尝有诗送外妹往嘉定云:"故园春色好,岂是客游时。"盖仿其句法而翻其意。然沈休文诗:"及尔同哀暮,昨复别离时。"③太白亦从此出。

绵审通过绵寊与自己所作之诗来谈诗作的仿句与翻新意,同时以李白之诗出自南朝梁沈约之例,指出即便是诗坛大家也不乏借前人之句而出新意者。与强调雅正相对应,绵审认为诗歌中浅近之语不可取。他虽不赞成复古,却认为可将古语翻出新意,用于诗作中。如:

---

① 唐代李商隐《玉溪生诗集》中诗《无愁果有愁曲北齐歌》:"东有青龙西白虎,中含福星包世度。玉壶渭水笑清潭,凿天不到牵牛处。骐驎踏云天马狞,牛山撼碎珊瑚声。秋娥点滴不成泪,十二玉楼无故钉。推烟唾月抛千里,十番红桐一行死。白杨别屋鬼迷人,空留暗记如蚕纸。日暮向风牵短丝,血凝血散今谁是。"
② 唐代李白《独不见》:"白马谁家子,黄龙边塞儿。天山三丈雪,岂是远行时。"
③ 南北朝沈约的《别范安成》:"生平少年日,分手易前期。及尔同衰暮,非复别离时。勿言一樽酒,明日难重持。梦中不识路,何以慰相思?"

　　诗之新，有用古人语而翻改一二字而愈新者。袁枚、赵翼辈不能知此，专好搜剔俗事，人所不屑，遂以相夸诩。此非古人未及言，乃厌弃其浅近而不取也。虽然，究二家诗集，亦何尝出古人言语之外哉？见闻不广故也。

袁枚、赵翼是清代"性灵诗派"的代表人物。性灵派主张写诗应当抒发真性情，张扬个性，认为一个时代有一个时代的文学，因此诗作中要扫除模拟复古习气。袁枚更是公开宣称"六经尽糟粕"，对儒家的诗教观提出异议。绵审并不反对袁枚、赵翼等人"独抒情灵"的主张，相反绵审本人也强调作诗要"独出机杼"，但绵审反对性灵派人物作诗语言浅近，不加修饰，甚至于称他们"专好搜易俗事"，厌恶之情可见一斑。

　　绵审不仅从正面表达出他的诗学观点，还从批评的角度表达他在诗歌上的态度，如他从格调、用韵、作法上批评本国诗歌之弊：

　　　　我越诗有选本，自黎氏史臣潘孚先《越音集》，始继之者，杨德颜《精选集》，黄德良《摘艳集》，黎贵惇《全越诗录》。贵惇为存庵裴璧业师。今所传《皇越诗选》六卷，即裴节取贵惇之书，并附以己诗也。大概专于近体，源出举业，间有标榜僭立坛坫者，亦俱从唐诗。鼓吹战古堂入手，故其诗软弱屡馁，气息奄奄，且复用韵舛讹，制题粗恶。虽有才思聪明者，但以此道为易事，从未尝究心古学，授受师承，要不出险陋窠臼。

　　绵审在通过本国诗歌选本文献指出越南诗歌虽"俱出唐诗"，但因学习诗歌主要为了应付科举考试，且未授师承，不潜心研究，致使出现明显的缺点："软弱屡馁，气息奄奄，用韵舛讹，制题粗恶，诗句险陋。"

　　此外，绵审还崇尚作诗语出自然，如将越、中两国文人诗句放在一起比较，称逸庄兄的"风来扇自闲"与宋代韩琦《登广教院阁》中的"花去晓丛蜂蝶乱，雨匀春圃桔槔闲"[①]诗句"不知谁近自然"。绵审在《仓山诗话》中的诗学思想也同样体现在他其他诗歌评品中，如在《梁溪诗草序》中评价潘清简之诗："出自机杼，不屑寄人藩篱。而字字高寒，篇篇沉练。清便则流风回雪，绮丽则华屋画桥。诣微造极，复生摩诘、浩然；硬语宏裁，时类退之、子美。或抽思而寓屈子，超回隐进；或放言而仿庄生，诙诡洸洋。亦雅润而通圆洵，慷慨而磊落。"[②]绵审主张作诗当在典雅之中抒发性情，从中也可见他所崇尚诗作中的雅正之论。

---

　　① 宋代韩琦《登广教院阁》原诗："岑寂禅扉启昼关，公余为会一开颜。高台面垒包平野，老柏参天碍远山。花去春丛蝴蝶乱，雨匀朝圃桔槔闲。徘徊轩槛何时下，直待前枝倦鹊还。"（《宋诗别裁集》卷五，岳麓书社，1998年，第70页）
　　② 潘清简《梁溪诗草》，越南汉喃研究院藏抄本，藏书号 VHv151。

## 三、《仓山诗话》中的"以诗纪事"

诗话有别于其他诗论的一个重要文体特征是引入纪事。左东岭认为:"诗话之纪事不限于作品之本事,而是以资闲谈之诗坛掌故、文人雅趣、诗人遭际及风气影响等等作为涉猎对象,而且重在文笔轻松、自由活泼,所谓'体兼说部也'。"① 蔡镇楚称诗话中这类纪事之作为:"以记事为主,重在诗本事,通常以说之笔调,述作诗之故实,兼欲论诗之意。"②《仓山诗话》中也记录了绵审自身或当时诗人有关诗歌创作的故事,体现了越南的文人交际与文人旨趣等内容。绵审《仓山诗话》中纪事的内容主要有以下几类:

一是详细记述了绵审与皇族家庭成员写诗、论诗逸事。由于阮朝前期统治者对文学的重视,政治经济的稳定,皇家成员诗酒唱和成为寻常事,绵审称"比年学诗诸弟子,记诵渐富,每夜集为酒,令交互唱酬"。绵审《仓山诗话》中也记录了许多皇家诗文交游之事,如记录与海宁公、广宁郡王交游作诗时的逸事:

> 皇四十二子海宁郡公绵寊,字仲大,坐好客,故贫,然其癖固不能疗也。迨夏辄构水亭枣园门外,以招客。东池兄每来游,酒馔灯席,几榻笔墨,无物不自备。主客相安也。余以月夜游其中,有诗云:"酷暑重人易放慵,扁舟薄晚始过后。"海宁公弟、安常姊恰有行窝茗粥供。余别业在香江之南,西出浦口,又自西向东行。东南即安常姊,东即海宁弟所居。俱有水亭,招至茗饮,盖纪实事。

这一则记叙绵审与姐弟之间住处相隔不远,夏日里经常诗酒酬唱,甚为惬意。《大南实录》载阮绵寊③"性豪逸,常养斗鸡、猎獏,游放自适。凡清商船来有新奇物,辄散赏以买,遇同好者举而予之不靳,以故得贫。奉养清淡,晏如也。风月爽怀,倜傥不羁。客至,令姬沽酒置饮,谈笑放浪,不自知其王公之贵也。"④ 东池即阮绵定⑤,从小就"博涉群书,有诗名,尤工应制体"⑥。安常公主即阮良德⑦,稍长就跟随宫中女官学习书史,曾于宫中沉着冷静指

---

① 左东岭《"话内"与"话外"——明代诗话范围的界定与研究路径》,《文学遗产》2016年第3期,第106页。
② 蔡镇楚《诗话学》,湖南教育出版社,1990年。
③ 阮绵寊(1828—1896),为明命帝第四十二子,受封海国公。
④ 阮朝国史馆《大南正编列传二集》卷七,《大南实录》二十,第7682(94)页。
⑤ 阮绵定(1808—1886),字明静,号东池,为明命帝第三子,受封寿春王,著有《明净哀方诗集》。
⑥ 阮朝国史馆《大南正编列传二集》卷五,《大南实录》二十,第7655(67)页。
⑦ 阮良德(1817—1891),明命帝第四女,受封安常公主。

挥灭火,明命帝出巡回来后赐金以示嘉奖。作为兄长的阮绵定就此作诗相赠,称:"王姬忽作飞来雉,博得安常满袖金。"①可知,绵审众兄弟诗文交游已成为日常。

绵审不仅在诗话中记录姊妹之间诗歌创作的琐事,还谈及他们之间对诗歌评品的逸事:

> 与默甫(名绵宓②,封宁国公,绍治中晋广宁公)子裕对床之夜,谈王摩诘事。子裕因诵明人谒右丞祠蜀栈之作,偶忘合句,默甫辄应云:"蜀栈青骡不可攀,孤臣无计出秦关。潇潇风雨华清夜,愁绝江南庾子山。"余非之,默甫因谓新课不忘。余笑曰:"此所以为默甫诗。"曰:"何谓也?"曰:"第三语太觉平直。"二弟共起索观之,乃"华清风雨潇潇夜"敖暎诗也③。只此七字,才一移转便有天壤。

在绵审与绵宓、绵宽两位弟弟谈诗时,以绵宓记诵的误句谈及诗歌字句一转便境界差异立现。可见绵审家族成员之间除了诗歌酬唱,还经常在一起探讨作诗方法与诗歌艺术。

二是记录当朝文人、大臣之间与诗相关的雅事。绵审不仅与皇族之间有交游,还与众多当朝重臣交往甚密,如他对阮朝时期三朝重臣潘清简④的记录。绵审与潘清简交厚,他在《仓山诗集》里绵审经常提到与之交往的逸事:

> 坤章⑤少岁有句云"解歌侍婢名樊素,高捧琼杯唱羽衣",梅川(潘亦梁溪别号)爱之,每向人矜其风调。尝与梅川同以公事出就近报国寺,留宿。钟鸣时,先生对灯默坐,若有所触,余提笔为赋一绝云:"半落山房烛影红,鬓丝禅榻坐秋风。十年宦况知何似,只在听钟不语中。"先生再之吟咏,怆然久之。

绵审记录了潘清简激赏弟弟阮绵宾之诗,常向人夸赞之事。又提到自己曾与清简共事时曾相送一绝句,引起他的共鸣,以至于"怆然久之"。绵审所选取的人事琐闻常常为了凸显其性格,如他对司业黎文禧的记录:

① 阮朝国史馆《大南正编列传二集》卷九,《大南实录》二十,第7705(117)页。
② 阮绵宓(1825—1847),字默甫,号芸亭,明命帝第三十子,受封广宁郡王,所著留有《欣然诗集》。
③ 明代敖英所撰《辋川谒王右丞祠》:"蜀栈青骡不可攀,孤臣无计出秦关。华清风雨萧萧夜,愁杀江南庾子山。"
④ 潘清简(1796—1867),字靖伯,又字淡如,号梁溪,又号约夫,别号梅川,历仕明命、绍治、嗣德三朝。祖籍中国福建漳州府海澄县,1826年科举及第,官至协办大学士,所著有《梁溪诗草》《梁溪文草》《约夫先生诗集》,编撰《钦定越史通鉴纲目》《皇越风雅统编》等。
⑤ 阮绵宾(1820—1892),字坤章,又字季仲,号静圃,又号苇野,明命帝第十一子,受封绥理王,所著有《苇野合集》《绥国公诗集》。

> 贫而喜声乐,达生任性,不拘儒者小节。堂夜饮,命名妓锦儿、绣儿佐酒,醉中曰:
> "似此善歌,缠头不是,吾当卖屋以供之。即移住弟子员官给房屋,有何不可?"有说于
> 坤章,遂赠诗云:"半生诗酒宦情疏,司业风流尽不如。拟把田园抛唱曲,还来房屋傲
> 徒居。"

黎文禧虽然穷困,却豁达任性,不拘小节,为了名妓甚至愿意"卖屋以供之"。阮绵寊恰恰
也是放旷之辈,听闻此事就寄诗一首打趣他,文禧得诗后还"捋髯称快",其人物个性跃然
纸上。

绵审还记录了当时众文人之间诗歌酬唱之雅事,或是与君公阮绵篆[①]等人常联游赋
诗之事,或是以一诗引发众人唱和,如:

> 姬人引氏《次韵鹧雏晚坐》云:"细雨斜风一片秋,无边落木水东流。天寒日暮萧
> 萧竹,仅作佳人字字愁。"拙园、端斋见之,称赏不已。拙园一日朝罢,阻雨不得归,戏
> 次其韵,寄内云:"深闭妆楼懒赏秋,平湖散漫绕阶流。寒山淡岩长峦远,孙寿眉儿故
> 作愁。"余和云:"烟雨凄凄接素秋,红楼对岸阻江流。风波不惜相思苦,无恨新诗为尔
> 愁。"子裕和云:"滞雨终朝复暮秋,美人环佩隔汀流。比为双鲤无消息,一叶西风万解
> 愁。"默甫和云:"瑟瑟西风木叶秋,潺潺四壁雨声流。即看此日西江水,何似金闺一
> 片愁。"

通过姬人一首诗引发众人围绕"烟雨""美人"和"愁"字一起唱和,众人诗歌相互呼应又各
有千秋。

在叙事方式上,绵审在记录这些逸事时并不是平铺直叙,而是将所叙诗人与诗事与诗
歌紧紧相联系。在具体的写作中,绵审通过以事谈诗、以诗谈事,在叙事中写出诗人风致。

一者因事及诗。先叙述一件事情,再由此引入诗。如:

> 月夜过潘梁溪公署,命小童先入报之。与夫人方共食,童出戒无惊,立待于门外。
> 食竟,乃入。案前通有笔墨戏书云:"率性相思命驾行,忘先投刺谒先生。可怜立雪多
> 时了,只待如宾礼未成。"公捧腹大笑,即命烹茗相劳苦。

---

① 阮绵篆(1833—1905),字君公,号约亭,明命帝第六十六子,留有诗集《约亭诗抄》,今存成泰辛丑年(1901)翼
经堂印本二种。阮绵审评,阮绵寊审定,全诗收二百四十首,尤其值得注意是其赴法国途中所作诗歌。

记叙月夜至潘清简宅第却恰逢夫妇二人吃饭,于是立于门外等待,由此作诗自比"程门立雪"的逸事。

另一者因诗及事。以诗或诗论引入所叙之事。如:

> 潘梁溪云:"天地间相感,无根枝端绪而深。"此理甚不可解。忆少时从松斋先生学诗,一日往见书案上有新词一阕云:"野外飘蓬风外絮,半生萍梗海中央。青衫红泪事浔阳,江天云漠漠,枫树梦苍苍。汉月秦词秋雁断,短歌对酒河梁,西风班马玉鞭长。一樽聊复醉,离合海茫茫。"款题《鹧鸪》小词,湖海散人林裔鈙未成草。辞气苍凉,笔意道逸,玩味不能释手。先生指谓:此友英年妙才,能诗善画,游散天涯,无所定著,不日行往暹,去急。仆与之几日盘桓,一日拿出长笺,手写墨菊一枝,题云:"凝香书词画清幽,洗砚西池墨浪浮。自笑酸穿无别赠,为君聊写一枝秋。"笔致飞动,忽来满坐凉飙,后书似应为某兄清玩,新捧相授。仆得书珍同拱璧,归藏箧笥,时出玩读,后为友人持去。松斋不可复见,而伊一别如两,迫今岁五十年。每公余独坐,矢口狂吟,不觉秋意寒香,穆然神遇矣。松斋姓苏名奋扬,东粤人。拙园兄送人诗有云:"远水孤帆投暮霭,空山瘦马立斜晖。"洵佳句也。

在这一则诗话里以潘清简的诗引入,回忆当年跟随广东人苏奋扬学诗时,所见其书案上林裔鈙所填写的鹧鸪小词,又由此引入苏奋声与林裔鈙交往时的赠诗。

《仓山诗话》紧扣"话"体,以诗纪事。由于这一特点,《仓山诗话》在越南还被当作笔记小说类与《世说新语》合订。罗根泽即认为"诗话出于本事诗,本事诗出于笔记小说"[①],《世说新语》中就有三则书写方式与后世诗话几乎无异[②]。可见,《仓山诗话》表现出了较为高超的叙事艺术。

## 四、《仓山诗话》中的"以诗评品"

诗话除了纪事性,其作为诗论最重要的特征及价值是对于古今汉诗的精准品评。绵

---

① 罗根泽《中国文学批评史》,上海古籍出版社,1984年,第244页。
② 《世说新语》上卷,"言语第二"第71条载:"谢太傅寒雪日内集,与儿女讲论文义,俄而雪骤,公欣然曰:'白雪纷纷何所似?'兄子胡儿曰:'撒盐空中差可拟。'兄女曰:'未若柳絮因风起。'公大笑乐。即公大兄无奕女,左将军王凝之妻也。""文学第四"第52条:"谢公因子弟集聚,问:'毛诗何句最佳?'遏称曰:'昔我往矣,杨柳依依;今我来思,雨雪霏霏。'公曰:'讦谟定命,远猷辰告。'谓:'此句偏有雅人深致。'"第101条:"王孝伯在京,行散至其弟王睹户前,问:'古诗中何句为最?'睹思未答。孝伯咏:'"所遇无故物,焉得不速老?"此句为佳。'"

审在《仓山诗话》中摘录了众多的中、越文人诗句,从中发表自己的看法或进行考证。绵审对中、越两国文人诗歌非常熟悉,他在《仓山诗话》中称:"嗣德甲寅奉敕评阅进览。黾勉一过,摘录千首。"他在另一部著作《仓山奏版》中也编撰、评品了中国从汉魏至明清的71位诗人诗作①。因此,他在评论中、越文人诗歌时常是信手拈来一句,这也正符合诗话体裁随意的特性。

其一,摘录中、越两国文人诗歌或诗句,加以评述或阐发自己的诗歌理论观点。

一是品评中国文人诗歌。绵审所摘录的中国诗歌朝代非常广泛,从唐宋至明清的诗人诗作都有涉及,如南北朝时期梁简文帝萧纲的《枫叶诗》、江总的《怨诗》,唐代李白《送友人寻钺中山水》、杜甫的《寄赠王十将军承俊》、陆龟蒙《村中晚望》、张谓的《杜侍御送贡物戏赠》,宋代叶适《水心诗钞》中的《橘枝词三首记永嘉士风》、徐俯《次韵可师题于逢辰画山水二首》,明末清初施闰章的《淳湖寻邢景之》、袁凯的《李陵泣别图》、敖英的《辋川谒王右丞祠》,清代袁枚的《寄鱼门舍人一百韵》、钱锦城《席上咏物分得橘》等。从中可知绵审对中国历朝诗歌都有所涉猎。

他不仅是简单引入诗话加以评论,还将不同朝代的诗歌进行对比,评出承袭与优劣,如杜诗《后出塞五首(其二)》中描写将士远征时的场景,绵审将之与《车攻》相比较,由二诗中所展现出的雄伟壮阔的意象,感叹俱是优秀之作,"不啻太山之于上阜":

> 杜诗"落日照大旗"一篇气象雄伟,沈归愚评云"写军容之盛,军令之严",如干、莫出厘,寒光相向。余每读《车攻》,观其规模宏远,气象壮阔,无所不有,已迥别矣。

或将明代诗歌与唐代诗歌进行对比,认为同样题材之下,崔道融比许宗鲁诗歌意境与用辞上俱高一筹:

> 明许鲁字伯诚,咏班婕妤:"妾命由来薄,君恩岂异同。自怜团扇冷,不敢怨秋风。"②其诗甚佳,然不及崔道融之作。崔云:"宠极辞同辇,恩深弃后宫。自题秋扇后,不敢怨秋风。"③虽俱从《怨歌行》化出,然崔更翻一层,意新而辞婉,怨深而情正,盖不得不服唐人高手。

---

① 阮绵审《仓山奏版》,《诗奏合编》,越南汉喃院藏抄本,藏书号 A.2983。
② 明代许宗鲁《班婕妤》:"妾命由来薄,君恩岂异同? 自怜团扇冷,不敢怨秋风。"
③ 唐代崔道融《班婕妤》:"宠极辞同辇,恩深弃后宫。自题秋扇后,不敢怨春风。"

又指出宋诗对唐诗的因袭，如称苏轼《太白山下早行至横渠镇书崇寿院壁》中"聊亦记吾曾"语出王维：

> 东坡诗"聊亦记吾曾"①，人亟称其押韵之妙，殊不知右丞《韦给事山居》诗："幽寻得此地，讵有一人曾。"②已导夫先路矣。

通过将唐诗与前朝后世的比较中，绵审"尊唐"之论可见一斑，指出唐诗既承继了前代的优点，又开启了后世作诗的法门，但宋诗与明诗在境界上总是略逊唐诗一筹。

二是品评越南文人诗歌。如后黎朝皇帝黎思诚与大臣相与唱和，共称"骚坛二十八宿"，并将唱和编为《琼苑九歌》诗集。本是一段文坛佳话，绵审却批评其"君臣标榜，陋不胜言"。但绵审却对当时文人赞许有加，如：

> 王有光，字用晦，号济条，嘉定人。明命中俱乡荐，历官至巡抚，为人劲真，百折不少屈。暮年事禅说，胸次泊如也。尝有句云："岁与人为客，官非病不闲。"风致可想。

绵审赞常王有光劲直的个性，又通过王有光之诗来称赞其风度品格。或是称赞时人之诗：

> 永隆诸生黎公润，号梧亭，时方悼亡，《拟明皇忆贵妃》云："继使海棠能解语，可堪长夜伴花眠。"翻案亦佳。

绵审主张学古中有创新，黎公润借以唐玄宗与杨贵妃之间"海棠睡未足"的典故来反衬玄宗怀念杨贵妃悲凉的心境，因此绵审认为此为有别于前人的创新之处。

三是将越南诗作与中国诗作进行对比，指出其中的因袭关系。

> 尝与群李同咏《昭君出塞》，作者甚多，犹爱子裕（名绵宽③，封乐边郡公）句云："一样李陵塞上月，琵琶犹是后宫声。"谓其不藏古人，然概是脱胎海叟之作，袁凯题

---

① 宋代苏轼《太白山下早行至横渠镇书崇寿院壁》："马上续残梦，不知朝日开。乱山横翠幛，落月淡孤灯。奔走烦邮吏，安闲愧老僧。再游应眷眷，聊亦记吾曾。"

② 唐代王维《韦给事山居》："幽寻得此地，讵有一人曾。大壑随阶转，群山入户登。庖厨出深竹，印绶隔垂藤。即事辞轩冕，谁云病未能。"

③ 阮绵宽（1826—1863），明命帝第三十三子，受封乐边郡公。绵宽虽未有诗集留存，但亦有汉诗作，如嗣德七年扈从皇帝幸太学时作《奉应制视学歌十二章》。

《李陵泣别图》:"上林木落雁南飞,万里萧条使节归。犹有交情两行泪,秋风吹上汉臣衣。"①

或将自己作诗经验与所读中国诗歌相印证。

> 余晚泊诗:"夕阳明细雨,落叶洒孤舟。"偶然拈得,自谓写景入神,而"明"字、"洒"字实非力所能也,劳辛阶亦甚嗟赏。后读梁简文集《枫叶诗》乃知下句但异字,而气味殊别。诗云:"萎绿映葭青,流红分浪白。落叶洒行舟,仍持送远客。"②

通过将越南文人所作诗与中国诗句比较,从中可以看到越南文人所受到中国诗歌潜移默化的影响。

其二,对中国诗歌内容、作者、用词等进行考证。如对中国诗歌文体流变的考证:

> 昔刘梦得初作《竹枝词》(《云仙杂记》谓张旭唱《竹枝》之伪造,不足据),本言巴渝风土,男女情事。其后《柳枝》从而兴焉,宋叶水心又创为《橘枝词》,清汪钝翁继之,俱本《竹枝》也。其音节风调,与诗判然不同。

绵审认为《柳枝词》《橘枝词》等诗歌都是从唐代刘禹锡《竹枝词》中变化名称而来,实与《竹枝词》并无二致。

再者对诗歌作者的考证。绵审尤其注重选取在中国诗论中引起广泛争议的话题,如对"驿寄梅花"这一公案进行考证:

> 盛弘之《荆州记》载陆凯寄范晔③诗云:"折梅逢驿使,寄兴陇头人。江南无所有,聊赠一枝春。"按六朝之世有二陆凯,一为东吴陆逊族子,字敬风④;一为东魏陆俟之

---

① 袁凯,字景文,号海叟,松江华亭(今上海市松江县)人。明初诗人,以《白燕》一诗负盛名,人称"袁白燕"。其《李陵泣别图》:"上林木落雁南飞,万里萧条使节归。犹有交情两行泪,西风吹上汉臣衣。"
② 梁简文帝萧纲《枫叶诗》:"萎绿映葭青,疏红分浪白。落叶洒行舟,仍持送远客。"
③ 范晔(398—445),字蔚宗,顺阳郡(今河南淅川)人。南朝宋时史学家、文学家,所著《后汉书》位居"前四史"之列。于元嘉二十二年(445)拥护彭城王刘义康为帝,事败后被诛。
④ 陆凯(198—269),字敬风,吴郡吴县(今江苏苏州)人。三国吴国重臣陆逊之侄,大司马陆抗族兄。曾于黄武(222—229)年间知永兴和诸暨县。

孙，际绠之子，字智君，孝文宣武间人①。而范晔宋文帝时谋反伏诛，其于魏盖当太武帝。自太武至孝文尚隔三十余年，固不得上交敬风而下交智君，亦有差处。况诗中江南二字，凯在代北，终说不去。是非魏之陆凯明矣。近代沈德潜撰《古诗源》列于沈庆之②、汤惠休③之间，更以为宋人，于何证据？升庵谓智君北人，当是范寄陆耳，亦关涉也。愚谓宋书元嘉间有陆征④，或其人欤？

绵审认为六朝时有两位陆凯，但与范晔生活时代都有差距。认为无论是沈德潜还是杨慎的观点都没有证据，存在牵强附会之处。绵审又给出一条新的推断，认为或是元嘉间的陆征。陆凯《赠范晔诗》首见于《太平御览》⑤中所引，因有关此诗的信息相互有所抵牾，历来引起后人的争议。在其后的诗评中常有关此则材料真伪及作者等相关信息的讨论。然绵审所认为是陆征亦无任何根据，仅因之与范晔生活时代相近，因此绵审自己也对这一推断表达出不确定性，只是提出作为参考。

在这类考证中，绵审常是先列出中国诗句，再进行考证、解读。如对中国诗歌中的"细腰"一词的考证：

> 彭大翼《山堂肆考》曰："古楚宫，在梦州府巫山县，楚襄王所游地。宋黄庭坚有石刻所谓细腰者是也。"杜樊川《息妫诗》（集作《题桃花夫人庙》注即息夫人）："细腰宫里露桃新。"王阮亭看桃花诗："章华宫里细腰身。"按：息妫，楚文王时人。章华台，灵王所造。俱见《左传》。襄王又其后也，原不相与。大抵诗人专取其佳丽，境地相适，不必拘拘章句为也。余尝咏夹竹桃花有句云："潇湘哀怨章华泪，仅作春风一树愁。"盖亦如此。

绵审在对"细腰"一词来源考证后又进行解读，认为诗人作诗时并不需要一定严格遵守实写，而是可以凭诗中句意、境界来选取合适的典故、意象与语词，并以自己所作夹竹桃花诗为例，称自己作诗时也是秉承这一写法。

---

① 陆凯（？—504），字智君，代郡（今山西代县）人。东平王陆俟之孙，建安贞王陆馛之子。历任通直散骑侍郎、给事黄门侍郎等职。
② 沈庆之（386—465），字弘先，吴兴武康人。南朝宋时名将。
③ 汤惠休，字茂远，生卒年不详，南朝宋时诗人。早年为僧，钟嵘《诗品》称之为"惠休上人"。
④ 陆征（391—452），字休猷，吴郡天（今苏州）人。历任长沙内史、宁朔将军、益州刺史等职。
⑤ 《太平御览》卷九七〇中引述朝宋盛弘之的《荆州记》："陆凯与范晔相善，自江南寄梅一枝诣长安与晔，并赠范诗曰：'折花逢驿使，寄与陇头人。江南无所有，聊赠一枝春。'"

# 五、《仓山诗话》诗学思想溯源

中国诗话缘起于钟嵘《诗品》,清代何文焕编印《历代诗话》中就将《诗品》作为冠首,但彼时尚未以诗话名篇。诗话之称肇始于宋代欧阳修《六一诗话》,其后张戒的《岁寒堂诗话》、姜夔的《白石道人诗说》、严羽的《沧浪诗话》等相继而出。后继佳作如元代王若虚的《滹南诗话》,明代李东阳的《怀麓堂诗话》、谢榛的《四溟诗话》及清代王夫之的《姜斋诗话》、王士禛的《带经堂诗话》、袁枚的《随园诗话》、赵翼的《瓯北诗话》,近代梁启超的《饮冰室诗话》等,都推动了诗话体系的发展完善。

绵审对中国诗话体系烂熟于心,在《仓山诗话》多处征引中国宋、明、清三代诗话,其中主要是宋代胡仔《苕溪渔隐丛话》、明代杨慎的《升庵诗话》,以及清代沈德潜《古诗源》《清诗别裁》中的论诗评语,其目的或是用于支持自己的诗论观,或是将其作为对立观点加以驳斥,或是为了辨析其内容。

其一,以所引中国诗话支持己论或是赞赏己诗。如:

> 徐师川《题于生画》云:"故山黄叶下,梦境白鸥前。"① 胡仔《苕溪渔隐》以为集中好句②。余《秋怀和元遗山韵》五、六句曰:"宾客病多黄叶散,江湖计晚白鸥惊。"③ 劳辛阶先生评之曰:"遗山复记,当引为同调。"④

绵审先引用《苕溪渔隐丛话》中评徐师川之语,再将己作之诗与徐师川之诗进行比较,借以间接赞赏己作之诗。

其二,以所引诗话为对立观点,并加以批评。如:

> 升庵曰:"唐诗:'三十六所春官殿,一一香风透管弦。'又:'绿波东西南北水,红阑三百九十桥。'又:'春城三百九十桥,山岸朱楼隔柳条。'又:'烦君一日殷勤意,示我十年感遇诗。'陈郁云:'十音当为谌也,谓之长安语音,律诗不如此,则不叶矣。'"观此可

---

① 宋代徐俯《次韵可师题于逢辰画山水二首(其一)》鉴赏:"江汉逾千里,阴晴自一川。故山黄叶下,梦境白鸥前。巫峡常云雨,香炉旧紫烟。布帆无恙在,速上钓鱼船。"

② 即胡仔《苕溪渔隐丛话》。

③ 阮绵审的《秋怀用遗山韵》:"梦落寒山暮雨声,一樽倚醉坐来清。长风摵摵迎秋至,古意茫茫入夜生。宾客病多黄叶散,江湖计晚白鸥惊。村南烟舍遥相约,拟买扁舟钓月明。"

④ 《书序摘录》(越南汉喃院藏书编号 VHv. 350)中收有劳崇光《仓山诗钞序》。

　　见升庵他日犯调，不知何以复取"臂悬"之语。

此条载在杨慎《升庵诗话》卷一"十字平音"条中。中国古诗中音韵是作诗时重要的组成部分，尤其是其中的押韵、平仄问题，由于语言的发展，音韵在不同时期也出现一定的变化。

　　绵审《仓山诗话》在内容与体例中也直接承继于中国诗话：

　　在内容上，《仓山诗话》模仿中国诗话中侧重"以资闲谈"，风格偏于闲适风趣。中国诗话兼及有"说话人"的身份，叙述与诗歌及诗歌创作相关的趣事逸闻，且多侧重于诙谐、生动的文人之事，人物形象生动。绵审也承继这一写法，如绵审所记述与众兄弟至孝陵时的趣事：

　　　　安凭山势联络，多怪树，居民构小祠神事之。常年清明及值班，恭检孝陵神御物项，余兄弟皆舣舟其下。默甫幼年，美姿容，性怯弱，有如妇人。每往侍者，辄携一鸡拜祝而放于此。坤章一日至自安兴，摘具树一叶把玩，同人相顾骇愕。余固戏吟云："神树阴沉望欲迷，行人若个不头低。坤章浪子轻攀折，曾费宁公十万鸡。"一坐大噱。

在叙述中形象展现了阮绵宓与阮绵寘两位皇子不同的性格特征。绵宓虽然容貌秀美可体弱怯懦①，而绵寘却生性放浪，无所忌讳。越南的神树信仰历史悠久，在《岭南摭怪》中就记载上古之时有一树精，"变幻勇猛，能杀生人物"，泾阳王也只能让它"稍屈"，但依然变化不测，常食生人②。因此体弱的绵宓才每次前往必带一鸡祭祀以求平安，但绵寘却毫无畏惧，甚至故意摘树叶把玩以示对神树信仰的鄙视。绵审通过一诗记录这一趣事，也将两位弟弟的性格展露无疑。

　　在体例上，《仓山诗话》承继中国诗话的样式。中国历代话体在文本体例中侧重于话体讲述、话体叙事，体例往往零散随意。《四库全书总目提要》谈及中国诗论的渊源与流变时指出诗论形式有五种："建安、黄初，体裁渐备，故论文之说出焉。《典论》其首也。其勒为一书，传于今者，则断自刘勰、钟嵘。勰究文体之源流，而评其工拙；嵘第作者之甲乙，而溯厥师承，为例各殊。至皎然《诗式》，备陈法律；孟棨《本事诗》，旁采故实；刘攽《中山诗话》、欧阳修《六一诗话》，又体兼说部。后所论著，不出此五例中矣。"③诗话既归于诗文评又"体兼说部"，体现诗话在叙事内容中兼及"说部"特征，即采用文学手法中想象、虚构等

----

① 绵宓因体弱多病，二十三岁就英年早逝。
② 陈世法等《岭南摭怪列传》（甲本），《越南汉文小说集成》第 1 册，上海古籍出版社，2010 年，第 26 页。
③ 永瑢《诗文评类一》，《四库全书总目·集部》卷一九五，中华书局，1983 年，第 1779 页。

介入严肃的诗文评之中。绵审《仓山诗话》也带有琐言特点，其不仅记录诗歌，还偶尔录入其他文人逸事，如书中辑录李陈时期到阮朝的著名文人莫挺之①出使中国时的铭文，此条著述在越南笔记小说中被广泛记录：

> 陈氏有国时，其臣状元充内书家莫挺之，字节夫，奉使于元。泰定帝命为扇铭，秉笔立就。其辞曰："流金烁石，天地为炉。尔于斯时兮，伊周钜儒。北风其凉，雨雪载涂。尔于斯时兮，赵齐饿夫。噫！用之则行，舍之则藏。惟我与尔有是夫。"举朝惊叹。

有关《扇子铭》②，在中国明代俞弁所撰笔记《山樵暇语》中就出现，考究越南笔记小说中所载莫挺之其他创作多移植于中国，如其对句"出对易，对对难，请先生先对"及"遏予乘驴，南方之强欤，北方之强欤"③，莫挺之所作的扇铭极大可能也是采自中国作品的附会之作。

中国诗话林林总总，《仓山诗话》在承继中国诗话时，与中国诗话也有不同侧重之处，体现在《仓山诗话》中所叙述的人与事主要是作者绵审亲身经历的事，或密切相关的人。诗话的内容围绕着叙述主体，在少量选取越南前代文人的逸事时往往寥寥几笔。《仓山诗话》在具体叙事中多秉承"实录"精神，以笔记的形式记载真人实事，在其集中基本没有中国诗话中常见的道听途说，甚至神诞怪异杂记的"小说家言"。

# 六、结　论

总之，《仓山诗话》内容与形式都模仿于中国诗话，与日、朝相比，越南的诗话作品起步晚了几个世纪。日本被认为第一部诗话的作品是五山诗僧虎关师炼（1278—1346）的《济北诗话》，朝鲜最早的诗话是徐居正（1420—1488）的《东人诗话》。越南诗话不仅在创作时间上晚于日、朝，在数量上，仅存一部较为完整的《仓山诗话》也更显单薄。越南诗话与日、朝差距巨大，与越南在汉文化圈中整体汉化汉学的水平相对较低相关。实际上，越南虽然经历上千年的郡县时期，彼时也有众多的中原人士或避乱于交趾，或被贬谪于安南，如高烈对唐朝时期流寓安南文人文献进行梳理时曾指出，杜审言、沈佺期等唐代文人都曾身居

---

① 莫挺之（1280—1346），字节夫。元朝至大元年（1308）出使中国。
② 《扇子铭》："大火流金，天地为炉。汝于是时，伊、周大儒。北风其凉，风雪载途。汝于是时，夷、齐饿夫。噫！用之则行，舍之则藏，唯吾与汝有是夫！"
③ 佚名《老窗粗记》，《越南汉文小说集成》第6册，第48—49页。

安南①,但郡县时期越南在地域上比起日、朝,甚至更远于中国中原地带的文化中心。因此在汉诗文创作方面,知名者仅有姜公辅、姜公复兄弟等寥寥数人。甚至于越南封建时期文人也对自己的汉诗文表现表示不满,他们分析郡县时期越南文人的创作保留下来的太少,原因可能是当时中国统治者故意销毁这一段文献及相关历史。如曰:"宋齐梁陈隋唐九百四十三年,盖其间北人都护收拾我国书籍,或焚,或将回北国,使我国后世之人,幽幽冥冥,无从稽考。"②然越南自丁部领968年建立独立政权,其后历代统治者也一直积极吸纳汉文化,但留存下来的汉诗文数量与质量,仍然不能与日、朝同日而语。究其原因,一方面是越南自然环境因素造成的汉文献毁损,另一方面也与越南汉文学创作数量不足密切相关。甚至有些越南著名文人都曾坦言,因长期费力于科举,汉诗文创作起步较晚,投入时间较少。甚至有人在担任官职后为应付投赠应答,才开始学习汉诗文写作。上述因素限制了越南诗论,使其长期难以有所建树。

在此背景下,绵审《仓山诗话》作为越南目前仅见的一部诗话,其在越南诗论乃至汉文学史上无疑占有着独特地位与重要价值,主要表现在两个方面:一是《仓山诗话》在内容上较为丰富,比越南汉籍中的其他诗论有着明显的扩增。越南留存的其他诗论主要散见于文人别集的序跋与笔记中,主要是针对某人某部诗作的具体评述。而《仓山诗话》却收录众多中、越两国诗人及诗文评,具有一定的诗论规模。二是《仓山诗话》采用了传统的诗话体例,从中可见绵审对诗学的总体认识。在越南诗文批评史中,《仓山诗话》评论诗艺,体现出对中国诗学思想的承继,形成了初具规模的越南诗论。绵审在《仓山诗话》中以人为中心,由诗人及诗作,在对人物叙述中带出与之相关的诗作批评,从而突显人、诗、事、论之间的相互印证关系。它所记录的诗人交际、汉诗酬唱、文人旨趣等,也真实再现了越南汉诗坛的风气与风格趋向。《仓山诗话》依据中越诗歌创作本体而对比议论,在具体评论中显示出一定的诗学深度,其出现可以说是代表着越南诗论的成熟。

【作者简介】严艳,文学博士,佛山科学技术学院教授,出版专著有《越南如清使汉文文学研究》等。

---

① 高烈《唐代安南文学研究》,浙江大学2013年硕士论文。
② 佚名《雄王疆域备考》,越南国家图书馆藏抄本,藏书编号R.989。

# 中国文人对越南汉诗的镜像式评论<sup>*</sup>

何仟年

**摘要**：中国古代较早评论越南汉诗的文献见于元代。越南诗集被中国文人作序、题赠、品评的情况有近百人次。中国评论者的态度各有不同，随个人身份和交往环境有所变化。大多数情况下，中国文人不是作为个体的批评者去观照特定的作品，而往往是作为华夏一份子的身份以越南汉诗为镜像，看到中国政治、中国文明和中国文艺，并且不由自主地挑选了其中己方占优势的一面。当中国政治强盛时，看到的是王朝政治；当国力衰败时，看到了儒家文明；而当越南汉文明沦陷时，看到了汉语艺术。只有在少数情况下，由于语境的私人性质，诗论中才更多地见到真实的情感抒发和具体而中肯的艺术批评。

**关键词**：越南汉诗　评论　中国文人　镜像

古代中国文人接触越南汉诗的机会多与使事有关。如越南使者在华，会有奉旨作诗的情况，使臣与伴使或朝廷大臣接触，也有互相题赠的举动。使臣会携带越南诗作到中国请人品题，或将诗作放到中国刊刻。也有中国文臣到越南，得以阅读越南作品。少数情况下如黎崱归附中国，在其著作中记录越南的汉诗。在明代时，甚至有越南向中国礼部献书的情况，此种则较少为人所注意。所以，北方文人其实有不少渠道能阅读越南汉诗，而越南汉诗在中国传播不广，留下来的相关评论文字较少，是因为中国文人缺乏接受域外汉诗的动力的缘故。

中国文人接受越南汉诗时，态度各异，有时颇为敷衍，如明命帝（1821—1840 在位）在十八年曾问李文馥中国文人对其诗作的评价：

> 帝尝与诸臣论诗，问李文馥曰："汝前者如东，会带领御制诗集，清人观者以为何如？"则曰："清士尝言，北朝诸帝诗集，唯乾隆帝为多，然亦不如御诗之平淡。"①

---

\* 本文系国家社科重大项目"东亚汉诗史（多卷本）"（项目编号：19ZDA295）阶段性成果。

① 潘清简《大南实录正编第二纪》卷一八五，东京庆应义塾大学语言文化研究所昭和四十九年至五十一年版。

据《大南实录正编第二纪》卷一六七，明命十七年："如东派员工部员外郎李文馥等还，言船过虎门海屿，两遇飓风……帝嘉之，赏馥等加一级。"李文馥携带明命诗集应该是在这次。李文馥将明命的作品给中国何人品评，现不得而知，但总不出与他唱和的那些广州一带的中下层文人。中国论者特别提及乾隆帝作诗多，似乎是夸明命作诗数量不少，唯乾隆帝能与之相提并论。但作诗多并不可贵，之所以拿乾隆帝与其作比，只是利用清帝的身份，以满足明命的虚荣心而已。中国人所给的"平淡"二字意味复杂。传统诗论语言中，平淡既可以形容如陶渊明、王维等人的诗风，即苏轼所说"渐老渐熟，乃造平淡，其实不是平淡，乃绚烂之极也"[①]。这是极为推崇的评价。但如果仅就字面理解，平淡也可以是凡庸无奇的另一种说法。中国人对于明命的诗艺成就只予以"平淡"之目，其意在贬与褒皆可，随听者所取。一般情况下，如果中国文人觉得明命帝汉诗艺术上较优秀，何必吝于夸奖？李文馥又何必隐瞒？因此，"平淡"二字很可能只是照顾明命的面子又不违背评论原则之下的说辞。甚至，由于李文馥没有说出中国文人的名姓，所以即使"平淡"这样的评论，是否也只是李文馥的敷衍之词？实际上中国人的评价更低也是可能的。

　　大约部分越南诗人觉得中国文人往往出于敷衍客套，其实对自己诗学的教益不大，故有声音反对将诗作送至北方求序。越南汉诗人明命之子绵寯在《雅堂诗钞》(VHb.7)自序中说：

　　　　或劝予寄清人题词，予曰："昔有人请于予胞兄襄安郡王谦斋曰：'阁下名盛历朝，宜钞诗文寄往中国题词，以之加重声价。'兄哂曰：'学当为己，不患人之不己知，何必求见赏于异域，假吹嘘以上天哉。'"

谦斋指明命第十二子绵宝，字惟善。绵寯是阮中期皇室诗人中重要成员。文中透露出通常情况下，一旦越南诗人获得中国文人较高评价，当事人是极为珍视的，而绵寯、绵宝的做法只是可贵但少见的特例。

　　绵寯的意思似乎是越南文人请中国人评论其作品，只为加重声价，其实不尽然。现存的越南文献中，中国人的序跋题词因为是奉命而作，多少受到场合的局限，而不能不强调这些作品的优点。但有些情况下，双方在诗歌交往时，也会认真地讨论文学的具体得失。如马先登《护送越南贡使日记》，记作者于同治戊辰(1868)伴送越南使臣黎峻、阮思僩等人还国，共历四十五日之久。期间双方切磋文艺，除"尺牍赠答外，得诗八首，文四篇"(序)，

　　① 赵令畤《侯鲭录》，见影印文渊阁《四库全书》第 1037 册，上海古籍出版社，1987 年，第 412 页。

其中阮思僩《十八日南阳县来书》请马先登评阅自己的诗作，语意极为恳切：

> 僩在途间，颇从事吟咏，谨录《遇沮溺耦耕处》诸作奉呈，愿并与前日所呈《伏波将军庙诗》俯赐和命，抛砖引玉，勿叱为幸。再望将鄙作，加之绳削，就正有道之意，庶不孤云。①

而马氏在《二十日南阳县复书》也认真作了答复：

> 昨寄来贵作《沮溺耦耕处》五古，中间脱落一字，请以补之，将以并载诸诗话焉。至《有怀诸葛武侯》一律，沉郁顿挫，不减少陵，第末联比拟尚未甚惬鄙怀。…后《宛南晓发望诸葛草庐得七律二》即以作和章，余则倥偬不暇也。

马先登在回书中，不仅赞扬其艺术成就，也指出了对方诗作的问题。因此，后来的《再送越南贡使日记》中有《除日答越使阮有立论文书》一篇，其中写道：

> 少苏使部阁下，来书畅论文体，谓文章一道，经国之大业，不朽之盛事，而并及于古文之分，洋洋洒洒，几及千言，读之拍案叫奇。②

这是对越南议论散文的评价，应该不是虚伪的客套。使臣此次携带张登桂作品（另有阮文交著作七种）请马先登品评，他在《谢三使臣送土宜并复书以当赠别》中对此也直率地写道：

> 张广溪先生诗四卷，倥偬弗暇卒读，略观大意于梁溪仓山两序，知贵国人文辈出，执牛耳而夺蜑弧者，正自不乏。

马先登并未读张登桂的作品，也没有敷衍塞责，而以实相告。可见，中越诗歌交往中产生的文字还不能只看作是为文造情，有时还是有真实的见解和情感在其中。

少数情况下，如中方人员的地位较低，对越方也有攀附的态度。李文馥《西行诗纪》

---

① 马先登《护送越南贡使日记》，敦伦堂同治八年刊本。

② 马先登《再送越南贡使日记》，敦伦堂同治十一年刊本。

（A.2685）收有一位华人的题跋。跋中说：

> 某中州人也。少以故转徙于蕃地有年，尘沙满眼，禽兽为群，自分与骚人墨客谢绝矣。不谓于异地中，得与异地而同文者相晤对，且蒙以雅作若干篇见示，欲将充集焉，而未之竟者，然其梗概已可窥见豹斑。某虽不敏，愿预附数言于其殿。倘集完，希并存之，以俱携手于文献之地，是未必非不偶中之奇遇也。庚寅（1830）夏五粤东李果寿静仁拜跋。

《西行诗纪》是作者出使今新加坡的纪行诗集，李果寿应是迁居新加坡的华人，"自分与骚人墨客谢绝矣"一句表明他并无士大夫的身份，李文馥请他题序，当然目的是要使作品增价。但对李来说，想到的却是借李文馥的诗集获得不朽之名。

在中越交往密切和越南诗人渴求中国文坛认同的背景之下，产生了许多中国人为越南诗作所题的序跋、题词、品评文字。如阮绵审的作品通过王有光、范富庶、阮述等人数次进入中国，被中国多位文人品题；而李文馥出使广东时，他将以前的作品请缪艮题了个遍。据笔者所见，中方为越方诗集作序、题诗、品评的次数该有近百人次，这还不包括散见的评论文字。

考察这些题序和批评文字的内容，可见出中国人对越南诗歌的接受程度和影响这些评论的若干社会历史因素。

# 一、乾嘉以前的政治论诗

从文字上看，中国文人在阅读越南诗作之后，对其评价较高，但艺术评价之中也存在强烈的政治因素的干预。在诗歌评论中纳入意识形态话语的状况颇为普遍，时代越早，这一倾向越突出，相应的对越南诗歌的艺术评价内容越少。至19世纪中叶以后，中国知识分子在外患面前，开始丧失文明的自信，"华夷之辨"的观念渐趋崩溃，这时政治论诗开始转化为文化论诗，对于越南诗歌的艺术评价也大大提高了。

较早的对越南诗的评价见于元代。危素《说学斋稿》卷四有《黎省之诗序》一文，其中论及黎省之的诗：

> 黎子省之自安南以使事至京师，士大夫多爱重之。及还，录其诗一卷以遗余，皆道中所赋。其词清而畅，其旨婉而正，盖飘飘然有凌云之思者也。夫文章之传，儒者

视之以为末艺,然实与天地之气运相为升降,君子于此观世道焉。大江之南,自疆宇分裂,宋中世以来,以词赋试进士,而安南亦仿而行之。皇元诸巨公继作,力刬前朝之余习,骎骎然以及乎古,故中州之士知有所趋向。安南邈在炎海之中,其始也,亦渐乎晚宋之风,数十年间,朝贡之使相望于道途,故省之奋然欲尽扫其散以追作者,志岂浅近者所能知哉![①]

此次使事据诗后题注"庚寅",则在元惠宗至正十年(1350),元贡师泰《玩斋集》卷四有诗题《送安南使者黎括省之》[②],黄溍《金华黄先生文集》卷六有《安南遣使入朝用故事奉赟纳谒于翰林其归也上介黎括以赠言为请赋诗四韵以遗之》[③],应作于同时。明林弼《林登州集》卷六有诗题《洪武十年再奉使安南还道经丰城留馆驿父老乞留题急笔赋此》,则他曾两使越南,卷七有《题黎省之唐马》诗[④],应该是在越南时所写。刘夏《刘尚宾文集》有题《交趾黎括赠回京》[⑤]。据此,黎省之即《全越诗录》卷三中的黎括,《全越诗录》小传言黎括字伯适,号梅峰,据中国文献始知其另字为省之。《全越诗录》未言其曾北使,据中国文献始知其与中国士大夫交谊数十年之久,先于元惠宗时使华,明洪武时又在本国接待来访的中国使节。危素读到黎括的北使诗,给予"清畅婉正"的较高评价。尤其值得注意的是在元朝代宋之后,由于政权为少数民族所建立,士大夫的处境较为尴尬,需要证明当时的社会并非用夷变夏,华夏的道统并未断绝。危素将安南的诗风与中国的王朝更替相联系,将诗风之不同作为元朝正统的证据。《礼记·乐记》说:"治世之音安以乐,其政和;乱世之音怨以怒,其政乖;亡国之音哀以思,其民困。声音之道,与政通矣。"[⑥]后世论者常以此模式讲王朝的政治盛衰对诗风的影响,或用诗风的变化证明王朝政治的兴替,但还没有人用海外诗歌反观中国政治。危素说安南诗风初始是效晚宋余习,元朝建立后,以黎省之为代表的文人诗风也尽革其弊而趋于正,其背后的逻辑是赵宋中期以后的诗风是不好的,这是其政治衰败的证明。元代承接了宋的正统,正当兴起之时,诗风也因而是正的。越南作为中央王朝的藩属,其文学风气是中国文明的反映,越南诗风重归于正,恰是元代诗风雅正的证明,也因而是政治正统的证明。比照着越南此时期诗歌的实际状况,危素关于越南在宋元之

---

① 危素《说学斋稿》,见《四库全书》第 1226 册,第 731 页。
② 贡师泰《玩斋集》,见《四库全书》第 1215 册,第 555 页。
③ 黄溍《黄溍全集》,天津古籍出版社,2008 年,第 85 页。
④ 林弼《林登州集》,见《四库全书》第 1227 册,第 67 页。
⑤ 刘夏《刘尚宾文集》卷末附《奉使交趾赠送诗》。永乐十八年刊本。据书末《尚宾馆副使刘公墓志铭》"洪武三年(1370)四月封建蕃外诸国,赍诏至交趾"一语,可推其出使时间。
⑥ 王文锦《礼记译解》,中华书局,2001 年,第 526 页。

际诗风改变的说法毫无根据,是政治目的强行进入诗学批评的结果,可视为蒙元统治下的知识分子政治心理的自我调适。如黎朝时范廷琥《雨中随笔》(A.1297)中的一段话,见解与危素恰相反:

> 我国李诗古奥,陈诗精艳清远,各极其长。殆犹中国之有汉唐者也。若夫二胡以降,大宝(1440—1442)以前,则犹得陈之绪余,而体裁气魄,日趋于下。及光顺至于延成(1460—1590),则趋步宋人,李陈之诗,至此为一变。及中兴(1593—1789)以后,拘于衡尺,流于卑鄙,又无足言。

范廷琥其实也像危素一样,将王朝政治与诗风联系在一起,只是具体观点不同。他以为安南早期的李陈及黎朝前期的作品是有类汉唐的,而黎朝中期以后,诗风也像宋人了。这与中国近古的文学史框架类似,越古越好,唐代以后渐趋衰弱。观点的背后是范廷琥试图建构与中国诗史相并行的越南诗史,以证明越南诗歌发展有其自身的逻辑。危素的批评发生较早,后世文人批评越南诗作的特征却已经明白显现:形式上多使用简练的判断语,而较少中国诗话常见的摘句评述的方式,更少细致的研究性论述;越南汉诗的艺术成就常被当作中国文化或政治成就的证明,而其判断中不乏臆想的成份。

清代周灿编辑他在越南时越方文人赠和的诗作,名曰《南交好音》,其自序说:

> 尝读《尚书》赞尧曰"光被四表",赞禹曰"文命敷于四海",盖端拱渊穆,固帝王宰治之原,而德愈厚者,声教之渐愈广。史称"日月光华宏予一人",非无所见而颂美之也。我皇上以天纵至圣,缵承鸿基,崇儒重道。二十年来,文德所敷,东西朔南,暨于无外。客岁,安南告讣封祭,并差余以谫材,得随明邬两太史后,衔命以往。自夏徂秋,间关万里,克抵交邦,奉两太史周旋,大典有光。公事告竣,一时迎送馆陪诸交官,率多以诗见赠。余展阅之际,不禁喟然叹曰:猗欤,盛哉!我皇上万几之暇,穷经刺史,研精覃思,不出阙庭,而右文之化无远弗届。虽遐荒天末,亦知扬风扢雅,鼓吹休明,以视唐虞三代之隆,何以加此。不敢以一人投赠之私置之,爰授之梓,俾海内知圣朝同文之盛,譬诸芝草醴泉,为物虽微,亦足为亿万载无疆之休征云。康熙二十三年重阳前三日骊山周灿题于长安邸舍。①

---

① 周灿《南交好音》,见《四库全书存目丛书》集部第219册,齐鲁书社,1997年,第288页。

周灿在序言完全没有谈到越南诗作的具体艺术问题，只笼统用"盛哉"一词表示赞叹。但这赞叹不是赞美越南诗作，而是赞美清朝皇帝的声教，似乎越南作品仅仅是"扬风扢雅，鼓吹休明"，除了反映康熙皇帝"穷经刺史，研精覃思，不出阙庭，而右文之化无远弗届"外，没有任何意义。这样的心态在其他接触越南汉文诗的作者留下的文字中或多或少都有体现，这与作者的政治身份有关，但也受时代氛围的影响。

"乾嘉盛世"时，中国士大夫继续以藩属视越南，面对朝贡来的越南使者，中央帝国的自豪充斥胸臆。因此在阅读越南诗作时，首先仍注意其政治上的意义，如李采琳为阮宗窐《华程丛咏》（A. 1552）写的序（1744）里一开始即谈"同文之化"：

> 尝读十五国之风，贞淫奢俭，各各不同，而音律节奏，抑扬修短，如出一口，因知古圣人同文之化，不以方域殊也。我国家列圣相承，侯柔远，遵正朔，奉冠带者千八百国，而朝鲜安南尤称文物之邦。

后虽叙述阮宗窐诗歌之美，但这是受中国圣人教化的结果，且与批评者的底层身份有一定关系。

# 二、鸦片战争之后的文化论诗

以上是清朝处在康乾盛世时，知识分子对待越南诗歌的态度。首先将越南诗歌放在中央王朝与受教化的周边国家这个政治体系里来看，认为安南诗的意义在于反映了教化与被教化的关系。但到 19 世纪时，即使是使节之间的评论文字，其中的政治语汇也在减少，而文化上的评论则相应增多。相伴随的，是对越南诗歌的艺术评价也变得更高。

劳崇光曾于 1849 年出使越南，他在越期间为《大南风雅统编》写了序言：

> 我圣朝重熙累洽，一道同风，声教暨讫，无远弗届，薄海内外，奉正朔修职贡之国以数十百计。而密迩中夏，崇儒术好诗书，共推为声明文物之邦者，必称为朝鲜、越南二国。朝鲜使臣岁至京师，或与中朝士夫相唱和。越南四年两贡并进，使臣中途纪行，及与华人相投赠之作，亦传播人口，而莫由窥全豹也。道光己酉岁，余奉天子命，宣封越南，请封陪臣阮君攸，暨贡使潘君靖、枚君德常、阮君文超先后过桂林，来相谒见，皆以所作诗为贽。其诗皆雅驯可诵。余乃知越南果多诗人，亟欲遍观而尽识之以为快。夏六月，持节出关，接见候命候接诸君。及沿途地方官目，大都彬彬礼让，有儒

者风。及至富春，得见其朝士甚伙，其彬彬礼让犹夫前也。余决其中必有勤学好古能文章之士，又意必有人焉，留心网罗，取邦人著作，披沙拣金，勒成一编，将以传之不朽者。而候命魏、黄两君，果出《南国风雅统编》以相示。亟受而读之，清奇浓淡，不拘一格，或抒写性灵，或流连景物，或模山范水，或论古怀人，佳篇好句，美不胜收。其中杰构居然登中华作者之堂而骎骎及于古，吾不知其视朝鲜诗人何如，要非他国所能望其项背，章章明矣。宜乎薄海内外共推为声明文物之邦也欤！今而后乃益信越南果多诗人，而余得遍观而尽识之，深自喜兹游之不负也。古者十五国之风，采之辖轩，上贡天子。余恭承简命，出使是邦，原隰驰征，爰诹爰度，驰驱所及，采风陈诗，使者之职，固当如是。(《劳崇光文诗草》VHt. 27)

越南贡使枚德常、潘靖、阮文超的使华与劳崇光使越同在己酉年(1849)，亦见《仓山诗集》卷二十二《赠枚户部贞叔兼送其奉使北国一百韵》，诗作于嗣德二年己酉，注中说明了三人名字。劳崇光作为中国使臣，在序的开头写了皇朝声教"薄海内外"的话，但序的重点在于对越南士大夫的赞美。不仅强调越南诗作的"佳篇好句，美不胜收"，也颂扬了越南士大夫的"彬彬礼让，有儒者风"，这是将诗作为中国文化成就的表现，突出越南在文化上与中国的相同。序文中承认越南是文明之邦，这意味着与中国近乎平等的地位。在劳崇光看来，越南的文明虽然来自中国，但已不只是对中华文明的反映，而具备了独立的价值。这是中国大臣第一次有对越南文明尊重的态度。序文中的赞美显得热烈真诚，与鸦片战争之前士大夫的倨傲有很大不同。

同治戊辰(1868)广东人苏心畬在赠给邓辉𤏸的赠行序里说：

洪惟我国朝，孝道化成，声教四讫。凡梯航探赜之使，往还络绎，指不胜数。其间雅被同文之治，则有日本、朝鲜诸邦，而安南为尤盛。稽其取士科目，略如中华，风气所趋，蔚为文采。干将莫邪，常有拔萃之英。①

此序着重谈越南人的文化，也用"声教"这样的字眼，但主要是因越南为汉文化圈之一部分，表达因越南受儒家文明影响比朝鲜、日本更深而产生的亲近感，而不是由此赞美清廷政治。

王先谦在1881年与阮述会晤，其时清王朝国势日蹙，眼看将要失去南方的藩属。他

① 邓黄中《东南尽美录》，见《越南汉文燕行文献集成》第18册，复旦大学出版社，2010年，第43页。

为越南阮绵寅的诗文集作的序中显示了新的态度,他说:

> 自文字兴而圣经耀,逮孔子集其成。其教人,首称《诗》;而生平所致力者,独赞《易》,以究天人性命之原;作《春秋》,以肇笔削编年之体。岂不以之二者阐天道、明人事,足以昭示无极? 至于《诗》,则吟讽感激,使人自得于性情之正,学者入道之初有取焉。而扶世翼教,不专恃此,则无以为也。《龟山》《彼妇》《获麟》《泰山》诸歌,夫子于劳苦哀伤之际偶一发之,而他无闻,其不以是也钦? 自汉迄明,诗侣云屯而传者无几,其幸存而合于温柔敦厚之教,美刺劝惩之旨者,抑又无几。自君子视之,直玩物耳。其间名材巨儒,更世踵起,赅为史志,精为义理。存古而资深,有笺注考订之学;通今而适用,有掌故经济之书。皆禀式乎圣籍,植干乎人为。辟若江河,万禩不废,其维持者大,故传习者远。儒者不择途而遵之,可乎哉? 光绪七年,越南阮君述来京师,以其国《苇野诗文合集》视余。苇野者,仓山之弟也,仓山工为诗,中国见者靡不叹异,苇野之诗至,见仓山诗者咸惊,谓不亚仓山。余尤喜重其文如《黄钟为万事根本论》《春王正月辨》诸作,以为能研精朴学而不徒以诗雄也。越南于中国为同文,禀孔子之教,前黎以来,文治大启,迄于今,人材勃兴,撰著彬郁而王族多贤又如此,讵不盛与? 余闻苇野年将七十,笃学不倦,被服儒素,与人言,未尝及诗文,独以道义政术诸书诲诱后进。夫理学昌则节义兴,儒术明则浮华屏。斯真立国育才之要也。苇野以王家懿亲,为国尊仰,责在纲维风俗,匡直士类。诚出所学,风示有众,而导其趋,吾知响合影从者,将如水就下、丸走坂而不可止。区区词章之末,苇野言不及之,后之学者宜有以得苇野之用心焉。岁在辛巳季夏皇清赐进士出身前翰林院编修见菀国子监祭酒加三级长沙王先谦拜序。(《苇野诗文合集》A. 782/2)

王先谦评价绵审、绵寅两兄弟的诗,说:"仓山工为诗,中国见者靡不叹异,苇野之诗至,见仓山诗者咸惊,谓不亚仓山。"当为实录,这是中国士人对越南诗人真切而高的评价。中国论者评价越南作者,或说"近于某某",或指某作品"不减某某",是较客气的说法,无非是居高临下地说其作品有点中国某某大家的意思,但总是还差一层。而在仓山、苇野的诗作面前的叹异,则含有自愧、仰望的意味了。此二人被中国评论者推重,不是偶然的,既与二人艺术上的很高成就有关,也因为到清朝末期,知识分子已失去了原有的政治自信,因而采取了较为公正的论诗态度。但在这篇序中,王先谦主要还不是谈越南汉文诗的艺术成就,也不是通过这些诗作证明清王朝的政治声威和教化,而只着眼于华夏文明。他首先阐述中国文明核心是儒教,认为《易》《春秋》这些经的价值高于《诗》,是道的直接体现,《诗》的作用在于"入道之初"对人的引导，只有工具的价值。因此对诗歌要求是"自得于性情之正""合于温柔敦厚之教"，但要"扶世翼教"，则不能完全依靠诗。王先谦赞美越南文明，因其"于中国为同文，禀孔子之教"，尤其他敏锐地看出了时代的变化，知道越南脱离中国影响以后，华夏文明有可能在越南沦丧，便通过赞扬绵寅的生活态度委婉地表示越南方面须更重视经学，以道义经术、理学节义为根本，而以词章为末，因为在他看来，这才是华夏文明的根本所在。这很有些象征的意义，可视作越南脱离中国的藩属地位，沦为法殖民地时，华夏文明借着王先谦的口作出永别时的叮咛了。

## 三、受时代与身份影响的文艺论诗

除开站在政治或文化立场上批评越南汉文诗，历代中国文人也曾有很多从艺术角度进行的议论，并且随着世界图景的变化，这些批评文字也出现了一些新的特点。

早期如元明时对诗歌艺术的批评不仅数量少，且普遍较为简短，如危素评黎括诗"其词清而畅，其旨婉而正"。1704 年会见过何宗穆的吴暻（西斋），评价何宗穆的诗曰"清隽可喜"①，即是如此。但到 19 世纪中期前后，评论越南汉文诗的文字突然增多，批评者的态度也更谦虚认真，显示出在西方文明日渐逼迫的状况下，中国士大夫更需要以越南汉文诗来作为华夏文明自信的来源。

除了政治环境的变化，影响中国人对越南汉文诗态度的还有地域及评论者的身份。如李文馥、汝伯仕在 1833 年到广东公干，其诗集有多名中国人的序言和点评。这些人聚集于广州一带，对异域人士司空见惯，而且其身份也较为低微。在他们的序跋里，就都不大提政治，也基本不提文明，而只谈个人友情和诗作的艺术感染力。如缪艮、陈家璨、冯朝桢序汝伯仕《粤行杂草编辑》，缪艮序李文馥《粤行吟草》《粤行续吟草》《西行诗纪》等即是，以陈家璨《粤行杂草序》为例：

> 汝元立先生，越南名士也。时与李邻芝、黄健斋诸先生笙磬同音，云龙并驾。入皇华之选，指粤岭以南来；辞金马之门，唱大江而东去。拜彤庭彩节，权摄行人；护下濑戈船，身厝天使。博望之槎千里，湘东之管三枝。况复一路云山，壮其行色；万里烟浪，濯此清襟。斯时也，俯察仰观，逞怀游目。莫不寄情云上，斧藻毫端。触景揽怀，伤离吊梦。笔歌墨舞，风涛并效其驰驱；彩溢英蕤，江海都归其吐纳。固已吞云梦者

---

① 吴暻《西斋集》，见《清代诗文集汇编》第 209 册，上海古籍出版社，2011 年，第 203 页。

八九,涵气象之万千。颜生所以有使洛之篇,谢公所以有纪游之什。至与我粤名流,唱酬属和。或呼云喝月,对酒当歌;或使墨驱烟,登高能赋。先生每涉笔成趣,得意疾书。擘锦分笺,陋仲宣之体弱;争辉角艳,诮元子之声雌。尽写心声,庄舄之越吟不作;独鸣天籁,参军之蛮语尤工。句每助乎江山,语终羞乎儿女。故刘郎远客,未闻竹枝之歌;元九赋诗,不为采春之曲。三英耀彩,六管扬风。爰著有《粤行杂草编辑》一册。行行宝唾,字字华星。黄绢美其色丝,锦缎增其绮丽。刚健含以婀娜,简古出以纤秾。雅以则者,戛玉铿金;正而葩者,聘妍抽秘。倘非先生胸怀磊落,学识深醇,其安能臻此哉!璨刻鹉才疏,雕虫技拙。念贾岛之佛,文字无灵;饮少陵之诗,肝肠未易。况地分中外,语隔寒暄。久闻邺下之名,未识荆州之面。不读五千卷,难登岐叔之门;非负八斗才,敢践陈思之席。窃将管见,幸窥豹之一斑;谬掇卮言,愿附骥以千里。道光癸巳年(1833)小阳月南海陈家璨拜题。[1]

据《粤行杂草编辑》中《赠两节寿母诗八首并序》及附《春山复笺》,汝伯仕曾为陈春山的母亲写过祝寿诗,并请陈春山为自己的粤行作品题序品评,春山则命其子家璨来完成[2],大概觉得这是其子展现文学才能的机会。陈家璨的序言用了严谨的骈体,显示其才学很高。"况地分中外,语隔寒暄。久闻邺下之名,未识荆州之面"一语,说明他与汝伯仕没有见过面。但他仍然极热情地赞扬了越南使者的才学和胸襟,并充分表达了他读汝伯仕诗作的感受,全篇洋溢着热情,不带保留,没有一点自高位置的傲慢,反而一再自言拙劣不灵,表明了极谦恭的态度。此后,其他中国阅读者也常如此。如同是广西接待越使的地方官,临桂县正堂张秉铨 1881 年为《妙莲集》(VHv. 685)所作的序言里除"从来声教,不限遐陬"句涉及文化外,通篇近 1000 字都是赞扬女作者阮贞慎的诗才。相比之下,1760 年广西太平府知府查礼与黎贵惇的唱和中并没有如此平等开放的心态。

在越南汉文诗作品中,受到最多中国文人关注,流传层次最高,流传范围最广的是阮绵审、阮绵寊、范富庶的作品。尤其是范富庶的作品保留了较多的相关材料,可以作为越南汉文诗在中国的接受状况的典型例证。

《蔗园诗集》(A. 2692/1),范富庶(1821—1882)作[3],刻本,为《蔗园全集》之诗作部分。书有成泰八年(1896)张光憻序,刻年当在此后不久。该书除了有多位越南文学巨匠参与

---

① 汝伯仕《粤行杂草编辑》,见《越南汉文燕行文献集成》第 13 册,第 112 页。

② 汝伯仕《粤行杂草编辑》,见《越南汉文燕行文献集成》第 13 册,第 184—190 页。

③ 范富庶生卒年,《越南汉学科举登科录会要》作 1820 至 1880 年。据阮思僩所作碑铭,范富庶卒于十二月十七日,距生年庚辰十二月二十四日,享龄六十有二。生年庚辰十二月十七日当公历 1821 年 1 月 27 日,寿六十二,卒年当在辛巳年,即公历 1882 年,公历月日则是 2 月 5 日。

作序和品评外，另有中国人黄自元（湖南安化人）、黎维枢（簠庭，广东南海人）、陈澧（1810—1882，兰甫，广东番禺人）、陈简书（广东南海人）、史澄（穆堂，进士，广东番禺人）作了序跋和评语。现存《蔗园全集》虽为范富庶卒后所刻，但生前即已编定待梓。蔗园 1851 年出使广东，与黎文石兄弟交往，之后二十年间，其文集一直在广东流传。《蔗园全集》陈简书跋说：

> 余友梁毅庵司马居莘洲，筑养心草堂，与诸词人觞咏其间，以诗集索余序。集中多与越南贡使教之范大司农唱和之作，且为余诵司农诗数首。余心赏之，惜仅见一斑，未窥全豹。迨同治庚子，余卜居吉羊溪，簠庭黎广文日夕过从，以司农《江树巢诗》索和，且以《蔗园全集》见示，盖前十余年，司农来粤，与尊公文石先生昆仲有编纾欢也。蔗园诗清而腴，文而静，朴而不淬，宜都人士喜得挹其丰采，交口称之。余惜毅庵已归道山，其集尚未梓以行世，而司农诗始终获窥全豹欣赏之，因缀数言并和拙句以志景仰云。时同治辛未孟春上元南海陈简书磻石氏敬跋。

范氏的诗通过与梁钊的唱和而保留在后者诗集中，得以在中国人中传播，随后其《江树巢诗》通过黎维枢开始流传，其全集也被中国文人所阅读。陈简书的跋文显示范富庶诗的流传开始不出广州一带，但据诗集中的其他序跋，后来扩大到湘籍作家。原因是阮述于光绪七年（1881）与资水黄自元相识，又把范氏的诗文集交给后者和其他人，请其作序或题辞。这些评论文字繁简不同，角度各异。史澄在《蔗园全集》卷首题辞中如此评论范富庶的作品：

> 统观全集，格律雅正，近体尤长。如晴云卷舒，春风骀宕，允推海外清才。

陈澧的评语则说：

> 蔗园诗格浑而流，气清而不杂。绝去雕饰，扑尽俗尘。《西浮诗草》别具壮观，饶有奇语，二集相辅，各自成家，兼擅胜场。重译多才，足备辀轩之采矣。

以上还是泛泛而谈的简短评语，视作序跋中常见的腴词也可。但黎维枢有如下跋语：

> 昔王渔洋诗话采高丽国诗，尤西堂选外国竹枝词，陆云士《译史纪余》亦兼录外国

诗编,同文之盛,远迈前古矣。今读《蔗园吟草》,尤幸声气之雅,不间遐方。杜陵所谓文章有神交有道者,何幸于重译外遇之耶?集中近体风格浑成,纯以气胜,章法时近浣花摘句,亦追踪陆白,五古则仿佛次山,殆与雕红刻翠、钩章棘句相去霄壤,诚海外清才也。他日有渔洋西堂其人者,能采君诗,当不在金草度诸人之下。光绪五年己卯小春南海黎维枞簏庭识。

黄自元的序也显示了评论者较为严谨的态度:

> 光绪辛巳夏,越南贡使阮君述集吾乡王祭酒先谦邸第,出其师范君富［庶］《蔗园诗集》四卷属余为叙。余非知诗者,顾感阮君之意甚勤,不获辞,爰拜手而叙之曰:
>
> 诗之可以正得失,美教化,移风俗也。夫岂有古今之异与疆域之殊哉,亦本乎人情而已。人有心而不能无知觉也,有耳目而不能无听睹也,有居吾上而不能无爱敬也,有居吾下而不能无慈畜也,有与吾等夷而不能无往来酬酢也,有吾时与境之相遭而不能无穷达早暮、难易苦乐也,而情以动。情动而形于言,由是取吾胸所磅礴郁积者一吐焉,不饰而自工,虽质而实绮,闻之者劝焉惩焉,怦怦然不能无所动焉,此为情以造文者也。譬桃李不言而成蹊,有其实存也。若夫情非有余,苟思夸饰以窃时名,貌腴而实枯,形完而神散,闻之者味焉绎焉,漠然无所动于中焉,此为文以造情者也。譬男子树兰,美而不芳,无其情也。《诗三百》无论已,今试由汉魏以逮,观于唐,体制之古近,声律之洪纤,文质之隆替,亦迭变矣。然如《古诗十九首》,如苏李河梁诗,如魏陈思,如晋陶元亮,如唐李杜韩白,试取一篇诵之,靡不流连慨叹,恻恻动人。无他,其情至则其感人深也。然则体制声律之存夫人者,关乎风尚者也。时与地,得人而主之也。其悲愉忻戚之动,以天者本乎人情者也,时与地不得而限之也。蔗园诗方轨唐贤,和平而安雅,研炼而渐近于自然,粤东黎君维枞跋既曲尽其妙矣。而余沉吟往复,慨然想见其焚香郡阁,安砚溪山,簿领躬亲,吟哦不废,文章政事之懿,时流溢于吮毫濡墨之余,于唐人中殆与白傅漫叟为近,盖深于情而又能善用其情者,不可谓非海南之杰也。夫孰谓诗有古今之异与疆域之殊哉!阮君又谓余,范君年六十,退食委蛇,犹手一编不辍,是其颐情坟典,以自治者治人,殆将耄期不倦,而所以美教化、移风俗以考其得失者,于诗见之已。皇清赐进士及第第二名滨水黄自元。

以上二人的评论中,黎维枞的分析更为细致,他将蔗园的诗分为两类:一类为近体,他以为"时近浣花摘句",是指近于杜甫,"亦追踪陆白",指陆游和白居易。另一类是五古,黎维枞的看法是仿佛元结。黄自元的序首先强调诗不分中外，而根植于人情，这是将越南的汉诗与中国诗置于对等的地位，是 19 世纪后期才有的现象，然后黄自元着眼于中国诗史，总言"诗言志""诗教"的意思，理论上强调诗表情的重要性，以为情至则感人深。至此尚为泛泛而谈，对越南诗人的具体评价则在"蔗园诗方轨唐贤，和平而安雅，研炼而近于自然"，及"于唐人中殆与白傅漫叟为近，盖深于情而又能善用其情者"二语。说范富庶的诗近于白居易和元结，当然算是具体且较高的评价。黄自元和黎维枞都认为蔗园的作品较接近白居易和元结，而这个观点与黄自元、黎维枞的评论中另一共同点有关，即强调诗的内容有表情达意的充实感，赞赏越南诗作艺术上的"平和""自然""浑成""气胜章法"，"殆与雕红刻翠、钩章棘句相去霄壤"，意思是不追求语言形式的雕琢绮丽，而强调语言的平实风格和内容的写实性质。这两个共同的意见并非随意之论，因为从中国文学史看，白居易与元结的诗风平易朴质，白的新乐府理论极为强调作品的伦理内容和干预现实的目的，说范诗近于白居易和评论其诗"平和自然"等是完全统一的。黄、黎二人的评论本来是针对范富庶的诗作，但也准确地抓住了越南诗歌的总体风格——内容平实，风格平稳，诗境平易，表现在越南诗学论述中，上述评论所言的如反对刻画雕琢，追求朴素文风，强调伦理内容也是越南诗人自觉的追求。

《蔗园诗集》卷一为应制作品，自卷二以后有约 100 条眉批，而未标明每条的作者，绝大部分难以判断是否为中国人所作，其中如"情文相生，居然老杜""锦囊佳句""格老气苍无懈可击""流畅""集中律诗多以气运意，与堆垛者迥别""自然流出不事雕琢，似杜工部""天籁自鸣""似宋人绝句""酝酿深醇""如话如画"之类，其中必有一部分来自中国人黄自元、黎维枞、陈澧、史澄、陈简书。其中如"仿太白体似吾粤孙西庵"一语可明确为籍贯南海的黎维枞或陈简书所作。孙西庵，即孙蕡（1334—1389）。沈德潜编《明诗别裁》作南海人，《明史》卷二八五作顺德人。《别裁》选其诗四首，《明史》卷二八五《文苑传》引番禺赵纯"究极天人性命之理，为一时儒宗"语，对他评价颇高。《四库提要》卷一六九《樵翁诗集》条下有"岭南诗派，昉于孙蕡"之说，所以说范富庶的诗似孙蕡也是较高的评价。

当越南诗传入中国时，也有人出于保存、传播的目的，对越南作品进行整理编辑。这类情况虽然不多，但也反映了某些中国人对越南文学的重视。较为集中者有《越峤书》《元诗选》《明诗综》《御选元诗》《御选明诗》《列朝诗集》《越南辑略》《清诗汇》等。但以上各书虽选越诗，却少有研究性的评论。也有例外，如清末佚名作者的《啁啾漫记》卷一对越南诗词表达了坦率的赞赏态度。《朝鲜越南文献一斑》条中说：

我国文化，远播殊域，东方如日本、朝鲜，南方如越南，皆最著者。自越沦于法，文献邱墟,论者惜之。而朝鲜复入于日本,典章文物,亦将堕地尽矣。咸丰戊申冬,桂林龙翰臣先生典试湖北,适越南副使王有光道出武昌,以彼国大臣诗集求删订,翰臣选其越国公绵审及潘并二君诗词若干首,为《越风合钞》,并题《庆清朝》词一阕纪其事。词曰:"蝇楷书成,乌丝界就,天南几帙琼瑶。茶江印水,殢人佳景偏饶。曾记画屏围枕,春山淡冶似南朝。("茶江春水印山云","画屏围枕看春山",皆两人集中佳句也。)风流甚,锦囊待滕,彩笔能描。摹到盛唐韵远,但宋元人后,比拟都超。知音绝久,今番来入星轺。一自淡云句邈,使臣风雅总寥寥。同文远,试登韎乐,聊佐咸韶。"("淡云微雨小姑词"乃康熙朝朝鲜使臣诗也。)其评论诗格,颇以盛唐相许。今各略录数首,亦以见文化之远,而伤国威之丧也。绵审字仲渊,集名《仓山诗钞》,其《秋怀用遗山韵》云:"梦落寒山暮雨声,一樽倚醉坐来清。长风摵摵迎秋至,古意茫茫入夜生。宾客病多黄叶散,江湖计晚白鹭[鸥]惊。村南烟舍遥相约,拟买扁舟钓月明。"《送别》云:"落日照衰草,送君多苦吟。穷愁归故里,垂老负初心。驿路寒山瘦,关门秋露深。中途逢九日,相望碧云岑。"仲渊又有《仓山词钞》。《浣溪沙》曰:"料峭东风晓暮寒,飞花和露滴阑干,虾须不卷怯衣单。小饮微醺还独卧,寻诗无计束吟鞍。画屏围枕看春山。"潘并有《菊堂诗钞》,其《工部杜郎中往沱瀼枉道见访教馆把酒奉慰》一首,颇有唐音。诗云:"莫江滚滚下沱洋,相见伊人水一方。万里君门悲贾谊,十年郎署老冯唐。井闾日接文章气,几案风生笑语香。莲酒满斟聊共醉,风流记得在他乡。"《一雁同叔明赋》云:"俦侣几时到? 江湖何处居? 一声天地外,孤影雪霜余。岁晏愁看汝,吟成独笑予。只应附归翼,远寄故乡书。"《寄绥和县知县杜叔甫》云:"相思那得日相闻? 独夜裁书酒正醺。迁客风流君识否? 茶江春水印山云。"古风如:"风骚久沦靡,微言谁嗣音? 天稷挽颓波,百一有遗吟。三唐富杰作,名声犹至今。翩翩陈拾遗,感遇意何深。炼服已千岁,不见蓬莱岑。团团三株树,攀企独劳心。"亦不落凡响者。[①]

以上文字是作者读到《越风合钞》之后作的,所以延续了它的错误,"咸丰戊申"即道光二十八年戊申(1848),正值贡期。据《大南实录正编第三纪》卷四十六绍治五年(1845)一月:"以鸿胪时卿办理户部事务张好合补授礼部左侍郎充如清正使,翰林侍读学士充史馆编修范芝香改鸿胪寺卿、内阁侍读王有光充甲乙副使。"第四纪卷一绍治七年十二月(1847),"以刑部右参知裴柜充如清使,礼部右侍郎王有光、光禄寺卿阮做副之,往告国恤"。按此国恤,指绍治帝去世。由于两次出使时间及正使都不相同,可见王有光是两次作为副使出

---

① 佚名《啁啾漫记》,见车吉心《中华野史》第15册,泰山出版社,2000年,第4509页。

使中国。见龙启瑞于湖北，当在第二次 1848 年，至明年越史记其回国。所以笔记言咸丰有误，当作道光。龙翰臣的别集《经德堂文集》《经德堂文别集》《浣月山方诗集》等未见与越南使者王有光的交往，前引的《啁啾漫记》也只选录数首，但 1917 年第 9 期《太平洋杂志》收录《越风合钞》。据杂志的《编者弁言》，最早的龙翰臣的选钞本彼时仍在，越南诗人的作品仍在流传。从龙翰臣所题《庆清朝》词"摹到盛唐韵远，但宋元人后，比拟都超"，《啁啾漫记》作者评论"颇有唐音""不落凡响"及民国《太平洋杂志》编者的"觉其与吾邦名家所为者真难辨别"来看，对越南诗作有所了解的中国人对这些作品艺术成就的评价是很高的，而且也可见出，到 20 世纪初叶，越南作为法国殖民地的政治地位相对稳定之后，中国人开始不再以宗藩视之，故摒弃了政治论诗，也较少以文化论诗，而偏向以纯粹的艺术标准来评论越南汉文诗了。这时候对越南汉诗的评价反而是最高的。

　　不同时期中国人对越南汉文诗的评论采取了不同的批评范式，但其中仍有共同点：大多数情况下，它不是作为个体的批评者去观照特定的作品。中国评论者往往是作为华夏一份子的身份以越南汉诗为镜像，看到的是中国政治、中国文明和中国文艺，并且不由自主地挑选了其中己方占优势的一面。当中国政治强盛时，看到的是王朝政治；当国力衰败时，看到了儒家文明；而当越南汉文明沦陷时，看到了汉语艺术。只有在少数情况下，由于语境的私人性质，诗论中才更多地带有真实的情感抒发和具体而中肯的艺术批评。

　　**【作者简介】** 何仟年，文学博士，扬州大学文学院古代文学教研室副教授，发表过论文《中国典籍流播越南的方式及对阮朝文化的影响》等。

# 越南汉诗对唐诗的接受研究

## ——以李朝汉诗为中心<sup>*</sup>

阮福心

**摘要**：越南被中国直接统治达 1000 余年之久，在唐朝末期才真正取得独立，因此越南汉诗尤其李朝汉诗受到唐朝文化（包括文学在内）的强大影响。不仅越南语音相近于唐朝语音，而且唐朝诗歌也被越南古典汉文诗继承、接受，并绵延一代又一代。这其实是容易了解的，因为唐诗是当时整个人类和中华诗歌历史上的最灿烂辉煌的成就。它不但对中华诗歌有深远的影响，还对周边各国甚至对西方诗歌也有深远影响。因此，李朝汉诗对唐诗的接受和变革，尤其在诗体方面的诸多杰出表现是内容丰富的，对其进行全面梳理探讨也是理所当然的。

**关键词**：李朝汉诗　唐诗接受　化用变革　《坛经》影响

　　越南李朝汉诗文（1010—1225）有着 215 年的历史，被视为越南民族书面诗文史上的华彩乐章。正是在此时期，汉诗成为越南朝廷外交的官方文学，对文坛产生了巨大深入的影响。李朝文人（包括僧人在内）汉字写作的诗、偈、颂等形式的文学作品，可统称"李朝汉诗"。关于古籍文献收集、搜索等的工作，因众多客观条件而至今仍未完成。据已出版的文献资料，如《李陈诗文》（第一集）①揭示，李朝汉诗文作者小部分为儒生官吏，如《南国山河》，相传其作者是李朝大将李常杰②。汉诗之外还有语体文、檄文、诏文等汉文作品。李朝汉诗的主体部分是禅诗，其仿效唐朝古体诗、近体诗，并深受《坛经》思想体系的影响。与中国诗歌体裁相比，李朝诗歌体裁在表达方式手段方面已有部分改变，开始表现出一些特殊性。在越南诗歌发展的历程中，汉诗虽被视为是外来的，但它与越南民族诗歌的形式

---

　　* 本文系国家社科重大项目"东亚汉诗史（多卷本）"（项目编号：19ZDA295）阶段性成果。

　　① 《李陈诗文》第一集，638 页，由越南河内社会科学出版社 1977 年 8 月 20 日出版。

　　② 依《大越世纪全书》之记载，中外学者大部分均从之援引，说该诗的作者相传是由李常杰所作的，而黎孟挞则认为这首《神》诗，可能是由僧统法顺所作的。最少有三个原因：第一黎桓（即黎大行，前黎朝开国君主）创业之时，法顺（915—990）为参谋"运筹策略"之人；第二在黎大行朝代之下，外交文书可能皆由法顺拟议；第三透过他的《答国王国祚之问》《国祚》一首歌，可知法顺已有了较为完整的政治思想体系。因而，黎孟挞认为此诗可能是由法顺作的。见黎孟挞《越南佛教历史——自李南帝至李太宗》第 2 册，胡志明市出版社，2001 年，第 485 页。

（如诗传用六八诗体、曲吟用双七六八诗体）同样重要，都占据着显著地位。李朝汉诗是被吸收和转化入越南诗歌的第一种中国艺术形式，又成为后期越南诗歌发展的前提。从这个认知出发，笔者在本文中将征引分析李朝汉诗受唐诗的影响。以下将依次从李朝汉诗对唐诗语句的化用、李朝汉诗对唐诗体裁的学习和唐朝《坛经》在李朝汉诗中的表现等三方面，进行综合辨析。

# 一、李朝汉诗对唐诗语句的化用

在古代越南独立之前，中原朝廷派遣众多官员到安南各地任官职，比如杜甫的祖父杜审言、王勃的父亲王福畴等。除了广西与北越的民众交流融合之外，还有一些中原人因犯法被流放，或因灾荒战乱而迁至安南定居。当时安南地区也有不少学子北上中原留学交流，有人科举及第后在中原任职，有人归乡任职。这些南北交流迁居者，少数是儒士、道士，多数是普通民众，还有大量的佛门僧侣。史书记载了这些有声望的越南人才，如张重、李进、李琴、姜公辅、无碍上人、定法师、惟鉴法师等。到丁、前黎、李等朝，安南又出现了法贤、杜法顺、万行、徐道行、吴真流、李太宗、李圣宗、李英宗、李高宋等人物。中华僧人南游安南传播禅宗，也颇多杰出者，比如无言通（759？—826），是百丈怀海大师弟子，六祖惠能的第四传法世系嗣子。这些人大都知晓汉文、精通三教，深受中华文化的影响，包括唐诗在内。

李朝吴净空禅师（Ngô Tịnh Không，1091—1170），福川人，三十岁时，在天德府开国寺修学。他有一段偈，和相传唐代高僧夹山善会（805—881）所写的四句语录一致。《李朝诗文》第一集从《禅苑集英》[①]抄录了一段净空和当时某僧人（可能是其弟子）的对话。先谈到"法身"，后谈到"法眼"。净空说了一偈：

> 上无片瓦遮，下无卓锥地。
>
> 或易服直诣，或策杖而至。

---

① 《禅苑集英》编者至今尚不能确定。越南学者黎孟挞推断该书由陈朝竹林禅派的金山禅师编纂，大约 1337 年出版。这是记录越南禅苑中的禅师们传记（行状）之资料。其中，大部分篇幅是记录无言通，以及毗尼多流支两大宗派六十八位禅师的六十二篇传和六十七首诗；小部分篇幅记录草堂宗派的十九位禅师，而却没有提到他们的诗文事业，甚至其中除仅记录十四位名字外，其他的皆未有姓名。本书汉文版印刷于 1715 年，而黎孟挞的《禅苑集英研究》于 1976 年首次印行，于 1999 年再版。此次出版，他有加上陈、胡、黎各朝传版的摘引。再者，该刊本比上刊本有了一些新的内容，并在书后附上汉文版部分，名为"禅苑集英"。到 2002 年，黎孟挞将《禅苑集英研究》全文收录于《越南佛教文学总集》第 3 册，胡志明市出版社，2002 年。

动转触处间，似龙跃吞饵。①

夹山善会禅师，汉州岘亭人，其传见于《景德传灯录》②第三十卷，从中可以看到净空化用了夹山善会偈的前四句。还比如李朝杨空路（Dương Không Lộ，？—1119），海清严光（今越南太平省）人，出身渔业，后归心空寂，曾住持严光、祝圣和河泽等寺。空路专心一意研究密宗和禅宗，常"与觉海道友偕游方处"。其诗作留有《言怀》和《渔闲》二首七言绝句。其中，《言怀》诗颇负盛名，被选入越南高中语文教科书③中，诗曰：

选得龙蛇地可居，野情终日乐无余。
有时直上孤峰顶，长啸一声寒太虚。④

唐朝诗人李翱（772—841）有《赠药山高僧惟俨二首》，其中一首与上述杨空路的《言怀》诗颇为相似。《全唐诗》录有此诗：

选得幽居惬野情，终年无送亦无迎。
有时直上孤峰顶，月下披云啸一声。⑤

高僧惟俨禅师（751—834），绛州（今山西侯马市）人，禅宗南宗青原系僧人，其传见《景德传灯录》⑥和《五灯会元》⑦中。显然，杨空路的《言怀》诗化用了李翱的这首题赠诗。但仔细品味，还是觉得空路《言怀》诗写得音响抑扬顿挫，描绘丝丝入扣，有出青胜蓝之妙。由于杨空路将第一句（"居"/ju）、第二句（"余"/yu）和第三句（"虚"/xu）末一字押"u"韵，即将这三句的末一字韵尾用韵母相似或相近的字，更使其音调和谐优美。尤其是这首诗最后一句"长啸一声寒太虚"，流露出痛快的得意，至于寒意扩散到整个天空——顿时产生一种超

---

① 越南文学院《李陈诗文》第 1 集，河内社会科学出版社，1977 年，第 477—478 页。
② 本书为宋代僧人释道原所撰于宋真宗年号"景德"年间（1004—1007）有关禅宗传承历史的著作，收集自过去七佛，至历代禅宗诸祖五家五十二世，共有一千七百零一人之传灯法系相承。
③ 该首《言怀》诗被选定列入《高一年级语文》（越南文学部分），教育出版社，1996 年，第 76 页（Bài thơ "Ngôn hoài" được in trong Văn 10 (phần Văn học Việt Nam), Nxb. Giáo dục, 1996, tr. 76），见阮克飞《从比较视角看越南文学与中国文学之关系》，河内教育出版社，2001 年，第 24 页。
④ 越南文学院《李陈诗文》第 1 集，第 385 页。
⑤ 彭定求等《全唐诗》第 11 册，中华书局，1960 年，第 4149 页。
⑥ 道原著，顾宏义译注《景德传灯录译注》（二），上海书店出版社，2010 年，第 1005 页。
⑦ 普济《五灯会元》上册，中华书局，1984 年，第 261 页。

脱而沉雄的感觉,这样的抒情写意很少见于越南诗坛。空路《言怀》第三句"有时直上孤峰顶",与李翱原诗完全一样。这两首诗的开端均使用了"连动句",开始选用"选"(动词,加上"得"的结果补语),其次用"居"(动词),并选用同一个名词"野情",只是改换位置。这两首诗的最后一句在"太虚"或"月"下均仰天长啸一声,那是一个广阔无垠的空间,引起一种空虚荒凉到令人毛骨悚然的感觉,诗人此时已经跨越人世间的喜怒爱恶。可见中越两位诗人的诗作结构和情怀表达,竟然是如此接近。

李朝黄圆学(Hoàng Viên Học,1072—1136),如月乡(今北宁省安风县)人,从小好学,博览群书,禅学"寂高",在细江古杏乡(今兴安省文江县)大安国寺修行,与女诗人李玉娇(Lí Ngọc Kiều)为同时代人。后来,圆学至扶琴乡(今北宁省安风县)重修国清寺并铸钟,有缘化偈,后人取题为《闻钟》,诗云:

> 六识常昏终夜苦,无明被覆久迷慵。
> 昼夜闻钟开觉悟,懒神净刹得神通。[1]

依据文学院版本的注释,这首诗的标题是由越南文学家、儒学家吴必素(Ngô Tất Tố,1894—1954)添加的。吴必素著作甚多,其中有专著《李朝文学》,由越南开智出版社 1960 年出版。然而,笔者经考辨查对后,发现了这首诗并非黄圆学原作,而是来自唐代僧人道世(?—683)所撰写的叩钟偈。道世这首叩钟偈撰于总章元年(668),《法苑珠林·鸣钟部》卷第九十九中收录:

> 洪钟震响觉群生,声遍十方无量土。
> 含识群生普闻知,拔除众生长夜苦。
> 六识常昏终夜苦,无明被覆久迷情。
> 昼夜闻钟开觉寤,怡神净刹得神通。[2]

显然,托名黄圆学的这首《闻钟》偈诗,实际上就是抄自上面所引这首唐代叩钟偈。略改了三个字:"迷情"改为"迷慵";"觉寤"改为"觉悟";"怡神"改为"懒神"。这三处改字,实际上都不好。尤其是最后一句将"怡神"改写成"懒神",更是语意不通。

---

① 越南文学院《李陈诗文》第 1 集,第 448 页。
② 释道世《法苑珠林》下册,财团法人佛陀教育基金会出版部,1998 年,第 1276 页。

李朝阮广严(Nguyễn Quảng Nghiêm,1121—1190),丹凤人,父母早逝,师从舅父"宝岳受业,为发心始。岳去世,乃行脚四方,遍探禅窟。闻智禅阐化于典冷福圣寺,因往投之"①。得道后在张耕中瑞净果寺修行。至天资嘉瑞五年(1190)庚戌二月十五日,将圆寂之时,广严说一偈,后人取题为《休向如来》,其偈云:

> 离寂方言寂灭去,生无生后说无生。
> 男儿自有冲天志,休向如来行处行。②

这首颂偈原存于《禅苑集英》中,后来越南文学院编委集将其录入《李陈诗文》第1集。然而,在《景德传灯录》中,记载有同安禅师(? —961),福州长溪县(今福建霞浦县)人,存诗八诗,其中《尘异》诗的最后两句与广严《休向如来》诗颇为相似。《尘异》诗云:

> 浊者自浊清者清,菩提烦恼等空平。
> 谁言卞璧无人鉴,我道骊珠到处晶。
> 万法泯时全体现,三乘分别强安名。
> 丈夫皆有冲天志,莫向如来行处行。③

当然,广严把"丈夫皆"改写成"男儿自";又把"莫"改成"休",都是否定副词,但实际上这两者没有很大的区别。

此外,我们还发现太祖李公蕴(Lý Công Uẩn,Thái Tổ,974—1028)的诗和明朝朱元璋(明太祖,1328—1398)的诗作,有着一些相同之处。正如上述,李公蕴"幼而聪睿,姿表秀异","宽慈仁恕,密察温文",幼年时仰赖法门,长大后被推称帝,登基后敬奉佛教,厚待僧尼,铸造鸿钟,扩建寺塔。李公蕴有《迁都诏》传世,此外,后黎朝武芳琠(Vũ Phương Đè)在《公余捷记》中记载李公蕴还有一首七绝诗云:

> 天为衾枕地为毡,日月同窗对我眼。

---

① 《禅苑集英》,第841页。
② 越南文学院《李陈诗文》第1集,第521页。
③ 道原《景德传灯录译注》(五),第2380页。

夜深不敢长伸足，只恐山河社稷颠。①

这首诗和明太祖朝朱元璋的一首七言绝句体无题诗基本相同，诗云：

天为帐幕地为毡，日月星辰伴我眠。
夜间不敢长伸腿，恐把山河一脚穿。②

朱元璋出身佃农家庭，自幼贫穷，适逢元末天下变乱，群雄并起，朱元璋投身反元义军郭子兴部队，得到赏识，经过艰苦奋战，最终击败群雄，统一南北，缔造大明王朝。朱元璋是明太祖，李公蕴是李太祖，都是各自朝代的开创者。或许因此缘故，越南儒家武芳㻩假借朱元璋的无题诗，略作改编，托名李太祖所作。为了符合李公蕴的背景，这首诗的描写作了一些改动③，然而平心而论，托名李公蕴的这首诗，明显不如朱元璋的原作。

## 二、李朝汉诗对唐诗体裁的学习

赴中原游学的安南学子，往安南传教的中原僧侣，赴任安南的唐朝官员，乃至交游四方的文人学士，从各个方面影响推动了安南国模仿唐朝中央集权制度模式，其中就包括了科举制度，这些都对李朝社会文化和汉文学创作产生了巨大的影响。正如越南文学史研究者杨广涵（Dương Quảng Hàm，1898—1946）所认定的那样："连用越文写作的那些作品，作者们也不可脱离中国文章的影响。除自己的几个特定文体之外，大部分其文体均是仿造中国……题材、文料、故实等大体套用中国。"④

依照《李陈诗文》第 1 集统计，李朝诗文数量现留存约有 136 首/篇，包括吴（939—965，共 25 年）、丁（968—980，共 12 年）、前黎（980—1009，共 29 年）诸朝在内，其中有 60 余首绝句诗（五言绝句和七言绝句两体），亦可见李朝诗文体裁中主要是偈诗体。值得注意的是，在李朝偈诗中，绝句居多数。在越南，绝句常被称为"四绝"（tứ tuyệt），李朝汉诗

---

① 武芳㻩、陈贵衙《公余捷记》，引自孙逊、郑克孟、陈益源主编《越南汉文小说集成》（玖），上海古籍出版社，2010年，第 198 页。

② 姬树明等《朱元璋的传说》，中国民间文艺出版社出版，1986 年，第 20 页。

③ 参阅《李陈诗文》第 1 集，第 228 页。

④ 原文："Ngay trong những tác phẩm viết bằng Việt văn ấy，các tác giả cũng không thoát ly ảnh hưởng của văn chương Tàu. Trừ mấy thể riêng của ta，phần nhiều các thể văn là phỏng theo của Tàu... Đề mục，văn liệu，điển tích phần nhiều cũng mượn của Tàu."见杨广涵《越南文学史要》，年轻出版社，2005 年，第 19 页。

对唐朝格律诗几乎是完全效仿和全盘接受的。以下引证这一时期五言绝句和七言绝句的代表作,并对作者、诗作简要剖析评讲。

先举几首五言绝句诗为例,为便于辨别平仄声(音)以及分析评论,笔者亦将每首汉诗译成越汉音。首先举五言绝句的例子。先看杜法顺(Đỗ Pháp Thuận)《答国王国祚之问》(亦称为《国祚》)诗云:

> 国祚如藤络,南天里太平。Quốc tộ như đằng lạc, Nam thiên lý thái bình.
>
> 无为居殿阁,处处息刀兵。Vô vi cư điện các, xứ xứ tức đao binh. ①

杜法顺(915 或 925—990),不知何处人,住隘郡蜍乡鼓山寺,与黎大行(980—1005)同时代。史载其"博学,工诗,负王佐之才,明当世……当黎朝创业之始,运筹定策,预有力焉。及天下太平,不受封赏,黎大行皇帝愈重之,常不名乎为杜法师奇,以文翰之任"②。法顺是黎朝时期的重要国师级参谋,黎大行常向其请教国运大策。这首五绝《国祚》诗就是法顺给皇帝参谋"国祚长短"之作。凭借着政治敏锐性,杜法顺禅师断言,欲南国太平、朝代长存,最重要的是实施"藤络",就是说全民必须团结。君主必须为人民利益行事,平素行政应当"无为"(梵语 asamskrta),只有"无为",才能促进社会阶层的团结。这正是让国家太平、人民安乐的治理诀要。

从汉诗艺术形式看,《国祚》是一首仄起式和首句不入韵的律诗。基于其字数、平仄声、脚韵或押韵以及依近体诗的平仄格律规定,这首诗的平仄要求和押韵规则是颇为标准的。众所周知,古代汉语和现代汉语中的平仄声调是有所不同的,然而古代汉语中的平仄声和汉越音的声调基本上是一致的。古文中的声调共有四声,分别是平、上、去、入四声,其中平声分为"平",其余的上、去、入三声则分为"仄",在越南语中则共有六个声调,分别是横声(无声/thanh bằng)、玄声(thanh huyền)、问声(thanh hỏi)、跌声(thanh ngã)、锐声(thanh sắc)和重声(thanh nặng)。举一个实例来看:ta(横声/无声,相当现代汉语声调为"轻声"),tà(玄声),tả(问声),tã(跌声),tá(锐声),tạ(重声)。其中,"平"包括横和玄二声;"仄"则包括其余的问、跌、锐和重四声。值得注意的是,每个汉字均拥有一个相应或相当的汉越音。按照这个标准,可以确定律诗每首中的平仄韵律,同时,透过这一关系,也可以辨析李朝五言绝句体是否仿效了唐代格律诗。上引《国祚》诗的平仄格式如下所示:

① 越南文学院《李陈诗文》第 1 集,第 204 页。
② 黎孟挞《越南佛教文学总集》第 3 册,第 816 页。

仄仄平平仄，平平仄仄平。
平平平仄仄，仄仄仄平平。

这首五言绝句不仅平仄整齐，而且押韵也称妥善。在第一句末一字的韵母（其中，现代汉语中"络"的韵尾为"o"；越南音中这个字的韵母为"ac"）和第三句末一字的韵母（其中，现代汉语中"阁"的韵尾为"e"；越南音中这个字的韵母为"ac"）均是相近韵或相同韵的字。尤其是，在第二句末一字的韵母（现代汉语中"平"的韵母为"ing"；越南音中这个字的韵母为"inh"）和第四句末一字的韵母（现代汉语中"兵"的韵母为"ing"；越南音中这个字的韵母为"inh"）均是相同韵脚的字。另外，这首诗的句法韵律节奏，从大致来看，每句有三节，觉得配合得适当，听起来也有一种和谐的感觉，其韵律节奏为"二一二"式，如下：国祚/如/藤萝，南天/里/太平。无为/居/殿阁，处处/息/刀兵。关于近体诗黏对方面，蒋绍愚先生在《唐诗语言研究》一书中云："所谓'黏'，指的是上一联对句中的第二字要与下一联出句中的第二字平仄相同。"[1]法顺的《国祚》诗的第二句"天"字和第三句"为"字均是平声，说明这首诗也符合近体律诗"黏"的要求。

再来分析仁宗李干德（Lý Càn Đức，Nhân Tông，1066—1128）的《追赞万行禅师》诗。李干德，圣宗皇帝长子，其生母倚兰太后。李朝的第四代皇帝，也是一位有才华廉明、"睿智孝仁、神助人应"的皇帝。李干德为儒学在越南的发展奠定了基础：诏令实行儒学三场考试制度，设立国子监，诏选文职入内习文，等等。他的五言绝句体诗现存留三首，这里选其一首，诗云：

万行融三际，真符古谶诗。Vạn Hạnh dung tam tế, chân phù cổ sấm thi.
乡关名古法，拄锡镇王畿。Hương quan danh Cổ Pháp, trụ tích trấn vương kỳ. [2]

这首五言诗的平仄格式为："仄仄平平仄，平平仄仄平。平平平仄仄，仄仄仄平平。"能够正确使用五绝体的平仄格律，表明作者对唐代绝句格律已能够熟练使用。第一句和第二句组成一联，第三句和第四句组成一联，每一联中的上下句平仄相对（相反）。这首诗每句三节，其节奏为"二三"式：万行/融三际，真符/古谶诗。乡关/名古法，拄锡/镇王畿。关于黏对方面，也符合律诗的规则。这首诗赞扬万行禅师（？—1018）的殚见洽闻和对李朝的预

---

① 蒋绍愚《唐诗语言研究》，语文出版社，2008 年，第 34 页。
② 越南文学院《李陈诗文》第 1 集，第 432 页。

言应验。万行幼岁超异,该贯三学,研究百论,轻视功名①。史臣吴士连亦曾对万行关于"天时、地利、人和"的了解能力,给予了很高的评价。幼之时,李公蕴曾游学于六祖寺,当时万行禅师一见李公蕴则表彰,云:"此非常人,强壮之后,必能剖剧折繁,为天下明主也。"②

再看吕定香(Lã Định Hương,? —1050)的一首《真与幻》偈颂诗。吕定香,朱明(今越南河北省)人,家世修净行,幼年入建初寺,得到多宝禅师指教,历二十四年。多宝门徒有百余人,而定香被选第一,深得多宝真传奥义,名高一时。京都将城隍使阮郁钦佩其名德,延聘居天德府芭山(今越南河北省安风县)感应寺。吕定香讲经修行,门徒云集,影响愈大,惠泽世人。太宗兴大宝三年(1050)庚寅三月三日,病重诀别,说偈云:

本来无处所,处所是真宗。Bản lai vô xứ sở, xứ sở thị chân tông.

真宗如是幻,幻有即空空。Chân tông như thị huyễn, huyễn hữu tức không không. ③

东亚禅师(中华、日本、朝鲜、越南)为弘扬佛法而多作偈颂以示信众。通常在圆寂前,会念出一两首偈颂。这些偈颂就是东亚汉诗的一种,归入"禅诗"门类。这些偈颂一般没有标题,后人在集录、编辑成书过程中,则往往添加诗题,以便传颂,这首偈当然亦不例外。这首诗的平仄、对仗、节奏等较为整齐。其格式为:"仄平平仄仄,仄仄仄平平。平平平仄仄,仄仄仄平平。"仄起式是首句入韵的,若是首句不入韵的话,则其格式为:"平平平仄仄,仄仄仄平平。平平平仄仄,仄仄仄平平。"其节奏为"二一二"式:本来/无/处所,处所/是/真宗。真宗/如/是幻,幻有/即/空空。这首诗从佛教空性哲学的角度论述事物的本性,认为世间万事万物本没有真实性,因为万物从未有自身规定性,也没有固定的实体,万物都由缘生——诸多元素和合相聚而成。这里的"真宗"是指事物的本体。若"真宗"只是假幻,那么万物之"有"本身就是"幻",万物幻有,世界皆空。"空空"概念,来自《摩诃般若波罗蜜经》。此经云:"何等为空空?一切法空,是空亦空,非常非灭故。何以故?自性尔。是名空空。"④

李朝许多七言绝句体诗,在平仄声韵以及其他写作技巧方面不时会犯一些错误。然

---

① 黎孟挞《越南佛教文学总集》第 3 册,第 811 页。
② 吴士连《大越史记全书》,孙晓主编,西南师范大学出版社、人民出版社,2015 年,第 147 页。
③ 越南文学院《李陈诗文》第 1 集,第 237 页。
④ 鸠摩罗什译《摩诃般若波罗蜜经》五卷,见《大正新修大藏经》第 08 册,第 250 页。

而,需要注意之处是,不论五言律诗还是七言律诗,都有首句入韵、不入韵两种情况。首句如入韵,则严格要求首句的句尾是一个平声字。如果是在这种情况下,第一联上下句平仄就可不相对(相反),而其余各联中上下句平仄一般均相对。相似于"示弟子"这首诗,在李朝时期的汉诗中,可以发现基本依照七绝格律来写,但常常出现一些小错误。再如阮觉海(Nguyễn Giác Hải)的一首《花蝶》诗。阮觉海,生卒年不详,海清(今越南南定省)人,幼时爱钓鱼,常以小船为家,浮游江海。在二十五岁时,告别渔业,落发为僧,住海清延福寺。先与空路同奉河泽禅师,后成为无言通禅派的第四代僧人。其诗云:

> 春来花蝶善知时, Xuân lai hoa điệp thiện tri thì,
> 花蝶应须共应期。Hoa điệp ưng tu cộng ứng kỳ.
> 花蝶本来皆是幻, Hoa điệp bản lai giai thị huyễn,
> 莫须花蝶向心持。Mạc tu hoa điệp hướng tâm trì. ①

通过这首诗中的"花"和"蝴"形象,作者想表达的是大自然周期规律。这既是有着直接性意义的意境,又是有着表象性意义的意境。这些形象可以是真实的,也可以是虚构的。通过这样的双层意境,觉海向徒弟和信众提醒、告诫"莫须花蝶向心持",因为"花蝶本来皆是幻",并不是真实的存在。这首诗后来被收录于《李陈诗文》第一集中,每句都是 7 个字,但《禅苑集英》原载的第二句却多了一个"知"字,如下:"春来花蝶善知时,花蝶应须共应知期。花蝶本来皆是幻,莫须花蝶向心持。"②《李陈诗文》经过考订后,将《岭南摭怪》版本的第二句中"便"字改成"共"字,将第三句中"时"字改成"是"字和以第四句中"将"字改成"须"字。这首诗在《岭南摭怪》中的版本如下:"春来花蝶善知时,花蝶应须便应期。花蝶本来皆时幻,莫将花蝶向心持。"③其平仄格式是:"平平平仄仄平平,平仄平平仄仄平。平仄仄平平仄仄,仄平平仄仄平平。"从这个平仄的格式,不难看出这首诗基本上是依照近体诗平仄的格律来写出的,但在第一联中上下句(首两句)平仄有几处是不合的。例如第二句的第一字和第三字宜仄而用平;同这句的第五字宜平而用仄;亦同这句的第七字宜仄而用平。其余的第二联中上下句(末两句)平仄,都是依照唐诗格律来写成的。

---

① 越南文学院《李陈诗文》第 1 集,第 444 页。
② 黎孟挞《越南佛教文学总集》第 3 册,第 843 页。
③ 戴可来、杨保筠校注《岭南摭怪等史料三种》,中州古籍出版社,1991 年,第 43 页。

# 三、《坛经》在李朝汉诗中的影响表现

越南学者密体(Mật Thể)曾肯定:"在中华之佛教各宗中,吾国越南唯得传禅宗。"[1]同时他亦指出,在越南佛教发展各时代中,除禅宗之外,尚有修净土宗、修密宗等。只是这些宗派修行,没有像禅宗那样形成明显的传统和具体的传承者。

据史载可知,在越南李氏时代的佛教潮流中,有尼多流支派、无言通宗派和草堂宗派三大宗派并行存在及发展,其中,值得注意的是尼多流支派和无言通宗派两大禅派。毗尼多流支原是一位印度僧士,先到中华,然后至交州,成立毗尼多流支宗派。抵达交州前,多流支曾为中华禅宗三祖僧璨(526?—606)所传心印,所以中华佛教禅宗在五祖弘忍(602—675)之前仍带有浓重的印度佛教色彩。直到六祖惠能(亦称慧能,638—713)之后,才是真正的"本地化"。经过半个多世纪后,至第9世纪即820年,中华无言通禅师(758—826),自中华往越南交州传道,后在交州创立了第二宗派。按禅史,知无言通为百丈山怀海禅师(720—814)之门下,而怀海又是惠能的第三代门下。依据《禅苑集英》书籍而知,无言通在抵达交州之前,曾住持南华寺,其原名为宝林寺(在广东韶州曹溪),惠能曾在此住持过一段时间。因此,无言通的思想确深受南宗禅思想的影响,其中最为特殊的是六祖惠能"以心传心""顿悟""心性"等观念,而代表著作就是《六祖法宝坛经》(下简称《坛经》)。可以说,无言通宗派出现后,中华禅宗思想开始传入了越南[2]。

在佛教典籍宝藏中,《坛经》是六祖惠能生前的讲法,经门人法海记录成书,此著作约在唐朝中期就已形成并广为流传。《坛经》带有中国人思维的浓厚特色,其以空前绝后的超越精神最终完成了佛教的中国化,为禅宗在中国的发展奠定了坚实的基础。从问世起迄今为止,《坛经》在东亚佛学思想史上始终占有重要一席,成为中华传统思想文化的重要组成部分。《坛经》被视为禅宗佛教的宗经,长期以来不仅在中国大陆广泛流行,还一直盛行于日本、朝鲜(韩国)、越南等东亚各国。

《坛经》的中心思想内容,除指涉及展开《金刚般若波罗多经》的奥义之外,重心乃围绕着"自性"范畴的哲学思考。惠能在《坛经》中,曾多次提到其"自性",认为"自性"是包含人生、社会和宇宙,同时也认为其"自性"本来是清净,是佛性,是真如,属于人的内在本质,并

---

[1] 原文为:"Trong các tôn Phật giáo ở Trung Hoa, Việt Nam ta chỉ đắc truyền có một Thiền tôn."(见密体《越南佛教史略》,顺化出版社,1996年,第47页)。

[2] 参阅阮福心《陈朝佛教'入世精神'之思想研究》,台北元智大学中国语文学系研究所硕士学位论文,2011年,第26页。

不在人心之外。因而,佛与众生皆同此清净自性,皆有无二之佛性。《坛经》肯定并强调众生与佛皆同此清净自性,由此高扬了一种建立在无差别之上的完美统一性,体现出对生命本质上的乐观和肯定的态度,并为其修行理论提供了内在的坚实基础。另一方面,《坛经》又将佛和众生之差异归结为自性的迷和悟。《坛经》云:"自性若悟,众生是佛;自性若迷,佛是众生。"①但是,人如何能见"自性",如何能达到佛界? 为了解开这个人生难解之题,他提倡无念、无相、无住等三无的禅修方法②,从而展开其独特的禅修方式。他的禅修方式与传统禅学方式相反,认为"道由心悟,岂在坐也"③,就是说禅修不一定须念佛、坐禅(静心、静坐),而是可行禅、站禅、卧禅,所有日常生活中的活动中皆可修禅;亦不一定是在深山穷谷、古寺名刹,在家独居甚或身处闹市,通过修炼"和光同尘",最终也能修成正果。惠能云:"佛法在世间,不离世间觉。离世觅菩提,恰如求兔角。"④又云:"善知识! 若欲修行,在家亦得,不由在寺。在家能行,如东方人心善;在寺不修,如西方人心恶。但心清净,即是自性西方。"⑤然而,如在家修行,具体如何修,正如韦公所提出的疑问:"在家如何修行?"惠能则切实且简单地答应:"恩则亲养父母,义则上下相怜。让则尊卑和睦,忍则众恶无喧。若能钻木出火,淤泥定生红莲。苦口的是良药,逆耳必是忠言。……菩提只向心觅,何劳向外求玄。"⑥就此表明,成佛不必坐禅,并亦与外在形式无关。秉持这一革新理念,惠能把佛教带进了尘世群众中,并亦由于这股佛教革新思想的外传交流,至今禅宗已遍布世界各地,其中就有越南。这可见于李朝时期的诗文中,甚至陈朝诗文中的一部分。李朝汉诗已经深受《坛经》思想的影响,这也是本文主要探索所在。

# 四、结　语

李朝汉诗文保留下来的大部分是佛教僧侣创作的绝律体偈诗。这些汉文偈诗几乎皆吸收了唐代诗体,包括唐代僧人的偈颂在内。这种影响接受主要表现在以下几个方面:

就诗律方面而言,李朝五言绝句体有小部分完全接受唐诗格律,每一联的上下句平仄

---

① 六祖惠能大师《六祖法宝坛经》,禅心学苑,2009 年,第 163—164 页。
② 原文为:"善知识! 我此法门,从上以来,先立无念为宗,无相为体,无住为本。无相者,于相而离相。无念者,于念而无念。无住者,人之本性。……念念之中,不思前境。若前念今念后念,念念相续不断,名为系缚。于诸法上,念念不住,即无缚也。此是以无念住为本。善知识! 外离一切相,名为无相。能离于相,则法体清净,此是以无念相为体。善知识! 于诸境,不于境上生心。"(见六祖惠能大师《六祖法宝坛经》,见第 60—61 页)。
③ 六祖惠能大师《六祖法宝坛经》,第 138 页。
④ 六祖惠能大师《六祖法宝坛经》,第 44—45 页。
⑤ 六祖惠能大师《六祖法宝坛经》,第 54 页。
⑥ 六祖惠能大师《六祖法宝坛经》,第 55—56 页。

是整齐相对的，在绝句体的第一句、第二句和第四句末一字押脚韵。值得注意的是第二句和第四句的脚韵，是符合唐诗格律（相同或相近韵母）的。而七言绝句体，有少量部分依照唐诗格律来写，而大部分并不遵守唐朝近体诗的平仄规则。有一些诗篇并不依照严格的平仄格式（即出句和对句的平仄、对仗等字字不相对），可以将之归于古体诗。但实际上，这种诗体或多或少均受到近体诗的影响，正如王力先生说："古风虽是模仿，然而从各个方面看来，唐宋以后的古风毕竟大多数不能和六朝以前的古诗相比，因为诗人们受近体诗的影响既深，做起古风来，总不免潜意识地掺杂着多少近体诗的平仄、对仗，或语法；恰像现在许多文人受语体文的影响既深，勉强做起文言文来，至多也只能得一个形似。"①这种较少拘束的诗在李朝汉诗中，是有相当多的。诸如：真空（Chân Không/Vương Hải Thiềm）的"妙本虚无日日夸，和风吹起遍婆婆。人人尽识无为乐，若得无为始是家"（《感怀》）②、乔智玄（Kiều Trí Huyền）的"玉里秘声演妙音，个9中满目露禅心。河沙境是菩提道，拟向菩提隔万寻"（《答徐道行真心之问》）、徐路/道行（Từ Lộ/Đạo Hạnh）的"秋来不报雁来归，冷笑人间动发悲。为报门人休恋着，古师几度作今师"（《示寂告大众》）③，等等。

　　就诗歌语言而言，有一些李朝汉诗几乎就是从唐诗改编而来，有一些诗篇近乎是完全抄写，李朝汉诗人只是"润色"改写一两个字。这样的借鉴改编在现存李朝汉文诗中是不少的，只不过由于时间及资料收集等诸多因素的限制，笔者不能将李朝汉文诗和唐诗作一首一首地查验对照，而只能列举出一些典型例子略加说明。总之李朝汉诗受唐诗影响之深，在东亚乃至世界文学历史上是极为突出的。

　　就偈诗的内容而言，有一些直接涉及《坛经》的深奥教义，其中有涉及"自性清净"的思想，指出佛与众生事实上仅是一体，因而行者欲成佛，则无须远行，亦无须久等，只要心中有佛，何必外觅？所谓"成佛"，就是在此时与此地，而不是在某某陌生之世界。这正如李玉娇/妙因（Lí Ngọc Kiều/Diệu Nhân，1041—1113）在《生老病死》中写道："生老病死，自古常然。欲求出离，解缚添缠。迷之求佛，惑之求禅。禅佛不求，杜口无言。"④除此之外，李朝偈诗还体现出对盲目、生硬的修行行为的批判。诸如在《参徒显决》几句语录中，梅直/圆照（Mai Trực/Viên Chiếu，999—1091）云："笑他徒抱柱，溺死向中流。"⑤这两句出处《庄子·盗跖》中，曰："尾生与女子期于梁下，女子不来，水至不去，抱梁柱而死。"⑥梅直还

　　① 王力《汉语诗律学》（上），中华书局，2015年，第327页。
　　② 越南文学院《李陈诗文》第1集，第304页。
　　③ 越南文学院《李陈诗文》第1集，第347页。
　　④ 越南文学院《李陈诗文》第1集，第339页。
　　⑤ 越南文学院《李陈诗文》第1集，第270页。
　　⑥ 《庄子》，线装书局，2007年，第328页。

说:"可怜刻舟客,到处意匆匆。"①这两句见于出自《吕氏春秋·察今》,云:"楚人有涉江者,其剑自舟中坠于水,遽契其舟曰:'是吾剑之所从坠。'舟止,从其所契者入水求之。"②在《罕知音》中,净戒/朱海颙(Tịnh giới/Chu Hải Ngung,？—1207)有诗云:"秋来凉气爽胸襟,八斗才高对月吟。堪笑禅家痴钝客,为何将语以传心。"③这些皆是批判办事拘泥而不会观察,不根据实际情况来处理问题的那些刻板执着者。

【作者简介】阮福心(Nguyễn Phước Tâm),文学博士,越南茶荣大学(Tra Vinh University,Viet Nam)外国语学部中文系主任,副教授。

---

① 越南文学院《李陈诗文》第 1 集,第 273 页。
② 吕不韦《吕氏春秋》,书海出版社,2001 年,第 141 页。
③ 越南文学院《李陈诗文》第 1 集,第 535 页。